虚飾の金蘭

茶臼岳ホオジロ

文芸社

目次

第一部

一、舞い降りたカモ

1

「おう、凄い風」

と路地から出てきたその男は、コートの襟を立て、向かい風を避けるように振り向き加減に空を見上げた。

「おやっ、何だ?」

この寒空に無数の蝶が乱舞している、と不思議に思う。

いや、なんとよく見ると、錯覚に気が付く。冷たい木枯らしが街路樹の黄褐色に薄汚れた枯れ葉を一枚残らず打ち落とそうと吹き荒れ、道端に積もった枯れ葉までも吹き上げていたのだ。枯れ葉が積もり、また風まかせに何処かへと飛び去って行く。寒そうな灰色の雲の流れも飛び去るように早い。

「寒い風が吹く季節になった。風が止んだら雨か雪になりそうだ」

と呟いた。風に向かって歩く初老の男の髪が風に吹かれて乱れ散り、グレーのコートの裾を靡かせる。右手で髪を整えながら、あるビルの前にくると、ふとウインドーの張り札に目を留めた。

不動産屋の窓ガラスには、隙間なく競っているように賃貸住宅、マンション、分譲住宅などの札が貼られている。その横にある文を目が追い始めていた。

『不動産の売買は誠実で実績のある当社にお任せ下さい。信頼の出来る会社の選択が大切です。土地を売りたい方、買いたい方が安心して任せられる買い取りや斡旋を致しております。是非当社にご相談下さい』

下段に『大東和総合開発株式会社、御用の方はお二階へどうぞ』とある。

「さてと、信頼と誠実」

と、その男は呟いた。山手線K駅まであと数分で行くところであったが、信頼の文字に引かれるように、ちょいと頭を傾げ、何か考えるところがあるらしく三階建てのビルの中に吸い込まれるように二階への矢印に従って階段を上がって行った。

大東和総合開発株式会社の金文字のドアを静かに開け、カウンターの下に頭を垂れている女性にそっと、

「あのう、ちょいと伺います。マンションのことなんで……」

と声を掛けた。

俯いていた女性の頭が急に持ち上がり、その女子社員は目をパチクリさせて驚き、顎には涎が一筋、バツの悪そうな苦笑いで、口に手を当て慌てて声を発した。

「あら、恥ずかしい。いらっしゃい」

覗き見るようにそっとドアを開けたので女子社員は気が付かなかったらしい。やはり居眠りをしていたのであろう、室内は閑散としていた。すると奥の方から、その声で気が付いたらしく三十歳位の頭髪の薄い男がカウンターのところに来ると会釈をした。

「マンションのことなんです」

と女子社員が目を大きく開け、首をよじらせ涎を拭いながら恥ずかしそうに言った。

「さあ、どうぞ中へ入ってください」

その男はカウンターのドアを開けると客を招き入れる。その男を見ると、黒の背広に黒の蝶ネクタイ。どこかのにやけたボーイか、ヤクザのような風体にも見える。まあ、紳士に見えなくもない。男は衝立てで仕切られた簡単な応接室へ客を案内すると、粗末な応接セットのソファに腰を下ろさせた。

「先程も聞きましたが、マンションのことでしたね」

彼は早速商談に取り掛かり、上体をテーブルに伸ばすと名刺を客に差し出した。客は名刺を持ち上げるとじいっと見詰めている。その名刺には、
信頼と実績のある大東和総合開発株式会社
開発企画部長　松永弘道
と刷ってある。

「私は、ちょいと名刺の持ち合わせが……芹沢公平と

申します。まあよろしく」

　客は丁寧に頭を下げた。

「それで、ですね。予算はどのくらいの予定ですか」

「予算といっても、現在の家や土地を売りまして、その範囲でお願い致したいのですが。なにしろ息子がT大学で、この近くで下宿しています。娘も来年、神奈川県のH大学に行くようになるかもしれません。今年、私は川崎のS自動車工場に転勤になりまして、いわば単身赴任ですな。家族が別々に住むよりこの際、一緒に生活をしようと考えているのです」

「それは大変結構なことで、それが一番いいようですね。良く決心されました。ところで売りたい家と土地は……」

「千葉県の四街道なんですが……」

　松永は書棚からマンションの沿線物件情報誌を取り出すとテーブルに広げた。

（この男は律義で善良そうだ。まあ五十代半ば、おまけに土地を売ってか。これはいいカモになりそうだ）

　松永は密かに心の中で呟いていた。

「うちの会社は、総合的に幅広く営業しておりますから、必ずご期待に沿うように計らいます、ご安心下さい。マンションはどの辺がお望みでしょう」

「川崎に近く通勤、通学に便利な所というか。そうですね、武蔵小杉か登戸辺りでしょうかね。それになんといっても環境のいいところがなによりです」

「それなら、その辺りに打って付けの良いマンションの売り物件が多数あります。それでは先ず、あなたの物件を査定してみましょう。査定は無料ですから」

　時刻はすでに午後二時を回っていた。善は急げと松永が立ち上がった。

「これから直ぐ査定に参りましょう。査定するだけでも結構です」

　彼は早口に言うと自信ある態度を示した。

「そうですか、それでは行ってみますか」

　彼の意図に引き込まれた客は立ち上がり、背後に従った。

（こういうことは急いでやらないと、事が進まないのだ）

　彼は顧客を操縦するコツを心得ている。

　電車を乗り継いで四街道に着くと、既に辺りは薄暗くなっていた。彼は査定する物件の周りや内部をちょいと覗き見ていたが、外に出ると、やがて言った。

「そうですね、五〇〇〇万というところです。マンションの件もその辺りでよろしいですか」

「それじゃ、うちでお茶でも」

「家族の方に黙って、後で驚かせましょう。直ぐ帰らないといけないので。それでは明日、新宿小田急改札口で待ちます。午後二時ごろではいかがでしょう」

「いいです。その程度で、よろしくおねがいします」

松永弘道は、家族を交えて話を進めた場合、破綻になるケースが多いので極力避けることにしていた。そういう因縁めいたことを気にしていたのであるが、実は、後々まずいことを引き起こす結果を心の中でうごめかしていたのである。相手は無口で律儀そうで実直そうだ。うまく嵌(は)められそうだと、うすら笑いを浮かべていた。

街道は北風が止んで雨が降り始めてきた。街灯に雨を描いて彼の顔に冷たく降りかかる。アタッシュケースを頭に掲げながら彼は駅へと急いだ。

2

その翌日である。芹沢公平は会社を休み、予定より少し遅れて新宿小田急改札口に着いた。松永はその姿を見るや片手を上げて手招きしている。

「どうも、遅くなりまして」

芹沢はぺこんと頭を下げ頭を掻いた。早速、彼はキップを芹沢に渡しながら、

「ただ参考のために見るだけでも結構ですから。他にも沢山お見せします。良かったら決めて下さい」

と言うと芹沢は頷いている。この際見るだけでも参考になると考えているのであろうか。そうはさせない、松永は触手をのばしはじめた。

小田急線登戸を過ぎて向ケ丘遊園駅で降りた。

「ここの方が環境はバツグンですよ。また、どちらの駅にも近いし、緑も豊かです」

松永は坂道を歩きながら説明する。芹沢は、途中で立ち止まりながら見晴らしと環境の良さを眺めてい

た。

やがて小高い丘の五階建てのマンションに着いた。三階の一室に案内した松永は、

「どうですか、気に入りましたか。遊園地も直ぐそこで、多摩川も直ぐ近く、釣り堀もあり、釣りも、梨狩りも楽しめます」

マンションは四ＬＤＫ南向き、建物は築三年ということであった。

「これは、いいところですね」

芹沢は盛んに部屋を見回し感心していた。松永は、彼の気に入った様子を感じるや、すかさず説得に力を入れる。

「ご自宅は直ぐ売れます。五〇〇〇万円は堅いところです。こちらで責任をもって宣伝しますから、必ず高く売れます。昨日も心当たりを探ってみたんですが、見込みがありそうなんです。ご安心ください」

「大丈夫ですか」

「わけないです。私もこれは商売ですから、なんのことはないですね」

松永は自信たっぷりな態度を誇示した。

「これに決めませんか、四〇〇〇万なんです」

「ええっ、あの家が売れんことにゃ、そう簡単に金が……」

芹沢はちょいと不安げな表情である。

「そりゃ、直ぐ売れます。責任を持ってやりますから絶対信頼して任せて下さい。ほんの少し、時間をかける必要がありますが、われわれは、お客さんの信用で飯を食ってますから絶対心配無用です」

芹沢は、窓を開けて多摩川と遊園地の方を見回して背後から聞いていたが、振り返ると、

「なかなか良いところですね。息子と娘はあの部屋がよかろうか」

もう自分のものに決めたかのように言った。

松永の見るところ、彼は地味な生活のようである。奥さんも慎ましい。こういう人間に限ってたんまり金を蓄えているのだ。派手な生活や豪華な車を乗り回している奴ほど財布の底が見えている、火の車であるということをよく知っていた。松永には、芹沢が資産を残そうとしているのがひしひしと感じられた。そこが狙いである。悪の扉を開け始める。

「お客さん。金のことでしたら一時銀行だと時間もかかり、ローンの手続きも大変だから直ぐに間に合う、うちの会社との提携ローンを紹介します」

「金利が大変」

「金利のことなんか心配することは無いです。ご自宅が直ぐ五〇〇〇万以上で売れりゃ、どうってことないでしょう。一〇〇〇万懐に残る勘定になりますよ。これも直ぐ決めてもらわないと他に買い手がいくらでもいますからね。それにここは、日に日に異常な値上がりを見せています。資産価値としても間違いない。こういうものは滅多にないのですが。今決めた方が絶対有利と思います。買い手数多ですからね」

彼は心を込め、力を入れ、語気を強めて詰め寄った。

ついに客は決心したのか頷いた。

「よし。それでは決めましょう」

と松永が力を入れる。早速、売買契約書やKファイナンス金融会社の契約書に署名させ、印鑑を手から奪うようにして押した。こういうことは相手に考える時間を与えると、うまくいかないのが常であるからだ。

芹沢は、少々不安な様子ではあったが、誠実と信頼のある会社であろうと思っていたらしい。つなぎ融資の金利は決して安くないのであるが、一〇〇〇万円という心理的余裕に、なんとなく安心感を持ったようであった。

(これで金融会社から裏リベートががっぽり入る)

松永は、ほくそ笑んだ。滅多にないカモだからだ。うっかり涎を流すところであった。

しかし松永らは絶対に家と土地の宣伝なんかしない。客が新しい物件を買ってしまうと色々と言い訳を持ち出して売れないことを強調する。そして結果はニッチもサッチもいかなくなるまで放置し二束三文で買い叩くか、全く放置してしまう手筈であった。そういう計画を客は知る筈もない。いい鴨が舞い込んだ……。

3

山手線駒込駅近く、Kビル二階の大東和総合開発株式会社には、珍しくも着物姿の台中剛造社長が、どっかとソファに腰を据え、短く太い足を広げた上に、胸まで新聞を広げているものの、メガネの奥のギョロ目が何を見ているのか定かではない。年のころ六十半ばを過ぎている。禿げ上がった頭は蛍光灯の明りを反射させ、酒の回りがいいのか赤ら顔に胡座をかいた鼻の頭が赤い。その息子で三十五歳になる専務取締役の台中義則も、傍らの女子社員と苦み走った顔で何かを囁いていた。

「やっこさん。うまくいったかな」

太い声で剛造社長が新聞から顔を上げた。

「彼のことだからうまくやってるだろう」

専務の義則が笑った視線を社長に向けた。そんな噂をしていると、ドアが開いて松永部長が、ご満悦の顔でアタッシュケースを掲げた。

「うまく嵌め込んだ」

新聞を傍らのデスクにホイと放り投げた台中剛造社長はムックリと立ち上がった。

「おお、うまくいったか、御苦労だったな。まあ、そんなに長くはいないだろう」

何か意味ありげなことを言うと、高笑いを上げた。目の下の弛みが盛り上がる。息子の義則もうすら笑いを浮かべた。

その頃、会社の景気はオイルショックの影響で別荘も土地も全然売れず底冷えしている状態であった。とにかくどんな手段を講じても金集めに奔走しなくてはならなかったのである。

4

松納めも過ぎて、ようやく正月気分が抜ける頃。台中剛造社長が新潟の山荘から以前に持ち運んできた福寿草の鉢は、窓際で初春の光を浴び、小さな蕾がほころびかけている。

デスクの上には過去一年間の様々なしがらみを精算する年賀状が散らばっていた。その一枚を摘み上げると天井を睨んだ。

剛造は何かを画策している様子で突然膝を叩いた。

「わしは、これから新潟へ行くことにしたわい。前にも話したな。例のロープウエーとリゾートマンションの建設計画について、ある有名な代議士と話をつけてくる。今なら、これは早いほうがよかろう。タクシーを呼んでくれんか」

「親父は思い立つ日が吉日。気が早い」

息子は渋々電話のダイヤルを回して、いつものタクシーを呼んだ。暫くするとタクシーからいつもの挨拶のクラクションが二、三回鳴った。

「あと頼むぞ」

剛造社長は彼らを見回して悠然と事務所のドアを開けて待たせてあるタクシーへと向かう。

「私も近いうちに雪景色を見たいという客を連れて六日町に行きますから」

ドアの締まらないうちに社長の背中に向けて松永部長の声が飛んだ。

「何だ、行く気か、俺は寒いのは苦手だ。こっちにいることにしよう」

専務取締役がひとり呟いていた。

「うまくやってきますよ」

松永の捻くれた視線が専務に飛んでいる。

すでに窓の外は、夜空にネオンや街の明りが浮かび上がり、東京の夜に活気が漲ってきていた。


剛造社長が出かけて間もなく一人の若者が重そうなスーツケースを下げながら会社に久し振りに現れた。その姿を見るや突然、松永部長の甲高い声が爆発した。

「なんだこの馬鹿野郎。やいお前、何様と思ってやがる。無断で会社をいつまでもサボリやがって、どこへいってやがった」
二十八、九歳位か、男前の牧田一男はしばらく黙ったままであった。驚いたのかトボケタのか、そしてうすら笑いを浮かべた。
「へへ、俺はこんなヘボ会社を辞めることにしたんや。こんな汚い会社をね。悪く思わんといてんか」

「もう、お前のような人間はいらねえ。どこへでもいきやがれ」

台中義則専務が罵声を吐き出す。

「あんたがた、なにほざいてんの。折角契約取ってきても集金にゃ、部長がついてきて歩合は折半。どうせ歩合社員だからといって折半とはないんやないか。それも歩合も忘れたふりしてチョンボ。初めの約束とは全然違うじゃねえか、コラ」

憤懣やるかたなしといった言葉であったが顔は笑っ

ていた。なにか小馬鹿にしているように。

「なんだケンカ売りにきたのか」

松永部長の憤懣が爆発寸前である。

「ケンカ売ってんのはあんたや」

「そりゃ、貴様は働きが悪いからだ。客に迷惑ばかりかけるだけだ。そうだろう覚えがあるだろう」

義則専務は憤然として言った。

「なに、働きが悪い？　誰よりもいい筈だ」

「それはねえ、お前だけの考えだ。俺が一番知っている。一番成績が悪いんだ」

松永部長が口をよじりながら決め付ける。

「左様でござんすか。それは結構でござんすわいな、コラ、アホかいな。お前らはバカヤローだよ、へへ。それではおさらばするとしようか」

と言いながら牧田は机の中から自分の物を取り出すと、平然とスーツケースに仕舞い込む。そしてにやっと笑った。

「見舞い金くらい出してやろうと思ったが、給料も退職金も一銭もやらねえ。首だ。さっさと出てけ」

丁度よい機会だと台中義則専務が口角泡を吹き飛ばし、興奮して怒りをぶちかました。

「わっかりました。わっかりました。私の方からクビにしましたよ。見舞い金なんて、まあ大きなお世話。アバヨ」

意味ありげな言葉を残して牧田はドアを激しく開け放すと、後ろを振り返ってアカンベーと会社を出ていった。

牧田には出社しない訳があった。この会社は同族会社で他人を絶対信用しなかった。いざ商談がまとまると部長が付いてきて歩合を支払わないよう仕向ける。という具合で多くの歩合社員は愛想を尽かして辞めていった。いや辞めて行くように仕向けていたのである。そこで牧田は、この会社をうまく利用しようと企んだ。セールスポイント、買い替えブームや格安物件の折込みを作成して、仕舞屋を借り受け、インチキ会社の折り広告営業を始めていた。

金さえ分捕れば、後はこの会社のようにどうにでもなるという感覚をすっかり身に付け学びとっていた。

当然、広告に釣られてお客がやってきた。「四五〇〇万の物件ですが三〇〇〇万にします。こんな掘り出し物は他にありません」と立派な物件を見せて、いとも格安な価額で売り出すものだから五〇〇万位の手付けで契約してしまう。そのマンションが客の手に入るのなら客にとって有り難いことであるが業者は損となるわけである。そんなことはおかまいなく二重三重の契約をとってしまう。どうせこの会社名義の物件ではない。どういう訳か他人名義、それもどこの誰とも分からない名義になっていた。そこに目を付けた。それを利用して宣伝したのであった。

　広告に釣られて格安、お買い得物件に集まったお客は余りの安さに目の色を変えて買い漁ってきたのだが、すぐ引っ越しされたら困る。

「実は、お客さん、電話では話せないのですが、ちょいと相談があるのですが」

「なにか不都合なことでも」

「実はあの物件はあまり勧めたくなかったのです。訳ありなんです。そちらに行って詳しいことを説明します」

　お客はなんのことやら分からない。なにかと思わせて信用させる演出を狙った。

「あの物件は会社から売れ売れという命令で仕方無く売ったのですが、後で調べたら実はあそこはサラキン地獄で一家無理心中したのです。それで私は良心の呵責に絶えられず内緒でやってきた訳で……」

　巧みにその場で新しい物件に替えて契約を取り交わす。要するに、みずてんのすり替え。

「この物件はあれと同程度で、環境も良いのです。それに早くしないと直ぐ他に決まってしまいます。貴方だから言いますが、この間も売れてしまって後で悔やまれましてね」

　築一〇年の他人名義の物件を強引に押し付けてしまう。それを繰り返して新しい客にまた売り付ける。手付けを頂く。そして二重に売り付ける。「なんとうまい話があるものだ」とほくそ笑んでいた。二束三文をいくら高く売っても安く売っても法的規制もない。相手の無知を最大限に利用しようとしていた。「なんだこれは」といっても後の祭りで、どうにもならない結果がそこに在るだけである。

　二重三重の契約も、この辺りで逃げないとバレル、と察した牧田は、多額の金を手にして仮店舗をさっさとたたんでしまった。

　後始末はあの会社に任せよう。あんな会社はマッピラ御免なすってと、このくらいの悪さでもしないかぎり我慢には限界があった。そして激しくドアを開けっぴろげた牧田は夜の東京から姿を消そうとしていた。

　外に出た彼はにんまりと思い出し笑いを浮かべ、ほくそ笑んだ。

「このあほんだら」

「あんなアホウは辞めてもらったほうが都合がいい。後々面倒の種になるからな」

　台中義則専務が激怒を走らせ、ほっと一息入れた。

「うちの社員です、なんてとても言えねえ」

　卑劣な松永部長が馬鹿笑いを飛ばした。

　確かに客をたらし込むのがうまかったが、それはそれで利用するだけ利用したら、最早無用であった。またあんな貧乏人と軽蔑していた。あの人間はどうも臭い。それに会社の名誉に関わるという大義名分があった。ここは会社といっても会社に毛が生えた同族会社で、同族だけが甘い汁を吸い続け、他人の社員は用が済むと相手にせず自然と辞めていくように仕向けていたのである。

　だが後で火の粉が飛んで来るかもしれないのである。

5

　その翌日の夕方、松永部長は新潟県六日町イカサワ愛ランドの山荘に電話を入れた。

「社長、夕べひと悶着がありましてね。牧田をクビにしましたよ。ビタ一文払わないでね。うまくいきました」

「それはよかった。あいつはだいぶ客を騙して金を巻き上げ、会社に入れてない、と睨んでいた。実に不快な奴だ。臭い野郎だ。まあ、それで良かったわい。こっちの話もだな、相手の都合が悪くて進まん。また明日、Ｆホテルで会談することになっとる」

　台中剛造社長のしわがれた機嫌の悪い声が受話器から漏れてくる。

「これから明日、代議士のところへ行って強請ってくるからな。やつらを脅かせば億の金をなんとか出来るだろう。どうせ政治家の金なんぞアブクゼニ。税金の裏口入学のようなもんだ。そう思わんかね。まあ期待して待っていることだ」

大きな笑い声が受話器から飛び出してきた。

「どこの代議士ですか」

「そんなこと教えられるか。お前が直ぐ真似をするからな。お前の悪辣さも有名だわい」

「そんなことはないでしょう。これもみんな会社の為なんですよ。お互い様です。明後日頃そちらに参ります」

松永が電話に向かってお辞儀をした。

東京の夜空を焦がすようにネオンや様々に彩られた照明が繁華街を鮮やかに照らしている。路地裏のどこから漂ってくるのか焼き鳥の匂いが鼻を掠めてきた。空きっ腹と乾いた喉に誘いをかけるように松永の腹の虫が鳴いた。

「専務。牧田をクビにした祝杯でも上げましょうか」

「よし、祝杯といこう」

義則専務は、牧田がなにをやらかしたか、祝杯の裏に勝算か陰謀か策略か不安な影がつきまとっているようで渋い顔であった。

彼らは一人の女子社員を伴って夕暮れ族秘密クラブのある夜の巷、池袋へと会社前で拾ったタクシーに乗り込んだ。赤いテールが次第に遠く、そして見えなくなった。

舌先三寸で大金を騙しとる詐欺師たちは、ある意味で人間心理の大家である。彼等は人間心理の弱点、盲点をよく心得て、そのスキを見事に突いていく。

牧田は様々な会社を渡り歩いた。金儲けのあらゆるノウハウを身につけ欺くことに罪の意識は毛頭も無く、愉快曲線を上昇させていった。大東和総合開発を手玉にとって、まんまと多額の金を懐にしたが、前の会社での横領を見付けられ、借金の返済に追われていた。

「ざまあみろ、後の祭りや、もう貧乏暮らしはマッピラだ。この世は金や、すべて金や、金や、金でできとないんや」

東京の星の瞬く乾いた寒空に向かって、牧田が声を枯らして叫んでいた。

「この世は、なにがなんでも金や」

風の噂に、一〇〇〇万の穴埋めを済ませ、名古屋辺りで金の卵、盲信の産声を上げたという。

二、疑惑の炎

1

台中剛造社長は夫人を伴って新潟県六日町、温泉ホテルFに宿泊していた。

政界の大物政治家を招いてロープウエー、リゾートマンション建設の新しい事業計画を実施するに当たり、許認可事業に政治的圧力と資金援助と、なんとか便宜を計って貰おうと画策していた。事業計画には巨額の資金を必要としていたが、資金を財界や企業に、協力と参加を呼び掛けようと、かつて刎頸(ふんけい)の交わりであった代議士に助力を願い出たのである。そして酒と芸者を挙げて大ぼらを吹聴し、相手の出方を窺って、うまくいくと大金が転がり込むと脅したり持ち上げたり虚虚実実の駆け引きを行おうとしていた。

ところが当の大物政治家は急用のためと言って姿を見せず、二人の若い秘書に「よきに計らえ」と任せきりにしたらしい。

「これはなかなか検討に値する計画だ。協力するかどうかはあんたの出方次第です。今、先生は選挙のことで忙しくて手が放せない。で、暫く時間がかかる。まあ、あの先生のことだから必ず力になってくれるでしょう。計画書を出してくださいな。それからね……」

と話が弾んでくるに従って、逆に多額の政治献金を要求される羽目になってしまった。剛造は、今までのたかりから改め、種を蒔いておけば、そのうち必ず芽が出るであろうと安易に考え、潔く多額の政治献金をポイと引き受けてしまったのである。

剛造社長は、こんなチッポケな会社を相手にするよりも、公共事業の見返りに多額の政治献金を拠出する企業に力を注ぐ近頃の代議士の明け透けに政治献金を要求する冷たい態度に、困惑し胸を痛めた。

多額の政治献金と芸者を侍らせたりの接待費がケチな社長の心を揺さぶり始めた。

実際には台中剛造社長は、強請、たかり、かたりの大ぼら吹きであるという風説が、狭い町の中に広まっていたのである。なにしろ金さえとれば後はソッポを向いてシランプリというやり方を逆手にとったのである。大物政治家の秘書達は密かに部屋を出ると話していた。

「あんなの相手にしてたらとんだ目に会う。先生まで欺くことになる。今まで先生は気を良くして面倒を見てきたが、この際やむを得ない」

と先輩の秘書が囁くと、さっさと引き上げていった。それとは知らない剛造社長は以前のように大ぼらがあんまり通用しなくなったことを肝に命じて知ることになった。

「昔の政治家はよかったな。ヨーシャと言って直ぐ一肌脱いで金を出したもんや。世話も良くしてくれた。今の政治家は政治献金は頂くが、偉大な事業計画に協力するやつは、一人もおらん。投資すれば何倍にもなるというのに、情け無いやら嘆かわしいやら」

剛造社長は誰もいなくなった座敷で、隣の女房に愚痴をこぼし始めた。

「時代よ、現代はワイロしかこの世では通用しなくなったみたいよ。あんた、しっかりして下さいよ」

夫人がテーブルの上にこぼした酒を布巾で拭きながら不愉快な力が勢い余ってドンブリまで飛ばしてしまった。

「ドンブリまで飛んでいったわ」

なんとも不機嫌に顔を歪めた。

「もうどうでもいい。堅苦しい話はやめた。どうだ、バーでもいって気晴らしでもせんか」

剛造社長は、夫人と共にバーのある地下へと多額の政治献金を背負った重い足取りで、階段を降りていった。バーに不機嫌なふらついた足取りで入ると自然と口走る。

「近頃の政治家は酒と女と金ばかり食いよる。けしからんやつばかりだ」

自分のことは棚にあげて思うように運ばなかった恨みをバーテンに当て擦った。

大ぼらに度がすぎて、羽振りを利かせた気前のいい政治献金が、政治家を利用するつもりが逆に利用され、資金だけを食われる羽目になり、結果は無残なものに終わるだろう。

「しょうがない」

と呟いたが性格的には陰湿な一過性であった。それが倒産の原因のひとつになり兼ねない。政治資金の重みが重なり尾を引きずる結果となるのではないかと後悔したものの、何とかなるであろうとその自尊心をどうすることも出来ない始末であった。

2

〝国境の長いトンネルを抜けると雪国であった〟と書かれた有名な雪国の新潟県には至る所にスキー場がある。

春は桜、チューリップ、菖蒲、美しい花が咲き乱れる。冬もまた、東京近辺から大勢のスキーヤーが集まって、ゲレンデに若さ溢れる情熱の花を咲かす。色彩の派手な赤、ブルー、ピンクと、カラフルなスキーウエアが、白銀のゲレンデに、思い思いのシュプールを描きながら躍動し展開する。雪国の花盛りシーズンの到来であった。急斜面をウエーデルン、パラレル、直滑降など鮮やかな技とスピードをご披露して、ご満悦な若者達。それとは裏腹に、見事な技を、空に両足を広げたダイビングをご披露して、あわや空中分解か。見事、腹這いになって飛び込んだ。正にお見事な技であった。

「やった。飛び込んだ。バタフライだ」

若い女の子が顔面雪だらけ、口から雪を吐きだしているところは水泳でなく雪泳というべきなのか。年配の風間滋男が連れの若い仲間に冷やかし半分に言った。絡まったスキーを直すと彼女は重いお尻を持ち上げた。知らずにというよりも大きなギャップを避け切れなかったのであろう。怪我は無いらしい。

「いや、立派立派、見事なジャンプ。俺もやった覚えがある」

と言いながら斜面を見上げていた松山敬一、年の頃は二十四くらいだ。手を差し延べようと斜面を急いで登り出した。隣で緩やかな斜面を眺めていた一番若手の志摩登が突然大声を上げた。

「あっ、あぶねえ」

緩やかな斜面ではあるが、若さ溢れる女の子が、双方から二等辺三角形の頂点に向かってあわやぶつかろうとした途端、危険を感じたのだろう双方の偉大なヒップが雪煙を上げ雪面に大きな穴を引き摺って頂点で止まった。彼女たち顔を見合わせて、

「御免なさい」

込み合ったゲレンデでは、何処からぶつかってくるか油断は禁物だ。

「見事なヒップ制動」

ホッとした表情で志摩は胸を撫で下ろしていた。更に志摩がリフトを見上げながら、

「リフトも空いた。もう一番行こうぜ」

松山が頷き返し、二人はリフトへと急いだ。

あたりは次第に夕暮れが迫ってきている。数台の観光バスが、帰り支度のエンジンのリズムカルな響きを上げている。若者たちのバスに乗り込む姿が列をなしていた。

街灯が花びらのように競って舞い落ちる雪片を浮かびあがらせ、宿へ帰る人々の姿も街灯の花びらの影から浮かび出して、また影のように去って行く。ゲレンデの照明が雪の花びらを映し出し、夜の底の雪面がスキーヤーの白と黒のシルエットの孤を描いている。あっという間に暗くなる。雪国の夜の到来は早い。

「よー、寒くなってきたぞ」

志摩が叫んだ。

3

ごろごろと人間の芋を洗うような岩風呂の温泉で足腰の疲れを癒し、風呂から上がって間もないせいか頭から湯気を上げ、上半身肌脱ぎの浴衣姿で、タオルで頭を拭き拭き呑気なおっさんの風間と、若手のホープ松山と志摩が、ホテルのロビーのソファにどっかと腰を据え、街灯の明りにちらつく夜の雪景色を窺ってい

る。ホテルの仲居さんも夕餉の支度で忙しく駆け回っていた。

その時、ホテルの玄関に若い男女の群れが先を争って、どたどたと入り乱れて入ってくると、

「きゃー、あっ、痛ー」

いきなり激しい雑音と悲鳴が辺りの静寂を破った。何事が起こったのか、周りの人の視線が震源地に注がれる。

スキーをぶっつけ合って倒れる音、いや偉大なヒップの音か。ピンクのスキーウエアがスキーを抱え、玄関先で尻餅をついて転がっている姿が誰彼の目に入った。年のころ二十二、三の女性らしい。足を伸ばしたままの痛々しい美人の顔が歪んでいた。

「ここまできてまた転ぶ練習か」

傍らにいた彼氏らしい男、背後から彼女を抱き上げて皮肉った。彼女は、さも痛そうに俯き加減に偉大なヒップを撫で回している。また悩ましい程太り気味の女性でもある。スキーによって減量しようとしているかのようにも見えた。

「おお、かっこええケツだ。痣ができるだべー」

どこからか野次が飛んできた。

「意地悪。痣なら一杯出来ているわよ。あんた、見たいんでしょう」

野次の飛んで来た方へ彼女の視線が挑むように睨み返す。

「あんたのヒップ、いい肉付きだ。大丈夫だんべ」

ロビーにいた中年の男が笑いながら、からかうと、振り向きざまに、

「面の皮の方が厚そうだ」

小声で皮肉った男はさっさと立ち去っていった。

「中年っていやらしい」

と彼女の舌が飛び出して目から火花が散りそうだ。

「ここの雪質がわるいんよ。靴の底にダンゴになるんだもん」

ぶつぶつ言いながら乾燥室へと入っていった。

「そんなにすねるなよ」

「ずいぶんね。遊んであげてるのに遊んでやらないから」

乾燥室から彼女のヒステリックな濁声が聞こえてくる。とんだ茶番劇が終わると、志摩がにやっと笑った。

「今夜は冷戦か」

「馬鹿、それはどうかな熱戦だ。今夜はやけに冷えるからよ。ああ、おかげで湯冷めした」

松山が身体を震わせ志摩の頬を突いた。

「なるほど、あっためろ」

と言いながら風間が夜景を見ているロビーの窓際に寄ると、覗き込むように雪の夜景を見詰めだした。

街灯に浮かんだ雪の花びらを、じっと目が追っている。

暗い樹木の影に静かに消えて行く雪が、綿布団のようにふんわりと積もり、後方は次第に山の暗闇の中へと消えて行く。しばし窓明りで輝いたダイヤモンドのきらめきと陰影を見つめていると、不思議にも雪の精が現れて、幻想的な夢幻の世界へと誘われそうな感覚があった。

「雪の夜景は幻想的だ」

風間が呟きながら松山の肩を叩いて、

「喉が乾いたな。スナックで一杯やっか」

「それがいい」

と二人の返事が同時に返って、やおら彼らは方向転換するとホテルのバーへと足が自動的に向き直って動き出した。

「まあ軽く喉を潤す程度。飲み過ぎると明日の仕事に差し支えるからな」

何気なく風間が呟いていた。

「なんだ、おっさん。明日仕事する気か」

松山が振り返った。

「体調のことだ」

「明日も明後日も休業だんべ」

バーの中をそっと窺った。さほど客はいないらしい。足を踏み入れた。

「いらっしゃい」

という可愛いホステスの声に誘われて適当な席を見回し、奥の隅にいる禿頭の親父さんと婦人のいる隣の席に陣取った。カウンターに男が二人、止まり木にとまっている。その一人に見覚えがある。

（あれっ、先程あのねえちゃんをからかっていたオヤジだ）

風間はふと思い出し笑い。彼らはビールをうまそうに煽っている。それを見ると急に喉が鳴った。

民謡が低音で流れている。ビールとつまみを注文するとホステスが笑みを浮かべて運んできた。

「雪国の女性はほっぺが赤くて魅力的」

松山がホステスに笑みを浮かべてお世辞を言った。

「あらいやだ東京生れ。スキーに来てアルバイトよ」

ホステスが顔を反らして笑いこける。

「あれーほんとう。まあいいじゃない。あんたも付き合えよ」

ホステスを入れた四人はグラスにビールを満たすと松山が音頭をとった。

「この馬鹿者たちに乾杯」

余りにも威勢のいい大声を張り上げたためか、周りの連中から驚きの眼が注がれた。

「なにしろこの連中、馬鹿と貧乏が取り柄でして、すみません」

周りの注目に恐れ入った松山が訳の分からないことを言って頭をぺこんと下げた。

客たちは、なるほど馬鹿の集まりだなと感心したらしく頷いて苦笑している。

「このビールの味はスキーじゃなくちゃ味わえねえ」

風間が一気にグラスを空けると、口の周りに泡をつけ、満足そうな蟹になった。

「そっちのお兄さん方、どうだ。こっちに来て一緒にやらんかね」

隣の席からでっぷり太った禿げ頭の親父さんの太い声が掛かった。彼の横にいる魅惑的な貴婦人も笑顔で招いているではないか。

声の方を見た若者はきょとんとした顔で訝がった。

「あんたがた若いんでしょう。なにも遠慮することないでしょう」

貴婦人が、「さあ、おいで」と松山の手を引っ張って椅子を引き寄せた。というわけで、なんとなく極自然に円陣の客となってしまったのだ。貴婦人が若者たちにボトルから注ぎ終えると、そこで改めて乾杯の音頭とざわめきが、また起こった。

暫く当たり障りのない話で飲み交わしていると、貴婦人が小首を傾けた。

「あら、そうだわ。部屋に沢山の御馳走が残っているのよ。あんたがた、部屋に来て一緒に飲み直ししましょうよ」

その貴婦人が急に思い出したように、若者たちへ誘いをかけた。

「そう、それがいい考えだ。おぬしたち、ご馳走がある。我々の部屋へ是非とも来てもらいたい」

と禿頭の赤ら顔が立ち上がった。最早断る術も無く彼らは、バーを出てやおら座敷へと案内される。

目の前のコクタンの座卓には豪華な山海の珍味が展開していた。そこには生き造りの見事な鯉が大根を枕に大きな口を開けて鼾をかいている様子が一際目を引いていた。

「勿体ないからこれみんな平らげてよ。代議士の先生が来る予定だったのよ。都合が出来てね……。若いからこの位大丈夫でしょう」

貴婦人がこの御馳走を全部平らげるように掌で輪を描いた。

「やあ、すごい御馳走だ。ごっさんです」

松山が手刀を切る。

彼らは目を見張った。食事前の三匹は欠食児童のように山海の珍味と、立ち並ぶトックリやビールの樹林を傾け、片っ端から食い漁り出した。

松山が鯉の口に酒を注ぐとパクリと動く。

「生きてるう」

「これは鯉の残酷物語」

志摩がその身を剥がす。やがて彼らは酔うにつれ舌ももつれ全身も抜け殻のようになっていった。

「奥さんは妙齢の美人。これが新潟美人というのでしょうか」

松山が盛んにお世辞を並べて握手している。若者達は余程貴婦人が気に入ったとみえて猥談に花を咲かせ笑いこけている。赤ら顔の親父が風間に声をかけた。

「あんたがた。ちょいと伺うが、いつまで泊まっていくのかな」

「昨日は旅行会で湯沢に泊まり、折角来たのに一泊じゃ物足りなくてね。後二泊の予定ですわ」

「なるほどね。それじゃどうだろう。明日はうちの山荘に泊まらんか。ここのような温泉はないが静かな山麓でな、この直ぐ近くにある。山菜と虹鱒で雪見酒とは、ここと違った味がある。なんとも言えん乙なもんじゃって……どんなもんじゃな……」

と酔いどれ親父が銚子を風間に傾けた。

夜も更け山海の珍味と酒とで、それぞれ酔いが最高に達しているようである。

「やつらにちょいと聞いてみるか」

風間は、貴婦人と戯れている若者たちへ酔い潰れた声をかけた。

「おーい、若えの。明日ここの山荘へ来ないかというんだ。どうするね」

彼らの酔いどれのまなざしが風間に向かった。

「よし、そいつはいい。行こうぜ」

と松山の威勢のいい返事が返った。

酒の勢いに乗り、異口同音、興味と好奇心を誘う未知の放浪の旅にでるのも、また満更でもないと話は決まった。

彼らには始めから計画はない。休みがあるだけだ。雪のあるところなら足の向くまま気の向くままで、どこへでも行く。今始まったことでは無かった。

何処の誰とも知らない連中に誘われて、旅は道連れ合縁奇縁とばかり御機嫌である。

『青春は二度と無い。青年時代は試練に挑戦の時代。経験は最良の教師である』

とは彼らの日頃からの口癖でもある。

年配の風間は、どうしようかと迷っている。

「俺は、帰るとしようかな。おまえら行ってこい」

と投げ捨てに言った。

「おっさん、そりゃないよ。運命共同体だよ」

松山が言うと志摩も調子を合わせる。鯉が滝に挑むような二人の若さに、風間は運命共同体に乗せられてしまったのだ。

さて、この運命共同体はどうなるのか、それは知る由もない。

4

その翌朝である。ホテルの玄関先で風間、松山、志摩が昨夜から降り積もった車の屋根の雪を払い落とし、スキーキャリヤーにスキーを載せていた。雪は、ぱらつく程度で時折太陽が雲間から輝いた。その時、銀世界は細かいダイヤをちりばめたように、目を射るようにきらめいた。

「おお、眩しいー」

風間がそのキラキラきらめくダイヤに目を細めている。

雪国は冬の厳しさという他、あるロマンを感じさせるものがある。『雪国』という映画にあるような芸者駒子のかく巻き姿や馬橇、藁靴なんぞ現代は何処でも幻のようで、映画か売店の土産物の中でしか見ることが出来ない。また、遥か国境の連峰に雪を見ると里では、漬け菜洗いや冬ごもりの準備に忙しかった宿命的忍従の生活が、今では無雪化された道路に車が走り近代的な施設が軒を連ね、ウインタースポーツのメッカとしての準備に忙しい。スキーもスキーウエアもファッションとしてめまぐるしく変化していくこの頃である。

国境の山々は雪雲に覆われてその姿もおぼろげない。ぱらつく小雪に時折眩しい日が差していた。

「このぶんじゃ、山は雪だんべ」

風間が遠くの山を見上げて車内にザックを放り投げる。

「旦那、夕べの酒の飲み過ぎだ。目が血走っていますよ」

と志摩が風間の顔を覗いている。

「そりゃ、お互い様よ」

お互いに顔を見合わせて笑っていた。

「軽く調子にのって飲み過ぎた。二日酔いの重傷だ」

「あれほど、飲んじゃいけねえと自分で言いながら」

「ブレーキの暴走だ」

「こりゃ、だめだ」

車のエンジンは快調なリズムカルな響きを上げ背後から蒸気を吹き上げている。赤ら顔の旦那もどうやら二日酔いのようで、分厚い防寒服を着込んでいる。シルバーフォックスのコートを誇らしげに翻した夫人も一緒に玄関先に現れた。

「やあ、君達は元気がいい。わしも若いもんに負けられん」

赤ら顔が嗄れ声を張り上げた。

「うちの車がもう来る頃なのよ。未だ見えないわね」

貴婦人が前方に首を傾げて運転席にいる松山に声をかけたが、松山はどんな車が来るのかキョトンとして彼女を横目で睨んでいる。

「遅いわね、寒くなっちゃうわ」

　彼女は足踏みしながらストレッチスリムパンツと長靴をはいた足で雪に円を描いている。そうしているうちにエンジンの響きが聞こえてきた。

「ああ、ようやく来たわ、あれよ」

　エンジンの音の方に目が向いた。ワゴン車だ。屋根の綿帽子が所々禿げ落ちている。走るに任せて雪を落として来たらしい。貴婦人の前に止まったワゴン車の運転手の松山は、彼女に何か囁いていた。

「ねえ、この車の後に付いてきてね、三〇分程でつくから、いいわね」

　松山は彼女の言葉に頷いて、前のワゴン車の後ろにぴたりと付いた。

　かの貴婦人と、赤ら顔の旦那は、悠然とワゴン車に乗り込む。すると雪を蹴散らして大きくカーブを切って走り出した。その後を追って、左に折れる。国道十七号線である。

　この国道の真っ直ぐな雪道を速度を上げていくとフロントガラスに雪が飛び散ってへばりつく。それで運転手は速度を落としフロントガラスにへばりついた雪をワイパーで拭き払っていると、間隔を開け過ぎたのか途端に大型トラックが左のウインカーを点滅させて割り込んできた。また大型の雪がフロントガラスに飛んできた。

「やなやつだ。そんなに急いでどこへ行く。この馬鹿」

　松山が怒鳴り散らしてはみたものの相手には通じるわけがない。

　ところがそのどさくさに松山が先導車を見失った。

「あれ、あの車どこへいった」

　志摩が左右を見渡していたが、後部座席の風間が右手後方の道に止まっているワゴン車を発見していた。いつの間にか右折して村道に入っていたのだ。

「ほらあそこ、右手後ろだ。Uターン」

　先導車が止まってこちらの様子を窺っているようだ。

　松山がチャンスを狙って下り線を大きくUターン。左折して先導車にようやく追い付く。ワゴン車はゆっくりと走り出した。

　白銀の世界に黒い帯のように流れる魚野川の橋を渡る。民家の屋根には重そうな雪の帽子を被り、氷柱の牙が競うように光っている。そして民家も次第に疎らになって雪道は車だけの道のように車輪の跡が道を作っていた。犬の足跡と人の足跡が取り残されて、どこへともなく続いて視界から消えて行く。

前方に一際高い山が雪雲に覆われて山頂は雲の切れ目からも判別できない。左右の山々も真っ白な雪の中に木立ちが胡麻塩を撒いたように静まり返っていた。

細長いコンクリートの長い橋を渡る。川の流れのざわめきとエンジンの音が重なる。かなり道幅が狭くなり両側に積もった雪を削り掻き分けながら急な坂道の下にきた。

「この坂うまく登れるか、途中で動けなくなったら頼むぜ」

松山が自信なげに首を振る。

「我々人夫にまかせろ。それっ」

志摩の声がエンジンの唸りで消えていった。

車のトランクには、雪道に嵌まり込んだりスリップしたり立ち往生することがよくあるのでシャベルや古い毛布など、食料や缶ビール、石油バーナーなどキャンプ道具一式積み込まれていたので重たいのだ。

中古の紺色のスバルはエンジンの唸りを上げて快調に雪を蹴散らして登り切った。

「登ったよ、このオンボロ。四輪駆動車を買いたいね」

松山が独り言を言う。

「だいぶ雪道を騙すのがうまくなったじゃないか」

風間が皮肉を言った。坂道は朝のうちに整備されていたのだ。

山荘は坂道を登り切った曲がり角にあった。車五、六台分のスペースがあり、その先は深い雪で覆われて行き止まりとなっている。

「やあ、御苦労さんだね。さあ中へ入って一服しなさい」

赤ら顔が冷たい空気に触れて、酔いが幾分覚めたようだ。

彼ら三人は促されるように玄関に入ると、直ぐに鷹の剥製の厳しい目に迎えられた。すると、赤いたすきをした割烹着姿のおばさんが、

「さあどうぞ上がってな」

五十半ばであろうか顔の皺が年齢を刻んでいる。

彼ら一行はリビングルームに案内されると石油スト

ーブが赤々と炎を上げている暖炉の前で寛いだ。

「さて、ザックはここでいいですか」

風間がおばさんに伺うと、

「そんだな、二階へ上がって……」

なにかものぐさそうに、付いてくるようにという手招きに応じて二階の廊下の一番奥の部屋へと案内された。その部屋の片隅にひとまずザックを置くと、どっこいしょと腰を下ろした。部屋は寒々とした八畳である。

おばさんが石油ストーブに火を点すと赤い炎が煙を伴って燃え上がる。

「後で下にきてな、お茶でも入れるから」

と言いながら部屋を出ていった。火は点ったが石油の匂いが部屋中に広まった。

「こりゃ、臭い。窓を開けよう」

三人とも顔を歪めて、鼻をつまんだ松山が窓を開け広げた。

冷たい空気が雪を連れて舞い込む。眼下には川の流れのざわめきが聞こえてきた。白銀の中を自由気ままに白い歯を見せて雪を噛み砕いているようだ。その対岸に高い何という山か知らないが、雲を背負って立ちはだかっている。裏手には山荘が斜面に沿って雪の表に顔を出し、時折雲の切れ目から覗く陽射しに照らされ、そして日が陰るとちらつく雪に撫でられていた。

辺りを窺っていた松山が時計を見ながら突然振り返った。

「そうだこの裏山。未だ十時だし、退屈だ。この裏山へ登ろう」

「それがいい。二日酔いさましに丁度いい」

と風間が相槌を打つ。

善は急げとばかり三人は支度をすると階下に降りてスキーの準備を玄関で始めた。

おばさんがお茶を持ってきたが、

「この裏山スキーで登って……」

と、風間がスキー靴を履きながら丸くした背中から首を捩った。

「昼までに帰ってくるのかね」

「我々は携帯食料がたんまり残っているので上の方で景色を見ながら……。夕方までには帰って来ます。よろしく頼みますわ」

風間は靴を履き終えると息を弾ませて言った。

おばさんは割烹着で手を拭きながら頷いている。

「気を付けてや」

車のキャリヤーからスキーを下ろし、スキーをつける。最年少の志摩が山の頂上で一息入れるための食料や缶ビールなどをナップザックに適当に詰め込んで背負った。

彼らは道に沿って斜めに走る雪の緩やかな坂道をスキーを引き摺って登って行く。曲がり角で一息入れ、また曲がり角で呼吸を整え、白く吐く息が次第に激しくなり、息使いも荒くなる。気圧の下がった蒸気機関車のように喘ぎながら、遂に蒸気が底をついた。

「ちょいとここらで一休み」

風間が若者たちへ息切れた声をかけた。彼らも黙って、こくんと首を垂れる。お互いにだいぶへたばっている様子である。

彼は休みながら風景に見とれて山の冷気を腹いっぱい吸い込んだ。ストックを突いて俯くとストック先の穴の中に薄い空色の雪の空がある。木の枝から風に煽られてばさっと、雪が火照った顔に降り懸かる。それが首筋から入ってきた。やはり冷たい。暫く休むうちに蒸気が漸く上がってきたようだ。またラッセルを始める。

「気持ちがいいや」

九十九折りの坂道から、やっと緩やかな登りの直線コースが山腹を斜めに走っていた。雪に埋もれたあちらこちらの山荘を覗き見ても人の姿はどこにもない。ただ雪面を走り去った獣の足跡があるばかり。兎だろうか、姿はない。在るのは風間ら一行の姿とスキーの跡だけであった。ようやく中腹に辿り着く。そこから先には山荘は見えない。

「おーい、この辺で一服しようぜ」

先を登っていた彼らに息を切らした怪しげな声で山肌に向かって風間が叫んだ。ある一種の絶望的な声に近い。

松山と志摩が新雪を気持ち良さそうに押し退けて下ってきた。

「ここまで来ると二日酔いのアルコールも、どこかへ飛んでいったみたいだわ」

息切れた風間が笑っている。そしてタバコを取り出すと火を点けた。青い煙が山肌に沿って風に流されて上がっていく。一服終わると、それぞれのネイチャーコールが、銘々の黄色い筆で雪に、絵とはいえない絵を描く。

「やあ、さっぱりした」

松山と志摩が吸い殻を投げ捨てると新雪の急な斜面をラッセルを始めた。

「おいどんは、オーバーヒートだ」

風間の額に汗が滲んでいる。

「おっさん、油切れだ。エンジン古いから」

松山が憎まれ口をたたいてターンして行く。

「それもそうだな。新品と取り替えるからよ」

彼は心中で取り替えられるか、この野郎とばかり減らず口を尖らした。

遥か眼下に川が蛇行している。日が差してきては陰り、陽と雲の影が山々に反映して雲の流れが風景のページをめくるように変えて行く。風間はゆるりとストックに両腕を支え遠く望郷の念にかられ絶景を味わっていた。

すると、どこからか女性らしいか細い声が風に漂ってくるのを感じる。あれっと思った彼は振り返り、声の方角を確かめるように目を走らせた。するとまた聞こえた。

「あの、もし、すみません」

彼の目が声の発生源を見付けた。直ぐ近くの山荘の窓から中年の女性が一生懸命手招きしている姿だ。

一瞬、目を瞬き見開いた。

昔、雪女の物語や映画を見た記憶があったからであろうか、一瞬雪女を連想してスキーを滑らせ窓の下に近寄ると見上げた。それは紛れもない確かに本物の中年の女性である。山荘の窓から身を乗り出しているではないか。

「はて、なんでしょう」

彼の声はどこか訝しい。

「お疲れでしょう。よかったら休んで行きません?」

「これは、これは、有り難い。もうへたばっているところで。そんじゃまあ、お言葉に甘えることにしましょうや」

彼はスキーを外して雪の中に差し込むと雪の階段を攀登る。

「さあ、どうぞお入りになって……」

彼女は玄関の扉を雪を押し出すように開けていた。

「ちょいと待って下さい。仲間に合図してくる」

かなり上の方で二人は新雪にシュプールで絵を描いているようだ。両側から滑ったのであろう丸く円を描いて人の顔のようでもあった。

「なかなか面白いことをやっとるわい」

独り言をいうと、ストックを高く上げて大声で叫んだ。

「おーい。野郎ども、ここにいるからよー。一休みだ」

ストックで家を指した。彼らも分かったらしく片方のストックを高く上げた。

「おじゃまします。突然呼ばれてあれっと思って……」

その次の言葉を飲み込んでしまった。まさか雪女ではないかと思ったなんて、とても言えない。

山荘に入ると訝しげに目を左右に揺らす。玄関脇にすぐトイレがあった。その奥が洗面所とバスルームらしきものが見える。更にドアを開けると、和洋折衷の八畳ほどのリビングルームであろうか、天井は梁が剥き出しで、二本の梁の間に黒い円形のトタンの傘に煙突がある。その下の部屋の中央の囲炉裏では薪が赤い炎を上げ、煙がトタンの傘から煙突に吸い込まれ、外へと吐き出しているようだ。南向きの窓の下に石油ストーブが赤々と燃えている。彼はそのストーブの横の、暖かそうな囲炉裏の前にどっかと胡座をかいた。

「こりゃいい。焚き火の炎というものは、何か人に暖かく話しかけているようですね。これは風流だ」

彼女がキッチンから湯飲みとミカンをお盆にのせて来ると、彼の満足そうな顔に彼女が話し掛けた。

「煙くありません？」

「ちっとも煙くない。都会では暖炉があっても薪をくべるのをあまり見掛けないが、あれは飾りでしょうな。田舎の囲炉裏で煮炊きしている懐かしい情景が目に浮かんでくるんですね。木の根なんかは、なかなか火持ちがいいですよ」

彼女はひたすらに囲炉裏のヤカンからティーポットに湯を注ぎお茶の支度をしていた。

「お茶を、どうぞ」

彼は水玉模様の湯飲みから熱い湯気の上がっているのを両手で包むと、

「ホテルでも暖炉はあるが、こういうような風流を演出しているところはあったかな」

「そうね、風流とまではいきませんわ。なんとなくこの炎を見ていると心が和むのです」

彼女は囲炉裏の燃え切って炭火のように赤いのを広げて新しい薪をくべた。火の粉が散る。煙がひどくなって木の皮が弾けた。

彼女は急に俯き加減に涙ぐむ。煙が目に滲みたらしい。だが手拭いで目を拭いて顔を上げると、どことなく愁嘆の表情で、また顔を見せまいと俯いた。やがて顔を上げた。

「この近くの方ですか」

「いや、たまたまホテルで下の山荘の親父さんと知り合いましてね。山荘に泊まっていかないかと誘われたんです」

「あなた方は東京ですか」

「私は東京の太田村ですわい」

「あらあそうですか。私も大田区にいます」

と、言うと女は涙ぐんだ顔で何故か俯いた。

風間は「はてな」と思った。

「えっ、そうですか奇遇なこった」

「そう奇遇ですわね」

同郷の誼という親しみが湧いたのか、少し彼女の顔に笑みが戻った。

しかし、こんな山里で奇遇な出会いというべきなのか。風流を楽しんでいるかのようでもあったが、風間には複雑な心境が去来した。

外の方からドアをノックする音と声があった。

松山と志摩の呼び声だ。

「おっさん、いるか」

「さっきの若い人達ね。もし、入れてあげてください」

風間は立ち上がり玄関のドアを開けた。

「さあ入りたまえ。お茶でも差し上げよう」

「偉そうに。何時の間にかここの主になったみたいね」

「今から」

苦笑いした主が頭を掻いた。

「さっき合図したとき屋根から煙が上がっていたのですぐわかった」

松山の後から志摩が続いてきた。

彼等は囲炉裏を見下ろした。

「こいつはいいじゃん」

志摩がにこにこしている。風間の横に彼等は腰を据えると煙っている囲炉裏に活を入れようと息を吹き掛ける。煙っていた薪から炎が舞い上がった。

「お茶をどうぞ」

彼女は二人に湯飲みを差し出した。

「俺たちは、もう喉がからから。リフトがないから登りっぱなし。やあ疲れた」

と松山がいいながら志摩の持っているザックを手繰り寄せた。ザックから缶ビールとチーズを競って取り出すと早速喉をごくごくといわせてうまそうに飲んでいる。

「うまそうだな。おれもだ」

風間もザックから缶ビールを取り出す。

「どうですか奥さんもやりませんか」

と志摩がビールを彼女に差し出すと手を横に振っている。

彼女は美人とはいえないまでも、どこか気品というものが感じられた。しかしどこか暗い影のようなものが漂っているようにも思えた。年のころは三十五、六位であろうか、ミドルグリーンのセーターにブラウンのスキーパンツで慎ましく正座してオレンジのソックスを覗かせている。

「それではジュースがいいでしょう」

と志摩が取り出して彼女に渡すと恐縮して受け取った。

ビールを飲み干した松山が陽気に、

「この囲炉裏で山賊料理でもやろうか」

「冬だから山のものは何にもないわ。残念ね。無理のようです」

「この男、本当は海賊料理が得意。それも河豚の刺身。釣りたての河豚の刺身の料理が実にうまい」

風間はそう言ってビールを飲み干した。

「よくなんでもなかったですね。素人じゃ危ないといわれておりますから」

彼女はくすくす笑い出した。

ところが急に石油の匂いが部屋に広がってきた。馬鹿話をしているうちに石油ストーブの油が切れて燻りだしたらしい。彼女は立ち上がり石油タンクを振ってみたが、あっけらかんの空である。首を傾げて困惑の表情であった。それを見た志摩が言った。

「俺たちが買ってこよう」

「そうだお前たち若いの。ちょっくら行って買ってこい。どうだ」

風間が偉そうに彼らを急き立てる。婦人は恐縮そうな顔で頭を傾げていたが、頼みたいという表情でもある。そして手を合わせた。

「本当に申し訳ありません。助かりますわ。お願いします」

「よし決まった、すぐ行こう。おい、若いの」

松山が志摩の肩を強く叩く。

「すみません。折角休んでいるところを急かしまして」

「なんの、なんの、どってことない。車で飛ばせばわけない」

松山の自信たっぷりな態度である。

婦人がガソリンスタンドの場所を示すと、ポリ容器をスノーボートのように滑らせて下っていく。志摩がポリ容器に戯れて、あっというまに転んだ。窓から見送っていた二人の顔に思わず笑いが吹き出した。

「気持ちのいい人達ですね」

「青年時代はなんでも挑戦の時代と張り切っているから、威勢がいい」

「……」

「こうやって窓から眺めていると雄大な山や自然のつくりだす風景は、実に見事というよりも素晴らしい限り。どんな芸術家でもこれ程の自然を再現出来ないでしょう。窓枠から四季の絵画が風で動き出す、こんな自然の中で暮らすなんて羨ましいね。私なんか学がないもんで、どんな高価な絵を見ても何にも分かりませんわ。それよりも四季折々の自然の絶景を描き出すこの方が最高ですな」

そうと言ってみたものの実感として出てきたのか、そうではないのか、自分でも分からないような感心のしかたであった。

そういっているうちに彼女は窓を閉めた。

「そのように思います。全然景色が見えない時もありますのよ」

「毎日嵐があるわけじゃなし。しかし嵐の風景も見られる。この俺様も都会を離れて山里で暮らしてみたくなったね。そうするかな」

「私も最初はそう思いましたの。ところがね」

　婦人は囲炉裏に薪をくべながら暫く黙った。煙が一層ひどく部屋をいぶしだしていた。

　いつしか婦人の瞳に光るものが見えてくる。それを押し隠すかのようにキッチンへと走った。少しして餅と笹団子を持ってくると網の上に行儀良く並べながら、また話し出した。

「私、羽田で中学の教師をしております。岡本文子と申します。よろしうねがいます」

　まだどこの誰とも知らなかった。婦人は掌を膝に深々と丁寧に頭を垂れた。

「いやいや、こっちやらこそお世話になりますわ。わすは風間滋男というもんです。どうぞよろしく」

　彼は囲炉裏の灰に火箸で名前を書いてみせる。彼女は一息入れると、

「小学生の子供たちだと慕ってきて、いくら素性が悪いからといっても、じゃれてくるようなものですが、中学生ともなると、一番プレッシャーがかかる年齢にいます。学校や教師に対する親の期待が大きく、困ったことに家庭で躾をしない親が増えて、躾の悪いのを教師のせいにしてしまうのです。大人が悪いことするんだからオレたちもマネをしなくちゃなんて…指導が難しいですね。口答えばかりうまくなって…」

「そうなんでしょうな。これも社会現象というのかな。わしのような尋常小学校しか出ておらんもんにゃ、よく分からんですわ」

「あら餅が焼けたようだわ。どうぞ」

　餅や笹団子を丹念に網の上で転がしていると、ふくれ上がって焦げ目から蒸気が吹き出してくる。風間はその一つの餅を「あっちいちっ」と掌で転がして、ちぎって食らうと、まだ熱く、口の中でもがいている。

「教え子がここの会社におりまして、昼休みに職員室に尋ねてきました。五、六年も経つとすっかり大人になって随分変わるもんですね」

「そうでしょうな」

「名刺とパンフレットを出しまして、『別荘に興味をお持ちでしょうか。今買っておけば将来益々値上がりして投資にもなります』と持ち掛けられました。家は多摩川の下流で土手の近く、夏になるとどぶのような匂いが辺り一面に漂ってきましてね。空気の綺麗な所

へと行ってみたいと思いました。教え子は上司の方と一緒に来て、ここに案内されました。この上司というのが松永部長とかいっておりましたが、あまり感じの良くないヤクザッぽい人でした。それでも教え子の熱心で誠実な態度に絆されまして買うことに。また生徒たちも自然の中で生活してみたいと言うものですから山荘を建て、そして川で魚を捕ったり鳥の観察やら風景を描いたり、そんな夢をみていたのです。それから牧田一男とかいう社員が生徒の紹介で私の家に参りました。『別荘を建てたのですね。そのくらいの金なら直ぐ取り戻せます。絶対に儲かるよい方法があります』と言ってアタッシュケースから札束をちらつかせて、『これから客の所にこれを持って行くところなんです』って」

そこで婦人はお茶をすすり餅や笹団子を食べながら一息入れていた。彼も笹団子の香りに誘われて手をのばし笹を摘んだ。

「それからね。これは先物取り引きといって六カ月後とか将来のある一定の時期に商品とその代金を交換する一定の保証金を積んで契約するもので現在、商品取り引き所法により商品が公認され農水産省の管轄のもとに取り引きが行われている金、銀、白金など一番良いものです。取り引きは一ユニット一〇〇万からで、これから金価額が値上がりする一方で今が買い時です。手数料を引いても五〇万の利益になり元金は絶対保証します。私共は末永くお客と取り引きしたいので、お客に損をさせると、もう取り引きして頂けませんからと言うのです。今金がないと断ると『一口でもいいから契約して下さい、契約を取らないと帰れない』と大の男が畳に額を擦りつけて子供の写真を出し、『子供が病気で生活が出来ないのです。助けると思って、絶対に迷惑をかけません。これだけは保証します。我々大金を扱っていても皆人の金で我々にはほんの少しの手当てだけなんです』そして涙ぐんで、また畳に額を擦りつけるのですよ。男が何回も土下座です。余りのしつこさに本当に参りました」

「それでどうしました。儲かりましたか」

「いやですわ。なにしろ五時間も六時間も粘られて遂に根負けですね。一度お金を出すと値が上がったから買い増しを勧められ、今度は暴落した。取り戻すのに保険つなぎをしないと全部パーになると脅かされ、次から次と相手の言うままに操られ三〇〇万も取られました。教え子を呼び出して聞いてみると牧田なんてうちの会社におりません。全然知らないですと、こうですよ。確かにその子と同じ会社の名刺もあります。全く呆れ果てました。それにここの会社の確かな領収書と契約書がありますす」

「それで牧田という男はその後会いましたか」

「行方不明なのよ」

「うへー、なかなかのペテン師だ。三〇〇万ね」

風間は耳新しい先物取り引きに驚かされて大袈裟な身振りで万歳をしてしまった。

婦人は怒り狂った激しい口調から憔悴しきった表情が深くなり青ざめてきた。そして大東和総合開発株式会社の数枚の領収書や契約書を取り出してきたのである。

「そうすると取り返す当てがあるのですか」

「ここの会社に掛け合っているのですが、頭から知らぬ存ぜず。その人とは関係がないの一点張り。亡くなった父の遺産よ。どうにもならないのなら警察へ訴えようと思っているのです」

「酷い会社もあったもんだ。ひえー」

風間は呆れ返ってぽかんと口を開けたままであった。

牧田という社員は確かに大東和総合開発に存在していたのであるが、それぞれの使い道により別の名前を使い分け、相手の老婆心をくすぐり同情心を駆り立てて警戒心の城壁をとり崩し、哀願懇願は常套手段であり、粘りに粘り根負けさせるのが狙いであった。牧田は金を取り上げると秋風に吹かれながら熱くほてった顔を冷やして札束の一番上の札を抜きとった。後はみんな新聞紙の見せ金である。そして一杯飲み屋へと向かった。勿論会社側は、この事態を察してはいたが大東和総合開発の社員であるということは口が裂けても言えない事情があったのである。

遥か下の方から風に流されて呼んでいる声がこだましてきた。

「おーい、おっさんよー」

「奴ら戻ってきたようだ。よし迎えにいってこよう」

風間は立ち上がると外へ出た。スキーをと思ったが、彼らはスキーを脱ぎ深い雪を掻き分けて、ポリ容器をスキーの上に乗せV字型に綱を張り引っ張り上げているではないか。それを見ると彼はそのまま雪の斜面を駆け降りていった。

「なんのなんのといっても参った」

松山と志摩は大きな口を開けて肩で荒々しく呼吸、吐き出す激しい蒸気。そして二人とも力尽きてどっかと寝そべってしまうと、白い蒸気を天に向かって吐き出した。

「行きはよいよい、帰りが怖い」

志摩の顔に汗が滲んでいる。

「若いの、弱音を吐くなよ。いやあ、ご苦労だったな。後は俺様が引き受けた」

と風間は綱をとると引き上げ出した。山荘までそれ程の距離はないが、確かにそれを引っ張る度に大変な重みが加わった。

何時の間にか夕暮れの気配が迫っている。風が雪を呼び、斜めに飛び去って行く。ようやく息を切らして山荘に辿り着く。

「どうも御苦労さんです。一休みして下さい。申し訳ございません。大変だったでしょう」

入り口に出迎えた婦人は恐縮そうに幾度となく頭を下げたが、その声は風と雪に、かき消されるようにか細かった。風間はポリ容器を重そうに抱えて家に運び込んだ。

「もう遅くなるのでこれで失礼しますわ。どうも御馳走様でした」

仲間はポリ容器が運び込まれると、あっというまに斜面を滑り降りて行く。それを見た風間は忘れたザックを抱えるとスキーで斜面を下り出した。途中で風間の来るのを待っているらしく振り返り見上げながら彼らは手を振っている。また風間も振り返るとそれに答える。婦人は手を振って見送っていたのであった。

なにかもの悲しく侘しい夕暮れの影のように、その姿が風間の背中に訳の分からない残像のように張り付いた。厳しい雪の中に咲いた一輪の花のように、なんとなく不安で気掛かりな心境でもあった。

彼らは宿の前に滑り降りてスキーを外した。

「おっさん、これなんだ」

松山が何か怪訝そうな顔付きで指差している。薄暗い玄関脇の横手の壁に得体の知れない動物の姿が、板に張り付けてあったのだ。

「むじなかな、いや、狸だ」

松山が首を傾げている。彼らはその得体の知れない物体に怪訝そうな目付きを注いだ。

「何にするのか、剥製か、襟巻か」

志摩が眉をひそめて見詰める。

「狸の目が恨めしそうに睨み返している。それ、今夜化けてくるぞ」

松山がよろめきながらお化けの真似をして首をすくめた。

「うへー寒くなった、入ろう」

と志摩が身震いして玄関の戸を開けた。

玄関に入ると川魚特有の香ばしさと味噌汁の香りが漂って、いやが上にも彼らの空腹を刺激せずにはおかなかった。

スキーを揃えて立て掛けていると、割烹着姿のおばさんが厨から出てきて不機嫌そうな顔で上がり框に立った。

「お風呂に直ぐ入ってな、冷めるから」

と言うと奥の風呂場を指で示すと厨にいそいそと入ってしまった。

二階へ上がると手拭いをもって我先にと風呂場へとなだれ込む。風呂場には黒々とした岩と岩との間から湯が流れ落ちている。あのホテルの岩風呂のように真似てある。

「あのおばさん、なんか不機嫌そう」

松山が小声で浴槽の中で呟くと、彼らは小さく頷いていた。

昼間の重労働の疲れが湯の中に次第に溶け出していくかのように不思議な作用で全身の錘を取り去っていく。足を伸ばすと体が自然と浮上してグロテスクな潜望鏡が覗く、と速やかに再び潜行していった。

風間は疲れた体を湯に浸しながら瞑想していた。

あの山荘の囲炉裏に座っている婦人の姿が瞼に浮かぶ。目を開けると湯気の外に消えていった。成人の日も、とっくに過ぎてしまった。もう学校が始まる。住所も聞いた。役所から意外に近いところにあるのだ。東京へ帰ったらまた会えるだろうと。

湯の熱さが全身を包むと浴槽から三人は飛び出し

た。そして窓を勢い良く開け広げた。

渓流のざわめきと冷たい風と雪が舞い込んできて全身からの湯気を爽やかに撫でる。

窓明りに浮かんだ櫟の多くは、幹の片側に雪の衣を纏い斜面に傾いている。その先は真っ暗で、揺れる枝の間から川向こう数軒の民家の明りがちらついている。夜の支度がとっくに済んでいた。

若者は湯船に飛び込むと、口ずさんでいた演歌が次第に高まり湯船を漕ぎ出している。

風間は感心したように彼らに顔を向けた。

「ここらで幾ら声を張り上げてもどこへも騒音公害にならないだろう。それに風呂で歌うと、どういうわけかうまく聞こえるね」

松山と志摩の威勢のいい〝星影のワルツ〟が窓外の風雪の暗闇へと濁声が飛び出して行く。

風間は濁声を後に湯殿から出て行った。

5

広さは八畳ほどの落ち着いた数寄屋風の座敷である。その真ん中に半畳程の囲炉裏が仕切ってある。炭火が赤い腹を伏せて黒い背中から青白い息を吐いている。串に刺された虹鱒の十数匹がその炭火を囲んで優雅な腰をくねらせて塩ののった尾びれのスカートがこんがりとキツネ色に、そして白い目をむき出し逆さに踊っている。その独特の香ばしい匂いが座敷一杯に満ちていた。

赤ら顔の親父さんが暖かそうなどてらを着て床の間を背に胡座をかいている。彼らが入ってくると、さあどうぞと手を差し伸べた。

「さあさあ、そこ、そこへ座って」

既に赤ら顔は一層赤さを増して、ろれつが回らない程に出来上がっている様子である。

「今頃雪崩にあって、くたばっているんじゃないかと噂をしていた。あの山間は毎年決まって春さきにあるんだ。なんだな、よく無事で帰ってきおったわい」

と脅しをかけて豪快に笑い飛ばした。貴婦人が愛想のよい笑顔を浮かべ三合トックリから彼らのグラスへと酒を次々と注いでいたが、

「あらそうだ湯上がりにビールの方がよかったわね」

別のグラスにビールを注ぎ出す。

貴婦人は貴婦人らしく浴衣姿に優雅な紫の道中着を羽織って若々しく艶やかな手つきで山菜や鍋物を皿に盛り付けている。床の間に、滝に挑戦しようと飛び跳ねる真鯉、悠然と泳ぐ錦鯉、優雅な緋鯉の掛け軸が、夏向きではあるが座敷を演出していた。目の前には山菜や煮物が無造作に置かれ、囲炉裏では虹鱒がこんがりと焼けている。

「さあ、皆さん目の前の、酒の肴を遠慮なくやってね。ホテルほど豪華じゃないけど」

彼らはビールを空けて酒と虹鱒に挑戦している。貴婦人が徳利を持って手渡しで彼らのまえにあてがっていた。そこへ二人の若者が鍋をさげて座敷に入ってくると囲炉裏の脇にそれを下ろした。どっかと座ると、にやりと赤ら顔に目を送った。

「名物ができた。うまそうですぜ」

その一人の若者が蓋を開けて匂いを嗅いだ。

「どんな名物」

と志摩が鍋の中を覗き込む。

「これか、特製の狸のチャンコ鍋だ」

玄関脇の狸の顔を思い出したのか、うへーというしかめた顔を引っ込める。

虹鱒や山菜と酒をたらふく飲んだり食ったり満足そうにだべっている酔った面と、虹鱒の頭と尻尾のついた骸骨だけが無残に並んだ情景は、なんとも対照的な光景である。

「社長、どうですか、狸汁」

名物狸汁をうまそうに赤ら顔が満足げに味わっている。

「これはうまい。さすがここの名物だ。お前らもやらんか」

そのどんぶりが彼らの前に並んだ。

その時貴婦人が風間や松山、志摩に対して改まったように話しかけた。

「こちらが、うちの社長です」

社長は床の間の隅から名刺入れを取り出すと、それぞれに配った。名刺には、大東和総合開発株式会社、代表取締役、台中剛造とある。

貴婦人の隣に座っていた若者の顔が夫人に転じると

嘲笑うかのように言った。

「こちらはね、社長夫人」

風間は名刺を押し頂いて改めて挨拶をする。

「私は風間滋男です。よろしく」

各自が松山啓一と志摩半島の志摩登といって会釈をした。後から来た若者たちの二人は、西川と福田といって別荘の管理をしているという。

松山が風間にトックリを傾けてきたが、既に底をついていた。それを見た社長が徳利を傾けて差し出した。

「みんな酒が強い。雪焼けしてるから顔にでんのう。今朝、うちの若いもんが狸が罠に掛かったので兎鍋じゃない狸汁を作った。うまい。どう食べてみんかい」

彼らは玄関の脇でのあの姿を思い出したのか一向に箸が進まない。

台中剛造社長の頭の毛筋は裾野に少し見えるくらい。年の頃は六十七、八だろう。禿げて艶が良く蛍光灯を反射させていた。社長夫人は若く三十五位、細身で社長よりも背が高い。あだっぽい仕種で貴婦人らしく装っている。

社長夫人が志摩の眉間の赤い傷を見付けたのか覗き込むように顔を寄せた。

「この傷、だいぶ派手に転んだんでしょう」

彼はその傷を思い出したのか苦笑いして頭を掻いた。

「これは名誉の傷。湯沢高原から下ってくる途中で、なかなか来ない。どうしたのかと思っているうちに悲鳴が起こった。なんと、カーブを曲り切れずそのまま下の道に転落、頭から若い娘さんとドッキングしたときの傷ですよ。まあ、どちらも怪我ねえでよかったね」

風間は冷やかし半分に後は民謡調に歌った。するとどうしたわけか皆の視線が社長の禿げ頭に向けられた。

剛造社長の渋い顔。

「あれは、だいぶ凄いぶつかりようだったぜ。どこをぶっつけたんだか、相手のボディークッションで命拾い。さぞかし彼女の美しい肌に痣でも出来てるだろうよ。恨んでいるかもしれねえぞ」

松山が嫌味を並べて志摩を睨んだ。

「あれっ、この酒。何かピカッと光る」

と不思議そうに風間がグラスを持ち上げると、中を覗いている。

「今頃気がついたか、それは目出度い。幸運が舞い込んだ。この酒は金蘭といってな、金玉、金玉じゃない金の卵が入っておった。そのかけら。いうなれば友情厚き交游の酒として意気投合して大いに飲むべしと命名した我が家特製の地酒。金がたんまり溜まるという目出度い酒だ。さあやってやって」

得意満面の剛造社長は、銚子を風間らに傾けた。彼らは恭しく頂戴すると金が出てくるかと期待した目がグラスの底に注がれる。濁り酒の中に金がきらめくのは誰か。

福島では会津ほまれ、花巻や山形では月山、初孫、新潟の菊水、また秋田で有名な爛漫などなどの地酒をよく味わった記憶が蘇った。だが金蘭という酒も珍しい。飲むほどに疲れた全身に滲み渡った。酔うほどに酒の花が社長に咲いてきた。

「今年はリゾートマンションやらロープウエーの事業を大大的にやる。この町も大いに発展する。皆さんも大いに期待して下さいよ」

と社長がグラスを掲げ胸を張った。

社長夫人は目出度い空気に誘われてか、ふらっとよろめいて立ち上がり、床の間から三味線をつかむと調子をとりながら得意の喉を鳴らしはじめたのだ。

「はあ、春の始めにこの家旦那様は七福神をお供してコラ俵づみに参りた……おほめくだされ旦那様コラ、お祝いくだんせかアか様、目出度いなー…この家旦那様は百万長者と申される」

そら歌に合わせて手拍子をする。俵つみの唄が終わり、続いて佐渡おけさ。彼女の美声にあわせて酔いしれての大合唱が沸き起こっていた。終わると絶大な拍手が鳴り止まない。

「わしはな、台湾の高雄にいて終戦で引き揚げるとき、新潟へ帰るのなら、この子も一緒に親戚へ連れていってくれと頼まれてな。親戚に行くのが嫌だと抜かすもんで、ついでにかっさらってものにしてしまったのだ」

と明け透けに社長が言うと豪快な笑いが響いた。夫人にちょいとキスの真似ごとをする。松山と志摩が見て見ぬふりをしていた。

「あんたは、どこ産かね」

剛造社長が風間に尋ねた。

風間は戦時中、富士の裾野の軍事工場に働いていた。昭和二十年三月十日、三百余機のB二九による焼夷弾の絨毯爆撃で東京は綺麗さっぱりと焦土と化した。東京の空が真紅に燃えている様子が見える。そして八月十五日正午である。ラジオを通して重大放送があると聞いた。青空を見上げる。だがラジオの音声が聞き難い。何の意味か全然不明であった。後で終戦の詔書の放送とわかる。

その年八月六日、広島に原爆の投下。次いで九日長崎にも新型爆弾。和平か、徹底抗戦か、ソ連の参戦という重大事態に直面して聖断下って和平と決定。十五日正午には録音により畏くも天皇陛下の詔書放送と決定したのである。玉音が聞こえる。

『…朕深く世界の大勢と帝国の現状とに鑑み非常の措置を以て時局を収拾せむと欲し……而も尚交戦を継続せむか、終に我が民族の滅亡を招来……堪え難きを堪え忍び難きを忍び……』と独特な音声が蘇る。

一家は全滅、影も形も無くなった。暫くの間行くところもなく友人の宅で百姓を手伝いながら暮らしたが、いたたまれなくなり止めるのも聞かず上野駅で浮浪者の群れに加わった。まもなく小学校しか出ていない風間は役所の給仕として仕事にありついた。と思い出しながら語ったのである。

金蘭が空になった。すると貴婦人が新しい酒を竹筒に注いで囲炉裏の灰に差し込んでお燗をしていた。

また剛造社長の得意な説法が始まる。

「これはまた格別。笹の実が入っている。親子酒というか、長寿の酒だ」

「これは、笹の香りと竹筒の香りがうまく調和して絶妙な味」

風間は感心したようにお世辞を並べた。

「それに笹の実は滅多にならない。飢饉の年になるんだな、だから貴重品。実がなると枯れてしまうというがそれは見たことがないというより見ないのかな。それにこの酒は熊笹の下から湧き出る泉と新潟特産のこしひかりで造るから天下一品だ。一番搾りだからうまいだろう。わしは酒造りの名人で、趣味で造ると、お客がまた飲みたくて来るのだねえ。縁起のいい酒だといってな。金蘭を飲むと金回りがよくなると言ってくる……」

社長得意の洞が峠の吹聴が途中で止まった。と一人の荒れた風体の男が座敷にさっと入ってきた。社長は彼の座り掛けているのを見るや、不快な表情が走った。

「どこへ行っておった。酒も魚も、のうなったぞ。狸汁で我慢せ」

ご機嫌斜めに酔った目で彼を上から下へと舐めまわした。

「いやね、下の若本さんで話し込んで長くなって、あんまりいい話じゃないが、なかなか帰してくれないんだ。付き合いでね、どうしようもなくてね」

その男は青白い顔で息を弾ませ寒さのせいか声が震えている。

「こいつ、これでもねえ、うちの部長でね。名刺を上げなさい」

剛造社長はどこか不機嫌そうな顔付きであった。その男は内ポケットから名刺を出し隣の志摩に手渡すと年配の風間に届いた。

大東和総合開発株式会社、開発企画部長、

松永広道

とある。風間は今朝ワゴン車を運転していた男に違いないと思った。

部長は三十五、六、目付きが暗い。その焦点がふらついて落ち着きがない。唇が薄く、何を考えているのか不気味さが漂って話す言葉が唇を歪めた。そして無理に作った虚勢を張り、貫禄を誇示していた。

風間は酔った頭の中で岡本婦人との関わりを、ふと思い出して考えた。そのことを話そうと思ったが、どうしたものか貝のように口が閉じてしまった。開発企画部長、松永広道は何か気が付いたかのようにハッとした表情で急ぎ座敷を飛び出して行った。

社長婦人が志摩に何ごとかを囁いている。

「松永部長は親戚の息子でな、そのうち会社を任せれるようになるだろう」

剛造社長が呟いた。しかしあの男は何をしでかすか不気味で、個人的に嫌っているような表情でもある。

ちょいと座が白けてしまったので再び飲み直そうと酒を注ぎ交わしていると、急に外部の様子が慌ただしくなってきた。村人の騒々しい桁外れの叫び声。半鐘がけたたましく遠くから聞こえている。

「何ごとだ」

社長が不審そうに窓を見る。玄関が荒々しく開けられた。怒鳴り声が飛び込んで来た。

「おーい、上で家が燃えてるぞ。おまえんとこなにやっとんだ」

数人の村人の叫び声が座敷に乱入。夫人がよろけるように玄関に向かった。

風間らは窓から裏山を睨んだ。夜の底を真っ赤に焦がしている情景を目にしたのだ。

「あれえっ、山火事だ」

志摩が叫んだ。三人は顔を見合わせた。

「あれー、どうもあの家のあたりだ」

松山がいうと風間は首を捻って暫く考え込み叫んだ。

「よし、行って確かめてこよう」

風間ら一行は手袋や防寒服を着て慌ただしく玄関で靴を履いていると、村人と思われる爺さまが、のんびりとしゃべりだした。

「なんや、お前さんとこでドット焼きやっとんのかのう、祭りにゃ未だ早い。そのうち燃え出すと家の形がはっきりしてきただ。それで知らせに、電話したのにいつまでも出んかった。ここの大将、なに寝ぼけておった」

「早く行こうぜ」

他の村人達が早口にいうと駆け足で雪を蹴散らして登って行った。

山腹辺りで山頂に向け、真紅の炎が火の粉を舞い上げ、暗い雪空の底を凄まじい炎の舌で降雪を蹴散らしている。

風間らは外に出るや山の中腹を酔った眼で見上げた。更に確かめるように視線が燃え盛る炎を追った。

「あれっ、やっぱりあの家に間違いなさそうだ。急ごう」

松山が確信したようだ。彼らは急な深い雪道を漕ぎ出す。酒の勢いでというわけにはいかない。荒い息使いが余計に慌てさせる。シャベルを持った村人が後から追い越して行った。消防自動車も山腹までは行けない。皆飛び下りて駆け出している。

三味線と民謡とで電話の音も何も聞こえない。おしゃか様でも知るめえどんちゃん騒ぎの真っ最中であったのだと風間は思った。

一方、座敷では剛造社長と夫人が窓を開けっ放し、大ぼらを吹いたご機嫌も、どこかへふっ飛んだかのように首を伸ばし、火の元を観察していたが、あっけに取られ手を伸ばした弾みでグラスを握ると、コップ酒を煽った。

「あれはね。あの気の触れたばあさんだ。まあ、どうってことないね」

何時の間にか松永部長が座敷に入っていた。風呂でも入ってきたのか、さっぱりとしている。そして社長の傍らにくると冷たくあしらった。なお近付くとなにやら告げた。

「なにー、ほんとう……」

と声を荒げた社長は、その後の言葉が出ない。そして突然よろけるように倒れかかる。夫人が慌てて抱きかかえようと駆け寄ったが。

窓からは街灯に遠く映し出された人の影と、暗がりに叫ぶ声が散在していたが、突如大きな火の粉の玉が夜空に吹き上がった。それを平然と見ていた松永は社長の倒れた姿を振り返り「けっけっ」と笑うと足早に座敷を出て行った。

風間ら三人は雪明かりと足跡を頼りに深い雪を息を切らして駆け登る。サイレンと半鐘がこだましている。もう炎は天を突く勢いで山腹をあぶり出し、赤、オレンジや青みを帯びた火花が降雪に反映して花びらのように飛び去る。物凄い火勢が軒から吹き出すと、あっという間に跡形もなく分解して屋根が落ちた。一瞬の出来事であった。火の粉の横波が襲う、と火の粉が夜空の彼方へ無数の冬の蛍のように舞い上がっては消えて行く。

十数人の村人や消防団員がシャベルや雪だるまで応戦したが最早手の打ち様がなかった。隣家に燃え移らないように雪玉を投げ付ける人々。消防団員が沢から水を引き、消火栓を雪からほじくり出したが、全てが手遅れであった。屋根の雪が白い煙を上げている。

小さな山荘である。また山腹に辿り着くまで深い雪のため車は登れない。辿り着いた時は既に燃え尽きようとしていたのだ。辺りは次第に火の勢いも衰えて暗さが増してきた。

「あの人の姿が見えない。いつの間に帰ったんだろう」

志摩が辺りの雪の暗がりを覗いているが、どこにも見当たらない。

「彼女帰ったようだ。これはあれだね。火の後始末をちゃんとしてなかったせいだ」

松山が体の汗がひいて肌寒くなったのか体を揺すって言った。

「どうもそうらしいな。やれやれ困ったもんだ。彼女に知らせにゃならんわい」

風間に戸惑いの顔があった。

遮二無二雪道を駆け登ってきた彼らは、立ち止まると急激に汗が冷えてくる。その寒さ凌ぎに残り火に向けて雪玉を投げ合う。更に消防団員の邪魔にならない程度に残り火に近付いて手をかざした。

「もう大丈夫だ。全部消さんでもよかんべ。全部燃しちゃったほうがせわがねえというもんだ」

消防団員も手をあぶり出した。

「ここは、あんたの家か」

暗がりから警察の者らしき人物が近寄ると、話を聞いていたのか年配の風間の肩を叩いた。彼は振り返った。

「ええっ、なんの」

突然のことで不審な顔が陰った。

「とんでもない。私の家じゃないんです。しかし昼間、この家で休ませてもらいましたがね。岡本さんと言っておりましたが……」

「知り合いですか」

「知り合いと言うほどじゃありません。実はスキーでこの山を登ろうとやってきたところ、その時、休んでいきませんかと話し掛けられました。ほれ、この仲間らと一緒にね。それにもう学校が始まるんだから……さて、いつ帰ったのかな。恐らく囲炉裏の火の不始末ではなかろうかと思っていたところです。もし居たら、いくらなんでも逃げ出すでしょう。仲間と一緒にそこら辺りにいるのじゃないかと捜して見たが、見当たりません。やはり何時の間にか帰ったようです。下の山荘で宴会を開いていたんですが、村の人が火事だと叫んで駆け付けてきた。よく見るとあの家だと察し、これは大変と駆け登ってきたもののこの有様じゃ、もう、どうすることもできませんでしたなあ」

彼は首を傾げていたが、しかしながらこんな真冬に一人切りで風流を楽しんでいたのであろうか。なんとなく、もしやという不安な予感が心のどこかに燻ってはいたものの、まさかそんなことがあろう筈がないと決め付けていた。

「やはりねえ、そういうことか」

警察官は上にいる消防団の頭らしき人物へと雪を踏み締めて登っていった。

「おれ達にはどうしようもねえ、帰ろうぜ。寒くなった」

寒さが身に凍みてきたのか志摩が手袋を叩いて雪を払い落としながら山を下り出す。

「おれ達の出る幕じゃねえぜ」

それに続いて松山が駆け出す。目顔で下へと促すと何やら大声で叫びながら滑るように山を下り出した。

風間もその後に続いたが、どことなく不審な感情で山を降り始めた。

玄関に入ると我々のわめき声に驚いたのか、慌てて出てきて社長夫人が突っ立っている。なにか悲壮な表情を見せている。

「あんたがた物好きねえ。そんなに騒いで何が面白いの。静かにして。なにかあったの」

投げやりな口調である。

「いやいや、きれいさっぱり燃えちゃってね。お陰様で折角の酔いが、すっかり覚めてしまいました」

息を弾ませた松山が社長夫人に頭をかきかき媚びている。

「酒や御飯が台所にあるから適当にやって。それからあの座敷には絶対に入らないでね」

きつい顔付きで念を押すように言うと、背中を向けて急いで座敷へ消えていった。

彼等はどう風向きが変わったのかと、ぎこちない顔を見合わせてキッチンへと向かった。

「よし飲み直そう」

松山がテーブルに無造作に並んだ冷めた数本の竹筒を覗いては差し出した。もう皆は一気と言ってうまそうにラッパ飲みである。そこらにある残り物を手当たり次第に胃袋に詰め込むと、疲れ切った肉体に急速に酔いが浸透してゆく。

「やあ酔いのまわりが早い。ところで西川とか福田とか、それにあのおばさんも誰もいねえ。ワゴン車もない。どうしたのかな。ひっそりしている。火事場にいたのか」

声を殺して松山が辺りを窺って言うと、

「火事場には居なかったよ。それは確かだ」

志摩が手を横に振っている。

山腹からの人々の声が微かに聞こえる。騒ぎはだいぶ治まったようだ。

「おい今何時だ、もう十二時回った。腹もふくれた、眠くなった。寝ようぜ」

彼らの腹が満ち足りると目が萎んで、もう今にもとろけそう。志摩が一足お先とばかり二階へと足を向けた。

部屋に入ると寝床がない。押し入れを開けると布団がはみ出してきた。旅館と違うのだと思い、各自が床を延べると布団の中に潜り込む。と階下で人の話声が激しく聞こえてきた。消防団員の声であろうと風間は思った。

「なんだか下が騒がしくなったようだ」

志摩が半身起こして聞き耳を立てる。

「われわれにゃ関係ないよ。寝ろ寝ろ」

松山が志摩の背中を引っ張ると彼は布団の中に潜り込んだ。すると暗がりの中に、鼾の伴奏が聞こえ、酒酔いと肉体的疲労が、打ち寄せては返す波の如く押し寄せて、深い眠りの谷底に落ちていった。

6

朝まだき風間の眼が天井を見詰めている。隣の仲間は未だ白河夜船である。

一抹の不安がどこからともなく忍び寄る気配を感じる。薄暗い天井があばら家のように、悪霊の住家のように歪んだ。しかし、まさかという気持ちが陰を押し払った。だが次第に明るくなるにつれて不思議なほどに疑念が膨らんでいく。それは口車に乗せられて多額の金を奪い取られ、あの憔悴しきった表情から不吉な予感をどうしても拭い去ることができない。またも消え入りそうな声が脳裏に蘇る。それを打ち消すように起き上がった。

洗面所で顔を洗っていると窓の外に数人の黒い人影

が坂道の雪を重そうに引き摺りながら踏み固め登ってくる姿が見え、警察と消防団員であることは一目で分かる。その後から消防車と赤いランプの点滅した車が続いていた。

どんよりとした雲から雪がちらついている。ゆうべから降り積もった新雪が、昨日という過去をすっかり埋め尽くし、新しい足跡が山荘まで続いて昨夜の騒ぎが嘘のようだ。二度と再び昨日は戻らない。階下から何やら話声が忙しく階段を上がってくる。

「やあ、疲れた疲れた。足ががくがく」

志摩と松山が年寄りのように腰を屈めて洗面所に現れた。

「下が騒がしいね。ゆんべの続きか」

松山が洗面しながら口をもぐつかせる。顔を上げると、

「おっさん、何考え込んでいる」

風間は黙って考え深そうに窓の外を眺めていた。

「どうも気になる。帰ったんではなさそうだなあ。あれから直ぐ帰ったのか?」

「まさか、そんな心配することはない。失火だよ。それに俺達の家じゃねえじゃん」

志摩が風間の肩を力強く叩いた。

「それなら心配することはない。我々には関係ないか」

松山もそうだと頷き返している。

そんな雑談をしているうちに、階段からおばさんの「御飯ですよ」という声が上がってきた。「今行きます」と返事をして時計を見ると、なるほどもう午前十時を回っていたのだ。

ダイニングルームには夕べの乱雑が消えて朝食の支度が整っていた。隣のテーブルには警察官と刑事らしき人物が三人、社長夫人を取り囲むようにひそひそと何かを囁いているようである。

「ゆんべ、おばさん早くいなくなっちゃったね」

松山がそっけなく言うと、

「わたしゃ、手伝い。支度が終わると直ぐ帰ったんだ。急に頼まれて閉口したわ」

「それはどうもあいすみませんでした」

彼は恭しく頭を下げた。なるほど雇われ賄いのおばさんであったのだ。飯をドンブリによそうと、ひそひそと話し出した。

「今朝ね、あそこの家の人が焼死体で発見されたんだ。気の毒な」

「ええっ」

彼らはあっけに取られて今にも飯が口から飛び出そうとしている。

「本当か。まさかそんな馬鹿な。帰ったんじゃなかったのか」

驚きの表情の風間が深く頭を垂れた。

「おれたちは、昼頃あそこで休み、話をして四時頃三人で手を振って別れたんだが……」

松山も力なく俯いた。やはり風間の不吉な予感が現実に的中してしまった。

彼らは黙って何を考えているのか沈痛な面持ちで飯もろくに喉を通らない。

「ああ、君たちあそこにいたんだね。なにか心当たりがあるかね」

刑事が風間に尋ねた。

「何か心当たりといっても……」

思い当たる節があるかと、咄嗟の事で考えあぐむ。

「まさか、自殺ですか」

彼は刑事に聞き返した。

「それは未だ断定できない」

「帰り際に玄関で手を振っていたんだが、皆もそれに応えて手を振って……。ただ石油ストーブの石油が無くなっていましたので、この二人が石油を買いに行ってくれました。そうすると帰る予定ではなかったらしいな。帰ったものとばかり思っていたんですがね。火を見た途端、これは大変と慌てて消しに行ったが、既に間に合いません。あそこでも警察の人に聞かれました。まさかこんなことになるとは、その時は夢にも思わない。帰ってから飲み直しているうちに、なんとなく気掛かりでしたが……。居るならいくらなんでも逃げ出すでしょう。それで探してみたもののどこにもいません。帰った後の不始末だろうと……。いや、大変なことになりましたな」

自分でも何がなんだか分からない。

「そうですか」と頷く。

ダイニングルームに松永部長と二人の若者が入ってきた。だが台中剛造社長の姿が現れない。

「あの婆さんには以前から全くてこずっていました。

秋には、煙が出ているので不審に思い見に行くと、家に火を付けやがって、気違いのように髪を振り乱して自殺未遂ですよ。それを見て、助け出し面倒を見てやりました。しかしながら、どういうつもりか知らないが、気が触れたヒステリーのように、私も随分追いかけられましたね。それでもあれほど親切に面倒をよく見てやったのに。人の好意を逆恨みして今度は本物の火事自殺ですよ。本当に参ってしまいますね。迷惑千万。噂によると、あの建物も借金らしい。東京で相当な借金を作ったんではないですか。サラキン地獄の揚げ句、こんな真冬にここへ逃げて来たのと違いますか。どれだけ借金したのかどうしたのか我々には分からない。恐らく借金を苦にして気が触れてしまったんだろう。うちの連中もあのばあさんの振る舞いを前々からよく見て知っています。あれは間違いなく、どうみても気違いそのもので、困ったもんです。そうじゃないですか。御前らは、いつものことで、一番良く知っているだろう」

松永部長が唇を振らせて若者の二人を前に悠然と、時には興奮し、確信をもって刑事や社長夫人に事情を説明していた。

風間も彼女と話をしたのは、ほんの僅かであったが真偽の程は、どうなのか解る術がない。頭の中は疑問だけが空回りしている。刑事らも成る程とそれを黙って聞いて頷いているようであった。

社長夫人がすうっと立つと苛立ちの足取りで座敷の方へ踵を返した。それを見た風間は挨拶でもして行こうとしたのかその後を追ったが、おばさんが追ってきて止められてしまった。

「挨拶でも」

「そこを開けないで、病人がいるの」

「ええっ、どうしました。挨拶して帰ろうと思って……」

「後で呼んであげる。それよりあんたら遅くなる。支度したらいい」

彼ら三人が帰り支度に取り掛かり玄関にいると社長婦人の不機嫌な顔が現れた。

「色々お世話になりました。これから帰ります。どうも有り難うございました。今後も宜しく。ところで宿泊料は……」

風間は夫人を見上げて言った。

「あら、そんなこと考えてもいないわ」

早口に言って、さっさと踵を返した。

あっけにとられてぽかんとしていると、刑事から声がかかった。

「ちょっと待って、参考まで住所と名前を知らせてくれないか」

彼らはそれぞれの住所と名前、勤務先を差し出された用紙に記入した。

外の積雪は二〇センチ程度。朝早くから車が入り乱れ、車の道が出来ている。乗用車の屋根に積もった雪を払い除けスキーを載せ、車中の人となったが暖房は未だ効いてはいない。窓ガラスが直ぐに曇る。それを拭いていると、窓を叩く者があった。窓を開けると不機嫌そうな嫌な目付きの唇を歪めた松永部長の顔が覗き込んできた。

「御苦労さんだね。昨夜のことは大変だったけど忘れなさい。あんた方には関係のないことだから。ところで一人八〇〇〇円払ってくれないか。そのほうがいいでしょう」

そう言われて風間は金を支払った。

「それでは社長に宜しく」

もう用が無くなったのか消防車が坂を下っていく。警察の車は残っている。調べが未だ終わっていないらしい。

雪の坂を下って民家の前を通りかかると、また消防団風の数人に出会う。何故か車の中を覗き込むように代わる代わる覗いて行く。お前達が犯人じゃないのかと言いたげな目付きである。

運転している志摩が呟いた。

「変な奴だ。フロントガラスに顔を並べやがって、邪魔だ」

志摩はスキーを始めたばかりであった。車の運転は暴走族に近かったが雪道はそうは問屋が下ろさない、高速道路と訳が違う。来る途中カーブを切った途端隣の車に危うくスリップしてぶつかるところであった。自覚していることであろう。

雪に覆われた車一杯の長い狭い橋を渡り終えると志摩が何を思ったか車を橋の袂に止めた。

「あの騒ぎで……ちょいとここらで御土産置いて行こ

う」

　と言って車から降り、深い雪の中を歩いて土手の上にきた。そしておもむろに社会の窓を開けた。それを見て彼らも車から降りると土手下の川に向かって放水の開始である。

　川幅は広いが水の流れは意外と狭い。幅広い雪の中を黒い帯のように蛇行して広くなり狭くなり白波を立てていた。

「あれえ、なんだ。見ろよ」

　志摩が突然叫んだ。その指差すところの流れの淵に視線が向けられた。

「何に見える。どうもキツネにそっくりだろう」

　川の流れの淵に、真っ白い雪を被り、頭を川上に、太い尻尾は川下に向けて悠々と横たわっている。長さは二メートル程もある銀ギツネで目も耳も片方であるが、その造型美術をキツネだと決め付けられると確かにその様に見えてくるから不思議なものだ。錯覚がそう思わせて心が納得する不思議な感覚があった。

　山の埋もれ木が雨や水に打たれ、川に流され、岩との格闘の末、自然が見事な彫刻を成し遂げているのを見ることがある。仏像が海中から現れた話もある。この狐はどんな埋もれ木か知らない。雪に覆われていたが尻尾は太い、大木らしい。

「何だあの部長という男は、嫌味ったらしい憎々しい目付きの悪い奴」

　山荘が川向こうの丘の上に望まれた。松山が山荘に向かって言い出すと、

「そうだよ。俺の側に来たときなんだか寒気がしたぜ」

　志摩も同感だと山荘へ不快な感情を投げた。

「さあ急ごうぜ。やけに降ってくる」

　志摩が急いで車に戻って運転席に身を翻した。すると警察の車が近付いて警笛を鳴らした。

　風間は考えた。あの会社の人の前ではどうしても言えないことがあった、と思うと警察の車を思い切って遮った。

　先程の刑事が後ろの窓を開けた。

「実はね、あそこではどうしても言い難いことがあったのですが。あの亡くなった婦人があの会社に多額の金を騙しとられたと話していました。五〇〇万かな、何枚かの領収書を私に見せてくれました。それであの

会社をだいぶ恨んでいたようです。警察に告訴すると。それから母親が東京の太田区にいるそうです。良く調べてやってください」

彼は婦人が教えてくれた住所の紙切れを刑事に渡した。

「有り難う。これから帰るのか、早く行かないと埋もれてしまうぞ」

と脅しを掛けられ、塞いでいた道を大急ぎで発進させ、やや広い村道に出る。警察の車を先へと促すと追い越していった。

山の姿も降りしきる雪のカーテンで朧気で、山裾の疎らな家が霞む村道をバスらしきタイヤの跡の雪を押し退けて行く。家の前の雪掻きする人も高価なキルティングを着て、せっせと雪を除けている。格調高い立派な家が両側に見えてきた。茅葺きはどこにも見当たらない、さすが新潟だ。

ワイパーが忙しくフロントガラスの雪を払っている。その範囲が前方の景色を追いかける。途中で車を交わすのに両脇の積もった雪を少しずつ削って行く。

後部座席の風間と松山が暖房が効いてきたのか、うとうと眼を瞑っている。

風間は、ぼんやりしているうちに、この事件の全貌を思い巡らしていた。

先ず、社長の姿が見えない。それに機嫌の悪そうな社長夫人に、松永部長や若い衆や賄いのおばさんのぶっきらぼうな面が次々に浮かんできた。何と言うか変な事件に巻き込まれたというか遭遇したというか、後味の悪い思いが心を曇らせた。

「おい、松兄。あの婦人は気が触れたとか気違いとか言っていたけれど、どう思うかね」

その声で松山が細眼を開けた。

「そんな気違いだなんてとても考えられない。それにおっさん、警察に何を話していた」

「ちょいと耳打ちしておいた。どうも腑に落ちないことばかりだからね。だが、まさかこんな事は、あの連中の前ではまずいわ」

彼女の境遇や、あの会社と関わって多額の金を巻き上げられた経緯を彼らが石油を買いに行っている間に聞かされた、と詳しく事情を説明したのである。

「やっぱり。あそこには狸はいるわ狐がいるわ妖怪狐狸の里だ。ああこわ」

風間は妖怪狐狸の里を振り返った。

「そうだ。悔しさと先生という職業柄、公にしにくい思いと、絶望感と失望感から咄嗟に自滅の道に追い込まれ、油を注いだのであろうか」

「最近ね、先生が燃え尽き症候群というやつに掛かるんだそうだ」

「なんだ燃え尽き症候群って」

「モラルの低下やストレスの高い出来事、情緒的支援者の欠如で、真面目な教師ほど周囲の環境に負けて燃え尽きてしまうんだそうだ」

「ほう、あんたなかなか学があるの」

「おっさんみたいに小学校じゃない。これでも大学中退だ」

「どこの大学、灯台元暗しの灯台か」

「芸大よ」

「ああ、芸技養成の大学か」

「こりゃあかん」

訳の分からない冗談となった。

「学歴が無くたって総理大臣がいるじゃないか。そんなもの全然関係ない」

「ああ、そんだ。有名な総理大臣田中角栄がおるな」

「おっさんは草履大臣が似合うぜ」

「そうか、そうりが濁ると草履になる。ゆんべの後味の悪い濁り酒みたいだわ」

「濁り口もあるよ。口のうまい奴は腹黒い、口の悪い奴の腹はいい。また政治家の本音と建て前という使い方はあまりにも腹底が見え過ぎる」

「君は全く腹がいいんだ」

「国会議員の狸ども、口ばかりうまいこと抜かしやがって。やってる政策は黒い霧事件の病源菌培養政策、なってないね」

一連の汚職、腐敗事件、田中金脈を暴く田中金脈事件、信濃川河川敷きを巡る建設省監査結果、文書紛失で真相不明のまま解明出来ない。ｅｔｃ……。

村道を左折して国道十七号線に出た。国道だけあって車の数が多くチェーンの音がうるさくなった。

右手に町一番の大きいビルがパラボラアンテナを屋上に聳えさせている。電話局である。

六日町駅前通りを過ぎる。スキーを担いだ若者の列が通って行く。それからほどなく上越国際スキー場、石打丸山スキー場、湯沢布場スキー場の斜面を滑るスキーヤーを眺めて飛ばしていた。

「石打でよく最初の頃は滑ったね。上越の雪は志賀高原や蔵王と比べると湿雪で、ナイターをやるとザラメ雪。その下はアイスバーン。転ぶと痛てえのなんの」

松山がその痛さを思い出し、顔を歪めて窓の外を眺めている。

信号待ちしているうちに何時の間にか前方に観光バスの数台が列を成した。湯沢温泉からのスキー客を満載して出てきたのだ。

観光バスの列の最後になった風間らの車は曲りくねった急な坂道を登りながら観光バスから吐き出す黒い排気ガスをまともに受ける始末である。

「こりゃ参った。まともに排気ガスを頂戴だ。追い越すにもどうにもならない」

志摩が前方をしきりに気にしているが、どうにもならないと思案顔。

「なんとしても時間がかかりそうだ。一杯やりましょうや、おっさん」

松山は早速ザックから缶ビールやジュース、つまみを取り出すと店を広げだした。

「そんなに急ぐ旅じゃないけど、あんな事件に巻き込まれてだいぶ時間をロスした。もっと早く出ていれば、苗場でひと滑り出来たのに……」

彼はぶつぶつ言いながら缶ビールの栓をシュッと開けた。志摩も一時の腹拵えと後ろからジュースを受け取ると、

「運転交替に差し支えないようにな」

「大丈夫だ。もうこれしかない。苗場に着くころにゃ冷めてら」

「朝早く来れば苗場でひと滑り出来た。リフト券がまだ残っている」

「どうせまた来る」

松山が諦めろと言う。上達するにはかなりの数を滑らなければならない。志摩も苗場でひと滑りしたいに違いないが諦め顔だ。

「最初から苗場に来ればよかったな」

「誰だ、温泉があるところがいいなんて言った贅沢な奴は、とんでもない奴だ」

松山が風間を睨むと彼は黙って頷いていた。

途中、直線の追い越し斜面で観光バスを追い越した。周りの気温が下がったのであろう、降る雪片が細かくなった。

「あの社長いいもの着ていたね。どてらか」

風間が思い出したように言った。

「あれか、綿入れの作務衣だ。それにあの奥さん若いぜ。魅力的で、ひょっとすると愛人じゃねえのか。俗にいうメカケというやつだ。どうもそうらしいな」

松山が風間に顔を向けた。

「かもしれない。ところで、どうもあの火事騒ぎ、変というかどうも妙な気がする」

後部座席では暇潰しに事件の真相に向けて探索が始められた。聞いていた志摩が謎めいた疑惑の口を挟んできた。

「奥さんが言っていたけど、あの部長という男。親父が元侯爵だとか男爵だとか言っていた。その孫だってよ」

「何が男爵だ。男爵ならほらジャガイモにもあらあな。なにが男爵という顔かよ。昔、箱根街道を荒らし捲った雲助の子孫という顔だな、どうみても。あんまり馬鹿馬鹿しくて聞いちゃいられねえ」

松山の得意の語尾を上げた力強い毒舌が雲助という言葉になって飛び出す。なるほどと尤な笑いが吹き出した。

志摩が後ろに首をちょいと捻ると、

「ところで一寸気になることがあるんだ。あの部長が俺の側に来たときズボン辺りから石油の匂いがプーンプーンと臭った。そして寒そうに体が小刻みに震えて興奮した顔。なんだかおかしいと思わない？」

「それ本当か。それで慌てて部屋を出ていった。外にいるうちは気がつかず、部屋に入って暖まると匂いが発散、それに気がついて、どうもその辺に何か謎めいたところがあるような気がする。ひょっとすると他殺かもしれねえぞ」

と松山が他殺の線を打ち出した。

「わしは自殺かな。例の燃え尽き症候群とやら。志摩君は」

風間も疑惑が残ったもののそうではないかと思うより仕方がない。

志摩が言った。

「僕は勘だけど他殺だ」

「どうして他殺と断定出来るのかね」

風間は不審そうに言う。

「断定は出来ないけど、彼のアリバイに疑問がある。下の家で話し込んでいたなんて口裏合わせればどうにでもなる。本当かどうかだ。殺して火を点けてきたかもしれないぜ。あの燃え盛り状態から、しかもあのズボンの石油の匂いとあの面だと俺がやったという顔だったな。それから狸を見て振り返った時、確かに上の木陰に人影が動いたようだ」

志摩は前方を見詰め、なんとか思い出そうと思考力を集中してるようであった。だが何よりもズボンの匂いと態度と顔が証明していると推察したが確証はない。誰も目撃証人はいない。その場は酔ってはいたもののの彼が一番近い観察者であった。とうとう自殺か他殺かで揉めることになってしまった。

「それに足跡も、我々が散々足跡を付けてしまった。村人も同じ。奴がね、彼女を憎んでいた。要するに逆うらみだ。面倒だからやっちまえと謀った。奴が彼女を殺して石油をたんまり撒いて火を点ける。彼女は殺されていなければ逃げられる。だが逃げられないということは、殺ってから火を点けたということになる。しかも暗くて目撃証人なんかいるわけがない。それに死人に口無し、警察に訴えることも出来ない。領収書も証拠書類も完全に湮滅出来る。そこが狙いさ、奴の。奴ならやりかねないぜ」

松山の他殺説の推理が飛躍的に確信を帯びてきた。更に付け加えた。

「だが、我々だって三人口裏合わせると出来ないこともない。だとすると我々にも一応の嫌疑が懸かっているともいえる。三人組の強盗殺人の容疑も考えられるどう」

「しかし俺たちには何の動機もない。もし三人組の強盗だとすると、あんな呑気なことやってられるかよ。あの部長には確かに内容的に動機がある」

志摩が運転しながら振り返る。

「松兄、動機なんかあるなしどうにでもなる。証人がいない。三人組の仕業にすれば」

彼が冗談半分に付け加えた。

「やれやれ、我々がとうとう犯人に仕立てられたか」

風間が頭を抱えた。

「それはない。刑事は長年のプロだ。我々の顔付きや態度を見れば犯人じゃないことくらい直ぐ分かる。犯人と決め付ける証拠がなにもない。疑わしくば罰せずだ。中にはデッチ上げを専門にしている連中もなきにしもあらず。さあどうする」

松山も頭を捻る。

「そうなると我々もそのデッチ上げで逮捕されるという可能性もなきにしもあらずということか」

風間の心に不安要因が残った。

「それからね、あれはちょいと変だ。火災現場に向かう途中、ふと奴らも来るかと座敷の方を振り返った時、窓際の夫人の格好が何かを抱きかかえているようだった」

思い出したのか志摩が出し抜けに奇妙な事を言い出した。

「なるほど、現れないところをみると、あの社長倒れたんだ。そして夫人が支えた。いわゆる脳溢血さ。そんなところだ。若い女といちゃいちゃしやがって豪快に威勢よく飲んで何憚ることなく大きな態度、あの馬鹿たれが、やり過ぎというもんだ」

またまた相変わらずの松山の毒舌が炸裂したのだ。社長が現れないのも夫人のご機嫌斜めなのも風間には分かるような気がした。

二居トンネルを過ぎて右側に苗場スキー場の斜面が雪で霞んで見え出した。広い駐車場に自家用車や観光バスが雪に覆われてとまっている。後ろの観光バスは苗場に来たらしい、駐車場へと曲がっていった。その入れ代わりに数台の観光バスが出てくる気配が見える。

「鬼の来ないうちに行こうぜ」

松山が急かした。

「あのホテルの地下で味噌ラーメン食いたかったな」

昼抜きだから志摩の腹の虫が鳴いた。

苗場スキー場を横目で睨みリフトの騒音を後にして車の速度を上げる。

スキー場付近に立ち並ぶ民宿やホテルから団体でやってきた大勢のスキーヤーが行き交っている。民宿のとぎれた箇所でひとまず放水休憩すると、また急いだ。三国トンネルが黒い口を開けて待っている。その口に吸い込まれるように入っていった。トンネル内で車の二つ目のヘッドライトが、その次は大型貨物の赤や緑の装飾ランプがフロントガラスに迫ってくる。トンネルは申し訳程度の照明で黒く濡れた車道はライトの反射も鈍く見にくい。時折天井の水滴かフロントガラスを襲ってくる。この見にくいトンネルに志摩は目を見張っていた。

大型ダンプや観光バスその他多数の車の排気ガスが充満している。暫くするとそのガスが車の中に容赦なく入り込んでくる。チェーンの音、エンジンの響きが騒々しく、車の赤いテールランプやライトの目が交差して擦れ違うと車の排気ガスが浮かび上がる。

「あの炎が雪に映えて赤や青、金色の蛍が闇夜に乱舞し舞い上がる。屋根が落ちた時は、何というか綺麗というより凄かったなあ、あのドント焼き。しかしあんなことになるなんて想像も出来なかった。意外だった。謹んで哀悼の意を……」

と松山がしおらしく悄悄と瞑目した。

暗いトンネルでその行き交う白、赤、緑のライトの明りが、昨夜の火災の模様を瞼の中に、幻想のような劇場を出現させたのだ。

「ドント焼きは二月半ばだそうだ。十日町の雪祭りもその頃。テレビで見たが、あれは綺麗だね。一度行ってみよう」

志摩の無邪気な笑顔が振り返った。

だが風間には無邪気な志摩の笑顔が見えなかった。胸中には次第に他殺という疑念が一層強く渦巻き、疑惑の炎が燃え上がっていった。

トンネルの出口の明りが見えた。

「それ出た」

と三人は叫んだ。

快晴だ。青空に午後三時の眩い太陽が輝いて彼らの目を射る。車内の充満した排気ガスを窓を開けっ放して追い払うと、澄んだ冷たい空気と入れ替える。今までの雪との闘いが嘘のように青空が笑っていた。新鮮な空気を吸い込む。雪中行軍から解かれ、ほっとした笑顔が戻った。

ひらひらと青空に雪が舞っている。新潟県から越後山脈を乗り越えて群馬県側に飛来したのであろう。

昨夜の悪夢のような事件が幻影となって、あの青空に飛び去ったかのように彼らの顔面に何のためらいも未練もない青空が戻った。

　人の偶然の出会いが、その人の人生に宿命的運命として関わって来ることを見過ごすことは出来ない。だが、またどうすることも出来ないという因果も存在しているようでもある。

　そこには蟻地獄へと誘い込んで行く様々な人生の罠が仕掛けられている。少しも疑うことを知らないお人好しを、次から次へと餌食にする無法地帯があるということを知らない人々も大勢いる。大蛇の口があんぐりと開き獲物を今にも飲み込もうとしているのに。

　しかし運命ではない。種がたまたま偶然にとんでもないところに蒔かれたのである。

　一息入れて三国峠から九十九折りの道を下って行った。猿ヶ京温泉を過ぎる。月夜野でチェーンを外して快適な走行となり、そして沼田ドライブインで休憩していると、何時の間にか空が茜色に燃え出していた。国道十七号線を前橋、混雑の高崎を過ぎ東松山から高速道路に入って突っ走った。東京には夜半に着くことであろう。

7

　新潟県六日町警察署ではイカサワ愛ランドの火災現場検証を終えた二人の刑事が報告に帰ってきていた。

　年配の畠中刑事は日焼けか雪焼けした顔に、田舎の農家のおじさんという、ずんぐりした体で人が好さそうである。安川刑事は若さに似合わず細身だが堂々たる体躯で目の鋭さが光っていた。彼等は防寒服を脱いだ。

　自殺か、または他殺という犯罪に関係があるか、不明な死に方であるので異常死体として警察官立ち会いで医師の検死が行われていた。

　わが国では、殆どの地域は監察医制度がないから臨床医が検死して死因を決めているのが現状である。更に警察署としては事実関係を調査しなければならない。そこで大東和総合開発株式会社の、時折お偉い代議士共とよく顔を揃え現れて懇意にしていた台中剛造社長に事情を伺おうとしたが、病気で倒れ詳細な事情は聞けなかったということである。ただ社長夫人や開発部長の話を鵜呑みにしたのである。

南雲刑事課長の席の前で畠中刑事が事情を説明していた。

帰り際に例の三人のうち、年配の人が言っていた牧田という男はあの会社とは全然関係ないこと。また先物取り引きなんかこの会社ではやっていない。全く別な会社の人だと松永部長と社長夫人が断言していた。それに彼女、岡本さん、秋にはボヤを出し、気が触れた気違いのように暴れ、今回のように焼身自殺を図ろうとして大騒ぎをしでかしたらしく、あの会社の連中が消し止めたと言う。それから松永部長という男について風間という年配の方が言うには、岡本婦人が会社の先物取り引きに引っ掛かって莫大な損害を被った。しかし、その件は、社長夫人も絶対うちの会社ではやっていないと断言をしていた。それから三人の男の件だが、昼間あの家でお世話になったそうであるが、火災で慌てて消火に駆けつけて婦人を探していた。これは彼女が帰った後の火の不始末だと残念そうにしていた。火事場で彼らに会って話したところ石油が無くなったので、わざわざ買いに行き、帰り際に手を振って見送っていたそうである。とても彼らの犯罪とは結びつかない。余りにも純粋で、目撃者も裏付けもない、こういう事情である、と。

安川刑事も腕を組んで頷いていたが少し考えてから口を開いた。

「彼等の住所や名前は役所へ電話して確かめてあります。場合によっては参考人として……」

その時一人の警察官が検死の結果を知らせにきた。その報告によると、死体所見には、石油をかぶり、梁に帯び紐を巻き、首を吊り、焼身自殺を図ったものと思われたが、体には石油の痕跡がなく、首吊りしたが、死の直前痙攣発作のため囲炉裏の火が飛び散り、近くに在った石油に引火して火災に至った——ということであった。

あっさりと焼身自殺と断定された。

夕刊に小さく〝サラキン地獄の苦悩の末、自殺〟と報じられた。

生きている人間に嘘があり、物言わぬ死体は決して嘘は言わない。丹念に検死することによって死者の声を聞くことが出来るという。自殺と見せ掛けて他殺であったり、保険金目当ての事故死に見せ掛けて他殺というのも解剖の結果で判明するらしい。

果たして絞殺なのか縊死なのか、真っ黒な焼死体からは何も見出す事が出来なかったのであろうか。言うまでもなく他殺か自殺かという謎は残されたままであった。

昭和五十年十二月の新聞には、消防庁の調べで、今年の火災発生件数は前年に比べ各県とも減ったにもかかわらず、焼死者は急増しており、不況や倒産など暗い世相を反映してか、都内の焼死者のうち四人に一人は焼身自殺ということであった。

そういう事情からして、後日の風間に意外な事件が降り懸かろうとは露ほども……。

三、故郷へのかけ橋

1

時代の流れのテンポは速い。国民所得倍増計画を決定した池田内閣は、経済の高度成長時代の幕開けであった。テレビの生産高が世界第二位。マイカー時代の口火を切り産業界の活況は史上空前の勢いを呈した。

食料は満たされ服装も整い民衆の意向が、より豊かな生活を求めてレジャーへと傾くのが自然の成り行きとなって来た。また、オリンピックに合わせて東海道新幹線、昭和四十四年五月には東名高速道路が全通し、この幹線道路の完成はマイカー族を喜ばせ、レジャー道路として機能し始める。

ところがその反面、大企業が経済優先のもたらした様々な公害問題、光化学スモッグ、ヘドロ、農薬汚染が深刻な様相を社会問題として浮かび上がらせる。更に、田中角栄が全国の過密、過疎状況を解決すべく計画した日本列島改造論は日本全国に土地ブームを引き起こし、長者番付けは土地成金で占められるようになったのである。

昭和四十八年十月から始まったオイルショックによって日本経済は、まさに危機的状態に追い込まれトイレットペーパーが店頭からあっという間に姿を消してしまった。

そして戦後三十数年になろうとしている。急速な経済再建は庶民生活に少なからず影響を与え経済の時代から文化の時代へと転換が叫ばれるようになった。おまけに大都市集中現象は戦後四十年ピークに達し、首都圏へと伸張し続けている。農山村の過疎化現象と首都圏の過密現象が著しい特色をなし、盆と正月の帰省ラッシュは日本的現象として外国人を驚かす。

故郷への高速道路は渋滞した車、車の行列がヘリコプターからの映像で映し出され、またその反対の帰京の渋滞現象は目を見張るものがあり当然の事のように慣らされているようでもあり、大勢の人々が毎年同じ様に繰り返し、人間や車の列が群がって川を溯上するサケのように生まれ故郷へと向かうのだ。先祖の墓参、家族との語らいなど、一つの伝統のようなものである。ところが故郷の無い人々は一体どこへ向かって行くのだろう。故郷なき東京の都会人も、自然豊かな軽井沢のような別荘や、新たな故郷を求めるのは自然の成り行きであった。

この大東京には空がないと言われ続けて久しい。だがその大移動の結果、盆暮れ正月その束の間、排気ガス汚染がそのまま地方へと分散され、東京に空が戻り、遠く仰ぎ見る富士でさえ晴々と微笑んでいるように見え出すという、不思議な現象が現れるのである。

2

時に、田中金脈問題をきっかけに田中前首相と近親者、関連会社の所得申告と課税の見直し調査を進めていた国税庁は数千万円の申告漏れを指摘した。それから更に昭和五十一年二月、ロッキード事件発覚、ロッキード社違法政治献金が問題となった。三木首相がロッキード事件の真相究明に政治生命を賭けると言明。同年七月、東京地検特捜部、ロッキード事件で田中角栄前首相は外為法および外国貿易管理法違反容疑で逮捕された。かくしてロッキード事件は毎日の如く新聞紙上を賑わし、政界に腐敗異臭が漂い始めていくのである。

その年の春一番が吹き荒れて、雪国では残雪の下から春の息吹が芽生え始めていた。

したがって都会の街路樹も一段と鮮やかさを見せ、眼に染みるように緑が冴え、吹く風もいよいよ爽やかとなってきた。

そのころ台中剛造社長は脳卒中で倒れ、半身不随の身となっていた。六日町駅の近く、台中邸の広間には、息子の専務取締役台中義則、常務取締役中井行雄、開発企画部長の松永広道らが社長の枕元に、火が消えるのも間近いであろうと、その他の家族らと共に深刻な表情で集まっていた。

台中社長の開発した別荘地とレジャー会員権の販売計画に、最後の望みをかけて、これからの対策を協議しようとしていたのである。

故郷へのかけ橋というキャッチフレーズを掲げて、故郷ファミリークラブの会員権の販売を始めてから、もう四年が過ぎていた。

第一次会員から第五次会員まで一五〇万円から段階的に年数が経つにつれて三五〇万円へと上げられて、会員は限定されてはいるものの現実には値上がりするという触れ込みで無制限に販売されていたのである。

その故郷ファミリークラブ入会案内は次のようであった。

『五十有余の沢に囲まれた理想郷です。お着きになったら、まず一杯の泉水をお飲み下さい。

春、雪解けを追ってイワナ、ヤマメを釣り、遠くの山の残雪を見ながら高原の若草を踏んでワラビ、ゼンマイなどの山菜狩り。

夏、越後三山国定公園の八海山、中ノ岳、駒ヶ岳と巻機山の登山……蛍が飛び交う里、お祭りや民謡大会が次々に行われ情緒豊かな避暑地です。

秋、素晴らしい紅葉が高い山から次第に下りて紅葉狩り渓谷の探勝にハイキングに……。

冬、白銀が舞う若さが躍動するスキーのメッカです。変化に富んだゲレンデと粉雪が自慢の……』

という故郷へのかけ橋として、大いに都会人目当てに、なお一層関心の眼を向けさせ売り込もうとする計画であった。

『会員権は元金が保証されます。入会時より二年以内の解約は保証金の二〇％を手数料として申し受けます。会員権の時価に関わらず保証金以外は返済されません。施設の増強および交通事情の好転による時価での売買が可能。売買については販売価額の一〇％を手数料とする。ただし利益を生じた場合に限ります。

今、脚光を浴びている温泉とスキーの六日町、特急で二時間半、オールシーズンタイプ、雄大なプランとゆとりのある設計、それが貴方のものです。上越新幹線、関越高速自動車道路が開通し、いずれ週休二日制になったその時こそファミリークラブの時代です』

宣伝文句はいかにも未来を見据えた素晴らしいもののように見えたが、低成長時代となって久しく、会員の増加も期待出来ない状況であり、この会員権は四年を過ぎていた。二年据え置きという文句から次第に解約を迫られることが予想されていたが、それが始まっていた。極力解約を延ばす努力をしなければならない。何故ならば施設に殆ど費用をかけず増強は無理。ただ私腹を肥やすことばかりに専念し、会員の期待したサービスに応えることができない。結果として当然の如く、客は去って行くことになるのである。

「親父、今後の対策はどうする」

専務の義則が口火を切った。何時どこから取り寄せたのか、座卓には公務員関係の名簿が置かれている。それを手に持った。

「客は公務員関係に限定した方がトラブルの発生が少ない。今のところ解約は殆ど無い。あまり公にしたがらない習性を旨く利用した方が身のためだと思う。どうでしょうか、皆さん」

常務取締役も開発企画部長も家族の顔も頷いていた。だが解約が殺到しているのは事実であった。施設に余り金を掛けず、見せ掛けの子供騙しで、客が利用価値を認めなくなり他の有名な大企業へと奪われていったのである。その結果が現れたのだ。

「今、会社は大事な時期に差し掛かった。どんなことをしても金を掻き集めにゃならんぞ。法律違反なんて綺麗ごとを言ってる場合じゃない。それは分かるだろう。戦後、法に背いちゃならんと政府の食料統制配給政策で、ヤミ食料を口にしなかった教授や裁判官が栄養失調で死んでる。法律を守れば必然的に命を失う時代だった。今も同じだ。会社の発展と名誉のために、なにがなんでも金を集める、というより奪うんだ。分かったか」

剛造社長は興奮気味に檄を飛ばした。さすが気前のいい数億円の政治献金が裏目に出て、誰もおいそれと資金を援助してくれる者は無かった。いささか頭にきたらしい。少しは健康を取り戻したが危険が迫っているようである。興奮状態から手の震えが激しくなった。暫くして苦しそうに上体を起こしに掛かった。

「お前ら、金が全てだぞ。金がないと惨めなもんだ。乞食になりたくなきゃ金を奪え。奪った後はどうにでもなる。絶対に返す様な真似はするなぞ。政治献金もなんの……？」

息がとぎれる。社長の苦しそうな檄が続いた後、容態はすこぶる悪化し、その日の夕方、今度こそは間違いなく、あっけなく帰らぬ人となった。

3

台中剛造社長の葬儀が済んだ。だが多額の返済と政治献金の重みが、今後の会社運営に重大な影響を与える結果となったのである。

なんとかこの経営悪化を乗り越えようと思案に暮れていた。そこで息子の台中義則が満場一致で取締役社長として後を引き継ぐことになり就任した。そして八人の侍が会社経営に携わり、しのぎを削ることになったのである。

ところがである。今や、至るところに、日本列島改造論から更に金銭列島改造論へと、イカサマ会社が雨後の筍のように発生し、金乱の浸蝕が著しく胎動し、大東和総合開発株式会社もその仲間に加わり日本列島を揺さぶりだすのである。

その頃、大東和総合開発の事務所では、女子社員が渋い顔で電話の応対に「はいはい」の返事の声が散らばっていた。

「部長、じゃなかった、常務、電話なんです。偉い剣幕で」その女子社員の興奮した赤い目が松永常務に向けられた。

「松永ですが」

「このインチキヤロー、何時になったら売ってくれるんだ」

受話器から激怒が飛び出す。

「何の話ですか、何のことか分かりませんね。なんですか」

「金融会社から矢の催促で首が回らない。どうしてくれる」

「はて、どなたでしょう」

「なに、この間抜け。とぼけやがって芹沢だ」

「ああ、そりゃね。高く売ろうと最善を尽くしたんですが、家を壊してくれないと買わないとだだこねられましてね。家を壊しました」

「なにが壊しただ。あれほど直ぐ高く売れると保証しながら今更なんだ。この無責任さには呆れたぞ。損害賠償しろ」

「そんな約束が契約書に書いてありますか、よく見てから言えよ、この糞爺い」

松永常務は激しく受話器を叩き落とした。怒鳴る声がぷつりと消えた。

「これから相手の名前を知らせろ。いいか」

女子社員に向かって怒りを込めて頭を殴り付ける。女子社員は両手を頭に上げ肩をすぼめたが既に間に合わない。

松永は五〇〇〇万と査定した土地家屋を相手の困惑に付け込み二〇〇〇万まで安く買い叩き、それを高く売ろうと画策していたのである。そこは家を壊してしまい、帰るに帰れないようにしてローンの返済だけを厳しく取り立てる。返済が済むまではマンションの登記もやらない。土地もモグリ金融会社が押さえてしまう。契約書にもそんな特約事項もない。後はどうなるか知ったもんじゃない。

このカラクリは違法行為じゃないと叫ぶ。困るのは客の方で、後はいかようにもしてくれというだけ、客には三重苦が待ち受けているだけで善良な客は埋め合わせのため金利支払いに借金を重ね首が回らなくなる。結果はマンションどころでなく家も土地も失い民間アパートに逃げる羽目となり、家族はばらばら崩壊する仕組みになっている。そういう結果を松永らは知りながら、なんとも思わない。簡単、姿をくらませばいい。開き直って悪には悪の道徳があり、悪の哲学があると意気込んでいた。

4

春から梅雨も過ぎて、夏に向けて日毎に日差しが強くなる。待ってましたとばかりに大東和総合開発が電話攻勢を開始、ダイヤルの軋みも一段と凄みを見せてきた。

獲物を血眼になって探し求める十数人の男女セールスマンの姿に真剣味が増し、レジャー会員権の客集め、別荘地販売工作に、一斉攻撃の力が漲ってきた。

松永常務は彼らにハッパを掛けると窓際に置いてある顧客名簿を手にとった。その中にある人物をにやりと思い出し笑いを浮かべてダイヤルを回した。

「K区役所ですか、風間さん居るでしょうか」

暫くすると風間の声が返ってきた。

「大東和総合開発の松永ですが」

「ええと松永」

「前に、六日町の山荘でお会いしましたね」

「ああ、なるほど。その節はお世話になりました」

「今近くまで来ているのです。是非お会いして色々といい話でもと思いましてね」

話が決まると待ち会い場所を蒲田駅に五時半と指定した。彼は台中義則社長に名簿の名前を指で示すと、社長は頷いて、

「うまく嵌めてこい」

と片目をつぶった。

彼は蒲田駅西口で待っていると、風間が時間通りに姿を見せた。

「ここではあれだから、喫茶店でも入りましょうや」

彼は先に立って駅ビルの階段を上がる。風間はその後に従っていた。若い男女が音楽を観賞、また向き合って密談を、その前を通り過ぎて一番奥まった人気のない席を選んだ。

「実はですね、気候もよくなりましたので観光バスで史跡や文化財、名所巡りと、それから別荘地の見学会を一泊二日の予定で行います。それにホテルも用意してあり、旅行に行く積もりで気軽に参加してみませんか。大勢で上野駅から特急で行きます。湯沢で降りて、それから名所巡り、大変有意義なものとなりますからね」

彼はタバコの火を灰皿に揉み消すとアタッシュケースから様々な建物や風景のパンフレットを取り出してテーブルに広げた。コーヒーを一口飲む。

「ここは今、脚光を浴びて将来性があります。何しろ二〇万坪の広大な自然があり大変な評判なんです。と

ころで風間さん、故郷は」

「そんな故郷なんてない。あったらこりゃまたいいもんだわ」

風間は笑っていた。

奴は故郷に大変な興味を持っていると感じ取った松永は更に続けた。

「今買っておけば将来必ず値上がりすることは間違いない。投資にもなります。それは、もう直ぐ上越新幹線が開通する。そうなると一時間で行けます。それに関越高速自動車道路も開通する。土地はどんどん値上がりする。今が絶対買い得なんですね。もし売りたい時はいつでも引き受けます。また転売するときは高く売ってあげますよ。まあ見るだけでもいいじゃないですか参加してみませんか」

松永は胸を張って得意げに説明を終えるとコーヒーをちょびりと飲み、そして辺りに眼を配らせた。

「私は冬しか行ったことがないもんでね。今頃もいいだろうな」

風間は、この冬不思議な事件に巻き込まれたが、一宿一飯の義理を感じたのであろう、参加を決め込んだのである。

今週の土曜日、朝七時半上野駅で待ち合わせることに話はまとまった。上野駅の集合場所と予定表が風間に渡された。

5

風間は、行くべきか止めるべきか迷った末のその土曜日である。上野駅に着いた風間は混雑するホームをきょろきょろ探しながら歩いていると背後から呼ばれて肩を叩かれた。

「風間さんこっちです」

振り返ると松永である。

約五、六十名の団体客がざわめいている。その列に並び係員に従って車中の人となった。

その団体客には年配者が多い。互いに顔を知らない連中であるらしい。だが夫婦と思われる子供連れの年寄りが二組程いた。どうも孫であるらしい。

女子社員が大きなボール箱を抱えてワンカップや缶

ビールとつまみを客たちに配っている。

風間がバッグを棚に放り投げると缶ビールなどを受け取った。他の年寄りの客たちは陽気に酒を酌み交わし笑顔を浮かべている。

発車のベルが鳴り終わると列車はゆっくりと動き出す。

喉が乾いた風間も一気に缶ビールを飲み干す。つまみを放り込むとワンカップを開けた。全身にアルコールが回ってきたのか額から汗が滲む。車内の冷房も車内に差し込む日差しと体内から発する熱源には勝てないらしい。自然と気怠い酔いで、ぼんやりと車窓から都会を眺めていた。

大東京という大都会の雑然としたビルや家々が果てしなく続く。レールと車輪とのリズミカルな軋みが子守歌のように奏でて特急とき号は疾走する。

彼の瞼が霞むと、この霞んだ脳裏に、ある情景が浮かんだ。

大都会の物質文明を生み出したあらゆる欲望が、密集した人口によって、人間らしい生活を犠牲にし、都会の底辺に多くの人間不信や欲求不満の渦を巻き上げて胎動している。やがて知らぬうちに人間の心を徐々に蝕んでいるようである。東京砂漠という歌の文句が浮かぶ。晴れてはいるがスモッグで霞み、東京には空がないという。

流されて流されて……浮き草のように……ああ、故郷へ今日も汽車は出て行く。

視界が広がって山の峰が連なる。左に高崎観音が見下ろしていた。前橋を過ぎ利根川の渓谷を溯ると水上温泉に着く。多数の温泉客が降りていった。

清水トンネルを抜けると、初夏の太陽が澄み渡った空に輝き、鮮やかな緑の山々を車窓に次から次へと映し出し過ぎて行く。

「湯沢です。ここで降りて下さい」

と係員が告げた。

様々な団体客は越後湯沢のホームに降り立つ。出口は混雑する。一人の初老の婦人の連れていた子供が、はしゃいでホームを駆け出した。「あぶない」と追い掛けて捕まえる。

駅前に観光バスが一台、車窓に大東和総合開発株式会社御一行様の張り紙がある。そのバスのバスガイドの手招きに応じて乗車していた。
一人の年寄りが言った。
「こっちやらの山の空気はうまいのう。いい味がする
わい」
「ほんとうかね」
舌を出したオールドマンが空気を味わっている。
全員が乗るとバスガイドの案内が始まった。これか
ら名所巡りの出発である。
「美しい自然と優れた景観に恵まれた新潟は百箇所に
余る温泉が点在しています。ほのぼのとした湯の香り
は旅人の疲れを癒し、そこはかとない旅情を誘います
……ようこそおいで下さいました……」
観光バスの車窓からの風景は、一面田圃の緑の絨毯
が目に染みるように敷き詰められて、稲の葉先が風に
揺られて手招きしている。
秋になると黄金色に変わり新米の季節が到来、冬は
一面の純白の雪に覆われる。その新潟のコシヒカリは
余りにも有名であった。
スキー場は削られた土色の斜面と草に覆われた斜面
に止まったままのリフトが、冬の到来を待ち侘びてい
るように見える。
観光バスは曲がりくねった山道を登り、漸く大源太
キャニオンに到着した。
バスを降りた客は、ワンカップ片手に鱒寿司弁当を
頬ばる。酔い潰れた顔に目が澱み、目やにを拭いてる
老人たちにも、湖を渡り木の葉を揺らした爽やかな風
が吹いていた。
そこでの休憩が終わると山を下り雲洞庵、城戸城跡
などバスガイドの案内は続いたが、風間の記憶はどこ
吹く風と青空と千切れた雲の彼方へと消えていった。
起こされて気が付いたときは車窓が茜色に染まって
いた。
やがて夕焼け空からチャームブルー、ロイヤルブル
ーへ、山脈の上はコバルトブルーが、暮色が深まると
星が一つ二つ浮かんだ。
このホテルは冬に風間が宿泊したFホテルであっ
た。騒がしく回転するリフトの音、若さ溢れる若者た
ちの情熱が漲って躍動する姿、冬の情景が心を掠めた。
だが今は物足りない静けさで、どちらを向いても年配
者の団体客の姿だけである。

団体客と一緒に大風呂に入り、昼間からのアルコールの汗を流して上がると、幾分快方に向かうが完全とは言えない。部屋に戻るとスピーカーから案内が流れた。

「大東和総合開発のお客様、一階の宴会場にお集まり下さい」

同室の人のショルダーバッグからはみ出した封筒が目に入る。どこかの教職員組合の人らしい。

宴会場に入ると、正面が舞台となってコの字型に並んだ宴席に、お決まりのオレンジ色の社員服を着た男女社員が客席の間を縫って次々とお酌に回っている。

オシロイを壁の様に塗った日本髪の美人とは言えそうもない年増芸者が数人、三味線を持って部屋の隅で調子を整えている。年寄りには年増が最適なのであろう。

全員の客に酒やビールが満たされると、町役場のでっぷりした助役が偉そうに、お世辞たっぷりな挨拶やら御託を並べ立てる。おもむろに立つと乾杯の音頭をとった。

最後に大東和総合開発の取締役社長、台中義則の挨拶がマイクを唸らせる。

「ようこそ、わが大東和総合開発株式会社の現地見学会に、大勢の方々がご参加くださいまして誠に有り難うございます。……当社は各界より注目されております。ひとえに澄んだ空気と清らかな流れ、そして四季折々の表情を美しく装うこの自然の環境のお手伝いという心で開発してまいりました。今後とも皆様のご協力を得まして益々素晴らしい理想郷となりますよう全力を捧げる所存でございます。また近いうちに上越新幹線、関越高速自動車道路が開通し皆様の寛ぎと家族団欒の場と、故郷へのかけ橋として当地をお求め下さいますよう切にお願いする次第でございます」

台中社長は長い挨拶を終えると深々と頭を下げた。大拍手が満場に沸いて暫く鳴り止まない。風間の前に松永が銚子を無造作に片手にぶら下げてやってきた。

「さあ、どうですか」

彼は酒を杯に注ぐ。またビールをグラスへ注ぐと泡が溢れでた。慌てて風間はグラスを口にした。

「あれえ、なんですか、社長が変わったんですかね」

「ああ、先代の社長は年でして、あれはもう亡くなった」

あっさりと答えた。

（長寿の酒をあれほど嗜んでいたのに、これはどうしたことだろうか）

風間は腹の中で呟いた。

「そうなんですか、それは御愁傷さまです」

と風間が言うと松永は他の客へと立ち去った。

三味線に合わせて民謡が、それに合わせて酔いどれ天使か、数人の中年の女神が、佐渡おけさの民舞の輪を広げだした。

そこでは台中剛造社長夫人の酒色に染めたご機嫌な顔が、大衆に得意げに踊りをご披露している。浴衣の裾が艶やかに色めいた。

風間の背後の廊下で二、三の社員の口論が起こっていた。何かと耳を澄ます。

「我々は招待だから会費を取らなかった。隣の客は払ったとか払わなかったとか変なことになっちゃった。俺たちの立場がねえ」

「馬鹿だな。客が会費がどうのこうのなんて知ってるもんか、取った者の勝ちだ。馬鹿だなお前たち、分かったか」

涼しい顔の声の主は松永であった。声の主が立ち去ると、

「あの常務なんと人が悪い」と陰口を叩いていた。

「やあ暫くでした」

突然前方から声が掛かった。佐渡おけさを見ていた彼は前を見上げた。ビール瓶が傾いた。グラスを差し出すと、あの冬の山荘の情景と相手の名前さえすっかり忘れて直ぐには思い出せないまま狸の顔が過った。

風間は冬の出来事を思い出していた。

「先代の社長夫人が踊ってましたね」

「あれかい、あれは奥さんじゃねえで、妾だ。本妻を追い出して居座ったのさ。本妻は三崎で隠居してる」

その男は片腹を抱えてくぐもった笑いから高笑いに転ずると立ち去っていった。

風間はそう言われてみると、なるほどと納得のいくような気がしたのだ。それが事実であれ嘘であれ酔った頭では、あっしにゃ関わりのねえことでござんす。

「どっち道同じことだ」

と呟く。自分で何を考えているのか不明の酩酊状態

である。

大勢の客の姿も、何時の間にか消えた。空席の大半は座布団が占めている。寝転んでいる奴も、よろけるように立ち上がる。ふらついた足取りで何処へともなく去って行く。自然と習性のように寝ぐらに向かうのであるらしい。


翌朝、空に数条薄い真綿を引いた雲が走ってはいるが陽射しの強い晴天であった。

午前十時、観光バスは現地見学へとホテルを出発した。

二日酔いの団体客は田園風景を後に、山道を登り別荘地に到着した。案内係りに引率されて更に急な坂を登らされる。

山の新鮮な空気を誰もが深呼吸、誰の額にも汗が滲む。木の間を飛び交う鳥たちも歓迎しているのか驚いたのか囀って飛び去って行く。うるさい人間どもが我々の棲家を荒らしにきたなと警戒音を発し、山奥へ避難しているようでもあった。

坂道を登りつめ中腹の広場にさしかかると虹鱒を焼く焚き火の煙が立ち上っている。幅広い金網の上に酒の肴が油を滴らせ炎を上げている。その少し上に冬の蛍が乱舞した焼け跡も、何事も無かったようにひっそりとして、雑草が一面に繁茂していた。

風間の視線は自然にその方に向いた。何故かこの暑さに関わらず背筋に冷たいものを覚える。視線を逸らした彼は、酒の肴を摘むとワンカップを煽った。虹鱒をこがす炎と煙が顔面を襲う。大勢の客に食い荒らされた魚の残骸は無造作に草むらに捨て去られていた。

酒がすすむにつれて彼の心からもいつしか忘れ去られたように煙に巻かれて消え失せて行くようであった。何も知らない人々には露ほども感じられない。山の懐に抱かれ自然に魅せられた味は、また格別である。客は何の屈託もなく酒の肴と弁当を貪っていた。

昼飯の終わる頃を見計らって係員が土地価額表と首っ引きで口を寄せにやってきた。と同時に松永も風間の傍らに寄った。

「新しく開発したあの土地はどうですか」

土地の区画図面を開いて顎をしゃくった。

「ここなら絶対いい場所です。他の人に売るのが惜しいくらい。特別分譲地で安全確実な投資にもなります。預金金利よりずうーっと有利なことはご存じでしょう。もし金が必要な場合は時価で買い受けます。これから益々発展して土地も急速に値上がりしますからね。今がこの時しかない。会社で安く山荘を建ててあげます。絶対保証します。リッチな気分になってもらいましょう」

自信と確信と熱意を持って彼に迫った。

ほろ酔い機嫌も手伝って承知した風間は、管理事務所へと誘われて、売買契約書にすかさず住所や、名前、印鑑と誘導的に引き込まれ契約が成立したのである。それは半ば強引な手口であって冷静な判断能力を失いかけている客らを狙う簡単な仕掛けであった。

「売却するときは大丈夫でしょうな」

風間は不安を隠せなかったのだ。

「それは間違いない。保証します」

風間は管理事務所を出ると坂道を下った。清流のざわめきが眼下にある。堤防伝いに川に下りて清流に足を浸す。風が清流にのって火照る顔を撫で、足元からひんやりとした清流の感触が伝わった。

「これは冷てえ」

その清流で数人の子供らが川底を覗いて魚を突いている様子が見られた。

ひんやりとした感触に気を良くした彼は、大きな石を跨いだ。川底を覗いている子供達は激しい水流に溯ってくる鮎をヤスで刺している。笹にえらを連ねた鮎、また大きい五、六十センチもあろうか、イワナが口をぱくつかせて平らな石の上で逃げようともがいている。それを感心して見ていた。

多くの沢がこの三国川に注がれている。イワナや鮎やカジカが多数生息していると言うのである。

男女社員に攻め立てられた多くの客は招待と酒と魚のこませに寄せられ、リッチな気分に言葉巧みに操られ、ものの見事に釣られた様子である。

その条件は、土地は必ず値上がりする。今の二倍いや三、四倍にもなる。預金金利よりも有利で絶対安全な投資として最適である。直ぐに決めないと売れてしまう。今は土地ブームの最前戦にあった。

管理事務所から汗を拭き拭き獲物が出てくる。

松永が七、八名の獲物を引き連れて丘の上に建っている別荘を見上げ、手を掲げて説明していた。

「この建物は建築会社の社長が建てたもので、一〇〇〇万円です」

更に数軒の別荘を案内していた。

どこからか爽やかな澄み渡るウグイスの歌声が聞こえる。

「あれはまだ子供で歌の練習中なんですよ」

と松永が得意げに言う。

鶯でも歌の練習の努力をするらしい。また聞えるかなと耳を澄ます。二度と聞えない。何処へ飛び去ったのであろうか。

客たちは巧妙な、値上がりの甘い言葉に釣られて契約した。まさに、こませに寄せられて本針に釣られた獲物であった。本針の餌には罠と毒薬が盛られている。その効果が現れるのは何時のことか、また何年先になるのであろうか？　風間も誰も知らない。

6

秋風が木の葉を落としに掛かった。低成長期に入って日本経済の宿命的現象が現れて高度成長期のように所得の伸びは期待出来なくなり設備投資も思うように捗らない。

その頃、大東和総合開発株式会社では社長も交代し、レジャー会員権の解約が相次いでいた。それに先代社長、台中剛造の多額の政治献金と部下の背任や詐欺まがい商法の影響が災いして苦情が殺到し、倒産一歩手前の状況に追い込まれていた。

この経営の悪化を潜り抜ける手口は無いかと、台中義則社長と幹部一同は、秘密の会議室でその対策に頭を捻っていた。

「なにか良い考えは」

台中社長が考え深そうに渋い顔で専務取締役の中井や松永常務取締役や他の幹部に言った。また口を開いた。

「これはどうだろう。近頃の材木の値上がりに目を付ける。この手だ。それに別荘地の温泉開発、温泉権利の販売計画はうまい手じゃないかと、考えていたのだが……」

台中社長は意味ありげに微笑んだ。社長の前面の松永が、何か他の考え事をしているのか渋い顔で頭を傾げている。

「常務、専務どうかね」

と台中の渋い声に松永が表面に向き直ると、中井が、

「そりゃ名案ですな、早速やりましょう。社長、名文を……」

専務も笑みを浮かべた。

池袋の、ある秘密クラブも経営対策の一環として資金を運用し、他人名義にして開業に踏み切っていた。その密室での会議であった。

美人ホステスがウイスキーと御馳走をワゴンテーブルに載せて運んでくると、台中社長の視線が彼女に走った。

「貴女、最近だね」

「はい」

さては、この女、牧野が入れたな、と思いながら、なかなかいい女だ、と感心した目付きを向けている。

彼女は、はにかみながら俯いて部屋を出ていった。


翌朝の舞台は駒込の会社に移っていた。社長の提案が実行に移されることになったのである。

松永常務は、様々な請求書や領収書を机に広げ、小道具の作成に余念がない。

「何を作ってるのかね」

中井専務が書類を覗いた。

「まあ、見ていなさい」

「あの岡本。何かいい名案でもありそうですな」

松永はうすら笑いを浮かべ、目を吊り上げて書類をケースに忍ばせた。

早速、社長提案により、全会員の顧客に向けて、次のようなチラシを郵送でバラ撒いたのだ。

『地主の皆様に朗報がございます。先代社長の宿願でありましたイカサワ愛ランド最後の大事業である温泉開発に着手することになりました。必ず当地は温泉脈が有望であり、必ずや温泉が出ると見越したからであります。愛ランドより三キロ先に井戸を掘ったところ温泉が吹き出したのです。温泉開発に投資参加を……』

それは一口五〇万円で、もし出ない場合でも年利八%を保証する。万一温泉が出た場合は一〇〇万円に

なるという温泉権利保証金の金集めであった。金集め専用リース季節社員は、一斉にアポイントを取っている。

松永もいいカモがいると、調子に乗って風間に電話を入れ、そしていつもの喫茶店に呼び出し、やんわりと説得に入っていた。それは次のようである。

今度、会社では別荘地の温泉開発に着手する。それと木材の値上がりを見込み、会社で大量に安く買い込んだので購入させようという企みであった。

彼は温泉開発計画書や材木の価額表を広げると、

「こんないい話は滅多にない。これを見て下さい。日に日に価額が上ってます。温泉も材木の件も特定の選ばれた人だけに限定しています。その意味は分かりますよね」

風間は意味が分かったのか頷いてはいたものの分かる筈もない。

「家を建てる場合にも使えるね。それは都合がいい」

「その通りです。材木の件は時価の変動が激しいので社長に電話で時価を聞いて来ますから、ちょぃと待ってください」

と彼は立ち上がると喫茶店の入り口近くの赤電話のダイヤルを回した。口は適当に動かした。どうせ相手には分かるまい。話が終わるとコインを抜きとった。

「風間さん、今なら間に合うそうです。安く買えるから今直ぐ決めて下さい」

商談が終わると彼は、金の受け渡し場所を決め、この問題は急いで会社へ行かなければならないと立ち去った。

その翌日の夕暮れ同じ場所で金を受け取ると無造作に数え、書面を取り出した。その書面には、

『松材、約七〇石、金額二〇〇万円の資材を買いとって頂くことが成立しました。これは昭和五十五年十月末日までの材木の値上がりが確実のため五十六年十月末日に最終需要者に売り主大東和総合開発が二五〇万円で売ることを確約いたします。なお責任をもって当社で買取ることを書面を以て確約致します。

大東和総合開発株式会社、代表取締役社長

台中義則』

という確約書である。

「これからね、伊豆の堂ヶ島温泉に、別荘建築の契約

でいかなきゃならない。一億五〇〇〇万の物件なんでね。一〇〇万や二〇〇万の仕事なんか、やってられないですね」

松永は胸を張り、いかにも凄いだろうと言わんばかりに虚勢を張って肩を怒らし、喫茶店を急いで出て行った。

(客という奴は儲け話に釣られて乗ってくるものだ。レジャー会員権、温泉権利金、材木、まずまずの成績だ。よく釣れる。笑いが止まらない。先程は相手のいないキャッチボールだ。気が付くまい。あんなものは紙屑同然)

と腹の中で呟いていた。

しかしながら、なかなか釣れないしぶとい者も大勢いる。台中社長にとって未だ解約金や始末金の自転車操業であった。

それでもかなりの金が手元に残っている。頭を使え、それである一計を案じた。

かねてからの計画通り故意に不渡り手形を乱発した。当然のことながら倒産という結果が待ち受ける。そこが狙いであった。

倒産する事に決定すると、台中社長は顧問弁護士の近藤氏に電話を入れた。

「最近、苦情が多く返済を迫られ困っている。この際、倒産という例の手を使うことにしたからうまく頼みます」

「それはうまい考えだ。倒産の債務を零にする方法があるから私に任せなさい。相手を信用させて一泡吹かせるなんて、どうだろう」

「例のその手を、やりましょう。会社をほんの少し休むだけで済むからね。倒産すれば返済しないで済むことになる。後で名前を変えて裏でやるとしようじゃないですか。その点あんたは抜かりが無いからね」

大東和総合開発株式会社の計画倒産を実施し、支払い金の全てを停止した。残金は?億円あるから先ず心配はない。

そこで和議を申し入れ、債権者会議も既に不調に終わっていた。建設会社や取り引き会社を懇談という形で会議室に集めた。

「私は弁護士の近藤です。当社の社長には、最早、再建は不可能と聞いております。従来からの付き合いもありますので私が買収整理を致すことになりました」

「債権はどうするんだ」

罵声が飛んだ。

「整理となりますと、これは破産ですから債権切り捨ては九割とならざるを得ないのであります」

「なにーふざけるな！」

債券の支払いは一割と言うのである。どうせふざけた倒産劇だから内心嘘も方便と呟いた。

「他の債券者には承知してもらったのです。ただ私の提案ですが皆様大口債権者には五割がたで承知して頂けないものかと考えております」

「そりゃないだろう。だめだ」

罵声が飛び交う。

「その様におっしゃられても計算上ぎりぎりの線でございまして」

「だめだ」

彼は債権者の怒りが次第に高まってきたところに目を付けた。

「方法が無い訳じゃないのですが、私の願いを聞いて頂けるのなら七割までならお支払い可能となります。いかがでしょう」

「……」

ところが何時察知したのか現地の建築屋に新潟の邸宅が倒産と歩調を合わせるかのように仮差押えにあったという。そこは悲壮感の演技を交えて、

「仮差押えを解除してもらいたいのですが、それがなかなかで……それで困っています。出来ればなんとかなります。嘘は申しません」

債権者はのまない訳がないと睨んだ。最敬礼に頭を下げ次いでに跪（ひざまず）いた。更に頭を床につけた。

「ありがとうございます」

頭を床につけたまま暫く涙ぐんだ。

「更に処分解除の手数料という名目で私が一割現金で支払います」

一部の仮差押え解除の同意書と引き替えに支払うと言う。後日の災難の種となる決済義務を明示する契約書、公正証書も請求されず信用させてしまった。

勿論支払う意思など全然ない。事前に倒産劇ダミー会社、また偽の領収書屋でもある仲間と債務不履行で仮差押え処分を掛けておけば、永年の相棒であり持ち

つ持たれつの仲で稼ぎを保証し合い、思い通りになる計算である。仲間内と悲壮感を交えての演技を見せ、まんまと逃げ切った。

更に用心した台中義則社長は、偽装離婚を済ませていた。財産の隠匿を完了したのである。結果的には一割の返済で済ませ、にんまりと微笑んだ。

破産とは、負債の額が資産の額を超過し、債務超過の状態になることだ。

会社の全財産を叩き売っても返済不能に陥ったことにして会社の代表取締役らが、当社は債務超過の状態になりましたので、裁判所に対して破産宣告をされたいと申立てをし、破産宣告の決定がなされる、という自己破産である。

そこは仲間内で多額の不渡り手形を出し、前もって破産原因を作っておけばいい。債権者からの申立てによって破産原因が糾明されるようお膳立てをし、弁護士の悪知恵を活用しての計画倒産であり、詐欺倒産であるのだ。

だが倒産劇の裏側には何も知らない顧客が多数存在しているが、知らない者には知らせる義務はない。知らない者は未だ利用価値があると計算していたのである。

常務取締役の松永は倒産劇の裏側で秘策を練っていた。倒産となるとある程度収入源が見込めなくなる。だが秘策は幾らでもある。無知な顧客であった。

それから間もなく善は急げ、午前中にと彼はカバンの中に秘策を携えて突然、K区役所になんの前触れも無く訪ねて窓口にいる風間を手招きした。

「風間さんいい話があるので、ほんのちょいとでいい」

小声で誘った。

風間は仕方なさそうな顔で仲間に連絡し休憩室へと案内する。

そこで松永は真剣な顔で、

「実はですね、温泉ボーリングのことは知ってますね。それが大変なことになったのです。含有量の多い金が発掘されて、ほらこれを見て下さい」

アタッシュケースから週刊誌を取り出し広げた。

「この様に大々的に報道されています。土地の買い増しをすれば相当な値上がりが見込まれる。今投機のチャンス。こんないい話は、なかなかない。是非にもとあなたのことを思ってね。どうです、買い増ししてくれませんか」

「今忙しい。そんなうまい話。俺は金儲けには全く関心がない。それに土地はあれで沢山だな。買い増しするだけの金なんか無いよ」

そっけなく言い返した。

「そうですか、後で買っておけば良かったと後悔しても知らないですよ。こんなチャンスは二度とない。いいですか」

「金がない。全部処分するかな」

風間は手を外せない仕事中といい、念を入れて急いで立ち去った。

会社の倒産劇なんておくびにも出さなかったが、松永は憤慨した。

「なんでこんないい話に乗らないのだ。この糞やろう」

ひとりぼやきながら役所を出ていった。

うまく乗せられなかった腹立ちと不愉快さが次の攻撃目標に向けて足を早めた。

旨い手があると準備していた山荘火災事件の後始末の賠償金と、先物取り引き契約に絡む補償金未納という名目で強請取る策略であった。全部偽造の書類である。どうせ相手は年寄り、そういうことは朝飯前だ。

彼は足を急がせ京浜急行の六郷土手という駅で下りた。太陽はとっくに昼を回った。住所を街角の表示で確かめながら多摩川の土手の上に立つ。秋風が心地よく吹いているが、なんとなく臭い匂いが漂っていた。風が強く吹くと橋際の工事現場一帯の砂埃が巻き上る。土手から下りて一軒一軒丁寧に表札を見て回った。

「あったぞ」

彼は呟いた。古い二階屋の岡本という表札を見付けたのだ。

玄関の引き戸が開けられた。

「ごめんなすって」

大声を上げると暫くして年老いた腰の曲がった婆さんが上り框に座って顔を上げた。

「なんどす」

「岡本だね、岡本文子ご存じだね」

「あい、そうどすがな、私の娘や」

婆さんは怪訝そうに彼を見上げる。皺の年輪が多い。

「山荘での火災のことなんだが……知っているだろう

な」

「たいそう迷惑かけたそうな、すまんこった。それでなにかいな……」

老婆はひとり娘を亡くして打ちひしがれている。

「そのことで賠償金と契約の未払い金が三〇〇万ある。知っているだろうな」

「そんなこと何にも知りまへんがな」

「ほれ、この通りだ。知らねえとは言わせねえぞ」

彼は契約書や火災の後始末の請求書と合わせて賠償金請求書を老婆の前に突き出した。

「ええっ」

老婆は腰を抜かさんばかりで、驚きの表情が消えない。しばし呆然と口を開けていた。

「そんなこと言ってもな……」

「できなきゃ警察に突き出すしか外にない。それともブッコロすか、やっちまうぞこの糞ばばあ。それでもいいのか。支払わないと大変なことになるんだ。分かったか」

語気を強め肩を怒らせ鋭い目付きで老婆の耳元で怒鳴った。

「あの娘はな、あんたの会社の牧田とかいう男に騙されたと言うとったが……」

老婆は涙を流し悔しそうに唇を噛みしめ俯いた。

「今頃なぜ蒸し返すんかいな」

「牧田なんてうちの連中じゃねえ。関係ねえと言っとるんだ、因縁つける気かよ、この梅干しの糞ばばあ、早く金だせ。時間がねえんだ」

怒気が酷くなる。彼は弱いものを見ると、どうしても脅迫したくなる。苛めることが益々面白くなる素質があった。

老婆は思い詰めたように蒼白となり、わなわなと唇と膝を震わせる。ようやく立ち上がるとタンスの前に屈み込み引き出しを開けて印鑑と銀行預金通帳を取り出して投げ付けた。

「あんたはんは悪魔や。これで全部や」

その場に伏せて肩を激しく震わせ、怒りの悔し涙が畳にこぼれる。

彼は通帳と印鑑を拾うと広げた。

「なんだこれっぽっちか。もっと無いのか」

老婆は首を横に振った。

「二五〇万じゃないか。どう考えてもたりねえな。まあ仕方がねえ。年寄りに免じて我慢するか。貰っていくぜ」

彼は預金通帳と印鑑をわしつかみに、腕時計に目をやると銀行へと急いだ。印鑑と預金通帳があれば文句がない。銀行で全額下ろしてしまうことにしたのだ。

銀行に入ると書類を作り、カウンターの女子行員に言った。

「うちの婆さん。何に使うのかな、頼まれたら嫌とは言えないしね。困ったものだね」

と彼はうそぶく。銀行の窓口の女子行員は、なんの疑いもなく札束をカウンターに置いた。札束を傍らにあった封筒に入れると懐に収め銀行を出た。

銀行を出ると辺りを見渡す。始末に困った通帳と印鑑を近くにあった郵便ポストへ放り込む。

老婆の生活のなけなしの財産を根こそぎ奪い取った松永は、平然と涼しい顔で呟いた。

「婆さんなんか金なんか必要ねえ。俺が皆使ってやるから心配するな。それが世のため人のためというものだ」

彼の後ろ姿が駅に消えた。京浜急行は何事もなく過ぎ去って行く。

利狂人という怪物のようなある政治家らは、悪徳商法を奨励しているが如く豊田商事グループ、投資ジャーナル、ジャパンライフ、霊感商法その他数え切れない悪徳商法を日本列島にはびこらさせ、『法が不備で取り締まり出来ません』と言って涼しい顔をしている。常識的な基準はどこにあるか全く不明であった。

更に酷いのは、悪徳弁護士の氾濫で、弁護士が社会正義の実現より悪徳商法の顧問となり法の網をくぐり抜ける手口を教え援護していたという事実である。

社会的、道義的責任は不要なもの、ただその目的は金を愛することだけである。

それらの人間は超人間的な邪悪な勢力に影響され全世界は邪悪な者の配下にある、という状況の中では当然の事のように暗黙の了解だそうだ。

そして怒りの疑惑の炎が、次第に世界へと燃え広がって行くことになるだろう。

『不法が増大し人々の愛は冷める』

果たせるかな、悪徳商法の氾濫は毎日のように新聞の種となるのである。

京浜急行が走り去って暫くすると、土手の方から黒煙が上がり、消防自動車のサイレンがけたたましく産業道路を突き抜けて行った。

四、客殺し人殺し商法

1

金銭欲や謀略が渦巻く百鬼夜行の兜町で憶測が憶測を呼んでデマがデマを呼んで、東京国税局の査察が入った。中江滋樹は希代のペテン師の噂が流れた。

昭和五十九年八月十七日から中江滋樹会長と加藤文昭社長が行方不明になり、投資ジャーナル経営危機を察知した大口債権者に依頼された暴力団が債権確保のため押し掛けるようになり、八月二十四日加藤文昭代表取締役と同じグループ各社が警視庁生活課の捜査を受けた。

『投資ジャーナル警視庁に摘発』ニュースが全国に流れた。「中江会長をだせ」「加藤社長をだせー」という悲痛な叫びが兜町に響き渡る。

そういう状況の中でも馬耳東風と、大東和総合開発株式会社は社会的信用ということを全く考えない。借金を返さず意図的に昭和五十七年、計画偽装倒産して倒産太り。どうせ騙される無知な人間は五万といると破顔一笑していた。

人が忘れ掛けたころを狙い、新会社をいとも簡単に八人の仲間で設立した。法律を悪用する便利な弁護士もこの会社設立に役に立つ。後々の計画を数人の幹部とガンクビを揃えて協議している。

「社長、牧田という人から電話です」

と秘書がビジネスホンの点滅を指差して知らせる。

「なに牧田。よし損害賠償だ」

台中社長はおもむろに受話器を上げた。

「台中……だ」

「やあ、久しぶりだなも」

「久しぶりもなにもない。なんだおまえ」

「そうむきになるな」

「何年ぶりだ。派手にやっているようだが、そちらの最近の噂も聞いたぞ」

「今、東京だ」

「なに、東京だと……。それで何だ。こちらも今、新しい会社設立の準備をしている最中だ。俺が社長だ。ながたがたいうな、煩わしい」

「ほう、社長やっとんか、俺は会長だ。あののんべい社長はどうしたなも」

「亡くなった」

「あののんべい、くたばったか、年だ。ところで中江はどこにいるかお前知らんか、お前なら知ってるだろう」

「知るわけない。大物政治家なら知っているだろうよ」

「大物がいたんや、今はいない。小物は役に立たん。金もやっとる」

「政治献金か、たいした間抜けだ。金が大変だ。お陰でこちらもとんだめに……」

「でも役に立たん。自分で大物と言っとんだ。みな小物や、何もせえへん。金ばっかり食いよる。これからは海外の時代や、それに海底や、新聞がごちゃごちゃいっとんが、老人の金は沈没船の金塊のようなもんや。老人の金はタンスの底や銀行に眠っとる。それよりも動かした方がいいんや。次は宇宙開発や」

「ど偉い景気だ」

「わてらの会社は社員に親切で歩合も一〇%から一五%もやるんや、あんたとこなんや、なにやっとんや。けちでしみったれで歩合までケチるんでどうもこうもねえ。そうだろう。うちの会社に投資せんか」

「そのうち伺って勉強させてもらうか」

「あほぬかすな。あんたにノウハウ教わったんや」

「実力の差ですか」

「まだそこにおるんか。でっかい立派なビルで偉大さを見せつけんと、信用させにゃあかん。池袋に出て対抗せんか。一億円位出さんか、儲けさせてやる」

「ところでそっちもそろそろ計画倒産したほうが利口なんじゃないか」

「なんやその言い方は、計画倒産なんかする気はないんや。変なこと抜かすな。お前んとこの会社と根本的に違うんや」

「噂が入ってますよ。怪人二一面相はあんただと、東京にも出ると。前にうちにいた社員があんたの所にいるんじゃないですか」

「馬鹿ぬかすな、誰が言っとんだ。戦争する気か、このあほんだら」

途端に電話が切れた。

関西方面では詐欺商法と社会問題になっている豊田商法が主役を演じていた。怪人二一面相事件、暴力団抗争が新聞や週刊誌で取り沙汰され、営業活動が極端に制限されるようになった。代わりに関東地区が狙われだしたのである。

台中義則社長はあんな若造に負けられない。それより損害賠償ものだ。一億円を投資しろとは馬鹿げたことだと怒りに燃えていた。

それよりも先ずはともかく立派な建物と場所へ進出して偉大さを誇り信用を売り物にしなければならない。それは急を要していた。元の駒込の会社は他人様の顔をもったある人物に任せ、リースファイナンス金融裏会社に仕上げていた。

それから現在の状況では会員の勧誘が難しい。新舞台装置の建設にも着手していた。

二足三文で印鑑証明を買い、新代表取締役社長に牛島平八郎という老人を誕生させた。それは台中義則が影で操ることがいとも簡単のリモコン操作、使い捨てのマネキンである。

倒産した会社は、最早もぬけの殻とし、別会社を世間に目立たぬように変装し、社名を変え七人の女王、セブンクイーンとする。男性にも女性にも人気を呼び寄せることが出来るであろうと考えたからであった。

新会社は池袋駅近く、テナントビル五階に木枯らし吹く十二月十四日に設立した。リースの机、ビジネスホン、季節リース社員、営業マンという小道具の準備も整った。台中社長は窓からサンシャインビルを何か落ちてこないかと見上げていた。

なんと怪人二一面相を名乗る犯人グループが昭和五十九年十一月七日、大手菓子メーカー不二家に一億円を要求する脅迫状を送った。更に二通の脅迫状で年末と年明けにそれぞれ大阪と東京のビルから現金をばらまくよう要求していたのだ。正月休戦の挑戦状を報道機関に送り付け、その裏で新たな標的を脅迫していたのである。

その頃関西方面では豊田商法が主役となり純金ファミリー契約証券という奇想天外な金融証券で急成長し、金の現物まがい商法、詐欺まがい商法などと糾弾されながらも二〇〇〇億円以上の金を掻き集めていた。しかしその強引な集め方や資金運営に疑問と問題が多いということで取り引き上のトラブルが続出して老人被害者などの訴えにより刑事と民事両面から責任を問う動きが急激に全国的に広がりをみせ深刻な社会問題にまで発展していた。

2

台中義則社長は、世田谷の砧のマンションに来ていた。偽装離婚で暫く姿を隠す計画でもあり、貿易取り引き商品の事務所兼倉庫代わりに使っている隠れ家でもあった。

彼は朝のインスタントコーヒーを飲みながら新聞を読んで呟いた。

「牧田ではない、奴は永野だ。風雲急を告げてきた。東京も荒らされそうな気配になってきたな。それより、あの野郎と裁判だ。何だこのチラシ」

東京や横浜に社員募集のチラシがばら撒かれていたのだ。

玄関のチャイムが鳴った。誰か来たなと、コーヒーを一口飲むと警戒してドアを覗いた。

「なんだ知らない女だ」

そっとドアを開ける。

「あのう奥さん、いらっしゃるでしょうか」

地味な服装の若いが寂しげな表情の女が遠慮しがちに尋ねた。

「いまちょいと、何か用かね」

「実は有名な化粧品を販売しているのです」

「私は化粧品のことは知らない」

「旦那様の顔色、余り良くないようですね、どうかしましたか。健康食品のビタミンなんか、いかがでしょう。元気が出ます」

「健康食品、それも悪くないね。ゆっくり試してみよう。そうしましょう。さあどうぞ入って下さい」

彼女は誘われるままにリビングルームに入った。テーブルに健康食品と有名化粧品の入ったケースを開けた。

「なんといっても健康が第一です。このビタミン入り健康食品、ひとつ試してみてはいかがでしょう」

彼女のどこかに憂いを宿した黒い瞳をじいっと見詰めていると、彼の胸に謎めいた妖艶な閃きが起こった。彼女は年の頃は三十二、三であろうか円熟の姿態が艶かしい。

「この仕事儲かりますか？　あなた名前は……」

「私は熊谷利恵と申します。昨年離婚して多少の慰謝料で健康補助食品販売会社のビタミン類と化粧品を買いました。健康に不安をもつ人々にその会社の商品を販売するためです。会社では絶対に月一〇〇万の利益があると聞かされ大勢の人が感激して買ったのです。美容と健康は切り離せない。必ずや成功しますと洗脳され多額の商品を買わされたのです。でも、なかなか思うように売れないのです。お願い、助けると思って協力してくれませんか」

彼女は涙を浮かべせつなげに懇願している。

「実は私も離婚している。訳があってね。今この会社の社長。もし良ければうちの会社に来ませんか。そんなケチな仕事よりいいよ」

彼はそんな仕事の性質は分かっている。何気なく名刺を彼女に渡した。

「セブンクイーンっていいわね」

彼女に笑顔が見える。

台中社長に奇妙な情感が湧いていた。熊谷利恵の怪しい魅力に取り憑かれて吸い込まれるように寄り添って彼女の手を握り締めた。

「必ず力になります」

彼は勇気を与えるように力強く言った。

「社長さん嬉しい。信じられないわ」

「絶対信じなさい」

次第に二人の距離がどちらからともなく迫った。男性の濃厚な体臭が利恵を包み込んでしまった。彼女はかぼそい呻きを漏らして躰のもっと奥深い部分が痺れて幻惑されたように自制心が薄れていった。

不動産会社社長であり、力になってくれるという甘い言葉に利恵の心はすっかり痺れ、男の体臭に息苦しいものが漂い始めていた。

　大腿のあたりにさりげなく男の手が延びる。ブルーのスカートを通して掌と指の微妙な感覚が伝わった。くびれた腰が悩ましげにうねり彼の手が肩にかかり唇がうなじに、耳から熱い呼吸が頬に、唇の感触がぞっとするほど快感を呼び起こしていた。

「一目見たときから君が……」

　彼の甘い息がかかった。

　彼女はやめてと心で叫び、体をよじるように訴えたが、意識が拒むつもりが体が敏感に反応してしまっていた。

　成熟した女の色香とくだけた魅力が、否応なく強力に引き付けて放さない。彼の指が狡猾な蛇のように熱くみだらな敏感な蜜に濡れた秘肉を巧妙になぶる。はしたないと思いながらも、じっとしていられない。希にみるほど官能に恵まれた体質であった。男の体重に組み伏せられると、観念したらしい。熱く怒り立った野獣が飛び跳ねるや神秘の扉を解放した。

　魂の底からうめきにも似た声の、理性を失った肉欲だけが気も狂わんばかり叫んだ。

「このマンションに住まないか。何も置いてないが会社の輸入貿易品を置く倉庫代わりに使っている。うちの会社で働けば家賃もいらない。どうですか」

　彼女は頷いた。

　彼女にしてみれば今の木賃アパートよりは、遥かに素晴らしいと感じたに違いない。愛人関係も暗黙の了解であった。

　台中社長には背徳の意識はあるが、偽装でも離婚しているには違いなかった。彼女としては生活の手段としても誠に都合がよかった訳であり、これこそ今がチャンスとばかり感謝していたに違いなかった。

3

　高層ビルが建ち並ぶ池袋。街路樹の緑も一段と冴えてきた。高層ビルを吹き抜ける風は、そこらに在った紙屑をサンシャインビルに向かって吹き上げる。歩く女性のスカートをなんの遠慮もなく巻き上げようとしていた。その高層ビルの陰に衣替えした新会社があった。

二人の男が共栄ビルのエレベーターの前に立った。松永とかなり年配の人がエレベーターに吸い込まれ五階で止まった。

受け付けの女子社員が微笑んで二人に会釈する。その背景には山、川、森にセブンクイーンの会社名がシルエットとなって浮かび、気品と豪華さを演出していた。

豪華なグリーンの絨毯を足を浮かせるように踏んだその年配者は応接室に案内された。豪華な応接セットのソファに腰を落とす。体が宙に浮くのか、しげしげとソファを見詰めていた。

隣の部屋からは十数人の女性が電話に向かって会話しているざわめきが漏れてくる。アポと呼ばれるテレホンガールで客に対してアポイントメント(面会予約)をとる仕事である。興味を示す客を手当たり次第発掘している姿は真剣そのものである。契約が成立すると多額の歩合が出る仕組みになっていて彼女たちのローンの支払いやヘソクリにと人気を呼んでいた。

応接室の客は年配の公務員らしい。実直そうな人柄を忍ばせている。

コーヒーの香りが漂う。女性社員がテーブルにコーヒーカップを並べる。「どうぞ」と言ってドアへ、その入れ違いに松永常務が入って来た。

客と向き会うと早速豪華なパンフレットを広げ説明に入った。その説明は次の通りである。

セブンクイーンオーナーズヴィラはこの六日町の他、大島、熱川、越後湯沢、越後川口、箱根、草津など国内はもとより海外ハワイ、アメリカリゾート地に多数あります。一口一五〇万円でコンポーネント、オーナーズシステムに加入すると、これらホテルやヴィラを利用して充実した多彩なリゾートライフを楽しめる。今回募集するのは一戸あたり三〇人で共有する。オーナー募集口数は一〇〇〇口で、オーナーになると国内、海外の提携したホテルやヴィラを相互利用することが出来るだけでなく将来増えていく施設も相互利用できる。土地建物について共有持ち分権が登記されるので確実に保全されるだけでなくオーナー数も限定されるため、ゆとりある利用が確保される。しかもオーナーのみならずオーナーが指定した人なら誰でも利用できるので接待用や福祉厚生などにも使えて便利である。宿泊利用費は二人一〇〇〇円、システムの管理費は月三〇〇〇円、その他特約したホテル、スポーツクラブ、ゴルフ場など優待割引きがあり、様々な特典があり、リゾートライフを多彩に楽しくしてくれる。なお通産省の指導で結成された社団法人日本リゾートクラブ協会の会員である。それに直ぐ一口当たり三〇〇万、四〇〇万と値上がりします。売るときは時価で取り引きしますから大変得です。会社の提携ローンも利用できる。年利八・四%です。会員制リゾート、雄大な景観と大自然が、東京より車で二一〇分、新幹線で七六分、越後湯沢から三〇分、申し込みがあれば駅まで迎えに参ります。いま一口二〇〇万円になる寸前ですが一五〇万で五口どうですか。今が一番買い得なんです。三年据え置きで何時でも時価で解約できる。ローンの金利よりよろしいです。

という説明で、その年配客はローンを組むことに同意した。

「それではこれから向かいのサンシャインビルで提携ローンを組むことにしましょう」

松永常務は客を急き立てるように応接室を出ていった。

丁度昼時であった。二人は急いでエレベーターへと向かい、女子社員たちで満員の中に収まった。一階に着くとエレベーターのドアから押し出されるように掃き出される。社員らは行きつけの食堂へ行くらしい。

昼の日差しが強く照りつけている。陽射しを避けて首都高速の下に入って出ると目の前にサンシャインビルが聳え輝いていた。

「この世は全てがお金よね。金がないと、どうすることもできないわ。金のためなら手段を選ばない」

熊谷利恵が傍らのアポ取り社員に真剣な表情で訴えていた。

「そうね。でもお金も必要だけれど、誠実さや良心が大切だと思う。この会社のやり方をみてると私なんかとてもついていけないわ。前に、この会社倒産したんだって、友人が言ってたのを聞いたわ」

新しいアポ取り社員の良心的な人柄に陰りが見える。

手当たり次第の電話で、脈のある家庭を探し出し、リゾート会員権の契約に興味を示す相手の財産や取引き銀行まで探り出させようと教育されていた。この会社は経費節減を理由に、新聞広告やチラシを一切出さない。もっぱら口こみ商法を最善としていたのである。

4

その頃、永田町や兜町の一角で「中江が殺された」という情報が駆け巡り始めた。また豊田商事が昭和六十年五月には解約者への分割払いをもストップさせてしまった。

全国各地の地方裁判所は被害者の債権保全のため名古屋、京都、サンシャイン東京本社、大阪本社など物件差し押さえを執行したが金庫の中はカラッポであった。もし満期がきても次々に契約を延ばされて泥沼、アリ地獄に引きずり込まれる仕組みになっていたのである。

セブンクイーン株式会社は豊田を凌ぐノウハウを駆使して、自分だけが安全地帯にいて相手をたぶらかす準備が整えられた。有能な顧問弁護士の知恵を拝借、焼け太り倒産劇に成功した台中社長は、更に一層の自信への磨きが掛かってきた。

『……是非われわれと一緒にこい。血を流すために待ち伏せるのだ。罪のないものを正当な理由なしに密かにねらうのだ……われわれの家を分捕り品で満たそう……』

という先代社長台中剛造の遺言通り、進めてゆかなければならないのであった。

初夏に相応しく太陽が眩しい。都内の街路樹も一段と緑が冴え、風に吹かれて街行く人の姿にも初夏の風情があった。

「風間さん、耳寄りな良い話があるのだが是非お会いしたい」

松永常務は電話の相手に言った。

「どんないい話かね」

嗄れた声が返ってくる。

「詳しい話はその時にします。これから伺いますから」

いつもの蒲田駅西口で落ち合うことにした彼は台中社長の部屋へ入った。

「あの親父をやってくる」

「うまく嵌め込め」

台中社長は何か厳しい表情をしていた。

社長の蛸部屋を出た松永は、窓際でコーヒーを飲んでいる熊谷利恵を、ちょいとおいでと手招きして誘う。

二人は西に傾いた太陽を眩しそうに目を細めて池袋駅へと急いだ。

「これから一番嵌めやすい人物を紹介するから、良く覚えておくんだ」

彼女は頷きながら駅へと足を早める。

いつもの事ながら会社側としては、車での事故が発生すると会社に損害賠償の責任が生じる。そこである場合を除き、その責任を避ける意味もあり、混雑を避ける理由で電車を利用することになっていたのである。

彼女は台中社長の手によって洗脳されたその一人であり、金のためならば、いかなる手段を講じても悪の扉に誘い込もうという決意に燃え、奮い立っていた。


蒲田駅の西口は日が陰り六時半を過ぎようとしている。風間に会うと、

「お茶でも飲みながら」

と松永は先に立ち歩きだす。熊谷利恵は風間の横にぴたりと寄り添って、甘い香水の香りを漂わせ、笑顔をほころばせている。

喫茶店のテーブルにつくと彼女は涼しげな笑顔で風間に名刺を差し出した。

「熊谷利恵と申します。初めてお目にかかります。お見知りおきのほど、お願いします」

彼女の名刺にはセブンクイーン株式会社、顧客係長、熊谷利恵とある。

若草色のワンピースがよく似合う。V字形の襟にネックレスタイプのパールペンダント、中心に五粒のパールが並ぶ。初夏のファッショナブルな感触を身につけ上品で清楚な魅力を漂わせ、すんなりした脚をくの字にまげ、膝をぴたりと合わせ常に笑顔を絶やさない。客に対しての印象を良くしようと気を使って緊張しているようである。

松永はアタッシュケースから宣伝用パンフレットを

取り出して、

「こんないい話は滅多にない。是非参加してもらいたい」

と偉そうにでかい態度だ。

話の内容は次の様である。

新しい会社で企画したオーナーズヴィラで、その多彩な別荘ライフを楽しめる会員制リゾートクラブである。新幹線も開通し、近々関越高速道路も全線開通する。東京からの車と新幹線の時間。これが快適な居住性を追及した建物の表裏の背景を取り入れた写真を見せる。専用マイクロバスによる送迎。一口一五〇万で共有持ち分所有権登記となり、運営される国内、海外の施設も一泊二〇〇〇円で利用ができる。管理費や財産権の保全その他の特典などを説明する。

「それでですね、前買ってもらった材木と温泉保証金、あれを三〇〇万として五口分購入することで七五〇万。後四五〇万入れてくれませんか。これから熱川や大島にも建設して会員権の値上がりを見込むことが出来るのですよ。三年たてば時価で売れるからね」

隣の彼女が口を挟んだ。

「お客さんの中にはねえ、提携ローンまで組んで一〇〇〇万も購入している人が大勢いるのね」

「ほう値上がりを見込んでかね、それならなんでもないわ」

風間は笑って言った。

すると松永が、

「取り敢えず手付けとして六〇万入れてください。明日にも二〇〇万になる可能性がある。だからキャッシュカードで六〇万までなら引き出せるから、その方が有利でしょう」

「明日では遅すぎる?」

風間は首を傾げた。

「明日ではね」

「それじゃ止めた」

これは「おっといけね」ここで止められたら身も蓋もない。彼女の手前なんとしても契約を取らなければならないのだと、もったいぶった彼は、暫く考える振りをした。

「明日で結構ですから、とにかく一日も早く」

「明朝、私が受取りにまいります。銀行を教えて下さい。これは間違いない確実な利益になる契約ですから」

熊谷利恵は真剣な顔で手を合わせた。

その翌日、風間からの電話を女子社員が常務に告げた。

「やあ、すみませんね、彼女が取りに来ない。こちらにも連絡がないのです」

銀行から定期預金を下ろした風間は、約束の時間に彼女の現れるのを待っていたのであるが、しかし何時まで経っても現れる様子もない。会社へ電話を入れたのである。

「どうする。止めましょうか」

「そんな。申し訳ないけど会社へ来ていただけませんか。駅に着いたら電話を入れて下さいよ。迎えにゆきますから」

彼らしくなくおとなしの構えを見せている。

彼らとしては始めから会社へおびき寄せた方が料理をしやすいと始めから企んでいたのだ。

池袋駅東口に出た風間は直ぐに彼女に出会った。

「取りに来ると言ってどうしたんだね」

「急に電車事故に合って動けなくなったのよ、すみませんでした。会社へ電話を入れたら風間さんが来るから駅で待っていろと言われまして。社長は迷惑掛けたんだから案内して会社へ連れてこいって社長命令なの」

利恵はかぼそい声で訴えた。

その裏側を彼女は知らない。社長は金を取りに行くと連絡を受けるや、急用があるからと社長の隠れ家まで書類を取りに行かせた。不安があって大金を他の社員に扱わせないようにしていた作戦でもあり「電車の事故に見せ掛けておけ」と台中は笑みを浮かべていたのだ。

共栄ビルのエレベーターが五階まで上がった。セブンクイーンのドアを開けると受け付け女性社員の背景に、美しい風景に浮き出された社名が目に入った。

「わざわざ会社を休んでまでお呼びしまして、まことに申し訳ない」

台中社長が出迎えると深々と頭を下げた。そして社長室へと風間を案内する。

「もう明日にも二五〇〇万円になります。間に合ってよかった。これは株と違って値が下がることがない。上がる一方でね」

一見して律義で誠実そうな風貌を見せている社長ではあるが、なかなかどうして？ということを風間は知る由もなかろう。なかなか立派な会社だと思っているに違いない。

熊谷利恵がお茶をテーブルに運んできて風間の横にぴたりと座った。松永が書類を持ってくると次々に印鑑と署名を求めた。

「これで契約が成立しました。あっ、そうだ。ちょいと印鑑を」

松永はテーブルの下にある書面に印鑑を押した。風間としても、いつもの習慣で何も気に留めている様子もない。

「現地に行ってみませんか。お陰様で施設も充実してきました。契約したんですから是非見てもらわないことには、こちらの気がすみませんものでね。あなたの都合のいい日を」

台中社長は笑顔で積極的に勧める。

「五月の連休はもう一杯なんです。それを過ぎたころではどうですか」

松永常務はいかにも本当らしく言ったのであるが、大変な人気と盛況であると鼓舞しなければならない演出効果を狙っていた。台中社長の松永に向けた目が笑っている。

この次の土曜日に新幹線で行くことに決まった。松永は利恵に誘いをかけると、

「私もご一緒させて頂きます。あちらに参りましたら色々と案内致しますからよろしく」

彼女のまなざしが風間の眼を射ぬくようにじっと見詰める。彼は蛇に睨まれた蛙のように何か言い知れぬ戦慄が身体に走った。

彼女の千里眼は千変万化の成熟した女の色香を最大の戦略武器として行動を開始したのである。台中社長との夜の実演は、もっぱら円熟した戦略武器の色香を使う実技であり、その艶熟した肉体と美貌と魅力的な演出は日毎に向上していた。

窓の外はいつしか池袋に夜のとばりが下り、イルミネーションが反映している。

「どうです、一杯付き合いませんか」

台中社長は手で飲む素振りを見せて、にんまりとわいせつな笑いを浮かべる。

会社を出ると松永と利恵が先に立って歩く。その後に風間が従っていると背後から一人の男が近付いた。

「社長は後からくるそうです。客が来ないと飲めんからな」

その男は風間に告げると、後は何事か呟く。

昼間と違って夜の巷にネオンがきらめき一変して猥雑な飲み屋街が出現する。

会社帰りの大勢のＯＬやビジネスマンが夜の巷に集まる。昼間のビジネスが終わり、これから夜の戦略が始まる。夜を職場とする女性がそれぞれの店へ姿を消して行く。男と女と酒とタバコと色と欲が入り混じった人生劇場が既に始まっていた。

「先ずはこの酒場で……」

松永と利恵が大衆酒場の階段に踏み入れた。後ろを振り向いた彼女が眼顔で促す。

大勢の客がカウンターを囲んでいる。奥の座敷も満員のようだ。ようやく隙間を見付けて陣取った。座布団に腰を下ろすと社長が数名の女の子を連れて風間の両脇へ侍らした。彼女たちは艶めく色と愛嬌をふんだんに撒き散らす。両手に花の酒盛である。

そのうち両手の酒にピッチがあがり酩酊した風間に利恵が囁いた。

「これから面白いところに案内するわ」

二人に誘われた風間は、漸く席を立ち上がると夜風に吹かれて酩酊した体をふらつかせて地下の得体の知れないバーへ姿を消した。

数名の美女が部屋の隅にトグロをまいている。ボックス席に座った彼のところへ美女とボトルが運ばれる。

「ここはあの社長の愛人クラブよ」

美女が風間の耳に囁いた。

他の連中はと見ると、仲間と何事かを話し合っているらしく口だけが激しく動いている。

「俺は愛人を持てるほどの甲斐性がない。愛人無用」

さほど美女とまでは言えないブス美女が不満そうに唇をよじった。

彼はこんな猥雑な雰囲気を好まなかった。それではと酔った足どりで不夜城の池袋を後にしたのである。

「今日は彼来るかしら」

　と呟いた熊谷利恵は一匹の小犬を連れて世田谷通りを過ぎ、馬事公苑の裏通り辺りを散歩に出掛けていた。犬はペットのマルチーズの雄である。

　彼女が不在の時は、テラスに赤い屋根の山小屋風犬小屋につながれ、芝生でいつも戯れていた。今日は彼女の休みだ。たまにはと運動のために連れ出したのである。

　陽も傾いて、ちょいと涼しくなる頃、初夏の風に彼女の髪をなびかせ、小犬は久し振りの散歩と喜び勇み、先頭を切って彼女を引っ張る。ワン公は時々振り向いた。オレの後に付いてこいという顔である。そこらにある電柱や庭塀に片足を上げ、時折、愛嬌を振り撒いていた。

　かなりの距離を歩いたり走ったり。彼女の疲れが汗ばんだ顔に現れ化粧が崩れ出した。首紐を引っ張ると、心得ているのか大きな口を開け赤い舌を出し、はあはあと喘いで振り向いた。もう帰ろうと訴えているようでもあった。

　マンションに辿り着く頃には日陰も長くなった。彼

5

　世田谷と言えば都内でも有数の高級住宅地である。砧公園あたりは、緑豊かな住宅街を造っている。古代朝廷に捧げる布を砧でたたき、多摩川で晒したという由緒ある土地である。整然とした家並の間に公園や広場が散在している。

　環状八号線から少し離れ小田急線にも近く個性的で洒落た高級マンションがあった。その一階の一角に熊谷利恵が引っ越して生活の本拠としていた。

　四ＬＤＫであった。このマンションは城南方面の新キヌタ不動産というペーパーカンパニーであり、事務所兼貿易品の倉庫として一部を使っている。これからは愛人宅兼ペーパーカンパニーとなる。経営者の名義は借名であるからいつも不在であり、利恵は全く知らないことであった。

　そういうわけで台中義則社長は偽装離婚した本妻宅と愛人宅を使い分けていたのだ。

女が玄関のドアを開けようとすると、開いている。すると冷気を感じた。

「あら何時の間にか、旦那が来てるわ」

と呟く。彼ならマンションの鍵は持っている筈であった。

犬の足を雑巾で綺麗に拭いていると台中社長が玄関に現れた。

「犬も大変だな。靴でも履かせた方がいいのじゃないのか」

彼はくすくす笑っている。子犬は我先に廊下を走ると勝手知ったる我が家のダイニングルームのソファに、白いぬいぐるみとなって寝転んでしまった。

彼女の薄いピンクのスラックスにも土の汚れが走っている。

「汗で気持ちがわるい。汗を流してくるわ」

と言ってバスルームへと向かった。

彼はバスルームのシャワーの音を耳にし、ボトルから注ぎ出す琥珀の液に浮かぶ氷がリズムカルに鳴るのを聞いた。グラスを持ち上げると彼女の裸体が彼の脳裏に蘇る。ある想像力を掻き立ててほろ酔い機嫌である。

彼女がバスタオルを体に纏いバスルームから出てきた。しっとりとした長い髪を手で後ろへ払うと、椅子を引き寄せ彼の傍らへにじり寄った。

アイスをグラスに勢いよく入れる。次いでにほてった口に氷を放り込んだ。

「うー冷たい」

氷をしゃぶりながらボトルからグラスへ注ぐ。

「暫くここにいるかもしれない」

彼は考え深そうにぽつり言った。

「どうしたの。奥さんに不倫がばれたの」

「そんな事は絶対ない」

「性格の不一致なの」

「そうじゃない。変な奴に追われている。どうも離婚しているからまずいんだ」

「それはそうよ、離婚しているのに一緒にいちゃまずいわよ。何のための離婚なの」

彼女はちょいとばかりヒステリックに彼の顔を見詰めた。

「そんなことはどうでもいいじゃないか」

「よくはないわ」

台中の視線が利恵の身体に上から下へ巻き付いたと思うと彼女の腰を引き寄せた。

「ふふっ、もうこんなに盛り上がってる」

喜びと期待の含み声で自然と手が絡む。

男は彼女を抱き寄せると胸元のバスタオルを外した。ソファに横たえるとタオルが落ちる。マルチーズが何事かと慌てて逃げ出す。

「ベッドよ」

彼女は彼の首に腕を絡ませる。

そのまま抱き上げるとベッドルームへと運び、ベッドに寝かせ、男はシャツとブリーフを側の椅子に投げ捨てる。

「君の身体が忘れられない」

女の身体を強く抱き締めた。

「よく熟してる」

「ふふっ」

くぐもった声が漏れてくる。

彼は手に余る乳房を両手で含み舌を転がした。

すると一匹の得体の知れない蛇が盛り上がった山を駆け下り谷間を滑る。蛇は頭から湿った草むらに滑り落ち込んだ。やがて立ち上がると過敏な火の丘を登り始めた。

「上手ね」

相手は半ば口を開け、何かを耐えているように呻く。

蛇の舌が執拗に絡み、念入りに辺りを探る。哀願とも苦悶ともいえない呻きが、くびれた身体をくねらせる。組み伏せられた彼女の手が太い錦蛇を掴まえた。

と溢れ出る泉の草むらへ追いやった。泉の穴へ潜った奴は、必死にもがき続ける。泉が溢れ出る。迸る泉があっ死ぬ。絶叫が走った。その絶叫は天井を揺るがした。

両眼が虚ろに血走り、もがき疲れ切った大蛇は、濁った魔性の泉から変身して、息も絶え絶え漸く這い上がった。

這い上がって痩せ細った蛇が彼女に言った。

「貴女は不倫をしてはいけないと言われたのは本当ですか。不倫が決して悪いということではありません。不倫を食べるごとに貴女の頭と眼が開け、女神の様になるのを神がご存知なのです。女はその様に造られているのです。あらゆる男から羨望され、全ての財貨と喜びを得ることが出来るのです。これは本当です、試してはいかがなものか」

暗がりの身体に巻き付いた大蛇は、暫く離れようともしない。彼女の全身を痺れるような快感が貫いて放心状態であった。

いつしか呪文が彼女の脳裏に忍び込んでいたのだ。ふと気が付いた彼女は上半身を起こし、ベッドを降り、ほてった身体をバスルームへとドアを開け、足を忍ばせると突然異変が起こった。

テーブルからグラスや皿が音を立てて落ちた。テーブルにあるハムソーセージやつまみを失敬していたワン公が驚いてつまずき、とんだ失敗をしでかしてしまった。テーブルの下から驚きのまなざしで見上げていた。

「なによ、俺に餌くれないでよ」と言いたげな表情で舌なめずりしてソファへ上がった。

何事かと彼がベッドを離れダイニングルームへ飛び出してきた。

「こりゃ何だ。この犬、躾がいい。俺の酒まで飲んで酔って寝てる」

「私のせいじゃないのよ」

と睨み返した。

彼は精力回復に再びグラスを傾けていたが彼女がバスルームから戻ってくると手招きして隣に座らせた。

「オーナーズヴィラ会員権、リゾートライフ会員権をどしどし売り付けてくれるね。今会社は大変な事態になっている」

「満ちたりたらビジネスも満足させようとするのね」

「要するに、貴女自身のためになることだ。そうじゃないですか。今やレジャー産業時代の幕開けで、客の持つ自然に対する潜在意識を引き出し、会員権は値上がり、客も値上がりにまた喜ぶ。会社も益々の発展にもつながる。そんな事は子供でも分かる。貴女は会社で一番の成績、皆が羨ましがっている」

彼女は犬の食い残したつまみを貪りながらグラスを口にして頷いていた。聞いているのか虚ろな目が彼を見詰めている。

「ちょいと来てくれ」

と突然、彼が彼女の唇を盗んだ。唇を放すと立ち上がり彼女の肩を誘うようにして、今まで閉じられていた部屋へと連れていった。

「会社の印鑑と契約書がここに隠してある。これを利用してうまくやる。これもあなたを信頼しているからなんだよ。このやり方は、もう知ってるね。もうじき幹部になれる。うちの会社は実力ひとつで役員にもなれる。そうなれば社員を顎で動かす。今度会社の表彰式には会社に貢献した人に賞金を出すことになっている。君はその有力候補、どうだね」

と台中社長は力強く彼女の肩を叩く。

「賞金ってどのくらい」

「五〇〇万以上だ」

「それじゃ頑張らなくちゃねえ」

「ひとつヒントを教える。公務員関係、学校の先生、ひとり暮らしの老人なんぞ親切に取り扱うと、五〇〇〇万も協力してくれたね。ついでに土地まで提供してくれた」

「社長は腕がいいのねえ」

「若い人とか自営業は感心しない。金の必要が生じると直ぐ換金に迫られる。その点、公務員関係は安全圏。それに……」

と言い掛けて口を濁した。本音がその後にあったのだがグラスの酒を煽った。

「腹が減った」

「そうね、寿司でも取ろうか」

利恵は電話機に歩み寄ると、いつもの寿司屋に電話を入れた。

「この会社に入って良かったわ。マンションにも住めるし、こんなに愛されるなんて夢みたいだわ」

肩をすくめて微笑んでいた。

「こんな意義のある仕事は他にない。会社の存続と発展に協力するということは、全てが自分自身のためになるということだ。そうは思わないかね」

「ううんとお金を溜めて自分のマンションを買おうかしら」

利恵の胸に夢と希望が広がっていた。

玄関のチャイムが鳴った。いつもの寿司屋の若衆が寿司を届けにきたのだ。彼女は玄関へと急いだ。

「旦那のおいでだね」

その若衆は男の靴を見てにんまりと彼女へ流し目を

送った。

「いつものウニの手巻き、サービスしておいたよ」

と言って若衆は急いで退散した。

彼は寿司をたらふく食べると眠気が襲ったらしくあくびの大口を開けた。

「今夜は寝かせてあげないから」

彼はあくびと一緒に笑っている。彼女のリードで寝室へと向かう。

夜の底に、期待と希望の夢を抱いた一輪の毒花が、怪しげに咲き誇ろうとしていた。

レースのカーテンを通して朝の陽射しが寝室を照らす。

目を開けた彼女は寝ぼけ眼で彼を揺すった。漸く目を開けた彼は甘え掛かるように未練がましく乳房に手をのばす。

「あたいね、夕べ寝かせないつもりだったけど、あんまりよく寝ているので起こすのやめたのよ」

ちょいとその気になれば男なんて他愛ないものよと彼女の心が笑いかけていた。


「今日は奥さんのところ？」

「妻の意識の中に俺の存在は一片もない。愛情も信頼も冷え切ってしまった。昔はそれでも色々と気を使ってくれた。だが、なにしろ女房は臍曲りで白と言えば黒と言う。そういうところから夫婦生活にクラックが入り、次第に風化してしまったのだ。もう限界に来た。折りをみて貴女と結婚しよう」

「あら本当かしら、社長夫人ね」

台中社長の妻は台湾生れで日本語が下手くそ、意思の疎通にも支障をきたしていた。二人の子供がある故、ブティックや貿易会社などを経営させていたが、それは名目上のペーパーカンパニーで、金の裏トンネルとして利用し、資金隠しに都合がよかったからである。

彼女は薄々そんなカラクリをとっくに感じていたが、トボケるようにうすら笑って、

「本気かしら？」

と喉元まで出かかって飲み込んだ。

遅い朝の軽い食事を終えると台中は、

「今日は重要な取り引きがあるのを忘れていた」

と突然言い出して出掛けようとしている。

「城南方面は君に任せる。しっかり頼む」

利恵は、もうすっかり社長夫人になった積もりで玄関で胸を張って見送っていた。

偽装離婚も満更ではないと歩きながら台中は思い巡らす。妻との関係は、夫婦生活にしても屁理屈ばかり並べた無味乾燥の砂漠を歩いているようなものであり、彼女との出会いは砂漠の中のオアシスであった。

彼女の才気と艶熟した肉体の魅力があればこそ貧困からの脱出はそれほど難しくはない。暗示を掛け、その気になって張り切る。ということは会社の利益につながるということでもある。マインドコントロールで彼女を操り人形のように上手に靡かせる。それを悟られぬように、台中は小田急線への道程で、にんまりと笑みを浮かべていた。

又々、虚虚実実の幕が上がり始めていた。

6

某月某日、熊谷利恵は最近購入した赤いカローラを乗り回していた。

環状八号線を走り第三京浜の入り口を過ぎると上野毛の橋を渡った。高級住宅街が整然と立ち並ぶ。ふと見ると、老人が庭の手入れをしている。車を止めて降りた。

「おじいさん、綺麗な薔薇ですね」

と声を掛ける。垣根に薔薇が絡んでいる。老人がその隅で顔を上げた。

「綺麗なものには虫がつくでのう。棘があるから垣根に這わせると犬猫が庭荒らしに入ってこんだろう」

老人は笑っていた。老人といっても白髪ではあるが意外にがっちりとした体格であった。

「そうなんですか」

彼女は笑みを浮かべ感心して見詰めている。

「ところで何か用かね。保険の勧誘かな」

「保険屋じゃないのよ」

「何か用があるんだね。まあ、いらっしゃい」

気軽く老人の手招きに応じて庭に入った彼女は、縁先に二人で腰を下ろした。

「保険じゃないの。リゾート会員権って全国にある別荘やリゾートマンションのオーナーズシステムに加入して充実した多彩なリゾートライフを楽しむというシステムなんです」

「なるほど、それで入ってくれとな。そういうこっちゃろ」

庭いじりで肩がこったのか首を傾げ自分の手で肩を揉みほぐしている。

「肩を揉みましょうか」

彼女は老人には親切にという社長の言葉を思い出すと、早速縁側に上がり彼の肩を揉み始めた。

「やあ、有り難うよ。なかなかうまいもんじゃのう」

おや、どこか笠さんに似ていると思いながら、

「奥さんは」

と顔を覗く。

「亡くなったよ、昨年」

「そうなんですか、お寂しいことでしょう」

彼の肩を揉みながら、また顔を見詰めた。

「わしにも娘が二人おってな、皆、結婚して京都におる。ああ、あんたを見ていると娘が帰ってきたように思える。いや、あんたの方が年上かな。もうよいわ、有り難うよ」

彼女は揉み終わると縁先に立った。

「春先かな、鹿島商事のゴルフ会員権を買わされそうになった。わしなんかゴルフなんかようやらん。オーナーズ契約をすると年会費が免除され一二%の賃貸料が貰えると言っとるんだが、最近この会社危ないのと違うか」

彼女は黙って頷いた。どう返事をしてよいか迷った。

「さあよくわかりません。うちの会社はそんな会社ではありません」

「まともな会社。みんな一応、誰も彼も皆まともな会社と言うとるが、豊田商事でもな」

彼女は心の奥をすっかり見透かれた気持ちで狼狽した。愛想笑いを浮かべてその場を退散せざるを得なくなった。

「また来ますから考えておいて下さい」

豊田商事、鹿島商事が東京で産声を上げ、ゴルフ会員権を金の場合と同様な手口で販売を始めていた。営業マンは、ゴルフなど全く知らない老人や主婦をターゲットに活動しはじめていた。元セールスマンに言わ

せるとゴルフを知らない人を対象にしたのは会社の方針であったという。全くプレー出来ない粗悪なコースで不人気のため経営難に陥ったゴルフ会員権ではゴルファーから相手にされない。だからゴルフを知らない人がターゲットに選ばれた。目的は飽くまで利殖という点であった。

額面二〇〇万円の会員権なら毎年二四万円の賃貸料が手に入る。それに会員権の値上がりが期待できる。こんな有利な投資はないというのが豊田セールスの文句であった。これは金の代わりに証券を渡し現物を渡さない豊田商法をそのままゴルフ会員権に適用したのである。

額面の価額は預託金ではない。会員資格の取得金であってゴルフ施設を利用する権利の取得代金なので、返還を要求することが出来ないという。会則によると一〇年経って申出があれば時価または額面金額で責任を以て他に売却するが、それも経営上やむを得ない場合は理事会の決議で延長することもある。要するに会員権を買ってくれる人がいない限り現金にできないということである。

利殖に興味を示す人、一人暮らしの先行きに不安を持つ老人はたちまち餌食にされた。家族が入ると途中で破綻になるケースが多いから一人暮らしを狙うという事だ。

熊谷利恵は、リゾート会員権もオーナーズという利殖プランですと言えなくなった。豊田商法と五十歩百歩であるからだ。意外なことが飛び出したものだ。心の動揺と迷いが交差した。もっとあつかましくシタタカな人間にならねばならないと思い始める。

彼女は次のターゲットに向けて赤いカローラを走らせていた。

するとウインドーの中に可愛い犬にブラシを掛けている姿が目に留まった。車を止めて下りると窓を覗く。その上に田中動物病院の看板がある。そして「そうだ」と動物病院のドアを開けて入った。

窓際でブラシを掛けている白い医務服の女性に声を掛ける。

「あのう、ここでペットなんか預かってもらえます」

「はい預かります。入院も出来ますよ」

その女性は答えた。

頭に赤いリボンで飾ったヨークシャーテリアは女の子にブラシを掛けられ気持ち良さそうに舌を出して彼女へ愛嬌のあるトボケた目を向けているではないか。

「一緒に連れて行けなくて旅行や出張でペットを預けて行く人が大勢いますよ」

「私も預けに来ますから、おねがいしようかしら」

その周りの檻に小犬や子猫がじゃれている。ブルドック、コリー、ヨークシャーテリア、ロングダックス、ヒマラヤンネコ、チンチラネコなど高級なペットである。

利恵は檻を覗いた。

「これは愛犬家が全部決まっているのよ。繁殖元から直接譲り受けて引き取られていくのです。家庭犬としてのマナーを教える重要な時期を陳列の中で過ごしてしまう不幸な動物がないようにですね」

医務服の女性が彼女の覗いている背後から説明している。利恵が振り返った。

「このブルドック幾らくらいなの」

「二五万円、コリーが七万円」

小犬の値段である。

「この辺の人は金持ちが多いのね」

奥のドアが開いて大柄な男性がビーグルを引き連れて現れた。見慣れない女性に視線が散った。が視線が助手に向き直った。

「おお、皆健康優良児。直ぐ電話して引き取りに来るように……」

ビーグルを抱き上げた女性は檻の中に入れた。あどけない大きな目が残念そうに見上げている。

「ペットを預けたいんだって、この女」

「私、獣医の田中です。いつでも預かりますよ。連れて来ているのですか」

利恵はどこかの人によく似ていると思ったのだろう、しげしげと大きい図体を見上げた。

「近々旅行するのでペットを預けにきますからよろしくおねがいしますわ」

獣医に媚びるようなまなざしを向ける。

「何時でもどうぞ。彼女がよく面倒見てくれますからね心配なく。私は、むしろ馬、牛の大物の方が専門でね」

「えぇっ、都内に馬や牛！」

彼女は驚きの声を上げた。

「近くに馬事公苑がある。牧場もね。乗馬に憧れる女性に人気があって、馬に親しむ日、愛馬の日、馬術競技会、それに色々イベントがある。行ってみませんか」

「この先生の手で馬面を撫でるの、馬びっくりするでしょう」

冗談めかして言った。

「誰より馬や牛の方が先生に従うわ。動物の方が先生を信頼してます」

助手の女性は笑顔で先生の動物に対する愛情を褒めていた。

「北海道の熊だって、ちゃんと挨拶する」

と田中獣医が利恵の顔を見詰める。

「私も熊なのよ」

利恵が名刺を獣医に渡した。

「なるほど、ここに美人の熊がいたか、これは失礼仕った」

名刺を見て驚き、頭を掻いて大笑い。

利恵はきつい表情で睨み返している。

田中は冷蔵庫からビニール袋に入った肉を取り出すと、

「どうです。ペットに桜肉を持っていきませんか」

「この肉、何？」

「馬の肉、綺麗でしょう」

入り口のドアが開いた。立派な中年のご夫人と喜び勇んだ中学生の男の子が入ってきた。

「ワンチャン来たのー」

ペットの買い主が引き取りに来たのだ。助手に抱えられた幼いコリーが男の子に渡される。

「かわいがってね」

愛犬家の手に引き取られ愛情が注がれる。そして躾やマナーを教授されるのである。

コリーはベンツの後部座席に珍座させられ去っていった。

利恵はこの情景を感心して見ていたが、既に夕焼けが空を焦がしている。

「ペットのことよろしく」

彼女が挨拶して赤いカローラに乗った。高級住宅街を過ぎ去る赤いテールランプが、次第に小さく見えなくなった。

7

何年ぶりかで上野駅に着いた風間滋男は構内をあちこち見渡して歩いていた。

上越新幹線の開通で駅構内の改築工事のためか所々工事中の箇所がある。いつぞやスキーに出掛けたころの様相とは違っている。新幹線の改札口が上野公園口と表面口にある。彼はどちらから現れるか迷ったが表面口で待った。

時間ぎりぎりに常務取締役、松永広道が姿を見せた。

「やあ、待ちましたか」

と言うと、にこりともせず窓口に向かった。背広の内ポケットをもじもじと探している。「風間さん、財布を忘れてきた。五、六万貸してくれませんか。後で返しますから」

電車に乗るとき、よく気が付かなかったものだ。キセルかなと風間は思った。

松永は、これはいつもの手である。客との信用関係を深めるための演出であって、今気が付いたかのようにみせる。この手を使って後で確かに信用出来ると思わせ、信用を深め契約に成功していた。そして様々な手口を展開して行くことになるが、これはほんの序の口である。

「どうせ向こうに行けば金のことは心配ないからね。うっかりしました」

「……」

不審そうに金を渡す。

エスカレーターで地下へと降りて行く。地下鉄のように地下にホームがある。

上越新幹線は上野駅の地下ホームから地下を滑り出した。東海道新幹線のように外の風景は全然見えない。

車内で彼が差し出したビールを飲んでいるうちに空の光が車内に差し込んだ。地上に出たのだ。高崎を過ぎ、水上温泉を過ぎ、大清水トンネルに入る。空が見えた途端、越後湯沢駅であった。なんとセッカチに着いた。セッカチなところは誰かに似ているようだ。それにしても乗客が実に少ない。旅を楽しもうという感覚であれば、むしろドンコウの方が車窓から弁当を買ったり、ホームで蕎麦を食べたり楽しいかもしれないと風間は思った。

「まるで地下鉄に乗ってるようだわ」

風間は呟いた。

時刻を知らせてあったらしく越後湯沢駅を降りると迎えの乗用車が待っている。

国道十七号線を下ると田園風景が広がり、遠く中ノ岳に残雪が見えた。やがてイカサワ愛ランドに到着すると松永が指差した。

「なかなかシャレタ建物でしょう」

得意満面の顔である。

真新しい平屋の建造物が二棟建っていた。一棟は建築中である。

「連休なんか満員でしたよ。この上でかなり永住している人がおりましてね。空気と水と景色が素晴らしいからでしょうね」

松永は顎をしゃくった。

「そうですか。この我が輩も直ぐ建てようと思っている。こういう田舎で悠々自適の生活でもしましょうや」

風間は脳裏に田舎の生活を描いていた。


「ちょいと散歩してくる」

風間がそう言って山道を登り始めると彼はヴィラへ足を向けていた。

家々を眺めて歩いているが、辺りは閑散として人影もない。連休が過ぎたからであろうかと思ってもみたが、ある場所に来ると、ふと疑惑の炎を思い出した。あれからどうなったものであろうか。

しかしながら夜のヴィラでの酒の歓待ぶりに、いつになく深酔いし、酔いどれ天使となった。翌朝、目が覚めるとベッドの下に転落している自分を発見していた。

「夢か、崖から落ちた夢」

風間は寝ぼけて起き上がった。

新しい山荘ではあるが、ユニットバス、ベッドがツイン。キッチンも料理は出来そうもない、ご体裁についてる程度である。要するにラブホテル形式であって、男と女のいわゆる遊戯場である。それが都会を離れた山にあるというだけだ。そこに清流と澄んだ空気と自然の風景があるのだが。

「風間さん、良く眠れましたか」

熊谷利恵の鼻にかかった媚びるような声が聞こえてきた。

彼は冷たいタオルで顔や頭を冷やしていた。

「昨夜の飲み過ぎだ。二日酔いもいいところだ」

「生きの悪い鰯の目よ。食事がすんだら、どこかへ案内しますけどいかが」

「そうね、奥只見にいってみたいな」

「引き受けましたわ。私に任せて」

「奥只見でどうにもならない頭を冷やすか」

「どうにもならない鰯の目ね。それではね」

彼女は食事の支度に立ち去った。

食事をすませた風間は彼女の運転する赤いカローラに乗った。途中で十七号線に出て魚野川沿いに走る。季節でないのか釣人の姿がない。七月になると腰まで流れにつかりアユ釣で賑わうのだ。

右手に八海山を望み、中ノ岳、駒ヶ岳との三山合わせて越後三山と呼んでいる。その中でも八海山は信仰の山として、また登山で開けた山として有名であった。

小出町の案内標識に大湯温泉、奥只見の矢印を見て十七号線を右折する。小出町の町並みを過ぎて緩やかで起伏のある道路を走る。車の数は少ない。

風間は煙草に火を点けた。煙が車窓から流れて行く。

それから彼女に三年前大湯温泉、奥只見にきたことがあると話した。友人と日本列島を横断したときのことであった。その時、「うちからつきたての米を持ってきたの。この会社、米代も払ってくれない。給料も払わない。ケチでしみったれで、おまけに貪欲で」と賄いのおばさんが愚痴をこぼしていたことを思い出して言った。

「その頃この会社倒産したんじゃない」

彼女が囁いた。

「さあどうかな、それは知らない」

折立温泉を過ぎた。左手に奥只見シルバーラインの案内標識を見る。

シルバーラインは昭和四十六年に営業を始めた新潟県営有料道路であるが現在は料金所の名残を留めているだけである。そのゲートを潜り、トンネルに入った。

「このトンネルの長さ知ってる?」

風間が言った。

「長さまでしらない。とにかく長いわ」

シルバーラインは全長二二キロメートルのうち一八キロメートルがトンネルという珍しいルートである。フロントガラスに水滴が走る。道路は乾くことがなく薄暗い明りに黒く鈍く、ライトに浮かぶ緩やかな登り道である。時間が流れ漸く右折して出口に辿り着いた。銀山平である。

銀山平で寛永十八（一六四一）年に銀鉱が発見され最盛期に二万五、六千人の鉱山町として栄えたという。安政六（一八五九）年坑道事故で閉山。奥只見ダムの出現で大部分が水没し、北ノ又川沿いは遊覧船の発着所として周りに多くの山荘や売店、食堂や銀山平キャンプ場がある。尾瀬の先住人である尾瀬三郎房利の巨大な立像が湖畔に建っている。

尾瀬三郎房利は長寛元年時の皇妃を巡る平清盛との恋のさやあてから都を追われ湯之谷郷から尾瀬へ移り住んだという悲恋伝説の主人公であった。

山と湖の大自然と新緑の山の深さ、見事な自然美を望み、風間は郷土史の一ページを興味深く歴史の旅をしていた。

「流しソーメン食べない？」

彼女が誘った。

プールのような水槽に、黒々と虹鱒が泳いでいる。子供が釣り上げようとしたが、糸が切れて逃げられた。その残念そうな子供の顔を後にして、冷たい山の泉で喉を潤し食堂へ入った。

そして腹拵えをすると再びトンネルへ入る。右折して暫く行くと出口があった。大きく右にカーブを描いて下ると広大な駐車場に着いた。目の前に巨大な奥只見ダムがある。

「ここから落ちたらおだぶつよ」

彼女はダムの下を覗いている。

ここは只見川を塞き止めた東洋一の人造湖である。周りに食堂や土産物店が並んでいた。その土産物を見て歩いていると、

「お土産買うの？」

「名物にうまいもんなし」

彼女はふふっと笑って陳列してある名物柿の種を買った。

「記念のおみやげ」

彼女は柿の種を差し出した。

「おうサンキュー、東京駅で買おうかと……」

「ここで買った方が本物よ」

「偽物もあるんだか。もうボチボチ帰ろうや」

再び長いシルバーラインを下った。

「浦佐で降ろしてもらうか。退職したんで残務整理をしなくちゃならないし、明日行かねばならないところがあるんだわね」

風間はちょいとまずいかなと思った。

「あらっ、退職したの、勿体ない。未だ若いのに……」

「第二の人生計画だ」

大橋を渡り風間は広大な畑の中にある浦佐駅前で降りた。

浦佐駅を出ると直ぐにトンネルへと入る。トンネル上越新幹線で東京へと向かった。

土産の柿の種。猿蟹合戦の元凶の種が、崖っ縁の悪条件の場に蒔かれた。また生活設計の挫折につながるとは考えてもいない。桃栗三年柿八年というが、さて、その種が芽を出し陽の当たるところまで枝葉を伸ばし、実がなるまで、おそらく一〇年はかかるだろう。

後の祭りが最初から始まっていたのであるが、本人は全く気が付かない。

8

昭和六十年六月十八日、平和で豊かな国に、突然、凶悪で残忍な事件が発生した。

悪徳商法で問題になっていた豊田商事の永野会長がマンションに乱入した二人の男に刺殺されるという事件が発生したのだ。世間の厳しい非難を浴びている最高責任者を凶悪犯の主役である飯田が旧日本軍の銃剣でメッタ刺し、会長の首に腕をかけベッドルームまで引き摺り、血塗れの銃剣を両手にしっかりと握り、詰め掛けた大勢の報道陣の目の前で惨殺した。それを制止するどころか一生懸命カメラを向けていた。マスコミ関係は事件を期待しているかのように二人の凶悪犯のすさまじい映像を夕方、茶の間のテレビに何回となく放映した。

誰もが消されたと直感したのではあるまいか。二人に背後関係はなく義憤にかられた凶行だと発表された。

　正に天の裁きと言うべきものなのか？

　昭和五十七年頃から取り引き契約上のトラブルが続出した。老人被害者の訴えにより刑事と民事の両面から責任を問う動きが急激に全国的に広がり深刻な社会問題に発展した。全国の各地の地方裁判所は被害者の債権確保のため名古屋金山支店を皮切りに東京本社、大阪本社など物品仮差押えを執行したが、いずれも金庫の中はカラッポであった。

　商売に道徳は不要、法律に触れることは一切していない。ペーパー商法は元手がなくても客から集めた金で事業ができる。客も儲かるのだから、こんないい商法は外にない。運用などしていない、殆どが人件費や諸経費に消えた。数万人から二〇〇〇億以上集め、満期がきても次々に契約を延ばされ泥沼に引き摺り込まれる仕組みになっていた。

　毎月一〇〇億を売り上げる。というより客から金を巻き上げているといった方が当たっていた。

　昭和五十九年の投資ジャーナルの詐欺事件は三〇〇億程度だったが、選り抜きの営業マン約五〇〇〇人が日本列島を駆けずり回り、老人の生活を支える大切な金、内気な婦人や老人を狙い強引に客に「どうにでもなれ」という心境にさせて預金通帳や印鑑を投げ付けるまで追い込んだ。会員権の値上がりも期待できるからこんな有利な投資はないという。

　悪徳商法の背景は消えた訳ではない。残党が虎視眈々として、より巧妙な手口を使って次の獲物を狙っている。

　永野会長が惨殺されてから七月一日には豊田商事は大阪地裁により破産宣告された。七月十二日銀河計画も破産宣告、ベルギーダイヤモンドも倒産。豊田商事グループは銀河もダイヤモンドもあっと言う間に飛び散った。

　この惨殺の夜、中江滋樹が警視庁に出頭の意思を連絡。ボサボサ髪の不精髭、教祖的な容貌で兜町の風雲児と呼ばれた面影は全くなく、中江はどちらと戸惑ったテレビが放映された。

「私は関係のない人ですから」

　また、七〇〇〇万円の疑惑の豪邸に住む倉田まり子、疑惑と不信が世間を騒がせた。

昭和六十年四月二日、山ノ内弁護士と投資ジャーナル被害連絡センター代表多賀弁護士が疑惑の豪邸問題で対決。男と女の勝負、法廷はダイヤモンドホテルの一室、陪審員は芸能記者、レポーターという前代未聞の法廷。タジタジの男弁護士、ふてぶてしい女弁護士、一緒に並んだ姿は婚約発表か離婚発表の記者会見の光景となってテレビのワイドショーで生中継された。「わいの最後の道楽や、かんにんしてや」という迷セリフも飛び出す。

大衆を陪審員に、テレビ中継裁判で票決、裁決というのが面白い。何処の国か、さてどこの国会か、静止テレビ画像の紙芝居では話にもならない。裁判でも堂々と映し出すアメリカテレビと違い、堂々とやらない。先進国では経済は一流といわれ、しかし政治は三流といわれて久しいが、その底には金権腐敗の煙が燻り出し永田町を覆っていた。

こうした投資ジャーナルグループと豊田商事グループに代表される悪徳商法により、日本全国に被害者が続出し深刻な社会問題に発展した。政府の責任で、はびこる悪徳商法の根絶が急がれている。

日本全国に様々な悪徳商法が氾濫して、まるで無法時代が出現した。関係官庁や警察では口癖のように「法の不備があって取り締まれない」と言う。法の改正も及び腰、後手後手と悪徳商法に先手を打たれながら昭和は過ぎ行くのである。

9

このような様々な悪徳商法の背景にあって、世が世だけに豊田式騙しのテクニックより巧妙なテクニックの開発を急がれている。

愛人バンクの一室に陣取った鼻の下をのばした役員一同は、夜の会合に集まり、酒を酌み交わしながら協議を始めていた。

代表取締役、台中義則がおもむろに口を開いた。

「なにかよりよい名案がないか」

役員一同が静まり返って考え込んでいた。更に言った。

「客が持っている潜在的な願望を引っ張り出す。自然へのあこがれ、自然への回帰、人間の心の奥には必ずこの願望がある。そして人間関係と信頼を深める。資産価値があること、今後とも発展するとみられるレジャー産業の有望性と将来性が十分な企業であること、金利が次第に下がり期待出来ない。この会員権は値上がりする一方、早急に会社のイメージアップに豊田のような虚業じゃないと強調するのだ。契約したら早急に金を入れさせる。気が変わる可能性があるからね。豊田の教訓が教えているように金さえ取れば、もうこっちのものだ」

「そうだ。公務員の退職者を狙うのが一番だ。相手はどうせ老人。狙い易い」

常務取締役松永広道が目を細める。

「豊田じゃないが老人を狙い打ちする。口説き落とすのだ。なんとしても……」

台中は強い口調で言った。そして例の公務員関係の名簿で電話攻勢の素振りを見せた。

常務の松永はうすら笑いを浮かべている。

「よし決まった。この手で行こう。会社の益々の発展に乾杯」

と台中社長が立ち上がった。

翌日、松永は熊谷利恵から風間の退職を耳にした。これはうまいと作戦開始だ。

世は正に戦国時代の国取り合戦ならぬ銭国時代という金の分捕り合戦の時代に進展した。早速、退職者争奪戦が繰り広げられることになったのである。

これは丁度よいと松永は最初に風間を狙った。

「風間さん。耳寄りな話、相談したい良い話があるのだけれどね」

ちょいと舌がもつれ相手の声を窺った。簡単に相談に乗る気配である。

そして夕方、東急自由が丘で待ち合わせることに決めたのだ。

その日の夕方、松永は熊谷利恵を伴って自由が丘駅前で風間と落ち合うと、デパートの喫茶店へ誘い入れた。

「風間さん。それでですね。実は現在建てている建物は、もう一杯で、別な場所、以前に泊まられたあの家の上側に、もう一棟新築するのです。会員を募集すると三〇〇〇万円という金になるんですが、風間さんのことだから二〇〇〇万円でいい。七月末完成するのです。時期の問題もありまして、そうしないと意味がない。いかがなものかと。それでですね、現在貴方の土地を会社で、うちの社長が五〇〇〇万円で買取るそうです。それで今迄のオーナーズ契約を破棄して新築物件に充当し、あと五〇〇〇万と残金五〇〇〇万ということなんですが、いい提案でしょうがね」

「前に見たあれでは、どうも気が進まんな。暖炉をつけるとか、山小屋風がいいんだがな」

風間はどうも気が進まない様子である。

「いやね、暖炉をつけます。それで岩風呂なんかはどうですか。それは立派な二階建てを造りますよ。我々は専門家なんですからね。それにですよ。あなたの土地は見た通り、雪崩のくるところなんで、あそこに、もし建てた場合、我々も心配しているところなんです。だからその方が都合がいいのじゃないかと思いましてね」

「なるほど、それならこちらも都合がいいわい」

会社側としては、次から次と金を巻き上げねばならない都合がある。松永は確かな専門家であり、自信を持って押しまくった。間違いないという確信を持たせて、とうとう承知させてしまった。

その翌朝送金されると常務は利恵にけしかけるように言った。

「もうひと押し、七月末完成するから残金を七月二日までに入れるように電話してくれ。わかるだろう」

一刻も早く取り上げてしまわないと、安心が出来ないという情念が込められていた。

「本当かしら、計画だけでしょう。あれは新築、未だ何もやってないのに出来るの!?」

彼女は新築の場所は聞いて知ってはいたが度々現場を見ている関係上、完成しないことを知っていたのである。

「だから分かるだろう。次々と狙え。出来るように見せ掛けるのだ。後は奥の手がある。絶対彼のことだから大丈夫。そこのところが正念場だ」

外の社員に聞こえないように松永は彼女に耳打ちした。

利恵は頷いて笑みを浮かべて早速、電話を掛けた。

「風間さん、残金を七月二日まで至急入れてもらいたいのです」

「なんだ約束が違うな。出来上がってから良く見ることにする。それからだ」

彼の不審な声が受話器に聞こえた。

「間違いなく完成するって常務と社長が言ってましたから。それに社長に一筆書いてもらって保証します」

「駄目だな、完成時じゃなくてはね。そういう約束なんだろう。違うか」

彼の素っ気ない返答であった。

彼女は駄目だというサインを常務に向けると入れ替わった。

「常務の松永ですが八〇%の入金で彼女に歩合が入るのですよ。あの女に人情としてなんとかしてあげなくちゃと思ってね」

「出来立てのほやほやでないと駄目だな」

「そうですか。また改めて」

松永は電話を切った。

松永が台中社長の部屋に入って行くと小声で言った。

「社長、完成の時でないと、どうしても駄目だと言い張ってやがる。しょうもないぜ」

松永の渋い顔が傾いた。

一刻も早く金を取り上げてしまえという社長命令であった。先方にはこちらの都合が分かるはずがない。お人好しの風間のことだからと絶対に自信を持っていたのであるが、ちょいとばかり企みが逸らされてしまったわけである。しかしまだ次の手がある。

「社長、奴のことだから社長が頼めば絶対信用してうまくいくと思う。ひとつ頼めますか。これは社長のこけんにかかわる問題だよ」

松永は台中社長に睨みを利かし期待を掛けた。

「後は社長のソフトムードのトークで信頼させて責任ある態度で望めば、まず間違いないと思う。陥れるにはそれしかない」

「陥れるなんて言葉が悪い」

台中社長は暫く考え込んだ。そして奥の手を編み出していた。

豊田商事事件もあり、他の客の信頼や信用を高めなければならないと考えていた。目先の方向転換をする時期でもある。そこで、その第一段階として招待状が印刷された。

『拝啓、盛夏の候益々ご清祥の御事、大慶至極に存じ上げます。

さて、かねてご愛顧いただいております大東和総合開発グループ、セブンクイーン株式会社は創立以来本年をもちまして二十周年を迎えることと相成りました。着実に経営の基盤を踏み固めて、いささかなりとも斯界に貢献できましたことは偏に皆様のご指導、ご支援の賜物と心から感謝申し上げます。

つきましては左記のごとく創立二十周年の式典を行い、心ばかりの感謝の意を表したく存じます。ご多用のところ誠に恐縮に存じますが何卒ご光来の栄を賜りたくお願い申し上げます。

某月某日』

当会社の実績はもとより、信頼されるための効果的演出の狙いがあった。当クラブの施設の偉業と成功を披露して、客の信用を勝ち取り、正攻法でいくか奇計を演ずるか、招待状は限られた一部に発送し、一斉に招待の電話が駆け巡った。


そこで期待を掛けられた台中社長はダイヤルすると風間を呼び出した。

「創立記念式典の招待状をこれから持ってゆきますから、よろしくお願いします」

「招待状。それではね、午後三時ごろそちらに行く用事がありますので、五時ごろなら差支えないわ」

なんとなく気のない返事である。

「そうですか、丁度よかった。それでは常務と会った自由が丘駅前がいいでしょう」

と台中社長は松永に笑みを見せると、急いで出掛て行った。

期待を背負って自由が丘駅前で台中社長は待っていたが彼はなかなか現れない。じれったそうにタバコを投げ捨てる。もう五時を回っていた。

「お待たせしました」

と改札口から風間の、なにやら渋そうな顔が現れる。

「そこらへんの喫茶店がいいでしょう」

と台中社長は自由の女神をちらりと横目で睨み、足を急がせ喫茶店へと入った。

風間は招待状、何の招待か、と訝かったが。

「私もちょうどこちらに来る用がありましたものでしてね」

台中がもっともらしく真面目な顔で言う。コーヒーを一口飲むと、

「七月十九日、会社創立二十周年記念式典を行いますので、貴方に是非とも参加して頂きたく、この様にお出で願ったわけです。勿論招待です。招待状を持ってきたのですが。はてな。どうやら手違いで忘れたようです」

と台中がシャツのポケットを探している。

「なんや……」と風間が不審そうだ。

台中社長はそこで一息入れて、

「越後湯沢温泉のKホテルでセレモニーを行います。新宿西口から観光バスで関越高速自動車道路を走り、景色を見ながらサービスエリアで昼食を取り、湯沢温泉観光ホテルで一泊という予定です」

「なるほどKホテル。ああ、一度泊まったことがありますわ」

「ああ、そうなんですか」

「スキーに行ったときだな」

風間は思い出しながら言った。

「ところで事情がありまして、七月末完成予定だったのが来年の三月になるのですが。なにしろ熱川や越後川口のヴィラの建築の工期が遅れましてね。勿論建物の図面もできております。どこへ出しても恥ずべきものじゃない。より一層立派なものを造る所存です。そうしないと売れませんからね。安心して任せて下さい」

台中の弁舌は一言一言力を入れ、次第に熱がこもってきた。

「それで残金の五〇〇万は、完成まで貴方の名前で定期預金にして預け、誰にも手がつけられないように安全にしておきます。もし気に入らなければ止めて結構です。彼女の歩合のこともありましてね……。売るときは退職者が大勢いますから、その点全然心配ない。うちの会社は豊田のような虚業じゃなく実業であるから絶対信用して間違いない。会員の中には警察の方も国会議員、役所の方々もおられます。もし気に入らなければ止めて結構ですから……」

また一息入れると、

「会社は絶対倒産しない。何故かというと手形を切ら

ない。手形って分かりますね。また銀行に借入金が全然ない。会社の経理簿を全部お見せしましょうか。この通り健全な会社であるということが分かります。大島にも等価交換方式で建てるのです。等価交換方式ってわかりますか。私を信頼して任せて下さい」

台中社長は腹の底から力を振り絞って延々と熱弁を奮った。

「そうですか。それならば信用しましょう……」

風間は頷いた。

「もし、金の必要に迫られたら、おっしゃって下さい。何時でも……」

台中の自分の熱弁が効を奏したと自己満足の笑みを浮かべている。

(これで決まりだ。後はどうにでもなる)

彼は胸の中で呟いていた。

「五〇〇万は貴方の名前で、銀行で貴方と一緒に作成しましょう。明日印鑑を持って会社に来て下さいませんか」

「うちの近くの銀行でいいじゃないですか」

「それはまずい。……会社の取り引き銀行の方が信頼されていますから金利の方も有利に出来るのです。そういうことなんです」

うっかりまずいと本音を言ってしまったと苦笑いが零れる。

「なるほどね」

「明日お待ちしてます」

と台中は喜び勇んでレジで金を支払うと逃げるように帰っていった。

その翌朝、セブンクイーン株式会社に向かった風間は、入り口に入るなり台中社長に連れられて東都池袋信用金庫へと向かった。

同金庫の二階の事務室に案内されると当店の課長なにがしを紹介し、定期預金証書の作成に取り掛かる。

「一年定期でいいですか」

その課長が言った。

「それは長いな。来年の三月までだから、そのあたりでいいじゃないですかね」

風間はあまり長くなるのを好まなかった。

「そうですか、六か月でもいいですね。で、そうしましょう」

台中は頷きながら言った。

現金と引換えに定期預金証書が無事作成されると一旦風間に渡されたのである。

「これがあるとまた信用金庫から借入が出来るようになるのですがね」

台中はちょいと矛盾したことを言ってしまったが、風間は気がつかなかったらしい。

「これを一応、預からせて下さい。後で直ぐ送りますから」

10

七月十八日観光バスの出発は池袋西口駅のそば丸井前からと変更となっていた。それで午前八時半に出発したのである。

混雑極まりない目白通りを抜け練馬ＩＣから関越高速道路へ入った。入るまではかなりの渋滞で時間を要した。東松山インターでちょいと一休み。バスのなかでの缶ビールや酒などの排泄物をそれぞれの持ち分の処理に走る。高崎から国道十七号線に乗換える。高速道路はそこまでであった。高崎市街の混雑も甚だしい。

沼田ドライブインで昼食をとるため四、五十名の客は社員と共に降りた。

熊谷利恵のなまめかしい鶯の声がする。

「田中先生、バスの旅はいかがでした」

田中獣医に話しかけていたのだ。利恵はペットを預け、次いでに田中先生を口説いて、会社創立二十周年に無理やり招待したのである。

客の各々は隣はどこの人か名前も知らない様子である。男女社員のおしゃべりだけが忙しい。

「マイカーで旅をするのも楽しいが、昼間から飲みながら観光バスに揺られるのも悪くない、久し振りだ。たまにはいいだろう」

豪放磊落な田中獣医は酒色に染まって、汗を拭いている。

「私も隣のお客さんに飲まされて、だいぶ酔ったみたいよ」

と田中に寄り添うように利恵がいたずらっぽいまな

ざしを投げ掛けて、振り返りざまに他の客にも色香の愛想を振り撒いている。

休憩が終わると、猿ヶ京温泉を抜け、三坂大橋を渡り、急な坂道を曲りくねり、途中の追い越し車線で後ろからきた観光バスにあっさりと追い越された。坂道を喘ぎながらのエンジンでは、だいぶ値切った観光バスであるらしい。

漸く三国峠に差し掛かり三国トンネルを抜けた。ここからは下り坂となる。快適に走り出す。

だが先ほどから酒に溺れた客が、マイクを握り締めて放さない。だみ声を張り上げてのカラオケが何時までも続いている。

「うまいつもりで歌ってるらしい」

メロディーと歌詞が先にいったり来たり、これは最高のオンチの演歌であるが、本人は満足そうである。くすくす笑いながらも車内に拍手が響いていた。

屈折した道路をくねり大きくカーブを切って直線コースの平坦な道路となる。間もなく越後湯沢に到着しようとしていた。

右方には開通間近に迫った関越高速自動車道路が見えている。

越後湯沢温泉の観光ホテルに到着したのは午後四時半を回っていた。

車外に出ると真夏の太陽の熱気が体を包んだ。多くの年寄りたちは疲れた様子で脚がもたつきかけているが、それぞれの割り当ての部屋へと散っていった。

彼らが、ひと風呂浴びているうちに夕日も沈み日暮れどき、会社創立二十周年のセレモニーと宴会が始まった。やがて町役場のお偉い方々や銀行頭取が次々に、お手盛りの祝辞を述べると、最後に会社の杉山課長がセブンクイーン株式会社取締役社長、台中義則の挨拶と言い、演壇で台中社長は深々と頭を垂れた。

「皆様のひとえに協力の程を深く感謝し……創業二十周年の式典に参加くださいまして……益々の発展に尽力を尽くす所存でございます……」

それが終わると本日のメインイベントが始められた。

数人の水着姿の若い女性が舞台へ上がった。

「二十年勤続と営業成績優秀な方々への報償金授与式でございます」

専務取締役、中井が真面目な顔で言った。

台中社長から表彰状ならびに若い水着姿の女性から報償金と熱いキッスのサービスが提供されるのである。

男性と女性が表彰台に上がる。会場から爆竹と拍手が鳴り続ける。客よりも社員連中のムチャクチャの騒ぎである。

それが終わると年配の叔父さん達や、おばちゃん連中の新潟ブルース、佐渡おけさの民謡民舞が始まる。

「あれ、先代社長の愛人だ」

風間がそっと呟いた。

「これより飛び入りの奇術をご覧にいれます」

係員のマイクが鳴った。

ステージに年のころ三十二、三の一人の男性が駆け上がる。

「うまくいったらご喝采。まず小手調べ」

一本の紐をポケットから取り出した。端をつまんで一本の紐であることを示した。真ん中で折ると二つに鋏で切った。すると切れているはずの紐が繋がった。

「さて緊張すると喉が乾くね」

その男はステージを降りると客にビールとタバコをねだる。

ステージに上がるとビールを一口飲む。ポケットからマッチを取り出す。おもむろに火を点けた。うまそうに煙を吐く。タバコをビールに漬けてもみ消した。客は何をするのかと彼の手に集中する。

「よく見てください」

彼の掌から一枚の一万円札が現れていた。

客席から拍手が起こった。

「これはほんの手ならし、金の無いときは他人からタバコを貰って金に代える。それは皆様の想像にまかせます。最後に誰か一人ステージに上がってくれませんか」

待ってましたとばかり二人の男がステージに飛び上がる。その一人に命じた。

「半歩ほど脚をひらいて私の左目をじっと見詰めて」

彼は若者の前に腰を落とし右手で相手の左足を撫で下ろす。ステージの照明は次第に暗くなる。

「このように足を撫でると、貴方の足は段々段々硬直してきます」

彼の手は相手の腰にあった。

「さあ貴方の足が硬直して上がらない。上げてごらんなさい」

若い男が必死に足を上げようとするが上がらない。

術者がまた暗示にかけて右足も動けなくした。

「はい、歩いて」

と彼は肩を押す。若者が歩き出した。

ステージの照明が明るくなる。若者のホットした顔。

「今度は催眠術、目をつぶって体の力を抜いて楽にして、倒れる練習します。私が支えますから怖がらずに倒れてください。ズボンを握って、今度は貴方は意識がありません」

ステージの照明が暗くなる。

照明係りの別の若者が脚をもって用意してあった椅子の間に置き腰を持ち上げた。

「貴方の体は鉄の棒のように硬くなる」

と暗示を与えた。脊椎の力で弓なりとなり硬直した。

そばにいた若者がその上に乗った。びくともしない。

「はい、ヒューマンブリッジ」

薄暗いステージに観客の酔った感嘆の声が響く。

素早く人を下ろす。ステージの照明のボリュームを上げ明るくなった。

また一人の男性がステージに小走りに上がる。日本武道館を満員にしたという有名な演歌歌手である。

「皆さん今晩は。創業二十周年の式典にお招き頂き深く感謝しております。今後とも益々のご発展を祈ります」

イントロから風雪ながれ旅、北国の春、味噌汁の詩、父子酒と続いた。

「女ばかりがつづいた後でやっと生まれた男がおまえ古い馴染みのこの店で……」

水着姿の女性が酒やビールのお酌に回る。

熊谷利恵が特別出演の三人組の前に跪きビールを勧めている。

「とてもうまかったわ。マジシャンなの」

「とんでもない公務員の坂井です」

利恵は隣の風間に視線を落とすと銚子を傾けた。

「あれが催眠術ですか、本職だね」

風間は隣の坂井へ顔を向け感心していた。

「いやとんでもない。全くのトリックなんです。この二人はサクラ。ちょいと立って右脚に重心乗せて右脚を上げてごらんなさい」

風間はその通りにやると上がらない。

「催眠術のように見せ掛けたトリックです。ヒューマンブリッジもわれわれトリオの下手な芝居でね。奇術クラブに興味を覚えてイベントでちょいと真似ごと」

坂井は大笑いして危うくこぼれそうなビールを口にした。

「ねえ、あんたたち、よほど暇人なのね」

利恵が口を挟んだ。

「暇があっても金のない連中さ」

坂井が皮肉に答えた。

坂井の仲間は奇術クラブで知り合い招待でついてきたというのである。

坂井が隣の仲間を見て、

「この二人今度奇術大会に出るんです」

「あんたもでるの？」

「僕は未だ未熟児」

「でもあなた女性にもてそうね」

熊谷利恵が情熱の視線を散らす。

「全然です」

「そんなことないでしょう」

「純情で口説けないの」

「女性の口説き方教えるわ」

「それはありがたい」

水着姿の女性群の出撃で事態が変わった。それは周りの年寄りどもと違って、お互いに若いピチピチだ。その視線が酒のお酌より胸の膨らみから自然と下へと走る。それを察知してか恥ずかしそうに含み笑いをもらす。若者の手がちょいとふくよかな丘の攻撃に向けられていた。

彼らの酔った目は潤み、水着の女性全身に注がれていた。

「若くて純情な女性好みね」

利恵が坂井の傍らに寄り添うと、腰をくねらせ媚びるように囁く。

「注がせて。大学出なの？」

「ああ、ＯＫ大学」

「そんなのあるの」

「あんたにＫＯされそうだ」

と冗談を交わしているうちに演歌への拍手が時折鳴り響いていたが、彼女の円熟した官能的なまなざしが坂井のハートに意味ありげに降り注いでいた。

すなわちコケットリイ（媚態）は女が男を誘惑する性的ひきつけである。男の気持ちを引こうと熟しきった性的魅力を覗かせて男のエロティシズムを挑発しようとする求愛の態度である。男の顔を見詰めて片目を閉じる。私は貴方に気があるという意味の無言劇である。淫蕩なまなざしは男のまなざしを追い、目が語りかける。目は口ほどにものを言う。彼女の炎のように燃えるまなざしで腰をくねらせ大腿を開き胸元で乳房を覗かせていた。

彼の目は自然と誘われる。男を虜にしようと、直に男の欲望を掻き立てようと、熟し切った官能的肉体が魅力的に働きかけていた。

宴会は峠も過ぎ、お客らは次第に部屋へと足を運ぶ。数人が寝転んで起きようともしない。会場のざわめきが消え、去りし人の声も足音も次第に遠ざかる。

熊谷利恵は体格のいい男性の腕に寄り掛かるように、よろめきもたれている。彼の姿は田中獣医であった。

ふと見ると観光ホテルの窓に、土砂降りの激しく降り注ぐ雨の矢が走っている。何時の間に激しい雨が降り出したのであろうか。この凄い雨、明日は大丈夫かなと風間は窓の外を心配そうに見詰めていた。

七月二十日、日曜日の朝がきた。既に九時を過ぎている。夜来の雨が嘘のように晴れ渡り、太陽が笑っていた。

招待客はホテルの前に待機しているバスに乗り込んだ。バスの中は既に冷房が効いているから涼しい。これからイカサワ愛ランド自慢の別荘地の見学であった。

観光バスは越後湯沢インターから関越高速道路に入ると次第に速度を上げて行く。

関越高速自動車道路の全通は十一月上旬に迫っていたのである。

その観光バスを後から追い掛けるように十数人の社員を乗せたマイクロバスが関越高速道路に滑り込んだ。先行のバスに追い付こうと急速に速度を上げて行く。

速度を上げた途端に不気味な音と共にマイクロバスが右往左往に揺れた。と女性たちの、

「きゃー」

という悲鳴が車内に起こる。急ブレーキが金属音をたてる。蛇行が続く。また破裂音が起こった。ガードレール擦れ擦れに漸く止まった。

冷房のないマイクロバスを運転していた吉村は額から脂汗を流す。同乗していた男女社員は冷や汗と肝を潰し、顔が青ざめた。吉村はどうやらパンクらしいと呟くと、ドアを開けて漸く外に出る。

出口はガードレールぎりぎりで人ひとり出るのがようやっとである。車体の前後のタイヤを見詰める吉村の顔に絶望が走った。

「うへー参ったな。こりゃひでえ、駄目だ。皆降りてくれー、前も後ろもパンクだ」

車の窓際に寄ると叫んだ。予備タイヤは一本しかないのだ。

社員は渋々出口から体を斜めにして一人ひとり出てきた。

「参った参った」

吉村の溜め息がしばし続いている。社員らは自然と高速道路の端に寄って入り口まで歩く羽目になったのである。

関越自動車道路は十一月上旬に全通予定で車の走行が殆どなかった。危うく追突という災害から免れる。もし急ブレーキ追突という場面を想定すると事故の大きさは計り知れない。

「参った。参った。歩こうあるこう」

が合い言葉になって口からこぼれる。

「このボロ車、あんまり賃金値切るからだ」

「だいたいあの常務取締役とか専務取締役ってなんだ。我々には偉そうな口をたたきやがるくせに、こんなオンボロに乗せやがってよ」

「そうだそのうちやつらすまきにするか」

日雇い賃金労働者、リース社員の男女は口々に勝手気ままな嫌味を撒き散らした。

「もう帰ろうよ」

後ろを振り返って舌を出す女性もある。

「前途多難だ」

この会社の前途に不安と暗い影のようなものを暗示しているようであった。

「どうする。このままバックで入り口まで近いから戻るか」

吉村が他の正社員にいうとバックを誘導するようにいう。そして運転席に戻る。

車は見るも哀れにズタズタのタイヤを引き摺ってイザリのように高速道路をバックするとタイヤは軋る。エンジンはオーバーヒートの焦げ臭い煙を吐く。焦れば焦るほど煤煙が吹き出す。車を止めて一休み。

「この糞やろう。もうどうにでもなれ」

一人の男が絶望的な投げやりの感情で車のボディーを蹴飛ばした。

「そんなことしてもどうにもならねえ」

吉村がバックの運転で首の捩れを戻しながら苦笑している。

「いや全くこの光景は滑稽だ」

「高速道路をバックで走るなんて」

「俺は高速を歩いているのだ」

「前代未聞だわ」

「ざまあみろ。いい気味だ」

「こりゃ面白いや」

「あの糞ばばあ走ってる。どこへ行くんだ」

数名のリース社員たちの勝手言い放題の饒舌が戯ける。

中年の女性幹部社員が料金所で事故を告げると走りまくって行く。何事を始めようとしているのであろうか。

やれやれ、一時間程たったであろうか、インターの入り口近くにたむろしている連中に女性幹部が遠くから叫んでいる。

「ここまで来てえ、タクシー呼んだから」

悲痛な声だ。

三十分程してタクシーが一台漸く到着した。

「さあ、呑気なこと言ってないで、これに乗って」

早口で叱り付ける。

次々のタクシーに分乗して再び関越自動車道路に入った。マイクロバスの完全にダウンしている姿を横目で睨み、ハイスピードで過ぎて行った。

イカサワ愛ランドでは数十人の会員がリゾートペンションや様々な別荘を見てはいるものの案内接待役がいつまで待っても現れないので退屈をしている様子である。

社長や役員、課長が首を長くして遥か遠くの道を見渡しているが、一向に見える気配がなく気を揉んでいた。

「一体どうしたんだ」

台中社長が隣の中井専務に首を捻った。

「我々だけでなんとか間に合わせましょう」

各々各人は山道を登りながら山荘と風景を楽しんでいるようである。

風間が一軒の別荘を道の上から下へと回って見ていると松永が近寄った。

「風間さん。この建物五〇〇〇万円です。いいでしょう。建築会社の社長が建てたんですよ」

(四、五年前に確か一〇〇〇万と言ったが、どうせ気が付くまい。世情にウトイ人間には。来年三月になると言ったところで分かるまい。濡れ手にアワといいこうじゃないか)

松永は臍の下で呟いていた。

「あそこに見える新築中が二〇〇〇万円で、もう直ぐ完成しますね」

「ほう二〇〇〇万ね」

風間の試案が頭を過ぎった。

松永はこの際に、価額の心理的比較効果を狙った。そうすることによって成るほどと納得させる事が出来ると考えたからである。

(どうせ新築なんかしない。あれにすり替えよう。ぶったくり契約だ)

「社長も必ず立派な物を建てると言ってますから、大丈夫です」

「左様ですか」

しかしながら図面も出来ているというのに一向に見せようとしない。セブンクイーンの七つの建物は殆ど未完でモデルケースの一棟が辛うじてご体裁に保たれている程度である。

太陽が頂点にあって人の頭の天辺を焼き付けていた。吹き上げてくる涼しい風を唯一の頼みとしていたが当てにはならない。無風である。木陰に避難した人々の顔に汗が滲んでいた。

招待客を新幹線浦佐駅まで送迎しなければならない時刻となった。がマイクロバスに乗った社員たちの姿は現れようとしない。

「しょうがないね、バスに乗ってもらいましょう」

台中社長が杉山課長に促した。

その時一台のタクシーが坂道を登ってくるのが見えた。観光バスの脇に止まると顔付きの悪い女性幹部が膨れ面で降りてきて急いで社長のところへ駆け寄った。

「車がパンクしてニッチもサッチもいかないのよ。参っちゃったわよ」

「何故連絡してくれない」

台中社長は臍を曲げた膨れ面だ。

「慌てたもんで、電話しても誰も出ない。タクシー頼んで急いできたんよ。そら、あそこに又くる」

太っちょの年増女は顔面汗を流し、息を弾ませて言った。

「車はどうした」

「吉村さんが修理屋に連絡してたようだったわ。タイヤがずたずた、前も後ろもよ」

不愉快な感情をむき出した社長の目が、みるみる釣り上がって狼目に変わった。

招待客は何事かと訝しげに成り行きを見守っている所へ、二台のタクシーが後から到着する。

熊谷利恵が車から降りた。

「もう少しでガードレールにぶつかるところだったのよ。命拾いしたわ」

彼女は驚愕の顔で目を剥いた。台中社長や他の役員も憤懣やるかたない有様である。

利恵の魅惑的な瞳が微笑んだ。その視線が近くにいた坂井へと向けられる。次には田中獣医へ、他の客へと目まぐるしく残念無念という風に小首を傾げる。

招待客は全員観光バスに乗ると送迎のため最後に専務取締役の中井、常務の松永、杉山課長が乗った。

タクシーから降りたリース男女社員がヴィラに向かって登り出すと、熊谷利恵の花模様のブラウスに淡いグリーンのキュロットのヒップアップが魅力的に、振り向き加減にウインクをし、何かを誘うように揺れ動く姿が一際眼を引いていた。

招待客を浦佐駅から新幹線で東京へ送り、その後、彼女ら社員が観光バスの帰路に便乗して東京へ帰るということらしい。

風間はマジシャンの姿が見えないので、辺りを見回していると、なんとマイカーでやってきたのだ。窓から手を振って坂道を下って行くではないか。

新幹線浦佐駅前で降ろされた客は、プラットホームへ駆け上がる。すると直ぐにホームに列車が入った。

今日一日のリゾート会員、オーナーなど招待客は、昼抜きで追い立てられるように新幹線に乗せられた。空き腹を抱えたのであろう、車内販売の名物弁当を買い漁っていた。

新幹線の浦佐駅を出発した列車はすぐトンネルに入る。また越後湯沢を過ぎると、東京へ向け長いトンネルに吸い込まれて行った。

11

セブンクイーン株式会社、影の代表取締役社長の台中義則にとっては、創業二十周年のセレモニー、イベントに、招待客などの費用、マイクロバスの故障、建築会社への未払い金など思わぬ出費がかさんだ。一人分では足りない。客集めの舞台装置も中途半端であることから少なくても数十人以上から残金を掻き集めなければならないのだ。やはり他社の強力な経済力にものをいわせた苗場や越後湯沢に進出してきた近代的リゾートマンションには対抗出来ない、貧弱な会社の体質を浮き彫りにしていた。それには他社には無い、催しやら、なにものかを編み出さなければ会員集めに困難を極めていた。

そこで幹部一同が集合して客集め作戦第二段、夏祭りを催すことに決め、手を尽くして客集めに奔走したのであるが……。

その当日、イカサワ愛ランドの庭園で、故郷夏祭りの雨に打たれたみすぼらしい提灯が、風に揺られて寂しそうに赤い灯を点していた。浴衣姿の七、八名の年老いた男女が踊り、どう考えても侘しい風景である。舞台のスピーカーから三味線の大きな響きが山々にこだましている。

「越後名物数々あれど明石縮みに雪の肌……」

十日町小唄。

初老のおばさんが先頭に立って、慣れてないせいか、手足を動かす姿がちぐはぐのようである。佐渡甚句が流れる。

「ハァ、こいと言うたとてゆかりよか佐渡へ……」

笛と太鼓と三味線の威勢のいい張りのある声が響き渡る。

「ヨシタヨシタヨシタヨシタナ、仏こころにソーレ鬼はない……」

出雲おけさ。

そこへマジシャンの若き故郷ファミリークラブ会員の三人組が、マイカーで愛ランドに到着したのは、もう夕暮れ近かった。

八月十一日、当愛ランドで夏祭りがあるから是非来てくださいと、熊谷利恵から電話で誘われた。都会人にとっては、田舎の夏祭りに興味を示し、面白かろうと出掛けてきたのが坂井雅彦、影山と篠田の一行であった。

晴れ渡った空が、何時の間に太陽が沈んだのか分からない。山々を覆った暗黒の雲が空一面に広がっていた。すると稲光と雷鳴が轟く。と大粒の雨が屋根や道路に叩き突けて凄まじい飛沫を上げ出した。また稲妻が雲を裂き雷鳴が炸裂。その凄い雷鳴が、家から人のはらわたまで振動させていた。

「すげえー、雷さん、脅かすな」

急激な雷の来襲に驚いた坂井ら一行は、リバーサイドのいつもの山荘に慌てて飛び込んだ。

驟雨が屋根をざあーっと叩く音と予告のない落雷の炸裂が山をも動かす。

その時、お互いの顔が青白く光り、目から火が飛び出したように見える。

彼らは窓の外を唖然としてこの光景を見詰めていた。地鳴りを起こし窓を震わせる。ふと見ると溝から溢れ出た水流が、道を川に変貌させていた。

「これで祭りも雨流れ、花火も打てまい」

影山が空を見上げた。

「この有様を見ててもしょうがない。雨流れの暇潰しにコイコイでもやろうか」

「三人じゃ馬鹿だ」

彼等は早速トランプのゲーム占いなど数多くの方法があるが、雨流れに因んで花札を広げ始めた。これもお互いのマジックが競われていたのだ。

「さあ、はったあ、はった、はっていいのは親父の頭、はらなきゃ食えない提灯や」

「この札怪しい」

「ばれたか」

「素人じゃあるまい。その手は古い」

マジックというと目にもとまらぬ早業というが、本当の秘策は相手を心理的トリックにかけることであるらしい。

「秘術の技法の動作が自然でなければという重要な……」

「未熟でした」

坂井がそのトリックを見抜いていた。

カードのすり替えトリックが後々意外な事件に発展するのである。

「おい、雨がやんできた」

馬鹿をやっているうちに雨の音も雷の怒鳴りも消えていた。篠田が空を仰ぐ。

「おい星が出ている」

と影山の若者が空を見上げた。

東方の山がくっきり夜空に浮かぶ。先程までの豪雨が嘘のように静まって雲間から星が覗いていた。

「スナックで一杯やろうぜ」

坂井が一行を誘う。

側溝を溢れた出た水は、黒々と夜道の表面を流れる。その坂道を登ってスナックにやってきた。

スナックには七、八名の盆踊りの客が銘酒を酌み交わしているらしい。

一人のいい年のおやじさんがマイクを片手に氷雨を歌っている。

彼らがマスターにビールを頼むと、奥の隅の方から黄色い声が聞こえてきた。

「あら、坂井さん。やっぱり来て下さったのね。久し振りです」

と熊谷利恵の艶やかな浴衣姿であった。

彼女の甘えるような魅惑的な声が氷雨のメロディーと重なる。その奥の隅の方に台中社長、常務の松永、専務の中井がガンクビを揃えて、なにかひそひそと話に余念がない。

彼女が坂井の隣に座った。

「よくきてくれましたね」

「祭りもこの豪雨でおじゃんだ。でも今は星が出ている。すげえ雷。あれにやられたらいちころだ。家に引っ込んで隠れてたよ」

「坂井さん。カラオケは」

彼女が坂井の顔を伺った。

「〝風雪流れ旅〟にしようか」

やがて坂井の番がきた。

イントロが流れる。

「しばれるなあ、こりゃあすは吹雪だなあ……」

「馬鹿たれが、今夏だわ」

老人の酔い崩れたヤジが飛んでくる。

続いて〝矢切りの渡し〟。

「つれて逃げてよ。ついて、おいでよ……」

「あらー、さかいさーん。プロ並みね」

利恵の拍手が響く。

「デュエットで〝二人の大阪〟は」

と彼女が席を立ってステージに向かいかけた。


と、一台のマイカーのライトがスナックの広い窓ガラスを照らしてクラクションを鳴らした。一人の老人らしき男がいきなりドアを激しく開けっ広げて乱入してくると、

「台中社長はここにおるんだろう」

と大声で怒鳴った。どこで飲んできたのか酒の勢いの凄まじい形相である。

「あそこに居るのはそうだ。東京の会社へ行ったら他の会社に鞍替えしてやがる。このイカサマのペテン師野郎」

その声を聞き付けた松永、台中、中井が素早く彼を取り巻いた。

「一〇〇〇万どうしてくれるんだ。返すのか返さんのか」

「富田さん。酔っているからお客に迷惑がかかる。あっちのヴィラへ。忘れた訳じゃない。あっちでお互いにいい方法で話し合いましょうや」

松永が早口で興奮気味に言うと、その老人を無理やり三人がかりで囲み、外へと引き摺り出した。

台中社長が利恵に目配せして、お前もこいと言う風

に顎をしゃくった。

誰かが、よろめきぶつかったのであろうか、富田の車がライトとエンジンが酔っているように揺れている。どうやら途中の居酒屋で一杯引っかけてきた様子である。

闇の中に消えて行く五人の様子を見ていた坂井が表に出ると彼の車のスイッチを切った。「どうなっているのだ」

彼ら一行の不審な顔が口を開けている。

闇の中の怒鳴り声が段々小さくなる。

「ここで話せ、皆に分かるようにだ」

「富田さん。ここじゃ駄目だからあちらの部屋で飲みながら落ち着いて話しましょう。今晩はもう遅い。風呂でも入ってゆっくり休んでいってくださいな」

台中社長がなだめるように言っている。

台中と松永が抱きかかえるようにヴィラの二階の客室へ運びこむと、富田はどっかとベッドに座った。

「なにおー、駄目男か色男か知らねえが、引っ越したらなんで知らせんのや。あそこはもぬけの殻だ。お前らのやることはドロボーとおんなじだ」

富田は激しい怒りを相手にぶつけた。

ちょいとした騒ぎに笑いを添えて坂井ら一行は、ほろ酔い機嫌でロッジ風山荘に辿り着いた。そしてベランダから夜空を見上げていると雲間に星が訝しげに瞬いていた。突然一条のスターライトが走った。シューティングスターだ。

そして彼らはまた新しいマジックに挑戦しようとして、夜は次第に深くなっていった。

12

八月十二日の朝、雲ひとつ無い晴天であった。

坂井らは、一行と共に朝早くシャレードを駆って十七号線を下った。奥只見や長岡の目黒邸を見学へと向かったのである。

目黒邸は徳川時代の地方の豪農の屋敷で重要文化財に指定されており封建時代の大家族主義の考えに立った建築で、わらぶき屋根の貴重な民族資料である。

他方での富田は、台中社長と松永と利恵の夜通しの酒攻めの接待と説得で、くたびれ果てたのか、ようやく昼頃目が覚めたらしい。今朝がたご機嫌とりに行った利恵は仏頂面で、朝食を告げたが朝風呂に入りたいと言っている。

「朝なんてないわよ。昼飯よ」

「温泉でねえのか。うう何だ、温泉掘ると言っとんだが、それも駄目か」

富田は吐き捨てるように言ってご機嫌斜めである。

富田耕作は六十半ば過ぎ、大工でもあるが、下町の小さな家具店で家具などを作っていた。ベッドや家具、調度品を納入した一〇〇〇万円のうち、手付けの一〇万円しか払ってくれず生活破綻に陥った。妻にも先立たれ、ひとり暮らしの老人でもあり、工場兼住宅で細々と生活している有様であった。

大東和総合開発株式会社の三年前の倒産劇で相手にされず台中社長を探していたが、どこへ姿を消したか不明であった。噂によるとセブンクイーンという会社に変装、牛島平八郎というダミーマネキン社長を引き立てて経営していることが判明した。だが、その会社にも出掛けてみたものの全く違う会社と相手にされず、それでここには彼がいる筈であると出掛けてきたのである。

「あなたの作ったものは立派で見応えがある。この小さい工場でね。私たちもなんとか力になってあげたい。金はなんぼでも払う」

そんな歯の浮いたようなお世辞が富田の心を掠めていた。

快晴の朝であった。風間が山道を下りてテニスコートを眺めていると背後から女の声が聞こえた。

「風間さん、よく来ましたね」

振り返ると熊谷利恵の媚びた声である。

「ゆうべ何があった。怒鳴り声をたてて騒いでいたが」

「あら見てたの」

「そばにいたのに気付かなかったようだ」

「あのね、社長が呼んでるの。話があるって」

「お祭りはどうした」

「夕べ盛大にやったのよ。花火大会も」

「うっそ、あのどしゃぶりで、後の祭りだ」

風間は皮肉ってヴィラへと急いだ。

ヴィラ二階の応接室に入ると台中社長が待ってい
た。

「先に計画した場所が見晴らしがよくないので、高台に変更しました」

台中が窓から指を差した。

「これから建築場所を案内します。一緒に行って見ましょう」

こういうことは相手を設計に参加させるほうが効果があり、その気になると考えていた。早速、立ち上がると現場へと向かう。

台中は足早に建築現場の五〇〇坪程度の周囲を回った。

「このテニスコートの上。はい、この場所に車を家の下に、冬でも雪がかからないように入れられる高い二階建てで、岩風呂、暖炉と、絶対良いものを造ります。前の場所より見晴らしもよくなりますね。それにまだ計画があるのです。川のよく見える場所に二箇所とテニスコートはこのままじゃ勿体ない。鉄筋でビルを建てる。そのどれでも登記替えしてもいいです。益々発展します。関越高速も十一月全通ですね。そうすると三時間で来れますね。土地だって値上がり間違いない。今投資しておけば将来性は確実。売るときも退職者が大勢いるから先ず心配ない。あのセレモニーのとき、女の先生が踊ってましたね。その先生も感激して登記しましたよ。もう完売になります。あれを登記しておけば後々安心というものです」

台中は一言一言に力を込めて熱弁を奮って額から汗を流している。

風間は黙々と周り眺めていた。

「それからですね。この上に自然を生かした大きな野鳥園を造るのです。いいと思いますね。協力してくれませんか」

風間の気を引くように、我ながら自信たっぷりな得意顔である。

「退職したのですね。うちの会社へ来てくれませんか、給料も高額払います。金のことなら心配ない。うちの会社は社員には親切で、辞めた人も、また入りたいと言ってくるのですよ。あれに登記しておきませんか」

「来年できるのでしょう。その時でいいじゃないですか」

　風間はそっけなく答えた。何度も登記替えは面倒であり慌てて登記する必要もないと考えたのだ。

「まあ自然の中で仕事と生活は理想のようなものですわ」

　風間は郷愁の思いであった。改めて山や川を望んでいた。

「田舎の皆さんは、親切で素朴で人が良くてね。こちらで住んで見ませんか、いいですよ。大勢の人を紹介して上げます。それに、この山に多くの小鳥や小動物が生息していましてねえ、動物は嘘をつきませんから……」

　台中の顔が急に歪んだ。先程までのにこやかな表情や真剣な態度が突然、牛の穏やかな表情から、目が血走り顔が引きつり、狼のように君子豹変す。と彼の体があさっての方に素早く急転、早足に去って行く。と何処かへ姿を隠してしまった。

　風間はどうしたのだろうと思案顔で、ヴィラの坂道を下りながら花鳥風月を楽しみながら歩いていると、スナックの前に一台の乗用車が、昨夜から後ろを向いたまま止まっている。品川ナンバーが目に焼き付いた。

「おやっ、あのゆんべの車だ。あの爺さんはどこにいる、見えないな。踊りの先生、はて、先代社長の未亡人じゃないか」

　と彼は呟いていた。


　別室に閉じ籠った台中社長は攻めあぐむ。今直ぐ承諾させ先の契約を破棄させなくてはならない。これはまずいと呟いた。

　ものの見事に感動的に鼓舞するが如く嘘を言い、新契約を取り付ける。後は後の祭りと他人を犠牲にすることで自分だけが幸福になれると現代の世相が教えている。人間を信じて疑わない無垢な魂と、底抜けの善良さを食い物にして相手がどうすることもできないように追い込む事を使命感としていた。これは最後の追い込みを任された台中社長のこけんに関わる問題であり、いささかトサカにきていたのである。

　イカサワヴィラの二階には客らしい者は一人もいない。時々蛾の羽ばたく音がする。と廊下に足音がした。

「富田さん」

ドアをノックする利恵の声である。その後ろに台中が控えている。彼女はウイスキーとビールを持っていた。

富田耕作という老人は金を返済するまで、ここから離れないと居座ってしまった。どうしたものか土足のままベッドに寝そべったままである。

「あらいやだ、靴を脱いでよ。布団が汚れるじゃない」

利恵が靴を脱がしにかかった。社長と二人係りで引き下ろしソファに座らせる。

「あんたらは何年このわしを踏みにじったんだ。我慢ならねえ許せねえ。倒産したから支払わなくっていい、というもんじゃなかろうが。話によると計画倒産という評判が広まってる。そうだろう。あんたらは詐欺師だ。てめえらのような人間はぶっ殺してもあきたらねえ。この家に火をつけたる。なんだこんな家。俺様でもこんなまずい家造らんぞ。まるで虫の住家だ。トイレも汚く入れんわ。だから土足だ。なんとまあ、まるであばら屋同然で呆れ果てた。なんだこんなもの」

富田の罵詈雑言(ばりぞうごん)が飛び交うとテーブルのビールを凄んで蹴飛ばした。

「まあ機嫌直しに一杯やって」

彼女がグラスにウイスキーを注ぐと彼に勧めた。

「心配しないでください。ここのところ景気がよくなりまして、お礼させて頂きます。間違いなく利子を三割つけましょう」

台中社長は床に頭を付けて謝った。

「なんだと、どんなお礼かってんだ」

富田はグラスを一気に傾けた。

「どんな償いでも致します」

「本当やな。わしゃな、東京をやめて九州にゆきゃならんのだ。もう年だから田舎へ帰る。おい、分かったのか社長、やい」

「それでは取り敢えず一五〇〇万円返します。銀行の口座をこれに書いて下さい。その方がいいでしょう。持って行くよりは」

用意してあったのか彼女が用紙とボールペンを差し出した。

富田は懐から財布を出すと銀行名と口座を書き出した。

「それでだな、どんな償いかというんだ」

「あなたの望み通りにします」

「よっしゃ、分かった。社長や、もういらねえ出てけ」

富田は卑猥な笑いを浮かべた。

台中と彼女が腰を上げて部屋を出ようとすると、彼女の手を握って放さない。彼女は引かれるままに老人の方に寄ると社長へ視線を投げた。社長は頷いて目で合図を送ると、黙って去っていった。

台中の胸中には不安は無かった。彼女の手口といいお芝居といい捨てたものではない。だが一〇〇〇万なんて到底払う気がない。その場凌ぎの演技であった。

毎日のように悪徳商法が新聞に報道され、女性社員も悪徳商法と言われ泣いて帰って来る始末であり、思うように金は集まらない。新たに建てた見掛けの装置も、未払い金を払わない限り、どうしても建築屋が動こうとしない状態であった。

富田は寄る辺のない身の年寄りだ。部屋に帰った台中は、松永とひそひそと話を交わしていた。

一方の爺さんの部屋では、利恵が色目を使った機嫌取りに忙しい。


「おじさん。ウイスキー注いであげる」

すっかりご機嫌を取り戻した富田老人は、彼女の肩を抱き寄せた。グラスをテーブルに置くと頬を擦り寄せ片方の手で乳房をまさぐった。彼女は身体を起こしにかかる。

「待ってね、今夜介抱してあげる」

「ほんとうだな」

「だからゆっくり飲みましょう。私も頂く」

彼女がグラスを取ってウイスキーを注いでいると下から手が延びてきた。

彼女が手を強く払い除けると立ち上がった。

「なんだ逃げる気か」

「逃げない。少し待ってよ……」

哀願するように色目でごまかし部屋を出ていった。そして社長の待機している部屋へ忍び込む。

「あの爺さん。私の身体を欲しがってるのよ」

「老人とセックスか」

台中と松永が笑った。

「あれで行こう」

松永がテーブルの下から一本のボトルを持ち上げる

と、お互いの目が頷き合う。

　再び富田の部屋に帰ってきた彼女は笑みを浮かべて、

「ごめんなさい。きれいにしてきたの。これね、社長からの贈物よ。今夜はうーんとサービスしてあげてって。だから抱いてもいいのよ」

　彼女は新しいウイスキーを開けるとグラスに注ぎ、口に含むと彼の口を塞ぐ。口移しの熱いキスであった。その熱いキスで抱き締め一気に注いだ。また含むと再度口移しに注いだ。痺れるような死の接吻であることも知らずに、彼は熱い痺れるような口付けに満足そうである。

　彼女は口を放すと囁いた。

「抱いて……」

　何時の間にか彼の目は朦朧としている。

　これは東京の愛人クラブで使う昏睡泥棒の手口であった。強い酒にたっぷりと睡眠薬を混入してある。

　彼女が見計らって社長を呼んだ。

「社長、常務、うまくいったわよ」

「目が覚めたら、また騙されたと今度は手に負えないぞ」

　松永が口を捻る。

「どうする」

　台中が松永に視線を投げる。

「暗くなるまで待とう。どうせ明日まで覚めない。名案がある」

　松永が自信ありげな態度を示した。


　風間がテラスの椅子に腰掛けて山の風景を眺めていると専務の中井がやってきた。

「空が暗くなってきましたね」

「そうだね。こりゃまた降りそうだ」

「あそこに犬がいるでしょう」

　中井が指を差す方を見ると一匹の犬が息を切らして、何処かの爺さんを引っ張っていた。

「あの犬ですね。今にも死にそうだったんです。ところがアロエを飲ませると元気になりましてね。あの通りなんです」

「へえ」

「アロエってね、医者いらずといわれている民間薬でして効用がすごいんです。アロインというのが胃腸病に、アロエエモジンが心臓、内臓に、アロミチンがガンを抑制することが分かったそうです。私なんか酒やストレスにより体調をくずしまして毎日飲んでいるのです。今度持ってきてあげますか」

と話をしている最中に空模様が怪しくなって大粒の雨が矢のように飛んできた。二人は慌ててヴィラに入った。また豪雨がきたなと察した風間は頭を抱えて山荘へ逃げ帰った。

と見ると坂井ら一行の車が登ってきた。

雨足は次第に凄みを帯びてくる。坂井は隣の山荘へ車から出てくると玄関に立ちすくんで風間の方を見た。

「やあ、親父さん。ここは夕方になるとすげえ雨が降るところだね」

風間は頷いて空を見上げた。

「だからここは沢が多いんだ。なんというか知ってるだろう……」

坂井が得意そうに言った。山道を歩いていると至るところに沢があった。

空から滝が落ちてきたかの如く、屋根も道路も滝と川に変え、三国川の濁流がみるみる茶色に変わって中州も見えなくなり、大きな岩に濁流が牙を剥き出している。夕暮れから一気に夜の闇に突入したように川の姿が薄れ、豪雨が激しくなり、水流が激流と激浪を起こし、凄まじい竜神の流れの響きとなった。

午後六時を回っていた。

坂井もレストランへ出掛けようとしたが、このどしゃ降りでは腹の虫が鳴いても出られない。

「ほら雷太鼓が鳴ったぞ」

鈍い重苦しい雷だと坂井は感じた。

「光らないね、子供の雷か」

「また鳴ったが稲光がない」

「昨日は凄かったから今日は電気の節約だ」

冗談を交わして小降りになるのを待っていた。

熊谷利恵が松永の傍らへ来ると囁いた。

「完璧にのびてる。人事不省よ」

「彼の車を非常階段の下にもってこい」

彼が利恵の耳元へ言った。

「どうするの」

彼女は松永が何を企んでいるか分からない。どんな悪知恵を働かせるのか不審に思った。富田のポケットに車のキーはない。

「そうだ。車に付けっぱなしだ」

彼女は非常階段を降りると辺りを見渡し、誰も居ないのを確かめると車を階段下へと動かした。

月曜の夜はヴィラやレストランの周りには全く人影もなくひっそりとしている。リバーサイドの山荘には二つの明りが点っていた。

「今だ。運び出そう」

松永が声を殺して言った。

雨は小降りとなった。台中、松永、利恵の三人がかりで二階から非常階段を密かに伝い、夕暮れに紛れて車の助手席にシートベルトで縛り上げた。

「お前この車運転していけ。俺の後についてくればいい。何も心配することはない」

松永は彼女へドスをきかす。台中が彼の側に寄った。

「上のダムは近くてまずい。奥只見がいい。ちょいと遠いが」

「わかった。任せろ」

台中は富田の衣服から財布、免許証など身元が判明する品物をすべて取り去った。

小雨降る下り坂を二台の乗用車のヘッドライトが滑り下りてくる。

坂井が窓から覗いているとその車が目に入った。街灯に浮き上がった車はあの車に違いない。

「あの暴れ馬のじいさんの車だ。送って行くのか」

「変だな、スナックにあの車無かったな」

篠田が不思議そうな顔でテレビのスイッチを入れた。

「同じような車はいくらでもある」

「確かにあの車だ」

坂井は確信をもっていた。ベランダに出ると街灯に照らされた車を確認していた。その時である。驚きの声が爆発した。

「どうした。なんだ」

坂井がベランダから戻ると彼らの見入るテレビの画像に驚いた。

五二四人の乗客、乗員を乗せた日航ジャンボ機が三国峠に墜落したニュースだ。

「なんだって」

「これは驚きだ」

「さっきの音、雷じゃなかったんだ」

「稲光のない雷なんてないだろう」

「誰だ雷の子供だの電力の節約だと言った奴は」

それぞれ勝手なことを言い合っていた。

タイプされた乗員、乗客の名前がテレビ画面に次々に描き出されている。

またピンクとオレンジ色の閃光を上げて激突の映像が入った。

「あれえ、三国峠って、あれか」

「そうだろうな」

「帰りに見るか」

一同は一晩中テレビ映像に釘付にされてしまったのだ。

百鬼夜行のアイランドに鬼面のライトが上がってきた。鬼の目が点滅した。クラクションが短く鳴った。

車はヴィラの影に回って止まった。非常階段の扉がそっと開く。車からの二つの黒い影が階段を駆け登ると扉の裏に消えてしまった。

応接室に集まった悪魔と魔女は、ほっとした笑いを浮かべている。

「どうかね、うまくいった?」

台中社長が彼等の顔を窺い見る。

「大丈夫だ。誰にも絶対わからない。誰にも咎め、咎められない」

松永がテーブルに用意されたウイスキーをあおって息を整える。

熊谷利恵は髪を乱し幾分青ざめた容貌で手が震えている。震えた手で自分でウイスキーをグラスに注ぐと、ちょいと味見して一気に飲み干した。

互いにグラスを傾けて、しばし沈黙が続いたがニュースのことで沈黙が破れた。

「日航ジャンボ機墜落のニュースがテレビに放映されてる」

台中がテレビのスイッチを入れて言った。

「ええっ」

悪魔と魔女の驚きの声が出た。二人の顔に笑みさえ戻る。

テレビのブラウン管に乗務員、乗客の名簿が続いている。

日航ジャンボ機墜落のニュースの意外な事件に彼等は何か曰くがありそうだ。

「たった一人の墜落と、五二四人とは比べものにならない」

と松永が偉丈高に言った。

そういう理屈が成り立つのだと彼らの心が納得したのだ。これは絶対誰にも分からない。三人の貝の口がぴたりと閉じる。言うに言われぬ自信に満ちた笑みを浮かべていた。


翌朝もニュースが続けられていた。

朝日が輝き、山々の鮮やかな新緑から川を渡り、吹き上げてくる爽やかな朝の風が頬を撫でる。いつもと変わらぬせせらぎが水浴びに小鳥を誘っているようだ。

しかしながら今日の朝食は調子がどこか抜けていた。レストランには彼ら三羽ガラスがどこへ飛んでいったのか、ひっそりとして笑い声すらない。たった一人、ヴィラのテラスで風間が眠そうな目をして背伸びしながら欠伸をしていると、家の影に車が入って来るのが見えた。一人の女性が車から出てきてその視線がかちあった。

「あら、眠そうだわね」

と熊谷利恵もつられて欠伸を飲み込んだ。

「一晩中テレビを見せられた」

「あら一晩中見ていたの」

「眠気覚ましに川で泳いでくるか」

「あなたと同じ二日酔いのテレビの見過ぎよ。とても酷い事件だったわ、とてもね……」

と彼女は何故か生唾を飲んだ。

「さて帰るとしようか。送ってくれるか」

「他の人に行ってもらいます」

どこか無愛想な返事が返る。

一応は理屈を付けて納得はしたものの、どこかに異常な神経が彼女の精神面に働きかけていたのであろうか、神経は尖って張り詰め彼女の顔色はいつもと違う、言い知れぬ残忍な表情が漂っていた。

坂井らの一行三名は朝早く、新潟県の折角の米どころでありながらヴィラのレストランの飯のまずさに呆れて、ドライブインへと向かっていた。古い米の味、腐った卵、臭い塩鮭、とても口に合う食べ物ではない。田舎の味を期待していたが、こんなまずいものを平気で食わせる。民宿でもあんな食事は出さないとこぼしていた。

越後湯沢近くのドライブインで朝食をとるとカーラジオを聞きながらシャレードは三国峠にさしかかっていた。

「どうもここじゃない。群馬県と長野県の境だ」

ドライブ、アトラスを熱心に探していた篠田が言った。

「漸く見つけた。上野村の三国山だ」

三国山と三国峠にほんろうされて三国トンネル付近にくると、二台のヘリコプターのエンジンの轟音が耳を裂き、今にも飛び出そうとしている。轟音を後にトンネルに吸い込まれて行った。

高崎から関越高速道路に入ると緊急自動車のサイレンがもの悲しい響きを残して何処かへ遠ざかる。

八月十二日、日航機墜落ドキュメント。

一八時一二分、ＪＡＬ１２３便、定刻より四分遅れ羽田空港を離陸、乗客五〇九人、乗員は高浜雅巳機長（四十九歳）以下一五人。

一八時二〇分、埼玉、所沢の東京航空管制部が１２３便から緊急通信を受信、羽田空港の管制室に緊急事態発生の無線連絡。

一八時四一分、１２３便機体最後尾の非常ドアがブロークン状態になったので羽田空港に引き返すと羽田空港事務所に連絡し消息を絶った。

同時刻、日航社内に事故対策本部を設置。この時間帯、長野県南佐久郡上村の東京武蔵野市少年自然の村管理人伊東さんが上空七、八百メートル付近を飛行機が旋回しながらゆっくり降下、北北東七キロの三国峠岩陰に墜落、せん光をあげて激突するのを目撃。

日航ジャンボ機七四七、羽田発大阪行、相模湾上空で操縦不能となり群馬県御巣鷹山の山中に墜落、五二〇人死亡、単独機として世界最大の事故となった。四人が生存、ヘリコプターで救出。

人間の一生でこんなフライト時間が生と死の明暗を分けた。キャンセルしたお陰で命拾いの人。人間の一生に至る所に明暗が転がっている。運命であろうか、偶然であろうか、不完全な人間の必然性を実証しているようでもあった。

ジャンボ機がダッチロールしながら糸の切れた凧のように迷走飛行し異様な様子から夢中でカメラのシャッターを押して垂直尾翼の吹っ飛んだ日航機を撮影していた。

「なぜこんな事態になったか分からない」

「なんだよこれ。そんなものどうでもよい。頭をさげろ」

緊迫の会話、三二分間の恐怖、機内で遺書をしためた乗客、

「パパは本当に残念だ。きっと助かるまい」

日本航空、昭和二十七年のもくせい号以来二〇年間大事故がなく世界一安全な航空会社といわれたが四十七年のニューデリー、モスクワ、五十七年羽田沖と続発。背景に親方日の丸の体質、労使対立などが指摘されていた。

空の安全はおもに三つの要素がある。飛行機の信頼性、パイロットの判断力と経験である。今日の新型飛行機の場合、物理的欠陥や機能的欠陥のため墜落することは滅多にない。安全確保の手順を綿密に守ったのか、この機には前科があり、ほんの少しの人為的ミスが重大な惨事を招いてしまったのであった。

13

台中社長は朝刊の日航機墜落の記事に眼を通していた。熊谷利恵が新聞を覗いて、

「社長、会員の方でもおりますの？」

「いないね」

「おいでなら、お見舞いに行きます？」

「そんなことするものか、藪蛇だ」

「どうして」

「客との信用関係なんかどうでもよい。むしろ無用。

信頼されるように装うのは金を取るための手段に過ぎぬ。君が色々男から巻き上げているのと同じだ。今度の若い男は……」

　虫の居所が悪いのか、ご機嫌斜めだ。

「あの若さで抵当証券会社の営業部長よ。二十九歳で年下なんだけど相当稼いでいるみたいなの」

「どこの抵当証券だ。臭いね」

「臭う。レジャー会員権を勧めてもなかなか落ちないのよね」

「それでクラブの会員であんたを指名しているわけだ。落ちないわけだ同業だ。会員権を買っても売れないことくらい見抜いている」

「必ず買わせてみせる。今度山荘に誘うから」

「貴女との関係はもうお終いにしよう」

　新聞から目を放すと渋面で睨む。

「もう分かっているわ。社長も若い純情なあの子がいいのでしょう」

　彼女も睨み返す。

「新しいターゲッティング、ポリシーを考えなくてはね」

「なにそれ」

「政策のことだ」

「私も新しい策略を考えたわ。たまには熟女もいいものよ」

「何言ってる熟女だって……ほう」

　と社長は呆れ顔でとぼけていた。

「あの子をしっかり洗脳してね。私も社長にすっかり……知らず知らずに洗脳されたのよ」

　と言って利恵は会社から次の作戦に向かって出ていった。

　社長室へ入ってきて、そんな会話を聞き入っていた常務の松永がにやりと笑うと、台中社長へ囁いた。

「女ならいくらでもいるよ。ところで日航が五二〇人ならこちらは千人斬りをやろうじゃないですか。今のところまだ二人だがね」

　と言って事務所の外に待たせてあった一人の女性を招き入れた。年のころ二十七、八の主婦であるらしい。

　台中社長は、雲隠れした駒込の会社に、ある人物を立てて、倒産した会社とは関係ない面構えのサラリーマン闇金融業を開業させていた。

住宅ローン、レジャーローン、車ローンなど主婦、OL、女子学生などが返済に困っているのを見兼ねたふりをして、その会社の作成したリストにより甘い言葉をかけ愛人クラブへと誘い込んでいた。

駅前でホステスの募集案内を考え深そうに見詰めている姿を見て、すかさず事情を尋ねた。サラリーローンの返済に悩んでいるという。そういう事情があるなら当会社へお出で願えれば必ずや解決してあげます。必ずや期待に添うよう社長が相談に乗ってくれますから考えてみてはどうかと半ば強引に連れてきたのである。

「寺本京子と申します。どうぞよろしくお願いします」

今のところ少しやつれてはいるが、物静かで洗練された魅力的な容姿が、男心を引き付ける要素を十分に備えている。

「うちの会社は暴力団じゃないから安心して働けます。別荘地、別荘の売買、リゾート会員権の販売から、それにホステス。これは有名人、会社役員、医者とか名士ばかりのお相手で、決して怪しいものじゃない。いわば話相手をするだけで教養と知識を必要としま す。会員制ですから変な人物は一人もおりません。安心して働けます。貴方のご主人は……」

なんとなく言いづらそうに俯いて、恥じらいながら、

「おります」

「その点はっきりしておれば決して心配ありません。やましいことはきっぱりと断ってかまいません。そういう規則になっています。それも貴女の自由ですが……」

台中社長の熱意を込めた甘いトークが彼女の心を捕えようとしている。

松永が彼女に寄り添うように、

「うちの社長は困っている人をみていると黙っていられない質で、親切で、思いやりがありますから大勢のホステスに感謝されています」

と台中へ視線を送った。

彼女はどうしようかと考えている。

「そうですね、よく考えて明日にも返事しますけど、よろしいでしょうか」

「何時でも、今晩でもいいです。電話番号を教えておきましょう。良かったら電話して下さい」

台中は電話メモ帳から電話番号を写し取って彼女に渡した。

「あなたの腕次第でかなりの収入が期待できます。相手は会社社長、重役や弁護士、医者、政治家の金持ちばかりですからね」

「……」

頷いている。

「その電話ね、セブンクイーンクラブ、チーフエグゼクティブの牧野咲絵夫人ですから、そこへ連絡してください」

メモを貰った寺本京子は考え深そうな表情を浮かべ会釈をすると立ち去っていった。

「彼女ね、チャームアップすると凄い美人になるぜ」

松永が驚きのまなざしで彼の耳に囁いた。

「和服でも洋装でも、なんでもござれ」

台中はずる賢そうな画策を描きながら、腕組みして怪しく燃えている視線を松永に向けた。

（現代は不倫ブーム、とにかく彼女を征服してしまえば、たとえ主人がいようと物の数ではない。調理方法によってはニッチもサッチもいかなくなる）


翌日、熊谷利恵は会社へ出勤すると社長に呼ばれてあることを小耳に吹き込まれた。

「社長なに考えているかわかるわ。体使っても減るもんじゃないわ。関係ない」

利恵は不倫ということには完全に割り切っていた。現在でも社長に誘惑されて愛人クラブの一員になったというよりも、自分から望んでのことでもあった。そして貪欲に金の亡者と成り果てたのである。

金の亡者の環境に育てられると自然と染まっていくのであろう、同じ稚貝でも育つ海によって味が違うということであるから。

「あの人も社長がみっちり洗脳してあげて、すべてお金のためにね」

と彼女は立ち去ろうとして捨てゼリフを投げ、ドアのところで振り向くと、

「明日ね、かねてから狙いをつけている田中先生を攻略に行ってみるわ」

あの先生なら必ず射止めて見せるという自信に満ちた笑顔を残した。

彼女が駅へ向かうと、高層ビルの影が、小さなビルや建物をすっかり飲み込んでいた。

明日は明日の風が吹くだろう。

14

台中社長と決別した利恵は、男なら幾らでもいると自信に満ちていた。

そこで、やけくそというわけではないが、赤いカローラでラブホテルから顔を出した。未だ暖まっていないエンジンが、まだ冷めやらぬ肉体を乗せて、その横からもう一台の乗用車が後を追うように出てきた。

久し振りに誘い会った抵当証券マンの川崎信一と熱戦を繰り広げたのだ。その身体の芯が痺れているかのように車のドアを開けたとたんに腰の力が緩んで砕けたのを彼女は思い出し苦笑いしている。

彼女は思い出す。ふとっちょの社長やら、老人相手の愛撫じゃ身が持たない、飽き飽きしていたところであった。彼は細い割りには抜群の技巧と激しさが、誰よりも優れていた。あの力強い愛撫が体の芯を貫いて飢えた狼のように貪っていたのだ。彼の貪り方が激しかったのか車窓からは充血した視線を投げている。

お互いに軽く手を振ると朝の世田谷通りを渋谷方面と多摩川方面とに別れた。

真夏の太陽が眩しい。彼の方向は太陽に向かっていた。

「あの人まともに運転出来るかしら」

と熊谷利恵は呟く。

彼女は環状八号線に入った。ふと、思い出したように田中動物病院へ自然と向きを変えている。暫く走り、田中動物病院のウインドーを見ると先生と助手の姿があった。降りるとドアを開け覗くように眼から先に入っていった。

「せんせい」

田中先生と視線が合った。

「久し振りだね。そこへかけたまえ」

助手の女性が笑顔をみせて椅子を差し出した。

田中先生の手には猫が神妙にしている。これから避妊手術の準備をするところであったが、珍客の到来で

取り止めてしまった。そして側にある新聞を示しながら、

「これに乗っていたんじゃなかったのかな」

と田中は冗談めいて言った。

「いやだわ。乗っていたら来れないじゃないのよ」

渋い顔をして獣医を睨んだ。

「これは酷い。……神様、助けてって祈っていたようだが、やはり駄目だったね」

と嘆息している。

「神も仏もないのよ。地獄の沙汰も金次第というじゃないですか」

「そういうことかね。最近は罪のない子供までも誘拐されて殺される。一体どうなっている。これも金次第かね」

「さあ。どうか……知らん」

利恵は捨てっぱちで言うと苦笑いした。

しかし金の力が運命を左右するとは限らない。金次第で地獄に落ちない保証があるわけでもない。航空機に乗る人は大抵金持ちだ。そんな矛盾が起こる。なんともへんちくりんな会話になってしまった。


多くの人々が神への信仰を捨てて、これまで幾世紀も不正、犯罪、戦争、病気の苦しみなどが広く見られ、それによって多数の人々の命を奪った。多くの人は何故これらすべての苦難が人間に臨んできたかを理解しない。全能の神がおられるのなら、そのようなことを許しおかれる筈がないと、それらの人々は考える。こうした状態が存在する以上、神は存在しないのだと考える。残虐行為や悪事が罪のない人々に多大な苦しみをもたらしてきた。『もし神がおられるのなら、なぜ』と疑問を投げ掛ける。

西欧思想の長い伝統のなかでキリスト教的な神というものを頂点とする秩序のなかで理解され西欧の思想、文化に大きな影響力をもっていた。その考え方を否定するためにドイツの哲学者ニーチェが唱えた「神は死んだ」と。更に進化論によって神を否定した。現代の思想は、まさに神の死という状況のなかで展開しているようであった。

「神は存在します」

助手のクリスチャンが確信をもって言った。

利恵は渋い顔から笑顔を取り戻し、

「先生にいい話を持ってきたの」

「いい話とはなんだろうね」

「前に話したでしょう。新しく山荘を建てました。それで是非先生にお願いしようと思いまして。いいでしょう、ねえ先生」

「別荘を持つような身分じゃない」

「そんなことないでしょう。先生ほどの人が別荘の一つや二つ持っていてもおかしくないわ」

「今日のその声はかすれている。どうした」

利恵の声はハスキーであった。それがかえって身体全体からセクシーな魅惑的な色香を漂わせていた。

「夏風邪かしら」

「夜遊びのしすぎじゃないのか」

見透かされたかと利恵は一瞬はっとする。

「夜遊びなんかしてないわ。セールスで大変なの、声を枯らして説得するんですもの」

「恋人と恋をからして」

「恋人なんていない。でも素敵な恋人が欲しいわ。先生のような人が……」

悩ましげに彼女の瞳が田中のハートを射るように燃えている。

田中はその魅惑的な瞳に魅入られて思わず溜め息が漏れた。

「是非、先生が見て気に入ったら契約して下さい。もし気に入らなければ止めて結構ですから。近く温泉が出ることになっているのです。そうなると一遍に値上がりしてしまいますわ」

「なに温泉が出る？」

「直ぐ近くに温泉が、今ボーリングの最中。明日にも行ってみませんか」

「そのうちに。今入院やら海外旅行でペットの預かりものが沢山あるから手が放せない。秋ごろならいいだろう」

利恵は秋に行くことを約束し、怪しい悩ましげな視線を残して動物病院を去っていった。

彼女は動物病院を出ると車を走らせ公衆電話の前に止めた。ダイヤルは明日香商事の川崎であった。

「ねえ、調子はどう」

「どうも眠い」

「今度、新潟の山荘へ案内するわ。とてもいいところよ。自然の中でどう。ふふ」

思わず含み笑いを漏らす。

「それもいいな」

「また電話するから」

「抵当証券は儲かるぜ。それに海外金融先物取り引きやらないかな。あんたには絶対損させないぜ」

「あら、うちの会社でもやってるわよ。じゃあね」

公衆電話から出ると車を新宿駅東口へと走らせた。

キャッチセールスを真似た人狩りである。アンケートを求める振りをして、これと思う女性に近付く。女性が女性に接近するのは意外にたやすい。多額の収入を保証する仕事を求める貪欲な美人がいかに多いか彼女は心得ていた。街にはやたらと女性で溢れている。

「ちょいとお話があるの、アンケートを」

釣れた女性を車の中に引き入れることは彼女たちになんら警戒心を与えない。現在の仕事の内容や収入を聞き出しサイドビジネスとしてどう、と引き釣り込むのである。もしよければ会社へと案内する。

熊谷利恵は一人の女性を引き入れた。これで愛人契約をとれば高率のバックマージンが入る計算となる。


（私のやってることはなにかしら、ジャパンスタイル愛人バンク、マルチ商法かしら）

「社長や専務、常務はどんな顔して喜ぶかしら」

と呟いて指を数えた。

15

九月の声を聞くと、竹中組がハワイでロケット砲を購入しようとして、おとり捜査で逮捕されるというぶっそうな事件が発生していた。

熊谷利恵がベッドに横になって不審な表情でテレビを見ていると電話のベルが鳴った。

「こんな遅くにどうしたの」

川崎からの電話である。

「いやあ、昼間電話してもなかなかつかまらなかったんだ」

「昼間はセールスで忙しいのよ」

「ところできみが矢沢美智子に似ているもんで、あんたではないかと思って

「あら、うっそ」

「世の中にはよく似た人がいるね。テレビに出てくるそっくりさん。声までそっくり」

「今晩暇なの」

「今、会社の雲行きが怪しくなってきたんだ」

「何か悪を」

「別に不正はしてない」

「だって、違法を正当化するのが商売よ」

「それよりも山荘へ行ってみたいんだ」

「いつでもいいわ。あんたの代理妻だもの。現代は代理母だってあるのよ」

「うちの会社の社長はリース社長かな。最近姿を見せない。お前らもどこかへ消えうせろってよ」

「それでどこかへ消えるのね」

「今、ロス疑惑を見てふと思い出してさ」

「私じゃないわ」

雲行きの危うくなった彼が、どこかへ逃げる算段であるらしい。

ロサンゼルス市で銃殺された三浦一美さんを巡るロス疑惑で雑貨輸入販売業、三浦和義を殺人未遂の疑いで東京、銀座東急ホテルの駐車場で逮捕、報道人のライトに浮かんだ。

一美さん殴打事件は三浦が矢沢美智子に成功報酬を出すからと殺害を依頼し襲った。一〇〇%無実と否認する。矢沢証言はデッチあげ、そんな事実は全く無い。全面否認。日米異例の合同捜査も本格的にスタートした。

三浦大スター、妻が撃たれ自分も足を撃たれて絶叫した迷演技の嘘がどこまで通じるのか物証なく公判維持できぬ。疑惑を否定した。

「今度の金曜どう」

「金曜、まずい。商談があるのよ。この次じゃ駄目なの。私金妻じゃないわ、代理妻」

と彼女は腹の中で笑っている。

金曜日の妻たちへ、パート3が放映され不倫の匂いが暮れない族に大いにウケて金妻なる言葉が生まれた。不倫願望の金妻が世代の先端を行く。楽しければいい。欲望に挑戦したいの、人格チビ、性格ブスなんて言われたくない。いい年してまともな社会生活をできないなんて言われたくないもん。ねくらでなくねあかでいこう。社会生活現代版はこれだと彼女は考えていた。

16

月日は矢のごとく、あっと言う間に過ぎ去って行く。常連との夜遅くまでの付き合いを切り上げて早くマンションに帰った熊谷利恵は、明日の服装のことで悩んでいた。

クローゼットに首を突っ込んだ彼女は、トレンディにしようかニューベーシックにしようかと思案してベーシックスーツに決めた。上品なミセスの装いを演じようと思った。

バスルームから出てくるとファンデーションを整えて恋人と旅に出掛けるみたいな浮き浮きとした笑顔を見せていた。

田中敏郎獣医に、新潟県は有名だ。どういう山荘か見に行くという話を取り付けていたのである。

彼女は、他の幾つかの商談やら用務があるため、先に出掛け現地に滞在している。その当日に新幹線浦佐駅まで出迎えるということで話は決まったのである。

さて、その当日である。上越新幹線浦佐駅に午前十時頃、到着の予定であった。

そういうわけで上越新幹線の一番小さい浦佐駅に降りた田中獣医は、ホームの窓から越後三山国定公園の八海山を望んでいた。それから駅を後にして、ぶらりと駅前に出ると、見事に舗装された十七号線が走り、周り一面の田畑の広がりに目を向けていた。

「田中先生」

細い女性の声がダンプの轟音と風に流されて耳に入った。ふと振り返り、その声の方へ彼は窺った。乗用車から降りた熊谷利恵は、グリーンのキューロットスーツ姿で、彼を呼びながら指はあらぬ方向を指していた。その指差す方向を見上げた田中の目に、一瞬怪物が見えた。なるほど日本列島改造論の威厳をもった、いつものポーズ、名うての闇将……だ、とお見受けした。

田中は笑っていた。だが銅像はにこりともしない。

「なんだ、私を呼んだんじゃない？」

「新潟県も角さんのお陰と、皆さん、おっしゃってますわ」

彼女は自慢げに胸を張った。

「なに、ロッキードで墜落した。日本列島に銭国時代を築いた人物だ。どうも……」

田中獣医は横目で睨み苦笑している。

「戦国時代じゃないわ」

「字が違う。ゼニの国と書く。ゼニの国に改造。金集めの名人が総理になるという日本特有の専売特許……」

田中は冗談めいた皮肉で、豪快に笑い飛ばした。

「先生の言うことなんだか分かるような気がする。でも先生は角栄さんと三船さんとどこか似ている。二つ掛けて三で割ったみたいよ」

「そういう風に見えるか。三で割ると割り切れない、こんな顔になるのか」

「先生乗って下さい」

彼女がドアを開けた。田中が足を踏み入れた途端に、「なんだこの車。掃除したことがあるのか無いのか。タバコの吸い殻や空き箱、ジュースの空き缶、足の置き場がない」

「あらそんなこと言わないで、これ会社の車だもん」

自分の車は、若者がちょいと貸してくれと言って、そのまま帰ってこないのだと不平をこぼしていた。

魚野川沿いに緩やかな上り道、田畑の広がりを見せて十七号線を走る。やがて左折すると橋を渡った。たんぼや田畑に点在する住居を通り過ぎて暫く黙ったまま走る。

彼は風景を見回していた。やがて橋を渡った。

「ここが、そうです」

車は坂道を登り切って広場に止めると、彼女は振返った。

様々な形の山荘が立ち並び、屋根の色の様々を見渡していると、ヴィラから一人の男が出て来て会釈した。

「こちら店長の吉村さん」

彼女が紹介すると色の黒い男は会釈して立ち去った。店長の吉村清治（三十五歳）であるという。全ては彼女に、お任せしてあると無口で愛想の良くない人物であった。

管理事務所に案内した彼女は早速コーヒーを入れテ

ーブルに置く。コーヒーの香りが部屋に漂う。

「ここの泉でコーヒーを入れるとすっごくうまいのよ」

「なるほどいい香り、なに……これ……」

お世辞を言ったものの田中は一口飲むと顔をしかめた。酸化したコーヒーの味である。水が良かろうが古代のコーヒーの味がする。一体何時頃の豆なのであろう。彼女もその味に気がついたらしい。

「事務所のは駄目だわ。レストランへ行きましょうか」

と彼女は田中の渋い顔を見て、すぐ連れ出した。坂道を上がり出す。

「先生一周りしてみません？」

坂道を一人の女性がすすきの穂を手にして下ってきたが、辺りは静まり返っていた。

坂道の脇に建つ山荘を四、五軒周り、本命の川のよく見渡せる高台の山荘へと案内した。

「先生ここなんかどうです」

彼は真新しい内装や外観を見渡す。

玄関を入るとかなりの広さのリビングルームに入った。キッチンルーム、風呂場を覗く。


「リビングの真ん中にアイランドキッチンがいいな」

「それは必ず付けるよう取り計らいます」

引き戸を開けてベランダに出た二人は目の前の高い山々を見上げ、前を流れる川の流れを見ると、さざ波が銀色の鱗のように反射している。その光景を見渡していた。

「ここは確かに田舎だ。しかし藁葺き屋根なんかないね」

「あら、あそこにあるわ」

「あれは物置か、あずまやか」

茅葺らしき屋根に草が生え石が置かれて、中には薪や雑多なものが堆く積まれている。

更に二階へと階段を上がる。その部屋は寝室兼居間のようである。

若草色の絨毯が敷かれ、シングルベッドが二つ並んでいた。彼女は窓を開けて外の空気を入れ替える。

「先生、奥さんと一緒に来なかったの」

熊谷利恵はさり気なく切り出す。

「離婚した、というよりも破綻だ。頭のいい美人だったが、どうしても動物が苦手でね。動物の匂いがたまらなく嫌いで。なんと素晴らしい可愛い動物たちを毛嫌いするんだから堪りません。分かるでしょう。それであっさりと……」

「あっさりと」

「動物の臭いと一生暮らすなんて我慢ができないというのだから、降参です」

「あの若い女性は」

「獣医大卒業したばかりの、須藤道子といって馬や牛も手なずける。乗馬はたいしたもんだ」

「道理で歩き方が活発だものね。先生は若いのでしょう」

「四十そこそこ」

「いやだ三十二、三にしか見えないわ」

彼女はいつもと違って淑女らしく振る舞っていたが。

彼女は片方のベッドに腰を下ろすと寝ごこちを試すように寝そべった。そして魅惑的なまなざしを田中に向けた。

突然ベッドから起き上がりかけると田中の手を差し延べるようにと誘った。なにげなく悪戯っぽいまなざしが彼を射る。起き上がるのではなく彼の手を引っ張ると抱き締めた。

彼女の長い髪が田中に降り懸かる。熟女の濃艶な言うに言われぬ色香が彼を捕らえた。

「先生のような人が好きなの。結婚なんて望まない……。愛して」

本職の愛人業の口が滑る。時には淑女のように時には娼婦のように彼女は変転する。

「先生愛して」

彼女の怪しい潤んだ瞳は燃えるように訴える。彼女の手が強引に、次第に力を入れて引き寄せた。

彼の脳髄はすっかり痺れるように麻痺してしまったのだ。自分の意思じゃない、無意識でもない、不思議な感覚に落ちて行った。否応なく肉感的悪魔に誘惑される。強力な磁石が、二人を引き付けて放さない。また離れようともしなかった。

彼は唇を合わせ怪しい興奮に包まれていた。

「明るいと恥ずかしい」

彼女は起き上がると窓のカーテンを引く。窓の外の景色は消える。と彼女自らドレスブラウスを脱ぎ捨て、ソフトピンクのスリップを肩から外し、花模様のブラジャーを落とした。

「先生って素敵」

彼女は彼を抱き締め、喘ぎが彼の欲棒を誘い込む。熟した肌香が滲み出る。鬱積した情念が燃え盛った。しばし夢幻の陶酔境へと誘い込む。

彼女の絞るような呻き、暗雲が嵐を呼び、風雨が激怒し、逆巻く怒濤が白い牙を剥き岩を砕いた。稲妻が厚い雲を引き裂いて炸裂する。地鳴り伴って堪え切れぬように雷鳴が轟いた。何時の間にか嵐が去る。波が穏やかなうねりを見せていた。

「いやん、恥ずかしい」

と彼女は顔を両手で覆う。恥じらいを見せるのも一種のコケットリーである。

また傍らに置いてある雑誌で彼女は胸を隠しながら漸く立ち上がり衣服を身に纏うとカーテンを開けた。日が窓一杯に差し込んできた。

強烈な欲望が知性も理性をも剥ぎとった。彼にうしろめたい感情が過っている。

いや、淫らな、くずれた女には男は弱いのだ。

彼女の血走った形相の底に卑劣な笑いがあった。疑惑の愛と色仕掛けの罠を仕掛け、自分の思う壺に嵌めようと謀っていたのだ。

「先生、今夜泊まっていって」

「いや、すぐ帰らなきゃならない」

「泊まって、お願い。帰したくない」

「残念だが、そうはいかないのだ」

「それじゃ越後湯沢まで送りましょうか。あのこと忘れないで……」

「よし分かった」

情事の秘密の影に隠れて、怪しげな密約が交わされていたのである。

利恵は田中獣医を汚れた車に乗せると湯沢駅へと急いだ。

「ねえ、私と貴方だけの秘密にして、いつまでも……」

彼女の手が彼の手を握り締める。

「犬が帰りを待っているよ」

「この頃盛りがついたみたいよ。先生のところにいたほうが……」

「それはどうか、人間とは……」

「うちの犬、人並みじゃない」

彼女は田中にウインクして笑っている。

「しかし、最近、地上げ屋がきて、嫌がらせをするようになった。こんな都会で臭くて、うるさいからどっかへ出て行けというわけだ。どうして、どうして絶対奴らの言いなりにはなるものか」

「暴力団かしら」

「奴らがきたらライオンでも仕向けるか」

田中は笑い飛ばしていた。

だが、女の色仕掛けは偉大な力を発揮するものだ。据膳食わぬは男の恥、と言っている場合では無かった筈である。

と話しているうちに十七号線を右折した。

「先生、ついたわ」

雑談をしているうちに間もなく駅前に着く。田中獣医は車を降りると手を振って駅の中へ消えていった。

トンボ帰りでヴィラに戻った彼女はレストランでコーヒーを飲んでいる。そこに吉村がニタニタした顔で入ってきた。

「ねえ、もう大丈夫。私の言いなりになる」

「例の手だな」

「失礼な。腕よ。彼を腰抜けの骨抜きにしてしまったのよ」

吉村は苦笑している。

「さすが愛人バンクのナンバーワンだけある」

「ナンバーワンではないのよ。もっと若い女よ」

と利恵は舌を出した。

「それもそうだろう」

「誰だって女の方から愛の罠を仕掛けると断る男性なんていないものよ。他愛ないわ」

ふーんと顎を突き上げる。素朴で単純で実直な男は単細胞動物と日頃から嘲笑っていた。

「でもね、あの先生気にいっちゃったわ」

彼女は含み笑いを浮かべている。

「人柄にほれたのか」

「ないしょ、馬なみ、でも単発」

片方の足をほいと彼を挑発するように隣の椅子に放り上げる。淑女がもとの娼婦に変わった。

「化けの皮、剥げたかしら」

と呟く。

17

秋の気配が山々を紅葉に染め始めると、何時の間にか白い雪が山野を駆け巡り、木の葉を落とし、雪で覆われた雪国の生活が訪れていた。

一月九日、夜から降り続いたドカ雪が小千谷市内で一二三センチ、一日の積雪量としては戦後最高の積雪を記録した。また昭和六十一年一月八日、ロス疑惑殺人未遂に問われた元女優、矢沢美智子被告に東京地検で二年六カ月の実刑判決となった。

そうかと思うと架空の国鉄用地払い下げをデッチあげ日本住宅金融から三三億円も騙しとった理事長が詐欺の疑いで逮捕。

ところがこれは、びっくり仰天のニュースが全世界へ飛んだ。

一月二十八日、午前十一時三十八分、米ケネディー宇宙センターから打ち上げたスペースシャトルは打ち上げから一分十二秒後に爆発墜落、乗組員七人が死亡したという事件の一部始終をテレビが放映、世界をアッと驚かせた。この様な事件がこの年の多彩な幕開けとなったのである。

また、警視庁生活課は二十二日に最近の円高傾向に便乗、円やマルク相場、外国株の投資で儲けませんかと主婦らを海外金融先物取り引きに誘っていた業者を外為法違反で摘発。同社は詐欺まがい商法で問題になった豊田商事の元幹部社員が設立。残党会社でトラの子の大金を騙し取られたという苦情が消費者センターに殺到。詐欺まがいとして国会にも取り上げられ新手の豊田商法として問題となった。

一口一〇〇万円投資すると三カ月で絶対三〇万円もうかる。世間にこのようなうまい儲け話はない、と主婦や年寄りを勧誘、実際はノミ行為の詐欺であった。

摘発されたのは東京都千代田区平河町、「飛鳥」斎藤清秀社長である。

大蔵省は国内に存在する「飛鳥」関係のすべての業者が違法営業であることを明らかにした。

やがて三月の終わり頃から綻び出した桜は、四月の声を聞くと、あっという間に満開となった。それ花見だ。それ花より団子、いや酒だと浮かれ騒いでいるうちに、あっさりと散ってしまった。その頃、セブンクイーン株式会社は、花より金に浮かれていた。

学校や官庁など公務員や主婦、年配者を相手に、リゾート会員権の値上がりという儲け話に期待をふくらませ、当会社は豊田のような虚業じゃないと嘘ぶき、第三の豊田商事と言われないように、豊田をだしにして口込み商法で盛んに売り込んでいた。

二十歳に満たない新女子社員が会員の申し込みや、ファミリークラブ案内などを電話で受け付けていたものの、中には様々な苦情まで飛び込んで来る始末で、泣きべそをかく社員も現れる次第で、会社としてもその対応に苦慮していた。

それは、この冬の豪雪で山荘が五軒も倒壊してしまったという苦情や、使い物にならないという苦言やら様々である。

そんなものは自然の猛威だから関係ないと嘘ぶいて蹴散らしていた。だが倒壊するだけの理由はあり過ぎる程、あり過ぎていたが、あらゆる苦情も自然消滅作用原理に従って処理することにしていたのである。

その中に、どうしても社長を出せという電話を社員が受けた。

「社長に電話なんですが」

「誰から。名前を聞いたか」

側にいた常務取締役松永広道が聞き返した。

「どなたでしょうか」

と聞いた女子社員は、相手を待たせる。

「風間と言ってます」

女子社員が怪訝そうな顔で松永に伺う。彼は手を横に振って、居ないと言えと合図した。日頃から相手の名前によって対応するように言い付けられていたのである。

「社長は出掛けておりませんが」

あっさりと断ると、いつもの通り電話を切ってしまう習慣となっていた。

苦情の大方の電話は、大抵名前を聞いただけで分かる。そういう度重なる電話はこの上もなく煩わしい。台中社長はじめ専務、常務、課長すべてが相手によって対応するようにと決められていた。度重なる苦情に対しては、専務が取り仕切っていた。

「社長は不在です。専務の中井ですが、社長でないと何もできません。こちらから連絡するように伝えておきます」

というテープに吹き込まれたような語句を並べるだけで返事は一切しない。

台中社長が唇を捩って言った。

「風間の金は全部巻き上げた。もう巻き上げるなにものもないだろう。全部処理済みだ。なにをしても無駄。後の祭りよ」

彼は大笑いして松永に視線を向けた。

「適当にあしらっておきましょう」

常務も嘲笑った。

それから暫くして四月二十五日、また風間から電話があった。度重なる電話でうんざりした社長は、うるさいと呟きながら電話に出る。側で松永がささやいた。

「社長、適当にやりなよ」

苦汁を浮かべた台中は、仕方なく受話器を取った。しかし方法が無い訳ではなかった。

「社長の台中ですが」

「建物の件はどうなっているのかね」

「それは絶対良いものを造ります。これなら必ず気に入ります。もう決めたんです」

「決めた。これから造る。何時できるのかね」

「来年になるのですが。伊豆大島と熱川の建設が手間どりまして、それに色々問題がありましてね、大変なんです」

「それじゃ、何年待っても出来そうもないじゃないか、全くかなわんわ。全部取り止めだ。土地も処分する。返済してくださいな」

憤懣やるかたない返事が返る。

「協力してくれませんか。もう上村建設に、頼んだんですよ」

「そうやって毎年引き延ばすのであれば、いつまで待っても使いものにならんわい。こりゃ駄目だ。全面的に取り止めだ」

「はあ、それでは返さなきゃいけませんね。返しますか、はい返します」

適当にあしらった社長は満足であった。返す返すとオウム返しで、長年の経験で相手に返済すると思わせるだけで放っておくだけで事足りる。

「相手がくたばるまで放っとけ。そんなことは分かり切ったことだ」

と台中社長が渋い面構えでぶつぶつ呟いていた。

これは仕切り回避、精算金支払い遅延という客殺しといわれる手口であった。


とても話にならない。そこで取り敢えず定額預金の解約を思い出した風間は、下ろしてしまおうと池袋の信用金庫に出向いて定期預金証書に、署名と印鑑を押して窓口へ差し出した。信用金庫の女子社員に待つように言われて長椅子に腰掛け暫く待つ中に、カウンターから名前が呼ばれた。

「これは二月に解約されています」

「何だと、そんな馬鹿な。どうなっているんだ」

風間は驚きの声を上げた。

「証書がここにあるのに解約できるわけがないじゃないか。どうなっているんだ。あんた寝ぼけてるのと違うか」

激しい罵声に驚いた課長が奥の方からカウンターにやってきて、

「証書と印鑑を事故で紛失して、住所と本人を確認の上、再発行してあります」

という説明である。

「本人と住所は？」

意外な窓口の対応に風間の全身から血が引いていく。

いかに本人が私ですと力説しても信用金庫の扱いには不備がなかった。

定期預金証書の住所はセブンクイーン株式会社のある池袋の所在地である。これは相手を錯誤に陥れる罠であった。

相手は一月半ばに定期預金証書の使用印鑑を紛失したことにして信用金庫に届け、信用金庫は事態を確認するため、該当の住所に通知を出した。その通知書をもって当人がやってきた。新規の証書を再発行すると同時に改印の手続きを済ませ半月後に解約した。

本人になりすまして身分証明まで作り窓口に現れたというのである。

預金通帳と使用印鑑が自分の手元にあるからといって安心するのは早計であった。印鑑紛失を理由に改印を済まされれば現存する以前の印鑑は無効となってしまうのである。印鑑なんぞ幾らでも作る事ができる。

早速、風間はセブンクイーンに電話を掛けたが、

「社長は不在です。常務も専務もおりません。こちらから連絡します」

と言って一方的に切る次第で、ただ唖然としていた。

新聞には、又々奇妙な報道が載っていた。

昭和六十一年四月十八日。

豊田商事グループのベルギーダイヤモンド社の無限連鎖（ネズミ）講防止法違反容疑事件で、名古屋地検は愛知県警など一四道県警から書類送検されていた二八人全員に「ネズミ講類似商法であるが現行法の適用は無理」として一括不起訴処分とした。

悪徳商法の勝利である。「やった」という声が聞こえてきそうだ。社会一般的な常識は通用しないのである。

罪と刑罰を法律で定める法治国家の大根幹、罪刑法廷主義に立つ以上、現行法に触れないものは罪に問えない。法網をすり抜けた。

法網の擦り抜け術が、正攻法として国会議員もろとも模範を示す事件が幅をきかし、益々巧妙化し、全盛を極め、行き着くところまで、衰える気配もない現況であった。

18

台中社長の愛人としての熊谷利恵は、世田谷砧町、社長所有のマンションに住んでいたが、時の流れとともに事態が急変してきた。ここは、ペーパーカンパニーの金の抜け穴的存在であるということを彼女は知った。

しかし秘密の場所に売買契約書、権利書、社印や色々な偽造用品が隠されていることを、家の中を家探ししているうちに知るようになった。その他このマンションは社長名義ではない他人名義であることから、

「これは、一体何だろう」

と彼女は呟いた。

実質的には個人資産であるが、権利書その他の不動産登記関係書類を保管しているので心配はない。当然

家屋の賃貸料、敷金、権利金は全部第三者名義の銀行口座に振り込まれ預金通帳も自分で保管している。会社の利益から除外され結果的には法人税も減額されている。彼女の給料も社員として支給されていたのである。

彼女はこの会社は何をやっているのか大体の見当がついてきた。

この会社はまともじゃない。売買契約書や権利書、領収書は本社の印鑑と似ているが、確かにどこか違っていた。何度か書類を見ているうちに感づいたのである。

彼女は、ふとしたことから、図らずも秘密の金庫やカラクリ書類を発見していた。

いずれこのマンションを出なければならないという、ある事情が生じていたのである。

新しい愛人が社長にできていたのであるから、当然の如く最近は彼女に全然目もくれない。何カ月も御無沙汰であった。彼女は、男というものに一向不自由してない。次から次と渡り歩いて、それは面白いように男共を姦淫のブドウ酒に酔わせ、例外を除いて、いかなる男性も彼女の怪しい媚薬に引き寄せていたのである。

19

五月晴れの空に、鯉幟が風に揺られて泳いでいる。ゴールデンウィークに熊谷利恵は川崎信一を新潟の山荘へ誘おうと思っていたが、電話も通ぜず連絡も取れない。

しかも、彼の会社に不穏な動静が蠢いていることを知った今、どうしようかと思案していると、台中社長が話があるとマンションにやってきた。

「最近はどうか」

「何、改まってさ。社長の方こそ御無沙汰ね。もう薄々分かってるのよ。でもいいじゃないですか。社長と結婚の約束をしているわけじゃないでしょう。また結婚しようとも思わない。奥さんに悪いじゃない」

「なんと、しおらしいことを言うね。離婚している」

「あら財産隠しでしょう。皆知ってるのよ。その方が便利なんでしょうね。私もそのうちマンション買うことにしたわ」

この際、彼女は嫌味たっぷりに皮肉った。

「何言ってる。あんたも相当溜め込んだらしいな。安いのを斡旋してやるよ。あんたの噂は広がり過ぎた。とても面倒見切れない」

「不倫の匂い。ちょいとしたアバンチュールなのよ。仕方がないでしょう。あなたが相手にしてくれないんだもの。みんな私のことを娼婦タイプと言ってるわ」

「あんなに素直だったのにね」

「あらーいやーだ。社長にみんな洗脳された結果よ」

利恵は冷笑する。心の中で、あんたなにさ、偉そうなことを言ってアトランダムの癖に。

「……」

苦笑い。

「これで社長との愛人契約終わりね」

「君がそうしたいのだろう」

台中のほっとした顔が窺えた。

愛でもない。恋でもない。悪党同志の信頼関係、利害関係が薄れて冷却し、自分の利益を優先に考え、互いに求め合い、一方的に色褪せた花びらは必要がないから捨て去るのみ。雄と雌との利害関係が終わった。

しかし彼女は数々の男性を吸引して会社へも多大な貢献をしているので鼻が高い。

台中が苦味走った面で言った。

「マンションの件、私なりに考えてある。郊外にいいのがある」

「あら、そうなの。良かったわ」

彼女はピーンときた。果たして他人名義のものを私名義に出来るのかしら。それを知らないふりをしていた方が利口かしら、と頭を傾げた。

「私はね、これから二、三日、伊豆高原ヴィラのことで出掛けなければならない。その件、常務に相談してみてくれないか。彼は知ってる」

「あの人は、高くふっかけるわ」

「そんな事、身内にする筈がない」

「あらそう、身内なの」

利恵の不審そうな目が上の空。

話を終えた台中は夕日を背に駅へと向かった。

だが彼女は会社との腐れ縁を切るわけじゃない。これで気兼ねなく自由にアバンチュールを楽しめるということだ。

台中社長を送り出すと川崎信一へ再度電話すれど何の応答もなかった。

「あらそうだ」

と呟くと手帳をめくった。坂井雅彦の電話番号が目に入った。次々ページをめくるとある閃きが湧いてきた。

「今日は遅い、明日にしよう」と呟く。

20

熊谷利恵は、常務の松永と相談して多摩川のほとり稲田堤のグリーンハイツに引っ越した。四階の二LDKを格安で買ったのである。

彼女が引っ越してから間もなくの日曜日、昼、キッチンで食事の支度をしていると電話が掛かってきた。彼かなと電話に出た。

「寺本です。引っ越したのね。相談したいことがあるのですが、伺ってもいいかしら」

最近入ったニューフェースである。社長が次第に熱を上げていった彼女だなと思った。

「相談ってなにさ、私に出来ることなの」

「先輩でしょう。教えて貰おうと思って」

「なにさ、教えることなんかないわよ」

「あんたなら力になってもらえるのじゃないかと専務が言ってたの」

「なんだって、専務が」

「これから行くからよろしくね」

「それならね、何か土産買ってきてちょうだいよ」

「それでは、伺いますからね」

と電話は切れた。

利恵には、この頃は土曜、日曜日の呼び出しが無くなった。暇なのである。

午後の三時を回った。寺本京子が彼女のマンションに土産物の小さな包みを持って陣中見舞いにやってきた。何か深刻な表情である。

窓から多摩川が見下ろせるリビングルームのテーブルにケーキの包みを置いた。

「コーヒーでも入れましょう」

利恵がキッチンでコーヒーを入れながら彼女に尋ねた。

「何事なの、相談って」

寺本は話をはぐらかして外を眺めていた。

「あら、いい眺めだわ」

やがてコーヒーカップがテーブルに対峙すると、先ず利恵がケーキの包みを開けた。

「美味しそうだ。苺がのってる」

寺本京子が口を開いた。

「あの社長って変な人ね。時々変なこと言うわ。前にね、台中社長から牧野夫人に電話してくれと頼まれて、電話を掛けたら間違い番号なのね。何回も牧野さんですかと聞いたのに、そんな番号どこから聞いたのかって散々相手にけなされたわ。後できいたら間違っていたか。で、その人は居たのか。それでケロッとしているわ。時々変な間違い電話を掛けさせるのね」

「何を試しているのか知らないけど、私も散々やらされたわ」

「どこか頭おかしくない？」

「そうかしら」

と利恵はとぼけていた。

「改めて電話したら牧野夫人が弁護士を紹介してくれたわ。夫の男前に惚れて結婚したところ、金の締まりが全然なく競輪、競馬にうつつを抜かし台所がいつも火の車、今度こそは大丈夫と言ってサラキンからの借金が溜まる一方で、催促や内容証明が矢の如く飛んでくるの。仕方無く何か、すばやく金になる仕事と思い、この道に入ったのよ。そこでね、弁護士の先生がそんな主人とは別れなさい。私が解決してあげますから心配しないでいい。私は困っている人を助けるのが職務ですからと言って、優しく慰めてくれたの。それから度重なる交際をしているうちに、愛情が深まって、どうすることもできなくなったの」

「不倫ね」

「そう、不倫というのかしら。だって、どうしようもなくなってしまったのよ。離婚よね」

利恵は感心したまなざしである。

「あら、その弁護士は相手の不幸な境遇を親切心で利用したのよ。その弁護士、よっぽどネスケだわ」

利恵が意味ありげに笑い出した。

化粧の濃さと、知性と育ちの良さは反比例するというが、以前の寺本は全くすれていなかった。その以前の彼女とは見違えるほど魅力的で知性的な容姿に様変わり、見事な変身ぶりと目を疑った。

「それからどうしたの」

「このところ定年離婚というのが増加している。別れるなら早いほうがいい。どんな事があっても私が離婚させてあげますと自信たっぷりに迫られたの」

「それですぐデビューしたのね」

「主人がいると逃げ惑ったの、でも抱きすくめられると駄目ね……」

彼女は一応は渋い顔を見せたが。男にセックスを迫られると、女は例外なく拒絶のゼスチャーを示す。いやいやの仕種をすることによって男を焦らし、相手の欲望のボルテージを高め、媚態をつくり男をじらし挑発して誘いに婉曲に承諾したのだ。人間の行為はすべからく心理と表裏一体となって知らず知らずのうちに反応したのであろう。

「それで死んだふりして彼をオトトにしたのね」

「なにオトトって」

「彼は罠をかけ、逆にあなたに釣られたのよ。なかなか隅におけないわ」

「そんなわけじゃないのよ。離婚が決まるまでここ暫く女同志で置いてもらえないかしら」

「それは困るわ。私だってプライベートがあるもの。そうだ、社長に頼みなさい。あそこのマンションが空いてるの」

「だけど」

「社長、あなたのことをだいぶ気にかけているみたいよ。でしょう。私に頼めって専務が」

「弁護士の先生もよ。あなたに頼んだらと」

「分かった。あのどすけべ弁護士。近藤郁男でしょう。うちの会社の顧問弁護士。まだ若くてあの色男、私の好みじゃないわ」

「分かってしまった。でもすてきよ」

「まだ何も知らないのね。金離れがよくないケチよ。どのくらい金寄越した。寄越さないでしょう。わかってるわ」

「……」

「あの人ね、悪徳商法専門に、その法の裏を使い分ける、ゆすりたかり専門よ。弁護士だからといって必ずしもいい人とは限らないわ。今に分かるわ。あんなケチな人とは私は関係ない」

「私にはよく分からない」

「そのうち分かるわよ。金離れのいい人探さなくちゃだめ。あんた騙されてるの、あのドスケベ弁護士に」

「あなたは相当旅なれているのね。ところであなたいつ髪を短くしたの」

「ここへ引っ越してからよ」

女心と秋の空などというように女性の心は昔からつかみにくいと相場がきまっているらしい。熊谷利恵も変身していた。髪を短く切ってしまった。それと対照的に寺本京子の長い豊かな髪が女性美を象徴していたのである。

熊谷利恵は台中社長と訣別し、愛人関係である行方不明の川崎信一とも会えない。女性の変身は変心を表しているように過去との訣別という変化を物語っていた。

寺本が帰ったのは午後五時を過ぎていた。夜の杯を交わそうとしたものの、そんな心境になれなかった。

(彼女は、もう女の敵よ)

現在に対する満たされない思いが相手をこきおろしてやりたいと、心の底に憎悪が膨れ上がっていた。

(彼女、わざわざのろけにきた。それとも社長に言われて様子を見にきたのね。あの弁護士にも今に捨てられる。そういう運命)

と思いにふけりながらメモ帳を開けた。

こちらはそれどころではない。なんとしても金を掻き集めなければならない。そこで坂井雅彦の電話番号のダイヤルをプッシュした。

「もしもし、坂井さんですか」

「はいはい」

元気のいい声が返ってきた。

「しばらくです。分かる私よ。熊谷利恵です」

「はてどこの人か」

「とぼけないで。湯沢温泉で遊んだでしょう。あなたのファンなの」

「ああ、分かった。あの時の」

「是非お会いしたいの。相談したいことがあるのですが、いかがでしょう」

「なんの相談でしょう」

「明日午後あたりはどうかしら」

「今忙しい。土曜の午後三時半ごろなら」

「それじゃ、あなたのうちの近くの駅でお会いしましょう。どうしてもお会いしたいのよ」

彼女特有のせつなげにセクシーな声を絞った。坂井は何の話か複雑な思いが交差していた。


やがて土曜日の午後が来た。

坂井雅彦はＪＲ根岸線港南台駅に彼女が来るのを待っていた。

約束の時間より少し遅れて改札口にその姿を見せる。彼との視線が合った。手を振りながらにこやかに小走りに、

「お待たせしました」

彼女は笑顔で会釈する。坂井はどこか適当な場所をと、辺りを見渡して考えながら、

「そうだ。高島屋でもいきますか」

「どこでもよろしいわ」

そこで高島屋の喫茶室でコーヒーやジュースを飲み終えると、爽やかな空を見て外へと出た。

五月中旬の太陽が、爽やかな風と鮮やかな緑を育んでいる。散歩するのに実に快適な気候であった。

「あなたのうちへ行ってみたいの」

利恵が背後から誘いをかける。どんな生活振りであろうかと、拝見するつもりであろうか。

「あんまりいいところじゃないよ」

「どんなところに住んでるか見たいわ」

「お見せるほどのものじゃないな、今は仮の住いなんです」

「ええっ」

線路沿いに坂道を下ると港南台中央公園に入った。桜は既に葉桜となっている。公園の道に沿ってルピナス、ゼラニウムの彩りの美しい花を毎年新しく植え代えるらしい。そして今はツツジが咲き誇っていた。

「君この花知ってる?」

彼は道端に咲いている赤く紫がかっている花を指差した。

「さあ、しらん」

「植物に詳しいんだね」

「ええ、しらないと言ったのよ」

「シランという蘭だね。私も知らなかったが、そら、そこにシランと名札が立っている」

「あら、ほんとうだ」

公園の外れの道路に出たところで坂井は山の上を見上げた。

「この上に見晴らし台がある。展望できるから行ってみましょう」

彼女は頷いて後についてきた。

緩やかな坂を登ってチューリップの花壇を過ぎる。周りが薄暗い竹藪に囲まれた細い石段が続く道を登っていった。

山頂の見晴らし台から無数の団地の群れが望まれる。電車が流れるように走って山腹のトンネルに消えて行く。二人は疲れた足を休め、近くにあったベンチに腰を下ろした。

「坂井さん、奥さんいるんでしょう」

突然彼女が切り出した。

「安給料だからその辺はどうかな」

「そんなことないでしょう。こんな美男子ほっとくわけないでしょう。私も……立候補しようかしら」

「そんなことはどうでもいいでしょう。ところでどんな用件です」

「今大変なの。マンション買ったけれど、ローンに追われ、それに成績が今一つ上がらなくてね、困り果てているのよ。あなたに絶対迷惑お掛けしませんから名義をお借りしたいんです。元金や利子は私がキッパリと支払いますから絶対迷惑かけません。名義だけでいいですから」

彼女は眼に悲しみの涙が滲む。哀願調の表情が深くなる。

「なんだ、そんなことか。私もそんなに金があるわけじゃないから、援助は出来ないけど名義なら貸してもいいです」

「嬉しいわ本当に。絶対迷惑かけません」

彼女はハンカチを出すと喜びの涙をそっと拭いた。セクシーな声がハスキーになった。

心の中で呟いた。(男って女の涙に弱い)

「嬉しいわ本当に。絶対迷惑かけません。本当にあなたが好きよ。恩にきます。今度、私のマンションに遊びに来てくださいません。お礼に自慢の手料理でもと思いまして……」

彼女に笑顔が戻った。

「そう、マンション」

先程までいた子供たちが立ち去った。

豊満な肉体がよじれ熟女の魅惑的な瞳に涙を潤ませ彼に迫った。当然の成り行きが計算されている。眼下に電車の轟音が走った。

熊谷利恵の泣き落としのしたたかな計算があった。無視できないのが彼女たちのおかれている社会環境である。戦後四〇年女性の社会進出が活発になっているが、大多数の女性は相変わらず男性に従属する形で生きるという実態であろう。進んでいる現代女性には、したたかな計算が含まれている。

恋愛感情というものは相当精神のバランスを破壊するものであろう。どんな清純な恋愛にも、この情熱特有の妄執の毒素がかえって恋愛の情熱に拍車をかけて釣り上げようとする。

恋愛、結婚、幸福の三つは、そううまくつながらない。これを手品のようにつないで見せるのが偽りの恋愛。

暫くして、坂井は彼女の「来て来て会いたいの」という偽りの愛に誘い込まれ、マンションではなくいかがわしいナイトクラブに誘われた。坂井の迸る若い情熱は、彼女の豊満な熟女の肉体に飜弄されながらも、怪しげな電話の会話や、その悩ましげな媚態に、あるしたたかな計算と疑惑が潜んでいるのではないか、と感じていたが……。

彼女の悪業は、飽きもせず懲りもせず続いて行くのである。

21

梅雨が明けて間もない七月の半ばである。

何度電話しても不在という返事ばかりでラチがあかない。困り果てた風間滋男はセブンクイーンに出掛けて行った。ところが池袋駅東口前で見張っていると突然に出会った。

「おい、台中社長」

風間の顔を見た途端、嫌味たっぷりのその渋い形相が振り返った。

「丁度いいところで会いましたね。ちょいとそこらでお茶でもどうですか」

一瞬、逃げ腰になった彼が、笑顔に変えて言った。暑い盛りである。飲み屋の時間ではない。喫茶店へと誘うと、クーラーの冷気が体を包んだ。

台中社長は、作り笑いを浮かべる。

「あなたの来るのを、今か今かと待っていたんです」

風間は、何度も返事をしますと言われ、会えなかった社長の顔に憤懣やるかたない視線を投げた。

「今はそれどころじゃないほど忙しい。暇が無かったものでして……」

「定期預金がすっかり下ろされているのはどういうことなんですか。あれほど絶対に下ろせないようにすると言っておきながら……」

風間の怒りが声を詰まらせた。

アイスコーヒーが運ばれてきた。ウエートレスがその怒気にのまれている。

「色々訳がありましてね。妻がサラキンに三〇〇〇万の借金を作りましてね。おまけに病気になりまして。どうにもこうにもならなくなりました。会社の金を勝手に使うわけにいかず、横領になりますから仕方無く無理やりあちこちから借りましてそうしたわけで、断わろうとしましたが、遅くなりまして、悪く思わないで下さい。妻ともこの際、離婚しました。それでね、分割で返済したいのですが……」

台中は何か企むようにしばし考えている。

「そこで相談があるのですが、お願いするということになりますか。貴方の多額の資金を生かして会社グループの社長になってもらえないかと思っているのですが」

「社長だなんてとてもじゃない。出来ませんわ」

風間は苦笑いを見せた。

「うちの会社の連中のことも考えてみたんですが、資金面で適当な人がいないもので、なんとか引き受けてもらえないでしょうか。金のことならなんとでもなる。高額支払います、といっても、あんたが社長ですから経営次第でどうにでもなります。新しい会社の設立の準備はこちらで全部やります。なんとか協力してくれませんか。そうすればあなたの好きな自然の中で生活が出来る。あなたの思い通りにやってかまいません。こんな良い方法は外に無いと思います。そのことで、いつも気に掛けておりました。心から貴方の事を思いまして……。なんとかこの頼みをきいて頂けないでしょうか」

「私は学問もない。教養もない。到底できないわね」

風間は困り果てた様子であった。

「社長はなにもしなくていい。仕事の実際はこちらでやります。それに専務、常務取締役も充てます。だから何も心配しなくてもいいのです。税金対策は私の方でうまくやります。どうですか。考えてみてくれませんか」

暫く風間は考え込んでいる。

台中は続けた。

「牛島平八郎という人も、こちらから頼んで社長になってもらったのです。現在も立派に経営してます。その人も中学しか出てない。学歴なんか必要ありません。それに今、熱川ヴィラ、大島ヴィラの建設を進めています。それぞれ社長を配置しているわけで心配無用。グループが一致団結すれば鬼に金棒。客の手配は私どもでします。客から料金を頂くだけで困った時は何時でも相談にのります。税金対策のこともね。貴方なら必ず出来る」

台中社長は口から唾を飛ばして力説した。

「大丈夫ですか、出来るかな」

風間は半信半疑であったが、身寄りのない一人暮らし故、お互いに助け合えば、そんな話も、満更でもないわいと、次第に思うようになったのであろうか。

「それからね、越後川口に野鳥園を造る事にしました」

台中社長が、また作り笑いを浮かべた。

22

新会社の設立手続きは、すべて台中社長が音頭を取って行われた。

資本金五〇〇万円、代表取締役に風間滋男が就任し、こうした一連グループのセブンジョーク株式会社を発足させた。

台中社長が常務取締役の松永に言った。

「こんなものわけない。取締役会の決議録を作り替え、前社長の退任の決議と風間を社長に選任する決議があったことにしての名義書き替え手続きを整えたという偽物だ」

「この七人の侍どもは知ってるわけですね」

松永は笑いが込み上げてくるのを堪え切れず爆笑した。

風間の奴は絶対気が付くまいと又ニタリ。

「後は相手を喜ばせておいて、もう分かってるだろう。風間に社長就任式を根城の越後川口ヴィラでやるからと連絡しておいてくれないか」

「顔合わせを盛大にやろうじゃないですか」

自分を飛び越えて社長にするなんて不満ではあったが、計画実行のためには代えられない。松永はタバコに火を点けると天井に煙を吐いて薄ら笑いを浮かべていた。

縁故者から株主を募集、七人の発起人を揃えた。実質的には発起設立であるが発起人の外に数人の株主を集めているから募集設立である。検査役が調べにこない。募集した株主は縁故者ばかり、すべて権利を譲るという白紙委任状、株券も発起人が預かっている。事実、小さな規模の株式会社は多くはこの方法で設立されていた。

「会社屋だね」

松永が台中に言った。

(なるほどね。この会社の手形を乱発、しこたま儲けたら姿をくらますか、彼に全責任を負わせるのだ)

彼は腹の中で笑っていた。

株式会社という名前がつくと世間は信用する。この信用を悪用して商品を買い込み手形で代金を払い込み、後はとんずらである。

やがて越後川口ヴィラで新社長の就任式が行われた。町役場の町長他数人が招かれ会社役員の顔ぶれを紹介し、その他に従業員の女性二名、男性二名が席を連ねていた。

風間の横に専務取締役井上三郎という男が怪物のような顔をして鎮座している。

風間は思った。なんと不快な面だろう。人相がよくない。脂ぎった顔に黒眼が外に向かって視点が定まらない。異様な雰囲気を醸し出していたのである。

「井上さんは元代議士の秘書をやってまして、今度こちらの役員にお願いしたわけです」

台中社長が風間に紹介した。腹の中では、そんなのは始めからそうなっているのだ、と呟いていた。

「こんな小さい会社ですから支配人から雑役なんでもすることになります。よろしくご協力のほど、おねがいますか」

「やあ、私は雑役が向いてますわ」

風間は恐縮して言った。

台中社長は専務の井上に命じて書類と印鑑を持ってくるように言い付けた。

「これが代表取締役の実印。これが印鑑登録の証明書です。紛失しないように大切に保管しておいて下さい」

風間はそれを受け取ると早速金庫の中に厳重に保管すると席に戻った。

「みんな若いうちに課長になったり役員になったりするので、うちの会社に入りたがっている人が大勢います。あんたは幸運でした」

台中は正にグループの代表として、得意な表情で物分かりの良さを発揮している。

新社長の挨拶を適当に済ませ、台中が宴席の座敷を見回して声を上げた。

「新社長に乾杯」

乾杯の音頭をとると、

「今日は無礼講だ。さあ皆さん。大いにやってくれたまえ」

酒宴が続いていると、風間の脇に町役場の年寄りが近付いて酒を注いだ。

「あの社長は世話好きでね、いい人です。うちの若い輩も、大変あの社長にお世話になりましてね、お陰様で有り難いもんですなあ」

褒め言葉に風間の警戒心を取り除こうと、相手の緊張感を解きほぐすように信頼感を植え付けた。

「あの社長は一見豪快そうに見えるが細かい心配りをしていますね。やはり偉くなる人は違うもんですわい」

年寄りは感心していた。

「案ずるより生むが易い。こんな田舎ですが、のんびりやって下さいな、長生きしますわ」

年寄りはこれだけ吹き込むと銚子を風間に傾けてゆっくりと立ち上がった。

風間は、セブンクイーンの常務取締役や専務取締役の顔が見えないなと考えているうちに、度重なる入れ代わりの酒に悪酔いして、とうとうダウンしてしまった。

翌朝眼が覚めるといつの間にか寝床の中であった。気が付いて金庫の中を改めて確かめる。異常がなかった。

台中社長の姿も、何時の間にか消えていた。最終で東京へ帰ったというのである。

23

新社長の就任式を終えて東京池袋の会社に戻った台中は新聞をみて頷いていた。

昭和六十一年八月二十日、読売新聞。

飛鳥商事、老女が死の抗議、三五〇〇万円返済交渉破れ自宅担保に借金まで……富士樹海死体発見。

豊田商事の残党会社で警視庁生活課が今年一月に外為法違反で摘発、継続捜査中の海外金融先物取引業、飛鳥に三五〇〇万を預けたまま返済されない一人暮らしの老女が飛鳥側と返済交渉を重ねたメモを残して富士山麓の樹海で自殺していたことが十九日明らかになった。自殺の動機について関係者は健康問題などでなく飛鳥に預けた金が戻ってこないショック以外に考えられない、という。

自宅を担保に借金までさせる悪質さで担当社員は警視庁摘発後に姿をくらました。

台中は新聞読み終えて松永に渡すと、

「こんな手口も考えられる。新しい別荘を与えるという名目で自殺に見せ掛けてやったのではないか」

「こちらの手口と、まあ、同じようなものだ」

と松永は声を細める。

「こちらも多額の保険金を掛けて事故に見せ掛けてやりますか、例のマニラ保険金殺人のようにね」

同六十一年七月三十一日、フィリピンのマニラ市で二月に元都職員が多額の保険金をかけられて殺された事件であった。

松永は社長室のドアを開けると、新聞を事務所の他の社員のデスクへ飛ばした。

セブンクイーンにも豊田の残党が数名入っている。比較的真面目そうな人間である。人相の良くないのはどうもうまくない。誠実をモットーとしている会社であるからだ。

その残党の一人の若者が言った。

「この記事役に立つよ。これを逆手にとれば一人暮らしの老人をターゲットに騙すのわけない。こんなひでえ会社があるもんですね。それからみると、うちの会社は良心的だと、前よくこの手を使いましたよ」

同類社員が調子を合わせる。

「よし一人三五〇〇万だ。取り上げたらこっちのものだ」

会社内がざわめき立ってきた。

松永は何事も聞かなかったふりして社長室へ入ると、ひそひそと何かを囁いていた。

熊谷利恵もこの事件の背後には彼が関係しているのだと思い始めている。

「道理で彼の姿は見えないもの」

と首を傾げて考え込んでいた。

昭和六十一年十月十八日、読売新聞。

日証抵当証券、株券詐欺、老資産家から五〇〇〇万円、第二の豊田商法。

社長と専務が共謀して静岡の老資産家に目を付け株券を銀行の金庫に保管してもらうと銀行の信用が増し、長期の貸し付け者を紹介してもらえ仕事上で助かる。株券は金庫に保管しておくだけで担保にしたり売却したりしない。必要ならばいつでも返すと株券を解約し、騙し取った。

なんとまあ、色々な手口があるものだ。

豊田商事の残党を追って、警視庁は、グループ一万人監視へ。被害一六件、四八億円に、抵当証券界でも暗躍。

豊田商法としては空前の被害を出した豊田の残党グループが、その後も各地で暗躍し被害者は二六〇〇人、被害総額四八億円に達しており、どれもお年寄りや一人暮らしの女性を狙う悪質な犯行ばかり、先月から摘発が進められている悪質な抵当証券でも残党の動きが目立ち事態を重視した警視庁は全国で一万人を越すと見られる常習犯をリストアップ、活動実態を集中監視する初の業界監視システムを導入することに決めた。

豊田の元セールスマンが別会社を設立、同商事時代の顧客勧誘のノウハウを駆使して、うちの会社は大蔵大臣の許可を受けている銀行、郵便局より高い利息をつけると言ってジャンボ預かり証券を発売。年金制度が変わり貯金をゼロにしておかないと年金が減額される。うちの宝石類を買っておけば。いずれも六十五歳以上の高齢者で年金生活をしている女性を狙って騙す悪質な手口である。

こうした実態から警視庁では一般投資家を守るには常習犯の監視が不可欠とし「悪質業者視察内偵要綱」の作成を急ぎ、業界監視を強化するシステムとして各都道府県警に指示した。

悪徳、詐欺、詐欺まがい商法が日本全国に氾濫し独特の商法を開発していた。

台中社長と松永は次から次と悪徳商法が氾濫してくると、商売に支障を来すという不安要因があったが、その監視の目が、全て豊田に向けられている。その空きを狙っていた。

「なに喉元過ぎれば何とかというじゃないですか。今しばらくだ。そのうち冷める」

台中社長は憮然たる表情である。

そうこうしているうちに昭和六十一年十一月十五日伊豆大島の三原山が十二年ぶりに噴火、溶岩が内輪山を越え外輪山のカルデラに流出、火口茶屋など炎上させ溶岩が元町地区に迫り、全島民一万三〇〇〇人と観光客に島外へ避難命令。真っ赤な大噴火の火柱と溶岩の流れと大島御神火が怒り狂ったように赤い舌を舐めて夜空を焦がしているのが茶の間のテレビで映された。

「大島ヴィラの建設は駄目になりましたね」

熊谷利恵が台中社長の顔を窺いながら言うと、笑って答えた。

「あれは初めから造る予定じゃない。等価交換方式でやるつもりであったが、どうしても折り合いが付かなかった。それに今の状態ではね、最初から単なる宣伝の見せ掛けだ」

「それとは知らず大いに宣伝したわ」

「まあ、モッケの幸いだ」

初めからうまく騙す積りが、たまたま相手にアッサりと見破られたのである。

三原山の影響で、なんの前触れもなく度々大地が激しく揺れた。

十二月半ばから大島住民の帰島が始められ、犬、猫、豚、馬や小鳥が留守番の自宅に二十二日、全島民の復帰が完了。

伊豆大島の御神火は神の怒りであろうか。

24

その頃、田中動物病院では地上げ屋の攻勢が激しくなり、動物の虐待や嫌がらせに巻き込まれていた。

「こんな都会で動物など置くな臭い、うるさくてたまらねえ。さっさと出ていけ。さもないと動物を皆殺しにする」

脅迫の電話や手紙が毎日のように繰り返されていた。

東京都心部に端を発した狂乱地価は、高級住宅地を抱える世田谷、目黒では投機的な取り引きも手伝って異常な高騰を見せていた。こうした地価狂乱は国民生活や経済活動に様々な歪みを与え、杉並の不動産屋に男三名が日本刀を持って殴り込んだり、「地上げ直ぐ止めろ」という手紙と青酸化合物が送られたり、様々な抗争が繰り広げられていた。地上げ屋は暴力団を使って土地転がしをして、多額の利益を貪っていたのである。

その渦中に巻き込まれた田中は、これ幸いと動物たちの移動を試みていた。

東京脱出計画としては今だ。予てから那須高原の大形牧場の知人から獣医として来てもらえないかと頼まれていた。それに大自然の山の方が動物たちの生活にも都会より大変都合がよかったからである。そこに動物たちの楽園を造ろうと計画をしていた。女医の須藤道子も大賛成である。地上げに便乗して移転計画が実行に移されていたのである。

一方では、時代の変化の波が高まりつつあった。昭和六十二年四月一日、一一四年の歴史を持つ国鉄が分割、民営化され、ＪＲ新会社でスタート。再生を目指して走り出した。

また、リゾート整備法が国会で制定され国民の自由時間が増えたのに伴い、良好な自然条件を生かしたスポーツ、レクリエーション、教養文化活動ができる大規模な複合リゾート基地を民間と自治体が主体となって計画的に建設することにあった。サービス産業を中心に地域新興を図ることをねらいとして農山村地域の活性化のためにも観光開発、保養地開発が有力となった。

リゾート、ビジネスの関心が高まり全国各地でリゾート開発が進んでいた。

このリゾート法を活用してセブンクイーン株式会社は、太陽と緑に触れたいという顧客の根を探り、これを口実に巧みに口込みでリゾート会員権の値上がりに付け込み関心をそそり次第に価額を釣り上げていた。

今買わないと乗り遅れる。リッチな気分に酔わせ、その欲望を刺激して半ば強引に売り付けていた。それっとばかりに時世の風に帆を上げて、各員一層奮励努力せよとマルチ商法、キャッチセールス、アポイントメントセールス全てに金ブンドリビジネスに全力を投入した。

政治家も負けるものかとサイドビジネスの民営化を図り、政治パーティービジネスは「励ます会」「出版記念会」の名目で加熱する一方であった。竹下パーティーが一枚三万円のパーティー券を七万枚売りさばき一夜で二〇億円という巨額を手にしたといわれ、政界における手っとり早いビジネスとなった。

政治家や政治団体が政治信条や理念を訴えるため有料パーティーを開き自民党議員中心に開催されたパーティーでは、まとめて各企業に押し付け同然で券が売られた。会場はすし詰め状態で、料理も口に出来ない有様。半ば強制的寄付でないかと財界側の率直な声であり、政治家の悪徳商法を真似た仕種が次第に広まった。

現行の政治資金規正法は政治献金について最高一億円と献金額に総枠規制を設けているがパーティー券はワク外のため政治資金集めが野放し。その額も青天井。ガラスバリであるべき政治資金の行方はベールに包まれている。パーティー券を社会常識の範囲内で出席を前提に購入した場合、その内容と額が妥当であれば政治資金規正法上、寄付と見なされる。法の抜け穴が政治資金集めの主流となって政治家が金集めに奔走し、政治とカネの悪循環が最高潮に達していた。

昭和六十二年七月二十九日、ロッキード裁判、控訴審の判決公判が東京高裁で開かれ、健康上の理由で被告全員欠席した法廷で五億円のワイロを受け取ったとして懲役四年、追徴金五億円を言い渡された。

主なき弁護団は首相の職務権限の法律論に最後の期待をかけた。「田中角栄は我々のおやじであり真の愛国者です。敗戦国日本の再建と復興、国民の繁栄のため一身を燃焼させた男。これほど立派な愛国者が罪を犯すわけがない」田中礼賛を繰り返した。追い詰められた最後の理屈であった。

公務員の最高の地位にあり、公務員の綱紀を保持する最高責任者の内閣総理大臣の立場にあるものが一企業の利益のために行政を利権化し腐敗せしめた。職務の威信と公正を汚し民主主義政治の基礎を揺るがせ、規範や道義を軽視する風潮をもたらした、その社会へ及ぼす影響は計り知れない。

傍聴席に政治家の姿なく内藤裁判長が、各被告人の控訴に対する当裁判所の判決を下す。

「主文一、被告人田中角栄、同榎本敏夫の本件各控訴を棄却する」

永田町の懲りない面々。竹下幹事長「立法に身をおく者として司法の判断について申しあげることは出来ない」「我々は角さんじゃない。竹さんだ。関係ないよ」

反応は冷ややかな永田町。ロッキード事件の風化に歯止めをかけようと政治倫理の確立を求める大合唱が沸き起こった。

しかし、東京兜町の株式市場を舞台に一般投資家から一八億三〇〇〇万円を騙し取った投資ジャーナルグループと、自治省が公表した政治資金収支報告による政治資金団体が集めた総額は一六七五億円の史上最高。パーティー収入の最高八七億七三〇〇万円とは比べものにならない。政治ビジネスは最高に堪える、というわけである。

「我々も政治ビジネスを参考にしよう」

「いよいよ新型ビジネスを始めますか。仕掛けは済んだ。後はワナに追い込むだけ」

セブンクイーン株式会社の社長室で台中、松永、中井が隠密に計画を練っていた。

「社長だから一億の保険を……」

専務の中井が全て手配済みと二人に向かって片目をつぶって見せた。

「これこの通り、準備万端整った、大丈夫。後はやるだけだね」

保険証書と手形を手にして松永が、何を思ったか一人で微笑む。

セブンジョーク新会社の手形を金融業者に割り引かせ、金融業者は安心して手形を割り引いた。もちろん金融業者は直接面会して手形の振出しを確認するようなことはしない。手形というものは転々と流通するものだから、いちいち振出人に確認をとる必要はないということになっている。

「政治屋はいいね。政治献金という大儀名分がある。政治に関わっている間に財産や私腹を肥やす。誰の名義か知らないが、軽井沢や御殿場に豪華な別荘を持ち楽しんでやがる。我々の出来ることと言えば……それ……」

台中社長が言葉を濁して空笑い。

「この計画は絶対に自信がある。絶対うまくやれるぜ」

松永は拳を握って自信ありげに振り上げた。台中社長、専務取締役中井、常務取締役松永の極秘の陰謀が実行に移される日は、時間を稼ぎ、来年の春と決められたのである。

会社屋は春に蠢くのだ。

その秘密会議は十月三十一日であった。その日は自民党臨時大会で竹下登が第十二代総裁に就任した日であった。

「来春の楽しみだ」

常務取締役の松永が高笑いを発した。

月日は過ぎて、昭和六十二年度の総決算は正義を追求するはずの弁護士の不祥事が相次いだ。

悪徳商法の顧問となり法の網をかいくぐる手口を教え月々五〇〇万円の顧問料をもらい詐欺商法を見逃して懲戒処分となる。また融資金を騙し取り詐欺の容疑で逮捕。弁護士の懲戒処分の数は最悪のペースで増え、年末の集計で三〇件、史上最悪の件数となった。

「弁護士のバッジを落とすようなことをするわけがない」と不動産ブローカーと共謀しニセ仮契約書を偽造、

ミカドの退職従業員の対策費と三億七六〇〇万円を騙し取った。

　また、破産管理人の立場を悪用して八〇〇〇万円を横領。倒産会社の社長が自殺までして債務者のために残した保険金五〇〇〇万を横領して逮捕。弁護士の信用を悪用した事件が増える一方で弁護士倫理の確立に躍起となっていた。だが弁護士特権の犯罪が増加する一方で、仲間内の利害も絡み根絶は、菜っ葉に、かけ肥だけで甚だ臭い。嘘も方便バレて元々、バレなきゃ得という風潮があり、信用回復には程遠い観があった。

　この会社の顧問弁護士の近藤郁夫に言わせれば、これは実に要領の悪い奴らだそうだ。

　しかし、このような時代を背景に、リンリ、リンリと鳴く害虫も益虫も異常大発生する状況ではあるが、殺虫剤や腐敗防止剤では全く能書だけの効果も上がらない始末である。

　ある影響のため、あらゆる不法腐敗が、完全に発酵し、絶体絶命の状態にならない限り治まりそうにもない。現代の政治的腐敗、モラルの低下、数々の犯罪も異常な程の進化と発展を遂げ巧妙化し、行き着くところまで行かない限り止みそうにもない。故に、義と公正なる社会は到底期待出来そうにもない、この頃である。

五、転落のボヘミアン

1

横浜の中華街は、赤い大門を潜ると中華飯店が所狭しと立ち並び、金銀の飾り原色を使った竜の彫り物が、異国に入り込んだ気分にしてしまう。ハマの観光名物としてあまりにも有名であった。中華街大通りを行き交う人々も日本語、英語、中国語と関西弁、フランス語と東北弁と国際化している様である。

中華街の歴史は、安政六（一八五九）年の横浜開港に始まる。外国人居留地の一角に欧米人に伴われた中国人が住み始めたのが街の起こりで、大正十二年の関東大震災、第二次世界大戦で中華街も横浜も焼け野原となったが、新天地を開く華僑の精神を発揮、たくましく街のシンボルとして異国情緒豊かな中華街が誕生したということである。

ところが、その街に、山下町派出所あたりから一人のみすぼらしい男が、汚れたずだ袋を肩から提げ、暗い影のように、片足を引きずりながら中華街大通りへと向かっていた。

夜も十時を過ぎると人通りも酔客ばかり、帰りを急ぐ人の足もよろめきながら赤門へと向かっている。その黒ずんだ男は、背中を屈めて薄汚れた野良犬か野良猫のように鼻を効かせて歩いていたが、何時の間にか暗い細い路地へと曲がったのであろう、姿を消していた。

やがて夜も更け、JR根岸線、関内駅前の公衆電話ボックスの明りを頼りに、拾ってきたものか布団を敷き、仲間二人のボヘミアンと一緒に、何かを黙々と口へ運んでいた。

彼らは、横浜市の山下公園を寝ぐらにしたり、海からの冷たい風が吹くときは、関内地下街を寝ぐらとしていた。五月末ともなるとそれ程寒くはない。

「今晩は収穫があった。ほらボトル、シューマイ、中華饅頭だ。この中華饅頭は湯気が上がっているセイロ、を物欲しそうに見ていたら、おばちゃんが二つ包んでくれた。有り難くて涙が出たなあ。一つやるか」

相手に差し出したその男は、冬から着込んでいたらしい、分厚い黒く汚れたジャンパーを着ている。襟には毛皮が付いている。ズボンの膝元が明りに照らされ黒光を放った。

ずだ袋には、酒ビンが覗いている。さてと取り出したるは売れ残りの新しい駅弁か。その横の黒ずんだ酒は、空きビンの底に溜まっているウイスキーや中国酒、ジン、ビールなどをかき集めた混合酒らしい。それをうまそうに、ちびりちびりとやっている。その一人の皺くちゃの姿は、風間滋男のホームレス浮浪者という見るも哀れな落ちぶれた姿であった。

もう一人の浮浪者は、行き場所を探し求めて辿り着いたのが関内駅であった。その名を本間良太といって三十二歳である。山形県の酒田から土木工事の仕事を求めて出稼ぎにきた。ところが桜木町駅で、どうしようもない用便を催したので他人にボストンバッグや手荷物の番をお願いしたところ、帰ってみると荷物の全部を持ち逃げされていた。警察に届けたが全く当てにはならなくなり、あれこれ探し回ったものの見付かる筈もない。どうすることも出来ない彼は、最初のうちは簡易宿泊所に泊まったが、金も残り少なくなり途方に暮れ関内駅の地下街で夜を過ごすようになった。世界の時計を見ていた自信喪失の彼と風間は、そこで被害者同志の無念さを噛み締め励まし慰め合ったというのである。

「都会というところは怖いところだ。生き馬の目を抜くというが、その通りだ」

本間は憤慨している。ボストンバッグに預金通帳や印鑑と、現金で数万幾らが入っていたが全部やられてしまった。財布の中に残ったのは、ほんの端金である。ドロボーは取る気で取るから証拠湮滅して返す筈もないのだ。

「田舎者と馬鹿にしやがって」

彼は意気消沈して仕事も出来ず思案に暮れていた。昼間は、横浜山下公園のベンチで氷川丸や大桟橋に停泊する外国航路の客船を眺めたり、行き交う幸福そうなカップルに涎を流して羨むこともあり、彼らは幻滅の悲哀で海を見詰めていた。

「人間は信用出来ん。一見平和そうな紳士に見えるが、うっかり信用すると、とんだ目に合う。我々にゃどうすることもできん」

風間は絶望的に海へ向かって呟いていた。

本間は空を見上げて深い溜め息をついていたが、

「親父さん。何かいい名案はないかのう」

本間が風間に顔を向けた。

風間は頭を捻っているが、彼らの前を通り過ぎ行く人の訝かる目を避けるように俯いて言い出した。

「この際だ。思い切って商売でもやるより手がないね」

「何、商売」

本間は怪訝そうな顔を向ける。

「どんな商売だ」

「ほら乞食商売よ。駅前に看板を立てて恵んで貰う、あれだがね」

「あ、それも悪くなかんべー。警察に届けても何にもならねえ。返ってくる当てもねえだ。何でもやるより仕方がなかんべ」

と言って本間が情けなそうに俯く。

彼らは早速、駅前の公衆電話ボックスを盾に、拾ってきたボール紙の看板を立て掛け、何やら新商売を始め出したのである。

その看板には、次のように書かれてあった。

私どもは大東和総合開発株式会社に二五〇〇万円を巧みに騙し取られ、しかも多額の保険金を掛けて殺されそうになりました。しかし命がけで逃げてきましたが泊まる所もございません。又、全財産ドロボーに取られてのこの姿です。どうかこの哀れな私どもに何卒、哀れみとお恵みを賜らんことを切にお願い申し上げます。

エンピツでミミズがのたくった金打流というのか読み難い字で書かれてあった。

不審そうな目で通り過ぎる人々も、覗いては過ぎ去って行く。さっぱり金は入らないが時には百円玉が投げ込まれていた。

「さっぱりだな、今晩の飯代にもならねえ。この商べえだめだ」

本間が考え込んでしまった。

「それでも少しは人間並みになったわ」

風間が賽銭箱をみると三〇〇円程溜まっていた。

「人間は、一銭もないと動物と何ら変わるところがないなあ。人間と獣の違いは、金を使うか使わんかの違いだわね」

と風間は不貞腐れて空を見上げてボヤキ散らす。

野良猫のように夜になると獲物を漁りに出掛けなければならない生活が、毎日死ぬまで続くのであろうかと、将来に対する不安と孤独と絶望が全身を襲っていた。その絶望感を捨てられたウイスキーや中国酒の空き瓶から掻き集めたミックス酒の自棄酒を胃袋に流してまぎらわせ、気を持ち直したり失望したり悲しんだりして涙を滲ませていた。

その前を過ぎ行く人々は、なんと馬鹿で間抜けな人たちでしょうと苦笑しながら立ち去って行くようである。

「わすは、未だ三〇〇〇円もっとる。あんたより少しはますな人間だ」

彼も仕事をする気力を失い呆然としていたが、未だ懐には幾らかは残っていた。本間は大事そうに千円札を懐から覗かせた。

「たまにはミックス酒より焼酎がよかんべ、こうてくる。我々にはヤケザケがお似合いのようだな」

駅前通りは足ばやに帰りを急ぐサラリーマンや飲みや街へと足を運ぶ幸せな連中で溢れ、いつしか港町に街灯が灯り出していた。本間は、すうっと立ち上がると、ヤケザケを買いに行くと言って人込みの中に紛れる。

やがて本間が紙パックの白波を抱えて帰ってきた。公衆電話ボックス脇に座り、紙コップの白波を酌み交わしていると、ふと風間の目が止まった。その箱を覗いた。夏目漱石の顔が覗いているではないか。また百円玉がその顔を覆った。

「だいぶ景気が良くなったきただ。おーい」

ご機嫌な風間が彼の肩を叩くと、嬉しそうに頷いている。

夜のとばりが濃くなり街路灯や窓明りが一層鮮明に見えだした。

風間が胡座をかき建物に寄り掛かっていると肩を叩く者がいた。危うくコップを落としそう。ひょいと見上げると、かなりの年配のオジサンが箱を目顔で示すと立ち去って行く。

はっとした風間の視線が賽銭箱に向かう。と夏目の横に福沢諭吉が重なっていた。

「おいみろ一万が入った。人間並みになってきたぞ」

喜び勇んだ彼は本間を揺すった。

「うんだ。ようやく人並みだ。まんずまんずの上出来だ」

本間の顔にも笑顔があったが、

「その札コマセだ。もっと釣れるべー」

と酔った勢いで妙な事を言い出した。

「今夜は餌漁りせんでも助かる。昨夜は猫に先手を打たれ、やつ贅沢にもビフテキを食らっていやがった」

酔った風間もいささか御機嫌のようだ。

「今夜は祝いだ。牛丼でいこう。わすがこうてくる」

本間が懐から大事そうに握りしめた千円札をもって腰を上げかけた。

と、一人の黒いジャンパーの大柄な男が近付いた。そして賽銭箱に札を入れると見せ掛けて、二人の油断している隙を狙った。咄嗟に福沢を鷲づかみにすると暗がりへと一目散に逃げ出した。

乞食の二人はびっくり仰天。目を白黒させ慌てて、

「ドロボーだ」

と叫んだ。

彼らは叫ぶとドロボーの後を追い掛けた。が、人混みに紛れてドロボーの姿は総合庁舎の暗闇にのまれてしまった。

逃げるドロボーがドロボーか、追い掛ける乞食がドロボーか、それを見詰める周りの人々はあっけにとられてぽかんとしている。

「いや参った。参った。浮浪者の金まで遠慮なくかっさらっていきやがる。ひでえもんだな、この世の中は。呆れ果てたわ」

ドロボーを見失って息を弾ませた風間の残念無念の声であった。

「おい、残りもあぶねえ」

慌てて帰ってきた二人の乞食は、賽銭箱を持ち上げて中身を確かめた。百円玉数個と千円札が一枚残っていた。なんと間抜けな乞食であろう、賽銭箱を置き忘れて追い掛けたのだ。

「やれやれ早く釣り上げておけばよかった。コマセの食い逃げだ」

本間の残念無念の顔が怒る。

「すまなんだな、飲み過ぎていた。これから直ぐしまいこもう。まさかこんな乞食から取り上げていこうなんて、とても考えられねえ。わすがもっと追い掛ければよかったな。警察も、そりゃだめだ。どっちがドロボーかわからねえや」

本間は柄は大きくはないが土木工事で鍛えた体は逞しくもあったが、さすが残念と肩を落とした。

鳶にあぶらげさらわれた二人は、残りの金を懐に収め、足取りも重く暗いガード下を歩いて行った。

「今夜は山下公園で残念会だ。残りの金で焼酎と牛丼をこうて行こう。親父さんここで待っとれ」

本間は一人、青信号で横断道路を走った。

貧乏人は今有るものまでも取られ、富める人は益々富んで行く。その貧富の格差は縮まる術も全くない。政治的構造や社会全体が奪ったものが勝利者で、奪われた者は敗者という社会的風潮があった。

やがて風間と本間は山下公園の木陰の暗闇で、焼酎と牛丼を抱えて酌み交わしていた。

「いいな政治家は、竹下首相はパーティーで一晩で二〇億も稼ぐんだ。我々の乞食のパーティーは二人で一五〇〇円だ。金の無い人間は獣と同じだな。虐待されるわ、見下げられるわ。金のある奴は威張りくさって、ふん反り返っていやがる。貧乏人の方が、かえって人情味がある。金持ちの連中は金の奴隷で、奴らのほうが猛獣の人食い人種と違うか」

本間は暗がりで酔って不貞腐れている。風間も酔い潰れたように黙り込んでいたが、彼の声でおもむろに顔を上げた。

「わすはな、実は女房に逃げられてな。東京で一旗上げて見返してやるわいと威勢よく出てきたが、この有様じゃ自信喪失だ」

本間は一気に焼酎を流し込んだ。

「わしはな、是非とも社長になってくれと頼まれてな。

後が悪い……」

風間は肩を落して悔しそうだ。

「なに、親父さん。こんな格好で社長？」

本間は不審そうに頭を傾ける。

「最初は振出しもしねえ手形の不渡りで追い詰められ、そうこうしているうちに山道で車に追突されて崖から転落。これでも命からがら逃げてきたんだ」

「なんだ社長が首になったか」

「知らないうちに、このおれ様の社長の手形をいつの間にか乱発して利用したんだな」

「なるほどよくある話だ。正直者は馬鹿をみるっていうことだんべ。人を餌食にする人間にならねえと駄目だな。どうだ商売替えをするか、ヒッタクリよ。女は大抵ハンドバッグか手提げバッグに財布がある。それを狙う。名案だろう。バイクが必要だな。わすはバイクなんか鍵がなくても動かせる。どこかでカッサラッてくるか。お前さんが路地裏で待ち受けて素早く隠すのはどうだ」

得意そうに本間が商売替えの提案をしていたが、隣の風間は汚れた毛布にくるまって高鼾を上げていた。


「そこらで寝転んでいると、ぶっそうだぞ」

通りかかったどこかの知らない親父さんが物陰に寝ている姿を見付けて親切に声を掛けていた。

「わすらは半分のたれ死んどる。この親父も酔っぱらってくたばっちょる」

本間が少々反抗的に言い返したが、

「わすらは宵越しの金を持たん主義でのう。どうでえおやじ、一杯やっか」

と穏やかに紙コップを差し出した。

その親父は手を横に振って去って行く。

闇が公園を包み、波止場の波間に街明りが、昼間と違って鮮やかに漂っている。

彼等の脳裏に、船の明りや街明りが次第に薄れていった。

昭和五十八年二月十二日、横浜市内の公園や地下街で寝ている無抵抗な浮浪者を次々に襲った連続集団暴行殺人事件で三人が死に一三人が怪我をし、中学生一〇名が逮捕という事件があった。

横浜浮浪者襲撃事件。浮浪者は、

「おれたちは何もしないのに金を奪われたり殺された

りと……」

　少年たちは「浮浪者を襲撃しても彼らが抵抗しないので追い掛けるのが面白い。汚らしい浮浪者がいなくなれば街が綺麗になると思った」というから街の特別清掃屋の気でいるらしい。

　払暁、風間は息も絶え絶えで眼が覚めて、半身を起こしにかかった。

　蹴飛ばされたり、這いずり回る風間の姿態に本間は眼を覚まされ驚いていた。

　風間は上半身起きているが、息を弾ませ、どこか眼が虚ろである。

「親父どうした」

　本間は彼に声を掛けたが暫くぽかんとして反応がない。いよいよいかれてしまったかと本間が心配した顔を向けると次第に意識が戻ってきたらしい。

「やあ、疲れた。足が全然動かんわ。ホンマにつかれた」

「なに寝ぼけてるんだ。足がある。動けねえのか」

「とにかく疲れたわ。もうふらふらだ」

「なんで寝ているのに疲れる」

　本間は風間の足を擦っていた。足が次第に動きだした。

「とにかく疲れた」

　風間は額に汗を滲ませて大きな溜め息をつくと再び寝転んでしまった。

「なんだ、女を激しく抱いた夢でもみやがったな。このおれ様に抱き付いてきやがったからな」

「そんな夢じゃない。とにかく驚くべき夢なんだ」

「何でそんな夢に驚いている。たかが夢じゃねえか」

「とにかく歩いて歩いて歩き回った。眼が覚めたら、なんだ夢だ」

「どこを夢でほっつき歩いたんだ」

「東京らしい。変てこなところだ。よくわからん」

「なるほど放浪の旅の夢」

「放浪の旅じゃない。あれえ地震だ動く」

と、また寝転んでしまった。

「まだねぼけてやがる」

　やがて半身を起こし、

「だいぶ頭が目覚めた」

「これは悪酒、じゃない飲み過ぎだ。俺の体を押し退けようとするんだから、やっぱりゆんべのヤケザケの飲みすぎだコリャ」

「物凄い夢だった。なにがなんだか分からねえ」

「そんな夢か。まあ今日は良い天気だ。何か宝物でも探しに行くか。どこかに旨い具合に一億円でも落ちてねえもんかのう」

「この公園で店でも開くか」

「いやだな、綺麗なネエチャンが物珍しそうに見やがるぜ」

「なんとかせにゃならん」

「どこかに宝がないかな。探しに出掛けようぜ」

彼らが横浜山下公園を後にして関内駅の近くに来ると、足を引きずり頭を下げ下げ物乞いして歩いている、年老いた乞食のような姿を見た。頂いたものは、お金であろうかと、思っていると、

「わすらもあのようになるのか。わすは未だ若い。なんとかなる必ず」

総合庁舎へと歩きながら本間が風間の肩を叩いた。

「おれは地下街を覗いてくるか。二人じゃどうも目立つな。みっともよくないな」

「そうだな宝探しは二手に別れるとしよう」

本間が地下街へ足を向けると風間は総合庁舎の広場へと向かった。

時に、陸から海から空から「YES'89」へと、みなとみらい二一地区で横浜市政一〇〇年、開港一三〇年の横浜博覧会が開かれていた。一〇〇メートルの直径の大観覧車がお目見え、上空から何が見えるのでしょうか、回っていた。普通入場券二八〇〇円、夜間割引き一七〇〇円とある。クインエリザベス二世号が大桟橋に停泊し洋上ホテルとして一般公開されていた。

「こりゃとても駄目だ」

と風間は引き返して総合庁舎の広場のベンチで昼の陽差しを浴び、駅から掃き出される人々の裕福そうな姿に見とれていた。と一人の男の視線とぶつかった。途端にどちらからともなく「あれっ」という声が漏れてくる。

「あれえ、あの時のマジシャンでは」

「あっ」相手の男は思い出したように驚きの声を上げた。

「湯沢での宴会で」

「そう、そうなんです。やあ、まさかこんなところで出会うなんてね。奇遇なこった」

「ところでどうしたんですか、この格好は。ひどいね……まさかと思いましたよ」

「なんとまあ、酷い目に会いましてね」

「なにがあったのですか。こんなところじゃ具合がわるかろう。私もそんな急ぐ旅じゃないから、そこらで……どう」

と彼は食う真似ごとをした。

風間は相手の名前は知らなかった。越後湯沢での会社創業二十周年に招かれたその時、色々なマジックを披露して、酔いにまかせて手品の種明しをしてくれた。それで顔だけは知っていたのであるが、その時の状況が蘇った。

「昼飯でもおごりましょう」

「こんな格好じゃね。店に嫌われるわ」

「お客だ。構うもんか」

と言って中華街の小さい店を選んだ。

「名前もすっかり、……あの時の人じゃないかなと思っていたら、案の定そうでしたね」

風間は彼の名前を聞いた覚えが無かった。確か、あの女がなんとか呼んでいたかな、と不思議に顔だけは知っていた。彼は名刺を差し出した。

「これは前の名刺。退職しましたから、これから挨拶に伺うところなんです」

「こんな若くて退職」

「いつまでも役所の仕事で終わりたくないのです。退職してイギリスへ貿易の仕事で行くことになりました」

彼の名刺には、坂井雅彦とあった。

「何か深い事情がありそうですね」

風間は考え考え話し出した。

ある日ある時、大東和総合開発株式会社に土地、材木、温泉権利等を買わされた。それをだしにして立派な山荘を建てて上げますと言って建てようともしない。そこで返済を求めたが、またそのだしを煮詰めた挙げ句の果て、その資金を元にセブンクイーン株式会社グループの新会社セブンジョークという会社の社長に是非ともなってくれと頼まれた。そして任命され、その後が肝を冷やす結果となったのである。風間の知らない間に、新会社の手形が乱発され五〇〇〇〇万円の不渡りを出し、結果として代表取締役の風間がその責任を負わなければならなくなった。手形なんぞ扱ったことのない彼は、どうなっているか知る由もない。印鑑証明のある実印が何時不正に扱われたかも不明である。それから春先、イカサワ愛ランドのクーラーの故障やら、ある事情で熊谷利恵から「急ぐので取り敢えず貸して下さい。あなたの面倒を一生見ますから。社長が直ぐ返すそうです」と泣き落とされ風間はなけなしの五〇〇万の金を都合し彼女に渡した。ところが金を受け取るや、あっというまに姿を消してしまった。手形の債務の履行に追いまくられている。台中社長に相談しようとしたが行方知れず。そのうちに客がどうしても只見湖のイワナと虹鱒を食いたい、ということで魚を求めにわざわざ奥只見へ行った。ところが水位が下がった湖から釣り人が湖底に沈んでいる車を発見し警察の手で引き上げられていた。その車の一台に見覚えがあった。あれは忘れもしない日航機事故の時である。その夜の車体の番号と姿は今でも忘れもしない記憶として残っていた。その話を誰れ彼と話した。その後暫くして再び魚を求められ枝折峠に面白いものがあると言われ、下ってくると車ごと後ろから来たトラックに押し出されるように崖から突き落とされた。幸いに運良くドアの外へと飛び出し、木に掴まりながら命がけで崖を攀登った。車は崖を転がり落ち炎上する。足を引きずりながら恐怖に怯えて後から来た車に助けを求めた。これは確かに今までの経緯から明らかに計画殺人だと察し、変な債務もあり、これはいけねえと思い、浦佐まで乗せてもらい、新幹線で恐怖と驚きで逃げ延びた。東京に着いても行くところがない。そこで山で知り合った岡本という家を探してみたが誰もいない。話によると借金取りがきて婆さんの金を全部取り上げて行った。その結果、ばあさんは娘の後を追って自殺したというのである。家は跡形もなくビルがその跡に建っていた。それで仕方がなく山下公園にきたという経緯を話したのである。

風間は、惨めたらしいやり口に悔し涙を流していた。

やがて風間の好物のラーメンとぎょうざがやってきた。二人は食べながら、

「そんなことが、これは酷い。私もね、あのアマにや

られましたよ」

「あんたも」

「一時凌ぎです。貴方に絶対迷惑かけませんからと言うので保険証を貸しましてね。利子も自分で支払います、今大変困っていると泣き付かれ色仕掛けでやられました」

「あんたともあろうものが」

「それはたいしたことはない。三〇〇万。利子も含めて金融会社から請求書が来てびっくりですよ。あっさり嵌められました。女って本当に油断出来ないね」

「これは会員全部狙っているようだね」

「後で池袋のニャンニャンクラブという夕暮れ族の会に誘われましてね。ひょんなことになりましたよ。このままではね、治まりませんね。彼女に何か仕返しを、お互いのために。なにか、うまい手はないか」

坂井雅彦は考え深そうに天井を見詰めた。

「仕返しに何かいい仕掛け…。あそこはね、社長の愛人クラブよ」

風間は彼の仕掛けに興味を注いだ。

「なるほど、そうらしいね」

「それよりも住むところが無く、お困りでしょう。家へ来ませんか。私ね、これからイギリスへ行くのです。それが決まる前にヨットをやるために、小さな海の家を買ったのです。あなたそこで、留守番がてら住んでみてはどうですか」

「ええっ。これは有り難い。願っても適ってもないことだ。いやあ助かるわ」

風間に安堵の笑顔が浮かんで、嬉し涙が滲んできた。

「もう一人相棒がおる。相談してみますわ」

「善は急げ。私はこれから色々挨拶に行かなければならないから明日なら迎えにきます」

「そうしてくれますか、いやー助かった」

「明日の午後一時頃、関内西口バス停のところがいいか。迎えに来ますから、待っててくださいね。彼らと今争ってる暇がないのが残念だが……」

坂井は自分の名刺に新しい海の家の住所を書き足した。そして万札を風間の懐に捩じ込むと総合庁舎へと向かった。

風間の心に地獄で仏に会ったように、ある期待と希望が奮い立つ。

「いいところで会ったもんだ。相棒はどうしたかな」と呟いて地下街への入り口で、駅へ出入りする人波を見ていた。自分となんら無関係な人がもの珍しそうに眺めて去って行く。

本間の姿が見えないので一人風間はいつもの場所へと疲れた足を運んでいた。横浜公園の灌木の陰に隠し置いたねぐらの所帯道具のボール箱を引き出した。そして寝転ぶと明日を夢見て相棒はどうしたかと案じていた。

既に横浜スタジアムの影が長く広がっていたが陽は窓ガラスに反射していた。

相棒の本間が人影のない灌木の陰にいる風間を見付けると急ぎ足で笑顔で近寄った。

「おれに運が向いたぞ。いい仕事にありついた」

「我が輩もいいことがあった。いい仕事とは一体なんだ」

「色々事情を話したら実はね、元大阪ミナミに本拠を置くヤクザなんだ。太っ腹で義侠の人なんだ。それで建設業の口聞きや債券の取り立て屋だ。会社が倒産したとすると徹底的に事前調査をして倒産が偽装くさかったり財産の名義を巧みに書き替えてしまうのがあるらしい。そこを見極めて取り立てるというわけ。調停役か裏会社の弁護士だそうだ。逃げた債務者を追っていくと社長だった人が安アパートにこもり女房や子供も離婚して哀れに暮らしている者もいるそうだ。最も偽装離婚というのが多いらしい。そんなのがバレたらただじゃおかね。お前も俺の仕事をやるかって言われ、やらしてもらうことにしたよ。どうもこの仕事、わすの性に合うとるで。組への上納金もない独立採算だそうだ。これからそのマンションに行くことになってるんだ」

「ヤクザがマンション」

「ヤクザ風にやってたら生活がなりたたねえ世の中だってよ」

「なるほど静岡の例もあるな」

「そのうちお前さんのところも片付けてやるから安心しねえ」

「あんたに任せるぜ、頼んだぞ」

「巨悪を眠らせる人が、この世では必要らしい。闇の仕置人ってな。法の網にひっかからねえでうまく逃げる奴や、表の法だけではどうにもならない巨悪を、あんさんに何の恨みもござんせんが渡世の義理で……」

「だいぶヤクザが板についてきたの」

「ただのヤクザじゃない。巨悪を憎むヤクザっていうのだな」

「清水の次郎長だ」

「国定忠治というところか。今に奴らを必ず台無しにしてやる」

「もう、あんな悪徳会社はまっぴらだ」

風間の顔に怒りが込み上げてきた。

取られる方も取るほうも発狂寸前の人生の修羅場に本間の人生は、もう歩き出していた。極道という生き方に、ある意義を見出したのであろうか。

「あんたはんもどうやね」

本間が風間を誘った。彼はいつの間にか大阪弁に変わっていた。

「どうもオレには向いていない。ひょんなことから明日友人が有り難い事に、迎えに来ることになっとるのよ。お陰様で……有り難いことだ」

風間は友人との事情を話す。

「それはよかったお互いに。これから直ぐ親分のところに行かねばならねえ、またいつか会おうぜ。本当の友情とはこういうものだ。ほんじゃ元気でがんばろうや」

風間は行く先の住所を彼に知らせておいた。

「何時か、是非寄って下さいな」

本間は懐の残りの札を彼に渡そうと差し出したが、そんな心配無用と懐から万札を覗かせ風間は断った。

薄暗くなった横浜公園を本間は新しい人生に向かって旅立っていった。

一人は極道という生き方、もう一人はどんな道に進もうとしているのか、行く道は二つに別れ、二人の間に共通の敵が生まれていた。

横浜公園の大木の、鬱蒼とした茂みから小鳥の囀りが、地上に舞い降りて盛んに草むらを啄んでいた。小鳥の夕食らしい。

公園の奥にある人口池から小川に注ぐせせらぎの縁に立った風間は、相棒が去り、ふと孤独感が襲ってきて深い感傷に更けっていた。そうこうしているうちに水面に小さい波紋が広がってきた。雨が降ってきた。

彼は急いで地下街へと走った。

2

その翌朝、風間は昨日目にした、「後を絶たぬ消費者事件救済へ全国初の無料法律相談」をスタートさせていた横浜弁護士会に出向いてみたが、

「悪徳商法にやられたら諦めるのが一番。裁判しても取れるかどうか分からない。それでもいいというならやりますがね。その気持ちは分かりますが、そんな事は忘れなさい」

――悪徳商法をそのまま放置しろというのですか――

「放置するのじゃないが、それしか道がない」

――ならどうする――

「それは、ここは人生相談じゃないから自分で決めることですね。警察もそんな古いのは扱いません」

と、つっけんどんにあしらわれ、またまた絶望の淵に立たされた。

金持ちや地位のある人は優遇されるが、乞食のような人間は正にごみ屑と同然。後を絶たぬ消費者事件救済目的でなく諦めさせるのが目的であった。

「いままでの話はすべて忘れなさい」

ふてぶてしい弁護士の態度に頭に血が上った。

基本的人権を擁護し社会正義の実現することを使命としている、とはだいぶ隔たりがあり屁理屈と詭弁は弁護士の特権であるかのように思えた。勿論、金の取れない仕事は、弁護士といえども引き受けないことは社会常識になっている。

倒産した豊田商事グループの元勧誘員、一八〇人を相手取り県内被害者一七七人が総額一〇億四〇〇〇万円の損害賠償を求めて集団訴訟の第二回口頭弁論が横浜地裁民事八部で開かれ、口頭弁論で答弁書も出さず出頭もしなかった元勧誘員の被告一一人に対し、原告二八人の被害総額一億三二〇〇万円を支払うよう命じた判決があった。しかし、その結果は周知の通りで、裁判とは一体、何を意味するのか、という疑問だけが残されていた。敗訴は即ち勝訴であり、勝訴は、即ち現実が敗訴となるという事実である。

また、前年にも悪徳商法の顧問弁護士の裁判太りが

あり、正義というものは、もう古くて時代遅れ、使いものにならない淘汰寸前のような現状である。

風間は過酷な現実にもかかわらず一つの希望と光が見え始めていた。だが、なかなか坂井の姿が見えない。もう午後一時を回った。ちょいと不安な面持ちである。

そこへ乗用車が滑り込んでくると一人の男が降りて走り寄ってきた。

「だいぶ待ちましたか。渋滞していたもので遅れました」

坂井の明るい声が聞こえたのだ。

「どうもすみませんね。ところでね、頼みがあるのですが」

「たのみとは」

「銀行。川崎の勧銀へ寄ってもらえないでしょうかね」

風間が車に乗ると坂井は時計を見てスピードを上げた。

風間は銀行へ行って紛失した預金通帳と印鑑の紛失届けを出して住所も変更しなければならなかった。本人の証明は免許証があり、旨い具合に仕事上印鑑を持ち歩いていた関係で、それを利用することにした。住所も変更、一応の手続きを終えた。

紛失といっても残して来たのであるが、恐らく証拠の湮滅を計っているに違いない。二度と取りに行けないと思っていたのである。それで台中社長の手口やり口を見習ったのであるが、ごまかしたのではない。

しかし彼らは、残り少ない金を勝手に引き下ろした形跡は無かったので一安心していた。

「面白い事を考えた」

坂井は手続きを待っている間に何か思い付いたのであろうか、風間に笑顔を見せた。

「どんなことかね」

「内緒にしましょう」

と坂井は微笑みながら車に乗り込む。

羽田から首都高速道路に入った車は、湾岸道路を飛ばし、東関東自動車道路の成田国際空港を過ぎた。

「私は、要領と駆け引きだけの頼りない役所の仕事はつまらなくてね。これも生甲斐もない仕事からの脱皮ですよ。行く前に、少し時間があるから、一つ罠を仕掛けてみよう。うまく嵌まるかな、お慰み。金あらし作戦」

坂井はひとりで微笑んでいた。

「この結果を見てる暇がないから風間さん後を頼むね」

「ええ、何のことかね」

と頷いたものの不審顔である。

神宮橋を渡り左手の鹿島神宮を過ぎると、車窓から右手に鹿島灘が見え出した。その行方に、広大な太平洋上に初夏の入道雲が沸き上がって、果てしない広がりを見せる海上に、小さく漁船や船舶が望まれる。太陽は洋上を渡り西の空に傾き、潮風が心地よく頬を撫ぜていた。

「もう直ぐそこです」

と坂井が左へハンドルを切った。

小高い丘の上に遥か洋上を見渡せるカナディアンタイプの赤い屋根が、一日の安らぎの黄昏に映えている。風間は彼の顔を感謝の気持ちで見詰めた。

四季温暖で海と湖に囲まれたモダンな農園別荘で、庭園には様々な果実を実らせる木や野菜などの実りの楽しみが広がっている。彼は、この太陽に恵まれたこの村で家族たちと団欒のひとときを楽しんだ。また関東一海が綺麗な鹿島灘で潮干狩り、海水浴や海釣り、ヨット、水上スキーなどを楽しんだりして、海をこよなく愛していた。近いうちに、ヨットで世界一周の計画があると話していた。逞しい海の男であった。

一応の建物の説明を済ませると、彼は笑顔を残して立ち去って行った。

これからは風間の生活設計ペレストロイカの一日が始まろうとしている。

田舎の空気はうまい。心身のリフレッシュが明日への期待と希望を満たしてくれる。

「これは有り難い」

と感謝の念を捧げた。

坂井の日焼けした逞しい笑顔が太平洋上に浮かんで見える。

『邪悪の者は借りはするが返さない。しかし義なる者は恵を示し贈物をする。わたしの魂は神を、生ける神を求めて渇いている……』と。

さて、これからは絶望的悲劇からどう生活設計の立て直しを計るか、思案に暮れていたが、先ずはともかく手始めに、この広い地域の新聞配達でもと考えていた。
ある日、新聞配達で朝刊の紙面を見るや税金の使途、多額の税金が贈収賄、必要のない自然破壊の公共事業、役所の特権を活かした退職金、上級官僚の天下り渡り鳥、湯水の如く使われる公金天国などが目に入って唖然とした。

　必要悪の根源は政治の体制にあった。

そうだ、自分は若くはない。全く最初から、一からの人生計画の立て直しである。どの方向の道へ進もうか。そうだこれしかない、と思い始めた。

『あなたの手の成し得るすべてのことを力のかぎり……善をもって悪に立ち向かう』

　人間は霊性とも呼べる心を駆り立てる不思議な力を生来もっている。天を仰いでみよ。天には太陽が輝き、夜は月が照り、幾十億の星が瞬いている。宇宙の造り主が地球という惑星を見下ろしていることであろう。

　風間は新聞配達をしながら現在のやどかり生活の無一文の挫折からの脱皮を、どのような人生行路をたどるべきか、そして立ち上がる事が果たして可能であろうか、どうしてもやらねばならぬと新たな決意に燃えていた。

『あらゆる試練を、あなたの喜びとしなさい』

六、金策の罠

1

　表向きはトーワファイナンスというサラキン金融会社を装っていたが、そのまた裏側に、いかがわしいラブラブ企画という愛人クラブ組織が存在していたのである。

　夜ともなると、そのクラブの赤い絨毯の応接室で熊谷利恵が指名を待ちながらソファに足を組んで腰を下ろし、隣の女性と何やら囁いているようである。

「川崎さん最近全然姿見せないじゃないの。どうしたの」

　寺本京子が囁いた。

「全然見えないわ。愛人契約の月極めの金も払わないで何処へしけこんだのか、まったく行方不明なの。本当にいやになっちゃう」

　利恵の膨れ面が萎れ出す。

「そんなの相手にしてもしょうがないでしょう」

「でも、お金を取り上げなくちゃ、困る……」

〝電話で貴女をトリコにしてしまう素敵な男性との出会い。男性会員募集、週刊実話など各種雑誌で話題独占、全国に支店を持つ安心と実績のテレクラ、ラブラブクラブ、常時百名の会員が貴方からのコールを待っています〟というチラシを駅や公衆電話にばら撒いていた。愛人契約が成立すると月二〇万、三〇万という金を受け取れる。そのカードを指先で操りながら寺本京子が利恵を睨んでいる。

「いくらでも金持ちの男性がいるわよ」

「彼、いまだに金をもってこない。取り上げなくちゃねえ」

「この間ね、あそこの事務所にいるイソ弁からいいこときいたわ。彼氏と意気投合しホテルへ連れ込んで、レイプされたと医者へ行き、診断書を貰って強姦致傷罪で起訴し、刑事事件に巻き込み、多額の慰謝料をふんだくるのだって。スキャンダルに弱い連中に目を付けるのね。分かるでしょう」

「本当。うまく考えたのね。誰の入れ知恵なの」

「決まってるじゃないの、あの先生よ。弁護士の。私たちには到底考えも及ばないわ」

あの淑やかな彼女でさえ、愛人クラブに最近入ったばかりの新米の女性でありながら、その環境の変化に順応した人間に、すっかり進化を遂げるものなのであろうかと利恵は不思議に思い始めた。

（そうだわ。相手が合意だと訴えても始まらないものよ。女性の方が有利）

利恵は思い出し笑いを浮かべていた。

また多くの中には正を不正、不正を正に、また白を黒に、黒を白に自在に、犯罪者でも証拠が無ければ、たちどころに無罪に変転させるだけの技量というものが弁護士の腕であると囁かれていた。

一見、偉そうに見える政治倫理にも、社会環境にも、秩序の腐敗が胎動し、止まることをしらない。この世は、まるで妖怪の住家のように思わざるを得ない。だからそれ以上の妖怪に成らざるを得ないのだそうである。

そうした不法な行為の存在そのものを苦痛に感じない。道徳不感症、むしろ悪を憎まない人々は思いの中で出来たらそうしたいと願っている人の勢力が群棲していた。

熊谷利恵は何を考えたのか、腰を上げるとテレホンを手に取った。

「坂井さんですか」

「いいえ。前の人がこのまま置いていったから譲ってもらったのです」

誰とも分からない女性の声が返ってきた。

「彼もいなくなった。変ね」

彼女はひとり呟いて寺本の横へ腰を下ろすと、

「この頃は景気はどう」

「さっぱりよ。若い女の子にはとてもかなわない。それに最近、台湾やフィリピン女性の観光ビザ、就学ビザの出稼ぎ女性がもてすぎてね、きっと珍しいからよ」

「冴えないわね」

京子の話を聞いて、熊谷利恵の心の中に、ある策略が芽生え始めていた。

その翌日である。彼女は坂井のいる役所へ電話を入れた。

「ああ、坂井さんね。とっくに退職しましたよ」

あっけらかんとした返事である。

家にもいない。会社にもいない。退職して何処にも見当たらない。スキャンダルに弱い役所の人間に的を絞って、ある金策の帳消しを企んだが外れてしまう。彼女の折角の最初の策略をも失敗に終わった。

次の標的を模索していた数日後、坂井から伝言があっと聞かされた利恵は、しめたとばかり知らされた電話番号を回した。

「私は坂井の友人ですが、彼から頼まれました。金の事をね」

と言う。

「金がどうかしました。返済のことね」

「そんな返済しろという話じゃない。勘違いしては困る。電話ではちょいと言い難いのだがね。実は、ええと役所の……、まあそれは、こちらに来た時に詳しいことを話します。そこで熊谷利恵さんという人に頼みがある。今でも愛していると、のろけられまして。そこでお願いがあるのですが、手間賃として五〇〇万を貴女に先に払うということなんだ。なんとか渡してくれないかと頼まれたんですがね。なんとかお願いを聞いてもらえないでしょうか。私もね旨くは言えないけど、たのまれてくれないかな」

「うっそ、一体何のこと」

「嘘じゃない。今彼海外だから、ほとぼりが冷めるころ帰ってくるそうだ。帰って来たら連絡する。そこでだ、発覚して新聞に出ないうちに彼の定期預金を解約するように。捕まったらおしまいだから、分かる？　早く取りにきてくれませんか。餞別だって。それでね、あんたにどうしても預けたいものがあるんだ。湯河原のAホテルのロビーに至急きて下さいな。わたしは時田と言います。フロントで聞けば直ぐ分かるから是非にもお出で願いたい。うまい話があるのですよ」

「あれを、やらかしたのね」

「横領、……頂いたのさ」

と言う彼の友人からの話に気を良くした彼女は、さては相当やったな、例のサラキンの催促で返済に困って役所の金を、と考えたが悪くはない。この際、頂けるものなら何でも頂こうと思っていた。

最近は信用金庫、銀行などのコンピュータを駆使しての詐欺や、役所、会社などの横領事件が、よく新聞などで話題に上っているから当たり前の事のように思えたのだ。銀行などでは一般的に女が男に貢ぐのが常識だが、男が貢いでくれるのだ。これは有り難い。


早速、熊谷利恵は翌日の午後、湯河原のＡホテルを訪れ、ホテルのロビーに時田という人物を訪ねたのである。

ロビーの片隅のソファに、紺のスーツ姿で手招きしているその男は、茶色のサングラスと顎髭の濃い五十がらみの人物であった。

「これは絶対秘密ですから他言しないように願います、いいですね。この頼み事はそんな難しい仕事ではない。秘密に預かって貰いたいものがある。この計画で、彼が貴女を選んだ。必ず旨く運ぶよう頼む」

彼はドスの利いた声であった。

彼女はこの人物は何者かと疑った。共犯者かも知れないのだ。

「いいですね、餞別だそうです。いい彼氏ですね。犯罪の影に女ありか、それは冗談。貴女でなければ出来ない相談なんですよ」

その共犯者の目はサングラスの中で笑っていた。

「私が選ばれた。彼は今どこにいるのです」

彼女は首を傾げる。

「もう海外さ、もう直ぐバレルかもしれない。しかし役所のことだから何事も遅い。ほとぼりが覚めるかどうか、まあ、その頃帰ってくるだろう。貴女はこの意味わかる？」

その男は、利恵の顔を覗く。

「前渡し金、これだ」

その男はテーブルに坂井雅彦の定期預金証書をソッと出して見せると、印鑑も置いた。

「証書と印鑑があれば文句がない。早く受け取ってくださいね。遅れるとまずいんだ。これは手数料いや預かり賃かな。これは絶対の秘密です。守って下さい。それでこの銀行でなければ下ろせないのは分かりますね。次いでに印鑑も押しておこう。委任状もある。そこで貴女に預ける大金は、明日の午後三時過ぎ、その時現金で渡します。それは私でなければ出来ない仕事だからね、分かりましたか。その中から一〇〇〇万くらいあげてもいい。それからね、私もその後、直ぐ海外へ行かなきゃならないのさ、わかる？　億の金だ。後から送金のことを宜しく頼むということなんだが、よろしいかね」

彼女はなるほどと頷いて微笑んだ。

彼は念には念を入れ証書と印鑑を確認させて封筒の中に入れると封印してしまった。

「お陰で彼に頼まれた役目を果たしました。どうもご苦労さんでしたな。詳しくはまた明日その時、手順を教えますよ」

時田は低い声で念を入れた。

端から見れば只の商談のようにしか見えないが、時田には、狐が仕掛けた罠に向かって一歩一歩近付こうとしているように思えた。

その男が背伸びしながら立ち上がると、

「海の色が綺麗だね」

彼は窓から海の方をしばし眺めている。初夏の海はキラキラと輝いていた。

それから急いで熊谷利恵が大金の証書をバッグに収めると颯爽と駅へと向かった。

定期預金を先に頂こうと考えたらしく、横浜から東横線に乗換え目的地に向かったが、時刻が既に間に合わない。

「電車は遅いわ。明日一番にしよう」

彼女は無念の涙で唇を噛んだ。

翌朝、利恵は上野毛駅に降りて勧銀に入った。

封筒の封を切って定期預金証書を取り出し、窓口に提出するとカウンターの前の椅子に腰掛けて待っていた。

すると突然、背後から二人の警察官が現れてカウンターからの合図で彼女に向かった。

「豊島さんですね」

「いいえ、はい」

彼女は曖昧に答えた。

「この預金証書はどこから盗んだ」

「盗んだ。とんでもない。貰い受けたのよ」

「貴方の名前は」

「熊谷利恵です」

「豊島みね子本人ではないね」

「？……」

「逮捕します」

「ええっなにするのよ。盗んでなんか、やってないってば……」

彼女は余りにも突然の出来事で驚きの声を張り上げた。

「これは盗まれた証書だ。届けが出ている。逮捕します。署まで同行だ」

盗難届けが半月ほど前に出されていたらしい。隣の派出所から警官が飛んできたのだ。

私文書偽造および行使、詐欺未遂で、折りからの銀行強盗、緊急配備訓練中であった署員に、とうとう現行犯で逮捕されてしまった。

彼女は一瞬、坂井の犯行が発覚したのではないかと疑った。しかし証書は盗まれたものであるという。

警察署で、いくら盗んだものではない、貰ったものだと弁解しても、湯河原のAホテルに問い合わせてもその事実はない。豊島という者も存在しないということである。

坂井雅彦からの餞別だとしても、どうして盗難届けのある豊島の証書に変わったのか、疑問に疑問が重なって、現行犯逮捕で、いくら弁解してもはじまらない。

何故こんな事になったのか、坂井名義の証書を確かめたはずが、いつの間にか化けてしまっていたのだ。

私を陥れようと誰かが企んだに違いない。坂井という人も連絡がつかない。あの時田という男は一体何者なのか。会社側の回しものかもしれない。確かにあの会社のやり方手口は社長が裏で糸を引き、人をたぶらかす方法を何度も目にしている。風間をたぶらかすのに私を使った。私がもう必要がなくなったのでハメようとしたに違いないと彼女の頭は疑心暗鬼で一杯であった。

2

熊谷利恵の逮捕という警察からの知らせを受けたセブンクイーン株式会社の役員はガンクビ揃えて協議している。

「ちょうどいい。こいつは首だ。従業員が不名誉な罪を犯した場合、解雇することができるとあるから、首だね」

自分のことは棚に上げ、常務の松永がテーブルを叩いた。

「それはまずい。彼女を今怒らせたら警察に自暴自棄になって洗いざらいしゃべられる。保釈金を払ってでもおとなしくさせた方が利口ではないか」

台中義則社長が頬杖をつきながら言った。

「そうだ。建物売買契約のカラクリを全部知ってるから、それはまずい」

専務取締役の中井行男が弁護士の接見での様子を聞いているので渋面を見せている。

「熊谷は坂井から貰ったと言っていたが、それが豊島の盗難届けの出ているのにすり変わっていた。窃盗罪だ。坂井雅彦は確かにリゾート、ファミリークラブの会員だ。彼女をドロボーに仕立てたのは何故だ」

台中社長は首を傾げた。

「彼女を逮捕させて我々の手口を暴き出そうと狙ったふしがあるかもしれぬ」

松永が唇を捩った。

「彼女に恨みを抱いて坂井が仕掛けたのではないのか」

台中の不審そうな表情である。

「坂井が仕掛けたか、時田という男が仕掛けたか分からない。電話で奴の会社へ電話したが彼はとっくに辞めていない。海外へ行ってるらしい。どうも何かね……」

中井が電話で確かめたようであった。

「彼女はなんせ何をしているか全然分からない節がある。社長に断りなく危なっかしい」

それぞれの不審な顔が段々ふてぶてしくなっていった。

「いざとなったら倒産夜逃げ。会社内部の混乱を引き起こそうという企みか陰謀臭い。今はおとなしく様子を見ようか」

台中社長の静かな口調である。

いかにも善良な会社であると装っておかなくてはならないのだ。保釈金を払ってでもこの際彼女を引き取ることに決めたのである。

玉川警察署から保釈された熊谷利恵は、最初自分を陥れるための策略と考えていた。というのは建物の完成までと偽って定期預金証書を預かり解約をしてしまう手口を見ているからである。その坂井から預かった証書を使ってドロボーに仕立て逮捕させたのか。しかし豊島とは全く関係ない。どうして化けたのか、するとどういうことなのかと、疑惑が膨らんだ。

保釈され迎えにきた専務取締役の中井が彼女の肩を引き寄せると小声で言った。

「暫く会社休んで頭を冷やした方がいいって、社長が言ってたよ。会社のことを何か聞かれたかね」

「会社のことは何もしゃべらない」

「それならいい」

彼女はAホテルで「時田という男に坂井の預金証書と印鑑を確かに確認した。」と印鑑を渡された。その証書と印鑑を早く引き出すように言われ、いつのまにか盗難にあった証書をつかまされ犯人にされてしまったのだ。また大金を預かるよう頼まれたが、その人物も見当たらない」と話していた。

「そりゃ変だな。騙されたんだよ」

「会社で逮捕されるように仕組んだのじゃないの」

「とんでもない。わざわざそんなことを会社がするわけがないじゃないか馬鹿だな、考えてもみろ」

「豊島って会員に居るの」

「なに、それはいない。調べたが」

時田という男が坂井の友人なのか、利恵の心が複雑に絡み合って彼女の自尊心が許さない。いたたまれない感情で高ぶっていた。

坂井になんとか連絡取る方法が無いか。警察に届けて真相をと考えたが、自分の詐欺行為の方が危険を孕んでいる。危ない橋を渡るのは止そう。

稲田堤のマンションに帰った利恵は電話に取り付いた。

あの坂井の馬鹿、何を企んでいやがる。復讐を考えているかもしれない。彼の家に何回電話すれど他人の家であった。

それから役所へも電話を入れた。

「坂井さんはもういない。もう半年前か、海外へ行った」

「あのう彼ね、会社の大金を横領したという事なんですが本当でしょうか」

「何、それ本当か。調べてみないと分からないが、あなたどなたです」

激しい言葉が返ってきた。

彼女は電話を切った。どこの誰とも分からない。

盗難届けの証書をつかまされたことで怒りがこみあげてきた。折角、今度は彼をレイプ事件の犯人にデッチ上げ警察沙汰にしようと企んだのが裏目に出てしまった。

怒った利恵はベッドに寝転んだ。天井を睨み思案を巡らせる。

三億円溜めねばならない。老後の事も考えてどうしても三億円と執念を燃やしていた。

会社が企んだのではないとすると、やはり坂井の罠だと気が付きだしたが、彼はとっくに海外だ。すると誰だろう。

そうだ、あの男は、マジシャンだ。相手の注意力、思考力を全く違った方へそらすには心理的ミスディレクションによって相手の感覚だけでなく判断力を間違った方向へと走らせる。詐欺で警察に逮捕させて会社内部の色々な泥臭い疑惑を暴き出そうと企んだのであろうか。相手の時田も同様マジシャンだ。それとも雲をつかむような変装をしていたのであろうか。

悪徳商法の手口やり口は、もはや損害賠償を求めても被害回復の見込みが不可能であるという事を彼女はよく知っている。

それに相手に騙されたと告訴しても藪蛇になるだけだ。それではまずいと考えた。

また、このマジックの手は、繰り返し使っては直ぐバレる。全く使い物にならない。二度と使わないであろう。

七、悲劇の前兆

1

なんと七月の東京の天気は日照時間も最小、真夏日もたった一日、冷たい、照らない、梅雨が明かない、と異様づくめであった。

この異常気象が人間を狂わし始めた。

中学生の両親、祖母殺しが目黒区の高級住宅街で起こった。

一方では大阪府警の巡査が拾得金一五万円を横領、届けた主婦が逆に犯人扱いされ、証人や証拠をねつ造、自白を強要するなど違法捜査で堪え難い精神的苦痛を受けたとして国家賠償請求訴訟があり請求を認諾した。が、悪質な警官の不祥事の後始末に税金で損害賠償は払えないということで……。

また横須賀沖で海の銀座といわれる海上で海上自衛隊の潜水艦なだしおと大型釣り船第一富士丸が衝突、沈没。潜水艦の乗組員は救命ボートも出さず見ていただけと非難が集中していた。

そういう異常気象のせいでもなかろうが、政界にも地殻変動の兆しが見え出した。リクルートコスモス非公開株三〇〇〇株を取得、店頭登録直後に売って約一億二〇〇〇万の利益をあげていた疑惑に端を発し小松助役が辞表を提出。自民党の中曽根前首相、阿部幹事長、宮沢蔵相、渡辺政調会長、加藤前農水相、竹下首相の元秘書名義で売買されていたことが判明し、リクルート疑惑の悪臭が全世界へ波紋を広げていた。

そういう世の中の風潮に乗って、熊谷利恵は考えた。政治家は政治家のやり方がある。政治献金もその一つ。

私は私のやり方がある。私の身体の武器がある。彼女はベッドから身を翻すと、そうだ田中獣医をそそのかそうと考えた。地位と名誉を重んずる人間を今度こそ餌食にしようと電話のダイヤルをプッシュした。

　田中動物病院の女医の声が犬の吠える声と聞こえた。

「あのう、先生はおります」

　保留音が奏でた。

「あら先生、しばらくですねえ」

　鼻に掛かったせつなげな声で甘えるように語り掛ける。

「何だ君か」

「あら君かなんて冷たいわ。ねえねえ先生、たまにはいらっしゃらない。どうしても会いたいのよ」

　田中は彼女との鮮烈な印象を思い出したが、

「今忙しい、地上げ屋のお陰でね。引っ越しの最中だ」

「なにさ、そこを追い出されるの、いやだ」

「それで山荘のことだが、あれも処分しなければならなくなったのだが……」

「はーい分かりました。先生買い手を探してあげるから、山荘においでにならない」

「来月ならいける。よろしく頼んだぞ」

「明日にでも行かない」

「とんでもない。そんな暇がない。こちらも動物も嫌がらせの被害者なんだからね」

「おねがいよ、会いたいの。それではまた電話します」

　田中は東京には未練がなかった。この際、地上げ屋に便乗して脱東京を計っていたのである。なにしろ弁護士が地上げ屋グループの暴力団と関係して報酬を貰い、法律をうまく利用し脅しを掛けるようになったが、そんなことは関係ない。それを逆に利用していた。

東京赤坂の一等地を巡る土地詐欺事件で、東京弁護士会所属の現弁護士が土地所有者の代理人と偽り、不動産会社から購入代金を騙し取り詐欺ほう助で逮捕されたり、また、相互銀行から多額の資金をバックに、日本列島の大都市を中心に、地上屋旋風が吹き荒れていたのである。

2

夜の池袋のアイジンバンクでは多数の国際女性が蠢いている。熊谷利恵も素敵な男性との出会いを期待してコールを待っていた。

「さっきね、川崎からコールあったあるよ。もう直ぐ来る。後で電話すると」

台湾の観光ビザで来日の若さ溢れる女性が彼女に流し目を送って隣の部屋へ去って行く。

利恵は軽く頷いて流し目を追っているうちに電話が入った。

「利恵よ」

「もしもし利恵さんか。そうだね」

川崎信一のかすれたような声である。

「あーら、どうしているの契約金を払ってよ。困るの。もう相手にしないわ」

「警察に追われているのだ」

「どうかしたの」

「払う。金なら幾らでもある。どこかで会わないか。東京じゃまずいのだ」

「前に新聞で見たわ、あれね」

「なに……そうか」

「いいところがあるの、あの山荘に来ない？ どうする。行かない」

「そうだな。それもいい考えだ」

「あんたをいつか誘ったけど、新潟よ。そこなら大丈夫」

「よし、そうしよう。今ある場所で車に隠れている。レッドワインのスカイラインだ。新宿のスバル横で待つ。直ぐ来れるか。金は向こうに着いたら渡す。幾らでも出すぞ」

「そんなに持ってるの」

「銀行へ預けられないのだ」

「そうね。これから直ぐ行くわ」

電話は切れた。金は幾らでもある。一体どのくらい持って逃走しているのであろうかと彼女はほくそ笑んだ。

利恵は新宿で電車を降りて西口に向かった。歩道に出ると降り頻る雨の歩道を探し出す。薄暗いところにあるレッドワインに近寄った。彼女の姿を見ていたのであろう。車のドアがそっと開いた。

「やっぱりこれね」

彼女は呟いて助手席に吸い込まれる。

雨の夜、新宿からスカイラインは関越自動車道路へと向けて疾走する。

「雨がひどくなってきたようだわ」

利恵は彼の顔を心配そうに窺った。

「なに、台風が接近してきたか、その方が逃走するのに都合がいい」

彼の顔に笑みさえ見える。

フロントガラスのワイパーが忙しく揺れる。

日本近海に生まれた台風は雨もゲリラ的にスコールとなった。八月の東京の半月の雨量は平年の一・五倍となっていたのである。

関越高速道路を他の車を次々追い越し雨の飛沫を上げて暴走族並みに疾走する。

いつしか関越道路の長いトンネルを過ぎると雨は消えた。

「湯沢だ。これから運転しろ」

「もう少しよ」

六日町インターを降りると彼女の運転に任せ、村道に入り民家を通り過ぎ、夜遅くイカサワ愛ランドによ
うやく到着した。

七つの窓を持つ愛ランドヴィラの端の一つの窓の明りが深夜にもかかわらず煌々と闇夜を照らしている。その明りに蛾が群がり飛び交っていた。その窓の影に数名の人影が踊っている様子である。

「こんな夜中に何してるのかしらね。どうもうちの連中らしいわ」

その明りに釣られて車を止めると彼女は、その部屋の入り口のドアをなんだろうと覗いて見る。

「やっぱりうちの会社の連中だわ」

と利恵は囁いた。振り返ると彼に目で合図、そっと中へ忍び込む。

部屋には数名の女性が腰にバスタオルを巻いて、裸のウクレレらしきランチキ騒ぎの最中であった。そこへ突然現れ出た彼女の姿に、女達は驚声を上げげた。

これは凄いと利恵が眼を見開いた。

一人の男性を中心に、台湾ビザ、フィリピンビザの七人の若き女性が輪になって踊り狂っている。愛人クラブの女性たちである。

熊谷利恵の姿に驚き、彼女たちの歌声が止まる、と可愛らしくも初々しい彼女たちの二つの提灯の揺れが止まった。

「なんだ」

と中心の男が振り返ると、その部屋の隅から年配の女性の顔も現れた。

「あら、こんな遅く何しに来たの。誰かと思ったら貴女」

「そちらこそ、何してるの。なんと賑やかなこと」

と利恵が部屋を見回す。

「彼女達の教育の担当よ。就学ビザ、観光ビザの連中を実践に備えての特訓中よ」

と渋い顔を見せる。

「私たちには無かったわ」

「貴女は何処の人。日本人でしょう」

と涼しい顔の牧野咲絵夫人であった。

踊っていたのは愛人バンクの従業員である。不倫の相手として、多数の会員たちを淫行のワインに酔わせようと強制的にしごいていたのである。ピザパイたちは横目で睨んで笑っていた。

「あればかりでなく、日本文化のために日本語もやるのよ」

利恵は感心して頷いていると一人の男が、

「どうだ。あんたも仲間に入らねえか」

「私には都合があるの」

と意味ありげに苦笑いを残し踵を返す。ドアを閉めると車に戻った。

「なにかあった」

川崎は、何か不安な様子である。

「何でもないの。会社の研修会なの」

「こんな遅くまでやってるのか」

彼は驚きの目を剥いた。車が走り出し坂を登ると一軒の山荘の玄関の前に止めた。

「ここよ、いいでしょう」

彼が車から降りると車のトランクを開け、途中のドライブインで買ってきたビール、ウイスキーや籠城のための食料を抱えようとしたが、大事そうにバッグをそっと開けてみせた。

「これを見ろ」

彼は利恵に目顔で示した。彼のバッグの中には札束が唸っていた。彼女はニンマリとして頷いている。

そして山荘に明りが点った。

リビングルームのテーブルに抱えた食料品が並べられる。彼女は蒸し暑い部屋の空気の入れ替えに窓を開けた。怪しげな虫が勢いよく飛び込んでくる。慌てて網戸を閉める。次いでに二階の窓を開けて下りてきた。

「ねえ、シャワー浴びてこない。汗びっしょりなの」

利恵が未だ生温い缶ビールを冷蔵庫へ入れながら言った。

「おれも汗まみれ。さっぱりしてこよう」

川崎は缶ビールを煽ると彼女のリードでバスルームへと向かった。

迸るシャワーを浴び、お互いに石鹸を全身に塗り手繰っていると、泡立つ肌触りと媚態から醸し出す刺激に、彼の欲望が鋭く膨脹した。

豊満で誇らしげな乳房の谷間に泡が流れると彼の目が熱を帯びてむしゃぶりつく。

泡の溜まったバスタブに彼女を押し倒した。自然と彼女の目も潤み、泡の谷間に滑り落ち、吸引されるようにのめり込んだ。

二人の荒い息使いと奇妙な泡踊りのリズムが、忍びがたき究極へと走った。

暫くの間、静寂が二人を包む。

さっぱりと汗を流してビールを飲み交わす二人は、何とも言い知れぬ心地好さと満足感から天国にいるような面持ちだ。

「逃亡生活がどんなものか、飢えていたのね」

彼女が彼の顔をマジマジと眺める。

「家へ寄ろうとしたが、刑事が張り込んでいやがる。それで……慌てて」

「あら、よく刑事と分かったわね」

「追われている身になってみろ」

「奥さんのところ」

「女房とはとっくに離婚した。そうしないと具合が悪かろう。どうだろう、この会社で使ってくれないかな」

「それはわからない。この会社は台湾や東南アジア系の若い女性を集めて医者や弁護士、会社社長などの金持ちに紹介しては、上司の連中が殆どピンハネしているのよ。五〇万、一〇〇万と。私たちにはほんのチョッピリなのよ」

「なるほど、アイジンバンクではなく一種の夕暮れ族の売春クラブだ。おれをポンビキにどうだ」

「そのうち捕まるかもしれないわよ」

「それはまずいや」

「でしょう」

「ここら辺では、わかんねえ」

「田舎じゃ、酔っ払い運転でも捕まんないわよ」

缶ビールの空が並んだ。ウイスキーのピッチも早い。彼女のバスタオルの腰巻姿と彼のパンツの裸体は紅潮している。

「弁当があったな。何かつくろうか」

川崎はキッチンへ行くと即席の料理を始めていたが、利恵はドライブインで買ってきた弁当をテーブルに広げ食欲旺盛に食らいついている。

「ねえ、ワイの道楽やって一億円くれる人いないかしら」

「もういい年しやがってよ、無理だ。年を考えろ」

「そうかしら。あらもう二時よ」

彼らは飲み食いで満腹したらしい。ふらついた体を持て余して二階へと上がった。

一つのベッドに崩れるように横たわると、ベッドランプの影が怪しく重なった。

崩れた豊満な彼女の姿態が男心をいやが上にも掻き乱さずにはおかないのだ。


翌朝、死んだように眠っていた二人が目を覚ましたころは昼近かった。

「もう、お昼よ」

彼女が彼を揺り起こすと乱れたタオルケットやシーツが夕べの乱戦を物語っている。

川崎がベッドから離れようとして腰が砕け、よろめきながら窓際で両手を上げ、背伸びしながら空を見上げた。

「今日も太陽が見えない」

黒い雲が山々を覆い、小枝を揺らした風が騒いでいる。

「あたりまえよ。太陽が見えないのは」

「台風の影響だ」

「凄い台風よ。何回襲ったの、破れ太鼓の乱れ打ちだったのよ」

「あんたの台風も凄かったぜ。死ぬ死ぬと叫んで、のけぞってすげえ台風よ。都会なら近所迷惑だろうよ」

「あーら知らん。意地悪」

彼女はピンクのネグリジェを羽織りながら、きつい視線で彼を射った。

「あなた、最後の別れみたいに堪能したんだから相当高く付くわね。あの中に幾ら入ってるのよ」

「何、お互い様だ。まあ、ざあっと、五〇〇〇万ある。会社が危ないと察したから、馬鹿正直に集めた金を会社へ持って行く馬鹿がいるか。ざまあみろだ」

「あんたも相当なワルね」

「ワルでなかったらこの世は到底やっていけねえ。あんたもそうじゃねえのか。だからね、あれはどうしようもなく……しかたがなか……」

彼はその後、口を閉ざすと暗い表情が過ぎった。

「だからなにさ」

「だから何だ。ここの会社のように、いい土地と家を代わりに差し上げるからと誘って、富士山麓へ案内。後は言えないな。勝手な想像に任せる」

「なるほど自殺に見せ掛けてやったのね」

「それはないぜ、奴の勝手だ」

「でも貴方って、すてきよ。骨の髄まで染みたわ。もう離れられない一蓮托生ね」

「大きなお世話だ。馬鹿いってんじゃないよ……」

と彼は鼻歌を歌い出し笑っている。

彼女にとっては指名手配中の男に未練がない。今のうちにご機嫌をとって、金を出来るだけ巻き上げたらおさらばの決意を固めていた。

階下に下りた彼は、まず気付け薬といってウイスキーを煽った。

「腹の中が燃えてるぞ。こいつはいい」

川崎の赤みを帯びた満足そうな笑顔が弾けた。

「これからどうするの」

「金があるうちは逃げ回る。大いに楽しまなくちゃねえ。なに絶対捕まるものか」

「金が無くなったらどうするの」

「ほとぼりの覚める頃にはまたやるさ。間抜けな人間は幾らでもいる。心配ないぜ」

「私と似たりよったり。間抜けな男なら幾らでもいるわ」

「なんだ、この俺も間抜けか」

「違うわ。貴方とは特別な関係よ。代理妻」

その場凌ぎのお世辞を言いながら利恵がキッチンで何か作ろうと思案していると、彼は冷蔵庫から卵を取りだしてウイスキーに入れていた。

「この精力剤なかなかいけるぜ」

と言って窓側へ行き、ソファにひっくり返ると、また起き上がり窓から下の山荘を見ていた。

「おい、夕暮れ族の研修員、もういないぜ。車もない」

「いつまでも研修してられないわよ。直ぐ実戦に参加しなくちゃならないのよ」

既に空が真っ黒な雲に覆われて窓に雨が走る。遠くからの雷鳴が山肌を伝わっていた。

「あんた雨男だわ」「君が雨女だろう」

そんな話をしていると、突然玄関のドアを開ける音がした。すると一人の大柄な男が彼らの前に現れた。


「こら。他人の家に黙って入り込んで何してやがる。泥棒か……」

破鐘（われがね）のような声が響いた。

驚いた川崎は、図体のでかい彼に睨まれて、やれ見付かったか刑事か、と戸惑いながら逃げ腰で怪訝そうな目が落ちつかない。

「ああっ」

キッチンから顔を出した利恵は口を開けたままの声が詰まった。

なんとノーブラのショーツ姿で飛び出してきたのだ。

「なんだこのざまは……」

「あら、先生ど、どうして」

彼女はしどろもどろである。

「どうもこうもないだろう。勝手に入りやがって」

「あら、ちょっと待ってよ、着替えるわ」

彼女はソファに掛けてあるピンクのネグリジェを素早く着た。

「だって賃貸契約してあるじゃないの」

「賃貸契約、なんだそれ。そんなものはない」

「あるのよ。先生知らないはずないわ」

利恵は、貸し別荘として賃貸契約をしてあるかのように見せ掛けようとしたが、それは利欲をそそる口実だけのことであって賃貸料なんかビタ一文も支払ってない筈である。こうなったら仕方がねえと開き直った。

「何言ってんの」

利恵は睨み返した。

「さっさと出ろ」

田中は変な男と勝手に入りやがって乳くりあっている姿に腹の中が煮えくり返った。

「この、ろくでなし。なんとまあ情けないその姿にその態度。どエライ売女のあばずれだ」

田中の呆れ顔が、彼氏はどんな顔しているか見ようと振り向いた途端、

「なに寝ぼけたこと言ってんの。先生ね、この家はね、先生のものじゃないのよーだ。登記も権利書も皆偽物よ。どんなに偉そうに威張りくさっても、あんた騙されたのよ。わかんないの。まぬけの馬車馬の老いぼれよ」

利恵は尖らした口から出任せに吐き捨て、勝ち誇ったように畳み掛けると嘲笑った。

川崎は、このどさくさの言い争いに紛れて、慌ててズボンに足を入れながら上着を抱え、脱走兵の如く飛び出し、スカイラインのエンジンの唸りを上げ出した。

「なに、この売女。八つ裂きだ……」

激怒に火がつき燃え上がった田中は彼女をわしづかみにしようとした。ところがちょいと甘く見て手加減したのが災いし、途端に田中の手から擦り抜けて玄関へと一目散に逃げ延びた。

靴を掴むと両手に持ち、川崎の運転する車の後を追い掛ける。既にエンジンは全開、キューとタイヤを軋ませてカーブを切って坂道を下って行く。

それを見るや、車の後を追い掛け大声を張り上げた。

「あんた、待ってよ」

川崎は、今がチャンスとばかり車を走らせた。彼女にびた一文払わずに済むのだ、と思い、懸命にスピードを上げたのであろう。利恵は声の限りを張り上げ懸命に後を追い掛ける。そのうちに次第に雨足が激しくなってきた。

田中は、いかにも清純そうに装った色仕掛けの裏切

り詐欺師の娼婦に激怒。この売女を逃がしてなるものか八つ裂きにしても構わない、と殺意に燃え彼女を追い詰めようと近道を逆に追い上げていった。

彼女は捕まるものかと谷に向かって逃げる。

突然、稲妻が走った。と雷鳴が炸裂。天から滝のような雨が地面にたたきつける。

利恵は逃げ場を失い雨を避けようと大木の下に駆け込んだ。

田中もやむをえず咄嗟に、滝のような雨に打たれながらリバーサイド山荘の鉄骨のベランダ下に潜り込んだ。

と稲妻が雲を裂き、物凄い雷鳴が炸裂、山が動き大地が揺れた。目の前は滝の響き。道という道は濁流に呑まれ、見る見るうちに川に変貌している。

「これは凄い」

田中はベランダの下で稲妻と雷鳴の凄さに唸る。豪雨が視界を閉じた。

びしょ濡れの顔と髪を拭うと、途端に頭上で稲光と同時にバリバリズシンっと空が炸裂、大地を引き裂く落雷だ。

田中は全身の衝撃に目が眩み、頭を抱えて腰を抜かさんばかりに尻餅ついてしまった。

この凄まじい豪雨と落雷の状態では動きが取れない。一時の間、ただ唖然として前方の川の流れを見詰めているより仕方がなかった。

清流が一瞬にして土色の濁流と化し、屋根からは滝が落ちる。

ただ呆然と濁流を見詰めていると、遥か川向こうにドスンと鈍い音を発し、と見るうちに火柱が上がった。

「あれっ、あそこに落雷」

田中は呟くと、その火柱をしばらく退屈凌ぎに見詰めていた。

やれやれと思っていると雷鳴が遠くへ去って行くようだ。次第に雨も小降りになってきた。

「やあ凄い」

溜め息をつきながらベランダの下から出てくると大木の下を見詰めた。

何処へ逃げたのか、あのジャジャウマの姿がない。

「あのアマこの雨の中どこへ逃げた。ただでは済まさない」

溝から溢れ出た川のような道を怒りの足が水を弾き、急ぎ山荘へ戻ってみた。

ところが台所の冷蔵庫は開けっ放し、ヤカンの口から蒸気が吹き出し、コップや食器類は散らかしっ放しである。

二階の寝室の乱雑さは、ドロボーが家捜しした後のように撒き散らし、彼はその形状に唖然として目を覆った。

窓から外を見張った。人の姿はどこにも見当たらない。彼女は一体どこへ行ったのであろうか、呆れ返った顔で、取り敢えず火の始末をすると、

「なんだ、自分のものではない？　いやいやもうここは御免だ」

田中は呟くと、憤懣やるかたない心境でエンジンを始動した。

田中はひとつ上の道から入ってきたが、変な車が止まっていると思いながら、入り込んだところがこの始末であった。

田中獣医は、最初、田舎でのんびりと保養もいい、また資産価値もあるだろうと思った。ところが東京の地上げ問題が発生、なかなか来れなかったのだ。

脱東京の準備も整った。最早、無用の存在でしかない。山荘の処分を熊谷利恵に依頼したものの、今となっては処分することも、かような状況では問題解決も不可能な状態であろうと思わざるを得ない。

山荘で一晩過ごし、福島県と栃木県の境界にある那須高原牧場へと向かう予定であったが、今となってはその予定が見事に狂ってしまった。

しかしながら、この問題解決をセブンクイーンと、どう対決するか、またしなければならないと思案顔である。

雨が小降りとなり、雲の切れ間から青空が覗く。だが山岳の谷間に暮色が次第に深くなり、遠くからサイレンの響きが聞こえてきた。

田中は車をゆっくり走らせ周りの様子を窺っていると下の浅い池に痩せた数匹の鯉と虹鱒が泳いでいるのが見えた。不快さから車窓からパンを投げてやると競って食い付く。飢えていた。誰も餌を与える人もいないらしい。

この浅い池は魚の住家としては全く不適当な環境

だ。以前から時折見てはいたもののこんな不適当なものしか造れない人間像が浮かぶ。しかしながら軽薄な人間性を象徴しているように、何もかも憤懣やるかたない心境だ。

人影もない川となった坂道を下ってくると、側溝に倒れた大木が道にはみ出し、雨水を道路へ弾き出している。大木を避けながら近付いて良く見ると、なんとピンクの大木だ。田中は車窓からその大木を凝視した途端に、

「あっ」

と叫んだ。

それは、あのあばずれ売女の見るも無残に引き裂かれた姿であった。

田中獣医が見上げた。高さ十数メートル程の高さのその崖から転落して流されてきたのだ。その上の大木に裂け目が見られた。

「これは天罰。雷撃に打たれたな。ざまあみろ。このあばずれ」

と吐き捨てた。

あの大木の下で落雷に打たれて、転がり、この崖から転落したのだ。無残にもブレスレットが証明していた。大木の下は落雷の盲点。車の中というより鉄骨の屋根の下の方が安全であった。ほっと胸を撫で下ろす。

勝手にしやがれと無残な姿から目を逸らすと、車を走らせた。

橋を渡ると濁流の急流が岩を噛んで押し流そうと凄い牙を剥いている。前方に数台のパトカーの赤い点滅が見えた。警察官の合図で交差点を曲がると、そこに燻って畑に転がり、焼け爛れた黒焦げの乗用車の残骸を見た。その向こう側に大型ダンプが止まっている。

田中はその車を見るや、逃げて行く車の後姿が焼き付いた。ダンプの前も凹んでいる。

「なんだ衝突。落雷じゃない。やれやれ自動車バーベキューだ」

と無残な車に呟いた。

消防車が駆け付けて消火に当たったのであろう。消防団員が集まっていた。その様子を横目で睨み、徐々に走り出した。

先程の火柱は、ダム工事で往来するあの大型ダンプと出会い頭での激突が原因であったのだと思うと、不

幸な衝突に肌寒さを覚えたのである。

「あの野郎の車に間違いない」

田中は、ヤジウマのたかっている間を抜けようとしたが目の前の警察官を見ると、この事故で熊谷利恵の無残な姿が脳裏を過った。そうだ。あのままではまずかろうと広場を見付けると反転、事故現場に戻った。その一人の警官に彼女の転落死のことを告げた。

「なに、転落死?」

一人の警官が驚いた。

「転落といっても落雷にやられての転落死なんですがね」

「それでは現場に案内してもらおうか。落雷か、もう助からないだろう。慌てることないな」

その警官は上司らしき人物に告げた。

「それでは現場に行ってみるか」

二人の警官と刑事が乗り込んだパトカーは田中の先導で現場に向かって走り出す。

現場に着いてみると、ところが坂道の溝を見た田中は唖然とした。一息入れると、

「なんだ。売女の姿がない」

「なに、ない? ないとはどういうことだ」

指差す方を見ている警官の怪訝そうな顔が笑った。

「そんな馬鹿な。そんな筈がない。雲蒸竜変、まさか生き返った?」

田中の驚きのまなざしがびっくり仰天。

「あんたも落雷に打たれたみたいですな。どうやら頭がいかれてるのと違いますか。まあ、命あっての儲けもんだ。あんた幻覚じゃよ」

年配の刑事が田中を嘲笑った。

「そんなことは絶対ない。確かにあった。私は間違いなく確認してます。だがない。無いことも確かだねえ」

確信をもって語気を強めたが、後は力なく息が抜けてしまった。

田中獣医は空を仰ぎながら溜め息を漏らす。空の星が見ていて嘲笑っているように思えた。

嘲笑ったパトカーは、そんな馬鹿を相手にしていられるかと後ろを振り返って走り去った。彼はパトカーの後を追った。衝突事故現場に戻ったパトカーはそこで止まった。その擦れ違いに田中は憤然として言った。

「これは事実だ。幻覚でないことは確かです。本当に

幻覚であったかどうか、事実を確かめてください。何かありましたら、私はこういうものです」

田中はこの現実を馬鹿にされては我慢出来ない。自分の名刺を刑事に渡した。

刑事は馬鹿にしたような、うすら笑いを浮かべて受けとった。

熊谷利恵は倒れた。何処へ娼婦の魔女が消えたのか。不思議な現象にすっかり戸惑った彼は国道十七号線を下った。疑問が頭を占める。生き返ったとは到底考えられないのである。確かめようとする感情を押さえ、とても面倒見切れない。後は警察の仕事だ、任せよう。

このまま夜道を堀之内から入広瀬山菜共和国を抜けて田子倉ダム、只見町、南郷村、田島町から鬼怒川へと考えて走っていたが、小出の案内標識に大湯温泉が目に入った。

そうだ夜道を走るより大湯温泉で今までの悪夢を一掃しようと考え直した。

そして車は右折大湯温泉へと小出町の商店街を過ぎて行った。

3

十二日の金曜日、午後六時半頃、新潟県南魚沼郡六日町畔地、野中の三叉路でマイカーが大型砂利ダンプカーと激突、マイカーは炎上、直ちに消防車が駆け付け消火に当たったが、車内には運転者が黒焦げの焼死体で発見された。

新潟県六日町署の調べでは、野中の三叉路でマイカーが一時停止を怠り飛び出したところ大型砂利ダンプカーがマイカーの横腹に激突。マイカーは横転大破、満タンのガソリンに引火炎上した。

乗用車は東京ナンバーのレンタカーである。その後の調べによると、明日香商事の元営業部長、川崎信一と判明した。

川崎は先物取り引きで客の女性のマンションまで抵当に入れさせ大金を巻き上げ、挙げ句の果てに富士山麓の高原別荘を代償として提供すると誘い出し、殺害した容疑で全国に指名手配されていた。

この事件の後、イカサワ愛ランドの管理事務所から電話連絡があり、新潟地方新聞が東京本社セブンクイーンに送られてきた。

代表取締役社長、台中義則は憤然として新聞を見ていた。そして常務取締役の松永に渡して言った。

「このひどい記事どうだね」

「どう思うって、未だ見てない」

「この川崎って男は熊谷利恵と愛人関係にある。知っているだろう」

「ああ、それは知ってる」

「名前が無いから彼女が乗っていないようだ。ところが会社へも顔を見せない。うちへいくら電話しても出ない。変だと思わないか」

「男と出掛けたことは牧野から聞いた。だが彼女のことだ、どこかで別な男を食わえ込んでるんじゃないか」

「それなら、何か連絡があっても良さそうなものだが、もう一〇日もない」

その時、別荘管理事務所から電話が入った。夕暮れの窓に久し振りの夕日である。

越後川口近くの中州と、田中金脈事件として問題になった信濃川河川敷きに、女性の片腕が鮎釣りに来た釣人によって発見され、身元不明女性のバラバラ事件として騒がれているという内容であった。

「どうも誰かに殺害されたようだ。バラバラ事件に巻き込まれたな。どうもそういう予感がする」

台中には不吉な渋顔。側で聞いていた常務と専務の中井は怪訝そうな顔付きである。

「まさかそんな事はないだろう」

専務の中井は嘲笑うと、真顔に返り、

「今朝ほど契約不履行で返済を迫ってきたのだが、社長どうするかね」

「それはね、弁護士に全て任してある。心配ない。返す返すと言うだけで、いつもの手よ。後は返さずに済むという計算だ」

「なるほど、いつもの手ね。弁護士は悪知恵の塊、よく知恵が働くもんだね」

中井は感心していた。

社長は社長の肩書きと信用で、金を巻き上げられると狙ったら、どこまでも追い掛ける。主体性のない意思決定の弱い老人や婦人を狙い打ちにして、その信用を駆使し熱心に顧客を説得し、最後の一銭まで絞りとらないと気が済まなかった。

その社長の得意な口説き方は「うちの会社は豊田のような虚業じゃない実業である。うちの会社は銀行などに全然借金がない。どこにも負けない立派なものを造ることに専念しております。もし気に入らなければ止めて結構です。次から次と新しい建物を造り、そのどれでも登記変えが自由です。お陰で顧客の皆様に感謝されております。図面も皆揃っています。安心して任せて下さい。売るときは退職者が大勢いるから心配ない」と力説すると大抵は納得する、と自信があった。

ところが立派なものは何時まで経っても出来上がらない、造らない。立派なものを造ると称して力説するだけで騙していた。

期限が来て断られると、

「もう決めたんです。これなら絶対大丈夫。上村建設に頼んだ。それに決めて下さい」

更に断られると、悪徳会社の社長の首領は、一切姿を消して関わらない。

「社長でないと、何も出来ません。社長に返事するよう連絡しておきます」

と、これで後は一切何もしないで済むという客殺しの算段である。

首領は沈黙、人任せ、背後で糸を引く黒子に化けて、いとも簡単な手口であり、自己資産も隠し済みの単純詐欺であった。

弁護士には悪徳顧問弁護士が並ぶ。どうせ彼らは身内同然であり、言い交わした仲でもあるから自分の利益に反する仕事はしないはずである。誘導尋問で有利に展開することも可能で、お上も詐欺商法に甘い現実がある。

「今年は一五〇〇万、来年は五〇〇万、その次は五〇〇万、後は何もできません。私がこの土地付き区分建物という事業を教えましてね。裁判してもみんな不起訴です。この会社は良い会社です。後はいかようにもして下さい」

と、いかにも返済するかのように見せかけて後はとぼけてしまえばよろしいという段取りとなっていた。

顧客は大抵高齢者。四年、五年又はそれ以上放りっぱなしでくたばってもらう。返済無用という、こんなうまい事業は外にない。長年の経験から考え出した方法であった。

社員たちは競って架空の建築予定の高額な物件を契約に漕ぎ付けて金を奪う。後は会社の都合で遅れることを理由に安物にすり替えたり、勿論、建てるつもりは最初からないから濡れ手にアワの丸儲け。多額の歩合が入る。こんなうまい「みずてん」の手口を使わない馬鹿な社員はいないはずである。

ところが、その顧客の中に杉崎勝（六十歳）という人物がいた。

熊谷利恵が別荘地所有者の三百余名の住所氏名を探し出し、先輩を真似て新しい立派な別荘を建てると称し土地付区分建物売買契約を締結するまでに至ったが、当然の如く建物はできない。契約不履行の内容証明で契約解除され返済を迫られた。内容証明というものは、証明だけのもので当然なんの拘束もない。何年でも放りっぱなしでいいわけである。

台中義則社長は呟いた。

「あれほどの美人を差し向け色仕掛けを試みたのに、その罠に嵌まり込んでくれなかった。これはまずい。なんとか契約を更新しなければならない。それで万事問題解決だ」

もう嵌められない。自分の思い通りにならない不快さが爆発。これは社長にとって、こけんに関わる問題だ。俄に柔和な牛の仮面が剥がれ、腹の底から不満と怒りが内臓から飛び出した。破れかぶれの狼の牙をさらけだして尻を隠さず彼から飛び去ったのである。

それ以来どんなことがあっても二度と狼の姿をその顧客の前に現さなかった。

また、リゾートファミリー会員の高齢者を選り抜いて会社の用務員という名目で高齢者雇用の特典を稼ぎ、高額の保険をかけて、後は、くたばるのを待っている。

それから会社に協力しない不逞の輩や雇用高齢者の相手の様子を探るために、「芹沢さん」「富田さん」「関東電気保安協会」と間違い電話を装って探らせていた。

ばれると「電話番号が似通っていたもんで」と嘘ぶいてヘラヘラと笑っていた。

社員や家族に自分が脅迫されている、などと煽りたて、こんな奴、こんな悪い奴は呪い殺してやると吹聴する。

自分に盾突くやつは全てが敵である。そんな折り、山深い里に何でも適えられる有名な祈祷師がいて会社の繁栄のため祈祷して目的を達してやろうと持ち掛けられた。実現の暁には多額の手数料を頂戴するという。

それが実現出来れば文句が無いと考えた彼は、使い終わった割り箸を集め、人の形にした箸人形に三〇〇名余の名前を書き、お寺の境内に埋めた。

「天照大神の指名を受けて天壌無窮、オーヨイー……注意人物ポンキ……呪い殺し給え」

「おらが祈りは必ずかなえられる。相手の名前と年齢を書いた人形を土に埋めておけば死ぬ」

何のことか訳の分からない呪文が山里にこだましていたのである。

生かすも殺すも念力次第、客殺し商法、ノロイの殺人、オカルト殺人の御利益は果たしてかなえられるであろうか。

誰かをノロイ殺す意思でやる迷信犯。人を殺す意思はあるが、科学的に結果が発生する可能性はない。だから不能犯で犯罪は成立しない。

社長という高慢さが傲慢を生み、世間知らずの我が儘な感情で良識を失い、ただ怨念が怨霊と燃えていった。

そういう家庭内の教育と環境が実って親父を信じて疑わない息子や夫人が加勢に加わった。「お前はノロワレテイルノダ。ああーうう一今夜十時殺してやるうー」と呪いの殺意を込めて押し殺した声で脅迫をした。「また早くくたばってくれ、返済しないで済むのだ。会社のため、家族のためだ」と会社ぐるみ家族ぐるみで脅迫を繰り返していたのである。

折角のノロイ殺人も効果が上がらない。一番チョロイと思われたお人よしの間抜け目の風間は何処へ行ってしまったのであろう。会社ぐるみで彼を社長に仕立て手形を乱発、この人は資力が十分あるといって手形を割り引いた。それに多額の障害保険を掛け、事故に見せ掛けて保険金を騙しとろうという計画が捗らない。くたばる筈の風間がいない。車体の中に発見できなかったのだ。彼は会社内部の泥沼を嗅ぎ付けている。

詰めの甘さと騙し損ねた後遺症が無念さを掻き立てていた。

4

そうこうしているうちに事件は進行していた。バラバラ事件の犯人逮捕の状況は次のようであった。

信濃川河川敷きや、越後川口の中州で発見されたバラバラ事件の両腕と関連のある行方不明の胴体のため新潟県警、警察署、消防団、青年団の協力を求め、くまなく捜査が行われた。

しかし信濃川から流れ着いたものか、魚野川や羽根川、水無川、三国川と大小様々な河川の流域があまりにも広すぎて捜索は難航を極めた。警察の必死の捜査や刑事が現場付近の聞き込みに動き回ったにもかかわらず、胴体部分は発見されず犯人も検挙されないまま、いたずらに日時が経過するばかりで、事件は迷宮入りになると思われた。

十日町の河原で男女の喧嘩があったとか、湯沢のスナックで夜乱闘があったり、奥只見の旅館で心中事件があったと流言飛語が散乱していた矢先、三国川の上流から有力な情報が川下の六日町署に流れ着いたのだ。

殺害しているところを友人が見たという匿名の電話である。

野中の三叉路で衝突事故があった日に、彼女と彼氏が激しい喧嘩をして追い掛け回していた。そして彼女を殺害してバラバラにして川へ放り投げて車で逃げていった。その後でダンプとぶつかり炎上した。その車であるという。

また、友人が帰郷していたので彼氏と彼女が愛ランドにいるのを見た。彼女の名前は熊谷利恵であると友人が言っていた。間違いないと断言をもしていた。確かに彼女は両手首に金のブレスレットをしていた。その友人は単身赴任で大阪の会社にいる。新聞で見たのか電話してきたという。

またまたその後、匿名で最も確かな目撃証人まで現れた。その男は体格のいい男だという。

その他の有力な情報が氾濫してきたが、一体どれが一番有力な情報であるか、所轄署では南雲刑事課長、川島刑事その他署員らにより情報を分析していた。

目撃証人は確かなのか。友人からという伝聞、また聞きというものはあまり当てにはならない眉唾ものだという不信感が強い。しかし警察は伝聞であろうと、これはと思う情報に接した時は、それを手掛かりに真実の究明に乗り出さなければならない。

「確か、事故のあった日に、女の転落死を知らせてくれた田中という人物がおりましたね」

川島刑事が不審そうに小首を傾げると、

「それなんです。我々が現場に行ってみるとその女の影も姿もない。どうしたというと、唖然として空を仰ぎ、そんな馬鹿な、消えてしまったと言っていた。その男は体格のいい男でしたな。あれは明らかに下手なアリバイ工作でしょうな」

南雲刑事課長は一言一言頷いている。

「名刺貰ってありますから、参考人として任意出頭してもらいましょうか」

「いきなり逮捕せず慎重を期し、目撃証人と伝聞供述を信用して……」

と南雲がドアの方へ視線を向けた。

その時、川島刑事と転落事件に立ち会った警官が入ってきて信用出来る情報が得られたという。それは、別荘管理人、吉村の話によると、熊谷利恵とオーナーの田中が木陰で格闘しているのを見ていた。そのうち雨と雷があまりにも激しくなり、家に入り暫く小降りになるのを待った。それから社長からの要請もあり新潟へ車で出掛け二日ばかり留守にしたが、しかし、あれは確かに別荘のオーナーの田中に間違いない。彼女に対して異常な怒りを抱いていたらしく、雨の中で憎悪むき出しに争っていたのを見た。そのうち会社からの問い合わせで思い当たるふしがあり知らせた、という。まさかこんな事態になるとは夢にも思わなかった。会社としても悪質で、手に負えない女であるから困惑していた、というのである。

「それでは間違いない。任意出頭、逮捕だ」

南雲刑事課長が席を立った。

田舎の警察署では滅多に事件が起こらない。猟奇的な事件の真犯人を警察の威信にかけても捕まえなくてはならない。と決意を新たにしていた。

5

新潟県警察署から呼び出された田中敏郎は、はるばる那須高原から気軽に作業服のまま車で山越えして出頭してきたが、そのまま逮捕されるという事態となった。まさかこんなことになるとは露ほども思わなかったのである。

取調室で川島刑事がいきなり言った。

「遺体はどこへ隠したのだ。聞き込みで有力な証拠を握っている。目撃証人もいる」

「なに、なんのことだ。遺体は何処へ。私が知るわけがない。全く身に覚えがない。知っている筈も無い」

田中は幾分興奮していた。

取り調べ室のドアが開いて警官と何か打ち合わせをしている。

「白状したらどうだ。もう間違いない。目撃証人もいるんだ」

「確かな証人、用意周到なことです。全く出鱈目な取り調べですな。自分自身絶対殺しをやってないことは確かだ。自信がある。なるほど威信にかけて自白を強要する気でいる。これは間違いなくデッチあげだ」

「車のなかの夥しい血痕はなんだ」

「家宅捜査も済んでいる。なるほど、それで間違いない。ははあっ、これは面白い」

「警察を馬鹿にする気か、不貞腐れやがって」

刑事は凄みをきかせて自白の強要である。

「あれは人間の血痕ではない。あるとすれば全部動物のだ。血液型は鑑定してくれましたか。それが済んでいるだろうね。考えただけでもお粗末で馬鹿馬鹿しくなる」

田中はせせら笑った。

「それが、確信がある」

「田舎の鑑識はマヌケか、いい加減な鑑識？」

「警察をどこまで馬鹿にしやがる」

「馬鹿にされても仕方がない。私は医者です。私にも鑑定できます、やりましょうか。その鑑識は完全なミスを犯している。真相を知っているのは犯人か当事者だ。あんた方は真相を全く知らない。強制的に自白に追い込もうとしている。それくらいのことは私にも判断できる。自白がなによりも証拠だとね」

「何だと、平気でごまかすな。警察を馬鹿にするのもいいかげんにせい」

激しい罵声が取り調べ室を揺るがした。間違いない真犯人という確信が強い。

田中は任意出頭で殺人容疑を掛けられ捜査令状を取って家宅捜査、逮捕という警察のよく使う手で身柄を拘束された。昔からよく言われているように警察の威信を傷付けたのだから当然逮捕ということになる。逮捕されると身柄拘束は最大二三日である。

ところが鑑定の結果が出た。車の血痕は動物のものであり、女性の腕の切断箇所には生活反応は認められない。医学的に既に死亡していたもので落雷による感電死であることが判明した。

田中獣医は毎日のように拷問を受け、自白を強いられたが最後まで否認を続けた。ガイシャが死んでいるのに生きていると信じて殺害の意思でやったのであろう。絞殺してから落雷があったのであろう。頭部や胴体はどこへやったと訳の分からない嫌味の拷問だ。


だが絞殺を実行に及ぶと自分まで雷さんを頂戴する羽目となり背筋が寒くなる。

警察は、どうしても不明の頭部や胴体の発見に全力を注がねばならない。目撃証人の言葉を信ずる外にないと必死であった。

新聞の報道には、バラバラ事件は雷撃によるショック死で死後切断、殺人という結果の発生が絶対に不可能であり不能犯だから無罪か、死体遺棄、損壊罪か疑問を投げ掛けた。

そうこうしているうちに良心の呵責に耐えかねた小柄な老夫婦が、警察署に自首してきたのである。

犯人が誰であるか分かっていない場合に警察に出頭して頭を下げた場合が刑法上の自首である。

――自首シタル者ハ其刑ヲ減軽スルコトヲ得――

さて、真犯人が現れた。だとすると田中獣医は誤認逮捕となる。犯行の現場を目撃したという目撃証人も、また聞きも全く当てにならなくなった。折角、目撃証人も現れ、殺人容疑者を逮捕したが、警察の面目が丸潰れで迷惑事件が起こってしまったのである。

その老夫婦の供述によると、

「あの日は裏山の畑仕事から帰ってくるところだった。雨が降り出し、雷が激しうて急いで崖下にくると崖の上で女の人が何やらわすらに向かってわめいていやがるだ。ひょいと見上げるとあの女だ。すると滝のような雨がざあーときた。それっと物置小屋で雨宿りして見ているど、それこそピカドンですがな。彼女めがけて雷が奴を引き裂いて真っ逆様に崖から落ち込んだ。溝の濁流が氾濫して道が川になっとったところを下まで流れてきただ。ざまあみろって言ってやりましただ。小降りになるのを待っていると、車が川の中を下りてきて止まると彼女を見て直ぐ行ってしもうたがね」

警察署と老夫婦は顔見知りの様子である。老夫婦はお茶を口にした。

南雲刑事が尋ねた。

「ざまあみろってどういうこっちゃ」

「いやはや、車が去って、またピカドン。すると目の前に白キツネが現れて、逃がしたキツネが化けて出たな。この女狐。日頃の恨みで頭に血が上って夢中だ」

隣でおとなしく聞いていた婆さんが言い出した。

「なんだ、こいつはやっぱりメギツネだオオサキキツネだ。手も足もでねえようにしてやる。と叫んで鉈で両手をもぎ取った。橋の上にパトカーのサイレンを聞いて、あんたこれ人間だ、とたしなめると気が付いたようだ。これは大変と咄嗟に両腕を川に放り投げ、足を引っ張って運んだが、おもとうて近くにあったごみ捨て場に入れて、その上に石を乗っけて土を被せたんだ」

「なぜそんなことを」

刑事は半ば呆れ顔であった。

爺さんが口を開いた。

「稲妻と雷鳴が、私の耳に、あれは人間じゃねえ。人間を惑わす悪いキツネだ。殺してしまえと叫ぶだ。それは目がランランと青光りして凄い形相で睨んでやがる。後は夢中だあ、婆さんに叩かれてな…こんな事に…」

「それで死体の処理に困って埋めてしまったというわけだ」

「そうなんではあ、私はマタギだ。解体はブタや牛、タヌキや熊もやりますが、お手のものだ。その後、パトカーがきて中年の男が指差した所にはねえ。なんとまあびっくらした顔でぽかーんとしてたがね。わすら、おかしくて、もう少しで吹き出すところだった。警官がその人を、お前さんも雷に打たれて頭が変になったんだあと、散々馬鹿にしていたがね。わすら小屋に隠れているのも知らずに……やれやれ……」

幻想的な物語をきいて感心していた南雲刑事が笑いを噛み締めて、

「あの女と、どういう関係かね」

「三年前、リゾート会員権を買えば利殖に最適だとぬかしやがった。二年三年経てば三〇〇万が倍になる。その後また一〇〇万とられ期限がきて返してくれと頼んだが、一向に返さねえ。それから顔を全然見せねえ。ほら豊田商事事件の話を聞いて、それで騙されたと知ったんだな。腹が立つやら悔しいやら眠れやせんで。ひでえアマだと怒りが頭にきたもんだ。今流行りの悪徳商法だべ。バラバラにしているうちに気が晴れてな……。あれは天罰だべ。いい気味だ。しかしなぁ……」

爺さんは怒りと後悔とで涙を浮かべていた。

奥深い山中の農村では、山を相手に山の動物と対決して生きていると、山の神が化けて出現するとか、鬼が出るとか伝説やら迷信で信仰のようなものが生まれる。

爺さんは稲妻と雷鳴で幻聴が妖怪を呼び、幻覚と幻想が大きな役割を果たし、衝動的に走ったと考えられた。

警察では発掘の結果、老夫婦の自供の通り死体は広場の隅に深く掘った芥捨て場に埋められてあった。

真犯人の出現で、逮捕され身柄拘束勾留された田中獣医は危うく起訴され罪状否認のまま証拠調べ、論告、判決、刑の執行となるところで、よくある話であったが釈放された。

もし真犯人の自首がなかった場合は、そういう事態になったかもしれないのである。

わが国の裁判史上初の死刑因に対する再審で免田事件、それに梅田事件、逮捕されて三四年余り放り込まれ、冤罪であったことを認められた。主要事件としては八件目の再審無罪。これから何件目の冤罪が生まれるだろうか。

罪なき人を裁き、真実に反して罪人に陥れる冤罪が何故起こる。

　権力による真実を圧殺する捜査、検挙、裁判の構造が無くならない限り尽きることなく発生するという。誤った判決を下した裁判官や無実の人間を犯人に仕立てた官憲らが、その後露ほども責任を問われることがなく、逆に嘘をデッチ上げた検事は検事総長になるという具合の権力体制にあるという。ある新聞記事で見たことを思い出した。

　犯人にされた田中獣医は誤認逮捕でブタ箱から解放された。一体どこの誰が目撃したのか、根も葉もない噂がどこから発生したのか、疑問が生じた。全く身に覚えのないデッチ上げ犯人に相違無かった。

　田中は釈放されたお礼の言葉を刑事や警官に投げた。

「ここのブタ箱は待遇がいいですね。うちの豚、牛、馬小屋での徹夜の介抱で慣れているから、なんとも思わない。目付きの悪い刑事や警官ばかりうろついてやがって、牧場の馬や牛より質が悪い。どうですか牧場にきて馬小屋、牛小屋、豚小屋に泊まってみませんかね。温泉あり、牛乳の飲み放題、都会では口に出来ない分厚いステーキ、トンカツ、ジンギスカンいかがなものですか、待遇はいいですよ。一度来て試したら如何なものか」

　幾ら皮肉を並べてもあきたらない憤懣やるかたない彼であった。

「最近の警察は信用も信頼も出来ない。警察官による不祥事が後を絶たない。新聞みる度にうんざりする。動物の方がどれだけ信用できるか。それに比べ段々段々人間の質が低下していく。それでもわが政治生活に悔いはないと、誰かが言ってた……」

　更におまけが付いた。

　昭和六十三年二月に大阪で起こった警察官による拾得金横領事件。警察官が僅かな金のため生涯を誤る筈がないと、身内の犯行を否定して信頼を逆手にとって正直に届けた人を犯人にデッチ上げたり、強盗に入られて警察に通報した主婦を狂言強盗だと虚偽の自白を強要した。

　警察は、政治権力と結託したり、また意図的に犯人をデッチあげることがあるそうだ。とくに警察の身内を守るとか警察幹部の保身のため善良な市民を犯人にデッチあげることがあるという。

「まだあんたは容疑が晴れたわけじゃない」

刑事の苦味の皮肉が飛んできた。

警察権力は、たとえ自分に非があっても認めない。強引に当初の方針を押し進める。自分たちの失態の挽回のため。

〝胸三寸でどうにでもなる〟と言うところである。

6

九月の声を聞くと、リクルートコスモス社未公開株譲渡をめぐり同社松原室長が「リクルートを助けて欲しい。一生出来る限りのご奉公」と土下座し、五〇〇万円の贈賄の申し込みのやり取りがテレビに放映されていた。

楢崎議員、リクルート告発である。

「社長、贈賄の隠し撮りを見ているんですか、おもしろそうですね」

専務の中井が声を掛けた。

「ところで利恵はどうした。全く音沙汰無しではないか」

「全くですね。本当にどうしたのかな」

中井は返す言葉が見付からない。

松永が慌てて社長室へ入った。

「ニュースが入った」

バラバラ事件の身元確認、殺人犯の逮捕というニュースであった。

容疑者、田中敏郎を逮捕。被害者は熊谷利恵（三十三歳）と判明。三角関係のもつれか。マスコミの報道も詳細になり事件の内容が明るみに出た。

イカサワ愛ランドに捜査の手が伸びた。という連絡が入り、当然のことながら東京本社へも捜査が入るであろうと社長は考えた。

台中は、これはまずいと弁護士に電話を入れた。

「近藤先生、売春防止法に引っ掛かるかもしれないね」

「なに、売春防止法二条によると、売春とは金目当てに不特定の相手と性交することだ。愛人いわゆる妾や二号は特定のダンナから援助をうけて関係する女のことであり、だから妾は売春でないということになる。

周旋も知らぬ存ぜずを決め付けるのだ。これは三大ザル法のひとつだからね」

弁護士の大笑いが伝わってきた。

作戦のため愛人クラブに当分の間、自粛指令や策略が走った。

そうこうしているうちに、数日後、警察の誤認逮捕で田中の釈放、真犯人が自首によって逮捕されるという情報を受けた台中義則社長は眉を潜めた。何故ならば田中が殺人犯で逮捕された方がいかに会社のためになるか、重大な意義がそこにあったからだ。

電話の向こうが言った。

「絶対間違いないと警察に確信をもって言ったんだ。ちょいとまずくなったか」

「そんなことはない心配するな。実は弁護士に相談してある。伝聞証拠は原則として認められないが例外として有罪の資料としてよいことになっているそうだ。それに目撃証人もいる。絶対イケルと思った。あの爺さん馬鹿だ。シメタとノウノウとしていればよかったのになあ……本当に馬鹿に付ける薬がない」

「まさかあの人だったとは、知っていれば口止めしたのになあ。あの日、柏崎にイカ釣りに行ってたから見る訳がない。死体が隠されてから車で通ったことにしたのよ。だから会社の連絡でなんて言っちゃった。不自然に思われるかもしれないぜ。参ったな」

「もう済んだことだ。証人喚問されても宣誓を拒否すればいい。どこかの判事のように。それよりカン違いでしたと開き直るんだ」

「めんわりのとき、あの体格とずんぐりの体格を見違える筈がない。ばれそうだぜ」

「そんなことより芸術作品の証拠湮滅の方が先だ。彼女に全部責任を負わせるのだ。当会社の与かり知るところでないと」

「死人に口無し」

「そういうわけ、逆にうまくいく」

田中を犯人にデッチ上げることによって、二重三重の売買契約の詐欺まがい商法が影を潜める。しかも彼女一人の仕業にデッチあげることによって、いかに重要な意義が生まれるかと陰謀の糸を手繰っていた。

背後から目撃証人や伝聞を仕掛け、犯人にデッチ上げる事を画策した台中社長は、そこで腕を組まざるを得なくなった。

そこで彼は考えた。どうせ裁判官や検察、警察は真実を知らない。だから嘘を真実に、真実を嘘にすり替える術を編み出さなければならない。そこで顧問弁護士と巧妙な悪巧みの策略を企てることにしたのである。

証拠を湮滅すれば証拠がない。証拠がなければ証拠不十分で不起訴となる。それに日本の裁判は詐欺商法に非常に甘い。詐欺であっても殆ど詐欺にならないのである。

嘘は申しませんと宣誓すれば、嘘がバレたら偽証罪になる。宣誓さえしなければウソがバレても罪にならない。軽犯罪で間に合う矛盾の法網の穴を潜り抜けることにある。

一般の人には意味不明で法の矛盾をさらけ出し、一般庶民の判断、新聞の社説より悪い判断がよくみられる。中にはなるほどと思われるのもないではないが「にわかに措信しがたいものと言うべきだが義にかなってないとは、言えなくもない」と何分、判り憎くしなければ権威に関わるのだ。

「どうせ裁判官なんか目隠ししたロバと言われ、視野狭窄、世間知らずのバカ殿様みたいに偉そうに、そっくり返り何も見えないのだ。欺いた法廷、欺かれた法廷だ」

台中は密かに呟いていた。

一方、皮肉を警察にばら蒔いた田中獣医は差し入れや面会、弁護士など面接を一切撥ね付けた。面接の制限も必要がない。牛舎からそのまま出頭した。体に染み込んだ牛や馬の匂いが抜けていない。だからブタ箱にその香りを一杯おみやげに残してきた。

迎えに来た助手の車に乗ると平然と近くの温泉ホテルで垢を流し落とす。ホテルでは無罪放免の彼が一躍有名人となったが、着替えをして車に乗ると再び懐かしい動物の香りが広がっていた。

そして未決勾留期限までに真犯人が現れたということに驚きさえ感じていたのである。

7

昭和六十三年九月十七日、ソウル五輪開幕、参加国は一六〇カ国、史上最高となり茶の間のテレビに金、銀、銅が輝いた。

また、テレビに天皇重体、地方各地にイベントの取り止めなど自粛が連鎖反応的に広がった。テレビでは一時間おきに病状が報道され、まるで戦前の大本営発表のようである。天皇の神格化が再び蘇るかもしれない。落日の天子、血の帝国を支配したヒロヒト、天皇ヒロヒトは温厚な日本の老紳士に見える。しかし連合国軍に従軍した兵士や家族にとっては、彼は依然として慈悲心のない悪魔なのである。言論の自由だ。日本外国特派員協会は「自民党本部に報道の自由に程度問題はない。真実は不愉快な意見を戦わせる中で見付かるものだ」と様々な報道が乱れ飛んだ。

年が明けて、天皇陛下は七日午前六時三十三分皇居吹上御所において崩御あらせられました。誠に哀痛の極みに存する次第であります。新聞特別号外。

戦争から平和へ、軍事大国から経済大国へ、激動の歴史をたどった昭和が終わった。

同日午後の臨時閣議で新元号は平成と決定した。

新天皇陛下が即位、陛下は、「みなさんとともに日本国憲法を守り、これに従って責務を果たすことを誓い、国連の一層の進展と世界の平和、人類福祉の増進を切に希望してやみません」と述べられた。

そして激動の昭和の歴史の重みを背負って、平成の激変の歴史の幕が開いた。

国の内外にも天地にも平和が達成されるという意味だが、果たせるかな政界の基盤に腐敗が侵蝕し始め、世界から期待やら日本たたきの風波が次第に高まりつつ時代の流れとともに日本列島へ向けて打ち寄せようとしていた。

八、高原の息吹

1

東京の激しい地上げ攻勢に会い、那須高原にやってきた田中敏郎獣医は、高原牧場の牛や馬と、多くの動物を相手に自然の恵まれた環境での生活が、都会と比べ遥かに素晴らしいものであると、その息吹を感じていた。

かねてから自然環境へと思いを馳せていたが、知人からの要請もあり、地上げ攻勢でというわけでもないが、ここで夢を適えることが出来るだろう。しかし未だ北海道の広野へと夢は続いていた。

動物実験の無残な姿を見るに忍びない彼は、それらの動物たちを生かすことに、いかに大きな意義があるか、動物たちの住めない環境は人間への警告でもあると考える。また人間社会の醜い争いとは違って、動物たちを愛情で従える喜びがあった。

人生には確かにそれぞれ目的がある。自分が何事かを成し遂げており生活に意義を感じることは、誠に喜ばしいことであった。

悪いとは知りつつも、弱者を蹴飛ばし、自分の利益追求のためならば他人のことはもとより自然を破壊することくらい何ら憚らない、という傲慢が至るところに群棲している。

しかし、環境破壊の結果は最早言うまでもないと気が付き始めたが。

先ず地球まで安全に伝える太陽原子炉のエネルギーを利用して生命を維持できるように種々様々な草木が成長し動物と人間の食物を生産、地球の厚い大気とオゾン層は致死的な放射能から生命を保護している。だがオゾンホールが次第に広がりつつある。

次に、広大な海洋が水の循環の元となって雨を降らせ動植物を育て酸素と炭酸ガスの循環のバランスを常に保っている。

また地上では虫の働き、地中では細菌やミミズでさえも絶え間なく土を掘って植物の育つのに欠かせない豊富な肥料を分解排泄して土地を整える役割を果たしているのである。

あらゆる惑星の中で地球は生命維持能力が備わっているということは、もし、その一つひとつが次第に欠けるような結果が生じると、どういう事態が待ち受けているだろうか？

日に日に地球の温室効果や自然環境が蝕まれ砂漠化する姿、酸性雨のため湖が死に、森林が次第に枯れ始めるなど、今まで目に見えないものまで目に見えるようになり地球は病んでいる、と警告が発せられて久しい。地球の滅亡を人類が、その結果を目の当たりにする日も近いと言われている。地球サミットだけが一人歩きしても始まらない。自分の国だけはと思ってみても地球環境破壊に国境はないのである。

と思い巡らしているうちに、未だ何事も無くこの里にも春が訪れた。

高原の楽園に様々な草木が芽生え始め、小鳥たちの歌が喜々として囀り聞こえる。雪解けの小川にセキレイが得意の愛嬌あるダンスを披露していた。

だが、ふるさと創生の掛け声や、リゾート法の拡大を背景に地方の活性化を計り、農薬で動物や鳥も住めない広大な水田や田畑を広め、森林を自然環境破壊の業で儲けようとするゴルフ場建設のブルドーザーの爪痕が至る所に忍び寄っていた。

2

その高原の朝がきた。

「インコの卵が孵った」

巣箱でチイチイと雛が餌をねだって鳴いていた。

女医の須藤道子がインコ王国の小屋の中から手招きすると子供たちがはしゃいでやってきた。

「雛を頂戴」

と子供たちが騒ぐ。

「まだ生まれたばかりよ。もう二〇日位またなくてはね」

「だってオシャベリインコにするんだもん。早く欲しいよ」

「こら、あんただな、うちのインコに変な言葉を教えたのは、私の顔を見ると、馬鹿もんと言うよ。誰が教えたの」

一人のいたずら小僧が頭を掻いた。

インコの雄は一羽で特別教育すると人間の言葉を覚えて一時間も演説するから面白い。

昨年の夏に高原に一緒に引っ越してきた彼女は、女優のような美人とまでは言えないが心の麗しい美人である。辛抱強く、親切善良で柔和な人柄が人々に愛されるクリスチャンであり獣医でもある。田中は、そして知識に従って妻として共に住むようになったのである。

美しい魅力的な女性ばかりが将来の幸福を得る真のかぎではない。美しい女性がむなしい不道徳な生活や犯罪に陥る場合も少なくない。よく週刊誌の餌食にされるからだ。しかし、ある日、余りにも残酷なる結果を目の当たりにした記憶が心を痛める。

夕暮れになると東京多摩から交通事故に遭って介抱し連れてきたタヌキの親子が托鉢に訪れるようになった。猫の館では頭を並べての食事だ。ミケは見えない。お産らしい。犬の館では餌よりも柴犬が彼女に抱き付いて放そうともしない。余程彼女が気に入っているようである。コリーは食器の底まで舐めていた。

高原の夜が深まると牧場から子馬の難産の知らせが入った。準備を整え牧場へと車を走らせる。家族の見守る中で足と頭を引き出すのだ。ようやく出る。暫くして、よろよろと立ち上がると喚声が上がる。しかし、その反対に双子が生れ、共に死に、実に残念無念を味合うこともある。

牧場を乳白色に覆っていた朝霧が、太陽が上がるにつれて薄れていく。生命誕生の朝がきた。子牛、子豚の誕生で田中獣医は毎日忙しく立ち回っていた。

数日して少年たちが田中邸の庭にきて縁の下で母猫に抱かれた数匹の子猫を発見していた。それを田中夫人に告げた。

「おっぱい飲ませてるのよ」

「うちの馬もおっぱい飲んでる。もうすぐ馬と運動会できるね。それにヒヨコがいっぱい孵った」

その少年の嬉しそうな顔が綻んだ。

那須高原の広大な土地に五〇〇種以上が放し飼いのサファリパークやファミリー牧場があり、ホルスタイン乳牛が数百頭飼育され工場では豊かな味わいのチーズ、バター、ヨーグルトなどの自然に育まれた乳製品が作られていた。その牧場から田中獣医が車で帰ってきた。

田中邸では小鳥をはじめ犬、猫、アヒル、子連れのタヌキなどの動物の餌だけでも大変だ。広いフェンスの中は、そろそろ動物たちの小さな楽園を呈してきたのである。

それから暫く経って、山荘詐欺事件のことを思い巡らしていた田中獣医は、仕事の一段落の合間をぬって、東京へ出る度にセブンクイーン株式会社へと赴いたが、台中社長もいない。専務も常務もいない。話にならない社員ばかりであり、現地の山荘の建物も法務局や登記所にも、どこの誰とも知らない他人名義であることが分かった。

社員の話では熊谷利恵が勝手にやったことであり、会社とは関係ない。当社としても大変迷惑を被っている。被害者は会社です。この契約書も権利書も全く偽造そのものであり、会社としては絶対にやっておりません。と全くラチがあかない。裁判沙汰にすると言うと、

「どうぞ、いかようにもしてください」

と開き直る始末であった。

熊谷利恵は消えた。偽造の責任全部を彼女一人に押し付けようとしている。そういう策謀だろうと思い巡らし、この会社の余りにも出鱈目で無責任極まりない態度に、なんと悪辣な会社であろうと思わざるを得なかった。

こういう悪辣極まりない会社が平然と社会にのさばっている。それは社会悪の根源……。

為政者は法律を厳重の上にも厳重に取り締まっているが、悪人はいかに法網をすり抜けるかに専念している。表を通らない裏道の専門家でもある。

そこで田中は極秘に秘密探偵に調査依頼し弁護士とも相談、刑事事件として告訴することにしたが、無駄な苦労であることを知る。また自分を殺人犯に仕立てた目撃証人は誰なのか、自分でも調査に乗り出そうとしたものの本職の獣医と探偵が両立する筈も無かった。

「留置所の居ごこちはどうでした」

道子は朝食の支度をしながら言った。

「まさかいきなり逮捕だなんて全く考えても……それに目撃者だ。誰があんなデッチ上げを企んだのか。ひょっとするとこのまま犯人にされるのかとは思ったものの無罪を信じていた。ブタ箱でカラオケ歌ってやった。看守がうるさい改心しろと怒鳴りやがるから、どっちが改心しなきゃならないのかと怒鳴ってやった」

田中はその時の事を思い出して苦笑いから爆笑に変わった。

「出てくる時の、あの刑事の渋い顔と不審な顔思い出すわ」

「あれは面白かった。しかし、よくあの老夫婦が出てきた。なんのためらいもなく。感心したね」

「あの方たちはどうなるのでしょうね」

田中は法律家でない頭を捻った。

昨夜、彼女が窓際にあるカナリヤの籠に餌と水を取り替えていると、生まれたばかりのヒナが落ちていた。それを拾って巣に帰した。

だが今朝も落ちていた。

「自然は厳しい。育たないと捨てるのね」

と彼女は、悲しそうに呟いた。

しかし田中獣医は暇と時を見計らっているうちに数カ月経ってしまった。

ある日、東京に用事があり電話をしてみると「この電話は現在使われておりません」という声が繰り返すばかりであり、セブンクイーン株式会社へ訪れてみたものの、その会社は何処へ姿を消したものか、もぬけの殻となり探す手掛かりも所在も全く不明であった。

彼らは詐欺の七年の時効を過ぎるまで放置し、また社名や役員らも変え、全くの別会社へ衣替えし、絶対に捕まらない工夫をしていることであろう。そして悪戯に月日は矢のごとく過ぎ去って行くのである。

たとえ裁判に持ち込んだところで、豊田商事事件に見られるように被害回復の見込みは絶無であり、結果は陽を見るより明らかである。裁判の効果が無いとは言わないが、悪戯に裁判所と弁護士を喜ばせるだけであり、多額の金額であっても、今となっては死に金、たかが単なる紙屑に過ぎない。別の機会を捕らえ、それよりも意義ある生活を大切にしようと思う。だが詐欺師にとっては、その様に仕向けるのが悪徳商法の極意でもあるのだ。

九、欺きの欲望

1

特殊な悪徳会社が、もぬけの殻となり、また蒸発、役員を変えて倒産劇を繰り返し見事に変身。景観の見事な奇岩の織り成す伊豆堂ヶ島湾に豪華なクルーザーを浮かべ錨を下ろし停泊していた。

台中社長はじめ重役や悪徳弁護士、その他主だった連中を集め、新年の交歓会が艇内のキャビンで開催されようとしていた。

島巡りの遊覧船が波を打ち寄せて過ぎていった。艇は波に揺らいだ。新年の霊峰富士の威容が青空にくっきりと浮かび、歓迎しているようでもあった。

堂ヶ島レステルから少し山側に三四郎島とコバルトブルーの海の光りを眼下に望んだ山荘をシーサイドペンションに改装した。その雇われオーナーの牧野咲絵がキャビンに足を踏み入れた。

彼女はパステルミンクのコートを脱いだ。パールネックレスが光りを放つ。すると両手のダイヤモンド入りエメラルドリング、スターサファイヤリングそれにダイヤモンドをちりばめた黄金のブレスレットが、豪華でエレガントで贅沢で高貴な輝きを人々のまなざしに注いだ。ダイヤモンドイヤリングが揺れる。指をかざす彼女の耳元でキャッツアイが睨んだ。

驚嘆の溜め息がこぼれる。

「これでざあーと一〇〇〇万円よ」

牧野夫人が笑みを浮かべて得意そうに掌をかざしたのだ。

あまり交通便利とは言えない西伊豆だが、車より海からやってきた方が遥かに便利である。そこで激安中古で中形のクルーザー（セブンジョーズ号と命名）を買い入れた。沼津マリンからの処女航海であった。

その艇名は、なんでもジョーズ、テレジョーズ、世渡りジョーズにあやかって、詐欺、イカサマペテン、客殺し、無視殺し、雲隠れ、偽装倒産、ほめ殺しジョーズという七つの顔を持った人食い鮫を表していたのである。

テーブルには銘柄のワイン、スコッチそれにサロンのカウンターには山海の珍味と日本酒がところ狭しと並べられている。大勢の人間を餌食にしての繁栄ぶりであった。

その時一人が立ち上がった。一通り関係者一同を見回すと会社の発展を祝し、乾杯の音頭を台中義則社長が取った。そこで得意の説法を始めたのである。

「伊豆の松島と呼ばれるだけあって、海岸線の美しさを満喫できる。これからは海洋の時代だ。マリンスポーツ会員権の販売に全力を挙げよう。堂ヶ島の直ぐ隣に田子、浮島があり海岸線の美しさはひけをとらない。空が見える天窓洞、悲しいロマンの伝説を残す三四郎島。また釣りやダイビング、水上スキー、パラセーリング、ウインドサーフィンなど若者たちにも喜ばれる。夜は新鮮なシーフードと豪華なディナー。黄金の夕日の海を見つめ酔いしれるなんて、最高じゃありませんか」

堂ヶ島マリン、セブンジョーズ株式会社の影の陰謀社長、台中の満面に笑みが爆発した。

本来ならばセブンクイーン株式会社社長、牛島平八郎という人物が登場する筈であるが、大東和総合開発株式会社倒産劇の後、寝たきり老人の住民票を買った名目だけの隠れ蓑の存在社長であるから影もない。その筈、とっくにくたばっていたのである。

熱川から松崎と陸路マイカーでやってきた常務取締役松永広道の頭の毛も薄れ、眼光が鈍い光を放っている。

彼は東京、神奈川、新潟圏でも、底知れぬ悪辣さを発揮し、自殺に見せ掛けて殺したり、詐取など手段を選ばず金集めに奔走したというよりも強奪してきたのだ。そして会社に多大なる利益をもたらしたのである。悪辣さにも限界があり、大東和総合開発株式会社とセブンクイーンから姿をくらまし、伊豆高原ヴィラ第三共和国の社長として悠々自適の生活ぶりであった。その彼の不貞腐れた面から身形からして一見紳士とも思われるが、その反面、眼底の奥に残虐性が秘められているのを見逃す訳にはいかない。その彼も艇に揺られ、いささか酒に酔っていた。

専務取締役中井行男、顧問弁護士の近藤郁男、税理士の太田宏之の顔ぶれが山海の珍味を大威張りでむしゃぶりついてる。

前方を見上げれば海上自衛隊から引き抜いたという滝本征太郎キャプテンが、フライブリッジで海上を見渡し、コックローチの顔でビールを煽っている。彼は水泳でも潜水でもヨットその他あらゆる才能の持ち主であった。

サンデッキを見ると、そこには悪戯盛りの中学生の二人の息子忠義と英和が海岸に向かってエアガンを発射している。海岸で遊んでいる子供たちに得意顔でふざけるのが楽しいらしい。さすが台中社長の息子であった。

リゾート法の浸透で、リゾートクラブ会員権、ゴルフ会員権、リゾートマンションと景気がよい、というより、事業にかこつけて銀行や信用金庫からしこたま金を借り、後は債務超過で倒産を繰り返し、責任を老人社長に着せるというやり方で不良債権化し、金をある所に隠すのである。またまた新たにマリンクラブの新商品の販売に全力を注ごうとしていたのであった。

台中陰謀社長が顔をほころばせて言った。

「どんどん値上げしていこう、早く買わないと値上がりし、直ぐ無くなるという人間の心理に付け込んでだ。総合レジャークラブの会員権は三〇〇万でどうだろう」

「もっととりましょうや一〇〇〇万だ」

欲の皮の突っ張った松永がわめいた。

「こんなものは値段なんかあって無いようなものだ。最初から高くては面白味がなくなる。そう思わないかね」

台中が返した。

「マリンリゾートクラブ会員権三〇〇万がいいところだ。まあ、どかどか上げてくれ。その代わりこっちの顧問料も大いに上げてもらわなくてはね」

る。

顧問弁護士の近藤も欲の皮が突っ張ってきたのであ

松永が眼の前にいる牧野夫人の豪華な装備に見とれている。

「最近は馬鹿に景気がよさそうだ。年の割には派手過ぎる。何か新手の儲かる秘訣でもありそうだね。どんな新手を編み出した?」

牧野夫人は東京ではムーンフラワーロマンクラブ、シルバーロマンクラブの経営者でもある。

要するに、愛人、相人の夕方から咲く若者や老人相手の愛人を紹介して、多額の金子をピンハネしていた。それは裏の顔で、表の顔は円熟した女の貫禄にものをいわせ、慈善事業を装って信用を得て官庁などに顔を利かせている。その他新興宗教にも関わってムーンフラワーペンションのオーナーとして、この地方では有名であり、裏の顔を誰にもわからぬように貴婦人らしく、近隣には上品に振る舞っているようである。

「それは、それは、ちょいとここらでは有名なのよ。しかし面白いわね。田舎の真っ正直で素朴な人って扱い易いのね。何でも信じる。この間ね、役所の共同募金に関係して中学生の真面目そうな女の子に、ベトナム難民救済の写真と身分証明を持たせて、一家族当たり二〇〇〇円募金して二〇〇〇万稼いだわ。善良な人に決して悪用しませんと言わせ、同情を誘うと大抵出すのよ。そういう人をうまく使うのよね」

同じ穴のムジナ同志の集まりに警戒心はない。マジにいう彼女は口に手を当て高笑い。

「それからね、心の悩みごとのある老人目当てに、先祖があの世で地獄の責め苦にあっているから先祖の供養をしなさい。そうすれば必ず恵まれます、と仏像や数珠を売り付けるの。親切に悩みごとを聞いてあげてね。後は簡単、あなたの出来るだけの金を積みなさい」

「ぼろ儲けの、まさに霊視霊感商法だね。そのうち告発されそうだ」

顧問弁護士の近藤が呆れ顔。

「その時は弁護士さん。うまく頼みますよ。そのための顧問弁護士でしょう。今は休業中、そのうちほとぼりが冷めたらね。あんた、しっかりしてね」

牧野夫人が近藤の肩を揺さぶった。

彼は、どれ程の悪徳商法でも正義の味方らしく振る舞って、有利に導く自信があったのだ。任せておけという自信満々の態度を示した。

「顧問料は高いですよ」

「そう。しかし金をふんだくるって、こんな面白い仕事はないわよ。誰よりも優雅な生活ができるでしょう」

彼女はまた大笑い。腹の底には、金がすべてという自信が満開となっていた。隣の近藤も吊られて高笑い。

そこで台中参謀も、あまりの儲け話に刺激されたのか、割り込み、話を制した。

「皆、聞いてくれ。これからは高齢化進行時代だ。高齢者はたんまり金を持っている筈だ。だから徹底的に搾りとることだ。皆の顔にもそう書いてある、心配ない。高齢者一人当たり二〇〇〇万ふんだくることだ。善良で親切に好意を抱かせるように確信をもって働きかける。そうすれば間違いない。土地持ちのばあさんが、いとも簡単に巻き上げられた。億の金だよ。豊田商事でも年寄りに至れり尽せりで七〇〇〇万巻き上げ、挙げ句の果ての自殺だ。もうだいぶ風化しているから、これでいこう。うちは豊田のような虚業じゃない実業であると、自信をもってやってくれ」

台中は、自信たっぷりに強調した。

「そんなうまくいきますかね。最近の客は豊田のお陰でだいぶ目が肥えていますからね」

税理士の太田が不安な表情である。

「そんなことを心配してたら何ができる。そうだろう。老人はどうせくたばる。金の捨て場所を知らないのだ。親切がモットー、必ず取れると自信をもたなくては駄目だ。元総理大臣でさえ、老人は要らない捨ててこいという時代なんだ」

影の参謀は彼に自信を植え付ける。

台中が檄を飛ばしている間に、いつか席を立った牧野夫人が、キャビンに萎れた顔で戻ってきて台中社長を睨んだ。

「お宅の子供たちは凄いわね。私のダンヒルのダイヤ入り腕時計を見せてくれと言って取り上げ、これを頂戴だって。くれないと海に投げ捨てる。どうせ捨てるんだからくれた方がいいじゃないかってよ。二五万もするのよ。あきれた子たちね。我儘で自惚れ強く強情で、欲しいものはなんでも取り上げようとするところは社長の小さい頃とおんなじだわ」

「私の関知するところじゃない。それでいいのだ。弱肉強食の時代だ。お人好しの馬鹿は我々の餌食だ」

「やはりカラスはカラスの子ね。奥さんのところに行ったとき、学校の先生が、お宅のお子さんは手に負えません。気に入らないと学校で飼育している兎や鶏を焼却炉へ放り込むのだって。人のものは取るし、面倒見切れないと言っていたわ。そのうち幼女誘拐犯になるのじゃない。将来が楽しみだわ」

牧野夫人が苛立って罵声を吐き出した。

「それは学校の躾が悪いからだ。女房は離婚しているから関係ないじゃないか。明日は帰すことにしよう」

どうせ学校なんか何も出来ぬと台中はあっけらかんと、俺の知ったことかと呟いた。

「あんな餓鬼がいるんじゃ不愉快だ。もう降りるわ」

と彼女はアフターデッキへと出ていったが、泳いで帰るわけにはいかない。人から奪うのは好きだが、さすが人に奪われるのは不愉快この上もないのだ。同じ狐の牧場にいる関係で、彼女の目も狐目に変わった。

「あんたはそれでも意外にまともなんだ」

背後から誰かの声が彼女の耳を掠めた。

台中義則が座り直すと、

「ところで風間の存在が判明したか」

台中の視線が松永を捕らえた。

「いや、全然わからない」

「あいつは厄介だな。奥只見のことも知っていやがる。従業員に漏らしていた。それに手形のこともだ。まずい」

「絶対やったんだが、奴の姿がどこにもない。びっくりしたね。どこへ消えたのか不明だ」

「それがまずい」

「なに、そのうちくたばるって。心配することは無い」

「それからだ。田中のことは、彼女の仕業にすれば問題ないと弁護士が言っている。まず大丈夫だ。証拠は……」

「徹底的に奴の仕業にする。証拠は消した。後は死人に口無し」

「岡本のこともある」

「あれはあっちこっちにべらべら喋りやがってよ、太てえ女だ。警察で調べてもらうと抜かしやがった。だから俺が、この野郎と思って絞殺して首吊りに見せ掛けたのよ。傍らに在った石油に火を点けて、あれはうまくいった。証拠もなく自殺だとよ。田舎の警察はチヨロイから……」

次いでに相手の無知をいいことに母親からも、重大な過失でもないのに損害賠償を取った、と松永は思い浮かべていた。

日本の法律は失火に甘い。重大な過失が認定されない限り、失火者は一切損害賠償をしなくてもよいのである。彼自身が殺害して火を放ったのだから、なんと悪辣極まり無い人間である。しかし、騙した方が勝ちで、騙された方が間抜けで悪いのである、と自信に満ちていた。

壁に耳あり海上には誰の耳もない。警戒心も酒の勢いで薄れ、松永の口が迂闊にも滑っていた。

「迂闊なことを漏らすな」

「なにが迂闊だ。それ、社長の息子が、あのおっさんを誘い込んで発電所の水路に突き落として溺死させた。あれはあんたの指図じゃないですか。あれも酔っ払いの事故にしたのだ。全部うまくいってるのは誰のお陰だと思う。俺は全てが可能だ」

台中社長と松永の言葉の端々が次第に低くなっていった。押し殺した声で恩に着せ、陰に因縁が因縁をインプットしていた。

金を返せと迫ったお爺さんを、酔っているのを幸いに、息子たちを唆し、水路にでかい魚がいると誘い、水路を覗いた途端に突き落とした。そして心臓麻痺溺死。あの時は息子が十四歳未満であった。

【刑法】第四一条刑事未成年。十四歳に満たない者の行為は罰しない。

「ところで多額の金が必要な計画がある。都合付けてもらいたい、一億」

「それは心配無用」

台中が近藤に顔を向けた。と近藤も金の話に乗って向き直った。

このケチでシミッタレで陰湿な社長がどこまで利益の配分をするか。今までのやり口手口を見ている彼らの疑心暗鬼の顔が、社長に集中していた。

様々な会員権の価額もいい加減。価値のないものを値上げを繰り返す事によって価値を上げ、土地も簡単に値上がりする、投資になると言って時価の一〇〇倍で売りさばく。売却を依頼されても売る必要はない。相手は老人、放っておいて不在地主にし自然消滅を待つ、それを高く売ればよい。手数が省ける。権利書がなくとも保証書を作って家屋や敷地をまんまと他人名義にしてしまうことも可能だ。

税理士の特技は、個人より組織や企業を優先する社会風土と、法人の税制上の特典を利用することにある。個人事業だと年間所得が多くなれば税金が増える。節税目的の法人であり社宅も高級自動車も保険料、ガソリン代も必要経費として落とす。

土地代金、リゾート会員権代金も口座から口座へと渡り歩き、時には現金がモグラタタキのトンネルを潜り逃げ仮名口座へと収まる仕組みになっていた。銀行利子と同額の金融を受けて土地を取得する税金は零となる。決算には架空負債を偽造、赤字法人で税金を収めない。

専務取締役の中井は、台中社長と組んで観光ブームに乗り、観光開発株式会社を設立、資本金一〇〇〇万円で株式を公募、伊豆高原、那須高原、軽井沢と観光開発計画を発表し、人気上昇の気運を利用し持ち株全部売り莫大な利益を懐にした。そして半年も経たないうちに倒産という次第。本質的には詐欺だが、始めから大衆を騙す意思があったと彼らの犯意を立証することが難しい。司法制度の改革の遅れを巧みに突くことにある。おまけに建築会社と組んで詐欺倒産で逃げる。しかも、度々の雲がくれにすっかり慣れっこになり、トンズラ術に磨きが掛り、行方不明になればいいのだ。

セブンクイーン株式会社は見た目には個人資産が莫大であった。会員権は客が利用するしないは勝手であり売る必要もなかった。自然消滅する。自分でも固定した会員権など買わずに、何処へでも自由に旅に出掛けた方が安上がりであることを知っている。そして後々煩わしい客は松永と台中が組んで、昔から正月の鉢植えや盆栽としていた福寿草を長寿の薬と称して老齢者に配り、毒をもって客殺し人殺しに走り、老人は孤独に死んでいったのだ。

裁判になると敗訴を甘受。個人資産は持ちつ持たれつの仲間の他人名義。固定資産税だけ払う。架空名義の預金や貴金属は誰も知らない穴蔵に保管されていた。

常務取締役松永は他人の定期預金を利殖という餌で積極的に下ろさせ、自分自身では積極的に郵便定期預金へと積み立てていた。その満足そうな顔が海を眺めて、ふらりとデッキへと上っていった。

ワンマン独裁、陰謀、陰湿で貪欲な社長の体質と、利己的でドン欲で互いに、類は人を呼ぶ共通する策略が絡みあい、当然のことながら内部腐敗の混乱と反乱を引き起こす謎めいた火種が燻り出していた。さてどんな形で起こるかは誰も分からない。

このクルーザーの中にひとりのキャプテンを除いて、悪徳陰謀社長、臍曲り専務、悪辣卑劣殺人常務、悪徳詭弁弁護士、脱税請負税理士、霊感貴婦人、将来のいじめ幼女誘拐虐殺魔と、どの顔にも七癖八癖もある連中が乗船していたのである。

これらの連中は、客の持つ潜在的欲望を引き出し、馬の首にニンジンをぶら下げ尻を叩き、まやかしの親切、相手の寛大さと同情心に付入る。高齢化社会に向けて福祉を叫ばせ、実直そうな歩合社員を高い歩合で各員一層奮励努力せよと駆り立てていた。

台中陰謀社長が得意満面で言った。

「他人様の金で会社の経営ができる。これからは牧野夫人を教祖にして宗教法人に様変わりするか。人の弱さに付け入り、多額の金を献金させる。宗教団体は大手を振っての非課税のいい商売だからね」

そこで詭弁弁護士は、宗教法人という隠れ蓑で幾らでも稼げると、そのうちに計画することにして、

「それよりも高齢化社会へ向けて、老後を保証するケア付きリゾートマンションがいい。三五〇〇万、四〇〇〇万ふんだくれる。後は屠るだけ。こんないい名案はないですよ。直ぐに計画書を作りましょうか」

近藤悪徳弁護士が提案した。台中は小首を傾げると、

「だいぶ逃げ回っている。しかし裁判の件は、伊東の家、あれは借家だから適当にあしらっておくことができる。それでもボチボチ裁判も増えるかもしれぬ」

「十二、三年前にも悪徳商法であげられましたね。その時、あれは、うちの会社と同姓同名の会社とごまかし、社名を変えて顧客を旨くかわしたではないですか。それよりも私が……」

顧問弁護士の近藤は、俺に任したらどうという因果を含めた。

「どうするか、君に任せるとしよう」

「その方が為になる、と言う訳を話しますよ。いいですか。売買契約書や特約事項でどんな約束をしても、後でどうすることも出来なくなった。最初から騙すつもりがなかったのだから詐欺にならない。正当な商行為なんです。たとえ裁判になっても、先ず偽造書類はお手のもの。刑事事件や民事でも示談や和解に持ち込む。資産があるように見えても、その時はそうであったがバブルが弾けて出来なくなった。そうすればビタ一文返す必要がない。勿論、差押えすることも出来ない、他人名義だから安心。裁判官をその様に旨く操ることも可能なんです。また、弁護士同士は仲間のようなもんなんですな。お互いの利益になるように、例えば、準備書面や答弁書を恰も事実のように、不利なことは一切排除することも可能なんです。どうせ裁判官は仏さん分かりゃしません。それで、訴額の三分の一を手数料として頂く。それを相手側も同じにする。相手は依頼者からも頂く、こちらからも頂けるという具合なんですね。被害者にはビタ一文も返さなくとも、弁護料だけ頂ければ文句はない。後々のお互いの利益にもつながるというわけで、それが普通なんですよ。並木弁護士のようにね。貴方も三分の一の儲けとなる。だから、わざわざ裁判を提起する人は、無駄な時間と多額の訴訟費用の損害を被るというだけ。いい加減な裁判なんだから馬鹿げた事をやらなくなりますよ。おまけに五年一〇年も経てば年寄りは黙ってくたばってくれますからね」

「大丈夫だろう。今までも失敗は無かったからな。貴方の実力を信じよう」

「マネキンダミー社長は幾らでも作れる。再生すればいい。そのマネキンに全て責任を負わせる。何といっても善良な人は、お人好しだから。今度の社長も……いいですね」

「牛島もくたばった。うまい話だ。例の漢方薬でね」

と台中は薄ら笑いを浮かべていた。

「彼を紹介したのは私ですよ。保険金も頂けなきゃ割が合わない」

「それは十分お礼する積もりだ」

「そのようになるわけで、それに一人二〇〇万円掛ける四〇〇〇人で幾らになります。これからも三〇〇万かける五〇〇〇人、いいですね。損害賠償といっても豊田は一割という相場を作りましたね。我々は一文も……わかりますか。泥棒しても金が欲しかったという代議士がいましたが、それよりもこのほうがましでしょう。国会の証人喚問での嘘の答弁でも、検察でさえ手も足も出ないではないですか。五億円の収入で二〇万円の税金でね。これこそお笑い草です。良心の一かけらもあれば辞任に追い込まれる状況です。今はこういう時代なんです。お分かりでしょう」

「人間ライオンにならぬといかん。何時の場合でも弱肉強食。人間を食べなきゃ生きられぬ時代だ。だから弱い人間を次から次と餌食にして何が悪い。そうだろう」

彼らはにたりと笑い、ひそひそ話は暗黙の了解のうちに終わった。

「ボチボチ会社を解散させよう。やり繰りが大変だ」

全部他人名義会社のモグラ叩き方式で、やり繰りが大変だと感じたらしい。脱税請負人でもある弱気の税理士がぼやいた。

その時、夕陽の映える海を見ている台中義則社長が感嘆の声を上げた。

「どうだいこの綺麗な海。丸儲け万歳だ。我々を祝福しているではないか。お前は何寝ぼけたことを言ってやがる。こんないい商売は他にない。会社経営は天国だ」

会社の発展と将来の財閥を目指す、なりふり構わぬ金儲けだけを生き甲斐とする人物の集団が、会社と顧客の信頼関係ということよりも、顧客をとことん餌食にする方が、いかに有益で興味深いかという残酷な話をして満面に笑みをたたえていた。

暴利を貪る悪質極まりない詐欺商法の繁栄は、とどまることを知らない。その姿は第三の豊田帝国の元祖と言うべき最盛期を思わせていた。

既に夕日が太平洋上に反映して黄金の小波がキラキラ輝いている。

その素晴らしい夕日に誘われて、ふらりとデッキへ出た松永広道は、バンドレールにつかまりながら、フライブリッジへと上りコンソール前部のシートに腰掛けた。酔いしれた顔に夕日が反映し、いつしか言い知れぬ残虐な行為を思い出して、にたりと笑った。

「あの熊谷もいい按配にくたばってくれた。死人に口無し、後は何も言う事無し」

と呟いて遥か洋上の夕日に映えた富士山を望みながら、ある日の事を振り返る。

あの時、シルバーラインを走っている乗用車は松永と熊谷の運転する二台であった。

銀山平から数軒の旅館や山荘を通り過ぎ、人影のない山道を登っていた。暗闇にのまれるように山陰にライトが走る。

自分の車を止めた。降りると後ろの車に駆け寄った。

「あそこでUターンして坂道を下る。分かったか」

適当な場所を選んで車を漸く向きを変えた。富田を運転席に移し変え、シートベルトでしっかり押さえた。

「OK」

悪魔の形相が小声を発した。

魔女の変貌が察した。緊張の息が走る。ハンドルの向きを変えブレーキを外した。車はゆっくりと動き出す。次第に速度を上げて坂道を下る。一瞬暗闇へと車が消えた。

悪魔の暗闇の形相が断崖の上から確かめていた。魔女が彼を早く早くと息を殺した声が暗闇に散った。

イタチや夜行性動物が見ていたかも知れないが人間の姿はどこにもない。その山道はライトも消え再び闇に閉ざされた。一台のヘッドライトの影の乗用車がスピードを上げて銀山平からシルバーラインへと吸い込まれるように入って行く。国道十七号線は何事もなく大型、小型のライトの列が走行していた。あの凄まじい豪雨が何処へ去ったのか夜空の雲間から星が瞬いていた。百鬼夜行のイカサワ愛ランドに鬼面が運転するライトが上がってきた。鬼の目が点滅した。クラクションが短く鳴った。

車はヴィラの裏横手に回って止まった。非常階段の扉がそっと開く。車から二つの黒い影が階段を駆け登ると扉の裏に消えてしまった。

応接室に集まった悪魔と魔女は、ほっとした笑みを浮かべていた。

「どうだ。うまくいったか？」

台中社長が彼等の顔を窺い見た。

「大丈夫だ。誰にも絶対わからない。誰にも咎め、咎められない」

松永がテーブルにすでに用意されてあるウイスキーを煽って息を整える。

熊谷利恵は髪を乱し幾分青ざめた容貌で手が震えていた。震えた手で自分でウイスキーをグラスに注ぐと、ちょいと味見して一気に飲み干した。

「これからは千人斬りやらなくちゃね」

と、あの悲惨な日航機事件を見ながら、台中の顔を見詰めて言った。

それからまた思い出した。煩いお客とみると、相談や話し合いに乗じて毒入り焼酎や饅頭を手土産にする。一人暮らしの老人は、人知れず自殺の道を選ばせるのだ。道理で老人の自殺が最近、急上昇する傾向にあった。

松永は思い出し笑いを浮かべている。

富士の夕焼けも海面の黄金も薄れた。

キャビンの台中陰謀社長が松永の後ろ姿を眺めながら心の中で呟いていた。

「親切心を装って顧客の家へ彼を話し合いに行かせた。逆上して彼を殺してくれればいいと思ったが、失敗に終わった。しかし彼は自分にとって危険な存在だ。何時か殺ろう。そうだ、陶器を焼く釜で、粉々にしてしまうか」

今までも煩い客は、誘い込んで毒殺して焼き、後は証拠湮滅のため粉々にして川へ流していたのである。恐るべき計画を思い浮かべていた。

松永は背後からの台中の声に答えてニタリと笑う。

「キャプテン、もう出航だ」

出航の合図で後ろへ振り返ったコックローチのキャプテンの顔が黒光の黄金に写った。笑顔を見せエンジンを始動。そして夕焼けに向かって薄れた黄金の波を蹴って行った。

儲かって損のない悪徳商法万歳。後は無い袖は振れぬ、という結果が待ち構えている。

目明きが、大衆の何も知らない人間を案内し、穴の中に振り落とす。

世界中の法律全書は数え切れない。取り締まり役にも腐敗が浸透して、高い地位にある人々の不正を時として無にしてしまう。それらは犯罪を食い止める事が出来ない。彼らは犯罪の探知を上回る別の手口を編み出す。不法の増大は現代の象徴であった。

これら悪徳客殺し、無視殺し人殺し商法をいつまでも繁栄させることが出来るであろうか。と台中は、隣の顧問詭弁護士に謎めいた視線を向けていたが、近藤は鼻先で笑っていた。

『ただ銀を愛する者は銀に満ち足りることなく、富を愛する者は収入に満ち足りることがない』

台中は、家族生活を犠牲にしてでも、仲間を裏切ってでも、自分の得た財産を失いたくはない。分けたくもない。いつしか仲間たちの目が自分を狙っているのではないかという不安が過った。

しかし、その時は、二〇〇〇億以上掻き集めた頃であろう、幾らでも方法がある。家族も主だった連中を壊滅することだ。その方法はこれだ！

台中義則社長、役員一同、顧問弁護士近藤らのことを『彼らは盲目の案内人。盲人が盲人を案内するように、ともに……』と思った。

ひょっとすると、ある日突然、と思いながら、黄金の夕日と酒に酔いしれて、台中社長は悠然と海を見詰めていた。

リッチな気分で餌食にしようと、まやかしの故郷へのかけ橋。悪酔させて惑わし、目をくらます金蘭という地酒が、次第に毒気をはらんで金乱を引き起こさざるを得ない事情もあったが、現代の社会情勢、政治体制の腐敗に慣れて行くにつれて全く当然のことのように暗黙の了解であると察する。また時効という壁が我々を守ってくれるとたかをくくっていた。熊谷利恵のシランの香りが雷撃に打たれて無残にも死乱へと都合よく飛び散った。また我々がどこにいるか分かるまい。追ってくることも出来まい。世界中何処へでも逃げられると自信に満ちていた。

一切の道徳感覚を蹴飛ばし、偽善の道徳感覚を身に付け、善良さを愛さない。自分だけを愛し金を愛し、傲慢な貪欲を愛し、彼独自の自由思想を愛した。

果たして、いつまでも繁栄を続けて行くことができるだろうか。何時、誰が何処で、どの様に我々を追い込むだろうか？

と台中義則は考えてはいたが、その時はその時と自信に満ちている。

他人名義の会社とマネキン社長を操るのは、生れながら七つの龍の頭と角を持つ台中義則という隠れた本体のキングであった。

台中は笑みを浮かべた。

それを見ていた事物の体制の神といわれるサタンが、政治腐敗やゼネコン汚職が発覚する度に「何やってやがる、このまぬけの馬鹿者」と苦笑いを浮かべていた。しかし善良な大衆を、欺きの欲望の餌食にし、しかも底知れぬ悪徳の繁栄を見るにつけ、心も躍り、遥か洋上で高笑いを上げ感心していた。

だが、近いうちに滅びのために捧げられる日が……。

第二部

一、幻世の悪夢

1

久し振りに太平洋の鹿島灘で、数匹のカレイとキス、イシモチを釣り上げたその男は、今夜の酒の肴と、野良猫や犬の餌が出来たと喜び勇んで家に帰ってきた。

いつもの餌の準備を整えると、今日一日の安らぎに、冷えたビールにオンザロックを煽りながら、暮れゆく果てしない太平洋の彼方を眺めた。背後は西側の北浦、霞ケ浦へ沈み行く秋の黄昏を望み、網戸から入る風を受けながらサマーベッドに寝そべった風間滋男は、日ごとの生活設計立て直しの重労働と心労とから、疲れがどっと押し寄せ、深い眠りに入ってしまった。

ところが何時の間にか、自分が旅客機の操縦席で眼下の風景を見下ろしていた。

すると飛行機の横っ腹に、いきなり激しい衝撃を受け、大きな穴が開いてしまった。その穴から熱風が吹き上げてくるではないか。旅客機は横転しながらも旋回して飛行を続けている。

「もうコントロールできへんわ。こりゃ落ちるわ。これは大変！」

いかなる事態になるやと恐怖におののいていると、

「富士山噴火の溶岩が胴体に命中だ」

と機長が涼しい顔で言うのである。

富士山噴火の火柱が凄まじい勢いで吹き上げている。空はもう噴煙で真っ黒だ。

「乗客は未だ何にも知らない様子ですね。涼しい顔しておますが、この危険な状態を」

機長は、慌てもしない。ただ笑っている。

そのうちに飛行場らしきところに無事着陸した。しかし何時着陸したのか気が付かない。辺り一面は航空機の骨組みだけの残骸だらけで何故か燃えてしまった格好だ。

ふと周りを見渡すと、死体がごろごろと転がっている。それを踏んづけまいと気を使い、跨いで川のある場所に逃げ延びようとした途端、その水際で危うく踏んづけてしまいそうになった。

「おっと、あぶねえ」

と立ち止まると、なにを考えたか、

「こいつの衣服を頂戴しよう」

と一人の男性の服を剥ぎとろうと揺すっているうちに、むくっと起き出した。

「あれっ、なんだ生きている。生き返ったのか」

その男は立ち上がると、何処へともなく立ち去って行ってしまった。

川を下ってくると「あれ、はてな」と見ると、見渡す限り広い海と砂浜が続いている。

「どうしてこんなところにいるのだろう。ここは一体どこだ?」

また、はてな、と彼は首を傾げていると、どこからともなく人が現れた。アメリカ人かイギリス人のようでもあるらしい。

「ここはトウキョウだ」と言う。

「えっ、ここがトウキョウ。まさか」

「よく見渡して御覧なさい」

彼が振り返って見ると背景には巨大な建物が半分埋もれた情景が見渡せた。

暫く陸地を歩いていると、「トウキョウ、メモリアルパーク」という大きなサインボードが目に入った。更に奥地へと、おずおず足を運ぶと、

「ギンザマインロット、アカサカマインロット、アザブマインロット」のサインボードが続いている。

これはどうしたことであろう。どおれ、確かめようと小高い丘を攀登って眼下の砂浜や海を望んだ。

なんだこれは。カモメ、禿げ鷹、トンビ、ハイエナ、ライオンが砂浜に打ち上げられた廃物の清掃処理に忙しそうに駆け回っているのだ。海中ではシャチ、クジラ、オットセイが海底掃除にも励んでいる。それに禿げ鷹が、獲物の処理に、わざわざ遠くキリマンジャロ

の雪の山麓から応援に駆けつけたと言うのである。上を見上げた途端に、何を狙ったのか急降下してくる。危ない。それ逃げろと走りに走った。

その陸のルートには白、赤、黄色の色とりどりのコスモスの花が咲き誇っていた。その果に、見渡す限りの広大な竹藪が見える。その中に巨大なタケノコが頭を出していた。よくよく確かめてみると、ピラミッド形の、昔、その昔の国会議事堂の尾根であった。竹藪の背景には、よく見たことのある政治家の立体写真像が立ち並んでいる。自らの人生の証しを刻んだモニュメントであるという。無念の姿をこの世に残したのであろうか。

それから次なる小高い丘に這い上がって見渡してみると、一番巨大な記念碑が聳えているのが見える。

その記念碑に「トウキョウ、ゼイキンモニュメント ブラックホールタワー」と表示してある。

これはなんだ。日本列島の税金無駄使いの代表の象徴として聳えているというのである。その遥か南の方にも大きなモニュメントが聳えていた。

ブラックタワーなるものは、新宿西口、大ビジネス街辺りであろうか、二つの耳が新都庁ビルを思わせていた。その辺一体の高層ビルがモニュメントとなっているのである。

昔、昔、その昔、新宿副都心にあった新都庁第一本庁舎は地下三階地上四八階、その高さは二四三メートルで日本一の高さを誇った。新庁舎は首都東京の拠点であり、国際都市にふさわしく、その建設費は一四五〇億円以上というのである。ミカゲ石のプレートに長々と歴史の重みを思わせる説明が彫刻されていた。

さて、これからどうしたらよかろうと、何か適当な仕事を探しに出掛ける。

「ちょうどよい。マインロットで働け」

と言われ鉱区に行って穴掘りに参加していたが、

「こんなところに万札が山と積まれて放り投げてある。誰が捨てたのか、貰っていこう」

と懐に札束を入れようとすると、

「持っていっても使いものにならない」

「なんでやね。勿体ないから家でも建てようと思っているんだ」

「最早この金は何の役にもたたない。日本政府が崩壊して、ただの紙屑だ」

「なるほどね、バブルが弾けたのか」

札束を焚き火がわりに燃やしている。後は紙資源として再生するというのだ。

日本は世界から金、銀、ダイヤモンド、プラチナ、鉄、銅など、あらゆる資源を掻き集め独り占めにしようと地下に埋めてしまったという。そこで資源再利用のためブルドーザーで掘り起こしていた。銀座鉱区、赤坂鉱区の再開発が進んでいた。札束が発掘された場所は元日本銀行の跡らしい。

「やあ、疲れたな、少し休憩だ。ところで俺はどこから来たのかわからない」

「なにも思い患うことはない。超高速最新鋭インテリジェント船というハコブネ号から動物と一緒に下ろされたんだ」

「ホンマカイな」

インテリジェント船は、大災害発生した際に洋上で救難活動、復旧活動や海外や地方と連絡に当たる危機管理の船舶であった。

「あそこにライオンが、人間の子供をあやしている。どこの動物園だろう」

「船から一緒に下ろされたのだ」

とうとう自分が目を回しての夢幻状態、と思っていると、警察官、裁判官、自衛隊の人々がサボって釣りをしている。

「戦争や犯罪がなくなって失業したのでね」

と言う。マインロットで働く人々は日本人だけではない。アメリカ、イギリス、アフリカ、インド、インドネシア、タイ、フィリピンその他多数の国々の人々であった。頭脳が国際化して国際的に貢献している。国際年の地球社会が抱える大きな問題に就いて相互依存の精神に基づき行動を起こしたのであった。

ウォーターフロント開発によって新しい都市施設と、マリンバイオテクノロジーの研究の新計画がスタートしていた。

新しく発掘されたマインロットはその有効利用を推進し、バックボーンのある人によってジオフロント開発をも計画している。

最早、地球規模でボーダーレス社会となりつつあり、自由な国際化を目指して国家中心主義の時代は終わろうとしていた。

さて、どういうことなのだと考え込んでいるうちに、何時の間にかタイムスリップしていた。

地球上至るところ、シベリアの果てまで巨大な恐竜やマンモス、ゴジラが猛スピードで地慣らしをし、様々な動物が種蒔きに励んでいる。なるほど地球を心無い邪悪な人間どもによって崩壊されたため、新しく動物たちの働きによって地球再生、楽園建設に励んでいたのである。それで一応の役割を終えると、何時の間にか恐竜たちが消えてしまっていた。もし恐竜が現在まで生息していたら、人間と共存できるであろうかと考えてもみたが、博物館にしか見ることが出来ない現在だ。それで今日に至ったのであろうかと思い巡らしていた。

と目の前の風景が突然変わった。自分が観光バスの車窓から景色を見ていたのだ。多摩川が渓谷となり魚が泳いでいるのが見える。地図を見せられると以前の日本列島とは全く違っていた。暫くするとタケノコ山に到着したのである。

昔々、この三角山の竹藪に数千匹以上のカチカチ山の悪タヌキが生息して権力と威光をかさに金ピカの衣服を纏ってはいるが、腹の中は暗黒のマックロケノケのポンポコであった。さぞかしこのタケノコ山でドロ試合を繰り返したことでしょう。政治改革、不公正税制改革、高齢者福祉と弱者救済を叫んで巧みに国民を騙し、金持ちだけを優遇し高齢者と弱者群を窮乏に追いやる制度を押し付け、理屈をつけてホームレスを追っ払い、見直したらオバケ税制になった。その悪タヌキが或る日突然、リクルートバイオテクノロジーによって遺伝子を組み替えられ腐敗汚染が次第に進行していった。その腐敗土を栄養源としたコスモスが、かくも立派な花を咲かせたというのである。

左に見えるあの記念碑は、国家神道発祥の地を記念して建てられた。天皇を現人神であるという天皇崇拝の軍隊が大東亜共栄圏構想を戦争指導の理念として神風特別攻撃隊がバンザイ突撃をした。そして多くの人々が天皇のためと戦って散っていった。が、神風は遂に吹いてはこなかった。国家神道は日本独特の伝統的支柱として生き続けたが終戦後、占領軍の神道指令によって解体、国家権力を離れ再出発し政教分離の原則を厳格に定めた。最後に特別攻撃隊の声が録音されていた。

「おかあさーん」

天皇万歳なんて言えないよ、である。それが本当の姿であった。嘘は申しませんと。

激動の昭和が幕を閉じようと「チンナンジラ国民トノ間の紐帯ハ、終始相互ノ信頼ト敬愛トニヨリテ結バレ、単ナル神話ト伝説トニ依リテ生ゼルモノニ非ズ」天皇神格化をはっきり否定「人間宣言」をされたのである。また、マッカーサー元帥との会話、昭和天皇と戦争の記録が長々と……続く。全部読んでいる暇も無く観光バスは出発した。

緑の大地を、また渓谷を風を切って疾走した。やがて立派な整然と建ち並ぶ住宅街に到着してみると、そこには美しい花が咲き乱れ、果実の木が実を一杯実らせていた。

それから暫く走った。意外な光景が目に入ってきた。その住宅街より離れた場所が凄いのに驚いた。それで野中というバス停で止まった。なんと無残に壊された家や塀、枯れ果てた大木、崩れ落ちた崖、見るものすべてが破壊され尽くされて、この広大な土地が廃墟となっていた。

「これは凄い。どうしたんだろう」

「アフリカからインド洋を渡り中国を越えたイナゴの大群が、この箇所だけを食い荒らしていった。ここは悪徳が丘といって、過去の無視殺し残虐の歴史を刻んだ無残な記念として後世のために残された。もう二度と使いものにならない廃墟とする」というのである。

なるほどね。イラクのバビロンにも確か、そのような記念があったなと思っているうちに、彼らの責め苦の煙は限りなく永久に立ち始めた。

観光バスが燃料補給口へ水道から注いでいる。飲み水の補給じゃない。燃料だという。完全無公害車で水を急速に酸素と水素に分解する。石油が枯渇してしまったのだという。サイエンステクノロジーかなと見ていた。

昔、地球の環境保全が大きくクローズアップされて国際環境計画が地球温暖化の防止条約を決議し、石油や石炭の燃焼に伴う地球温暖化や酸性雨の問題が放置できない程深刻になっていた。自然の生態系にまで影響を及ぼしていたというのである。

これはどうしたことだ。観光バスが急に上空へと駆け登っていくというより飛び上がって行った。雲の中に入った。天空を仰ぐと雷兄弟姉妹が上層の雲と下層の雲を掻き集めて雷雲の生産に励んでいる。これから充電する新しい発電所の計画らしい。天空から日本列島を見下ろすと人が蟻のように、うようようごめいているのが見える。その列島を雷の子供が覗いている。何を見て聞いているのだろうか。テレビやラジオもないのにだ。日本製の民謡が次第に大きく聞こえてくる。

ハタノセイジリンリハンタイ節だ。

「辞めずに戦うというのも男だ。周りのものがガタガタいうもんじゃない。政治家に古典道徳の正直や清潔など徳目を求めるのは、八百屋で魚をくれというのに等しい」

ヨイノジャヨイノジャ。

子供の雷さえ呆れて日本の作詞作曲の政治歌を聞いていた。

その次は何だ。ミッチーケバリ音頭だ。

「野党のうまい話に釣られる野党の支持者は毛針に釣られる魚」

アラサッサときたもんだ。

「日本人は破産と言うと夜逃げとか一家心中とか重大に考えるが、クレジットカードの盛んな向うの連中は黒人だとか一杯いて明日から何も払わなくていい」

ケロケロケロアッケラカンノカーンだ。

さすが名曲か迷曲か笑いが止まらない。自己破産の傾向が止まらない。

「国会議員がリクルートから献金もらっただけでドロボーや強盗のように書いている。どこか狂っているんじゃないのか」

ヘノカッパー節。そいつをみちゃいられねえだ。

「政治家はもっと質素にならなければならない。生活水準が庶民より上回っているのに道徳水準は逆に低い。政界は段々段々悪い方へ深みにはまりこんで立法府はもう腐乱状態だ。司法がまだ腐敗してないということが救い」

モーアカン。これはイナバロッキード節であった。

側で青鬼が子供の雷の背中を押した。

「おっとあぶねえな」

「馬鹿だな、政治には筋道や正論が通用するわけがない。正論を言うと袋叩きになるのだ。お前はまだ子供だ」とからかっていた。

下界から高笑いが響いてきた。

「きみ、あんなのはね十二月に税制が終わって正月になったら吹っ飛んじゃうよ。来年になったらお笑い草だな」

ヘノカッパッパ。

「オレは頭がいいし運も強い。田中は馬鹿だからあんなことになったけれどオレは祝福されたエリートの中のエリートだ」

エレエーナー。

「年寄りはいらない捨ててこい」

ステテコシャンシャン。

と高らかな歌声が雲の間を抜けていった。なんだこのやろう。

「元本を借りて金利も払わず売ったと称して株の儲けを貰った。これが経済行為か、こんなものはただのワイロだ」

ワイワイだ。どこかで聞いた声だ。

なに、ハマコーワイロ節。

すると破鐘（われがね）のような声が起こった。

「与党の中枢だけが狙われたかつての疑獄と違ってリクルートは相手構わずカネをバラまいた。それが可能になったのも今の政治家がカネ狂いしているから、そのズルくさもしい体質を具現しているのがタケシタ首相、彼のせいで日本は潰れる。お辞めなさい。辞めて出雲で兎とたわむれなさい」

コノバカモーン。ホソカワセイカイゴイケン節、怒り節。

また妙な声が唸り出す。

「ナンノインガーデ首相になーった。カワイヤノーカワイヤノ……色はクーロナール……ミハやせーる」

「それはなんだ」

「鳥取のカイガラ」

「なぬ」おっと「シマネー」

兄貴の雷にご意見されて子供の雷が謝った。

雷雲が日本の上空をなかなか離れようとしないのは、子供騙しの疑惑が余りにも広がり過ぎていたからである。雷の親玉が渋い顔をして記録を取り上げた。

六十三年六月、川崎から端を発し、止まることをしらない。リクルートスキャンダルが政、官、財界と広まってNTT、労働省、文部省と進み、政治不信と疑惑は拡大する一方であった。

リクルートバイオに侵されたタケシタ自民党政権はトカゲのシッポ切り小手先の悪辣さと我が憲政史上でも最低内閣として長く歴史に残るであろうと。その渦中で職や地位を失った人は四五人、首相の金庫番が自殺という悲劇を引き起こした事件の爪痕は深い。

「あれは全部暴露したほうが余程すっきりしたのにね。政界や国民のために自殺は卑怯だ」

子供の雷が言うと、

「いや、あれは日本武士道さ」

青鬼が胸を張って言った。

「そうですか。武士道という建て前で、本音のシッポを切るのですね」

暫くの間、子供の雷は考え込んでいた。

「それらのすべての事が行われなくてはならないのだ、それから……」

とどこからともなく声が聞こえた。

ロッキード事件、田中内閣の風化が政治倫理を空洞化し、金権汚染の培養土から芽を出した政界は利権あさりの悪徳政治業者となり、豊かな社会の中で金銭感覚マヒを起こし、政治家は贈収賄の犯罪事件である職務権限があいまいで政治献金というかたちをとれば、明治四十年の武器では検察も戦えない。因果関係の立証が困難。だから政治家の汚職事件は往々にしてシリキレトンボとなり、自分の都合の良い法案しか作らない。政治家はバレないウソをつくのが真実と、悪い奴ほど良く眠る。という姿勢と風潮が広まった。

日本社会の上層部の腐敗が底無しに深まり政治がワイロで出来上がっている今日の状況は、もはや日本は国際的に自由経済の民主主義国とは認められない危険があると指摘され、日本人は信用できない、政治倫理後進国ニッポン、日本の支配階級は今も封建時代の政治倫理に基づいている、と日本たたきの声が世界から聞こえてきた。

雷の子供が親玉に尋ねた。

「ワ、ワイロって何色」

「政治献金のイロの事をいうのだろう」

「ワイロは義なることも曲げて公正な目で見ることができないようにする。ワイロに対する報酬として邪悪なものを義にかなっていると宣告する者たち。義なる人からその義さえ取り去る者たちは災いだ」とある。

親玉は感心していた。

「水戸黄門の時代に出てくる悪代官と少しも違わない。日本はちっとも進歩がないな」

「ところで下を御覧。公共事業や政府開発援助の美名に隠れた不透明なパイプが直結しているのが、良く見えるだろう」

「あれをワイロパイプというのだね」

事業費の六割が日本に環流する仕組みで企業の秘密のベールに包まれ、援助自体が利権の構造となっていた。見返りのない政治献金なんてないのだ。

「ナカソネ証人喚問の茶番劇をやってら。国会は何するところ。茶番劇、テレビ紙芝居、それともオシャベリクラブ」

子供の雷が国会の様子をみて驚いている。

今日までの社会的不公正を生んだ自民政治は、世界の情勢に目を塞ぎ主体的な政策もなく官僚が作ったメモを棒読み、自分の信念を率直に話せない。官僚のリース議員で無さそうでありそうで、偉そうにふん反り返っていたり、居眠りの権威を披露していた。子供の雷が頭を傾げると、国の最高機関が地に落ちたようにふらついた。

「政治家は悪党に限るとさ。要するに、したたかなウソつきか倫理も良識も政治的責任、道義的責任のないズサンな人間でないと政治家になれないということですね。権力はやはり腐敗する。奴らは政治に金が掛るとか、実に妙な言い訳を作り出す動物ですね」

「この国の特殊な政治体制をもっとよく調べてみなさい」

「あれ、日本の政治家は金集めに追われて政策を考える余裕がないと言ってる。あれっ、そのくせ日本が豪州を荒らしている」

世界に貢献する日本、ＯＤＡに群がる商社に無駄に使われても取りっぱぐれがない。また日本不動産の地上げ屋が豪州のリゾート地を買いあさり値上がりを待っている。自国の繁栄しか考えない。自分のことしか考えない。日本の政策や日本人一般の視野に問題があるという見方が世界に広まった。

世界最大の熱帯材木輸入国、東南アジアでの森林伐採、自然破壊につながる経済援助を見直せと警告。このため山崩れ洪水、砂漠化をもたらし住民の生活に深刻な影響を与えていた。戦前成し得なかった侵略を経済的に侵略しようとしているのであろうか。

日本でも北海道知床の野生動物の自然なゆりかごの破壊をストップさせた。また一部の人の利益のため無駄なダム工事などやめるべきで、自然環境の保全、生物の種の保存が今日大きな世界の声となっている。人間はオタマジャクシ一匹も造れない。自然環境破壊は、人類の滅亡につながるのである。

2

さて、地震は天災か人災か、忘れないうちにやってくる。

中央防災会議は南関東地域の地震情報を検討した。東京、横浜直下型、大被害を生じる地震は一〇年から三〇年以内に発生の恐れがあるという結論となった。

ところで最近では、ソ連アルメニア、タジク、ロス地震、日本でも福井、新潟、日本海沖、宮城県、三宅島、大島、伊東沖海底噴火という具合に、次第にフィリピン海プレート、太平洋プレートの圧力が日本列島に押し寄せ、フィリピンのピナツボ火山、雲仙普賢岳火山、釧路沖、北海道南西沖地震、そしてマグマが富士山の底に忍び込んでいたのである。

日本の上空、積乱雲の上から下界を見下ろす何者かがいた。

「日本の国会は衆院も参院も機能しない。無政府状態。国民不在の国会。何も審議せず自動的に決めてしまう。国会はもう無用じゃ」

「そうなんですか。国会は裏金で動いているということです。ＫＤＤ方式献金法、ＮＴＴボランティア方式献金、豊田商事献金、富士見病院献金、ロッキード、グラマン、リクルート、飛脚便などその他数え切れない悪徳献金がさらけだされてきましたね」

「しかしまだまだ。これからも始まる様子だ。懲りずに、ほら変な虫があそこに蠢いている」

子供の雷が注意深く下界を観察していると、すげえ金丸呑み蛇が蠢いているのが見えた。

「あれは何の虫ですか」

「なんだ知らんのか、カネ、マルノミヘビ」

東京地裁で開かれた共和汚職事件、阿部被告、

「泥棒してでも金が欲しいくらい困っていた」

しかし、これらの金はいずれも政治献金であります、と見事な言い訳である。

東京佐川急便事件、暴力団ルート。渡辺被告は、自民党総裁選をめぐり右翼団体、日本皇民党による竹下元首相攻撃を暴力団稲川会を通じて中止させた。「竹下内閣は私の力で成立し、第一の功労者との自負心を持った」という。

次いで、金丸前副総裁。五億円献金問題で政治資金規正法違反について、ご存じのように事情聴取もなく、略式起訴二〇万円で切りが付けられたが、再捜査で第一秘書生原正久、両容疑者を所得税法違反の疑いで逮捕、と進展していった。馬糞饅頭一個、一〇〇万円で売り付け、その額に因って税金での公共事業が与えられる仕組み。買わないと完全に干されるという構図であるから、多数の企業はせっせと政治献金に励む。そこで副総裁や秘書は次から次と蓄財へと私腹を肥やし、なんと六〇億、一〇〇億以上という。また、そこ掘れワンワンと吠えると金塊がぞっくぞっくと現れた。税金の独り占めのこの悪辣さ、ただただ国民は呆れるばかり。政治家とはこういうものだという素晴らしい模範的教訓を後世の為に示したのである、という言い訳が聞こえそうだ。

「しかし野党もふがいない」

「そりゃ昔この橋を渡っちゃいけんといわれ真ん中を渡って成功した人がおりましたが、彼らは労働貴族として胡座をかき石橋叩いてへリクツで渡ろうとして落ちちゃった」

「なんだそれは、ミッチー節に似ている」

「自動的に国際化しよう。もう国会議員なんて無用だ。バイオノイドで間に合う」

子供の雷が皮肉を並べているうちに、日本国民は政治不信でソッポを向き始めていた。

「それに日本は宗教天国、宗教ビジネスがお盛んのようだね。国家神道が崩壊し、これからは新興宗教も崩

壊させよう」

そこで、ある世界会議の政策が、実行に移されようとしていた。それは、

「金権教団が人助けを餌に、多額の金を出さないと神が働いて下さらん、と心の弱みに付け込み土地や財産まで取り上げる。借金苦や自殺がぞくぞく。そうした不祥事はあくまで個人的な経済上の破綻や疾病が原因で起こったものと、思いやりは微塵もない。神様が絶対助けてくれる、と借金してまでお供えをすることが正しいと。都合の悪いときは法難で片付ける。会員の中には貧しく困った人が少なくない。こういう家庭からも容赦なく財務一〇万円の信心を、と収奪するということである。年間五〇〇億とか一日で二〇〇〇億の金を集金する反社会的行為が問題となるが、政府は糾弾しない。信仰の自由と逃げる。宗教は儲かると社会通念が定着している」ということだ。

「ソウカ、テンリヤのう、べんりじゃのう、金儲け教は。オームの法則が無視され抵抗が無くなったんだろう、超伝導だのう」

と長老の雷が嘆いた。


地獄で苦しんでいる先祖を霊界解放しなければ幸せにならない。そのためにお金を捧げよと因縁や恐怖心を抱かせる霊感商法があった。このように日本全国に偽りの宗教がはびこり宗教、政治、企業が結び付いていた。

「なんだ。勉強もせんで、天満宮にお参りして大学に受かると思うておるのか。真理の知恵と知識も知らん。お守りや仏像を拝んでビルから飛び下りてみい、たちどころに証明してくれるわい」

また長老の雷が嘆くと、天空から大笑いが響いてきた。

ところで下界では、熱帯林の減少、砂漠化の進行、酸性雨による湖や土壌の劣化、オゾン層の破壊、野生動物の種の減少、広がる海洋汚染、異常気象、と人間が地球を傷め過ぎているという警告が世界に広まっていた。

更にゴルフ場の農薬がイワナ、ニジマス、ヤマメなどを全滅させるという被害。それに続いて日本近海はもとより、流し網で世界の海から海賊のように根こそぎ魚を取り捲って荒らし回っていた。

そのため世界に誇る国際都市東京や大都市では朝の街は大量のグルメの残骸、紙屑の残骸の山となって、人間の夢の島。豊かな夢も無残に砕けようとしていた。

また病院ぐるみの不正、医師の脱税、政治家だけが無税の政治献金。金持ち日本が他民族に対して確実に高慢となって貿易摩擦、経済摩擦。そして世界に貢献するという日本が世界からハタハタ迷惑がられた。

そうこうしているうちに他方北京、天安門の民主化デモ、ブルジョア自由化反対、フィリピンやベトナムの内乱、東欧における民主化の波、民衆のフォーラムで崩れたベルリンの壁、湾岸に覇権を求めて残忍な独裁者サダム・フセインの野望で、バグダッドの盗賊と大いなるバビロンが復活、地球の環境を大いに破壊し、冷戦崩壊がロシアの混乱、ユーゴの内乱とともに世界の流れが激変の嵐に吹き荒れた。が、どこの政府も満足のいく政府は存在しない。不公正がはびこり地が悪に満ち満ちて更に悪化の道を辿ることになるであろうと。

3

このまま放置すれば確かに人類や生物の住めない惑星となる。地球の安全管理を立て直そうと、天界では世界会議が開かれた。

「日本は人類最初の原子の被爆国である。今回も最初にやろう」

議会で決議された。

と、空は雲一つない晴天であるところ、突然壮絶な雷鳴が轟いた。

「これはなんだ。晴天の霹靂」

日本列島に真っ黒い雷雲が沸き起こる。稲妻が走る。われ鐘のような雷鳴が至るところに轟く。積乱雲のダウンパースが、竜巻の林と化した。とみるまに天から物凄い勢いで滝が砕け落ちてくる。

「わたしはこれらのものを、すべて新しくする」

と右足を太平洋に入れ、左足で富士山を足台にした。

すると物凄い激震が日本列島を襲った。マグニチュードの限界を越えた。そして地震波が世界へと急行する。日本列島にすさまじい津波が荒れ狂った。全都市が激震と津波で完全に崩壊し津波がすっかりさらっていってしまった。

環太平洋一帯に激震と津波が次々と襲っていった。

「これでよい。世界に貢献する日本になろう」

世界中が日本に目を向けると驚きの声が上がった。どうしたのだ。世界の国々から救援の物資や災害救助船が続々と向かっていた。飛行機の着陸する場所もない状態。航空母艦からヘリコプターが飛来する。

あれよと言う間に富士山の高さが二倍になった。東京湾のヘドロが関東平野を埋め尽くして草原に変えてしまったのだ。東京湾がない。相模湾がない。日本列島の地図が全面的に変貌してしまったのである。

「これは丁度よい。日本の優秀な企業は他国へ避難しているから大丈夫。この日本を新しく造り直そう。大正十二年九月一日の関東大震災の時、やり損ねたが、この際、世界のパラダイスにしよう。このチャンスは二度と無い」

「あれは誰だろう。どうも、どこかで見たことがあるな。そうだ後藤新平だ。はてなモリシゲにも似てる」

と思いながら振り返る。すると何処からか大合唱が聞こえてきた。

「日本を休もう。日本を食べよう。日本を売ろう」

グローバルな世界的災厄が襲った。不沈空母が危うい。このため、無責任であいまいな日本は急激に劇的な変化を遂げようと世界から災害救援隊を仰いだのである。

4

風間滋男は電車に乗って東京へ帰ろうとしていたが、着いてみると終点は東京ではなかった。どうも反対方向の電車に乗ったらしい。これは参ったなと駅員に尋ねた。

「東京行きはまだ在りますか」

「終電車で、もうありませんね。なんだったら家へ泊めてあげるから来るがよい」

彼がついてくるように促した。しかしどこまで歩いても歩いても辿りつかない。仕方がないタクシーでも拾おうと思い探したがタクシーも来ない。仕方が無くまた歩きに歩いた。この辺りはセタガヤらしいと思ったが、最早一歩も足が動かない。這いずり回っていると公衆電話を見付けた。

　しかし公衆電話を掛けようとしたが全然通じない。どうしたことだろうとNTTに入った。ところがデジタル機の赤ランプが点滅、警報が鳴り響いていた。交換不能の状態。どこが故障か表示もない。トラブルレコーダも音なし。切り替えスイッチを押しても駄目。なんとかならないものか、どうにもならない。

　しかし何の為にここに居るのかと不思議に思った。そこで会社の中を走り回ったが、誰一人いない。これは参った。エレベーターに乗ろうとしたが動かない。階段を登ろうとしたが足が一歩も上がろうともしない。階段が急に二つに割れて落下し始めたのだ。

「ああっ!」

「おいどうした。こんな所に転がって?」

　風間はサマーベッドから転がり落ち、テラスを右往左往しているではないか。額から汗が滴る。全身が汗まみれだ。彼の目が虚ろに開いた。日はとっぷりと暮れていた。俯せになったまま顔を上げた。

「なあんだ本間君じゃないか」

　見上げると本間良太の顔が見えた。彼の背広姿はクロのスタイル、赤いネクタイで、がっちりとした堂々たる体躯が虚ろな目に入った。

　風間は荒い息を弾ませて立ち上がろうとするが思うように足が動かない。

「どうした。お前のそばに寄ったらオレの体を押し退けようとひきむしられた。また変な酒でも飲んだな」

「いやヨハネよ。釣りから帰って横になっていただ。そうだ酒田と仙台が海峡になっていたな」

「なに寝ぼけていやがる。そこはおれの家だ。そんな馬鹿なことがあるもんか」

「やあ、すげえ夢だわ」

「夢。また寝ぼけていやがる。しょうがないな。ほら現実はこの通りだ、見ろ」

「いやはや疲れ果てたわ。この世の終わりだわ。やれやれまだ動かん」

　自分の足を伸ばしたり擦ったりで、ようやく起き上がった。

「旦那、しばらくだ。今何時だ、八時半か」

「君がどうしているかなあと心配してな。丁度、大洗からの船旅でな、明日まで時間があるから、たまにはのぞいてみようと来てみたのだ。面白いことが持ち上がった」

「そうか親友。家に入ってゆっくり話そうじゃないか。よかったら泊まっていけばいい」

「それは有り難い。よかろう。話は仰山ある。ところで昼間、地図にある役場の道から入り散々探して骨折れたよ。ところが貴様はいないときた。それで鹿島神宮をみて、また来てみたのよ」

「やあ、すまなかった。釣りに行っていたのよ。それにここは角折れだから骨折れるわ。風が無くなったら暑いわ。海風がいなくなったな。なんだ今頃の凪かミヤサワか」

風間は寝ぼけ眼でぶつぶつ呟くと彼を内へと案内した。彼らは家に入ると早速酒盛りの支度を整え始めたのである。

「近頃どうしているか心配していたのだ」

「毎日、新聞配達やら、この村の使い走りの便利屋をやっとる。預金通帳も作り直した。まあ、何とか命をつないでおるわい」

風間は釣った魚を炭火で焼いて酒の肴にしようと網に載せた。

「今日釣れたカレイだ」

「なんだ、カレイじゃねえヒラメだ。左ひらめ右かれいだ」

「どっちでもいいや、頭の違いだわ。便利屋の仕事をしていると案外貰い物がある」

風間はサントリー白角を出してきて、久し振りにボヘミアン時代を思い出しサントリーを酌み交わした。

「ところで話とは何かね」

ほろ酔いの風間が聞いた。

「それが例のお前さんのあの会社な、とんでもない会社だ。債権を取り立てに歩いていると様々な情報が入ってくる。そこであの会社を調べてみると彼らには、三人の顧問弁護士が付いている。その親玉が近藤郁男という野郎だ。弁護士と共謀のいわゆる金融知能犯の団体よ。お前だけの問題じゃない、大勢いるのだ。少なく見ても四〇〇〇人はいる。そこでだ、新宿三越で女房が経営しているというブティックを見付けた。そこへ行って様子を探ってみると旦那とは離婚しているといいやがる。旦那は億の借金を残して倒産、川崎のチッコイ、アパートで暮らしているとな。ところが親分と行ったら首吊りをやってるじゃねえか。親分と俺が下ろしてみたら生きていやがる。今やるところでしたと畳に頭をこすりつけて、『これこのとおり』と涙を流して情に訴えて謝りやがる。ところが二、三日して様子を見に行くと、案の定モヌケの殻。大家に聞くと、滅多に来ないそうだ。親分が怒って、あれは狂言自殺だってよ。女房から聞いて先回りして同情を装ってのお芝居さ。逆に金を置いて行くだろうとな。また逃亡しやがった。ああいう状態ではとても話し合いは無理。命に関わるような行動に出ない限り不可能だ。今度は逃がさねえ。いろんな会社を探っていくと実に巧みに財産隠しをやってんだなあ。この俺様もどうやら一人前の仕置人になれそうだぜ」

「マルサか」

「裏街道のマルサのようなものだ。それとも付き馬なんとかというのが、あったな」

「なるほどね。そうだ、それからまだある。わしが社長やっていた頃だ。用事があって愛ランドへ行った。夕方であったが二人の子供が何かを突き落としている姿を見てしまった。その時はなんとも思わなかったが、その翌日、発電所の用水路で老人が水死体で見付かった、という新聞を見たんだ。酔っていたので誤って水路に落ち溺死だとよ。後から考えるとあれは間違いなく殺人だわ」

「告訴するか、だいぶ時間が経ったな。時効は一五年だ。まあ警察なんかあんまり当てにはならねえ。証拠なんか、幾らでもどうにでもなるんだ。この俺様に任せろ。お前さんは目撃証人だからな」

「事故で処理されたよ」

「なるほど一事不再理か。旨く逃げたな」

「ええっ」

風間は何のことか分からない。

「それから、まだある。奥只見湖に行ったとき引き上げられた車を見た。それを見た途端、アッと驚いたね。忘れもしない八月の十二日の夜だ。前夜、あの爺さんと社長どもが争っていた。その車がスナックの前においてあったので、あの爺さんどうしたのかなと見ていた。ところがその夜、二台の車が下りてくるのをはっきりと覚えている。帰ったのかなと思った。それから夜遅く会社の一台が戻ってきた。それっきり考えてもみなかったが、湖から引き上げられた車を見て、アレーッと驚いたなあ、あんなところにある。あの車が、見違える筈がねえ。どうしてあんなところにある?」
「うちの親分もあれはまれにみる相当なワルだそうだ」
「前にも言ったけど手形の詐欺だ。俺の知らぬ間に手形を振り出して、この俺さまに全部責任を負わせやがった。それで、あの引き上げられた車だ。これはおかしい殺人臭いと睨んで噂を広めたら、早速、口封じに峠から車ごと突き落とされ殺そうともしやがった。以前から従業員のやつらは、不貞腐れて全然いうことを聞かなくなったわ。嫌がらせだわね。成行きが段々おかしくなってきた。上からの指令だろうな。それで奥只見へ行ってあの始末。これは変だぞと、命からがら逃げ延びて、それであんたと関内でホームレス、懐かしいね。それから大雪が降った時、別荘が五軒も潰れたわね。今でも毎年潰れている。大工さんが言ってたけどね、とてつもない手数料をふんだくるんだそうだ。勿論金は彼らが手に入れ、後はちょっぴり渡す程度。雪国に相応しくなく外見だけで手抜きしているものだから皆潰れるのが当たり前だって、驚いたね。針金のような土台だわね」

話が尽きることなく夜が更けて角ビンの底が見え出した。

「少し心に余裕が出てくると色々なことが思い出されてくる、不思議なものだ。だいぶ飲んだな、空っぽだ。やあ眠い。もう寝ようか」

風間は大きな欠伸をして世にも不思議な夢物語を話していると、いつの間にか二人とも白河夜船となったが。

自分が暗闇の中をさまよっていると何時の間にか横浜山下公園の氷川丸に乗船していた。また航海に出るという噂で大勢の客が桟橋を渡って乗り込んでいたのである。小学生が研修だといって一生懸命トイレの清掃やら食堂の皿に食品を並べている。これがお客に出すときの訓練だという。自分が味見しようと摘んでみたがプラスチックである。なんだこれは。それから船を降りようとして桟橋に向かうと桟橋がバウンドして、とても降りられない。船が反動で大きく揺れて甲板が波打った。これはいけねえと船内に入る。どこをどう彷徨ったか立派な機械室に入った途端、

「コラオマエナニモノダ」

と船長らしき人物にどやされて船尾へと逃げた。が、そこは機関室らしい。機関室に入ると蒸気があちこちから吹き出している。これはどうしたのか。もうこの機関は古くてオーバホールしなくちゃ駄目だという。これから航海して北海道の釧路へ向かうのだから取り敢えず耐久テストと言って巨大な船を持ち上げて落とした。みると底から海水が無くなっていた。よし大丈夫だろう。よく見ると底に穴が開いていた。へーこれじゃ途中で沈没だ。降りてしまおうと船尾から揺れ動くランチへようやく飛び下りた。そして自分の車で帰ろうと駐車場にきたが、どうしたものか何処にも見付からない。どんなに探しても見付からない。変だな、参ったな、仕方無く歩いて帰ろうと思い、途中の喫茶店で休んでいたところ、客が後から入ってきた。さっきオレをドヤした船長だ。俺を呼んでいる。

「おい、これから山へ行こう。一緒に来い」

と誘った。へー参った、と言いながら彼の後にいやいやながら従うことにしたのだ。

よたよた歩いていると、しっかり歩けとどやされながら小高い丘に着いた。なんだゴルフ場じゃないか。

だが、このゴルフ場には虫一匹もいない。生物らしきものは全く見当たらない。鳥も通わぬ陸の孤島のゴルフ場である。芝生も緑のペンキで塗りたくっている。農薬で汚染され使用禁止となっているのだそうだ。表向きは綺麗に見えるが全く人々に嫌われ使いものにならない完全ダメゴルフ場であった。

これは駄目だ。それからまた歩いて別なゴルフ場に着いた。すると狸、犬、熊、兎が飛び跳ねているじゃないか。白球を追ってトンビや熊や狸がそれを食わえると自分の巣穴に持ち込んでホールインだそうだ。知らない人たちは動物が邪魔をするのでよくないというが、自然環境がバッグンでホールインなんて関係ない優良なゴルフ場であると思った。周りには色々な果実

がたわわに実り小鳥が囀り、虫は花から花へと渡り、蜜を集めていた。その果実も、そこの清流が命の水で、価無く頂いていいという。これはなんと素晴らしいところだろう。私に相応しい禁断の実でも頂こうかと手をのばすと、それだけは駄目だと怒鳴られた。

その怒鳴り声を聞き付けて何者かが山陰から現れた。あれはなんだ、と見上げる。

「天の啓示ミクロ様だ」

と威嚇された。

「あんたの不幸は地獄で苦しんでいる先祖を霊界から解放しなければ幸せにならない。そのために金を捧げよ。ご先祖様が深い悔いを残して地獄で苦しんでいる。それが貴方に取り付いて離れない。因果関係、霊界解放、ご先祖様を救うてあげられるのは天におられるミクロ様だけ。神示を受けて執り行うのです。霊魂の存在とその救済を、死者たちの霊の安らぎなくして生きている者たちの安らぎはない。命と愛の次に大切なお金を捧げなさい。二〇〇〇万円です。サラキンから借金してでも供えなさい」

と凄味をきかして口説き散らすのだ。

「そんな金どこにある。ああやって功徳を口説くのか。これは驚き桃の木山椒の木。オレはそんな大金持ってる筈がない。払えねえから止めようじゃないか」と言い張った。

「そんなことを言ってると、誘拐、拉致、監禁され、挙げ句の果ては御陀仏だ。地獄の底に落ちる。それでもいいのか」

凄味をきかせて迫ってきた。

「はてな」と頭を傾げ、またまた変なことを言いやがると気が付く。罪の払う価は死であり、永遠の責め苦でない。

『死者は何事に関しても全く意思がない。その考えは滅び失せ感じることも働くこともできません』と体の底から聞こえたが、自分は必死で逃げ延びようとしても足が動かない。

それを見て、「ミクロ様に金を払え」と次第に距離を縮めて追い掛けてくる。

何糞と息を弾ませ走り去り、どうやら別の山へようやく逃げ延びたようだ。と見ると。

「なんだ。ここは悪徳元祖の山。地球の社会環境にとって忌むべきもの。破壊するのだ」

と船長が叫んだ。よく見ると見覚えのある野中だ。なんとペテンサギイカサマ哀ランドの詐欺山だ。うば捨て山、おじ捨て山、金捨て山で有名な悪徳元祖の山である。船長が一杯抱え持っているものを下に置いた。

「それはなんです？」

「これはダイナマイトだ。この崖に仕掛けて吹っ飛ばすのだ。見てろ」

とスイッチを入れた。大音響とともに崖や山が崩れ、大きな岩石と山津波が襲ってくるはずであった。それ逃げろ。だがどうしたことであろうかサッパリと様子が変だ。何の威力も発揮しないのだ。

「今度は核弾頭ミサイルを使おう」

「そんなのあるのですか」

「ほらみろ」

とポケットからボールペンを取り出した。

「これだ。これを仕掛けたら遠くへ逃げるのだ」

彼らは全滅せんと立ち上がった。すると二人は意外に腹が減って目が回りそうであった。

「ところで腹が減って戦にならねえ」

「食料は、忘れてきた。どこでも買えると思ってね。ここまで来れば、もう安心だ。太平洋が見える。東京が見えるではないか」

「あそこに変なものが見えます」

「あれか、ヒロシマの原爆ドームだろう」

「いや、あれは、なんだろう。オランウータンじゃないですか。なにかブツブツ言ってます」

「ここで政治改革をしなければ、日本の民主主義というものは大変な危機に陥る。だから絶対にやらねばならぬ」

「やるんです。私は嘘をついたことがない」

と嘘から出た口先政治改革が棚上げ、ロッキード、リクルート、トウキョウ佐川急便、金丸信巨額脱税で逮捕と、政治腐敗が表沙汰になる度に政治改革が叫ばれたが、元のもくあみ、宮沢本格政権内閣が不信任、衆院解散、そして自民は腐敗の細胞分裂を始めた。そして腐敗は極度に達し、国民はもとより世界もハタハタ迷惑を被り、小から次第に大騒ぎとなっていったのである。

だが、まだ平和で豊かな国だと誇っていた。すると突然核弾頭ミサイルが爆発した。天から激烈な大音響が迫る。

「おい大地震だ。大地が猛烈に揺れる。立っていられない」

「これはミサイルじゃない。オレの懐にある」

やがて憤怒の火が関東一帯を焼き尽くそうと黒煙の竜巻が起こった。

「どうもここだけじゃないぞ。日本列島が崩壊しそうだ。太陽が西に月が東から登った」

「その日には天は大音響をたてて消え去り、天体は焼け崩れて地とその上に造り出されたものも、みな焼き尽されるであろう」

「おいなにか聞こえたか、なんだ」

そして焼かれた煙をみて諸国民は遠く離れた国々から、

「気の毒だ。気の毒なことだ。あの経済大国が、豊かな国が、大いなるジパングが、あの強力な都市ともあろうトウキョウが。一瞬のうちに裁きが到来したとは」

と悲痛な嘆きが大合唱となって聞こえてきた。そこで辺りを見渡すと、日本開国以来の伝統と犯すべからずの象徴的七つの頭の恐竜が、その役割を終えて消えているではないか。

「それ大変だ天と地が裂けた。裂け目に落ちるな、危ねえぞ。地球の最後の終わりの日が遂に来た。大患難だ」

「さあどこへ逃げる」

「走れ走れ走れ」

「どこへ行くのだ」

「とにかく高いところだ。それ走れ」

走っているうちに大地の裂け目に落ち込んだ。

「あっ、助けてー」

「おいどうした。なに寝ぼけてるんだ」

本間良太が風間の背中を揺すった。

「やれやれ大変だ。どうなる。ここは一体どこだ。……あれ朝か。やあ疲れた」

と荒い息を弾ませた風間が目を擦る。

「朝か、じゃないよ。お前にすっかり起こされた。やあ眠い、参った」

「おう、もう参った。酷い裁きが下って、アレーあの時の船長はお前だったか」

「なんだ船長とかなんとかは」

「わしは完全にくたばった。もう動けん」

風間は起き上がって逃げようともがくが、ドスンと寝転んで、またダウンしてしまった。

「何か、また寝ぼけているのか、面倒見切れない」

本間は呆れ返って彼の首根っこを揉みほぐしている。

「やあなんとか目が覚めてきた。凄い夢だわ」

と大きな溜め息をついた。

窓には朝日が差している。

「今日もいい天気だ」

風間が窓に目をやった。それから夢の話を本間に話し続けたのである。

「しかしお前さんはよく寝ぼける。一緒に寝てられねえ全く。こっちも偉い目にあったぞ」

「ほんまに堪忍どっせ。悪魔の里が吹き飛んだ夢をみていた。それがイカサマ哀ランドになってな。あそこは陸の孤島、悪霊のゲヘナにした方が相応しい」

「この世の終わりの夢物語、ゆんべの夢物語も面白かったぜ。まるで予言的ミステリーだ」

本間が、目を剥いている風間をつくづく呆れ顔で見詰めていた。

「もうこんな時間か、新聞配達にいかなきゃならねえ、生活がかかっているからね」

と風間は漸くふらふらと起き上がった。

「どうだあれを破滅に追い込もう。我々仲間が大勢増えた。大々的、徹底的に裏の捜査網を広げる。場合によってはやむを得ない」

「そ、それがいいだ。おれも手伝う」

「おう忘れていた。あんたの社長、なんの根拠もない偽、闇社長だ。最初から無かったのだ。お前さん騙されていたのよ。最早どうにもならない。証拠は全て湮滅された。裁判しても逆に敗訴になる可能性がある。先ず絶対に解決の道無し、取れない。おまけにたとえ間違えても悪徳商法は九割儲かるのだ。豊田商事事件を見なさい。分かるだろう」

「それはどういう意味かね」

「知らないのも無理はない。彼らの顧問弁護士も会社も希代のペテン師だ。この世で善良な人間は一番餌食にしやすい。善良で正直な素朴さは時代遅れの絶滅寸前のトキのようで戦場に狩り出された兵隊だよ。警察も裁判も当てにはならない。俺に考えがある。最近の指導的立場にある人は言行不一致、嘘も方便、建前と本音の使い分けで庶民を騙す。任侠による社会粛正をやらねばなるまいぞ。他にもやらねばならぬ追跡調査がある」

と本間がある決意を固めて高笑い。朝早く立ち去ろうとしていた。

「大変な世話になったな。ところでエライ地震に遭ったもんだ。この地震が自信につながるかもしれん。これからの仕事が大変だ。結果はどうなるか後の楽しみ。あっ、言うのをすっかり忘れていた。俺たちはね、暴対法があるから那須高原にペンションを建てた。表向きだけよ」

と言って住所を書き留め、地図を書いた。

彼から手紙が届いたので、所在の明細を送ったところ、突然尋ねてきたのだ。これから今夜、大洗からさんふらわあで北海道苫小牧へ行く。ちょいとどうしているか尋ねたという。親分や仲間が水戸のホテルで待っているのだそうだ。

「そのうち機会がありましたら、是非とも寄ってください。これからも大変だ。必ずやるからね」

と言って朝早く飯も食わずに車で立ち去って行った。

暫くの間、風間はポカンと寝ぼけている。

「あれっいけねえ、親分の名前を聞くのを忘れた」

と思い出した風間は頭を掻いて呟く。絶対解決の道なき絶命の淵に落ち込んだ。それよりも先ずは仕事だ。と彼の車が見えなくなるまで見送って新聞配達に出掛けて行った。

その新聞をみると、湯水のごとく税金の無駄使い。高級官僚の天下り天国とあるではないか。こういう甘い汁を吸える生温い環境を今後も絶対に変えることは不可能であろう。なんと羨ましい話である。

彼は、どんな制裁対策を企てるのであろうか、自分には見当も付かない。また何時の日か、会う日が楽しみであった。

彼ら悪徳商法は、弱者をいとも簡単に餌食にし豪華絢爛の生活に明け暮れていることであろう。結果はどうなるか。いかに壊滅的な打撃を与えることが出来るであろうか。絶対にある裁きの必要性を感じながら、「必ずやるぞ」と呟いた。

5

風間は一日の労働の疲れから、本間のことを思い浮かべ、また昨夜の続きの酒盛りを一人で楽しんでいた。だが何時の間にか夜も更け……。

大気中に余りにも多く二酸化炭素を排出し地球温暖化がすでに始まった。極地の氷冠が溶け海岸地域に水没の恐れが出始める。

政府自体貪欲の上に成り立って人間社会の構造に深く根差していた。その根が余りにも深い。世界から地球規模的に『地球が病んでいる』と警告、警鐘が鳴り続けている。

一九九二年六月三日から地球サミットが人類の生存と地球の未来について始められたが、人類の危機を警告した「成長の限界」は世界に衝撃を与え、既に限界を越えた。このままでは数十年のうちに工業と農業の生産が急激に落ち込み破局が来る、と更に厳しい地球環境への警告を出した。

巷では東海大地震がくる。藤沢や鎌倉が沈没する。今度は富士山だという噂が広がっていた。本当に起こり得るのかという半信半疑が世間をさまよい出す。

一九九X年Xデーなる予言が、いかにも本当らしく聞こえるから不思議なものだ。

一九九二年十月二十八日の真夜中にキリストが再来し、信者たちを天に連れてゆくという大韓民国での見事な偽予言もあった。

しかし世界には地球を破壊するだけの核弾頭がある。世紀末の動乱か暴発か、だが宇宙的に大変動が差し迫っていた。

その終わりの日の重大な期間を印付けるあらゆる歴史的証拠や自然環境破壊が顕著に世界的に現れている。

「そして終わりの日には、私は自分の霊の幾らかをあらゆるたぐいの肉なる者の上に注ぎ出し、あなた方息子や娘たちは予言し、あなたがた若者たちは幻を見、老人たちは夢をみるであろう、そして……」

この幻の夢が、果たして現実に起こり得るのであろうか、自分の夢の中で目を剥いて驚いていた。しかし二十世紀のさまよえる苦悩の時代から現代文明は、決して抜け出してはいない。

破滅の時が数千年前から聞こえてくるような気がした。すると、あの懐かしくも苦難を過ごした彼とのボヘミアン時代を思い出し、また夢の中から、次なる新しい夢の続きへと旅に出掛けていた。さて次なる夢はいかなる夢か？

二、仰ぎ見る裁判所

1

初老の男が地下鉄の階段を上り、地上に出ると霞ケ関の空を仰ぎ見た。

「いやあ、いい天気だ。ここが日本の中心か」

と、杉崎勝は呟きながら辺りを見渡す。

そこには威風堂々たる警視庁や東京地方裁判所の建造物が社会を見下ろしているではないか。

おや、何だ。なるほど悪人を逮捕するのが専門だ。太い大木に鉄の足枷、身動き出来なくなっているではないか。さすが警視庁と、感心して眺めていた。

足を伸ばすと大蔵省、外務省の向こうは天下国家を論ずる国会議事堂だ。その永田町は、余りにも世界的に有名である。政官財の構造的癒着の本家として天下に名声を轟かせていたのである。

ところで、見上げた地方裁判所は、見上げたもので政界の収賄罪やら企業の贈賄罪の花が、季節に関係なく狂い咲き乱れるのを間引きするところであるらしい。その他、溢れんばかりの人間社会のごみのような争いごとの有効利用分別処理所の役割をする、いや全て夢の島のごみのごとく捨て去るところか。

分別処理するこの人間社会には、どれほど多くの様々な争いごとがあり、問題を抱えた人々が裁判所を利用していることか。裁判所へ入って見て「これは何ぞ」と不思議に思える。いや、毎日、新聞を見ても事件の無い日は無いのだから仕方がない。

刑事事件や民事事件にしても不幸ごとを喜ぶ人もいれば悲しむ人もいる。その争いごとを上手に、かつスムーズに解決しようとする人間の知恵というべき公正の原則に立って、当事者の利害関係を調整する刑事でも民事でも訴訟法がある。それは正しい者が勝つための手段であり、手続きのルールではある。だが面倒だ、そんな事をしても始まらない。いざとなれば債券取立屋、暴力団の資金源に、またブッコロスという西部劇のような徹底した方法もある。最近ではアメリカ銃社会に見習って日本でも手っ取り早く銃が幅を利かす時代になったようである。

法律とは何か。公正の原則ではあるが、あくまで正義が勝つとは限らない。うまくやれば、一事不再理という巧妙な手口を編み出す輩もいる。

いや、一〇〇万円やそこらの金は仕方がないからと諦める人も大勢いる。この金を集めたら相当な金額になる筈だが、悪辣な事実の全てが裁判所とか、社会の表面に出るわけではなく氷山の一滴が滴る程度のものであるらしい。もし、その金やら事件が表に現れたら凄いだろうなぁと、つくづく思う。

しかし、裁判所でも警察でも、いや国会でも社会的常識が通用しない現実が数多ある。

それがあるから旨く逃げられる。だから悪事は止められない。そこを狙い、悪知恵の働く奴らは、悪知恵を働かせ、旨く逃げて、これはこれは実に有り難いと、ほくそ笑んでいる。そこには、法の抜け穴の大穴がポッカリと開いている。そこを狙っている。

お上に於いても大手証券会社の暴力団との関わりやら、弱者を犠牲にして大企業には損失補填という不公正な取り引きが罷り通る世の中で、たまたま不祥事が明らかになったが、下手なカッコウをつけて大蔵大臣の減俸処分なんて疑惑隠しで片腹が痛い。理屈の弄びで笑い話にもならない子供騙しの様に見えるから不思議なもの。痛くも痒くもないのだ。

さて、果たして訴訟をやってソロバンが合うか疑問だ。ゼロになった債権をどうするか、訴訟によって獲得される額から訴訟費用を引いた残りが訴訟ビジネスの利益であるという。訴訟をどうするかは当事者の自由、訴訟を投げ出すのも自由、権利があっても訴訟を起こさないものは国家が助けない。権利の上に眠る者は保護しない。訴えなければ裁判なし。という偉そうな御託を並べた、お上風が吹いている。

当然の権利主張の合理的方法として、ビジネス訴訟がある。税金を払っている国民は大いに裁判所を利用すべきであると言われているが、しかしだ、しかし……？

ところが悪徳商法や詐欺商法なるものは相手を初めから騙そうとしているのに、騙すつもりは初めから無かったと計画的で、良心も誠意も責任感のひとかけらもないのが今日の社会一般の常識となっている。だが、最初から騙すだろうと分かれば問題はない。しかし甚だ難しい。後から気が付いたのでは、既に遅し、後の祭りとなるのが原則のようなものである。

裁判のその公正さは、人間の欠陥のある公正さで裁くのであるから自ずから限界がある。ものの見事な裁判、判決なんて、今のところ見た事も聞いたこともない。但し、唯一の裁きの方法は一つだけある。それは……？

詐欺罪などで摘発されるのも、ほんの氷山の一角。新聞などでよく見られる判決文も、お箸の国だからではないが、御飯の国だからでもあるまいが、権威にねじ曲げられた冤罪事件、誤判事件がどれ程埋もれているかなんてもんじゃない。現実にあり過ぎるくらいあるのだ。

例えば、昭和二十四年八月の弘前大教授夫人殺しで、時効後に真犯人が名乗り出たため、完全無罪の判決。しかし冤罪の賠償なし。

同じ頃、松川事件の公正判決要求書を提出。「世にも不思議な物語」や「真実は訴える」で松川裁判を批判。法廷の内外で一四年にわたる論争で全員無罪。真実は永久の謎として残った。

また例の大阪での警察官による拾得金横領事件や、届け出た被害者が狂言強盗にされたり、わが国裁判史上初の死刑因に対する再審で免田事件や梅田事件など冤罪であったことを認めるなどなどで、その他枚挙にいとまがない。悪代官が、賄賂などをもらって、相手を有利にしたり、罪無き人をデッチ上げて死罪にするなど、昔からよく見られる風景である。

冤罪はどうして起こり得るのか、政治権力と結託したり、意図的に犯人をデッチ上げるのだそうだ。そこには権威のワナがある。

人間は、神の道に反逆し、死を宣告された。人間は不完全であるがために完全な公正を発揮する力がないということである。

『公正、公正こそあなたの追い求めるべきものである……それは……』

こういう状態で公正な裁判が行われるか否かの大方の見当がついてくる。

裁判は、当事者の主張する言い分が正しいか否か、その理由自体が事実が真実でなければならない。裁判官を納得させるだけの証拠が必要である。何故ならば裁判官は事実を何も知らないからだ。事実を自分の足で調べようともしない。あなた任せの弁護士任せ、訴訟をどうするか当事者の自由に委ねるという処分権主義であるという。相撲の行司だ。親方日の丸体質の時間の掛かり過ぎる裁判で、どこ迄裁けるか。

さてと、偉才が公正な状況を生み出すか、不公正を描くか、最初から結果が分かっていれば、ドラマは最早一歩も進まない、これでおしまいだ。だから続けなければならない。

2

平成二年の七月であった。

杉崎は、東京駅から営団丸ノ内線に乗り換え、真夏の暖房の効いた地下鉄で、霞ケ関に降りた。

大勢の人に揉まれながら地下鉄のA階段を上り地上に出ると、目の前に東京地方裁判所があった。少し歩いていると警視庁と法務省が桜田門の前にある。その男は引き返して東京地方裁判所の玄関から自動ドアに吸い込まれるように入って行った。

外の天気が余りにも良すぎたせいか、彼は薄暗いロビーで目を慣らし慣らし庁舎案内板を見上げていた。

「これは暗い。見にくい」

と、その初老の男は呟いた。

最初は何故こんなに暗くする必要があるのか、税金節約の節電かとも思ったのだ。

まるで人生劇場の墓場の底にいるようだと彼は感じた。その時なるほどと思い付いた。

法廷という場所は、様々な人間ドラマが赤裸々に演じられる人生劇場の舞台である。とは言い切れない。お上のお墨付きを、いかに適当にごまかして頂くか、裁判官や法務局を騙して他人の土地まで売り払う時代である。そういう場所でもある。また、控訴控訴朕思うに有罪が無罪、無罪が有罪に化ける場所でもある。有名タレントは表舞台で脚光を、法廷は犯罪が裁かれる場所であり、様々な人間の人生劇場の裏舞台である。

正直者が馬鹿を見ることもある。悪い奴が得をすることもある。正義が必ず勝つといった勧善懲悪の効果があるとは限らない。なんとも複雑この上もない複雑が存在している。

「べらんめえ、この桜吹雪の入れ墨が眼にへえらねえか」と遠山の金さん。

「この紋所が目にはいらねえか」

「天網恢恢疎にして漏らさず」

水戸黄門、大岡裁きのテレビに出て来るような「あんなにうまくいくものかな」というカッコいい、安心して見ていられる時代劇じゃないのである。

現代の司法制度の充実、強化を旗印にして選挙に出馬しても当選の見込みのない時代であるそうだ。果たして市民の立場に立って、国民への法的サービスを充実させることができるであろうか。法廷ミステリーの読み過ぎか、興味深いものを感じていた。

杉崎は、この東京地方裁判所の暗いロビーでこの事件の経緯を思い巡らしていた。

3

この事件のそもそもの発端は次の様であった。

昭和六十年（一九八五）五月二十一日である。

東京都豊島区東池袋三—二—四、共栄ビル五階のセブンクイーン株式会社、取締役社長牛島平八郎、同会社内にある大東和総合開発株式会社取締役社長、台中義則と土地付区分建物売買契約を締結した事から始まったのである。

それは新潟県南魚沼郡六日町大字小川三四—四七、土地付き区分建物を新築、七月末完成、引き渡しの約束であったが十二月に延期された。またまた翌年の三月に延期され、四月になっても完成しない。その結果、契約不履行により契約解除し、返済を求めたが全く返済しない、というより地下に潜って沈黙してしまったのである。

この事件の原因は、よく考えてみると昭和四十九年八月末ころから既に始まっていたのである。

遡ってみると、ふとしたきっかけから大東和総合開発株式会社の営業マン牧田が会社にパンフレットを持って会社に現れ、別荘地の斡旋ということで誘われ、部長と名乗る松永弘道という人物と現地へ同行したことから始まっていたのである。

それはそれは、故郷へのかけ橋という謳い文句。上越新幹線、関越自動車高速道路も開通し近々温泉も開発されて地価も一変、将来の有望と発展は想像を遥かに越えるものとなり土地の値上がりが間違いなく、投資の対象にもなる。預貯金よりも有利と宣伝され、金の必要に迫られた場合は会社で引取り、または転売してあげます、という。その頃には五〇〇万、六〇〇万になるであろうと得意満面で謳い上げていたのであるから遂に左記の土地、八〇坪を二七七万円で買う羽目になったのである。

新潟県南魚沼郡六日町大字小川字深山一四四―一番地の土地である。

成り行き上そうなる事情が、その時代の背景にあった。

それ、時代の流れのテンポは早い。

国民所得倍増計画を決定した池田内閣は経済の高度成長時代の幕開けから、マイカー時代の口火を切り、食料は満たされ服装も整い民衆の意向が、より豊かな生活を求めレジャーへ傾くのは自然の成り行きであった。

それに拍車をかけるように田中角栄が全国の過密、過疎状況を解決すべく全国総合開発計画の日本列島改造論は日本全国に土地ブームを引き起こし、長者番付けは土地成金で占められるようになっていたのである。

それから戦後三十数年になろうとしている。急速な経済再建は庶民生活に少なからず影響を与え、経済の時代から文化の時代へと転換が叫ばれるようになっていた。

また多数の人々が故郷へと、帰省ラッシュが起こる。故郷の無い人々は一体どこへ行くのであろうか。故郷とは、なんと素晴らしいところであろうと思うに違いない。

そこで、この土地に山荘を建てようと意気込んで故郷の土地を買うことになった。

その次は土地に家を建てるまで利用できるようにと青雲庵という会員権の購入を勧められ、利用することについては便利であろうと異存がなかったので二〇万円要求され、支払う事になる。

その頃、この会社では故郷へのかけ橋というキャッチフレーズを掲げて、故郷ファミリークラブの会員権を大々的に宣伝していた。

それには、第一次会員から第四次会員まで一五〇万円から段階的に年数を経るごとに値上がりして三〇〇万円にもなると謳っていた。

その会員権は元金が保証される。入会時より二年以内の解約は保証金の二〇%を手数料として申し受けます。会員権の時価に関わらず保証金以外は返済されません。施設の増強および交通事情の好転による時価での売買が可能。売買に付いては販売価額の一〇%を手数料とする。ただし利益が生じた場合に限ります。とかなんとか、でかいことを言っていたのである。

それから、今、脚光を浴びている温泉とスキーの六日町、特急で二時間半、オールシーズンタイプとゆとりのある設計、それが貴方のものです。上越新幹線、関越高速自動車道路が開通し、いずれ週休二日制になったその時こそファミリークラブの時代です。

という故郷へのかけ橋として未来を見据えた素晴らしさを大いに宣伝していたのである。が、オイルショック以来の低成長時代となって久しく、会員の増加も思わしくなく、いや私腹を肥やす事に熱中しているのではないかという疑惑が次第に高まっていく。

昭和五十四年（一九七九）七月ころである。松永からいい話があるからと蒲田駅ビルで会う約束をして喫茶店へと足を運んだ。

その話によると、大東和総合開発で大量に安く購入した材木がある。将来の値上がりを見込んで購入させようと勧めにきたのが松永であった。

材木の価額表を広げた。

「これを見て下さい。日に日に材木の価額が上がっていっています。これは特定の選ばれた人だけに限定していいます。その意味分かりますね」

ど素人には意味なんか分かる筈もない。

松永が言った。

「材木の件は時価の変動が激しいので社長に電話して時価を聞いてきます」

といって席を離れ、ピンク電話に取り付いた。

今なら安いということで商談が決まると用があると急いで立ち去った。

後日、現金と引き替えに一枚の確約書を渡された。その確約書には、

『今般、大東和総合開発株式会社所有の材木、杉材、松材、約六五石、金額一七〇万円で買って頂く事が成立しましたが、これは昭和五十五年七月末日に最終需要者に売り主、大東和総合開発株式会社が二〇五万五〇〇〇円で売る事を確約します。尚、この場合は大東和総合開発が二〇五万五〇〇〇円で責任を持って買い取る事を書面をもって確約します。

昭和五十四年七月二十四日
杉崎　勝殿
株式会社　大東和総合開発株式会社
代表取締役　台中義則』

と、あるのだ。

その翌年、いざ建てようと自分で家を設計した。だが上村建設という建築屋（二級建築士）が、こんな三角屋根のログハウスは建てられない、と言うではないか。また現場を見たのか、勝手に見るも無残な一般住宅に変更される始末。土台の設計も曖昧模糊。素人が考えても不自然だ。それではと一晩考えた結果、嫌な予感がして取り止める事にした。

ところが建築屋が材木を買わないといけないと言う。存在している筈の材木がどこからも出てこないのだ。また見せようともしない。転勤やらなんだかんだで改めて考え直そうとしているうちに仕事が急に繁忙し山荘計画は延期せざるを得なくなったのである。

ところが計画を止めた方が正解であった。おそらく大東和総合開発側は業者への金を支払わないか半分はピンハネするつもりであろう。又は一文も支払わない

であろうと思われる節が後々臭い始めてくる。

実は、その当時、後で建築費を概算してみて、坪数に単価を掛けると、どうみても二五〇万円から三〇〇万余分に見積もってあるのだ。坪当たり六五乃至七〇万円程度になる。その当時ではとても考えられないのだ。丁度材木代が帳消しになるようになっていた。止めてよかったなと思っていると、その翌年一九八一(昭和五十六)年四月、年度代わりの忙しい最中である。

ある封書が届いた。それは、

『先代社長が、当地イカサワ地区は温泉脈が有望であり、必ず温泉が出る可能性の高い地点が発見され、天下の景勝地イカサワに温泉があれば地価が高騰する、社有地外にも温泉有望地を購入、温泉開発に着手することに決定した』という内容であった。

温泉開発に投資参加をして一口五〇万円で成功したら倍額になるという。不成功の場合でも一枚の引き湯保証金(年利八%)で保証するということで五〇万円を投資することになった。確かに温泉が出るようになれば誠に喜ばしい事になるからだ。

その時、松永弘道が言った。

「たった五〇万か」

と口を振らせてボヤキやがった。このボヤキに怪しい臭いを醸し出していたのである。

それからである。一九八一(昭和五十六)年九月ころ何の前触れもなく松永が突然会社へやって来た。

そのわけは、こうである。

温泉ボーリング中に含有量の多い金が発掘されたと宣伝用の週刊誌を見せながら土地の値上がりを見込んで買い増しを勧めに来たのだ。

松永の真剣な目が輝いた。

「実はですね。温泉ボーリングのことは知っていますね。それが大変なことになったのです。含有量の多い金が発掘されたのです。この様に大々的に報道されて土地の値上がりが見込まれます。今が投機のチャンスなので買い増ししてくれませんか。別荘地は金を掘るようなことはしませんから」

と言うのだ。

「値上がりするのなら売って下さいよ。と材木もね」

なんとなくその時、材木の存在もあやふやでウサンクサク感じられるようになっていた。土地と材木を転売するよう依頼したが、それっきり姿を見せなくなった。土曜日曜も仕事に追われて構っていられない。

4

それから四年の沈黙が続いて時は流れた。

さて少し忘れかけた頃を見計らってか、材木の転売のことも、その知らぬ振りして厚かましくも、一人の中年の女性を引き連れて大東和総合開発、常務取締役松永広道が（昭和六十年）の四月半ばにやって来た。

彼女の名刺には顧客係長熊谷利恵となっている。また常務取締役もいつの間にか弘道が広道に変わっていた。

うまい話があると熊谷から会社に電話があり、誘われて蒲田駅ビルの喫茶店で落ち合うことなったのである。

その話によると、新しくヴィラを建てたのでイカサワヴィラオーナーズ契約を一口、一五〇万円で四戸分の購入を勧められた。それは先に購入した材木を二〇〇万円、温泉保証金を一〇〇万円にするから、後三〇〇万円支払ってくれと言うのである。というのは直ぐ値上がりするから手付けとして今直ぐキャッシュカードなら六〇万円まで下ろせるからと窓の下の銀行を指で示して今直ぐ支払ってくれと松永が言った。それは今にも二〇〇万円、二五〇万円にもなるという。だからそうしてもらいたいということであった。

それに三年経てば一口ずつ売ってあげますという約束で契約書の特約で確約を明記した。勿論値上がり分を保証するとは言わなかったが、とにかくそれなら心配ない。それを信じて契約することにしたのである。

それで四月二十六日に契約金の一部の二五〇万円をわざわざ自宅近くまで二人で取りに来たのでレストランで現金を渡した。家の近くでもあり印鑑まで取りに行き契約した。その時松永はテーブルの下で何物かにそっと印鑑を押していた。しかしその時は気にもしていなかったが、後で考えると災いの種になるのではないかとも思われた。

それから間もなくである。彼女は一棟買いが殺到していると怪しげな色目を使い盛んに宣伝しにきた。

まあ、軽く考えていたところ、会社へと連れて行かれる羽目になり、そこで大東和総合開発取締役社長、台中義則とセブンクイーン株式会社専務取締役、中井行男の両名から名刺を頂いて紹介された。

大東和総合開発の松永広道が、

「契約が成立したので一度イカサワヴィラへ行って見ませんか、五月の連休は一杯なんですよ」

と言うのでその連休の後に大いに自然を楽しもうと行く事にしたのであった。

満員なんでと、いかにも盛況であるかのように装っていたに違いないのだ。それは後から気が付く。

暫くぶりに現地に行って泊まってみることにした。これからは幾らでも暇がある。何時でも行くことが出来る。また田園を素材にしたドラマなどと考えながら酒や山菜の天麩羅の御馳走にあずかり、イカサワ温泉へと車で連れて行かれ盛んにご機嫌を取られた。まあまあまんざらでもないと思ってもみた。どうせ一口ずつ売れるのであるからと、たかをくくっていたのである。

ところが帰ってから間もなくである。また電話で誘い出されて会うことになる。

丁度会社まで自分の荷物を取りに行くところだったので、車で蒲田駅まで迎えに行き羽田空港のレストランへと案内した。

そこでの話は次のようである。

三号棟は駄目だから青雲庵の上並びの前社長の銅像のあった並びに四号棟を新築する。会員を募った方が三〇〇〇万になるのであるが、二〇〇〇万円にする。大東和総合開発から買った土地を社長が四〇〇万で買い取るといっている。これを新築物件に充当して、先のオーナーズ契約を破棄してということであった。それはオーナーズ契約より都合がいい。田舎での生活もまんざらでもないと思い同意したのである。

帰りには熊谷利恵が山荘を買ってもらったら、一生面倒見させいただきますと御託を並べやがった。

これは会社が女に男を誘惑させ金品を巻き上げさせようとする、要するに色仕掛けの美人局であろうと、後で考えついたことである。

それで四〇一号棟土地付き建物売買契約のため持ってきてくれというから、早速あちこちの預金をかき集め一〇〇万円持参して五月二十一日にセブンクイーンへと向かった。

先に現地に行ったとき、どこそこの建築会社社長の建物だといって四〇〇〇万という建物を見せた後、その三号棟の物件を二〇〇〇万と紹介していた。以前に一〇〇〇万円と言ったものが、急に四〇〇〇万に変化していたのである。なるほど比較効果を狙ったのであろう。

そこで注文を付けた。

「あんなものじゃ好ましくない。暖炉を付けてもらわなくてはね」

松永が言った。

「二階建ての立派なものです。七月末までに建てないと意味が無いからね。冬は上のヴィラまで雪よけするから大丈夫。暖炉や岩風呂もつけます。それは専門家の事ですから安心して任せてください」

これはどっちみち、建てようと思っていたのであるから都合がいい。そして自己所有の土地の様子を見ていると一九八〇（昭和五十五）年頃にあった上隣の二階建てが、いつの間にか跡形も無く消えていた。

「あそこに建てなくて良かったです。雪崩で潰れましてね」

と常務取締役の松永が事情を説明していた。

そこは水圧が低いため、わざわざ電動ポンプを使っていた。やはり場所が悪い。雪崩のないところの方が都合が良かった訳である。それを信用して中間金四〇〇万円を支払い完成時に五〇〇万円支払うと同意し、仮契約書で売買契約を締結した。この仮という文字に謎が秘められていたのである。後日に化けの皮が剥がれる結果となるのだ。

そうこうしているうちに熊谷から電話があった。

「七月末までに立派なものが出来るから残金を七月二日までに入れてください」

「完成して良く見てから支払いますよ。そういう約束であるからね」

「常務の松永がそう言えと言ったのよ」

だが完成まではだめと堅く断った。

断った後直ぐに松永から電話がかかった。

「八〇%の入金で彼女に歩合が出るので、なんとか後一〇〇万円でも入れてくれないか」

「完成時に支払うという約束だ」

と断った。これは同時履行抗弁権である。

民法五三三条……双務契約当事者の一方は、相手方がその債務を提供するまでは、自己の債務の履行を拒むことができる。とある。

これは後から民法を読んで知ることとなったが最初はそんな事は露ほども知らない。

ところが数日後、松永から電話があった。

「七月十九日に会社で招待するので招待状を社長が持って行くから蒲田の例の場所に来て下さい。あなたの名前を招待状に載せたい」

と連絡があったのだ。

「名前、それは御免だ」

その後また社長の台中から電話があり、

「四号棟の建物の件は来年の三月になるのだが」

「それならやめましょう」

「そんなあ」

という台中社長の驚きの声が聞こえていた。

そこで一応様子を見ることにして社長が招待状を持ってくるというので蒲田駅ビルで落ち合う事になったのである。

招待状なんぞ郵送すれば事足りるのにわざわざ持って行くというのだ。変っている。それには色々な事情と駆け引きが込められていたのである。

七月五日、蒲田駅ビルに呼び出されて行ってみると、たった一杯のアイスコーヒーを啜りながら台中が言った。

「建物の図面も出来ているのです。次から次と立派なものを造らないと売れませんからね」

とレシートの裏に真っ黒になるまで図面を書いた。杉崎は感心して上の空。それからまた彼の言葉は続いた。

「残金はあんたの名前で誰にも利用出来ないように完成まで定期預金にしておきます。うちは豊田のような虚業じゃない。実業であります。会員には公務員の人もいれば警察の人もいる。売る場合も退職者が大勢入るから心配はない。もし気に入らなければ止めても結構です。会社は絶対倒産しません。それは手形を切らないからで銀行には借入金が全然無い。会社の経理簿を全部見てもらえば分かります。熱川にも建てる。大島にも等価交換方式で建てます。等価交換方式って分かります」

「はてな?」と思案顔。

それは熱心に、何回も念には念を入れて熱弁を奮い確信を持って力説する事なんと三時間半、腹が減ってウンザリ聞いちゃいられない。

5

ところがセブンクイーン株式会社創立二十周年のセレモニーで七月十九日に招待され、越後湯沢観光ホテルに一泊し、観光バスで名所見物やら、あちこち巡って会社自慢の新築施設、越後川口ヴィラを見学し、大勢がセブンクイーンという看板の前で記念写真を撮り、それからイカサワ愛ランドに来た。

しかし当然あるべき建築現場は山林のままで建てる気配も姿もない。これはどうしたことだろうと夕涼みしながら見渡していると、台中義則が突然、木陰から誰かを引き連れて姿を現し近付いてきた。

彼は、セレモニーの会場でセブンクイーン株式会社の社長として挨拶したのであるから当然社長であろう。

彼がおもむろに言い出した。

「都合が出来ましてね、十二月になるのですが。越後川口ヴィラの工事が遅れましてね。おまけに、なんやかんや設計変更やらで金が掛り過ぎまして、遅れました。それに、こちらの方も大工さんが気が向かないとなかなかやらんのですよ。困りました。それでですね、よく考えまして、最初予定していた場所が良くないので、この上の見晴らしのいい場所に変更しました。下に車を入れられるように豪華なものを造ります。十二月には間違いなく出来ますね」

と傍らにいた建築会社の棟梁らしき人物に伺っていた。

棟梁は自信なげに頷いている。

「はてな」自分自身も気が抜けてきそうだ。

棟梁が立ち去ると台中は続けた。

「建物の図面も出来ています。立派なものを造らないと売れませんからね。残金はあんたの名前で誰にも利用できないように完成まで定期預金にしておきます。うちは豊田のような虚業でない実業です。売るときも退職者が大勢入るから心配ない。もし気に入らなければ止めても結構です。それに、あの川の見える場所に二箇所とテニスコートはこのままでは勿体ないから鉄筋で豪華なものを予定してるんです。そのどれでも登記変えして構いませんから、あれに登記しておけば後々安心なんですがね」

と台中社長は何度も何度も繰り返し、念には念を入れて熱弁を奮った。

後ろにいた店長の吉村が何かにやにや笑っている。

「登記なんか完成したときでいいでしょう。慌てる事はない。それに冬は来ませんから良く確かめてからにしましょうや」

「ここの里には小動物やら小鳥が沢山おりましてね。ヘリコプターで殺虫剤を撒こうとしましたが止めました。自然環境をこのままにしておいた方がいいだろうというわけです」

「なるほどね。まあ、十二月でも結構。そんなことは完成した時でいいじゃないですか」

と言うと、突然、台中社長の表情が、にこやかな表情から苦虫を噛みしめたようになり、後ろに振り向くと急ぎ足で立ち去った。

台中が先程、誰かと話をしていたのを遠くから見掛けたが、今はイカサワ愛ランドのそこら辺には自分一人きりで、他には誰も見当たらなかった。

そのときは杉崎は、台中社長を一応は信じてマイカーを走らせて帰ったのだ。

6

丁度その頃、一九八五年(昭和六十年)である。

悪徳商法が日本列島を荒らし捲って、新聞記事を賑わしている時勢でもあった。

それは金銭欲や謀略が渦巻く悪徳商法の氾濫の真っ盛り。投資ジャーナル、怪人二一面相やら関西方面では豊田商法が主役となり純金ファミリー契約証券という奇想天外な金融商品で金の現物まがい商法、詐欺まがい商法と糾弾され、強引な金集め資金運営に疑問があり、老人被害者の訴えにより刑事と民事両面で責任を問う動きが急激に全国的に広がり深刻な社会問題までに発展していた。六月十八日にはテレビが永野一男の凄惨なシーンを全国の茶の間に放映していた。そして豊田商事グループの金とダイヤモンドは銀河の彼方へ飛び散った。そういう世相が背景にあった。

それに続いて、また凄惨な事件が発生した。

八月十二日夜のテレビは、日航ジャンボ機、ボーイング七四七SR機、羽田発大阪行の墜落事件を放映し、日本列島は悲劇に包まれ、重大ニュースの電波が全世界へ広がっていたのである。その衝撃のテレビを見入っているうちに、あれよあれよと月日はどんどん過ぎ去って行く。

しかし日本列島には数多の悪徳商法が氾濫している時世でもあり、新聞や週刊誌の記事も悪徳氾濫、被害が相乗的に広まり騒然としていた。

あの会社は果たして大丈夫かなと、思案を巡らせていると、九月二日になって熊谷利恵から、突然、電話が掛かった。

「あの三号棟の建物はいいでしょう」

「あんなものは使い物に成らない。子供騙しだ。止めた」

「そんなあ、社長が泣いてんの」

彼女の淋しげにもの悲しげな声が聞こえた。色仕掛けで落とそうとワナを仕掛けてきたのだ。

なんの、その建物は窓の開かない密閉方、ユニット式バスルーム、ベッドが二つ並んだラブラブホテル形式の一〇坪程度の平屋バンガローであるから実用的ではない。全く好みに合わず実用価値も何もない。それは他の機能的な物件と比較することで、はっきりと判断できる。なにしろ一坪二〇〇万円という建物だ。あまりにも雲泥の差があり過ぎた。

ある社長の山荘を四〇〇〇万の物件と説明した後、あの物件を二〇〇〇万と言っていた。なるほど明らかに比較効果を狙ったやり方であり、もし気が付かなければ、まんまと騙し通せると思っていたのであろう。図面もできている。それ相応の建物を造るだろうと思ってはみたものの、なんとまあ、たった一〇坪の建物が二〇〇〇万円、一坪二〇〇万というのだからウサン臭いことこの上もないのだ。

「使い物にならねえよ」

この女狐と電話を切ってしまった。

これで完全に臭いところが、益々臭くなってきた。

が、奴らは、いや詐欺の完全犯罪を狙っていたのだ。

7

月日が過ぎるのは早いもので、あっという間に翌年となる。

一九八六年（昭和六十一年）確かに建物が完成しているはずであった。

そこで三月、四月と電話を入れてみたが、応対に出た女子社員は杉崎の名前を聞くと暫く待たせたあげく「社長はいません」という返事のみ。名前によって出るのかと聞くと、ただ笑っている。これは明らかに完成していない。間違いなく詐欺商法ではなかろうかと益々不審と疑惑が持ち上がった。

十数回の電話でセブンクイーンの台中社長が四月二十五日になって漸く電話に出てきた。

するといきなり、

「待ってたんです。図面もできている。これなら絶対気に入る。もう決めたんです」

と勝手に一方的に、決めて返答に困るように畳みかけてきた。まるで悪徳商法で名高い先物取り引きや豊田商法の手口と同じだ。最早、悪徳商法と断定して間違いない。

それに雪崩の恐れのある危険な場所から安全な土地への移転登記も不能となり、この悪辣で人を食った態度に呆れ、土地も約束通り会社で引取り、契約不履行により契約解除をするよう言い渡した。

「それでは返さなくてはいけませんね」

と言ったきりいつまで経ってもナシのつぶてであった。

専務取締役の中井行男なる者も課長の杉山も、何回出ても、

「社長でなければ何も出来ません。社長から返事するように伝えておきます」

と言ったきり、また全然返事がない。またなしのつぶて、ただ沈黙あるのみ。良識ある態度からガラリと

悪徳商法に変身。いや最初から詐欺商法であったのだ。とても話にも何にもならない。

もし気に入らなければ止めても結構という、いかにも良心的な態度から、取り止めた場合は後の祭り、知りませんという状況を残念ながら感知する事が出来なかった。また一年経っても出来ないのだから今直ぐ転居出来る機能的で生活環境にも勝れた湯沢温泉など、他にテラス付き一五五〇万円の立派なものへと買い替えた方が確実であった。

この手口は先物取引に限らず悪徳商法のよく使う常套手段であり間違いはない。

この問題の解決方法は素人ではどうも分からない。躊躇している場合ではなかった。

予てから第二の人生計画はこれだと決めていた。そして書店で色々な書物を買い漁っていると目に入ったものがある。

そこに悪徳商法なるものは、いかなるものかという悪徳商法の墓碑、豊田商事の正体、新悪徳商法事情などが並んでいた。

なるほどよく見ると、このやり口手口は全く悪徳商法と同様であり今更ながら悪徳商法の正体に気が付き始めたのだ。

そこで、これは臭いと睨んで五月二十六日、誰かに事情を話し相談を持ち掛けてみたのである。

今までの経緯を話したところ単純詐欺だそうである。これは材木のところで気が付くべきであったというが、確約書に明記されているものの、とんでもないものを信用してしまったのである。

そういう事情で早速同日、東京都港区赤坂のオレンヂハウス安藤和子弁護士を紹介され、訴訟の件を依頼したのである。

そこで先ずはともかく取り敢えずということで、同年六月二日、次の解約通知書をセブンクイーン株式会社と大東和総合開発へ送付したのである。

通知書

前略、通知人代理人として左記のとおり通知致します。

一、貴社は通知人と昭和六十年四月二十六日土地付区分建物売買契約を締結し、貴社は通知人に対し新潟県南魚沼郡六日町大字小川八二—四七宅地七二六平方メートル上に四〇一号棟を建築して同年七月末日に引き渡す約束であったにも拘らず、未だに履行されておりません。
二、通知人は貴社に対し右債務不履行を理由に本件契約を解約いたします。
三、よって貴社は通知人に対し本書到達後五日以内に通知人から受領した右売買代金一六〇〇万円をお支払い下さい。
四、なお、通知人は貴社の度重なる不法行為によって金一六〇〇万円を支払わされたケースでありますので、右金員支払いの履行なされない場合は、貴社、貴社代表者および本件関係社員ら個人に対して法的責任を追及いたしますので予めご了承下さい。
東京都豊島区池袋三―二―四
セブンクイーン株式会社
代表取締役　牛島平八郎殿
この郵便物は昭和六十一年六月二日第五二号書留内容証明郵便物として差し出したことを証明します。

東京高等裁判所内郵便局長
というものである。

実は、大東和総合開発株式会社の台中義則へも内容証明郵便を送付したのであるが、現実に存在しているにもかかわらず計画倒産し、もぬけの殻としているので当然の結果として返送されてきた。

ところで内容証明郵便なるものは、何も法律上、効力はない。後々のための証拠である。

口頭や郵便で履行の請求をする事もある。また中断力でもあるが、請求後六カ月以内に裁判所の強力な方法をとらなければ中断の効力がない。すると七月七日セブンクイーンの台中社長から早速、電話があった。どうもおかしい。セブンクイーンの社長は牛島平八郎であるのだ。

台中が、

「うちの会社は小さいから分割で返済しますから」

と言ってきた。

その後の九日である。また電話が鳴った。台中からの電話である。

「あんたを放したくないのです。なんとか協力してもらえないでしょうか」

「それは駄目だ。一年経っても出来ないのだから、全面的に取り止めだ」

「もう上村建設に頼みました」

「なにが上村建設だ。悪徳商法に出来るわけがない。絶対駄目だ」

「三号棟に決めてください」

と彼は最後に語気を強め怒鳴りやがった。

「あの建物は使い物にならない。イカサマ会社は御免だ。土地も処分する。儲けるとは信用する者と書く、分かるね。信用回復で元に戻る」

「こちらも顧問弁護士に依頼しましたから」

と電話は切れた。

あれほど熱心に立派なものを新築しないと売れないと約束しておきながら、安物にすり替え後は造らなくて済むという計算済みの実に悪質な会社である。

あくまでも安物にすり替えて安全圏に逃げようと企んだ最後の切り札。社長の責任ですり替えてしまわなければ、これは社長の沽券にかかわる問題だと焦りが見え出す。

ものの見事に感動的に鼓舞するが如く嘘を言い、仮契約から安物の物件に本契約としてすり替える。後は後の祭りと他人さまを犠牲にすることによって、自分だけが幸福になれるという弱肉強食の現実を応用、人間を信じて疑わない無垢な魂と、底抜けの善良さを食い物にして相手がどうする事もできないように追い込む事に専念していた台中社長のいかにも善良そうな牛の仮面が剥がれた時の狼の目と顔がもくもくと、陰湿な嘘つき人間像として浮かび上がった。

民法五一三条によると、当事者が債務の要素を変更する契約したときは、その債務は更改によって消滅する。

そこを狙ったようにみえるが、とんでもない。すり替えようと企んだのも最初からの計画であったのだ。

それから暫くして、セブンクイーン株式会社から話し合いをしたいという、代理人からの連絡があり、とにかく話し合うことにしたのだ。

セブンクイーン株式会社の顧問弁護士、近藤郁男なるものと七月十七日、この件について話し合うことになり安藤弁護士と東京弁護士会へ出向いたのである。

弁護士会の蛸部屋に入って対峙する。

ところが顧問弁護士の近藤が言うには、

「月二〇万しか返済できない。この会社は倒産しましてね。土地区分建物のことも私が教えました。裁判は全部不起訴です。この会社はいい会社です。後はいかようにもして下さい」

彼は一息入れると、

「妻が二〇〇〇万の借金があるので離婚しています。しかし一緒に住んでいますがね」

という次第で、これは明らかに偽装離婚、財産隠しの豊田商事でもやっている手口であることくらい想像が付く。それに同情を誘うことによって返済逃れを企んでいる。これで完全に決裂した。

台中義則社長は、うちの会社は絶対に倒産しないと断言していたのであるが全くの嘘で、化けの皮が剥がれた。

近藤弁護士のしたたかな弁は、まるで〝提訴してもドロボーに追い銭、無駄ですよ。法治国家ですが悪徳商法には放置国家ですよ〟と言わんばかりの偉そうな態度と口ぶりである。

それに破産とは、要するに債務超過の状態になったということで会社の全財産を叩き売っても返済不能になった、ということであろうか。それとも債権者の申し立てによる破産原因か。

いや、会社の代表取締役や他の取締役と組んで債務超過の状態になったので裁判所に対して自己破産、破産宣告してもらったのであろうと推察する。要するに自己破産は計画倒産であり詐欺倒産だということである。これは歴然たる犯罪である。

更に七月二十九日には行き違いで近藤と話は出来なかったのだが、安藤弁護士が言った。

「ちょうどいなくてよかった」

と何か意味ありげなことを口走った。

顧問弁護士の近藤が年内に一五〇〇万円、六十二年度に五〇〇〇万円、その次の六十三年度は五〇〇〇万円、計一一五〇〇万円返すと、いかにも良心的なことを言って帰ったのである。

だが、それから三年経ってもビタ一文返済されない。始めから返す気がない沈黙の状態が続いていた。六カ月以内の提訴逃れである。また沈黙は欺罔である。無銭飲食宿泊のように「後で送金します」と言って処分行為をして雲隠れするのであるから、これは明らかに台中社長と顧問弁護士と組んだ時効消滅を狙った作戦である。

相手側セブンクイーン株式会社の顧問弁護士の近藤郁男の名刺には東京都新宿、Sビル七Fとある。悪徳商法専門弁護士であると察する。後からそれが明確となるのだ。

台中社長の妻の二〇〇〇万円の借入金も知れたものだ。

これはクレジット会社、サラ金業者から借金を重ね、勿論返す当てがない。離婚しているので資産も無く、裁判所への破産手続きの費用も無く、弁護士の話では免責されるのが原則であるということで、当然に破産債権者に対する債務の全部について責任を免れるため免責の申し立てをする。この免責を許可する旨の裁判所のお墨付きを頂いて借金から解放されるという免責制度を利用するという方法もある。恐らく悪徳顧問弁護士ならこの方法を必ず行う。法律の抜け穴を利用しての金融知能犯であるからだ。

それ、今日、自己破産は時代の先端を行く流行で、数え切れない程あり、至る所に蔓延の兆しが見られるようになっているではないか。

台中義則社長が呟いた。

「これはまずい」また「社員が悪徳商法だと言われて泣いて帰ってくるんですよ」

女の泣きごとを餌に、いかにも悪徳商法じゃないとばかりに嘘ぶいて同情に訴える。

社長の責任ある地位を利用し、相手の無知をいい事に、立派なものを造ると意欲をそそり、相手を甘言で信用させ、幻惑と錯覚を巧みに使い、なんとか説得して安物に契約をすり替えようと必死である。すり替えてしまえば新築しなくて済む計算であり後はどうにもならない羽目に追い込んで、アリ地獄に陥れようとしている。そして会社が安全地帯へ逃げようと謀っていたのである。いわゆるみずてんで濡れ手にアワの丸儲けを企んでいたのである。

巧みに金が取れると見ると親切に、いかにも善良そうに装うが、もう取れないとみると沈黙してだんまり戦術の行使で、専務取締役中井も杉山課長も、社長でないと何も出来ません。その社長の姿はどこにもおりません不在です。社長の家も電話番号も本人の許可がなければ教えられません。と悪徳商法の全貌を露呈したのであった。

この会社のやり口手口は、相手の無知を利用して価値のないものを法外な値段で売り付けようと、他社との比較をあくまで避けようと、取り引きを強要し、必ず立派なものを建て、暖炉や岩風呂を設け、車が雪のかからぬように家の下に入れられるように立派なものを造ると期待に胸を膨らませ、近藤弁護士もこの会社は良い会社と誇大宣伝し、実体がないのに多額の金を先取りして荒稼ぎを企むのだから悪辣で不公正な取り引きと言わざるを得ない。

うちの会社は豊田のような虚業じゃない。実業である。銀行には借入金が全然無い。立派な建物を造ると誇大宣伝で企業詐欺に着手、残金を完成まで定期預金にして誰にも使われないようにするという詐欺未遂。正常な企業、または健全な経営を仮装しての営業的詐欺である。改正刑法草案三三八条となるのである。

また時代の波で、田中角栄の日本列島改造論から端を発した日本列島の長者番付は土地成り金で占められるようになっていた。その土地開発ブームに乗って将来の発展と土地の値上がりに期待をもたせ、大東和総合開発株式会社は土地を売りに売りまくったのだ。

その大東和総合開発株式会社のパンフレットの宣伝文句によると次のように書かれていた。

『不動産の売買の取り引きは、信用できる会社選びが大切です。〈土地を売りたいが安心して任せられる会社を知らない。また、マンションを買いたいが信用のおける会社かどうか心配だ〉という話をよく聞きます。そこで特に今回は当社不動産部門の方で会員の皆様のお役に立ちたいと思い、当部門に於いてご相談を承っております。それに並行しまして当部門でも宅地等の買取りや斡旋を致しております。数多くの物件がございますので一度ご相談下さい。別荘分譲地も好評のうちにあと数区画となりました。ご希望の方は早めにご連絡下さい。

大東和総合開発不動産部』

と言う宣伝文句である。

土地の図面には、殆ど全部土地所有者の名義が書かれてあった。おそらく一区画三〇〇万円として掛ける一〇〇または二〇〇、三〇〇ある。大変な金額である。

だが、その発展という期待は貪欲さのため私腹を肥やす事に専念するため発展は望めない。

土地を生かした独特の工夫や機能的な計画があるかのように見せ掛けて実はやらない。他の大企業との競争原理にも勝ち目がない。材木の件、温泉開発の件、オーナーズ契約も一宿一飯の義理で三年経てば一口ずつ売りますという約束で契約したが、やることなすこと嘘を積み重ね、今度は出来もしない家を一軒あげますという練金術で騙し、丸儲けを企んでいたのである。

管理体制もいい加減でズボラで後天性免疫不全詐欺症候群の精神分裂症的経営体質であり、原野商法プラス豊田商法である。

狙い撃ちする公務員は、不動産に関して無知で泣き寝入りしやすいタイプであり、商法による五年の時効の餌食にすることのできる格好の獲物である。

施設の増強は見込まれず、田舎の素朴さも生かし切れない。サービスも非常に悪く、トイレも汚く、ろくに掃除もしていない。これでは虫の住家のようで全く客に嫌われるに違いない。それに、

「この会社、米代も払ってくれないのよ。つきたての米をうちから持ってきた」

と賄いの婆さんが言うのだから想像が出来るだろう。

米代もろくに払わない人任せの無責任さを窺うことができる。

だから会員の増加も見込まれない。また会員も次第に離れてゆくことになる。

そういう次第で五年も経てば、その結果が保証金の返済に次から次と迫られる。また、イカサワ愛ランドでは、次から次と山荘が倒壊していた。

建築の規模からして土台が貧弱この上もない。雪国を考慮に入れた建築とはとても思えない。恐らく多額のリベートを取るので、建築屋は都会人の無知を逆手にとって、柱も細く手抜きの工事ではないのかと思われた。もう七軒も消えて道端に屋根が転がっている。管理費を取りはするが何もせず。無責任の損害賠償の対象となったのではなかろうかと思われた。

8

一九九一（平成三）年六月半ばである。

現地に行ってみると人影も全く無く、テニスコートのフェンスも消え、ネットも無く、テニスコートは廃墟に相応しく荒れ放題であった。

上村建設に頼んだという場所には六年経っても山林のままで荒れ果てている。今後の発展も全く望めそうにもない。まさに公務員専用の姥捨て山、老爺捨て山の墓場に相応しい姿をしていた。

さて、大東和総合開発株式会社は、顧問弁護士近藤の話によると昭和五十七年に倒産したという。

先ず会員権の保証金、材木、引き湯保証金も返済せず。返済逃れのため計画倒産、詐欺倒産を謀ったと考えられる。

先ずは、東京都文京区本駒込六丁目十五番一号、大東和総合開発株式会社代表取締役台中義則は、計画倒産で姿をくらまし、東京都豊島区東池袋三―二―四、共永ビル五階にセブンクイーン株式会社と社名を変えて姿を現していた。

その会社で大東和総合開発取締役、台中義則、セブンクイーン株式会社専務取締役、中井行男の名刺を渡されたのだ。

売買契約書は大東和総合開発の常務取締役松永広道が作成したが、最後のページにセブンクイーン株式会社取締役、牛島平八郎となっている。そして領収書は大東和総合開発、台中義則とあるではないか。また会社内には昔からの大東和総合開発の顔馴染みである太田弘之の姿もあり、全部大東和総合開発の顔が揃っていた。しばしば社名を変更しているので別に気にも止めてもみなかったが、実はころころ変える会社は大変臭く危険なのである。

だが越後湯沢や川口ヴィラでのセレモニーではセブンクイーン株式会社社長として台中が挨拶した。牛島平八郎なる人物の姿は会社の中のどこにも見出せず姿も見当たらない。なるほどと思った。

顧問弁護士の近藤郁男が言った。

「年配の人なんです」

この弁護士は昭和五十七年に倒産した時、この会社の整理を担当したというのであるから、この会社の裏の事情を一番よく知っているはずである。その頃自転車操業か、倒産の計画中であったのだろうと考えられる。

計画倒産から、ある必要があって牛島平八郎なるものが社長となってはいるものの名前だけであり、住民票を二東三文で買った、いわゆる大東和総合開発のマネキン社長、ダミー社長であり人の目をくらますための全くの同一の会社であると判断することが出来る。

売買契約書はセブンクイーンであり領収書は大東和総合開発で倒産した会社の領収書ということになる。台中社長がセブンクイーンの社長でないとすると越後川口ヴィラで挨拶したのは、大勢の客を欺いた姿勢であり、これは欺罔である。

倒産したといいながら、イカサワ愛ランドにヴィラを三棟建て、越後川口にもヴィラを新築、伊豆高原にも土地を買って社有のヴィラがある。そして新潟県の小出に、山林二万二〇〇〇坪の社有地があり、なんと結構な倒産であろう。これでは明らかに計画倒産であると察せられるのである。

それに一九八七（昭和六十二）年六月半ば頃から頻繁に間違いや無言電話が掛かる。「芹沢さんですか」「富田さん」「関東電気保安協会」と電話番号は全て合っている。「番号が似通っていたもんで」と似ている筈もないのに嘘ぶくおばさんがいた。山で聞いた声のようだ。

また七月二十八日に山手線が落雷でストップしたその翌日午前十時半頃、かなり長い無言電話があった。まな板で何かを切っている音がはっきりと入ってくるが、声が出てこない。

一九八八（昭和六十三）年である。正月早々から無言電話が三回もかかる。誰かさんの声が他からもしもしと漏れて聞こえた途端慌てて切ってしまった。更に続く一月三十一日、五月、六月七月と平成一年と続いて六月二十九日の午後三時五十五分であった。押し殺した声で、

「うーおまえは、あーうーうー呪われているのだ。うー今夜十時殺してやるうー」

男の子の声の脅迫ノロイの電話である。

家族も加わった誰かをノロイ殺す意思でやる迷信犯だ。これは不能犯で犯罪は成立しない。むしろ精神異常者を操り、犯罪に駆り立てた方が効果的であるのだ？

9

あれから三年経ってもビタ一文返済されない。

十月二十日のことである。午後七時半頃、セブンクイーンへ電話したところ常務取締役松永広道がちょうど出てきたのだ。

彼の言うには、

「なんべんも電話したんですが連絡が取れなかった。話し合おうと思って色々さがしてみたんですが、お互いに一番いい方法で話し合いましょう。金額を送って下さい。電話番号は。近藤先生もよく分からない面もあるから先生とよく相談して、また電話します」

という次第で、それから全く返事がない。またまた沈黙の状態が続いた。

金額は一一五〇万円返すと近藤はちゃんと知っていたのであるが、電話を四、五回かけたとか、探す必要もない。家まで金を取りにきたのだ。支離滅裂なことしか言えない。金額は送付済み。彼の住所は不定というより不明であるから送達不能にするわけだ。要するに最初から時効で逃げ延びるか、くたばるのを待つ手立てになっていたのである。

というわけだが、杉崎の依頼弁護士は「刑事と民事と両面で起訴する。一年半はかかる」と言いながら、どんな理由か知らないが「警察でも取り扱わない」と言っている。

ところが何時まで経っても提訴しないのだ。昭和六十三年二月始め再度提訴の依頼の手紙を出したが、「電話で金を誰に渡したか明確でないとアリバイで逃げられる。取り敢えず一〇万円必要」

とのことで送金しようとしたが、「慌てる事はない。後で良い」ということで、今日まで延び延びになって、もう五年になる。

「よこせと言えば、相手から取れる」

と言うのだ。これは何を意味していることであろうか、不審に思える。

　証拠は領収書、契約書、その他の証拠書類全部渡してあるはずである。

　そうこうしているうちに一九八九（平成一）年十二月一日、午後六時頃である。セブンクイーン専務取締役、中井からの電話があった。

「どうも御無沙汰してます。永い事本当に迷惑をかけているんですが、年内に大筋解決して、お支払いしたいと思っているのです。それでですね、一度お目にかかりたいとおもっている」

「それは駄目だね。お目にかかってどういう解決ができる？」

「解決というよりも、年内にこれだけ支払いますというお話とかね」

「それは全部裁判を通してやりましょう。すべて手遅れです」

「だって一応お話を聞いていただくだけで」

「何回電話しても何の回答もないから、全部裁判でやりましょう」

「会社の方、折角ですが、そういう時期に来ましたので」

「何年経っているのだ」

「おっしゃるとおりなんです。ご迷惑お掛けしたままで我々としても、お話だけでなくて実行したいと思っているのです。送金させていただくといっても、うちのほうは口座番号がわからないのですが」

「松永に教えてある」

「お怒りはよく分かるのですが、その点に付いて謝るしかないのです」

「全額返済して新聞に謝罪広告を出しなさい。全て裁判でやりましょうと、松永に言ってあります。それに損害賠償もある」

「会社にも色々ありましたし」

「社長の言った通り責任ある態度を取ればいいのだ。こちらは何年間もどうすることも出来ないのだ」

「今までのあれと全然違いますのでね。うちの方で、お支払いするという話ですから」

「だから全て裁判で決めましょうと言うのです」

「うちの方としてはお支払いする額は承知しておりますので……」

「あの近藤弁護士はあんたの会社はいい会社だと、どんないい会社だ。誇大宣伝している。一体何年経っているんだ」

「我々としてお詫びするしかないのです」

「損害賠償すればいいじゃないですか。儲けるとは信用の問題だよ。信用を回復すれば元に戻る、と社長に言ってある」

「松永がね、本来やるのですが」

「昨年の十月二十日松永が近藤先生も事情が分からないから相談して、また電話しますと言ったきりそのままなんだな」

「そのころから相談はしょっちゅうしてましたから」

「なにもしてない」

「本当にお詫びしなくては……」

「詫びた詫びたなんて言ったところで何の価値もない。全部公開するのが私の使命だ」

「やるべき事はやるべきだと思っています。弁護士の先生を通してお支払いするという事なんで……」

「うちのほうはこの際徹底的にやるから、もう五年になるんだよ。もうじき時効になるんだろう」

「そんなこと全然考えていませんよ」

「先物取り引きのような客殺し商法になるんだろうよ」

「あんなのと比較してはいけませんよ。お支払いするという電話差し上げていませんから」

「良心あればもっと早く解決する問題だよ。実行能力がなければ何の価値もない」

「お目にかかって話したい」

「話し合う必要はない。解決は全部裁判」

そこまでで電話は切れた。

それから一九九〇（平成二）年一月十七日午後七時頃、また、中井専務から電話があった。

「社長でなければ、何も出来ないというあんたに何ができるのか」

と言った途端に電話が切れてしまった。

後日、安藤弁護士からの電話によると、中井が「差し当たり三〇〇万円返す。土地も会社で引き取る」と言ってきたそうだ。

こんなはした金で何ができる。何の価値もない。いかにも返済出来るが如く装っているが、明らかに相手の困惑に付け込んで丸め込もうという魂胆が余りにも見え見えである。

材木や土地の転売依頼のとき見せた沈黙と同じ手口である。また隣接の土地の所有者が亡くなったので五〇万円で買ってくれと頼みやがった。どうして三〇〇万円の土地が五〇万円になるのか不思議でならない。今もって不思議な土地価額に呆れている。土地は値上がりで転売すると言うが、所有者が亡くならない限り転売しないということを証明していたのである。なるほど転売するときには二束三文ですよと実証していたのである。

いかにも真面目そうな会社を装ってはいるが、時効消滅、時効取得のため、引き伸ばし原野商法、客殺し商法であり、豊田商事に勝るとも劣らない舌先三寸で、老人どもを丸め込んで騙す悪徳商法の全貌をまたまたさらけ出したのである。

これでは期待された自然環境の田舎での悠々自適の生活設計は完全に破壊され回復不能の状態となるのが目に見えている。彼らにとってそこまで追い込んだ方が丸儲けの利益につながるということを承知の上での実力行使である。

常務取締役松永広道がいうには、会社は売買手数料で食っているというが、売買なんぞはやらず放置するだけだ。

以上のように全て実行するつもりはなく、相手方を錯誤に陥れる詐欺行為であり、無作為犯であり、新築物件も気に入らなければ止めても結構と口を酸っぱくするほど喋る。これも錯誤に陥れようとした行為であり、こんな信義誠実の原則を守れない詐欺会社は全面的に後免被りたい。

その当時、倒産した豊田商事グループの元勧誘員、一八〇人を相手取り県内被害者一七七人が総額一〇億四〇〇〇万円の損害賠償を求めて集団訴訟したが、その第二回口頭弁論が横浜地裁民事八部で開かれた。口頭弁論で答弁書も出さず出頭もしなかった元勧誘員の被告一一八人に対し原告二八人の被害総額一億三二〇〇万円を支払うよう命じた判決があった。

再三新聞でも見られように周知の事実で、言うまでもなく被害者は惨めな結果に終わっている。結果はそうなりますと現実が実証していたのである。

そこで諦めも妥協も絶対にしない。やはり裁判を前提として、その結果を見届けなければならないのだ。

漸くにして一九九〇（平成二）年四月二十五日、損害賠償の訴状を提出する運びとなったが、今迄の成り行き上、曲がりなりにも裁判での司法上の決定がなければ絶対解決できないと判断したものの、結果は既に決まっている。金融知能犯の論理があるからである。

しかしながら先ず裁判は、兎と亀のカケッコより遅いのに驚く。この余りにも遅い原因は親方日の丸の体質であろうか。

また裁判なんぞ一生のうちで滅多に経験する訳でもない。考え方を変えれば、この経験は生涯学習のこんないいチャンスはない。相手は債務者利潤、こちらは丸損という覚悟。今更はした金貰っても何の役にも立たない現実がある。で、あるから裁判とはなんぞや、いかに公正であるか、この際、大いに経験を通して勉強することにしようではないか。

この様に、この会社は自然を語り、別荘をカタリ、不動産の知識の無知を利用して、騙されやすく泣き寝入りしやすい公務員関係に的を絞って格好の餌食としていたのである。

借りる時の恵比寿顔、返す時の閻魔顔というのが世の常であり、質の悪い奴は返せないのではなく返さないのであるから返してくれと貸し主は哀願する珍現象が起こる。

債権者の困惑、債務者の優越の原理がある。僅かの金でも鬼の首でも取ったかの如く喜ぶ人間心理の弱点を詐欺師たちは一番よく心得ている。結果は余りにも見え透いていた。

罪の裁きに引っ掛からないよう心理的、精神的ストレスの圧迫を加え、絶望と失望の毒を飲まし続けることによって、返したいが返す相手がおりませんという豊田商事のように客を自殺まで追い込む無視殺し、客殺し商法の完全犯罪を目論んでいることは明白である。

正に会社ぐるみのペテン、詐欺、イカサマ師の集団であり、金さえ取れれば後の祭りという実に悪質、悪辣で良心も誠意も責任感も全くない卑劣極まりない体質を結果が如実に証明したのである。かかる行為は許し難い。許すと益々増長して多数の被害者を生み出す結果となり、また多く生み出しているに違いない。悪徳詐欺客殺し商法として告訴せざるを得ないのだ。しかしながら……?

それでは処罰は誰が行うか。神の律法も人間の法律も犯罪に対する個人的な復讐を許していない。では、被害者は手をこまねいて泣き寝入りすべきであろうか。

公正を守るため国で定められた裁き人、警察、裁判所など政府当局の助けを求めることができる。それは悪を習わしにする者に憤りを表明する復讐者である。公正を保つには、政府が権力を行使し悪行者を罰する必要があるからである。

だが、裁判の公正は、盆暮れの渋滞した高速道路をのろのろ走るが如く、何時目的地に到達出来るか分からない厄介ものと思い知らされる状況が始まるのである。

第一、裁判に持ち込むのも、訴状の書き方なぞ知らない。まして民事訴訟法や刑事訴訟法の法律なぞ全く知らない。裁判所の何処に出すのかも分からない。慣れた弁護士に頼むより方法がない。もう直ぐ時効が達成される。彼等はそれを期待して丸儲けが出来ると涎をたらしているに違いないのである。

三、裁き人A――密室公開裁判

1

いよいよ、訴訟まで五年の年月をかけた裁判が始まる。

その訴状は次の通り提出されたのである。

訴状

原告、杉崎　勝

右原告代理人、安藤和子

東京都豊島区東池袋三―二―四

被告　セブンクイーン株式会社

右代表取締役　台中義則

東京都練馬区大泉二―五四―一三

被告　牛島平八郎

伊東市湯田町七―一

被告　台中義則

住所不明　送達先　東京都豊島区東池袋三―二―四

セブンクイーン株式会社内

被告　中井行男

住所不明　送達先　東池袋右同じセブンクイーン株式会社内

被告　松永広道

契約解除による損害賠償請求事件

訴訟物の価額　金一四九八万円

貼用印紙代　金八万二六〇〇円

請求の趣旨

一、被告らは原告に対し、連帯して金一四九八万円

及び別紙一覧表の支払金額欄記載の各金員につ
いて同支払年月日から支払済みまで年五分の割
合による金員を支払え。
二、訴訟費用は被告らの負担とする。
との判決および仮執行宣言を求める。
請求の原因
第一、当事者
1、原告は被告セブンクイーン株式会社（以下被告
会社という）および同社の前身である大東和総
合開発株式会社（後、株式会社セブンクイーン
に商号変更。以下大東和総合開発およびセブン
クイーンという）から昭和四十九年八月から同
六十年六月四日までの間において同社社員らの
詐欺行為によって不動産売買契約をさせられた
ことにより合計一四九八万円の被害を被ったも
のである。
2、被告会社は昭和五十八年十二月十四日、資本金
一〇〇万円、目的を土地造成開発と不動産売買
および仲介等として設立した会社であり、同社
の前身が大東和総合開発株式会社である。

大東和総合開発株式会社は昭和四十七年四月六
日、資本金九〇〇万円、目的を土地造成開発と不動
産営業として設立した会社であり、同五十一年一月
十六日商号を株式会社大東和総合プランに変更し
た。被告牛島平八郎は被告会社の代表取締役、被告
台中義則は被告会社および大東和総合開発株式会社
の代表取締役、被告中井行男は被告会社専務取締役、
被告松永広道は被告会社常務取締役および大東和総
合開発株式会社の営業員であるところ、会社ぐるみ
の詐欺行為により原告に契約させて損害を与えた加
害者である。
第二、被告らの不法行為
一、原告は昭和六十年六月被告会社と左記の通り土
地付き区分建物売買契約を締結した。
1、土地　所在地　新潟県魚沼郡六日町大字小川八
二番四七号
地目　宅地　地積　七二六平方メートル
2、建物　所在地　同
番号　四〇一号室
構造　木造モルタルトタン葺一軒

3、売買代金　二〇〇〇万円

1. 手付金六〇〇万円

2. 内　金一〇〇万円

3. 中間金五〇〇万円

4. 残代金四〇〇万円

5. 土地交換価額　四〇〇万円

二、原告が被告会社と右契約をするに至った経緯は次の通りである。

1、原告は昭和四十八年八月ころ、大東和総合開発株式会社、取締役被告松永広道から「上越新幹線と関越高速自動車道路が開通し、近々温泉も開発され、故郷へのかけ橋となり、地価が急騰すること間違いないから是非土地を買ってくれ」などの勧誘を受けてこれを誤信し、新潟県南魚沼郡六日町大字小川字深山平一四四―一番地の山林二六四平方メートルを金二七二万円及び水道工事代金名下に金五万円合計二七七万円の売買契約を締結し、同年八月三十日金五一万三〇〇〇円を、九月九日金二二五万七〇〇〇円を松永に手渡した。

2、原告は昭和五十年六月三十日、青雲庵という施設がある。会員になると一泊一〇〇〇円で泊まれる。これからの建築予定のヴィラにも格安で泊まれる。年会費一万五〇〇〇円で会員なので安く泊まれる。是非入会してくれと頼まれ入会金二〇万円、年会費の合計二一万五〇〇〇円を松永に手渡した。

3、原告は、昭和五十三年十二月八日右年会費の請求を受けて大東和総合開発株式会社に対して金一万五〇〇〇円支払った。

4、原告は昭和五十四年七月中頃、松永から「会社が安く購入した材木がある。会社の資金の都合上、六五石を一七〇万円で買って貰えないか。確実に値上がるので来年七月末までに会社が二割高で買い取る」などと言われた上、その旨を記載した被告台中作成の確約書を手渡され、これを誤信して契約を締結し、同年七月二十四日、金一七〇万円を松永に手渡した。

5、原告は、昭和五十六年四月頃、松永から土地の近くに温泉が出る予定である。温泉が出ると土地が高騰する。温泉権は一口五〇万円である。などといい、続いて温泉が出たときは一口一〇〇万円で会社が買い取り、もし出なければ五〇万円に年八%の利息を付けて返す。保証書をいれる。是非買ってくれ、といわれ、その旨を誤信し、同年四月六日、金五〇万円を松永に手渡した。

6、原告は昭和六十年四月二十二日頃、松永および熊谷からイカサワに第三オーナーズヴィラ六棟を新築したのでオーナーになってほしい。一戸一五〇万円であるが、間違いなく直に二〇〇万円から二五〇万円に値上がる。四棟買ってくれ、四棟で六〇〇万円になるが、その内の三〇〇万円については以前買った木材を会社で二〇〇万円で引取り、引き湯保証金を一〇〇万円で引取るので、後三〇〇万円を出して貰うだけでよい。もし手放したくなったときは、三年後ならいつでも責任をもって転売するか会社で引取る。などと言われ、これを誤信しイカサワ第三オーナーズヴィラ三〇二、三〇三、三〇五および三〇六の土地付区分建物売買契約を締結して、四月二十六日、金二五〇万円を、五月一日、金五〇万円を両人に手渡した。

7、原告はその後間もなく松永および熊谷から、一棟買いが殺到している。本来の価額が三〇〇〇万円であるが二〇〇〇万円でよい。二〇〇〇万円の代金については新潟六日町の土地を四〇〇万円で買い上げるからあと一六〇〇万円でよい。と言われ、これを誤信して契約を締結し、同年五月二十一日、金一〇〇万円、同年六月四日、五〇〇万円を支払い、残金の四〇〇万円については、物件引き渡しと引替えに支払う。引き渡し時期は七月末日ということを約束した。

8、原告は昭和六十年七月五日、台中から、六十一年三月までには完成させる。といわれ待つことにした。

9、原告は熊谷から、七月までに立派な物が出来る。松永から残金四〇〇万円を取り立てるようにいわれている。といわれたが、約束が違うと断った。

10、原告は昭和六十一年四月になっても一向に被告から連絡がないので、右物件の様子を聞こうと、原告から幾度も電話したが、今留守です、と女子事務員から言われるだけで被告からなんの連絡もなかった。

11、原告は被告から一度も約束を履行されたことがなく長期間に亘って騙し続けられた。

原告は被告らが、金のとれそうな者を騙して手を変え品を変えて金員を詐取し、これ以上詐取する金がないと判断すると次には責任逃れの手口を駆使する、この上もない悪質業者であることを痛感した。

三、被告らの原告に対する右行為は不法行為に該当すると共に民法九六条の詐欺行為に該当する。

そこで原告は本書により詐欺行為により本件全契約を取り消す。

第三、被告らの責任

一、被告らは会社ぐるみの不法行為として民法七〇九条に基づく損害賠償責任がある。

二、仮に会社ぐるみでないとしても

1、被告松永は直接の不法行為者として民法七〇九条に基づく損害賠償責任がある。

2、その余の被告らはそれぞれの要職の地位にあって本件不法行為について過失があり、民法七〇九条に基づく損害賠償責任、又は商法二六六条三に基づく損害賠償責任がある。

第四、原告の損害

1、経済的損害

原告は被告らの前記詐欺行為を誤信して別紙一覧表支払い年月日欄記載の各年月日に、同表支払い年金欄記載の金員を支払ったが、その合計金額は一四四八万円である。

原告は右の他登記に要する諸費用、管理費、年会費など諸々の費用名下に相当額の金員を支出することにより右以上の損害を被っているが、領収書紛失のため本件請求額から除外した。

2、精神的損害

原告は長期間被告らの悪質極まりない商法により精神的打撃を受けている。原告は右苦痛の慰謝料として最大限譲歩して金五〇万円を請求する。

立証方法

一、口頭弁論において必要に応じて提出する。

一、資格証明書一通

一、委任状一通

平成二年四月二五日

原告代理人

安藤和子

東京地方裁判所　御中

という次第で、東京地方裁判所へ平成二年四月二十五日に訴状が提出されたのである。

安藤弁護士は「慰謝料に付いて、悩んだあげく五〇万円にしました。一〇〇万円にしようと思ったが、裁判官に欲の皮がつっぱっているると誤解されてもいけないと思いまして」と言う訳で減額したらしい。

2

弁護士というものは、ちょいと危ない存在であると言われている。何故ならば正義を追求するはずの弁護士の不祥事が相次いでいるからである。

先の豊田商事にみられるように悪徳商法の顧問となり、法の網をかいくぐる手口を教え月々五〇〇万円もの顧問料を豊田商事からもらい詐欺商法を見逃していた弁護士が懲戒免職となったが、その後、弁護士の懲戒処分を受ける数は最悪のペースで増えていた。

あの有名な赤坂のキャバレー「ミカド」の跡地をめぐり、弁護士が不動産ブローカーと共謀、偽の仮契約書を偽造して騙し取ったり、破産管財人の立場を悪用して一億円騙し取ったという弁護士もいた。最近でも東京地裁刑事五二二号法廷のような交渉相手に有利に取り計らい一億一三〇〇万円もの謝礼を受けとったという桜並木かポプラ並木か知らないが弁護士法違反が増えるは増えるは常識はずれとなる。

社会正義を実現することを使命とする弁護士の信頼を悪用した事件が増える一方で、日弁連でも弁護士倫理の確立にやっきとなっている。また弁護士の倫理規定違反について、弁護士会に申し立てられる綱紀事件、懲戒事件も多くなっているのは当たり前だ。だが、これからも益々増えるのが常識となる。何故か。騙されるより騙す方が利口だからだ。

さて、月日は後戻りしない。どんどん遠慮なく過ぎて行く。

一九九〇（平成二）年七月四日、安藤弁護士から杉崎に話があった。

「第一回の裁判がありまして、向こう側が弁護士を二人立ててきて、土地所有権を移転登記して一四四八万円支払うから和解してもらいたい。金が無いので銀行から借り入れするから少し時間を下さい。短期に支払う。払わないときにはペナルティーを三割つける。全額支払わないと所有権は移転しない。最終回の支払いで所有権が交換になる。判決もらっても同じことでしょう。判決もらっても一円も回収できなくてもしょうがないでしょう」

と言うのである。

こちらは莫大な損害、五年六年七年も経てば二束三文、二千万円の物件は今や新聞広告を見ても三千万円から四千万円になっている。とても手の届かぬところだ。はした金貰っても全く回復不能の状態になることくらい分かり切っている。悪徳商法で名高い豊田商事の裁判を見る限り、一割が限度であるからだ。

彼らはどうせ始めから返済する意思が微塵もないくせに、これも口先だけだと分かり切っているのに。この際、生涯学習のつもりで裁判を継続し和解には絶対応じないことにする。何の役にも立たない金よりも裁判を通じて、この素材と経験を応用したほうが余程価値がある。その他にどんな方法があるというのか、これより他に道はない。

ある日、弁護士会館でのあのセブンクイーン株式会社の顧問弁護士近藤郁男が三年で返済すると言って、三年経ってもビタ一文返さない。なんとも嘘つきのいい加減で無責任な顔が思い出された。

「それでも仕方がありません」

こういうわけで、そう返事するより外に手がないのだ。

また七月十三日、午後五時、裁判官が本人と会って話したいと原告訴訟代理人の安藤から連絡が入った。

「過失相殺か、なんの話か言わないけれど、とにかく本人と話したい」

と、裁判官が言うらしい。

それで、事件番号、平成二年（ワ）第四九二九号、通常裁判、民事一三部、一二階へと参上し、被告側弁護士、原告弁護士と原告である杉崎が調停室へ入った。

既に第一回の裁判が行われていたのである。

「さてと、裁判が始まってた？」

と原告の不思議そうな顔があった。

流石、偉そうな威厳たっぷりの裁判官が言った。

「第一回の裁判は裁判所から連絡しない。それは代理人から連絡するのであって裁判所からは出さない。第一回は形式的で代理人が出席すれば原告が出なくてもよい」

ということである。双方の代理人によって行われたのである。連絡があれば出掛けたのであるが当方代理人からはどういう訳か忘れたふりをしてか連絡はなかった。

裁判官は言った。

「こんなのは滅多に無い和解条件で、訴額全額弁済すると言っている」

というが、

「あくまで事実関係を明白にして判決まで闘う」ということにした。

「それも一つの方法だが、裁判所を信頼して全面勝訴だから和解するよう」

にと勧められた。

だが、急に和解ということで判断がぐらついたが、最初の信念を貫くため和解を蹴ることにした。結果が、余りにも分かり過ぎているからだ。そうしないと裁判を経験することが出来ない意味もある。

民法六九五条、和解は、当事者が互いに譲歩をしてその間に存する争いを止めることを約することによって、その効力を生じる。

とあるが和解が行われると、契約当事者は和解に反する主張が出来なくなるという理由があり、裁判とは何か、経験と学習のため、ただ一つの道、それは和解を蹴飛ばすより他に道なし。

『経験は最良の教師である。ただし授業料が高すぎる』

とイギリスの評論家が言っているではないか。

確かに授業料は裁判費用、弁護士費用、交通費、食事代、それに片道一時間半と丸一日が潰れる。こういう貴重な時間が無駄になるのであるが、この際やむを得ない、覚悟の上だ。

セブンクイーン株式会社は、大東和総合開発株式会社の計画倒産、詐欺倒産の替玉で、最初からの詐欺専門会社であるのだ。

和解で逃げた方が相手側は利益につながると考えた結果であろう。個人資産が赤字になっている会社ではない。セブンクイーンの牛島平八郎なる人物は、名義人としての操り人形社長であり、台中義則社長は背後でリモコン操作する闇将軍であることとくらい見え透いていた。

また偽装離婚して財産を隠匿し、債務不履行を永年の相棒に仮差押え処分にしておけば何の心配もない。法の盲点と抜け道を用意した上での駆け引きが、現実に数多存在している。この会社は悪質な原野商法そのものであり、顧問弁護士と共謀の金融知能犯だと分かり切っている。実例を調べれば、ここで結果がもう見えてしまったのだ。

原告代理人は、裁判になれば過失相殺で一円も返済されない判決になる。また七掛けになるという。これは和解で解決付けようという脅迫に聞こえてくる。それならば尚更のこと真実事実を追求する上で、どうしても裁判に踏み切らざるを得ない結論となるのである。

相手側の悪徳商法も裁判を提起して漸くにして返済する気になったのであろうか。彼らは永年の債務者利潤に預かっている。六、七年も経てば一方は多額の利益となり他方は丸損となるくらいは承知しているはずである。この際、政治家のよく使うトカゲの尻尾切りで逃げた方が最善と考えたのであろう。

それは全くの逆である。実は本音が、顧問弁護士たるものは知らない筈がない。その腹にドスグロイ陰謀が隠されていたのである。

このような詐欺商法、客殺し商法は、公共の利害に関する事実であるから一般公開裁判か密室裁判か。なんらかの形で探求するより他に方法がない。

もし裁判官が一方的に和解を強要し裁判する権利と義務が無いとすれば職権乱用となる。また人権で訴訟を起こさなくてはならなくなるではないか。

そして八月七日午後四時にも和解調停が進められたが、和解の結果が真実と異なっていても、当事者は和解の内容に拘束されるという規定がある。和解も契約の一種であるから、和解契約で決定した事実について錯誤があっても和解は無効とならない。

裁判官は、和解を蹴ったからには不機嫌一杯の顔で「証拠を揃えて」と代理人へ言った。

そういうわけで、証拠を揃え口頭弁論が始まる段取りとなるのである。

代理人は騙したということをなかなか証明出来ないというが、杉崎はそんなものはお構い無く決行することにしたのである。

3

やがてその当日を迎えた。

口頭弁論の当日の九月六日、午前十時三十分、東京地方裁判所六〇三号民事法廷である。

法廷に入ると細長い机の上に出頭カードと呼ばれている細長いカードが並んでいる。出頭した当事者、代理人などの氏名欄に各自が、原告ならば原告のところ被告ならば被告のところへ書き込むようになっている。

やがて廷吏が事件番号、事件名、当事者の名前を呼び上げる。

法廷の様式は裁判官の席に向かって左側が訴える側、原告の席、右側が被告の席である。

原告代理人は証拠書類の売買契約書三通、多数の領収書やその他の書類を提出した。

原告は訴状や準備書面の内容を口頭で、被告も準備書面を口頭で陳述する。これが訴訟をやっていく根本原則だそうだ。

「原告訴状陳述、被告答弁書陳述、よろしいですね」

双方の代理人が頷く。

被告側顧問弁護士の近藤郁男は、証拠書類を受け取ると、そんなものは知らねえ、とでも言いたげに見ようともしないで直ぐ書類を戻してきた。

近藤顧問弁護士が言った。

「セブンクイーンと大東和総合開発は全く別の会社で

す」

「それが争点になるのですね」と裁判官。

ものの三分で閉廷となる。

そして次から次と似たりよったりの経過が続く。全くやってられない、聞いてられない。これが日常の裁判所の光景だそうである。

そこで被告側の準備書面を見ると、

平成二年（ワ）四九二九号

　被告　セブンクイーン株式会社外四名

　　平成二年九月六日

右被告ら代理人弁護士　近藤郁男

右同　　　　　　　　　園田高明

右同　　　　　　　　　台中義篤

東京地方裁判所　民事第十三部　御中

　第一、被告らの主張

1、被告会社と原告は、昭和六〇年六月原告の請求の原因第二、一記載の不動産売買契約を締結した。

2、被告会社と原告は、昭和六〇年四月二六日、イカサワオーナーズビラ三〇二、三〇三、三〇五及び三〇六棟の土地付区分建物売買契約を締結してその代金の内九〇〇〇万円を被告会社は原告より受領した。

3、被告会社が原告から今まで受領した金員は訴状添付一覧表番号8乃至12の合計九〇一万一〇〇〇円だけである。1乃至7記載の金員を受領したのは訴外株式会社大東和総合開発株式会社（以下訴外会社と言う）であって、これらの金員の授受の基になった契約は原告と訴外会社との間で締結されたものである。

4、被告会社は原告とイカサワオーナーズヴィラ四棟の売買契約を締結するに付いて原告が主張するような欺罔行為を働いた事は全くないのである。良い物件であるから購入すれば得である旨勧誘したが、これは営業上の通常の商行為であって非難されるものではないのである。

被告、松永は訴外会社の取締役として原告に訴外会社との各種取り引きを勧め、原告と訴外会社との契約を成立させ訴状添付一覧表1乃至7の金員を訴外会社が原告より受領したが、この際被告松永が行ったのは通常の勧誘行為であって原告を欺罔したことはないのである。

という次第で被告らの主張は、全く出鱈目もいいところで良くもこんな文句を弁護士たるものが書けたもんだなと感心する内容であるが、事実の逆を並べ立てるのが普通のやり方であるそうだ。何も驚くことではない。

近藤弁護士が契約書の二通を原告に見せた。

被告側から提出された契約書をよく見ると確かに破棄された第三オーナーズ契約と、四〇一号棟の拇印の契約書の間違いのない二通である。また破棄した契約書にもかかわらずトボケて三号棟の契約を主張してきた。

実は、おそらく最初から三号棟の契約書を偽造してくるだろうと想像していたが、その時は出てこなかった。

この「4、イカサワオーナーズ契約書」は、破棄されたものであり、四号棟の新築物件は何年経っても完成しない契約不履行、履行不能の状態であるのに三号棟にすり替えて良い物件という。こんな馬鹿げたことを引き出してきた。ということはごまかしの引き伸ばしを狙っていることは明らかである。これが嘘の始まりで次から次と嘘を並べ立てることになる。どうせ被告側はどんなに嘘をついても罪にはならないからであろう。その立証責任は原告の責任だ。こちらの思う壺、さあどうすると言いたげに、自信たっぷりの近藤が、得意満面の表情を浮かべていた。

大東和総合開発は訴外会社という。全く債務と責任逃れの詭弁だ。破棄された契約書を持ち出すとは通常の商行為とはとても言えない。事実をことごとく歪曲した姑息な手段であることが窺える。

近藤弁護士は、ここでも被告松永が訴外会社の取締役というが、被告人代理人は、セブンクイーンの常務取締役であるという事実をひた隠しに隠して嘘のオブラートで包んでしまった。大東和総合開発の倒産劇に関わっているのだから絶対知らない訳がない。

被告人代理人が言った。

「倒産して暴力団に介入されましてね、全部返済しました」

ここで被告側の書面に、また嘘が出始めた。第三オーナーズは六〇〇万円であるのに九〇〇万円となっている。契約書を見れば歴然としているのにどこから割り出したものか分からない。こじつけの羅列である。これは後から松永の証言と食い違ってくる。

ある日の光景が浮かんだ。越後川口ヤナ場会場での越後川口役場や信用金庫池袋支店長代理、セブンクイーン株式会社社長、台中義則の挨拶と有名人の演歌である。

4

それから日が過ぎて十月四日、木曜日、午前十時、六〇三号民事法廷では、相変わらず物々交換の有様である。

その原告訴訟代理人の交換準備書面は次の通りであった。

準備書面

被告らは被告セブンクイーン株式会社（以下被告会社という）と大東和総合開発株式会社が別会社である旨の主張する。しかし右主張が事実に反することは次の通りである。
一、原告は被告会社との契約に基づき、代金授受に関する領収書の重要書類が被告会社と大東和総合開発株式会社と全く同一である。
二、原告に対する多数回に亘る本件不法行為に見られる特徴はそれ以前になされた不法行為を利用しているところにある。
すなわちヴィラオーナーズ契約代金については、それ以前に原告がいずれも大東和総合開発株式会社の不法行為によって買わされた金一七〇万円の材木を二〇〇万円で金五〇万円で買わされた温泉権を金一〇〇万円で買い取って右売買代金の一部に充当するというものである。

右代金一部充当の提案は被告会社である上に、なんら調査することなく充分知悉した上での提案であった。
三、被告会社と大東和総合開発株式会社は、人的にも被告台中が両社の代表取締役であり、被告松永が被告会社の常務取締役、大東和総合開発株式会社の営業員として、両社を通じて原告に対する直接不法行為者である。両社とも小会社でありその中心的役割は被告台中と解される。

四、原告は被告らの度重なる不法行為により多数回の契約を締結したが、被告らから一度も被告会社と大東和総合開発株式会社が別会社である旨の言動をとられたことがなく、当然に同一会社を前提とされていた。

よって被告会社と大東和総合開発株式会社が別会社であるとの主張は誤っている。

という次第である。

そして被告側は材木の確約書の件、温泉保証金、土地の転売の件、全てが詐欺行為でありながら通常の商行為という。即ち不当の利得を貪るのが通常の商行為というのであるから罪の意識も良心も全く無いと言わざるを得ない。またまた感心せざるを得ない。

第一回の裁判で和解をしたいということは、明らかに同一会社であることを認めているのにもかかわらず、今更ながら別会社という気が知れない。被告側は同一人物でも別会社名に変更した場合は通用しないという事であるらしい。

倒産時の裏の事情を知りながら近藤弁護士のいうことは、欺罔そのもので債務逃れの詭弁としか言い様がない。

従って被告側の準備書面は言語明瞭、意味不明、事実をことごとく歪曲した姑息な手段に過ぎず。「石にすすぎ流れに枕す」で、悪戯に裁判の引き伸ばしを企んで、嘘も方便と心得たものであった。

ふと、朝日新聞の孤高の王国、裁判所百周年のいまを思い出す。

なるほどね、書いてある、書いてある。

正味三分、議論無く、法廷は書面交換場所と化している。解決までの時間と高い訴訟費用を考えると裁判では採算がとれない。遅い、高い、募る不満、うかうかしていると裁判所は国民から見放され第二の国鉄になりかねない。

という苦言が思い出された。なるほど全くその通りだ。おかしさと怒りが込み上げてくる。裁判所も国会の承認喚問の茶番日本劇場と早変わりしたのであろうか？

5

十一月一日、木曜日、午前十時開廷だ。その日はいつもより早めに着いた。

ところが東京地方裁判所の入り口に向かって歩いていると、隣を歩いている人物が、どうも確かに見覚えがある。で、おやっと思った。

互いに顔を見合わせた。

「あれっ」

と叫ぶと、

「やあ、しばらくぶり」

と返事がする。やはり人違いでは無かった。

それは遠い昔でもないが、一月の寒い冬の酒田で、柳町あたりやら日和山界隈を毎晩飲み歩いた仲間と、そこで知り合った仲間ではないか。酒に酔いながら本間様には及びじゃないが、せめてなりたや殿様に、という本間様であった。

「やあ、こんなところで会うなんて意外だ」

と杉崎は驚愕の目を剥いた。

「ある事件を追い掛けている。親分に言われて、ちょいと裁判所を覗いてみることにしたのよ。ところであんた何かい……」

「今、裁判の最中さ」

「被告か、原告か」

「原告だ。詐欺商法のセブンクイーンという会社とやってる」

「何、セブン……。こりゃひでえ。殺人会社だ」

「なんで知っている。まあここじゃまずい。中へ入ろう」

と彼らはエレベータに乗り六階で降り、控室に入って、話の続きを始めたのである。

「幾らやられた」

「一六〇〇万円やられたよ」

「まあ、そんなもんでよかったな」

「ええっ、冗談じゃない、大金だぜ」

「いやあ、二五〇〇万やられて放り出され、崖から落とされ殺され掛かった奴もいるんだ。それは次から次と殺し捲っているらしいぜ。引っ掛かった奴らは、ざあっと数えて三五〇〇人はいるらしいぜ」

「何、そんなにいる?」

「ところで、取り返せる見込みがありそうかね」

「まず不可能だろう。悪徳商法の前例をみれば結果がすぐ分かることだ」

「その通り。裁判なんか、まるっきり当てにはならねえ。法廷を調べて歩いていると、あちこちに名前を変え、その会社散らばっているぜ。ところで俺様にはある計画がある。あんたのところおしえておけよ」

「どうする。ここに訴状がある。見せようか」

「どれどれみせてみい。なんだ台中の奴、伊東にいやがる。後は住所不定か」

「そうだ。住所不定ということは、有り得ないことだ。もう何だかおわかりでしょう」

「さもありなん。分かり過ぎる」

「ところでいけねえ、もう時間だ」

と住所を書き、直ぐ渡してから六〇三号民事法廷に入った。

この日は、わが国に近代的裁判所制度が確立されてから十一月一日で百周年を迎えた。帝国議会が開設された一八九〇年明治二十三年裁判所構成法が現在の裁判所の始まりという。

戦後は昭和二十二年、国民主権の新憲法のもとに、新しく裁判所法が制定され現在に至っている。法治国家、民主主義社会を支えるのが裁判所制度だそうだ。裁判所制度によって社会の秩序は保たれ国民の基本的人権は果たして守られているか。裁判所を中心とする司法界が激動を続ける今日の社会で期待された役割を十分に果たしているか、疑問に思う人も少なくない。

先ず驚くのは、時間のかかり方である。刑事でも民事でも二、三年また一〇年二〇年という長期裁判も珍しくない。決着までこんなに時間が掛かるのでは実社会では役に立たない。裁判は金がかかる。地獄の沙汰も金次第なり。建て前は敏速に、本音はいい加減に諦めたらどう、と言っているようなものだ。

第一、裁判所でどうしていいかわからない。所詮弁護士に依頼しなくては、どうにもならない。制度を市民に開かれたものにしようという姿勢が乏しいのか、ないのか、裁判官も新しい時代に、知識の吸収に、民間企業に研修を広げているというが、果たして貴重な体験で視野が広がったのであろうか。一般には視野狭窄で世間の事は分からない、バカ殿様で一段と高い所にそっくり反り何も見てない。という批判があり、欺かれた法廷、欺いた法廷となりつつある。

朕思うに控訴控訴で勝訴と思ったら、逆転で敗訴という。また勝訴であっても現実は敗訴であるという現象がよくみられる。

裁判は専門家による仲間内の儀式とまで言われ、裁判官との師弟関係で判断が違うらしい。マルサの女じゃないが脱税もバレて元々という風潮があり、嘘つき放題、タヌキとキツネの化し合いの茶番劇場となりつつあり、世にも不思議な物語が始まるのである。

はてさて代理機関かな？　暴力団員の債権整理、行政や民間の紛争処理機関が増えて、それぞれ繁盛しているらしく解決まで時間と高い訴訟費用を考えると裁判では採算がとれないから裁判離れの現象が目立つようになったそうだ。なるほどよーくわかる。

裁判官も弁護士も真面目に自覚して、利用者や市民の立場に立って、国民への法的サービスを充実させ、新しい世紀を実りあるものにするため裁判所や司法関係者には、何よりも市民感覚を持って制度の改革や運営の改善に取り組まなくてはならないという訳だが。しかし政治改革も政治倫理改革も政治家自身やる気がない現状では完全に無理であろう。だから日本式株式会社を根本的に改造する必要が生じつつあり、うかうかするといつの間にかソ連が分裂崩壊したように、中央専制から地方へと日本もそのうち分解するかもしれない。

今の裁判官は判例や通説などの型に当てはめて訴訟を処理するモデル志向方が目立つらしい。事件志向方にかわるべきだ。そうしないと時代の変化に追い付かず、国民の信頼を失いかねないと東大の教授が警告している。

裁判所百年の今、旧態依然とした権威主義や国会でもやっている牛歩では激動する時代の感覚に合わない。だが今のところ、杉崎も裁判所百年の牛歩に歩調を合わせるしか方法がないと思わざるを得ない。
『金も身の守り、知恵もまた身の守りである』
という事情がある。

6

平成二年、十二月六日、木曜日、午前十時の口頭弁論での被告側ら代理人近藤郁男の準備書面には次のように書かれてあった。

準備書面

第一、原告の平成二年十一月一日付き準備書面による求釈明する答弁。

一、大東和総合開発株式会社と被告、セブンクイーン株式会社とは全くの別会社であるため、当初から大東和総合開発株式会社と取り引きしていたお客様とは被告セブンクイーン株式会社設立後も大東和総合開発株式会社のお客様と混同することを避けるため大東和総合開発株式会社を契約当事者として取り扱ってきたのである。

従って原告についても同様の理由から大東和総合開発株式会社名義の領収書を交付してきたのである。

二、両会社の設立登記手続きに際して届け出た出資者の名義人及びその出資額は次の通りであり、これらの名義人が実質上の出資者である。

1、大東和総合開発株式会社
豊島区駒込一丁目三三番二号、台中剛造
五〇万円
目黒区下目黒三丁目九番一二号、台中義則
一五万円
練馬区早宮三丁目五三番九号、松永広道
一〇万円
他五名は関係ないから略すことにする。
2、セブンクイーン株式会社
練馬区練馬二丁目五番一三号、牛島平八郎
二五万円
世田谷区玉川台二丁目三四番一四号、台中　淳
二〇万円
新潟県南魚沼郡六日町大字小川八四番地二

吉村　豊
一五万円

他に五名あるが省略。

これを見て、なんだこれは、こんな者は書面上どうにでもなる。近藤が混同をさけるためと煙幕を張って来た。やれ、おかしいことを言うものだ。

大東和総合開発株式会社と被告セブンクイーン株式会社は全く別の会社であるため混同を避けるためとは全くの出鱈目な言い分だ。大東和総合開発を契約当事者として取り扱ったセブンクイーンの役員も大東和総合開発の役員も顔ぶれは同一人物である。越後川口で挨拶したセブンクイーンの取締役社長である台中義則と常務取締役である松永広道の名前がない。彼の名刺には明確に、セブンクイーン株式会社、常務取締役、松永広道となっているからである。事実をなんとかごまかそうという魂胆の屁理屈で辻褄が合わない。

近藤弁護士のやり口手口は、到底社会正義の実現を使命とした使命感もなく、詭弁弁護士であって普通の常識では考えられない。いや、これが弁護士同士の通常の常識だそうで……。これを事実を歪曲した悪徳弁護士の常識ということになるのであろう。

ある日のことであった。裁判所の廊下で待ち合わせをしていると被告の方か原告か知らないが、

「何という弁護士だ。あの弁護士、なんと悪い奴だ。あんな悪い弁護士はいない」

という大声が聞こえてきた。

「悪い弁護士は幾らでもいましたね。新聞には随分沢山次から次と出ていましたな」と言い返したが、これも悪徳弁護士の常識だそうである。リンリリンリと変な虫が鳴いても一向に変らないリンリリンリだ。現実はとても……これからは、どんな詭弁を撒き散らすのか、大いに興味を注ぐことになる。

7

一九九〇（平成二）年十一月八日、夜であった。常務取締役松永広道から電話が掛かったのである。

「私、ちょいと病気して熱海国立病院に入院していた

もので。色々私がやらなきゃいけない問題が沢山あったんですが。あのう近い内に一度お会いさせていただきたいのですが」

「会ってどうする。今裁判中だ」

「別に裁判は裁判で結構なんですが、その前にお詫び方々ですね、ちょいとお会いしたいと思ったのですが」

「会ってもしょうがないでしょう。証拠や法令により司法上の決定を行われなければ駄目、意味がない。約束を何一つ守った事がない。全面的に絶交あるのみ」

「そうですね、会社を別として個人的にお会いしたい。損害賠償は会社の問題だから会社は別としてお会いしたい」

「話し合いは裁判以外にない。信用と信頼を回復すればすべてOKだ」

「信頼関係を回復するには今までお預かりしたお金を返済させてもらうという段階からということですか。仮に今までお預かりした分をご返済させてからの付き合いは可能な訳ですか」

「信用と信頼を回復できる会社なら可能である。信用できないものは絶対に駄目だ」

「お預かりしたお金をもどさしていただいた段階からのまた誠意という形ではいいのですか」

「それなら考え直す」

「お預かりしたお金プラスアルファーくらいを持って行けば納得して頂けますか」

「裁判も始まっているから司法上の決定が絶対必要だ」

「連絡がつかなかったのが事実です」

「近藤先生に相談して、また返事しますと言ったきり返事がない。社長の家もあんたの所も会社は教えてくれない。本人の了解を得ないと教えられない。杉山課長だったかな。法廷に出てきなさいよ」

この後、材木の件、土地の転売の件について尋ねてみたが、何年経っても影も姿も足もないものを一軒上げますというのであるから幽霊商法と言わざるを得ない。開いた口が塞がらない。

それから十四日である。不在の時に何者かが自宅に現れたらしい。ビニールの袋がドアの取っ手にぶら下げてあった。その中に、
セブンクイーン株式会社常務取締役　松永広道

の名刺である。わざわざ証拠を持ってきてくれた。これは明らかにセブンクイーン株式会社常務取締役であるという証拠物件である。訴外会社の役員ではないのだ。丁度いい、これを提出することにしたのである。

8

年が明けて一九九一（平成三）年一月二十四日である。

法廷に入って出頭カードに記入していると書記官がやってきて宣誓書に署名を求められた。なんと原告本人の証言を求められるのだ。代理人との打ち合わせの時には、相手との長話の末、単に被告会社と何件取り引きしたかだけだ。午後一時十分から供述が始められる。

やがて杉崎が宣誓文を読み上げる。

「良心に従って真実を述べ、何事も隠さず、偽りを述べないことを誓います」

と宣誓する。その後、氏名、年齢、職業、住所を裁判官から問われ、裁判官は宣誓の趣旨を告げ、本人がうそをいった場合の制裁を注意し、別紙宣誓書を読みあげさせて、その誓いをさせた。

原告訴訟代理人から尋問が始められた。

「あなたは大東和総合開発株式会社、それから今被告になっているセブンクイーン株式会社という会社二社と取り引きした事がありますね」から始められた。

普通の民事事件の場合では一人の裁判官で審理を進めるのが普通である。

陳述席から見ると壇上の中央に厳めしい裁判官、その右手に司法修習生という張り紙がある。司法の卵か、いや孵ったばかりの雛かな。偉そうに肩を怒らし見下ろしている。

書記官と並んで女性の速記者が速記用タイプを打ち鳴らしている。

なんとまあ、物々しい演出であろう。昔は速記者が必要であったが、今は必要もない。このように権威をひけらかさないと、うまく運ばないものかと不思議に思う。

現代はビデオも録音テープもある。それに録画、録音しておけば、事足りる。そうすれば刑事事件などで取り調べ室での捜査官の自白の強要か否かを直ぐ判断できる。現代は、それではまずいらしい。いざ法廷で証言という時にごまかしが効かなくなる恐れがあるからだ。なにしろ親方日の丸の証人や政治家の証人喚問でさえも法廷で巧みな言葉で躱す茶番劇がよく見られる。しかも静止画像。

合間合間に裁判官の威厳ぶった姿、裁判官の雛の退屈そうな顔、書記官の真面目そうな顔、速記者の女性も、まあ、美人とは言えない。いやもう一人待機していた。見慣れているテレビドラマに出てくるような美人ではない。テレビドラマの見過ぎか期待外れ。

右手に被告代理人のニヤケタふてぶてしい狡猾そうな自信満々の面構えで、ふんぞり反っている。まんずまんずこの色男は、悪徳の種から芽を出し繁茂させようとする顔だ。傍聴席には誰もいない。これは正しく密室裁判と言われても不思議ではない。

原告訴訟代理人が尋問した。

ところが自分のメモを取ろうとすると、原告代理人のヒステリックな叫びが、密室法廷に響き渡った。

「そんなもの、見ちゃ駄目。何も見ては駄目」

なるほどメモを見ちゃいけねえのだ。本当かな、国会の証人喚問でも見ていなかったかな、ちょいと不思議に思われた。

裁判官は何も言わない。

原告代理人が言い始める。

「ただ現地まで行って買いなさい、はいはい買いますというような軽い気持ちで行ったんですか。それとも何か行きたいような勧誘受けたんですか」

「前々からいろんな土地のパンフレットが集まっていたから、買ってみようかなと思っているところへ牧田が来て勧められたわけです」

原告代理人は続けた。

「温泉の事は何か言ってなかったんですか」

「土地を買うときは温泉の事は言ってなかった」

「私に当てたあなたの手記が何通かありますね。その中に近々温泉も出てくるというようなことが書いてあるんだけれども、それは違いますか」

「土地を買った後にそういう話がでてきたわけです。温泉開発の書面が来て、それで一口五〇万円で乗ってくれと頼まれたのです」

「あなたから私に当てた手紙の中にこういう事が書いてあるんですが、昭和四十九年十月ころ、故郷への架け橋と謳い文句の土地を購入したというのが。上越新幹線、関越自動車道路も開通し、近々温泉も開発され、地価も一変、将来有望と発展は想像を遥かにこえるものになり云々、土地の値上がりは絶対間違いないと、こういうようなことで勧誘されたと書いてあるんですが……そうすると今おっしゃたのは新幹線と自動車道路が開通するから将来五〇〇万から五五〇万という、それが牧田の勧誘文句だったわけですね」

「松永です」

「牧田さんが言ったわけでしょう」

「違う。松永が全部説明した」

「牧田が言ったと」

「牧田はほとんどしゃべらない。ただ勧誘に来ただけだ」

「牧田さんがどういう勧誘をしたかという質問に対して、今の新幹線と自動車道路開通ですね。それで五〇〇万から五五〇万円ぐらい値上がりすること間違いないと、こういう勧誘を受けたということだったんですね」

「それは違う。牧田は一応現地を見てと言って、それで松永が現地に行ったときに説明したので、牧田はほとんどしゃべらない」

と言う具合に、盛んに牧田が言ったと言わせようと陳述席に激しく語気を強め言い寄ると、ヒステリックな表情で裁判官に顔を向けた。

その社員は、松永が言った、

「あの男、駄目な男でね」

という具合に数日後には会社に影も姿も無くなっていたのである。なるほど、会社側の勧誘ではないと、最早いなくなった社員のせいにする積もりらしい。

「そして現場を見ながら、松永さんが先程あなたがおっしゃったような勧誘をしたと、こういうことですか。そして買う気になったんですね」

「そのとおり」

「それは松永さんがおっしゃったことを信じたからですね」

「そうです。将来転売もできる。預金の金利よりも有利だ。それで買うことに決定したのです」

それから長々と青雲庵の尋問と、会社側で材木を大量に購入、その値上がりを見込んでの確約書の取り交わしのことが続く。

「そしてこの確約書の中に、昭和五十五年七月末迄の材木の値上がりが確実なため、と書いてありますね。その下に昭和五十五年七月末日に最終需要者に売り主、大東和総合開発が二〇二万五〇〇〇円で売る事を確約致します。と、これはどういう意味なんですか」

これは読んで字の如しであるのにどういう意味かと聞かれても答えようが無い。

「大東和総合開発が売り主を見付けて売ってあげますという意味なんですか」

全く意味不明である。最後の文面を抜かした場合は、買い主が現れない限り転売する事が不可能な訳であり、永久に売れないという便利な口実が出来上がる。これを原告側に強要しようとする狙いがあった。ちょいと頭を傾げざるを得ない。答えようがない。

翌年、その材木で山荘を建てようと試みたが、建築屋が材木の注文をしなければならないということであった。当然存在すべき材木は何処からも出てこない、見せもしない、存在が不明であったのだ。それに建築屋がログハウスのような山荘は建てられない。一般住宅に勝手に設計変更し、おまけに材木は何処からも出てこなかった。ということで取り止めた経緯があった。

そこで今度は温泉権の問題へと尋問が移った。

「あなたはこういう確約書まで入れてくださるから契約をする気になったということじゃないんですか」

「こういう確約書があるから大丈夫だろうと判断した訳です」

「あなたは先程からの供述はきちっと記憶しておりますか。いつでも私とお話しすることと私に送られてきた文書と違うようなんですがね。この文書によると、こういう確約書まで入れてくれたので間違いないと思って買う気になったとこう書いてあるんですが、どうですかあなたは今思い出して」

何を言わんとしているのか見当が付かない。これも読んで字のごとしである。事実をありのままに書いてあるのに、なるほど、それを振っているのだ。

それに保証書によれば成功の暁には一口五〇万円が

一〇〇万円になると、不成功の場合は元金に年利八％をつけて返済すると謳っていたのである。

その後の温泉に付いては、何の連絡もない。それから暫く経って松永から聞くところによると別な場所を掘っているそうであった。だがどうもうさん臭い。ボーリングの様子の写っている週刊誌を見せながら含有量の多い金が発掘された。土地の値上がりに期待を掛け買い増しを迫られた。だがその時、材木を転売するように依頼したが、それからは沈黙あるのみである。確かにこの辺りでうさん臭い不審な臭いを発散していたのであるが。

今度は被告会社セブンクイーンとなる。

ヴィラオーナーズ契約のことから始まった。それからオーナーズ契約を破棄してその元金を基に一棟買いの契約へと移る。

「セブンクイーンという名前で取り引きはどのような勧誘を受けたのですか」

「松永と熊谷社員と二人で、私のところにうまい話があるから会ってくれませんか。と呼び出されヴィラオーナーズ契約を勧められたわけである」

「それはどういう勧誘だったんですか」

「一口一五〇万円でオーナーズ契約をということで、今まで買ってある材木一七〇万円、温泉権利五〇万円を、材木二〇〇万円、温泉権利を一〇〇万円にする。それで更に三〇〇万円追加して四戸分購入してくれないかというわけだ。それで三年据え置いて一口ずつ売ってあげます。と確約書に明記したわけです」

「合計六〇〇万円で、そのうちの三〇〇万円については、既に支払った材木一七〇万円を二〇〇万円にしてあげましょうと。それから温泉権の五〇万円を一〇〇万円に見積もって、それの合計三〇〇万円をこの六〇〇万円のうち三〇〇万円に充当しましょうと。それで新たに三〇〇万円を支払って下さいとこういうことだったんですね」

「そのとおり」

「このオーナーズヴィラ一戸一五〇万円が、将来値上がるとか勧誘を受けてますか」

「値上がりすることは確実だ。近々直ぐ値上がりする。二〇〇万、二五〇万円になるだろうという勧誘は受けています」

「更に特約もした。特約というのは一番最後のページに特約事項というのがありますね。この第一項と第二項について特約したということですね」

「そうです」

「その後すぐ二〇〇〇万円乃至二五〇〇万円に値上がりすると言われたということですね。それなら、そのまま持っていればオーナーズ契約も値上がりするのだから止めない方がいいじゃないですか。どうして止めたんですか」

こりゃまた原告代理人の嫌味たっぷりの激しい口調である。そうすれば相手にとって都合が良くなるのだ。しかし、その契約は取り消されたものである。またまた不思議議に思えるのだ。

「売れるわけがない。材木の件と同じだ」

「そんな根も葉もないものを信ずる方が悪い」

と口調も激しく強引に誘導して来た。

値上がりして売れるならば、問題ないのであるが、今までの経緯から悪徳商法では不可能であるくらい悪徳商法専門の原告代理人には判断出来るはずである。

原告訴訟代理人の脅迫めいた捻くれた尋問などに不思議な感情が走った。なるほどこんな風に弁護士というものは、余程臍曲りの人間でなければ勤まらんのだ。ある小説の中の猪狩文助とかいう人物とはだいぶ違うな、と思い出していた。

「四〇一号購入の契約書ですが、なぜ表紙が仮になっているんですか」

そんな事は被告側顧問弁護士に説明してもらえばいいことである。何故仮になっているか知る由もない。被告側に聞かなければ分からない事を原告に尋ねるのだから不思議で妙な事である。

「三号棟は駄目だから、新しく青雲庵の並びに二階建てを造る。七月末迄に作らないと意味がない。また社長も退職者が大勢いるから売る時も心配ないと勧誘されたのである」

四〇一号棟、仮契約書の存在の理由は、それは始めから三号棟にすり替えるのが目的であったのだ。それが仮であるのだ。

昭和五十七年に大東和総合開発が事実上倒産した会社でありながら昭和五十八年に暑中見舞の葉書を受け取った。それから昭和六十年の年賀状に大東和総合開発とセブンクイーンが並列に記載され出されている。それにパンフレットにも、セブンクイーン株式会社、大東和総合開発グループとが併記されている。仮契約書の仮については、最初から三号棟にすり替えるのが目的であって、立派なものを造らないと売れない。暖炉も岩風呂も造る。いかにもそれ相応の豪華なものを造ると見せかけて最後はやむを得ないと思わせて三号棟に本契約するという計画犯罪が隠されていたのである。

それは計らずも迂闊にも住宅積み立ての解約する時「仮契約書ではね」と言うと、松永が仮の字を消した契約書を作った。それが三号棟にすり替えますという本音をむき出しにしていたのである。すり替えてしまえば今度は熱川ヴィラを四〇〇〇万で買わせる計画であったのであろう。次から次と金を巻き上げる魂胆であったのである。

本当に値上がりして売れるのであれば文句がないが、一〇坪の平屋が一〇〇〇万でも売れる筈がない。今までの成り行き上、材木や温泉権利で見せたように、後はだんまり戦術となるくらい必然的に分かる筈である。

「普通約束したんだけれどもその後の事情で約束が守れなかったと考えた時には、あまり腹立たないと思うんだけれど、その点どうですか」

何一つ契約を守れない詐欺会社と判明しているのに腹立つのは当然なことだ。それが実に不思議でおかしい、そんなものは、くれてやればいいという態度を示した。なるほど相手の混乱に付け込んで、そのままにしておくほうがためになると思わせようとする計算が隠されているようだ。

「あなたが裁判に踏み切った理由は何ですか」

「三月になっても四月なってもできないし、その前に近藤弁護士と弁護士会で話し合っているんですね。内容証明の件で……」

と、その経緯を供述しようとした、途端に問題をすり替えようと、突然それを遮るように代理人は強い調子で「ちょいと待って」と金切声を上げた。

この内容証明に重要な事実が含まれているのであるが、これを言うと原告代理人および被告側顧問弁護士の恥がさらけ出され、実際問題として、これを供述されたらまずいのである。何しろ六カ月以内の提訴がなされていないからだ。代理人仲間内の最初の計画から外れる。それでは代理人同志が困るわけだ。

「あなた一人の問題ではないとおっしゃってませんでした？」

　これも凄い口調だ。

　当然のことながら多数の客が同じ轍を踏んでいるくらい見当が付くのではないだろうか、実に不思議な現象が現れたものだ。

「私に宛てた文章で、今日あなたには言いたいことは全部どこかに飛んでいってしまった感じがするんですが、こういう文は思い出しませんか。心理的精神的ストレスの圧力に加え絶望と失望の毒を飲ませ続けられてきたと、それで会社ぐるみのペテン詐欺イカサマ師の集団で金さえ取ってしまえば後の祭り。実に悪質で悪辣良心も誠意も責任感もない。卑劣極まりない会社の体質だ。と書いてある」

　こりゃまた嫌味、皮肉たっぷり語気を強めて裁判官に向かって、こんな酷い感情の持ち主だと言わんばかりの勢いであった。

法廷内には傍聴人はいない。密室法廷である。ただ原告代理人のカナキリ声だけが響き渡った。

　この会社は不法行為の連続で、全くその通りなくらい分かる筈であるが、この事実関係をなんとか原告側を不利にしようとする気構えが窺えた。

　原告のほうが明らかに被告に対して協調性や協力性がない証拠であると言いたいのである。裁判官に向かって顎をしゃくった。

　原告代理人は甲第四号証及び甲第五号証を示した。

「四号証と五号証は第四号棟についての契約書ですか」

「第三オーナーズヴィラ、これは違うわ。本当の契約書じゃない。これは預金解約の時に作ったものですね」

「五号証は何のために作ったんですか」

「預金の解約のために仮でない契約書が必要で、松永がその時作ったもの。ところが後でよく見ると四号棟の契約書じゃない」

「その後、正式な契約書は取り交わしてるんですか」

「しておりませんな。これだけ」

　こういう状況であるから後遺症が次第に大きく膨れ

上がって行く事になる。

これは、これまでの経緯の説明を省くとして、肝心な尋問は全て除かれた。全部必要な経緯と事実関係を書面にして渡してあるが土地の売買に関すること、青雲庵の会員権の入会の件のみで実質的な重要な事実は尋問されない。そうすれば必要な事実は消えてしまうのである。内容証明の件については、もう五年も過ぎているから憤然としてはぐらかす。これが弁護士の相互依頼のからくりか、事実関係の裏表の使い分けであろうと、かんぐりたくもなる。

これだけ物々しく威圧的に裁判が行われると、当人は困惑と狼狽とで、とんでもない事を口走る可能性があるだろうと代理人同士が期待している向きもありそうだ。

後日、被告側人証の時に悪辣にも平気で大っぴらに偽証することに繋がって行くのである。何故ならば真実を覆い隠すことが可能となるからだ。

被告人代理人尋問は馬鹿馬鹿しくてきいてられない。そんな事は会社の顧問弁護士は知らないはずがない。引き伸ばしの戦術を駆使してきた。


「牧田と知り合うようになったのはどういう事からですか。誰かの紹介ですか。あなたが何か土地を探しているとか、そういうような情報を他から聞いて来たとか、その時事前に電話が無かったか。突然ですか」とか、

「それはあなたは土地を買って家を建てて、そこに住むというつもりで土地をさがしてたんですか」

「それは、当然でしょう」

「ただ別荘ということもありますがね」

「別荘だって、そこへ住めば同じことだ。住めば都だ」

その次は、

「材木を買いませんかという話は大東和総合開発からあったんですか、それともあなたの方から」

なんとまあ暇潰しの意味不明の尋問で、相手の混乱の透きを突こうと構えていた。

また次の尋問では青雲庵の事ばかり。会費を払ってあるかなど、会社に問い合わせれば分かることを原告に聞くと言うひねくれたやり方で貴重な時間が無駄に進んだ。

また被告代理人が言った。

「鳥が飼えなかったから止めたんですか」

また、

「三月に建物が出来ると誰が言ったのですか。それともあなたがそう頼んだのですか」

「来年の三月になると台中社長から電話で連絡してきた。それなら止めようというと『そんなあ』と言っていたな」

なんとまあヘンチクリンな尋問しかできないのだ。呆れ果てる。

次いでに、

「三月になると台中社長が言ったのは、現地に全然建てるつもりがないのだから、気を逸らすための口実だろうと後で感じましたね。全くいい加減な会社だ」

と返事をしておいたが、そういう重要な事実関係は全て、そっぽを向いて話題を逸らしてしまう。また、

「鳥や動物を飼えなかったからですね」

またその次は、

「裁判官に向かって、言ってください」

被告代理人は再度誇らしげに、言い含めるように裁判官に向き直った。


予定の時刻が過ぎると、素早く「終わります」という具合である。

裁判が終って廊下に出ると、原告代理人は言った。

「騙す方も悪いが、騙される方も悪い。お互いに悪いのだから過失相殺になる。債務不履行は不法行為ではない」

と強い口調でたたみこむのだ。

「契約書によると遅延利息が二〇%となっているが」

「それはあくまで五分である」

と、代理人は用があるからと一二階の民事部へと急いでエレベーターに乗り込んだ。

契約の不履行のうち、はじめから実行するつもりのない詐欺については不法行為の成立に問題がないが、通常の債務不履行が不法行為となるかについては議論がある。学説には不法行為の成立を否定するものもあるが、判例は債務不履行が同時に不法行為となることを認めているのである。

本人尋問は明らかに法廷の前で、出来るだけの屁理屈を並べ、もう嫌になったという精神的錯乱と混乱に陥れ、原告をなるべく不利な状況に追い込もうと、代

理人同志で結託しているように思われる。

振り返ると最初からこの裁判は、軌道がずれている。義と公正が、ヘリクツと詭弁の展覧会となっているのに気が付く。奇妙に見えて来た。

最初から詐欺行為の契約不履行、履行不能の問題から出発して明らかにしたかったが、事件関係がとんでもない方へ向けられようとしている。そのようなことは素人でも分かる。

得意そうに詭弁と詭弁を弄ぶ詭弁師たちの大会である。事実を覆い隠し遠ざけ、法律の裏街道を行くのが専門家弁護士の道であると得意顔だ。現実はその通りである。彼らお互いに事実関係を知っているのであるから、その裏の操作を進めていくことくらい彼らにとっては、いとも簡単で慣れたものだ。

反対尋問は、相手を混乱させるため、事実の反対を尋問するのが、常道であるらしい。

主尋問は、しつこいほど青雲荘の事ばかり尋問する。それでは面倒だから、よって青雲荘の件は、明らかにこれだけは詐欺とは考えられないので関係ないものとしたのである。


双方の代理人はにんまりとしていた。

後日、原告代理人が言った。

「酷いことを言いました」

だが既に遅し。現実の航跡は船と違い着実に残って行くことになるのである。

どんな酷い尋問しても速記録から適当に削除する事も可能であり、いとも簡単に証拠が残らないようにすることも出来るようである。速記録から酷いところは消えていた……?


二月二十八日の午後三時三十分にまたも原告の証言がなされた。何をやっているのか、これが東京の裁判かと思われる奇妙な感じがしてきた。被告側の弁護士の言う事は時間潰しの屁理屈ばかり、鳥が飼えないから止めたんですね。そればかり、なにを言わんとしているのか馬鹿馬鹿しいばかりである。しかし原告代理人は異議を唱えない。その時間潰しにはそれなりの重大な意義があったからである。

なるほど裁判を長びかした方が、被告側にとって有利になる理由がある。延ばせるだけ延ばせば金を返済しないで済む。勿論、金が無ければ金利も付けなくて済むし、返済しないで済む、ということくらい被告代理人は計算済みであった。

被告代理人の「後はいかようにもしてください」という言葉の意味が蘇った。これが全てを物語っていたのである。

四、裁き人B

1

長引く裁判に欠伸をしていると、今朝は、なんと暖かい風が吹き荒れていることであろう。

冬から一足飛びに初夏に向かったと思わせるようなつむじ風が、街行く人々のコートを剥ぎ取り、髪や裾の乱れを気遣うOLたちに吹き荒れていた。

西高東低の冬型の気圧配置が崩れ、日本海に発達した低気圧に、南から暖かい風が流れ込み、汗ばむ春一番が吹き荒れた一九九一年三月二十八日のことである。

その日は湾岸戦争の熱気が、アラブから日本列島に吹き寄せたのであろうか。風が止むと又気温が次第に下がり始めた。

時に、あわや全面戦争か。緊迫した熱戦へと国連軍の裁き人たちが、ペルシャ湾へと向かった。そしてイラクやクウェートに猛爆を加え、湾岸戦争の火ぶたが切られていた。

一月十七日未明から米軍主軸の多国籍軍、カナダ、イタリア、オランダ、フランスが砂漠の荒し作戦を、ぶっ始めていたのである。

神の庇護のもと正義が勝つと、悪魔の軍隊と正義の軍隊の間で根源的な戦いが始まった、とイラク国営放送。だが巡航ミサイル、トマホークのハイテク戦争の実験場となり、巡航ミサイルが的確に攻撃目標を破壊していた。

イスラエルもやるのだからイラクがやっても構わないと、バグダッドの盗賊がクウェートに侵攻した。それはイラクがあらゆる腐敗を取り除くための聖戦であり、一九九〇年八月二日からのことであった。

歴史は繰り返されるのか。かつての日本軍のように大東亜共栄圏、正義の聖戦という大義名分を掲げてアジア諸国を侵略した。なるほどよく似ているところがある。

テレビドラマのような開戦から六週間、地上線の開始から一〇〇時間でイラク軍は総崩れ、全面敗北の状態となり米大統領が勝利宣言、クウェートが解放され湾岸戦争が終結した。

国連安保理は侵攻を非難、即時無条件撤退を決議、対イラク経済制裁、クウェート侵攻から七カ月、この戦争の勝利がクウェートや多国籍軍にとってだけでなく国連と全人類、法の支配、正義にとっての勝利である。国連安保理の平和維持機能に基づく戦争が新たな世界秩序づくりにとって波及的な意味を持つとの評価を改めて示した。

だが、流失原油にベットリのペルシャ湾岸の黒い鳥、燃える石油の黒煙、大気汚染の環境破壊戦争をどう防ぐのか、地球に刻まれた戦争の爪痕は癒えない。

アラーの神がフセインの枕元に現れて、大砲の向きが違うと諭したそうである。だが無謀なフセインの暴力主義を憎んだ世界はイラクを破壊した。

あらーそんな筈はない。いやいやそんな馬鹿な、とフセインは残念無念に思ったことであろう。

相次ぐ戦火、興亡の繰り返しで今後も異教徒との抗争の激化が予想され、王族と一般民衆との貧富の格差の断層が次第に亀裂の広がりを見せ、湾岸戦争後も中東世界を揺さぶることになるであろう、と思われた。

ポスト冷戦の終結が中東の火薬庫に火を点け、新たな地球的新秩序問題を提起した。裁く人と裁かれる人とが世界を揺さぶり、フセインを倒さず中途半端な妥協が、どのような結果を見るのであろうか？　箒星の尾が長く長く伸びていた。

東西間の緊張緩和を見て平和が到来したとしても世界中に少なくとも一五の戦争が猛威を振るっていると伝えられている。

クルド難民、ユーゴスラビア連邦の民族間の紛争など戦争の原因は個人間の争いの原因と同じだそうだ。

「……あなた方は戦いつづけ争いつづけます」

国と国との争い事もさることながら、あらゆる国内でも凶悪犯罪が横行し、多様な民族問題、社会問題の新秩序の達成には甚だ困難を極めている状況であり、国民の満足のいく政治体制は何処にも見出すことが出来ない。「浜の真砂は尽きるとも盗人の種は尽きまじ」と言われている通り、特殊な盗人の数は、益々増加の一途をたどると……。

昼寝から覚めると、湾岸戦争の燃える黒煙、大気汚染の環境破壊と、治癒し難き民族間の紛争の後遺症を残して終わっていた。と思い巡らしているうちに、何時の間にか、さてさてわが国の裁き人やら、東京地方裁判所が脳裏に写った。間もなく民事裁判も、もう終わるだろうと思いきや、何と、いつ果てるともなく続いていたのだ。

2

四月十八日は、法廷に出席、カードに記入し審議の順番を待っていた。すると書記官が近寄った。

「都合が悪くなって中止となりました」と、傍聴席で待っている私に書記官から知らされた。双方の弁護士同士が、実は弁護士同志であるらしい。当方には何の連絡もない。やれやれ虚しく帰ることになって、次回期日の五月二十三日、午後一時ということであった。

その当日、六〇三号法廷で相変わらず口頭弁論、準備書面の交換である。その原告側準備書面には次の様に書かれてあった。

準備書面

原告は被告松永などから間違いなく値上がりする、売りたいときは大東和総合開発株式会社で転売してあげます。旨の勧誘をうけてこれを誤信して土地を購入した。被告らは約束に反して転売に応じない。転売する意思もないのにあるが如く装って安価な山林を原告に売り付けたものである。原告にとって経済的価値は無に等しい。原告はいつでも損害金の支払いを受けると引き替えに登記簿上の土地名義変更手続きに応ずる用意がある。

原告に対する被告らの手口はいずれも共通してい

る。被告らは取り引きのたびに原告に対して虚偽事実を告げて原告にその旨を誤信させて契約代金を交付させ、同虚偽事実が発覚しないうちに次の手口により、それ以前の契約を利用して契約金を上乗せさせて金員を交付させることを繰り返した。会社たるものが契約しておきながら一度も履行しないなどは、常識では考えられず、当初から履行する意思の無かった事は明らかである。

その次は請求の趣旨の訂正申し立て書である。青雲庵の契約関係の取下げである。この件については詐欺とは考えられないが、彼らにとっては金を巻き上げるための口実のようなもので、僅か二〇万円だ。そんなものは関係ない。

3

次回は裁判所の人事異動らしく裁判官が変わった。すると、また初めからやり直しとなるのであろうか。いい気なもんだ。六月、七月と、八月は夏休み、更に九月となっても和解調停だけである。その間の準備書面は見せられず。蚊帳の外におかれた。

さてさて、平成三年九月十一日の被告側の準備書面には、原告の請求の原因に対して認めるより事実と違うという否認、不知を並べ立ててきた。

ある事実を一度認めると原則として引っ込められない。事実を否認しておいて相手の立証責任に任せる。否認したことを後で認めるのは一向にかまわないが、一度認めたことは後では否認出来ない。だから相手が立証出来なければもっけの幸いとなるからだ。

しかし何を否認しているのか、準備書面を渡されない関係でチンプンカンプン。

準備書面には、

第一、原告の平成三年六月二十五日付準備書面に対する答弁。

1、認める、否認、不知と並び、後は大東和総合開発株式会社がパンフレットを用いた事は認め、その余は否認する。

2、原告が昭和五十四年七月二十四日売買契約書により大東和総合開発株式会社から材木六五石を一七〇万円で購入したことは認め、その余は否認する。

3、原告が昭和五十六年四月六日引湯温泉権を買い取ったことは認めその余は否認する。

大東和総合開発株式会社がチラシにより「イカサワファミリークラブ」会員三〇〇〇名の募集を行った事実についてのみ認め、その余は否認する。

4、原告と被告会社が昭和六十年四月二十二日または二十三日にイカサワ第三ヴィラ三〇二、三〇三、三〇五、三〇六号についてのオーナーズ契約を締結した事は認め、その余は否認する。

5、原告が昭和六十年六月売買契約により、被告会社からイカサワ第四号棟四〇一号室を買った事は認め、その余は否認する。

第二、被告の主張

1、訴状の請求の原因……契約の主体は訴外株式会社大東和総合開発株式会社であり、被告会社は当事者適格を欠く者である。

2、契約締結にあたり、被告松永および訴外熊谷が原告に対して欺罔行為を行った事実は無く、当然原告が欺罔により錯誤に陥り、これに基づいて意思表示した事実もない。原告も本人尋問において、契約にあたっては「一棟買いが殺到している」という勧誘があったと述べているが、自分で住むつもりだったのでその事実の真偽は意にかいさなかったことも明言している。

従って右契約の原告の意思表示に瑕疵は無く原告の取消しの意思表示にも係わらず、右契約は有効である。被告会社は、物件の引き渡し義務、所有権移転義務（代金支払いの後履行）を原告に対して負っているのであり、各物件は、代金相当の価値のあるものである。従って原告は各契約によってなんら損害を被っていない。

第三、仮に原告の主張する不法行為が存在したとしても、これに基づく損害賠償請求は、既に時効により消滅している。

即ち、原告の主張によれば当初被告会社との訴状の請求原因の契約履行は昭和六十年七月末日であるところ、その時点で本件建物は形も無く同日ころ同社からの申し込みで同六十一年三月末日であるところ、その時点では本件建物もなく同日ころ同社からの申し込みで同六十一年三月に延期されたものである。

そもそも訴外大東和総合開発株式会社は、昭和四十九年以来詐欺商法によって原告から受け取ってきた金員の返還請求を免れるため、原告を欺罔し、次の取り引きに引き込み、その対価に前の取り引きの目的物を充当していくというパターンを繰り返しており、被告会社と原告間とイカサワ第三ヴィラオーナーズ契約、イカサワ第四号棟四〇一号室の土地付区分建物の売買契約もその一環であるというのが原告の主張である。さらに原告は、訴外大東和総合開発株式会社および被告会社は、契約を一切何一つ守ってくれなかったと述べている。

ところが原告は通常の社会人としての判断力に著しくかけるとはいえない、とするなら、右のような背景のもとで、前記の如く八カ月も履行を延期するという申し込みがなされれば、少なくともその時点で、原告の主張するところの訴外大東和総合開発株式会社及び被告会社の詐欺的不法行為そして自らの被った損害について知るところであったはずである。

しかるに、原告が不法行為に基づく損害賠償請求をしたのは平成二年四月二十五日であり、これは昭和六十年七月より三年以上経過しているので、右損害賠償請求権は既に時効消滅している。

民法七二四条。

〈その条文……不法行為による損害賠償の請求権は、被害者またその法定代理人が損害および加害者を知った時から三年間これを行使しないときは、時効によって消滅する。不法行為の時から二〇年経過したときも、また同様である〉というものである。

〈契約した当事者が同一人物、同一会社である。松永の名刺には大東和総合開発とセブンクイーンとを使い分けしていたのである。適格を欠くわけがない。これも詭弁〉

この準備書面を見る限りでは、本人にとって何を言っているのか全く意味不明である。なるほど分かることは全て事実の逆、即ち事実を認めながら、その語尾に否定を並べただけのことだ。聞いてもいないのに三〇〇〇名の会員を集めたと得意がっている。なんと簡単で不真面目な準備書面であろう。

この近藤郁男弁護士は自分の責任を免れるため、いや、お互いの利益のため、こんな苦し紛れ、いかにも事実のような言い訳をしている。

契約不履行のため内容証明郵便で契約解除通知の後、弁護士会で見せた近藤の態度は、三年で返済するという約束であった。だが無責任そのものであり、ごく最近にも松永常務から返済の約束があった。しかしビタ一文返済されない。全く不可能でありながらよく言えたものである。

ここのところは、お互い代理人にとって意思疎通を図り、お互いの利益のため口が裂けても事実を証明しないことになっていたらしい。その後、事実関係を全て覆い隠すことになるわけだ。

というのは反撃の抗弁を全て無視、沈黙すればいい。沈黙は禁であるというが、現実は被告にとって金なのである。

昭和六十一年七月中旬とその月末、近藤自身および会社側が示した責任ある態度を実行しようともしないで沈黙あるのみ。いや示せないのだ。完全にトボケてしまって沈黙は金である。どんな責任ある態度を実際に示したか、その責任と良識ある弁護士が昭和六十一年年末一五〇〇万円、六十二年度五〇〇〇万円、六十三年度五〇〇〇万円合計一一五〇〇万円返済しますと確約したにも拘らず、後の祭りの全くの知らん顔で、こんな無責任極まりない弁護士は信用出来る訳がない。悪徳弁護士そのものを証明していたのである。

なお平成三年十一月に常務取締役松永および専務取締役中井と返済について承認をしているのである。それは裁判官は知る由もないのだ。これもまた詭弁の展覧会を平然と開いたのである。だが事実関係を彼自身知りながら、ことごとく逸らす操作は顧問詭弁弁護士にとって慣れたものであろう。

何しろ裁判官は、双方の準備書面の内容によって勝ち負けを決めるので、事実を何も知らないからである。黒い法服は色が染まらない様でなく、何色に染められても分からないようにできているのである。

被告代理人の弁は、例えば銀行に預金したとしても銀行名が変わった場合は以前の通帳は無効ということだそうだ。なんと便利な主張であろう。セブンクイーンと大東和総合開発はその役員が同一人物で、その他の文書にも並列に書かれている。領収書もまた同じである。しかし会社名が変われば、全く別会社になるというのだ。契約書を取り交わしたセブンクイーン株式会社内の台中社長でありながら大東和総合開発式会社を表面に押し出したり都合が悪いと消えて関係のない会社であると堂々と主張してきた。これに対して原告側が爾後完全に立証することもなく沈黙するだけで事足りる。原告本人の証言を中途半端と無駄な尋問で費やし、まずい状況が出てくると、ちょいと待ってと違う問題にすり替えてしまう。徹底して本質的な問題を完全に相互間で裁判上封じ込めることに成功したのである。裁判官は本質を知らないから被告側の有利に働くのは間違いない。知能犯の本性を発揮してきた。

代理人同士のかばいあい、騙し合い、嘘つき駆け引きゲームの奇妙な空気に法廷は包まれて、まずは法廷ゲームの悪徳図鑑というべき現象が起こった。

要するに、良心、誠意、責任感、信頼できる会社や弁護士ではないことは明らかで、巧みに口車に乗せ、甘い汁を吸おうと企んでいたのであり、引伸しの戦術でもある。

良心的で誠意のある会社なら、何ら断る必要も何もない。信用の出来る会社なら協力する、無責任な悪徳商法は一切協力はできない、と台中社長に言ってある。

それに原告の取消しの意思表示にも係わらず、右契約は有効である。被告会社は、物件の引き渡し義務、所有権移転義務（代金支払いの後履行）を原告に対して負っているのであり、各物件は、代金相当の価値のあるものである。というのであるから実にずうずうしいことこの上もない。

四〇一号棟の新築物件は何年経っても引き渡しが出来ない契約不履行、履行不能の状態であるから、三号棟にすり替えて一坪が二〇〇万円という建物。さぞリッチな建物と思うだろうが、一〇坪の平屋のバンガローだ。それを口車にのせて二〇〇〇万円で売り付けようとしているのである。それ相当の価値があるだろうか、顧問弁護士の良識を疑う。呆れて開いた口が塞がらない。良心的誠意ある態度を示せば、また新しく契約を取り交わすことも有り得る。信義誠実の原則の問題であるからだ。しかし、もうこれではとても不可能だ。

籠抜け詐欺、金を受け取ってしまうと、だんまり戦術で姿をくらましてしまったのだ。

欺罔とは、相手を錯誤に陥れることをいう。いわゆる騙すことである。人を騙すことは積極的にだますことがほとんどであるが、不作為による場合もある。いずれでもよい。一般の人がだまされるような程度でよい。欺罔行為がすぐに見破れるようなものでもよい。欺罔された者と財産上の被害者とが同一でなくても詐欺罪は成立する。相手方が嘘を本当だと思い込んで、その結果、財物を交付することであると刑法の本に書いてある。

刑法二四六条、詐欺

1、人をだまして財物を受けとった者は、一〇年以下の懲役に処する。

2、だましの方法で財産上不法の利益を得、または他人にそれを得させた者も、また同じである。

被告代理人の近藤は、裁判官から詐欺でないということを積極的に実証して下さいと言われていたが、何一つ証明しようとしない。それどころか詐欺でないと主張している。事実が詐欺であっても詐欺でないと言えば詐欺にならないという傲慢な態度であり、ほとほとあきれた人物であった。

この事実関係の経緯の全部を書いて原告代理人に渡してあるが、法廷に於いては全くといっていいほど発揮されていない。肝心な部分の証拠が全部消えてしまった。

それもそのはず、この事件を依頼したのは昭和六十一年五月二十六日である。内容証明郵便での契約解除から六カ月以内の提訴もなく、裁判を前提としての提訴を依頼してから五年も過ぎてしまったのだ。当然のことながら被告側は予期して不法行為に基づく損害賠償請求権の時効消滅を求めてきたのである。

当然ながら三年で返すと言ったのはこれが目的であったのであり、クーリングオフの引き伸ばし戦術と同じだ。勿論被告側は松永も台中社長も一切応じないように謀っていた。一部でも返済すれば承認したことになるからである。

民法や刑法があるけれど、どうやら現実には厳密に活用しないらしい。

先ず、民法四一六条、損害賠償の請求は、債務の不履行によって通常生じるであろう損害をさせることを目的とする。

特別の事情によって生じた損害であっても当事者がその事情を予見し、また予見することができたはずのときは債権者はその賠償を請求することができる。四一九条、金銭を目的とする債務不履行について、その損害賠償の額は法廷利率によって定める。ただし約定利率が法廷利率を越えるときは約定利率による。

〈実例民法より〉

事実はこんな法律は無用だそうで、裁判官の裁量に任せられているのだ。

それでは、ひとまず、契約書を見ると次のように決められていた。

買主・売主いずれを問わず当事者の一方が本契約に違反したるときは、各々その違反したる相手に対し何等の催告を要せず本契約を即時解除することができる。この場合において違反したる者は、その相手方に対し第?条に表示した売買代金の二〇%を違約金として支払うものとする。

だが、この条文は適用されないのだそうであるから便利なものだ。あくまで五分が正解というのである。

一応の法律というものがあるが、実際に損害賠償を取れるかというと問題がある。強制執行しても、相手が何時の間にか誰とも分からぬ相手に仮差押えになっていれば取れない場合も有り得るのである。顧問弁護士と謀り、金融知能犯であることから最早話し合う余地がない。最初から差押えが出来ない相手だと分かり切ってはいるものの、裁判とは何かを知る権利もあり、また不思議で奇妙なセレモニーでもあると思わざるを得ない。

相手は一銭も払いたくないのは分かり切ったことだ。何とかごまかそうという気構えがありありと見えるからだ。

かの有名な豊田商事。二〇〇〇億円掻き集めて損害賠償で一割しか返済しない。悪徳商法は単純に考えて九割儲かるという計算になる。そういう風潮が定着しているのであろうか。そうすると絶対悪徳商法の絶無は有り得ない。

そういうことで日本全国のゴルフ場に嵐が吹き荒れている。真面目なゴルフ場もあれば、茨城ゴルフクラブ会員権乱売、購入者四六〇〇人で前例のない大型告訴、詐欺罪で告訴と新聞にでかでかと報じられている。

またまた多くのリゾート会員権も恐らく最後は紙屑同然となる運命にあるのではなかろうか。会員権商法は実にうま味のある商売だ。契約を蹴飛ばし、訴えられても返済しないで済む方が多いから、彼らは悪徳商法練金術万歳と叫んでいるようでもある。

さて、この民事事件の要素は商法第三条によると当事者の一方のために商行為たる行為。民法を適用すると法廷利率は年五分で消滅時効は一〇年、商法を適用すると年六分となり時効は五年とある。

また商法五〇一条でいう商行為は絶対的商行為と呼ばれている。となると商法も全く関係ないのだ。単なる金銭の借り貸しだそうである。

時効なんか考えていませんと専務取締役中井が言っていたが、時効がどうのこうのということ自体が詭弁である。時効を援用すれば簡単に返済せずに済むのだ。

そのために、殺人罪一五年、傷害、窃盗、詐欺罪七年、横領、背任罪五年という犯罪後一定の日時が経過すると、起訴できなくなる制度がある。これは犯罪者にとって誠に有り難い制度であり、後はノウハウとしていられるのだ。

そんな分かり切ったことより真実、事実、真相、そのものの方の価値を見定めよう。

どうせ嘘つきゲームだから法廷の中で駆け引きだけが罷り通って燻り出し、発火しない仕組みになっている。何故ならば小物は公開しているように見えて密室裁判なるがゆえに何の役にも立たないのだ。

裁判というものは水ものだといわれる。ちょいとしたさじ加減の違いで、結果が逆転することがよくみられる。その因果関係は代理人同志のさじ加減一つとも言えるのだ。

法律は伸び縮みする物差しであるそうだ。

4

やがて十一月七日、木曜、午後一時十五分から三時半まで開かれる六〇三号法廷の傍聴席で、原告の杉崎が早めに待っていると、代理人の安藤和子が現れる。

そこで、ある契約書を見せられた。

「この契約書を知っていますか」

「こんな契約書は見覚えがない。……なるほどね。なんだ、これは?」

暫く頭を捻ると考えついた。

なんとわざわざ契約書を偽造してきたのだ。絶対有り得ないものが存在するのであるから気がつく。

「これは偽造だ」

「偽造じゃない。変造」

と代理人が言う。

しかしながら、表紙を三号棟に変えてあるが、各ページに押してある割り印が全くない。またサインと拇印だけがはっきりと本物らしいのだが、明らかに四号棟の契約書の裏表をすり替えての全く新しく偽造したもので、その写しである。

そこで、これを立証するため専務取締役中井および常務取締役松永、社長台中との会話を交わした録音テープを渡すことにした。その事実関係を証明するに足るものであるからだ。

そのうちに被告常務取締役松永広道が入ってきて席に着いた。傍らには専務取締役中井行男が薄黒い渋い面構えで俯いている。

代理人から何も聞いてなかったが、三時半までセブンクイーン株式会社、被告松永広道の証人尋問が行われるということである。

時刻になると例によって裁判官は、宣誓の趣旨を告げ、本人が嘘を言った場合の制裁を注意し、別紙宣誓書を読み上げさせてその誓いをさせた。

だが、いくら宣誓しても、それが嘘であるという確固たる証拠も示さず、また、ばれない限り制裁は有り得ない。また確固たる証拠が有るとしても絶対に表に出さないように法廷で操作することくらいベテラン馴れ合いの弁護士としては、いとも簡単である。偽造契約書を用意するほどだから、これからは益々面白くなるだろうと思ってもみたが。

しかし犯人で有りながら一事不再理の原則を応用して無罪になることも数多有る。どうせ裁判官は真実を知らない。嘘を真実のように表現すれば分からない。だからこの証言は事前に顧問弁護士と予てからの打ち合わせによる策謀と思われる結果が浮き彫りになることは間違いない。

被告代理人の尋問から始まった。

被告松永の陳述の要旨は次の通りである。

甲第何号は原告側、乙号は被告側の証拠書類である。

被告松永の言うには、

「昭和四十九年ころ私は大東和総合開発株式会社、またはセブンクイーン株式会社の営業課長でした」

被告代理人は甲第七号証を示す。土地売買契約書である。土地売買に関わる被告代理人の質問だ。

「大東和総合開発の社員が初めて原告に会ったのは、この契約の約一カ月前、牧田が土地販売の営業のため訪ねた際で、その後牧田は原告と三、四回会って話をしました。私が原告に初めて会ったのは、この契約書作成日の七日程前でその次の週末に私と牧田とで原告を現場に案内しました。

その頃大東和総合開発では当地で一〇〇区画ほどの土地を分譲しており、原告が現地へ行ったときは二〇区画ほどの土地がまだ売れ残っていました。原告は土地購入のときなかなかぐずぐずして決めてくれませんでした。少し迷った後で買うと言いました。その日、原告と私と牧田は現地で一泊して翌日帰京して会社で日です。契約当日に入金して貰うために私と原告が都民銀行荏原支店に行きお金を下ろしましたので、その日、月曜で現地に行ったのは前日の日曜だと思います」

被告訴訟代理人が甲六号証を示す。

「この書面を作成した日の前日に現地でもらったものと思います。原告に現地付近を新幹線や関越自動車道が通る予定であることおよび土地が値上がりするとは言いましたが、五年ほどで五〇〇万円になるなどと言った覚えはありません。新幹線や関越自動車道の計画は決定しており工事も途中まで出来ていたので、これらは一般に知られていたことです。また、当時はオイルショック等で土地が値上がりしていたため、将来転売出来るので預金収入より有利だと話したこともあります。

原告は土地を自分で使うかどうかはっきりしていな

かったと思いますが、契約にクレームがついたことは一度もありませんでした」

今度は青雲庵の契約書である。

「翌年、原告と大東和総合開発で青雲庵の契約をしました。青雲庵は分譲地を見にきた人の宿泊用に作ったもので、入会金二〇万円、年会費一万五〇〇〇円です。原告は説明を受けて入会しました」

更に材木の確約書の件である。

「昭和五十四年に原告に材木を売った事があります。その年の初め頃から材木が急騰したので、原告の他にも十数人ほど家を建てたいという人のために会社所有の材木を安く売りました。

この材木の契約の半月後に原告と現場責任者である吉村豊（大東和総合開発営業部長）と建設業者の上村建設の三者が原告の家を建てる件について話し合ったことがありました。ですから原告は家を建てる考えを持っていたものと思います。

原告から材木を見せてほしいと言ってきたとか、会社の者に会いたいということを聞いたことはありません。材木は当地の製材所に置いてありましたので何時でも見せられる状態にありました。材木を勧めた時、値上がりすると言ったことはあります」

甲第一二号証の確約書を示しての尋問。

「大東和総合開発が材木を引き取る旨の契約に間違いありません。この契約書は大東和総合開発側で自主的に作ったものです。これに基づき原告から引き取って欲しいと言ってきたことはありません」

更に、

「昭和五十六年に原告に温泉権を売却したことがあります。一回目の試し掘り前に原告を含め五、六十人を勧誘したところ、ほとんどの人が買ってくれました。原告には直接会って説明したことがありますが、温泉権についてのパンフレットは作っていませんので原告に渡した事もありません」

「掘削地は原告の土地からどの位のところです」

「掘削地は原告の所有地から一五〇ないし二〇〇メートルのところです。三〇〇〇万円かけて二回掘ったところ二回目には鉱泉が出ましたが会員に供給できるほどの量ではなかったので止めました。その後は掘っていません」

甲第一四号証、一五号証を示す。温泉権勧誘の書面だ。

「昭和五十六年五月より半年前ごろ大東和総合開発が作り原告にも交付しました。甲第一四号証と同日に原告に直接交付して渡したもので、大東和総合開発が作成しました」

「温泉が出るから、値上がりする。土地の買い増しを勧めましたね」

「温泉が出ると土地が値上がりするという理由で原告に更に土地の購入を勧めた事はありません。また、昭和五十六年当時、既に売る土地はありませんでした。近くで金が出たということも夕刊フジとか新潟日報に記事が出ていたので、余談として話した事はありますが、そのために土地の買い増しを勧めたことはありません」

その後の原告との話は、

「被告会社が原告と話をしたのは、昭和六十年ころで す。被告会社の創立は昭和五十八年ころで大東和総合開発が昭和五十七年末に不渡りを出したこと及び大東和総合開発は前から社名を変更する話があったこと等がその理由です」

甲第一九号証を示す。オーナーズ勧誘の書面について。

「売買代金六〇〇万円とあるのは、一口一五〇万円で四口の代金です。その支払いのうち手付金の三〇〇万円には原告の持っている温泉権八〇万円と材木代金二二〇万円を充当し、残り三〇〇万円は現実に払うことにしました。充当の話は大東和総合開発から申し出たものですがそれを原告が承諾しました」

「会員権が値上がりするとの話でしたね」

「オーナーズヴィラを伊豆高原にも造る予定があったため、オーナーズヴィラの権利は近々二〇〇万円乃至二五〇万円位になると話しました」

乙第五号証を示す。三号棟の建物の写真。

「イカサワ第三オーナーズヴィラの写真です。昭和六十年四月頃完成しました。原告は一回宿泊に利用しています」

甲一九号証のオーナーズ契約書を示す。三号棟の契約書である。

「この契約は契約日から数日後に破棄しました。この契約は二〇人の共有で原告の持ち分は二〇分の四だったので、一部屋全部を一人で所有することを被告会社が勧め原告も同意したのでこの契約を破棄しました。一棟買いの契約はそれから一、二週間以内です」

甲第五号証を示す。四号棟の契約書。

「イカサワオーナーズヴィラの一棟買いの契約です。一室を二〇〇〇万円で売却しました。建物は共有関係の契約をしたその建物です。新しく建てる第四オーナーズヴィラを売るという話はしていません。

オーナーズヴィラの一棟買いの代金二〇〇〇万円の支払いには、持ち分契約四口の代金六〇〇万円及び昭和四十九年に購入した土地の価額四〇〇万円の合計一〇〇〇万円をその一部に充当し、残金一〇〇〇万円を新しく払い込むことにしました。しかし一〇〇〇万円中六〇〇万円の払い込みがありましたが四〇〇万円は未納です」

甲第四号証の仮契約書を示す。

「これは知っています。原告は第三オーナーズヴィラの三〇五号室が気に入らないと言うので、将来建てるオーナーズヴィラの部屋の契約をしました。物件の引き渡し日が昭和六十年七月になっていますが、これは間違いです。伊豆高原にオーナーズヴィラをつくることになったため、結局第四オーナーズヴィラを造りませんでした。その用地はそのままになっています」

甲第五号証を示す。仮契約の仮を消した契約書だ。

「本件契約の一、二年前に原告の退職に付いて知りました。原告の退職金の五〇〇万円及びその他一〇〇万円を大東和総合開発の社員が原告から集金しました。これらの原告の預金を引き出すために甲第四号証及び甲第五号証を造ったということはありません」

甲二〇号証を示す。各種領収書である。

「私の字です。被告会社と原告間の契約代金の領収書ですが、大東和総合開発の名義になっているのはなぜか分かりません」

甲第二一号証ないし第二三号証を示す。

「名義が大東和総合開発になっている理由が分かりません。大東和総合開発の名前のほうが原告に馴染みがあると思ったからでしょう。大東和総合開発は現存し、被告会社と経営者は同じなのでどちらも同じだということです。

被告会社と大東和総合開発は業務内容は同じです。被告会社の社員は大東和総合開発から移ってきました。株式は社長が七割、その余は役員が持っていました。私は昭和四十九年ころ大東和総合開発の営業課長でしたが、昭和五十七年に不渡りを出した時は同社の取締役部長でした。被告会社では発足当時から現在まで同じく常務です。原告には被告会社と大東和総合開発又はセブンクイーンの関係を説明しました。また、原告は池袋支店に一、二回来たことがありますが、何のために来たのか分かりません。原告はオーナーズヴィラの部屋で小鳥を飼いたいとか、暖炉が欲しいとの希望を持っていました。第三オーナーズヴィラはこれらの希望に添う改装が可能でした。しかし、昭和六十年ころ原告がそのような改装のための図面を作ったということはありません」

乙第五号証の現場の見取り図を示す。

「この建物のどの部屋を契約したのですか」

「この写真の一番右端の部屋が三〇五号室ですが、原告のイメージに添わず気に入らなかったものと思います。部屋の話は蒲田の喫茶店でしましたので原告はこの部屋を実際には見ていないと思います」

「原告に売った土地は今どの位になっていますか」

「原告に初めて売った土地は現在六四〇万円位します」

「裁判がはじまってから原告に会いましたか」

「裁判になってからこういう事態になったわけを聞くために原告を訪ねましたが、話はできませんでした」

被告側代理人の駆け足の予定されていた嘘八百の全く意味のない引き伸し戦術尋問と陳述が終わった。

次は原告代理人の尋問、人証である。

「被告人は何時頃からこの会社におりますか」

「大東和総合開発には昭和四十七年四月六日の同社設立当時から勤務しており昭和四十七年から常務です。大東和総合開発は、他の会社に勤めていた頃知り合った台中義則らと設立した会社です。社長は、初代台中剛造、二代目長男台中俊正そして次が現在の台中義則です。彼のところへ遊びにいったときに会った事がありました。被告セブンクイーン株式会社は大東和総合開発を商号変更したものではありません。両同社の役員は共通していますが、被告会社の専務中井行男は大東和総合とは無関係です」

「大東和総合開発が倒産したのはどうしてですか」

「大東和総合開発が不渡りを出した頃、同社の負債額は一億円位ありました。同社が赤字になったのは出社しない社員が多数いるのにそれらの社員にも給料を払う等人件費がかかったからです」

「あなたはその頃の給料はどれほどでした」

「私は大東和総合開発から昭和五十七年八月まで給料を貰っていましたが、そのころの給料は二五ないし三〇万円ほどでした」

「その大東和総合開発の負債はどうなっているのですか」

「不渡りを出した後の大東和総合開発は、登記も事務所もそのままにしたままで、事務員も三人いましたが、特に業務をしているわけではありませんでした。土地の購入の際やオーナーズヴィラに必要な雑貨を購入するのに必要なときに大東和総合開発の名を使用するだけでした。

大東和総合開発の負債額一億円は、その後被告会社からの貸し付け金や被告会社による仮払い金等でほとんど弁済し終わっています」

「被告会社の経営状況はどうなっています」

「被告会社は昭和五十八年十二月十四日設立し、その後一年経った頃には、一億円ほどの貸し付けをする余裕がありました。被告会社はオーナーズヴィラや土地、建物を売った代金で利益を得ています」

甲第三五号証の一を示す。イカサワファミリークラブのパンフレットである。

「見た事があります。会員は五、六十人いましたが、全てオーナーズクラブに移りました。被告会社は別荘地の販売後、ファミリークラブ……自然散策のための宿泊施設……を経営しようとしましたが目的を達成できないのでオーナーズクラブに移りました」

「現地は冬に雪崩が起こると聞いていますが、その点に付いて調べましたか」

「雪崩が起こるような土地は売っていません。近隣にも三〇メートルも離れていないところに三軒の家があります」

「現地で雪崩で家が壊れた事があったのではありませんか」

「冬雪下ろしをしないために二軒がこわれたことがありましたが、これらには新しい土地と家を提供しました」

「現地の三〇〇区画ほどの土地を売るためのセールスポイントは何ですか」

「昭和四十七年から昭和六十三年ころの間に全て完売しましたが、買主に別荘を持ちたいという希望があったからだと思います」

「最近の現地の価額は誰から聞いたのですか」

「現地の地価は、昭和六十一年から昨年までの間に、土地を売りたいというお客から被告会社が買い取って転売した際の、一〇件ほどの取引きの価額です」

「現地の三〇〇区画ほどの土地を、被告会社はどこから取得したのですか」

「初代社長が持っていた土地のほか、地元の地主から買い取ったものです。当時の買値は原告への売値とほぼ同じです」

甲六号証を示す。

「現地の事務所で原告が書いた申込書ですが、契約するかどうか迷っていた原告に考える時間を与えましたか」

「契約しなければならないわけでなく、原告が自分で決めた事です。キャンセル料も取りませんでしたし、強制にならないように交通費も自己負担にしました。また、申し込んだ人には交通費を申し込み金に当てました」

甲第七号証及び第三〇号証を示す。

「契約書に記載された土地の所在地と原告が登記を得た土地の住所が異なるのはなぜですか」

「これは担当者の契約書記載上の誤りです。しかし、分譲地番号D−11には間違いありません」

「土地の坪数の記載も誤りですか」

「契約上の坪数と実測した坪数は異なることもあります」

「原告代理人が六日町役場で甲第七号証記載の所在地の公図を確認したところ一四四番地の一の土地は道路でしたがそれはどういうことですか」

「一四四番地の一の土地は道路部分を含んで一区画の土地になっており、公図に誤りがあります」

「原告の買った木材を預けておいた製材所の名前はな

んというのですか」

「経営者も代わっていますし、迷惑がかかるので言えません」

「木材を売った人は、原告の他にもいるという事ですか、製材所に預けた木材のどれが原告のものとわかるのですか」

「原告の分はどれかは決めていません」

「木材は木の太さや形態で値段が違うはずですが、特定していないのはおかしくないですか」

「節があって使えないようなものは取り替えるなどしています。また、その材木で一〇軒の家を建てましたが、クレームは全くありませんでした」

甲第一二号証を示す。材木の確約書。

「大東和総合開発がこれを作ったのは何故ですか」

「家を建てるのを前提として木材を買ってもらったので建てないときは引き取るつもりだったからです。初めから建てない事を予測していたわけではありません。他の購入者にも同じ契約をしたかは分かりません。このような契約は多くありません」

「原告に売却した温泉権の温泉掘削場所はどこですか」

「原告が初めに購入した土地を背にして正面のところにあります。現在掘削場所はコンクリートで固めてあるので分かります」

「原告以外の温泉権購入者にも、このような確認書を出したのですか」

「原告以外の人には殆ど現金で弁済しています。何人かは充当した人もいますが、それらの人に確約書を出したかどうかはわかりません」

甲第五号証を示す。偽の契約書。

「この契約書は原告の預金を引き出すために契約成立前に作ったのではありませんか」

「これは契約成立後に作ったもので、原告のお金を引き出すために作ったものではありません」

甲第四号証を示す。第四号棟の契約書。

「これを作ったのはなぜですか」

「原告は第三オーナーズヴィラが気に入らないというので、気に入るものを造ることにしたのです。三丁の特約条項で契約しました」

「昭六十年八月十一日に、原告と被告会社社長が共に現地へ行った時、社長は、第四オーナーズヴィラはもうじき建てるから十二月まで待って欲しいと原告に言ったということを知っていますか」

「いいえ知りません」

「未完成の不動産の売買については、代金の五％以上は予約金としてとることは出来ないことを知っていますか」

「いいえ、知りません」

「最終的に四号棟ですね」と念を入れる。

するど松永は頷いていた。

被告訴訟代理人の質問に、彼は折角三号棟に決めたんですと言っておきながら否定せずに四号棟という事実をさらけ出したのである。この証言も本人調書から消えている。

これで第一四回口頭弁論、松永広道の証言が終わった。

ここで嘘の羅列を検出してみることにする。
1、先ず、契約した場所は六日町の八海山養鱒場の二階の部屋で決めたのである。ぐずぐずは松永自身であり、都民銀行荏原支店など何処に存在しているのか、全くわからない。恐らく青雲庵会員権、金の渡し場所、元平和相互銀行武蔵小山支店の事であろう。
2、建物を建てようとして吉村豊と立ち会い、上村建設に依頼した時、材木はどこからも出てこなかった。当然材木の存在を黙っていても見せるべきであるのだ。ところが東京の会社にいる松永と吉村との間で、ひそひそと何事かを電話で囁いていた。そして工事費から材木代金を差し引いただけの契約書を作り、上村建設自身も材木を注文しなくてはならないと注文しているのであるから正に嘘八百の言い分である。
山林を買って製材所でやっている。その製材所は倒産してしまい、今はもう存在しない。それを言うと他人に迷惑が掛かるからこれは言えませんという。なんといい加減な言い方であろう。それなら材木や温泉権利を現金で返済した人々を明らかにする必要があるのだ。初めから存在しないものを在るかのごとく装った、明らかに詐欺商法である。他人のせいにしてこれもごまかしの手で逃げようと企んでいる。

3、材木の転売を依頼したが、「そんな事実はない」とまた嘘を言う。

温泉掘削中、金が出たから値上がりする土地の買い増しを勧めにきたとき、ウサン臭く感じ、この際土地と次いでに材木の転売を依頼したが、それ以来沈黙してやろうともしない。

4、三号棟は、四月に完成していたというが、七月半ば、八月の十一日になっても一部屋のみ、それも中途半端、後はガランドウのガラクタであった。またまたの嘘である。

5、セブンクイーンへ五月二十一日、金を持参した時、積立預金を解約する手続上の話をしたところ、松永は自分で会社へ電話をしているようであった。松永が自分で書いてくれと新しい契約書を持ってくると表の契約事項のみを記入し、後は契約書のページ毎に割り印を押し、出して貰えばいいということで、会社で署名や印鑑を押した。そして他の書類と一緒に提出したが、後で写しを取ったということで返送されて来た。だが良く見ると、なんと三〇五号となっているではないか。これはいけねえ、変だと思ってみたものの、後日、台中社長からの電話で四号棟は来年の三月になると言ってきたのであるから間違いないものと、妙な気持ちで信用してしまったのだ。だが松永は「契約書を見て三号棟に決めたのです」と言う。近藤がまた建物の写真を見せて「このどれですか」と聞き、松永が「右側の部屋です」と言う。

四〇一号棟契約のとき、松永が建物の玄関側から見て左から数えると言っていた。そうすると入り口の方から見ると右は三〇七号となり、反対から見ると三〇一となり、これは大熊さんのものですと台中社長が自ら現場で説明していたのであるから二重契約となり辻褄が合わない。また裁判の初めの日に、第三オーナーズ契約書と四〇一号棟の新築物件の二通を近藤弁護士が自分に見せた。三号棟を契約したという事実は全く無い。ぬけぬけとこんな全くの嘘の証言を平気でやるのであるから呆れてしまう。三〇五号棟の変造の契約書は十一月に近藤顧問弁護士と会社側と共謀して作成したものに間違いない。それまでは存在してなかった事実は中井専務と、松永の電話録音テープを聞けば明らかなことである。

というのは、この偽証の背景には、偽造、捏造、改ざんがあり、変造の契約書をわざわざ作成したもので当事者なら直ぐ判明することである。大阪で出回った偽札も作った当事者や鑑定人なら直ぐ見破ることができるであろう。

原告代理人に、この契約書は、と聞かれた時、一度は、はてな？　と思ったが、事前に若し三号棟の契約書が出てきたら偽造ですよと裁判所の門の前で言っておいたことがある。それだけ悪質な会社であるから、おそらくやるだろうと思っていたら、現実となって現れた。

土地売買契約書と権利書との表示が違うのは書いた人の間違いだと言う。全く無責任極まり無い。

現在の土地価額は坪八万円で八〇坪で六四〇万円だと松永が証言していたが、現地の不動産屋に聞くと「あんな土地？　二束三文」だそうである。
6、会社は、昭和五十七年夏、不渡りを出して倒産。負債額は一億円だそうだ。セブンクイーン株式会社からの仮払いで借り出して返済したという。倒産の原因は労働組合のせいで人件費に消えた。しかし近藤弁護士は暴力団に介入されて困惑し全部返済したという。言う事が支離滅裂だ。顧問弁護士の達見は、言うこと成すこと全てが混同のゴチャ混ぜ。
確かに三号棟に契約したのであれば、長年の未払い残金四〇〇万円の契約書で定められた遅延利息年利二〇％を債務不履行で支払えと最初から反訴しなければならないのである。

また民法五三四条を持ち出して、建物があったが山火事で燃えてしまった、と危険負担の債権者主義を採用することも有り得る。地面師や詐欺師は、いとも簡単に偽造できる。これでまた証拠探しに裁判を延期することも可能であり被告側顧問弁護士ならやり兼ねない。嘘の名人と言いたいが嘘の丸出しだ。
7、土地の雪崩の起こる部分は売ってない。だが現実に自己所有の土地の上の家が跡形も無く消えていた。だが、そんな事実はないと嘘ぶく。

「あの時造らなくてよかったね」と松永が昭和六十年五月上旬現地で説明していたのであるから、また嘘丸出しである。

　材木やら温泉やらで一〇〇名から二〇〇名、土地を購入した人は三〇〇人であるという。

　その地域の発展は望めない。その当時、公務員に限定して狙い撃ちをしていたのだ。建てるにも建てられない。売るにも売れず。売買実績一〇件、建物もせいぜい十二、三軒程度だから大勢の人が困惑しているに違いない。

8、イカサワファミリークラブからセブンクイーンオーナーズへと値上がりするから三〇〇万円程上乗せして切り替えさせ「値上がりしたら一戸ずつ売ってあげます」と言いながら後は何もせずシランプリを決め込むのだ。このような手口で言葉巧みに大勢の人に値上がりすると勧誘し、乗せてしまったのであろうと推察する。詐欺商法で有名な豊田商事、コスミック以上で、実は正しく原野商法、悪徳商法の初めからの元祖であった。

9、松永は「何のために会社へ来たのか分かりません」と言う。熊谷が取りに来ないので金を持参してくれと松永本人が言ったのであるが。またまたトボケている。大東和総合開発の領収書も自分で記入しておきながら、また大東和総合開発とセブンクイーンの両方の名刺を使い分けて名義が大東和総合開発になっている理由が分かりませんと言う。いやー、なんとあやふやの言葉か、常識では考えられない。常務取締役松永広道が精神分裂症なら理解することが出来るが……。

　平成二年十一月の上旬、裁判中に彼自身の電話で「プラスアルファーくらい弁済すればいいですか」と言いながら裁判になってから「こういう事態になった訳を聞くために原告を訪れましたができなかった」と言う。いかにも事実関係を認識していながらの詭弁である。

　昭和六十三年十月と平成二年の電話録音テープをその場で聞かせてやりたい気持ちであったが余りにもチンプンカンプンでおかしく、危うく吹き出しそうになって口を押さえた。

　契約は当事者相互の信頼の上に成り立ち、契約した目的を達成するよう努力しなければならない信義誠実の原則がある。が悪徳商法には『善は悪である。悪は善である。闇を光り、……光りを闇としている者たちは災いだ』『彼等は羊を装ってあなたのもとにきますが、実際には貪欲な狼なのです。……良い木は立派な実を生み出すが、腐った木は悪い実を生み出すのです。その実によって見分ける……』とある。彼等は詐欺の実しか生み出さない。

　彼らは初めから売買契約の全てについて実行するつもりがなく、相手方を錯誤に陥れた詐欺行為である。

　民法五四三条、履行の全部または一部が債務者の責任である理由によって不能となったときは債権者は契約の解除をすることができる。履行不能による契約解除は催告不要である。

　五四五条、当事者の一方がその解除権を行使したときは各当事者はその相手方を現状に復させる義務を負う。ただし第三者の権利を害する事ができない。返還すべき金銭には、その受領の時から利息を付けなければならない。解除権の行使は損害賠償の請求を妨げない。

とあるが、近藤弁護士は原告の内容証明により取り消したにも拘らず不能と断定したのであるから、相当な権限の持ち主である。

　ところが被告側は「お前は呪われている今夜十時殺してやるー」と脅迫電話などで相手を絶望へと追いやってくたばってくれることを願い、また、ちょろっと甘い善良さを漂わせて後は時効になるまで放置する。という具合に、そうなることを期待している。実に悪質で未必の故意、殺意があることは間違い無い。悪徳客殺し無視殺し商法の元祖を更に露呈したのである。

　また精神的損害の賠償、慰謝料の問題もあるが、被告側の主張を認め、事実反論する機会を完全に覆い隠し、騙す方も悪いが、騙される方も悪い。お互いに悪いのであるから過失相殺という重大な過失が原告にもある、という方向へ向けられていた。

5

それからその翌月の平成三年十二月十九日、午後一時、六〇三号法廷において相変わらず準備書面の交換である。

原告側準備書面は次の通りである。

原告は被告らの平成三年九月十一日付準備書面における被告らの主張に対し次の通り反論する。

一、当事者不適格の主張に対して。

契約当事者が原告及び訴外大東和総合開発株式会社の請求について当事者適格がないと主張する。

しかし、原告の主張は、被告会社らに対し同被告らの行った不法行為に基づく損害賠償請求をしているのであるから原告の主張が認められるか否かの問題であって当事者適格の問題でない。

二、時効消滅の主張に対して。

被告らは、本件契約の履行期が昭和六十年七月末日であるから原告が不法行為に基づく損害賠償を請求したのは平成二年四月二十五日であり、時効により消滅していると主張する。

1、しかし、原告は、被告台中から本件契約の対象建物を昭和六十一年三月までに完成するから履行期をそれまで猶予してほしい旨の申し入れを受けた。

原告は昭和六十一年三月が過ぎても被告会社から右履行されなかったので、右被告に対し本件契約について話し合いをするようになった。

原告はその後幾度も台中と本件契約の解決策について話し合ったが、被告らの言い分は、常に「金がないから分割払いにしてくれ」ということであり一度たりとも支払い意思のない表明をしたことがない。もっとも被告らの提示額は原告の被害額全額ではなかった。

原告はその後被告らに誠意のないことを知り裁判提起を決意したが、裁判提起を決意するに当たり思案したり当代理人などに相談して被告らの不法行為に気付いたものである。

よって原告が被告らの不法行為を知ってから三年を経過していない。

2、被告らは原告が本件契約について、権利の上に眠っていなかった事実を熟知していたこと、被告らは一貫して本件提起少し前まで原告との話し合いによる解決について前向きの意思表示をしていたこと（本件訴訟提起後、裁判上の和解の際にも慰謝料及び本件契約による損害金全額――但し遅延損害金を除外――の支払い意思のあることを表示した）、被告らが度重なる不法行為を行って来たことなどを勘案すると、被告らの時効消滅の主張は信義則違反として許されない。

なお原告は被告会社に対しては、本件契約不履行に基づく損害賠償請求できることを事情として付言しておく。

という次第であるが、余り効果のあるものとは思えない。

6

その翌年平成四年一月十六日午後一時の法廷もあっという間に過ぎ、やがて三月十二日午後一時二十分から二時まで第一七回口頭弁論、台中義則の尋問が行われる。

人証の申出書

一、人証の表示

伊東市湯田町七―一

被告人本人　台中義則

（呼出約四〇分）

二、尋問事項

別紙尋問事項記載のとおり。

尋問事項

被告人本人　台中義則

一、被告本人の被告会社における地位と職務内容。

二、本件売買契約締結のいきさつ。

三、右契約対象物件。
四、原告との示談交渉のいきさつ。
五、右に関する一切の件。
台中義則社長が宣誓書を見ながら、

「宣誓……良心に従って真実を述べ、何事も隠さず、偽りを述べないことを誓います」

と台中は堂々と述べた。

しかし、これを裏返すと、良心に逆らって嘘を述べ、真実を隠し嘘を述べる事を誓いますと宣誓しているようなものだ。被告松永自身嘘の証言でごまかし、時間潰しをしているから、またその嘘の証言が始まることになるわけである。

原告代理人尋問に対して、被告台中が答えた。

「被告セブンクイーン株式会社及び大東和総合は私の父が設立した会社で、初代の社長は父、二台目は兄でしたが、兄が入院したため私が社長になりました。私は大東和総合開発の社長もしました」

乙第二号証を示す。

「本件で問題になっている原告と被告会社の二〇〇〇万円の売買契約の物件は、これに表示されている物件だと思います。しかし、詳しいことは知らないので、ヴィラ四〇一号室がその物件かどうかは分かりません。契約書の社印は私が押したのではなく、被告松永か被告牛島が押したものと思います」

甲第四号証及び同五号証を示すと、

「知りません。手書きで記入している部分は被告松永の字だと思います。仮と記載されている理由は、第三ヴィラを契約したとき原告は気に入らない様子だったので、近々建てる第四ヴィラにつき仮契約したためです。

仮契約書につき特に二通作るように指示しているということはありませんが、被告松永は専門家なので二通作成していると思います。乙第二号証及び甲第四号証の押し印部分は拇印ですが、同一の契約書かどうか分かりません。甲第四号証にある特約事項が乙第二号証に無いのは契約書が異なるかどうか分かりません」

「第三号棟が完成したのは何時ですか」

「第三ヴィラの完成予定日についても私は担当でないので分かりません」

「被告は原告に対してどの様な説得のしかたをしたの

そこで少し動揺した彼は、陳述席から半歩下がると言った。

「神に誓ってそのようなことはありません」

と力強く断言したのである。なかなかお見事な嘘の証言であると言いたいところである。

「被告は原告に三月になると電話で連絡してますね」

「原告に、被告会社からヴィラの残金の請求したことも、物件が完成していない旨の電話をしたことも知りません。残金の支払いがないので登記ができないとの話も聞いていません。残金の支払いが無いので登記が出来ない、と聞いている。その件は被告松永と原告とで話してるはずです」

〝社内の対応では、残金が入ってないので残金支払いの段階で引き渡し、所有権の移転で第三号棟の登記をすると松永から聞いている〟ということになっているが、ここの肝心なところが本人調書にない。

甲第五号証を示す。

「預金を下ろす都合でこれを松永が作ったということでしょう」

「被告松永と原告がローンを組むためにこれを作ったですか」

「私は原告に三、四回会ったことがありますが、その場所は全て居酒屋で、酒を飲みながらでしたが、ヴィラの契約について話したことは一度もありません。最初あったのは原告が被告会社に来たときで、ヴィラの一棟買いをしてくれたので、その接待を居酒屋でしたときのことです。原告に会ったとき図面で説明したのは、原告も私も野鳥が好きなので、原告が造りたいという野鳥園について話をしたときのことです。図面は本件契約とは無関係です。そのときは、被告松永が接待に付き合って欲しいと私に言うので、被告中井と共に池袋の五条という居酒屋へ行きました」

「原告と貴方は蒲田で契約に付いて、どんな勧誘をしましたか」

「原告から私に会いたいとの電話をしてきたことはありません。そのような電話が会社にあったということも聞いていません。また、私から原告に会いたいとの電話をしたこともありません。昭和六十年七月ころ蒲田駅ビルの喫茶店で原告に会ったということもありません」

た、という話は聞いていません」

「貴方が来年の三月になると連絡したのですね」

「甲第四号証及び甲第五号証の物件の完成を昭和六十一年三月まで待って欲しいと言ったこともありません。本件契約につき被告中井が原告代理人を通じて話し合ったことは聞いていています。被告会社はお金を返すとの返事をしました」

と台中社長は言う。

最初に牛島平八郎なるものがセブンクイーン株式会社の社長で、最近脳血栓で亡くなり現在台中が社長であると言っている。何時の間にセブンクイーンの社長になったのか不審な点が多い。初めから闇将軍のくせにうまく言い逃れをしてやがる、と言いたいが、全くの嘘丸出しのでたらめだ。

昭和六十年ころの契約当時は牛島平八郎が事実上社長でありながら、印鑑を押したのは牛島であるかもしれないと言っている。だが越後川口でのセレモニーにおいて台中義則が社長として大勢の客の前で挨拶したわけであり、会社内やイカサワファミリークラブでも台中、中井、松永、吉村がテーブルを囲んでトグロを巻き、ひそひそ話に余念が無かったが、牛島は一回も姿を見せた事がない。一体何処に潜んでいたのであろうか。

ということは、イカサワファミリークラブも思うように客集めも出来ず、昭和五十五年、五十六年ころから材木や温泉権などで金集めに奔走していたのであるが、解約やら始末金などで自転車操業となり、折角集めた金もこんな状態ではままならず、勿論金を返すようなことから絶対に逃れたいので予てからの計画通り一計を案じ、当然の結果として計画倒産という事態にならざるを得なかったのである。勿論支払う意思など微塵もないわけだ。

事前に倒産劇のため機先を制し、領収屋、仲間内と組み、債務不履行で資産などを仮差押え処分にしておけば長年の相棒であり、持ちつ持たれつの関係で稼ぎを保証し合っている仲間内であるから別に問題はない。

そこで最初に駒込の大東和総合開発の計画倒産劇をやらかし、もぬけの殻とし、サラキン金融会社に衣替え、何処の誰とも分からぬ何者かに任せ切る。更に大東和総合開発株式会社倒産後、ダミー社長としての牛島平八郎なるものを二束三文で人間を買い上げ、セブンクイーン株式会社社長へと祭り上げた。実は大東和総合開発の実態が存在していたのであると松永が証言している。にもかかわらず内容証明郵便がそこから戻っているのであるから無かったことになる。何と不思議なことだ。存在していれば当然受け取っているはずである。

だが倒産劇の裏側には何も知らない顧客が多数いる。何も知らぬ顧客は利用価値がいくらでもあるからそのままそっと利用する手であったのだ。

そういうことから推論すれば、顧問弁護士の近藤は倒産劇の整理に荷担しているのであるから、事実関係を全部知っているはずである。ついうっかりと本音を、牛島は「年寄りでね」と漏らして社長の存在をうやむやに霞みの如くぼかしているところをみると、牛島平八郎なる社長の姿がどこにもないわけだ。初めから寝た切りの状態であろう。

野鳥園のことは台中社長自身が「野鳥園は越後川口ヴィラに設けることにしました」と、なんとか相手に気に入られようと話し掛けたのであって、当方にとっては何の関係もない。それを相手のせいにして、口から出任せ、いかにも事実であるかの如く嘘の証言をしていた。

蒲田駅ビルの喫茶店で三時間半もかけて、残金を定期預金にしておく。うちは豊田のような虚業でない。うちは絶対倒産しない。また七月、八月と現地に赴いたときには三号棟の裏に立派な四号棟を建てると自慢して合計一〇時間以上残金を払ってくれと粘りに粘っていたのである。そういうことは神に誓ってない、と断言した。

だが、日本には諸々の神が存在する。何処の神に誓ったのであろうか。恐らく事物の体制の神と言われるサタンかオウムであろう。しかしそれは神ではない。まさに死に値する証言であった。言った言わないは証拠能力がないから平気で嘘の証言ができるのである。結果は、あまっちょろい法の裁きでお茶を濁す結果となるから被告側にとっても相互の代理人との仲間意識もあり、嘘の証言でも全く問題はないのである。

7

同四月二十三日、午前十時三十分、杉崎は相も変わらず六〇三号法廷の傍聴席で順番を待っていた。

ところがよく見ると裁判官がまた変わっている。三人目である。また初めからやり直しとなるのだろうと思いながらも、次々と短時間の審議が進み、漸くにして事件番号が呼ばれた。

傍聴席の扉を開け、原告および原告代理人、被告代理人が所定の席に着くと、裁判官が被告と原告を交互に法廷から出したり、また呼び出したりで慌ただしい。

原告を呼んだ時に裁判官が、

「そんな事は知っているだろう」と言った。

何のことはない、挙げ句の果て和解しろと言うのである。

裁判官は悪徳商法と争っても見込みがないことくらい知っているだろうと言わんばかりの口振りだ。なるほどその通りで、分かる。

だが、原告の言い分に、事件内容や証言が中途半端であり、全容が明らかにされていない、とのことで事実関係を全て明確にするよう求めた。とにもかくにも、また日を改め、五月二十二日、午後四時、一二階の民事一三部へと場面を変えることになったのである。

更に、この事件のドラマは続いて、その当日となった。

裁判官は法服ではなく私服である。やおら一枚のコピー用紙を差し出した。

それには、

第二〇三条、［和解、放棄、認諾調書の効力］和解又は請求ノ抛棄若ハ認諾ヲ調書ニ記載シタルトキハ其ノ記載ハ確定判決ト同一ノ効力ヲ有スル。

とある。訴訟法の条文を裁判官はひけらかす。

そこでの話は金利を付けて弁済するようにするということであった。

しかしながら当方としては和解に持ち込むわけにはいかない。決裂だ。

次いで六月十日、午後四時も不調。

更に改めて七月三日午前十時三十分、しつこいほど調停作業が行われるのだ。

またその当日がきて、裁判官が原告と別室の被告と、別々に話し合っているらしい。

暫くして一部屋で対峙することになった。

被告側近藤顧問弁護士の言い分は次の通りである。

「バブルが弾けて銀行からも借り入れ出来ない。他にも裁判があり弁済を迫られている。どうやら銀行から借入出来るようになりました。一三九八万円なら弁済する」

と言うのである。

要するに今まで支払った金を返し、金利も慰謝料も支払えない。これが和解の条件だ。

五年の間、返す返さないの、すったもんだの挙げ句の果て、二年半近く裁判を続けた結果がこれである。これでは悪徳商法なるが故に、支払う金が無い場合は、如何とも仕難いということである。

先に「三年で返済する。それ以上何もできません」と言っていた近藤弁護士は、五、六年経っても催促しても、会社側と共謀して無視続け、無責任な態度を取り続けたのであるのに、また同じ軌道に乗せて、うまくだまくらかそうと謀っていることくらい余りにも見え透いている。

裁判官が言った。

「相手が本当に困るのは金を取られる事だ。金を取れるうちに取っておけ。ビジネス訴訟は損はするが儲かる事はない。判決までいって倒産されたら……取れなくなる。代理人と一緒に強制執行すればいい。……強制執行して持ち運んだものを全部燃やしていた人もおりましたがね」

と、笑っている。これが本音である。長い裁判の結果が「ここまでだ。ここで妥協して諦めてくれ」ということのようである。

正しくお笑い草である。そういう事は昭和五十七年の倒産劇のように、用意周到よろしく資産をうまく処理し、強制執行のときは粗大ごみを用意しておくだけで万事オーケーとなる。彼らにとっては不要なものを全部運んで貰えるから、こんなチャンスは二度とないと、有り難くて涙が出るほど喜んで、笑いが止まらないことであろう。ほっとしてほくそ笑んでいるのは近藤顧問弁護士であった。

そんなことは、裁判官も弁護士らも世間の成り行きを見渡せば、説明するまでもなくご存じの筈である。

悪徳商法、詐欺商法の実態や、その結果が数え切れないほど国内に散らばって実証しているではないか。明らかに悪徳商法には放置国家である。

近藤顧問弁護士が、この会社は倒産したと言いながらも実は、松永の証言では倒産してない。従業員が、何もしないが三人、今でもいると言う。実にいい加減な弁護士だ。まるっきり辻妻が合わない。混同の近藤が更に言った。

「後はいかようにもしてください」

と言うからには、逃げ道を用意してのことである。

また原告代理人も、最初の和解を蹴った際、

「裁判をやると七掛け、また一銭も返ってこない」

と言っていた。

だから「はい、一銭も返らなくていいよ」と言っている。最初から取れないことくらい承知の上でやっているのだから止むを得ない。徹底的に余すこと無く追及して悪徳商法の絶滅に期待を掛けたが、所詮無理な現実である。更に、

「これは明らかに詐欺商法だから刑事事件では……」

と言ってみたが、裁判官が言った。

「だいぶ年月が過ぎている。警察で扱うかな」

と、首を傾げた。

原告代理人は民事事件で扱えないのを刑事事件にすると言う。成る程そうかなと思っては見たものの、腑に落ちない。

被告らは折角、堂々と契約書を偽造してきたのであるから刑事事件に持ち込む事も出来るのだ。だが、

「前に告訴されているけど、警察でもうやむやになっている。自分でやれば……」

と言って、取り合わない。

「それでは、あの土地に記念碑でも建てることにしましょうか」

と杉崎が言うと、

裁判官が、

「どんな記念碑を建てる。代理人の記念碑でも建てるのかな?」

と呟いた。

今までの経緯を見る限り、被告側は、悪徳詐欺商法

の卑劣極まりない元祖である限り、絶対全額返済も、土地の移転登記も、出来るわけがないと最初から睨んでいたが、全くその通りに事は進んでいた。

その土地を長年眺むれど、今でも利用価値のない悪徳元祖の山の、荒れ廃れた状態であり、使い物にならない。利用するとすればそこに、ある記念碑を建てるより他に利用価値が無い。ところで、本当に移転登記がなされるだろうか疑問だ。恐らく出来ないであろう。その記念碑は絶対に他の土地に変更出来ないのである。そこで考え付いた。

悪徳客殺し商法の元祖と、悪徳詭弁弁護士の『滅びのために捧げられることのないように……』という悪徳繁栄の記念碑にしよう、と思い巡らす。

だが、彼らにとっては、義務を果たすより、ほったらかした方が利口である。返済しようと思ったが相手がおりません、というふうになるまで必ず放りっぱなしにするはずである。これは絶対に間違いない。

彼らにとっても偽証、契約書の偽造、改ざん、捏造、変造の件は、全くお構いなしだから、喜ばしいことであろう。なんと全ての事実関係をうやむやのうちに終わらせようとしているのである。

何時まで裁判続けても結果は同じ。そこで一応の取決めを始めようとしたその時、被告代理人が言った。

「まだもうひとつあります。返済と同時に土地の移転登記を済ませることが残っています」

「移転登記はそちらでやりますね」

原告代理人が念を押した。

彼は頷いて、更に言った。

「被告松永が病気で血を吐きましてね」

支払いたくないから同情を買うのだ。

それから続けた。

「専務取締役の中井行男は、会社とは全く関係無いのです」

明らかに取り引きに関係し、関与し、セブンクイーンの専務取締役であるのにだ。

裁判官は、それを了解した。

要するに弁済は台中義則ひとりに絞った方が彼らにとって都合がいいわけだ。

なるほど資産を分散というより、差押えできないようになっているから、専務や常務に効力が及ばないように謀った強かな近藤弁護士のやり方である。

裁判官も原告代理人も返済すると言うので、それを了解したのであろう、なんら反論しない。これも全くのお笑い草である。

被告代理人の顔を見ると、これはしたりと、未だかつて見せたことのない得意満面の表情が綻びて満開だ。

何故ならば、これは一割が相場という現実の、お上からのお墨付きを頂戴することになるからである。実は弁護士同士の利害関係だけが潜んでいたのである。

書記官が和解調書を作成している。

「不法行為によるものは、年利五分である」

と裁判官が付け加えた。

調停が終わって部屋を出ると原告代理人が言った。

「最初の和解を蹴ったから慰謝料も削られる結果になった」

また続けた。

「債務不履行が不法行為になるとか、よけいな事を言うからやりにくい。被告側も莫大な損害を受けている。他にも裁判があって返済する金が無くなる。もう直ぐ倒産する」

と御託を並べて、いかにも被告側が気の毒だ、と言いたげで心理的揺さぶりを掛ける。

「最初からいざとなれば倒産する計算」

と言うより他に言葉がない。

経緯を余すこと無く明細に文書にしてあるにもかかわらず、最初はやりやすいといいながら、その次は、「もうこの裁判を下りたい」それでは「はいどうぞ」と言ってある。改めて別の弁護士の準備に取り掛かるか、それとも自分一人で最後までやった方が、余すこと無く全てをさらけ出すことが可能かも知れぬ。むしろその方が効果的であったであろうと思われる。代理人は「何とか頼む」という方向へ導いた方が、初めからの計画通りやりやすいのだ。そこを狙っていたと思われる。最初から五年も放りっぱなしで、どうも様子がおかしいと思っていたが、しかしこれは何だ。これもまた生涯学習と経験のためのものであり、先ずは参考になった。

やはり裁判官を含め、仲間内の儀式であり真実事実をうやむやのうちに終わらせようと計っていたらしい。なるほどね、弁護士とは、後で幾らでも、どんなことでも言い訳を作ることに長けた裁判ゲームの達人でもあった。

我々は法律のことに関しては全くのど素人であるから、裁判を通じて、あらゆる事実関係を学習し明らかにし、確かめようとする目的があった。あらゆる事実関係を明白にしなければ公正な審判は絶対に有り得ないからだ。また生涯学習としての効果を狙う目的もあるから判決まで確かめようと決意をしたが、そこまでだ。

たとえ、そんな少しの金でも生活の足しにはなるが、最早七年、八年経過しても利子もない。諸物価の値上がりにも関係なく家を買える金額でもない。というわけで無意味な金で無価値に等しい。先に巻き上げて使った方の勝利であり、しかも被告らは債務者利潤に預かっているはずである。だから後は、いくらやっても変わりはない。この辺で良かろうと判断するより仕方が無いのだ。

民法七〇九条、故意または過失によって他人の権利を侵害した者は、これによって生じた損害を賠償する責任を負う。

とあるが、しかしながら責任逃れが出来る。現代版は弁護士の言う通り、騙す方も悪いが騙される方も悪い。裏を返せば騙すほうが利口で、騙される方が馬鹿だから騙される、ということだ。昔から正直者は馬鹿をみると言われている。現代は必ず馬鹿をみるという現象であろう。

しかしながら悪徳商法のタネは尽きまじ。かような裁判の実態からして、悪徳商法は絶対にバレても損のない商売だ。まだ良心のひとかけらでもあれば一割の返済が相場だ。しかし彼らは三人も弁護士を並べ立て、金が全て、と取れるだけ取る。後は引き伸し戦術で一銭も払わなくて済むという計算と方法がある限り、絶対に詐欺商法は無くなる気遣いはない。悪徳商法があればある程、弁護士が儲かる、と理解もするが、また理解に苦しむ結果ともなり、悪徳金融知能犯万歳の声が聞こえるようだ。

かかる長年の無責任な行為、不作為の債務不履行の不法行為により基本的人権の生命、自由、幸福の追求の権利を侵害し、生活設計を破壊し、年々精神的苦痛が増大する結果が生じたとしても、加害者は痛くも痒くもない、何年でも我慢ができる。即ち刑事事件においても死者は保護されないが、加害者は保護される。心神喪失者の行為は罰しない云々。

そういうことは弁護士らは知らない筈がない。どうせ弁護士同志は同じ穴のムジナの仲間内。とにかく訴訟ビジネスだから仲間内の利益につながるよう話を運んだ方が確かに現実的である。それにしてもたった慰謝料の五〇万円はどうやって計算するのであろうか。五〇〇〇万円でも足りない位だ。

良心に従い、依頼者の正当な利益を実現するようつとめなければならない、というが、被告側代理人は依頼人がビタ一文出さないように努力するわけで、また原告側の正当な利益を考えても、なるべく遠慮することで早く解決しようと試みている。

そこで弁護士倫理規定である。

○　勝敗にとらわれて真実の発見をゆるがせにしてはならない。

とあるが、真実をなるたけ隠したほうが作戦上有利になる場合がある。そういう努力が垣間見える。

○　詐欺的商法、暴力その他これに類する違法、不正な行為を利用してはならない。

偽証もしくは虚偽の陳述をそそのかし、また虚偽の証拠を提出してはならない。

というのであるが、松永の証言にある「偽造の契約書を作成して三号棟に決めた」というのはどこから出たのであろうか。それが真実であるという。そういうふうに言えと予定して唆したのが、顧問弁護士の近藤であろう。当然事前に打ち合わせをしているはずであるからだ。

○　依頼者の期待するような見込みがないことが明らかであるのに、あたかもあるように装って事件を受任してはならない。

しかし差押えも出来ないのだから、期待する利益は、現実にどこにもない筈だ。

○　依頼者に対し、受任に際して、その報酬の金額または算定方法を明示するように努めなければならない。

しかし明細書もないドンブリ勘定なのだ。

ところが倫理規定に触れたとする綱紀事件が増える

は増えるは一九九〇年には二一人も懲戒処分。現実は氷山の一角だ。

たとえ刑事事件にしても、示談に持ち込み、民事に切り替え、その時はそうであったが、後から出来なくなった、で終りである。

訴訟費用を計算すると、弁護士費用その他交通費で約二〇〇万円かかると思われる。こんな金と時間をかけて、わざわざ裁判しても果たして訴訟ビジネスの利益があるか。それを逆手にとって「後はいかようにも」という近藤弁護士の計算した、したたかな自信ある顔が浮かんだ。採算の取れないのが社会一般の常識であり、だからそんなはした金で訴訟しても何にもならないと諦めている人がどれくらいいるか分からない。

商法による時効は五年であるから、もう五年過ぎました。はい時効ですと、丸儲けのいいビジネスである。そして他人の金で事業が繁栄、悠々と会社の運営もできる。この様な豊田商事と同類親戚会社はまだまだある。いや、こういう会社に魅力を感じている人は、舌先三寸で甘い汁が吸えるから、とてもやめられないという人も大勢いる。霊感霊視商法も同類だ。

詐欺罪の時効は七年である。それを乗り切ると一切合切時効で逃げ延びることができる。長年の経験から、訴訟を提起しても逆に損害が増すばかりで他の顧客からの告訴、告発は恐らくやらないだろうと計算しているからであろう。苦情はないとわざわざ松永が証言している。

裁判の在り方にも問題がある。最初からこんな形式的で旧態依然としたやり方を改めることが必要だ。現実的、合理的かつ能率的に何故やらないのかと思う。代理人の作った書面交換場所である。つくづく感心せざるを得ない。

事件の経緯、内容、事実を一番良く知っている当事者の全部の事実関係と証拠を、下手な本人の文書でも構わない、最初から提出させ、円卓裁判で代理人を通さなくとも率直に真実を自由に発言させることが出来るように取り計らうべきだ。そうしないと本人の証言をちょいと待ってと制止させ、弁護士相互間の利害関係による駆け引きが繰り返される恐れがあり、即座に反論する場を失い、フェアで無くなり原告の意思や事実が何時の間にか取り残され、うやむやのうちに終わる結果となる。というよりも現実に起こっているのである。

これでは裁判を代理人によっていくらでも操作することが可能だ。裁判官の裁量いかんによるから、ドラマや小説などに出てくるように弁護士のからくりがよくみられる。だから、

「あの弁護士めが悪いんだ」

というような常識ではとても判断できない罵声を、裁判所の廊下で、よく耳にすることがある。また裁判所で殺人事件も起こるのだ。

現代は話の内容を簡単に録音できる。ビデオもある。自白調書など取り調べの状況をビデオに撮ればいいのだ。仰々しい速記者なんていらない。

国会の証人喚問の状況も裁判の状況もアメリカ並みに堂々と写し出せばいい。日本製では静止画像しか映せないのか。お粗末もいいところだ。経済は一流と言われ政治は三流以下である。

裁判も合理的かつ能率的に進行すれば、僅か半年で解決出来るのに、二年、いやもっと掛かるらしい。開いた口が塞がらない。

この様なゴキブリ会社をどの様に調理したらよかろうか、やはりあれしかない。さてどんな味がするだろうか。

このようなイカサマ、詐欺、客殺しと、おまけに時効泥棒商法ときている。

こんな刑法、民法、商法、宅建法、独禁法違反を犯す悪徳商法の氾濫する社会で、一つでも葬ってしまった方が社会の為になるのだが。

ところが葬っても、にょきにょきとツクシの坊やならまだましだが、悪徳の芽が名前を変え姿を変え伸び出す。まるでイタチごっこ。豊田商事のような第二、第三の訴状の嵐が巷に溢れない限り治まらない現状であり、また、なかなか社会に現れない隠れたものも数え切れないほど埋もれている。悪徳の狙いはそこにあるからだ。

判決に至っても、人間の欠陥のある判断であるから新聞等で見られるように凡そ当てにはならないことは確実で、期待するほうが間違いと、言わなければならない。岩手靖国訴訟のような判決とまではいかない。

考えてみれば裁判の在り方と、弁護士の倫理の在り

方に大きな問題がある。さて、どんな判決となるであろうかと期待は全然していない。それより本当の決戦は第二ラウンドである。

ところで、ふと思いついたことがある。

被告らは、これら和解に対して錯誤による意義の申し立てをし、反訴してくれることを期待していた。

何故ならば、被告らは苦心して昨年の十一月に三〇五号棟の売買契約書を偽造してきたからだ。四〇一号棟の仮契約書の表紙と最後の特約事項のある紙面を差し替えてというよりも新しく作り直したのであるから割り印がない。いわゆる偽造であり変造ではない。

それで松永が「三〇五号に決めたんです」と証言し、台中社長も同じ様に明確に証言している。証言の内容が初めと終わりとで全く辻褄が合わないが、反訴すればいいのだ。

一万円の偽札、証券や磁気カードの偽造まで簡単に出来る世の中だ。当然の事ながら署名など『太陽がいっぱい』のアラン・ドロンじゃないが簡単だ。印鑑、偽指紋もいとも簡単に作れる。そうなれば裁判官を騙すこともいとも簡単である。

8

やがて平成四年七月三日、午前十時三十分から裁判官、書記官、被告代理人近藤郁男、原告代理人安藤和子、原告杉崎勝との当事者間に次のとおり和解が成立したのである。

請求の表示

請求の趣旨及び原因は訴状記載のとおりであるからこれを引用する。

和解条項

一、被告らは原告に対し、本件和解金として金一四〇〇万円の支払い義務のあることを認める。

二、被告らは原告に対し、前項の金員に本日から支払いまで年五分の利息を付加して、平成五年一月三十一日限り、原告代理人事務所または送金して、第四項の移転登記手続きと引き換えに支払う。

三、被告らが前項の金員の支払いを怠ったときは、被告らは前項金員に支払い期日の翌日から支払い済みまで年二割の割合による遅延損害金を付加して、直ちに支払う。この場合も第四項の移転登記手続きと引き換えに支払うものとする。
四、原告は被告らに対し、被告らが第二項または前項の金員を支払うのと引き換えに、別紙物件目録記載の物件に対する別紙登記目録記載の移転登記手続きをする。
五、原告はその余の請求を放棄する。
六、原告と被告らとの間に、本和解条項に定める外、何らの債権債務のないことを互いに確認する。
七、訴訟費用は各自の負担とする。
と、いうものである。

やれやれと地方裁判所のエレベーターで一階に降りた。

やっと、これでセレモニーの終わりである。この和解条項も被告側にとっては、誠に有り難い。世間でよく言われる不良債権という御墨付きである。最初から無い袖は振れぬで、また一〇年放置すれば何ら問題がなくなるのであろう。

一七四条の二 1、確定判決によって確定した権利は、一〇年よりも短い時効期間の定めるものでも、その時効期間を一〇年とする。裁判上の和解、調停、その他確定判決と同一の効力をもつものによって確定した権利についても、また同様である。
2、前項の規定は、確定の当時まだ弁済の到来していない債権には通用しない。
とあるではないか。もう八年も経過しているのであるから、更に一〇年放置して、くたばるのを待てばいいのである。提訴すれば更に損害が増えるという現実があり、悪徳商法にとって法律とは、誠に都合の良いように出来ていることであろう。

ふと見ると、原告代理人と被告代理人は、二人して笑顔で喜々と語り、夫婦宜しく肩を並べ、裁判所の薄暗い廊下で、にこやかに咲いていた。

そして彼らは地方裁判所の自動ドアから出ると、急ぎ足で地下鉄へ忽然と姿を消し去った。何を物語っていたであろうや。

一方、日本製の政治は、一九九二（平成四）年九月二十二日、午前十時から東京地裁刑事部で元東京佐川急便社長ら三人の初公判が開かれた。

　検察側冒頭陳述で渡辺元社長が竹下政権誕生の舞台裏で皇民党事件、後ろ盾と頼む政治家金丸信前副総裁に融資支援を求めたことが明らかとなり親交を指摘、佐川マネーが政界と暴力団に深く関わった構図を鮮明にした。

　金丸前副総裁は今までのロッキード、リクルート、共和汚職事件と違い、政権誕生の過程に暴力団が関わった事実が露呈、また、マスコミが家を囲んでいるから出頭できないと不出頭のまま上申書による略式処分で二〇万円の罰金で済み、一方、二億円新潟前金子知事は逮捕という。法治国家「法の下の平等」が疑われた。

　右翼、暴力団まで絡む金権腐敗と、相も変わらぬ派閥抗争に明け暮れて政治は停滞、国会任せ、党任せ、他人事のようなしらじらしい臨時国会での宮沢首相の演説、国際的にも三流政治の信用も失墜、国民の政治不信は頂点に達した。

　暴力団まで絡む金権腐敗の実態を国会の場で余すところなく究明し、諸悪の根源と化した自民党の派閥の全容を解明、政治責任を明らかにすること抜きに政治浄化と政治改革を説いても無意味で「けじめ」とならない。

　一つの派閥が立法、行政、司法の権力を一手に握り、国会議員のための都合の良い法律を作り、また彼らの都合のいい裁判をする恐れが出てきた。

　日本の憲法では、国会が政府を、政府が裁判所を裁判所が国会を監視できるようになっている。権力をもつものは、それを無限に使いたがる。この権力を押えるには権力をもってするよりほかにない。として三権分立が近代政治の公理となっている。が政府の意思で検事を任免できる。政府が司法に介入、誠に都合の良い体制になっている。

　派閥の会長が世論によって辞職に追い込まれ、親分の跡目相続派閥抗争は、暴力団の跡目相続と何ら変わらない有様だ。ただ政治家という名称があるだけの話である。

　こうなると日本の政治家は犯した罪に対する悔い改めもなく、政治に対する信頼回復に個人の倫理の確立と制度改革が不可欠。政治資金の透明性確保、政策を中心とした選挙の実現など思い切った政治改革実現に不退転の覚悟で取り組む。と毎度繰り返されるが日本式政治的清めの儀式や、選挙民により再選されれば、みそぎが済んだと、今までもすべてがうやむやにされてしまう傾向があり、それでまた同じスキャンダルが繰り返される結果となっている。驚くべきことである。このような状況では、やることなすこと、すべてがむなしい。風を追うようなものである。

五、お久し振りね

1

平成五年七月の北海道南西沖地震。津波と大火で多数の死者、行方不明者を出し壊滅的打撃を受け、雨模様の中、自衛隊や道警機動隊などが早朝から行方不明者を捜索。それに端を発したのか、「やるんです。私はうそをついたことがない」と宮沢首相。政治腐敗と政治不信からの脱却から始まった政治改革もココロと細川―羽田―村山首相とリレー内閣に陽の目が見えない。太陽が顔を出さない、雨の日ばかり続く。お陰で日本列島は凶作で、一粒たりとも輸入しないといいながらも不人気の外米の輸入で、平成米騒動が巻き起こった。人々が店頭に並んだ後には、一粒たりとも、いや、こぼれた米しか見当たらない。その最中、香川県えない村で吉田さんは事件発生から四七年ぶりに冤罪が晴れる。なんと永い再審判決であろう。ただただ驚いて開いた口が塞がらない。恐るべきは国家権力か。

四月二十六日には中華航空エアバスが名古屋空港で着陸失敗、炎上、一五〇人死亡という大惨事、またまた恐るべきかな。

ところが平成六年の夏も、北方領土に壊滅的打撃の地殻変動が起こり、さて、この次は何処に地殻変動が起こるや、ナマズに伺いをたてればよいのか。しかしながら本年は、昨年の冷夏と打って変わって猛暑、猛暑が続き水不足。そこへ米の豊作。輸入米を、さあどうする。価格破壊も影響して有り難い平成米ダブリ騒動。ようやくにして十月の終りころから猛暑から次第に解放されるようになった。

午前十時ころであった。風間が庭で草取りをしているると突然、ムーンライトブルーの車が止まった。降りてきた彼の姿に驚いた。本間良太が訪れたのだ。まさかと思ったが、二人連れであった。

「やあ、久し振りだな」

と彼が言う。

突然の事で唖然としていた風間は、目を剥きながら、

「いや、どういう風の吹きまわしだね」

「よく東京や横浜にくるのだ。この際だ、ちょいと覗いてみようかと仲間と相談して、東関東を飛ばしてきたのよ。こやつ石岡というんだ」

「どうぞよろしく」

と風間は二人に頭を下げた。

「やあ、久し振りだ。今日は天気もよく暖かい。そこら辺りの公園でも行ってみるとしようじゃないですか」

と風間は、近くの潮騒はまなす公園へと案内し、広い駐車場に彼らは車を止めた。

彼らは展望台を見上げながら、潮騒はまなす公園の石碑に眼を留めた。

「やい、なんだこれは。竹内藤男じゃないか。ゼネコン汚職の記念碑になっちゃったじゃねえか」

と本間が笑っている。

三人は石段をあがって創造の泉を見た。やはりそこにもゼネコン汚職の碑があった。

「これはこのまま永遠に残るだろう。汚職をやると、名前もうっかり使えないな。永遠の記念碑に残されちゃうぜ」

と石岡が苦笑している。

「水戸に水戸黄門とスケさんカクさんが見下ろしていたぜ。その膝元で、現代の水戸の悪代官という名を後世に残すだろう。ところが天の声と書いてねえな、書き足しておこうよ。マジックペン持ってねえか」

冗談交じりの本間が展望台の方へ顔を向け、歩き出す。

「どうせこの記念碑は直ぐ風化するよ。政治家の腐蝕浸食は早いから」

と石岡が皮肉った。

ゼネコン汚職事件は土建国家ニッポンを象徴していた。東京地検特捜部は金丸・前自民党副総裁の脱税事

件で建設業界に横行するヤミ献金の実態をつかみ、平成五年六月の仙台ルート摘発を皮切りに二九人を収賄や贈賄で起訴した。わいろ総額は三億五九〇〇万円にのぼるそうだ。公共事業をめぐる談合と天の声、政官業の癒着、構造汚職に切り込んだ。そして仙台市長石井亨六月二十九日、三和町長大山真弘七月十九日、竹内藤男七月二十三日、本間俊太郎九月二十七日と果てしなく逮捕が続いていた。そして翌年三月十一日夕、衆院本会議での逮捕許諾議決と東京地裁の逮捕令状発布を受け、前建設相の代議士・中村喜四郎をあっせん収賄容疑で逮捕、中央政界を舞台にした汚職に発展していった。

収賄罪で起訴された前茨城県知事、東京国税局の税務調査を受け六年間の個人所得約四億三八〇〇万円の申告漏れを指摘され修正申告をしていた。金丸さんの真似をして割引債などの形で隠した悪質な所得隠しと認定されたという。驚くべきか、恐るべきか、このガメツイ欲望たるや。いやいや、まだまだ他に沢山存在しているのだ。

しばらく眺めながら、はまなす公園へ下がっていった。

「おお、我々は山賊だから海は久し振りだ」

と石岡が言うと、太平洋を懐かしむように二人は眺めていた。

「俺たちは二人組で債権の取り立てに走り回っている。脅かしたりあやしたり、しつこく粘りにねばってな。危ない橋を渡りながら、そうしないと絶対に取れない。この間も弁護士のところに押し込み、弁護士生命が危うくなるぞと脅かして、ようやく取ってきたよ。弁護士という信用を盾に示談金の横領さ。汚ねえ人間が多い」

と本間が得意顔で続けた。

「ここにも悪質ゴルフ場がある。竹下元首相が名誉理事長でな。会員権乱売事件で社会問題になっている。三〇〇〇万払って被害に遭っている人もいる。後はバブル崩壊のあおりで金が払えなくなった、と言ってお終いだ。政治家がいるからといって信用したら、これまたお終いさ」

「なるほどね。わしらの方はどうなっちょる」

風間は聞いた。

「あの会社、何処へ逃げたか不明だ。これからも、あちゃこちゃゆくからそのうち分かるだろう。正月は家に居るだろうと思ってな、三崎までゆくことになっている。この石岡は相手の隠し財産や弱点を見付けるのが旨い。俺と違って学があるからな」

風間はしばらく考え込んで、

「だいぶ前に弁護士に依頼したことがあったが、そんなもの忘れなさいとさ」

「そうだろう。弁護士というのは、事件を金儲けの道具にしてやがる。弁護士としての職業の崩壊だ。だから我々に頼むのだ。前に東京地方裁判所で、ある人に出くわしたが……そりゃ駄目さ。その後どうなってるか」

手続きが面倒、分かりにくい、時間と金がかかる。結果はなんにもならない。わが国の民事裁判では、激変した社会に適応できなくなっている。とかく国民に対して権威的に振る舞いがち、公開性がない、そんな評判が高い。

「法に明るい人は、あしき隣人である、といわれている。社会正義の実現を使命とする、なんて空々しくて、聞いちゃいられねえ、見ちゃいられねえよ。天秤が金の重みで、皆傾いていやがる」

「なんだそれは。そうか……」

風間もなんとなく分かるような気がした。

会社の脱税指南、遺産や土地代金の横領。偽証をそそのかしたり、弁護士の不祥事が、逮捕が、相次いでいた。なにしろ何十億の金。他人の財産をチョロマカシて別荘を建てているというのだ。

「お互いに元気でよかった」

「何とか生き延びている。今日はこれから、泊まってゆくか」

「それはまずい。お前さんに蹴飛ばされるからよ。それは冗談。ここから一五〇キロない。車を飛ばして夕方までに帰ればいいさ」

と本間が笑っている。

「ところで腹がへった」

「あそこにもあるが、レストランの方がよかんべ」

と本間が駐車場へと引き返した。

「随分いろんな道具が載ってるね」

風間が後ろの座席に目をやった。

「盗聴器、盗み撮りカメラにビデオ、それに無線器、その他張り込み用の道具。それに我々は危ない仕事だろう、あれもある」

と座席の下を指差した。

石岡が手を横に振って、唇に人差し指を立てた。

石岡の厳つい目で睨まれると、風間は押し黙ってしまった。

五十一号線を走りレストランで食事を終えると、風間が、

「春になったら那須高原に行ってみたいね」

「是非きてくれ、あちこち案内するよ。車で来るか」

「冗談じゃない、車なんぞ無い」

「ああそうか。それじゃ黒磯まできて電話しろ。迎えに行くぞ。うちは日本一のペンションだからな。泊まる部屋は幾らでもあるぞ」

「その節はよろしく。電話かハガキで都合を確かめてから行くことにする。小遣いを溜めて」

「おぬし、そうしよう。よし決まった。待ってるぜ」

と彼らの車は水戸へ向けて走り出した。

なるほど日本列島には銃が氾濫し、銀行強盗、郵便局強盗、医師が患者に銃撃され、レストランで女子短大生を簡単に射殺し、暴力団幹部射殺事件、それに一般人までも銃弾を撒き散らしているのだ。アメリカ並みに自己防衛手段として銃を持つ日も近いのではないかと思われるようになった。確かに銃のない奴を狙うのはいとも簡単で便利なのだ。

それだけではない。愛犬家連続殺人、いとも簡単に数人を一纏めに埋めてしまう。また松本サリン事件、美容師バラバラ、井の頭バラバラ事件とあちこちに発生。いばらぎ母子三人海へ放り投げ殺人、いじめによる自殺、無視殺しの連鎖反応。いやあ、日本殺人列島、無責任時代に様代わりしてきたのであろうか。いつ巻き添えを食らうか全く油断が出来ない。騙したものや、殺した者が勝ちで、騙し取られたものや、殺されたものが負けという。不条理の解決で、中途半端な平成の原則が存在していた。

やがて、あちこちに選挙カーの騒音が響き渡っていた。

生活環境の整備、県民のみなさまとともに歩みつづける、福祉社会とかなんとか叫んでいる。しかし利益

誘導型の人物でないと当選は不可能である。金まみれ腐敗県政、クリーンな選挙を叫んでも当選の見込みがないのが原則のようなもの。名声を求め、小さなことには目をつぶり、臭いものには蓋をし、県民不在の大型プロジェクト、金回りをよくする税金の無駄使い。これが出来ない人物は敬遠される。選挙の結果をみればわかるだろう。県民の大部分は大胆な汚職を歓迎しているようである。腐敗の構造は、より巧妙になる仕組みになっているから、投票することは不正の手伝いをするようなもので、全国投票率の悪さを見れば、シラケムード、誰がやっても同じ、と政治不信が募るばかりである。

と、いっているうちに松崎前北茨城市長、収賄容疑で逮捕、そして東京拘置所で自殺を図り入院中の病院で死亡。何たることか、これはこれは余りにも醜い。茨城の名物、汚職が名産となりにけりか、羨ましきかな、嘆かわしきかな。

師走はすぐそこに見え出した。平成不況、企業の空洞化、リストラやらで新宿西口や上野には大勢のホームレスが溢れ寒空に晒されている。経済大国の平成というが、決して平成ではない。また激変が政界に吹き荒れ、多様な細胞分裂が始まっている。さて、何色に激変するであろうか。

「あっ、選挙。場所は何処だ。地図もない。そうだ、わざわざ遠い所へ投票にゆくことないわ。汚職の手伝いは御免被る。さて、来春が楽しみだな。彼らと飲み交わそう。やあ、何と綺麗、すばらしい。これしかないわ、よかいち。来年は猪突猛進だ」

と風間は一人でなにやら呟きながら北浦の彼方へ沈むゆく美しい夕陽を、目を細めて眺めていた。

ところが師走。三陸沖はるか沖地震が襲って青森県中心に被害が広がった。そして日本列島に亀裂が走ったのであろうか、よく揺れること度々であった。

六、裁き人C

1

平成七年の年が明け、成人の日が過ぎて間もなくの早朝、ニュースが飛び込んだ。

「なんだこれは、凄い」

あっと驚く映像がテレビに現れ、寝ぼけ眼が夢では、いや現実であった。

市街の燃え盛る炎、空を覆う黒煙、積み木のように倒壊した阪神高速神戸線、阪神電鉄、新幹線の倒壊、落下しそうになったバス、倒壊した木造家屋、傾いたビルなどなどの壊滅的な惨状が現れた。

一九九五（平成七）年一月十七日、午前五時四十六分ころ、淡路島付近を震源とするマグニチュード七・二が近畿地方を中心に、広い地域を一瞬にして二十一世紀に向け、平成の激動と激変が嵐のように襲った烈震、兵庫県南部地震だ。

活断層の活動の周期は千年に一度とみられていたが、遂に活動期の直下型が直撃、まさかの油断が益々被害を広め、政府、行政、警察、消防は、とても手が回らない。早朝の大震災で壊滅状態になり、日が暮れても、なすすべもない。阪神は瓦礫の都市に変貌してしまった。死者五四〇〇人を超え、難民といおうか、避難民の三〇万人が寒空に呆然としていたが、自治体よりもボランティアの活躍が目覚しく好感が持たれた。

政府の初期対応が遅かったので、助かる人も助からない。被害が拡大した。日本の政府、行政の無能と無責任である、という批判が広まった。地震の後は、規制と規則の洪水。規制でがんじがらめの日本。日本はどうやらシステム上、致命的なアキレスケンを持っているらしい。日本の官僚は戦前の関東軍のような存在になりつつある。国民に選ばれた政治家が何も出来ない恐ろしい政治不在。これは天罰だ、という海外からの声である。人も出さず、汗もかかず、カネだけの国際貢献と。政治家は利害に関する票集めと政争とに危機管理があるが、災害という緊急事態に天皇、皇后の被害者をお見舞い、村山首相の訪問が日本の危機管理の最後の手段かと。日本の政治不在は異様に映り始めている。まさに政治の危機、政治体制の危機が問題となった。

更に二十二日、総理大臣の犯罪が争われたロッキード裁判丸紅ルートで、最高裁大法廷は丸紅側から故田中角栄元首相への五億円わいろの受け渡しを認め、一、二審有罪判断を維持し、最後まで残った被告二人の上告を棄却する判決を言い渡し、首相の収賄が確定した。ロッキード後の田中支配、竹下支配のスキャンダル政治、政治腐敗の病歴が、今回の阪神・淡路大震災に政治権力の弱体を露呈した。政党支持なしが五割を超えようとする政治不信があり、あいまいな日本、国民不在の行政で、果たして世界に通用する日本が生まれるであろうか。ここらで日本政府沈没し、新たな日本を再生する方法があるだろうか、その能力が問われている。

ところがである。政治腐敗、政治危機、危機管理の透きを突いて、驚くべきことが三月二十日午前八時すぎ、東京都内の地下鉄電車内で、ほぼ一斉に霞ケ関を狙ったものか猛毒ガス「サリン」が発生し、数千人の死傷者を出す事件が起こった。そして二十二日は、オウム真理教、強制捜査となり、五〇人が衰弱状態で発見され六人が救急車で病院へ運ばれた。

オウム真理教が「デッチあげ事件による違法な強制捜査で、前代未聞の宗教弾圧にほかならない」との見解を発表した。

だが、強制捜査で劇物に指定されている有機シアン化合物ほか多数の薬品が押収され、まるで宗教を隠れ蓑にした化学工場であった。更に三十日午前八時半ころ「オウム真理教に対する捜索をやめろ」と警察庁長官が撃たれ重傷を負う。

前代未聞の事件だ。

そして来る日も来る日も日本列島の報道特別番組はオウム真理教の猛毒サリン、上九一色に染められてしまったのである。

日本の治安に対する安全神話は、もう、すっかり消えてしまった。

2

日本列島を北海道まで桜前線が北上した五月上旬である。

様々な事件が日本列島を震撼させていた、その最中、風間は、朝早く長者が浜潮騒はまなす公園前という鹿島臨海鉄道で水戸に向かい乗換え、更に小山から東北本線で黒磯に午後二時ちょいと過ぎて着いた。

事前に仲間に知らせてあった通り、駅前の公衆電話から〇二八七－七八－2ＸＹＺとプッシュする。出てきたのは石岡であった。

「風間ですが……」

「よーくきたな。迎えに行くから待ってろ」

はいよ、といって電話を切る。

ところが待合室のそば店を見るや、早速注文。そしてテンプラ蕎麦を食べながら郡山、白河あとはどこだったっけ。何か懐かしい思いを味わいながら。そして食べ終えると、駅前をぶらぶらと散歩しながら商店街を覗き見して銀行の前まで来ると、数台の車の後からツートンカラーの見覚えのあるＲＶが現れた。

思わずフロントガラスに視線が飛んで手を振る。

銀行前に車が止まった。本間が迎えに来てくれたのであった。

助手席のドアを開けて乗り込む。

「良く来たな、おぬし」

「久し振りだね」

と、お互いに懐かしむ笑顔があった。

車は走り黒磯市内を過ぎ橋を渡った。

「この橋が晩翠橋」

と本間が言った。

「ばんすいきょうとは、なんや」

中国、宋の時代につくった詩とあります。黒磯市は那珂川に架け晩翠橋と名付けた。谷間の松はよく茂って、草木が冬枯れの中に、良くも残って翠の色を持っていると。

この橋を渡って商店街を離れると、道は左に折れ、那須街道に入り、緩やかな登り道の晩翠の松林の木漏れ日を潜りながらツツジの彩る街道を那須温泉へと向かった。

那須高原は早くから、気候がさわやかで一年を通じて快く過ごせる、わが国屈指のリゾート地として多くの人々の羨望をあつめ理想的な条件を備えていた。

雄大な茶臼岳、朝日岳など那須連山がひろがり、そのふもとに、なだらかにひらけているのが那須高原であった。那須高原と聞けば、軽井沢と並んで別荘ばかりを連想するが。しかし、那須街道を上ると、アメリカ直輸入の六六一ストリート、リゾートアーム観光物産会館を過ぎる。

「この白い建物は、ホテルか別荘か」

風間は右に見える建物を指差した。

「これか、ホテルじゃない。お菓子の城だ」

と本間が入ってみるかと言う。

広い駐車場に車を止め、良く眺めると、お菓子の城、那須ハートランドであった。

「お菓子の城じゃ、雨降ったら溶けないか」

と、風間は妙なことを口走った。しかし建物までもお菓子じゃなかった。

広々としたフロアでは、出来立ての銘菓と試食コーナーが並んでいる。

と見ると、たくさんのお菓子が自動的に作られている様子がガラス越しに見える。

更に進むと、乳製品や高原グルメコーナー。

「あれッ、蜂蜜、蜂の巣、うまそうだ。いや、おれはあっちの酪酒の方がいいねえ」

と、ワインや酒の並んだコーナーへと眼が飛んだ。

更に二階へと上ると、お菓子の城へでる月はミルクと卵のお月さま。そこにもガラス越しに自動に作られる菓子工場が見えた。

試食で腹拵えをして、そこから外に出ると広い駐車場に観光バスが数台列をなしている。大勢の人々が詰め寄せていたのである。

「まだ日が高い。どうや、サファリパークへ行って見ようか」

　と本間が言った。

「サファリパークってなんやね」

　そして那須街道を登り、広谷地を過ぎ左に折れると直ぐライオンの門が見える。自然のドラマが見える、野生の王国であった。

　最初のゲートをくぐるとトラ、ライオンが大きな顔をして待ち構えていた。

「おい、お前ライオンに餌をやってこいよ」

　と本間が言うのだ。

「冗談じゃないよ、俺が餌になるのか。俺はダニエルじゃないから、まずい」

「どうせうまい牛の子を一杯たべているから人間なんぞまずくて食わんよ」

　と彼は言う。

　いろいろな動物、象、しま馬、キリンなどアフリカの動物の放し飼いの中をマイカーで探検、散歩していると、草食動物に餌をねだられて身動き出来なくなった。

「この動物たちをアフリカのサバンナに放したらどんなに喜ぶことか、こんな狭いところじゃ可愛そうだね」

　と風間が呟いた。

「それじゃ、アフリカに運んだらいい」

　と彼は言うが、不可能な現実があった。

　野生の王国のゲートを出ると、サファリ売店を眺めて、車は那須街道を下り始めた。

3

　北風の森に入ると、ホテル並みのペンション、ノースウインドがあった。

「なるほどでかいね」

　と風間は驚いていた。

　車を降り、玄関に入ると石岡がカウンターから笑顔で迎えてくれた。

「やあ、暫くぶりです。サファリパークで、危うくライオンの餌食になるところだったよ。危ない危ない」

　と風間は笑って言った。

　広いロビーの壁には、在るわあるわ『極道の妻たち』

『東京物語』『君の名は』『七人の侍』『嵐を呼ぶ男』『マルサの女』『太陽がいっぱい』『荒馬と女』『風と共に去りぬ』まだまだある数えきれない程の映画ポスターである。

「風景画はない」

と風間が言うと、

「当たり前よ、窓の外を見れば良いのさ。いろいろな鳥も止まるし虫たちも遊びに来るからね、必要無いのだ」

と本間がソファに腰掛けて窓を指差した。

「なるほどね。昔、新潟の山荘に絵になる窓がありましたが、しかし」

イカサワ愛ランドの山荘火災事件を思い出し、空を見上げる風間であった。

やがて二階の部屋へと案内される。アメリカン調というのかカナダ調というのか良く分からないが十畳以上の洋風で、バス、トイレ、洗面所がある。那珂川と森に囲まれた閑静なところである。見上げると那須連山が眺められた。

夕食前にと半地下の大理石の温泉へと向かった。

「なるほど地下にシネマサロンがあるのだ」

風間は、しげしげと英、伊、中国合作映画『ラストエンペラー』や南京大虐殺シーンというポスターに見入っていた。

4

吹き抜けのある六十畳程の広いダイニングルームというより暖炉のあるレストランである。平日なので客足は三組程だ。その暖炉の前の席に風間は腰を下ろした。

ダイニングボードには自然酒や蔵などの銘柄や各種のウイスキー、ワイン類が並んでいた。

「やい何にする」

本間がメニューを聞いてきた。

豊富なメニューから、どれにしようか迷うばかりだ。

「湯上がりだ、まずビールでいこう」

と風間が言ったが、すでにコップが用意されていた。

「これはなんだ水か」

とコップを覗いた風間は味見をした。

なんと旨い味がする。

「これは酒だ。実に旨い」

「これは那須の泉だ」

と本間が言った。

「ほう、那須では泉が皆、酒になるのだ。こりゃいいね」

ただただ本間が呆れ顔して頷いていた。

そこへある人物が現れた。

「ようこそはるばる遠いところへ来られましたね。この連中は、みんな友情の仲間です。ゆっくり心行くまで遊んでいってください」

「よろしくお願いします」

と風間が頭を下げた。

「本間から聞いたが、だいぶ酷い目にあったんだね」

彼はここのオーナーであった。

そうこうするうちにホステスが網焼きステーキやフランス風家庭料理を持って現れた。

「あのオーナー、てっちゃんに似ているわ」

「俺を拾ってくれた大恩人。南郷哲郎社長」

「ほう、よく似ている。ところでシェフはたっちゃんに似ているね」

「専任のシェフ、料理指南。宮崎辰夫」

「やあ、こんな豪華でボリュームたっぷりの料理は初めてだ」

と言って風間はビールや酒、ウイスキーを煽り、満足そうであった。

本間が立ち去った。夜の那須高原を眺めると、遥か彼方に明りが広がっていた。黒磯だそうだ。

満腹した風間は、シネマサロンにバーがありカラオケをやらないか、またビデオが無数にあり、大型テレビで見ることもできると誘われた。

しかし、マロは疲れたと部屋に戻りテレビでも見ようとしたが、遠くからのカッコーの子守歌に促されて揺籠におさまってしまった。

5

白い朝靄の漂う朝の光の中で窓を開けると、眩いばかりの新緑の木立ち、オゾンがいっぱい。どこからともなくウグイスの声が、すると特許許可局キョキョキョキョッと飛び去って行くホトトギス。カッコウも声はすれど姿は見えず、モーニングコールの高原の朝であった。

朝食を終えると、朝靄も次第に晴れ、ペンションにいるよりも自然の恵みをたっぷり味わいながら楽しみのドライブということになった。

昨日のサファリパークの道を登り詰めると、広く関東平野を望む標高七〇〇メートルの那須高原、南が丘牧場であった。

土産物店を覗いてみるとガンジー種の牛乳をはじめ蜂蜜、バター、チーズ、アイスクリームなど高原の味で一杯であった。

「おや、鶏とすずめを一緒に飼っている?」

風間の不思議そうな顔である。

「上の方が開いてるから餌を狙って幾らでも入れる」

本間が笑っていた。

馬、牛、優しいロバをみて動物ふれあい牧場にやってきた。羊が遊んでいる。その側で子牛が人間に甘えているのか、じゃれているのか微笑ましい。みんな可愛い目をした素晴らしい動物たちに感心していた。

「動物はここだけじゃない。他の牧場へ行ってみよう」

本間が車へと促した。

車は下り坂を下り始めた。一軒茶屋を右に広谷地を左、また右と、やがて広い駐車場へと駐車したのである。どこをどう走ったのか初めてでは分からない。

そこはよくテレビに出ている、有名なりんどう湖ファミリー牧場であった。

入場料を払い正面ゲートを潜り、湖を回る歩道に沿って歩き湖面を見ると、いるわいるわ緋鯉、真鯉、錦鯉が大きな口をぱくつかせている。

風間が湖面を見ながら、

「おい、鯉がなにやらしゃべってる。わざわざ遠いところへおいでくださいまして有り難うございます、といってるみたいだ」

「早く餌をくれっていっているんだよ」

と本間が言う。

通りがかりの人々が湖面に向かってパンなぞを投げているではないか。

「あの鯉、おいしそう」

という女の子の声が聞こえた。涎を垂らしている食い気旺盛な若い女の子であろう。どんな顔しているかと思って視線を向けると、さっと向きを変えて行ってしまった。やはり太めのネエチャンであった。

その向こうには赤い屋根が聳えていた。レイクビューだそうだ。

とみると奇妙な汽笛を鳴らして赤い電車が通り抜けて行った。チューチュートレインだそうだ。

「あれはなんだ。自動車のオバキューのQだ」

なにか不思議な顔を風間は向けていた。

手づくりハウスを覗き、綺麗なフラワー階段を登るとレイク売店。自家製乳製品や牧場特製のハム、ソーセージがずらりと並んでいた。二階のレストランには名物バーベキュー。

「あとでバーベキューだな」

と風間は涎を垂らしているではないか。

「うちにもあるから軽いものにしよう。まだ見るものがたくさんある」

と言って外に出た。

野外ステージを回りスイス鉄道の踏切を渡る。坂道を登り軽食コーナーでソフトクリームを舐めながら乳製品プラントの牛乳、アイスクリーム、チーズ、バターなどの製造工程をガラス越しに見学しながら歩いた。

乳牛の乳しぼり場から牧舎へ入った。

いるいる。馬が餌をねだってバケツを打ち鳴らしているではないか。牛馬の餌の売店が直ぐそこにあった。

「馬やポニー、ロバの目は可愛い澄み切った、黒いダイヤの目をしてますな」

と風間は言った。

確かに動物たちの目は美しい。人の心をどことなく引き付けるものがあった。

「あの女、あの牛をみたら、何と言うだろう。おそらくあの牛おいしそう、ステーキだわ、なんて言うかもしれないぞ」

風間はさきほどのあの女の言ったことを思い出して笑っていた。

ふれあい動物コーナーでは子供達が兎と戯れ追いかけっこをしている。その隣の鳥小屋でインコや様々な鳥が飛び交っていた。

ちびっこ乗馬から大人の乗馬へと変わった時、ある人に目が注がれた。馬の尻を見ていた。

「あれっ、あの人どこかで見覚えがある。あれはいつかの観光バスだ。ちょいと聞いてみるとしよう」

と風間は彼に近付いた。

「あのう、新潟への観光バスや観光ホテルでお目にかかりましたね」

「ええっ」

突然の事で彼の声は驚きに満ちていた。

「どういうことですか」

「イカサワ愛ランドって知らないですか。それに熊谷利恵という方を」

「ああっ、そのことか。知っています。あの会社には随分騙されましたよ。悪徳商法でしょう」

「やはりそうでしたか。私も散々騙され全部巻き上げられましてね。一文無しで放り出されましたよ」

「そうですか。酷い会社だ。私は田中と申します。ここへはよく来るのですか」

と田中は渋い顔を見せた。

「私は風間といいます。この人に誘われてはじめて来ました。昔のホームレスの仲間です」

と本間を紹介したのである。

「私は、もう金のことを気にしていません。絶対駄目だってことをよーく知っていますから。彼らは金を奪うのが本職だからね」

と彼は、からからと笑っていた。

「ここには可愛い動物がたくさんいますね。楽しいですわ」

と風間は周りを見渡して言った。

「どうぞうちにも来てください。可愛い動物がたくさんいますよ」

と田中獣医が言って地図を書いてくれた。

「それでは一度見に行きますか。よろしく」

と得意げに乗馬コースを回る楽しそうな姿を眺め、スイス鉄道の踏切を渡りその場を立ち去った。

子供達の叫び声のするウォーターウォークを後に湖を一周するサイクリングロードを歩いていった。

「動物より人間と車で一杯だ。牧場というよりも遊園地だね」

と風間は感心して那須高原の小さなスイスを後にした。

車を走らせて、駐車場に止めると今度はドーム屋根が見えた。那須オルゴール美術館であった。

オルゴールコレクション一〇〇点余が展示。世界最大級シリンダー式から小型のものまで骨董的価値の高いものばかりが並んでいる。

オルゴール演奏が中央の階段を上がると始まっていた。

その時階下から泣き声の演奏が聞こえてきた。

「おやおや、子供の泣き声のオルゴールもあるんだね」

と風間は階下を見渡す。

「あれは本物の子供の泣き声だ」

本間が苦笑している。

オルゴール付き自動人形、デスク式オルゴールなど独特の音色を楽しんだ。

そしてオルゴールの歴史が、オルゴールとは日本独特の呼び名で、江戸時代にオランダ人によって紹介された。英語ではミュージックボックスと呼ばれている。

その起源は自動的に鳴るように工夫された十四世紀頃のベルギーやオランダの教会の鐘にあったという。よりよい音色を求めて改良がかさねられ、当時のフランスにおける貴族社会でたいへん珍重されるようになったという。今ではレコードやCDとなり、オルゴールは衰退の道をたどることになった。

外に出ると那須連山に夕日が広がり始めていた。そして北風の森へと急いだ。

6

昨夜のフランス料理は苦手であった。今朝は虹マスの塩焼きの和食。遠い昔よくたべたなと思い浮かべて周りを見回すと、どうも見覚えのあるポスターに似た客が現れていた。

どうやら極道の妻らしいな。

本間は風間がせっかく来てくれたのだからと、本日も時間を割いて茶臼岳へと案内してくれることになった。

店頭に機関車がでんとおかれた蒸気機関車を見て通

り過ぎる。

「レストランだ。各テーブルに駅名がついていてD五一が鉄板焼きの料理を運んでくる。しかし宅配便がないから駅まで取りにゆかなきゃならないのだ」

と本間が言った。

「その駅までは遠いのかね」

「まず三キロはあるな」

「そんなにあったら日が暮れてしまう」

「冗談だよ。三メートルくらいだ」

信号を右折すると那須街道を上って行く。那須伝統工芸の那須友愛の森を左折すると、下り坂を飛ばす、と大きくカーブして山々の眺めのいい那須高原大橋を渡った。更に森の中を飛ばして行く。戸田十字路を右折すると、今度は板室街道だそうだ。広い畑が見え出した。すると強烈な香りが漂っているではないか。風間が顔をしかめた。

「これは何だ」

「これか、牧場の香水だ。黒磯にはあちこちに牛が広がっているからな」

「なるほどね。これが有名な牧場の香水。しかし良く臭う」

しばらくすると、下り坂となり深山入り口の谷を過ぎ、山を越えトンネルを過ぎると板室温泉であった。更に奇岩がはみ出す急な坂道を曲がりくねって乙女の滝を過ぎ、上ったり下ったりいそがしい道路だ。時間がないからとハイランドパークの大観覧車を睨み、ロイヤルホテルを過ぎ南が丘牧場を、左折すると那須街道を上り始めたのだ。

道の勾配が急になって那須湯本温泉に到着。広い駐車場に車を止めた。湯本らしい温泉特有の硫黄の含む香りがしている。

細い道を下ると、木造の建物、木の浴槽、昔ながらの湯治場ひなびた鹿の湯が硫黄の流れる川の縁にあった。共同浴場だそうだ。

更に四国壇の浦で扇の的を射たという那須の与一の那須温泉神社を眺め、足を伸ばして付近一帯から硫黄が吹き出す不気味な殺生石に登った。

昔々その昔、天竺、唐に渡って国王を迷わせた美女を、奈良時代に遣唐使が日本につれてきた。インドや中国で悪事を働くキツネであったが、正体を見破られ那須野が原に逃げ尾が九つに分かれ九尾のキツネと呼ばれた。遂に討ち果たされて毒気を放す殺生石になったという。

「伝説というものは嘘を本当のように粉飾され雪だるまのようにふくらみ、面白いね。何か風変わりな物語でもつくりましょうか」

と風間が笑っていた。

「それ、急げ」

と車に戻った。

曲がりくねったボルケーノハイウエーを、弁天温泉、大丸温泉を過ぎ茶臼岳に向かっていったが、那須ロープウエーに着いたところ、車を止めるところがない。満杯であった。行列を見るや外まで溢れていた。

「こりゃだめだ。これこそ日が暮れてしまう。止めよう」

と風間が諦めたのであった。

山麓駅からロープウエーで山頂駅へ、さらに白煙をあげている那須火山の頂上までは約四〇分の登りコースだそうだ。

やむを得ない、エンジンブレーキでロープウエーを後に坂道を下って行った。

風間は目まぐるしく那須高原のほんの一部であったが飛ばし疲れた。

翌日は朝早くJR黒磯駅から鹿島灘へ向けて、乳と蜜と温泉の流れる地を後にしたのであった。

7

その頃、オウム真理教が山梨県上九一色村の施設で猛毒サリンを製造し、東京営団地下鉄にばらまいて死者一二人と約六千人の重軽傷を出したとして警視庁は五月十六日午前九時四十五分、中心的役割を果たしたとして教団代表の麻原彰晃を殺人、同未遂容疑で逮捕した。

世界でも例を見ない市街地でのサリンによる無差別テロ事件として、ようやく全容解明に向けて捜査が本格化した。毎日どのテレビもオウムサリン事件で日が暮れだしたのであった。

代は去り代は来る。日が沈み、また昇る。何事にも定められた時がある。天の下のすべてのことに時があるではないか。何千年何百年という大勢の人の骨折りが……。

月日の経つのも早いもの、杉崎が那須野が原にやってきてもう一年が過ぎ、ようやく落ち着いてきた。

街では衆議院選挙カーのスピーカーが唸りをあげていた。消費税五パーセント反対、増税なき行財政改革と、どの政治家も叫んでいるようだが、しかしこれは単なる票集めの作戦だと国民は皆知っている、あまりにも見え透いている。小選挙区比例代表では一票入れるべき人物は全国どこを探しても一人もいないのだ。親さあどうする。どうせ誰に入れても変わらない。親の威光やカバンや地盤で決まっている。政治家の二世三世は煽てられたバカ殿様で庶民のことも実務のこともカラッポで口先だけだ。落選の見込みにいれるとしよう。

やがて選挙は終わり、リンドウが秋の訪れを告げると、奥那須の山々の紅葉から一気に麓の那須野が原に広がってきた。那須温泉や板室温泉の露天風呂から見る渓谷の紅葉は燃えるような美しさに染まり見事だ。那珂川ではセキレイが岩の上でダンスをしている。更に足を伸ばすことにして戸田を回り水なしの蛇尾川を渡り関谷でふと思い出した。昨年大網温泉に泊まったときの四〇〇号線上で土産を買った、ホウライの千本松牧場である。

当牧場は外回りは一〇キロあり東京のディズニーランドの一〇倍、千代田区とほぼ同じだそうだ。乳牛五〇〇頭を飼育して牧場全体が鳥獣保護区に指定されムササビ、リス、天然記念物のオオタカ、アカゲラ、オオルリなど六〇種類以上が生息している。昔は水に乏しい雑木林で、人も住まないところから九尾の狐の伝説も生まれました、とある。源頼朝の巻狩り。明治十八年に開拓に不可欠の水を確保のため那珂川上流から水をとった那須疎水は日本三大疎水と称され牧場の南端を東西に滔々と流れていた。

千本松牧場の由来を読みながら、店内に入ると自家製乳製品で一杯だ。そこで蔵王でよく食べた思い出からレストランへと煙が立ち上るジンギスカン鍋に挑戦することにしたのだ。

満腹すると、紅葉と渓谷美を堪能できる国道四〇〇号の急な山道を曲り登り塩原温泉郷へと急いだ。

土日は込むので平日を選んだ。前はうっかり通り過ぎて途中の広場からユーターンしてきたので今度は間違わない。箒川の上流、長さ一〇〇メートルの関東屈指の回顧(みかえり)の吊り橋であった。三五〇人位まで大丈夫だそうだ。

駐車場に空きがあった。そこで矢印に沿って坂道を下って行くと、数人が並んで記念写真を撮っていた。「おやっ」と思って見ると、尾崎紅葉の碑であった。

あの有名な熱海のお宮の松を思い浮かべた。そして熱海の海岸散歩する貫一、お宮の二人連れ。お宮に裏切られた貫一がお宮を蹴飛ばし、

「いいか、宮さん、一月の十七日だ。来年の今月今夜になったならば、僕の涙で必ず月は曇らしてみせるから」

と名セリフ吐いて泣いた。

「学問も何も止めた。この恨みのために貫一は生きながら悪魔になって、貴様のような畜生の肉を食ってやる覚悟だ」

と気も狂わんばかりに怒ったのである。

古い日本の不幸な青春を代表した二人の恋人は、今でも我々の近くに住んでいる。しかし現代はそんな来年なんて悠長なことは言わない。親子共々殺して海に投げ捨てたり、その恨みが怒りがバラバラにして高速道路のごみ箱に投げ捨てるなんて凄い。また借りた金を返すのがいやで毒殺してまとめて埋めてしまうという、毎日が荒廃した人間の血の海だ。

木立ちが茂って足場の悪い丸太の細い階段状の道を下って行くと、ハイヒールを履いた女性が苦戦している。我先にと追い越して行くと、目の前に長い吊橋が見えた。

吊橋に足を掛けた。下を見ると高いの高いの目が回りそうだ。数人が歩くと橋は揺れ出す。後ろにいた女性はヒャーッと悲鳴をあげて引き返した。どうも高所恐怖症らしい。

眼下に箒川のすばらしい眺めがひろがる塩原ダムだ。橋から紅葉を堪能しながら渡り終えると、渓谷美をたっぷり楽しめるのが渓谷歩道だ。七キロ四時間半のコースをと思ったが日が暮れてしまう、またにしよ

うと途中で引き返した。

吊橋を渡り右側の急な坂道を登り息を切らしながらようやく上がってきた。

大きな樹木に鳥がいるかと上を見上げながら、ある広場にくると木のテーブルの周りにいる二人の男に突然呼ばれた。

「杉崎さんじゃないですか」

と言うではないか。

「あれっ、本間君しばらくだな」

彼らも紅葉狩りに来たそうだ。確か東京地方裁判所で会ってから、もう五年になろうとしていた。

本間が言った。

「温泉巡りか。どこの宿に泊まっている」

「違うんだ。茨城から燻しだされて那須野が原に逃げのびてきた九尾のキツネよ」

「とうとう狐に化けてしまったのか」

本間が大きな声で笑っている。

語れば長い物語だ。東京から茨城の村に引っ越した。ところが新築なのに野良犬が床下に陣取って暮らしていた。地窓が全部開いていたのだ。風呂場では雨が換気扇からじゃーじゃー、風呂場は水を使うからいいのだそうだ。建築屋に言っても全然直そうとしない。なぜならば金を受け取った業者が建築屋に一銭も払わないのだそうだ。こちらは全額払い込んであるのにだ。しからば自分で道具を買ってきて直すより仕方がない。あきれた悪徳業者であった。

仕方がない、しばらくは我慢の連続、しっかりした業者で建て直そうかと思っているうちに春がやってきた。そこで生涯学習の準備をしようと机に向かった途端ブルドーザーが唸り出す。隣の新築工事が始まったのである。それから四カ月は毎日のように朝から晩までラジオを響かせて、また数台のカーラジオを一斉に鳴らし工事を始める。煩わしくて何処かへ逃げないと家にいられないのだ。

やがて建築が終われば静かになるだろうと思った。しかしそれも束の間、女三人寄ればかしましい、と言われる通り高音のカナキリ声に、おまけにテレビの音響の全開だ。それに加えてごみの焼却である。風上の他人の土地でトレイ、ビニール類などや生ごみを一緒に燃やすのだからよく燃えない。家中真っ黒い煙で充満。喉を痛め、鼻が変になり、頭がおかしくなる。自分の家の庭でやれば風下になるから幾分和らぐのだが、自分の庭では決してやらない。自分の庭にはごみ一つ置かないようにという綺麗好きなのである。

家を飛び出し村を歩けば道路の脇は至る所に白黒の袋、廃材やら自転車、ストーブ類のごみの撒き散らしである。山林なども凄いごみの山である。隣にあった一升びんが道路脇で寝ていた。ごみ収集場所を知ってか知らぬか勝手気ままに捨てていくのだ。これらみんな別荘族いや別荘賊のやることであろう。

僅か半年で脱出計画をしなければならなくなるとは夢にも思わなかった。

他人の庭に重機を入れて平気で壊し捲り、他人の土地までごみ捨て場として有効利用して環境破壊。他人の駐車場の前に何時来ても入れないように止めておく。他人のことはどうでもよい、自分さえ良ければ後はどうでもよい自分本位の利己的な人間でなければとてもいられない。それもそのはず、学校教育までも現代の状況からすると利己的な教育に変わったのであろう。言わなくても分かる人は分かる。言わなきゃ分からない人間は、言っても下の下で無駄、摩擦の種を撒くだけだ。あの高慢ちきの面がまえをみるだけで吐き気がする。イイダカワルイダカ、オッパマゲタ、オッタマゲタ、オッペケペノペだ。

おらはあ、こんな村もう嫌だ、よし行くぞう、と決意したのであった。

ひと冬なんとか過ごす。四月の風が吹くころ那須高原の新聞広告をみて、早速、一五〇キロほどの距離にある那須高原へと茨城と栃木の県境の花立トンネルを潜り、馬頭の峠を越え、黒磯を抜け那須街道へ何回もマイカーを走らせてやってきたのであった。

今度は大丈夫だろうと、あり金をはたいて土地を求め小さい家を建てたのであった。さぞかしや投げ売りの格安で買い、それを高く売ったあの業者は、ほくそ笑んでいることであろう。

本間が言った。

「ところで裁判はどうだった」

「そんなの全然当てにしてない。ほったらかしだ。判決とは、絵に描いた餅とよくいわれ単なるセレモニーにすぎん」

「その通りだね」

「茨城の二年間は茨の道の騒音で生涯学習も何もかもパーになった。そのお陰で、なんやかんやで三〇〇〇万の回収不能、いわゆる不良債権というのをつくってしまったね。ここにきて周りも静かで漸く落ち着いてきました」

「そうだ、はまなす公園の近くにイナバの白兎、丸裸にされた同じ仲間が一人いるのを知ってるか。春先遊びにきて帰ったけど」

「同じ仲間というと、いやー知らない。近くにいたんだね。どんな人か知らない」

「そのうちわかるよ。ところで、あんたもはまなす公園知ってるね。あそこにゼネコン汚職の記念碑があったろう」

「なるほどね。ダンボールに数億円溜め込むほどの貪欲さがなければ、とてもいられるところじゃない」

本間が呆れ返って大笑いを上げだした。

「どうですか、ペンションに遊びにきませんか」

「そのうち行きます。あの吊り橋を渡ったら思い出した。不良債権三〇〇〇万の見返りに九尾の狐でなく千尾の狼の伝説でもつくりましょうか」

「なんじゃそりゃ」

夕暮れが近付いてきた。そのうち訪ねることにして別れることにしたのだ。

国道を下り関谷を曲って那須野が原を走りに走った。高林の交差点で広い道路を下る。随分立派な道路が走っているが車がほとんど走ってない。行き着く先は何処だ。

行き止まりは、東北新幹線、那須塩原駅であった。赤い幟が旗めいた。出会いふれあい安らぎの栃木路。

8

時は流れ月日が過ぎ、美しい緑から黄葉、紅葉へと移り変わると、ウグイスやカッコウなどは南下したのであろうか静かになった。ほおじろや小鳥たちのデュエットの歌声も聞こえなくなった。スズメが数羽飛び立った。代わりにオレンジ色のセーターに風切りの両方に白い目がある、尾羽を上下に振る可愛いジョウビタキが庭のデッキに、シベリア辺りから冬鳥として渡来したらしい。

そっと窓の下を覗くとぎざぎざの青、黒と白の美しい模様のカケスが餌を探しているではないか。向かいの屋根の上ではセグロセキレイとキセキレイがダンスをしていた。また裏の方を見れば松林の木の下に黒ネクタイ、蝶ネクタイの可愛い小鳥、シジュウカラが群れをなして餌探しに忙しい。直ぐに次なる場所へと飛び去って行った。

次第に秋が深まり木枯らしが吹き荒れる度に、木の葉がすっかり落とされ空がくっきりと現れた。おやっ、黒いマントに白の細かい斑点があり、赤いパンツに赤いベレー帽が良く似合うオオアカゲラが枯れた松の幹に掴まりながら上から下まで表皮をすっかり剥がして、二日がかりで丸裸にして行ってしまった。

青空にトンビがぐるりと輪を書いている。次第に高くなり目を離すと小さい点になってしまった。ホオジロがすすきにつかまり上下にブランコをしている。いや穂をしごいている。彼は留鳥なのだ。

あれほど林の中で群がって、美しいとはいえない声で鳴いていた黒い頭部と長い尾羽が水色のオナガが見えない。何処へ行ったのであろう。

夕日が野山や林の幹に映えると、カラスの大群が寝ぐらに向かうらしい。空を黒く染めた。オナガは腹が白いが、したたかなカラスの方が腹黒いのだろうか真っ黒だ。

よくも飽きもせず双眼鏡で微笑ましい小鳥たちを追っていた。キジバトはよく見掛けるがオオルリやオオタカを遂に見ることができなかった。そろそろ日本にもツルや白鳥の湖が増えることであろう。

日本には五五〇種を越える野鳥がいるらしい。みなそれぞれ個性があり実に美しく楽しい。トキのように絶滅しないよう祈る。

ところが日本の社会を見渡すと、第一勧銀や野村証券の多額の金融不祥事から幕を開け、総会屋汚染が大企業まで広がり、株の暴落などでゼネコンの倒産、日産生命、山一証券、三洋証券、巨額の不良債権を抱えた北海道拓銀、徳陽シテイ銀行など金融機関の破綻で波乱続き。火だるまとなってという行財政改革の省庁再編は看板の付け替えに終わり骨抜きとなる。京都での地球温暖化防止会議に環境庁長官が逃げ出し、あわや帰京、なにやってんのといいたい。そうこうしているうちに特別減税二兆円、金融機関の早期是正措置に三〇兆円公的資金投入などなどで一体この国はどうなっているの。

一月半ば日本の政治はどう変わるかという講演があったが、師走の不況の風が吹き抜けると新進党が震々党と解凍分裂をおこし溶けて流れてノーエ。辞民、斜民、先崖が崖っぷちに立たされようと変わり様がない。益々平成の泥沼に嵌まり込もうと悪化の一途を辿り政治も経済も下流下流へと流れ始めた。

一億円政治献金なんぞ知らぬ存ぜず、秘書が秘書がと例の通り。利益供与など頼んだ覚えがない。財政再建路線の放棄ではない。政治献金が田中式金丸式錬金術かと思われる有史以来最高ときたもんだ。浮かぶ永田蝶の論理が通用するドタバタ劇場、酷会の音痴室には、知ラン金ラン誇張ランが。国民負担率を増やそうと医療費、消費税、保険料も上げ、国の赤字の責任をあらゆる名目を考えて国民に押し付けるのだ。国民からはぎ取るのだ。政治家として官僚として、そんなことシクラメンという勝手な花が満開に咲き誇っていた。

こりゃとても駄目だ。日本の政治を変える一番の方法は、政党交付金を貰っている既成の政党や国会議員を落選させるしかない。

政治家の政治家による政治家のための政治なのだ。

9

年が明けても円安、株の暴落、景気の失速、金融システム不安、日本経済の行き詰まりで悲観的見方が広まった、その上旬、風間のところに朝方、連絡が入った。

本間が言った。

「どうだ鬼が島に鬼退治に行かないか。お前さんの敵だ」

と言うではないか。

「何処の鬼が島だ。これは面白そうだ。一丁やるか」

「いずれ又、詳しいことは電話を入れる。相手の動きによって決まる」

「よし待っているで」

と電話が切れた。

一体何事が起ころうとしているのか、風間には見当がつかない。

数日待ったところ電話が鳴った。本間からであった。

「明後日行くことした。そこへは寄って行けないから東京駅丸ノ内側北口出口で待ってろ」

「行き先はどこでんねん」

「それは車に乗ったら時間がたっぷりあるからその時だ。ああ、一泊の予定でね」

「よし分かった。よろしくたのむ」

「ところで何時ころが都合がいい」

「時々東京へ行くときに乗るアヤメだ。午前十時ころだから十時半頃」

「我々もそのほうが良かろう。朝早く出る。石岡も行くからね。よし決まった」

電話は切れた。

それならば準備しておかなくてはならない。支度に掛かった。そうだ鹿島神宮へ行って戦勝祈願だ。早速鹿島神宮へ出向いたのだ。

坂道を登って行く途中に剣聖塚原卜伝生誕地五百年の記念碑が建っている。

平成元年は卜伝が生まれて五百年に当たる記念すべき年であることから町民挙げて剣聖の遺徳を忍び武道発祥の地……町の活性化を図る……

なるほど。しかし彼は剣には強いが確か女に弱かったのではなかろうか。武士とは暑さ寒さの別なく野山を駆けて身をさらすべし、と思い浮かべながら大木が鬱蒼と茂る雪解けの鹿島神宮へと入った。戦時中もよく戦勝祈願が行われたが全くといって効果がなかった。更に坂道を下って行くと御土産店が並んでいる。きびだんごがある。鹿島新当流の木剣が並んでいる。戦勝祈願を止め鬼退治にはこれが一番相応しいと買い求めた。

夜から降り続いた雪は翌朝も降り続き、関東甲信はまたも大雪に見舞われた。一週間で三度目の大雪。首都圏のＪＲや高速道路が麻痺、朝刊が夕刊となり、怒る威張るすねる客が多発したばかりであった。朝電話が鳴った。

「この大雪警報じゃ中止だ。交通麻痺だよ。発達した低気圧が南海上を東に進んでいる。海は大荒れ敵も延期だとよ。また連絡する」

と石岡からの電話であった。

大雪の中で行われた成人式に出席する振り袖の長靴姿の新成人。雪で混乱、自治体の行事の中止や延期が相次いだ。

また大雪かと窓を覗いてみると今度は大雨で野山を覆った雪が溶け出し、翌日にはすっかり地肌をむき出しにしてしまった。変わり身の早いこの頃の天気だ。

二月の声を聞くと途端に電話が鳴った。

「天気晴朗波低しとの連絡が入った。明日行くぞ、どうする」

本間からの電話だ。

「何、波低いじゃ軍艦マーチも聞こえないいな」

「何、馬鹿言ってる。パチンコ屋じゃない。東京北口通りの角で待ってろ」

「よしわかった」

早速、支度に取り掛かったが、いけねえキビダンゴを食ってしまったのだ。また改めて買うことにした。

10

東京駅は広い。階段を上がったり下がったりでようやく外に出た。するといつものＲＶが既に来ていた。駆け寄ると直ぐ乗り込んだ。

「早いね、待たせましたか」

「もう三〇分も待ったよ」

石岡が睨むと、走り出した。皇居なぞ目もくれず日比谷通りを抜け霞ケ関から、首都高三号線はどこかいなと言いながら、渋谷、三軒茶屋を通り過ぎ東京ＩＣから東名高速道路をブッ飛ばした。

「ところで鬼が島はどこかいな」

風間が呟いた。

「これから説明するから良く聞け。ここから約二〇〇キロ程度だ。敵陣に着いたら夜間まで待って攻撃を仕掛ける。敵陣にスパイがいて鬼の居ぬ間に全てを見抜き調べ尽くしてあるから心配いらぬ。盗聴器やミニビデオで金庫の開け方まで分かっている。相当な宝が埋蔵されているらしい」

本間が自信をもって言うではないか。

「どうしてそんなに分かるのだろう」

風間は不思議に思った。

昨年の暮れ素行や行動、財産調査を頼まれて横浜横須賀道路を南下して三浦半島の三崎港へ寄り、次いで先端の城ケ島大橋を渡り、城ケ島へ行ったときのことであった。雨が降る降る城ケ島の雨なんてもんじゃなかった。天気は良く汗ばむほどであった。灯台を周り海に斜めに落ち込んでいる断層を眺め、腹が減っては戦が出来ぬと海岸にある食堂に入ったのだ。ところが先輩の滝本の姿と数人がトグロをまいているではないか。先方も気が付いたらしく目顔で外へと呼び出したのである。

「先輩何年振りだ」

「三崎港へでかいマグロ一匹買いにきた。今夜カブト焼きなどで盛大にやるらしい」

と滝本先輩が言った。

「ほう、どこでやるのだ」

「これから伊東へ帰り伊豆高原へ運ぶのだ。来る途中エンジントラブルを起こして閉口した」

と言うのであった。

本間が高校のときの一年先輩で、柔道部のベテランであった。

彼はその後、横須賀にある海上自衛隊に入って早いもので一〇年過ぎた。ある時、横須賀での飲み屋街でのことであった。クルーザーのキャプテンを探していると紹介され、そいつは面白い、給料は倍額払うというので、遂に、堂ケ島ジョーズマリンクラブのキャプテンとして行くことになったというのである。スキューバダイビングのベテランインストラクターだそうであって、ライセンスをとるコースもあるそうだ。

「ところが不思議なことに社長が石田伸夫というらしい。しかし彼が言っていたが、社長の姿を一度も見たことがないそうだ」

「なんだ。俺も社長にされ、そして狙われて殺されそうになって逃げのびた。その前の牛島平八郎という社長は見たことも無かったぜ。それで社長を次から次と殺し、入れ替えて生命保険を騙しとるという構図らしい。間違いなかろう。やはり相当なワルだね」

と風間は感心していた。

そんな話をしているうちに、足柄ＳＡに到着したのだ。

「少し休憩だ。足柄弁当でも食べ、ガソリンを補給しよう」

石岡が駐車場に車を止めると言った。

やがておさまるものを腹に詰め休憩すると、また車は南下して沼津は込むというので裾野インターから２４６へと向かった。御殿場からのなだらかな道路を下ってくると思い出した。風間が突然言った。

「ここは裾野の軍事工場で我輩が終戦を迎えたところだ。あの時はグラマンに銃撃されて慌てて防空壕に逃げ込んだ。見ると前方に黒煙を上げ爆発している様子が見られた。あれは沼津海軍工廠だね。それからだ昼頃、変なさっぱり分からぬラジオをきかされたね。沼津は爆撃で焼け野原、あちこち火の海だった。後でようやく敗戦だと分かった。それにあの富士の山頂辺りでＢ２９が戦闘機に銃撃されている様子がしばしば見受けられたが、どっちがどっちか見当もつかないうちに墜落する姿をよく見ましたね。あの当時は、ここの鉄道は蒸気機関車でね、裾野駅を御殿場に向かって登りはじめると、よく車輪が空回りをしているのを良く見ました。今思い出すと懐かしいね」

と見ると三島だ。

東海道五十三次の宿場町であった。中伊豆の玄関口にあたる。富士の雪解けの湧水の水の都でもあった。溶っけて流れてノーエ、三島女郎衆はノーエなんて歌が聞こえそうだ。

11

三島駅を過ぎて込む一号線から一三六号に乗り換えた。

「鬼が島は何処かいな。未だだいぶかかりそうかね」

風間は何か不安そうであった。

「敵は熱海から牧野婦人、悪徳弁護士近藤と二人の息子たちを乗せて伊東に寄って、台中取締役と松永をのせ下田沖を回り夕方堂ケ島に着く予定だそうだ。隠しマイクや盗聴器を送ってある。聞くところによると相当なワルだそうだ。例年の交歓会で、また悪巧みを考えているらしい。途中で何回か彼が海底に潜り海中テレビで奴らは一杯やりながら海底観賞するらしいぜ。船をアラリの港に泊めてあるから、民宿に頼んで連絡場所にしていたのさ」

本間は得意そうであった。

「根城では連絡も取れないしね。なるほど考えたもんだ」

「今夜は堂ケ島温泉ホテルに泊まる。夜中に抜け出し彼の合図に従って忍び込む。見付かって抵抗したら、その鹿島新当流でスネをブッ叩け。それで皆縛り上げたらゆっくり料理することにしよう。三人組の強盗だ」

「それでヘルメットや紐やガムテープもあるのだ。それにまだアレもあるのか」

風間は感心して見ていた。

「どうせ敵は夜の宴会で催眠薬を飲まされることになっている。敵の金は表に出せない金らしいから全部運び出すのだ」

「それはどういう意味だね」

「石岡捜査二課の調べによると、住専から二足三文の土地やリゾート開発に絡んで百億借りているらしい。それに次々に社長を変えて倒産し、後はよろしくということらしい。

勿論返済なんかするわけがない。足がつくから銀行へ入れられない。しかも近頃の次から次と信用金庫や銀行の倒産劇という金融不安によってタンス預金が流行している、というわけよ」

「会員権商法でエライ金儲けしているが、その金も入っているんだろうな」

「それはもちろんのことだ」

そんな話をしているうちに昔から歴史ある源頼朝など様々の人間模様を繰り広げ、反射炉で有名な韮山温泉を後にしていた。

また、山と狩野川に囲まれ源氏、北条氏ゆかりの地、長岡温泉を過ぎ、天城連山や富士山を望む景観を眺めながら狩野川大橋を渡った。土肥、下田方面を右折すると伊豆の歴史を刻んだ修善寺温泉を見逃し南下を続け、土肥方面へと曲がった。

川沿いの緩やかな坂を登ると、これからはヘアピンカーブが多くなる。船原トンネルを抜け、西伊豆バイパスを通る。

「昔々観光バスで船原峠を通ったことがあった。秋だったかな、霧が深くて前に車がきても分からない。あのころは砂利道だった」

と風間は懐かしむように呟いた。

土肥温泉街に入ると江戸時代、金の採掘で繁栄を極めただけあって大規模なホテルや旅館が多い。こがねの土肥金山、現在は採掘が行われていないが、かつての坑道が整備され金山での採掘や生活を人形を使って展示してあるという。

富士見橋を渡る。真っ白な富士山が駿河湾に輝いていた。

「仰ぎ見たる富士山を甲斐で見るより駿河よい、なんてイミシンな詩を聞かされたことがあったな」

と言って風間が笑っていた。

「恋人岬なんて洒落たところがある」

「我々山賊の行くところじゃないね」

と本間が笑っていた。

加茂トンネルに入り漁村を通り次々にトンネルを潜り黄金崎トンネル、また田子、浮島トンネルと続く。


堂ケ島洋らんセンターを過ぎた所で、日が傾きかけていたが、海上に真っ黒い煙が立ち上がっているのが見えた。

「おい、なんだあの煙は」

石岡が叫んだ。

「三四郎島で焚き火でもしてるのと違うか」

本間が冗談交じりに言った。

「ところで連絡が全然入らない。そろそろこの松の茂る小島の多い海岸に着く頃だろう。なにかあったのか」

トランシーバーにはなんの音沙汰もない。本間も怪訝そうだ。

「とにかくホテルへ行ってみよう」

石岡がホテルへ車を入れると、海岸の方でなにやら騒がしいのに気付いた。そこで夕日を見ている暇もなく慌ただしく三人は渚に降りてみると、観光船や漁船が三四郎島に向かっているではないか。

やはり大勢の観光客が海岸に降りて騒いでいるのが分かった。

「何事が起こったのですか」

本間が隣の人に聞いてみた。

「海難事故らしいです。夕日を見ているうち凄い音がしてね、黒煙りをあげていたから間違いないでしょう。この辺は快速船が多く、ブッ飛ばしているから衝突かもしれん。島影だからよくわからんがね」

「そうですか。……さては？」

と本間にあるものが閃いた。

薄暗くなった島影の海面に何か蠢くものを見つめていた風間が指差して、

「尾ビレが動いている。イルカらしいが、こっちに向かって泳いでくる」

「何、イルカ」

と石岡が目を凝らして見つめていたが、

「あれは人間だ。それ、呼吸する度に水中メガネが見えるではないか。水中メガネをはめたイルカなんかイルカ」

次第に近付くにつれて人間だとはっきり分かった。

やがて渚に上がってきた。水中メガネを上にはねあげた時、本間が叫んだ。

「滝本だ」

早速、本間と石岡と三人が近付くとウエットスーツを着た男が早口に言った。

「すぐペンションに行こう。ぐずぐずしていられない。海上保安庁がやってくる。その前に一仕事ある」

「ここのホテル予約してある」

本間が言う。

「そんなのキャンセルすればいい」

「よし分かった。キャンセルしてくる」

と言って本間が走り出した。

四人が車に飛び乗り国道に出ると彼の案内で堂ケ島レステルから山側に登った。

「通いの賄い婆さんを帰すからしばらく横で待っていてくれ」

彼は車から降りるとウエットスーツのまま家に入っていった。

すると二人の婆さんが家から出てきて軽自動車に乗って坂を下って行くのが見られた。

すでにウエットスーツを脱ぎ着替えた彼が出てくると手招きによって滑らせるように車を入れ庭内の裏に止めたのだ。

「中に入ってくれ。婆さんには船が島にぶつかって燃えてしまった。全員おだぶつだから宴会はできなくなったと言って直ぐ引き上げさせた」

と裏口のドアを開け中に入ると食堂には沢山の料理が並んで宴会の用意が済んでいたのだ。

「すげえやこの山海の珍味。蟹、ホタテ、伊勢海老や様々な魚料理、肉料理が並んでいる」

と石岡が目を剥いているではないか。

「腹が減っては戦ができぬ、平らげよう。酒もある、こりゃいいや」

と本間が酒を注ぎはじめた。

「酒は少しにしてくれ、これからの仕事は大変だから」

と彼が言うのだ。

山海の珍味も飯もそこそこに腹に納めると、仕事に掛かった。

先ず三人は彼の誘導で地下室へと案内された。ドアは握られているカギで簡単に開いた。次なるは金庫のダイヤルだ。神妙にダイヤルを回すとカギを回した。なんと簡単に開いたので三人は唖然としていた。

「前からマイクロテレビに録画してあったのだ。天井の隅はちょっとやそっとでは分からない。直ぐ取り外すから先に金庫の中身を取り出してくれ」

バレルとまずい。彼は早速取り外しに掛かった。

「なんと札束が唸っている。それに金の延べ棒、高価な装飾品まで入っている」

石岡ら三人は唸った。

風間が金庫の横にあるダンボール箱を開けてみた。

「おい、ここにも万タンだ。ぎっしり。どれもこれもだ。すげえ」

「金庫のものは袋に詰めろ。ダンボールはすぐ運び出せ」

滝本と石岡が袋詰めに専念している。風間と本間がダンボールを二人で抱えて車まで運び出す。

「早く運び出さないと警察がくる。クルーザーの船主は田子の漁師名義。だから少し時間が掛かるだろうが、危ない。これから伊豆高原に行こうぜ。おれが案内する」

二台の車に運び出した荷物は車一杯になった。

「全部鍵を掛け電気を消し、食堂からある程度の食料や果物をつまんでくる」

と滝本が言って電気を全部消した。

一台の乗用車に次いでＲＶ車が飛び出す。夜道をひたすら修善寺に向かって走り出した。

「とんだ災難で手数が省けた。一体どうなってるんだ」

と本間が石岡に顔を向けた。

「いやあ、こっちも拍子抜けだ。確かに手数が省けてよかった」

土肥から昼間通ったヘアピンカーブを上り、船原温泉を通り過ぎた。三島方面へ左折する。ライトに浮かぶ先導車は修善寺橋を渡る。夜が絶景を消してしまった。どこをどう走ったかは貴方まかせの嫁行った晩だ。やがて冷川ＩＣから伊豆スカイラインに入り、あっというまに遠笠山道路を走る。お椀を伏せたような大室山を中心に東の裾野に広がる伊豆高原。別荘地だが洒落たペンションの明りが急増して賑わいを見せていた。

12

ペンションには誰も居なかった。明りが点けられると、アメリカン調の館でダイニングも広々としていた。

「ところでここのオーナーは何処へいったんだ」

と本間が滝本に聞いたのだ。

「それよりも温泉に入ってこいよ。飯の支度はやっておく」

と彼が言うので温泉につかりながら、ふとなにかを思い出したのか、本間が言った。

「これはどういうことなのか。さっぱりわからない。一体、この計画は彼が計画したのと違うか。われわれは彼の誘導尋問に晒されているようなもんだ。いやあ、彼はなかなかの策士家だね」

風呂から上がると彼は地ビールの大室、天城を用意していた。

「こんな湯上がりの旨いビールは飲んだことがない」

みんな疲れの中に満足の顔が綻びていた。

ところで彼が言うのには、

「こんな計画が図にはまるとは考えてはいなかった。しかしあの息子の愚かしさにはある意味があった。あの高慢ちきな性質を利用することに」

「なんだ、それは。さすが海賊で鍛えた策略だ。山賊もいろいろ考えた。山賊と海賊の共同作戦がうまくいったということでしょう」

と石岡が何か思惑があるのか、にたりとしていた。

それには次のような滝本が語る事件の経緯があった。

朝早く熱海港から顧問弁護士の近藤郁男と何やらいかがわしい商売の牧野咲絵、台中の二人の息子、伊東港から台中義則と松永広道を乗せ門脇灯台を周り海岸線の美しい城ケ崎海岸にやってきた。

そこでスキューバダイビングで有名な伊豆海洋公園や八幡野海岸、橋立吊橋を眺めながら海底の様々なイシダイ、ブダイ、メジナ、伊勢エビなど水中ビデオカメラを回し船上にいる馬鹿共がテレビを見ながら酒の肴にしていたのである。これは毎年の行事のように行われていた。三月半ばか四月になれば大勢の会員が来るので寒い時期に主だった連中が集まっての交歓会を開催するのであった。

伊豆の変化に富んだ景観を南下し遠浅の白い砂浜が続く今井浜海岸、白浜海岸でのサーフィンを眺めながら須崎半島を回り黒船来航、開国、近代日本の幕開けの舞台となった下田港にやってきたが、国際的な黒船祭りは五月半ばだ。また幕末の悲劇のヒロインお吉、ペリー提督の歴史がある。しかし、下田港は鬼より怖い、縞のサイフが空に成る、という諺がある下田港を南下、海に落ち込む荒々しい断崖絶壁のダイナミックな景観を見せる伊豆半島の南端石廊崎。白い灯台の立つ断崖に砕ける波を避けながら妻良、子浦と続き自然が生み出した不思議な奇岩は海からしか見ることが出来ない。波勝崎の大赤壁を過ぎ松崎港へと向かった。

その松崎からすぐの堂ヶ島へやってきたのである。

「三四郎島の近くの海底に面白い魚が生息しているのをお見せしましょうか。熱帯魚が泳いでいるのです。温泉の沸き出しているところにですね。不思議なことです。是非見てもらいたいものです」

と言って、三四郎島から一〇〇メートルほどの沖合にエンジンをスローに艇を泳がせながら、彼らをサロンのテレビに釘付けにしてフライブリッジから降り、トランサムドアからアクアラング付きカメラを抱え海に潜ったのであった。

ところが海に潜って不思議な海底の様子に夢中にな

って眼を注がせている間にあることが起こった。

スローに艇を高島の方向に泳がせながら、海底にカメラを向けてあちこち探していたがなかなか見付からないのだ。とその時、突然にクルーザーはスロットル全開、四〇ノットで走り出したのである。しかもキャビンにいた人間が気付いたとしても、いかに操舵しようとエンジンを止めようと、全く不可能な状態なのだ。

全長二〇メートル重量二万六〇〇〇キログラムの最大速度三三ノット～四〇ノットの実力からしてそれは全速力で向かったのであって、あっと、気が付いて、ましてやサロンでテレビに夢中になっているときには、慌ててどう対応していいか分からない。ましてや燃料が約三七〇〇リットルの満タン状態であった。

浅い岩にぶつかって宙に浮かんだ。その勢いで島にまともにぶつかった。そしてあっというまに油を被り火の海に投げ出されたのあった。勿論だれ一人逃げ出すことはできなかったのだ。

しかし、彼は実に巧妙な手口を編み出していたのである。

彼は、日頃からの奴らの行動に大変な不審を抱いていたのだ。隠しマイクには驚くべき内容が記録されていたのであった。ここが最後のクライマックスの場として仕掛けたのである。

「ドラ息子が日頃から我が輩に怒鳴られ恨みを抱いていた。そこで海底に潜っている間にキャビンで俺を置いていこうとして全力で走らせた。一級免許も取れないのだ。それが引き金だ」

勿論エンジン停止も操舵も出来ない仕掛けが隠されていたのであった。

艇の爆破を確認すると、滝本は悠々と海底から浮き上がりアクアラングを三四郎島に捨て渚めがけて泳いできたのであった。

「どんな仕掛けをしたのか」

本間が滝本に聞いた。

「それは内緒にしましょう。前にエンジントラブルとレバークラッチの故障があった。その時に整備しているうちにヒントを得たのだ。ドラ息子の無謀運転の結果、悲劇が起こった、というわけだ」

分かったような分からないような皆は口を閉ざした。

13

朝早く薄暗い内に起き上がった。四人は飯を食らうと直ぐ出発の用意をしていた。

「ところでここのオーナーは何処へいったのだ」

改めて本間が滝本に聞いた。

「松永だけどオダブツよ。これから調査が始まるだろうから堂ケ島へ向かう。君達は直ぐ帰った方がいい。宝物をみんな持っていってくれ」

と言って苦笑いしていた。

「海難審判が終わったら俺たちのところへ是非ともきてくださいよ。待ってますから」

石岡が滝本に言って肩を叩いた。

「ところでどの道を行こうか」

と本間が地図を開いた。

「一三五号線で伊東、熱海を抜けて熱海ビーチライン、真鶴道路というルートはどうか」

「伊豆スカイラインの方が快適だ。天気もよく見晴らしもいい」

と滝本が言うのだからまちがいないだろう。

ということで彼の後に従って伊豆スカイラインへと向かって熱海峠へと、修善寺へと別れた。

さすが伊豆半島を代表する道路だけあって東伊豆の尾根を走るので車窓の左右に相模湾、駿河湾の青い海が、前方に真っ白い富士山が見え文句なしの絶景だ。「天と地の間を行く」と言う謳い文句のスカイライン、信号もないから快適だ。白と黄色の斑の草原が続く。熱海新道の標識を横目で睨み真っ直ぐスカイラインへと進む。熱海峠、十国峠を過ぎ箱根ターンパイクに入り小田原から小田原厚木道路を経て東名高速道路へと。都会の中を通ると信号待ちや渋滞に巻き込まれるので避けたのであった。

「海老名SAでガソリンを入れよう。まだ人間のガソリンは早いな」

といってガソリンを満タンにして東京ICへ向かった。

東京ICを出ると迷路のような首都高速を避けて環八通りにしようか環七にしようか迷った。

風間が東急線に乗り、乗り換えて東京駅からバスで鹿島神宮へ帰ることになっていたのである。環八通り上野毛駅の前で下ろしてもらい、彼は手を上げて駅に消えていった。

さすがに信号が多く車も多い。

「高速をブッ飛ばしたからここらで息抜きだ。ゆっくり行こう」

と本間が運転席から言った。

石岡が、

「関越に行くのじゃないから大丈夫だ。のんびり行きましょう。前にこの道をよく走った。懐かしいね」

やがて川口から浦和料金所に並んだ。

「石岡よ。腹が減らないか。レンコンで腹拵えすることにしよう」

本間が料金所を入ると、速度を上げ蓮田ＳＡへ入り午後一時過ぎの昼食となった。

彼らが腹拵えすると東北自動車道の栃木、宇都宮、那須へと速度を上げた。ほんの後一時間程度だ。今回はのんびりとした車の旅ではなかった。なんと目まぐるしい旅になったことかと感心していた。

「おい、雪をかぶった茶臼岳が見えたぞ」

14

美しい自然との共存という長野市を中心に開かれたオリンピック冬季競技大会は二月二十二日、南長野運動公園での閉会式で一六日間の日程を終えた。

船木、原田が飛び、里谷が舞い清水が疾走、金、銀、銅の最多のメダルを獲得し、スポーツマンたちの活躍は美しい感動に満ちていた。

その反面、政官財の癒着による日興証券の利益供与事件で新井代議士が自殺した。総会屋へそうかいと利益供与事件、日本道路公団、大蔵省金融検査部門、警視庁警部への贈収賄事件が、また第一勧業銀行元頭取ら自殺者が相次いで、日本列島は大蔵省現職高官たちの腐敗した川から腐蝕の海へザブンドボンと流れ腐臭を放つようになったのである。

やがて三月の終りになると春を告げるウグイスが歌いだし、四月になると桜の花が落葉広葉樹林に先駆けて満開に森の中で咲き誇っていた。ハクモクレンも枝先に大きな白色の花を咲かせ競い出す。八重桜もあっという間に散ってしまった。高木層、中木層、低木層も、のばした枝から空が丸見えの雑木林も若芽が萌え出すとあっという間に葉を広げてその隙間から空が覗いていた。

しかし、日本列島には日産生命、北海道拓銀、創業一〇〇年の山一証券、信用金庫、ゼネコンなど相次ぐ企業倒産やらリストラなどで右肩上がりの大量失業時代となり、失業率は過去最悪のレベルに達し、右肩下がりの株安、円安と平成大不況が始まった。東京新宿駅の西口地下広場の段ボール住宅が所狭しと立ち並び、こんな日本に誰がしたと叫んでいるようであった。そこには官僚政治の貧困さを浮き彫りにし、政治家の貪欲が渦巻いて末期的症状が現れ出した。

そんな不況の嵐どこ吹く風よ、埋蔵金を掘り当てた彼らは、札束を数えるのに大変苦労させられた。ダンボールの中からなんと一〇〇億の束であった。多数の会員権名簿や契約書、裁判の準備書面、住専からの一〇〇億円の借金までが現れたのである。闇の歴代社長の一〇名の系図と生命保険証書がずらりと並んで二〇億もの金を受け取っているのであった。

更に驚くべきことが起こった。滝本からの連絡により北風の森へやってきたワゴン車に一五〇億が積んであったのであった。さあどうする。一〇〇億は中坊さんへ返そう。後は悪徳商法による被害者を探し当て風間の詐取された三〇〇〇万円と杉崎の一六〇〇万、獣医の三五〇〇万、それでもまだ余るようだ。

本間が茨城へ電話をしたのであった。

「風間君、北風の森へ直ぐこいよ。金が入ったぞ」

「よいしゃ。直ぐ邸宅を建てよう。バンザイ、バンザイ直ぐ行くからな」

風間にはもはや苦痛も嘆きもない、何処かへ飛んでいったのである。

オーナーの南郷が言った。

「福島か何処かへ船長もいることだから海の家を建てクルーザーを揃えよう」

と話が弾んできたのであった。

七、千尾の狼の物語
——日本の歴史の実体

1

ヒマラヤ山脈や天山山脈を望む天竺の隣の国、天軸の緑に囲まれた美しい山々の麓に、しかも豊かな土地でブドー酒を飲んだり果物を食べたり遊んだり、何不自由無く暮らし暇をもてあそび少し退屈していた。ある時、澄んだ水の流れの大きな川に、でかい得体の知れない銀色の物体が岸辺で止まった。

目を見張った四人は、驚きのあまり尻餅をついてしまった。

「あれは一体何だろう」

「原子爆弾ではないか」

「こりゃ大変だ。急いで逃げよう」

「どこへ逃げたらいい」

「タイ、ミャンマー、スリランカで見られる仏像の土台とはだいぶ違うし」

「造りかけかな」

「ひょっとすると桃太郎が出てくるかもしれない」

「それはおとぎ話だ」

わいわいがやがや騒いでいると、どこからともなく天の方から大声があった。

「それは世界に一つしかないUFOという太陽エネルギーで飛ぶロケットだ。近代的飛行物体、自由に大空を駆け巡る事ができる。いや火星までも行ける。ドアを開けると操縦マニュアルがある。それを使って世界に住んでいる妖怪を全部退治せよ。そうすればすばらしい褒美を授けよう」

「どんな褒美でしょうか。俺たちをあれに乗せてブットバシてしまうのと違うか」

疑心暗鬼の悟空が言った。

「お前たちはクローンなんだ。あまり長くは生きられない遺伝子の構造だ。すぐくたばる、よいか」

「それはまいったな。せっかく楽しく暮らしているのに。しかし、ちょいと退屈している。よしっ、面白い、やってやろうじゃないか。褒美とは……」

「永遠の命だ」

そのキャラクターは三蔵、悟空、八戒、悟浄であった。彼らは自分達が何処から現れたのかは全く認識していなかった。しかし着物ではない、白い皮のジャンパーのようなものを着ていたのであった。

早速、ドアが簡単に開けられた。そこにあったヘルメットをかぶりUFOに乗り込んだ彼らは、秘伝の書をひもときスイッチを入れた。すると、ふあっと空中に浮かぶではないか。更に前進レバーを押すと急激に上昇してヒマラヤ山脈を飛び越えて行った。

三蔵法師の道を行く。昔の旅は想像する以上に熱砂や氷雪と戦いながら馬での苦難の連続であったが……

「ありゃっ、同じ仲間がいるんだ」

三蔵が新聞を見ながら言った。

その子孫であろうか、クローン時代の今では馬ではなくUFOという近代的乗り物に乗って、たやすくヒマラヤを飛び越え、世界へと修行の旅に出たのであった。眼下に見えるはガンジス川の源流であろう。

天界を流れるガンジス川が地上に降下するその衝撃をシバ神はヒマラヤの頂きに立ち自らの髪の毛で受け止め、地上に優しく流したというヒンズー教の神話があった。女神ガンガー、川そのものが神だという。素足でインド各地から黙々と聖地を目指し、巡礼そのものが苦行なのであった。

ヒンズー教は動物崇拝、ガンジス川での沐浴、前世の自分の業（カルマ）の結果とみなす厳格なカースト制度から逃れられない人生と定めて、逃げる道を求めようともしない。人間最初の父親の理想像のプルシャの体から四つのカーストがある……と。このカースト制度のため何億もの人々が果てしない貧困と不公正のうちに閉じこめられている。

ヒンズー教信仰の目的は、再生と様々な存在の繰り返す過酷な運命の車輪から解放され自由にされることを意味する解脱（モークシャ）を達成することだとある。

しかし、あの有名なマハトマ・ガンジーはヒンズー教の教えがアヒンサーに反する場合、経典の権威を否定して階層化されたカースト制度を全廃するため勇敢に奮闘し、生活のあらゆる分野で女性が平等な地位を得られるようその向上をはかったが、非暴力が暴力によって……。そしてカーストからの悲劇からのがれようと仏陀の仏教がスリランカ、ミャンマー、タイ、中国、韓国、日本と、広まっていった。

「ヒンズー教のジャングルに入ると、方向感覚を失い出口が分からなくなるそうだ」

と三蔵が言った。

2

悟空の操縦するUFOは、

「おーい雲よ。雲に乗りたい、白い雲に……」

と鼻歌を歌いながら天山山脈の白い雲の上を乗り越えて進んで行ったのであった。アラビア半島にくると下界から煙がもうもうと上がっていた。

「あの煙と火はなんでしょうね」

八戒が見下ろしていたのだ。全員が覗くと猛火が一層酷くなった。

サウジアラビア国営テレビの報道によると、イスラム教の聖地メッカ郊外のミナの巡礼者宿営地で大規模な火災が発生、これまで二一七人が死亡、一二九〇人が負傷した。犠牲者の多くはインド、パキスタン、バングラデシュ人という。巡礼には世界から二〇〇万人の信者が集まり、テントを張って野営しており、煮炊きに使っていたガスボンベが爆発したらしい。メッカ巡礼はイスラム教徒の義務の一つとされ、毎年一回行われる。

イスラム教の国々では、祈祷時間掛かりがいて一日五回塔から信徒たちを礼拝に招集する触れ役の声が聞こえ、コーランをイスラム教の教典とみなしている。

『慈悲あまねく慈悲深いアッラーの御名おいて……』

み使いガブリエルによりムハンマドに啓示されたものとされている。魂は天の楽園か、火の燃える地獄での処罰か、いずれかの異なった運命を辿る。あなたの責め苦を味わえ。

「本当かな。われわれは聞いたことがない」

悟浄が不思議そうに言った。

イランの女性はイスラム教の規範に従い夫以外の男性には、女性が肌や体の線を見せることを禁じられている。ヘジャブという髪から足元まですっぽり隠す女性の服装。パーレビ王政下では欧米文化を志向して服装が自由であったが、一九七九年のイスラム革命で、イスラム法によりヘジャブなしで公共の場に姿を見せた女性には……。

「イスラムの女性は不自由だ。この暑いのに海や川で泳いだりも出来ないのかね。男性はそれを見て自制出来ないのか。女性は奴隷で人権侵害、女性蔑視で不公正極まりない」

と悟空がそれは残念と嘆いた。

「神は確かに何を行うかを決める選択の自由を、自由意思をお与えになったのだが」

と三蔵が言われた。

「世界人権宣言の基本的信条は『すべての人間は、生れながらにして自由であり、かつ尊厳と権利とについて平等である。人間は理性と良心とを授けられており、互いに同胞の精神をもって行動しなければならない』という国際文書があります」

と三蔵が付け加えた。

世界の至る所で様々な宗教のもたらす影響が、悪魔の詩のことで激しい怒りを引き起こし、発禁処分に、著者を死刑に処すると。宗教のことで、どうしてこれほどまでの猛烈な反応を示すのだろうか。世界のあらゆる宗教の背景にあるものは何か。

「エジプトの上空にやってきた。ピラミッドやスフィンクスが見えるぞ。あれを造るため周囲の木を根こそぎにして砂漠を広めてしまったのだ。酷いものだ」

と悟浄が嘆いた。

「イスラム過激派グループがエジプト南部の観光拠点ルクソールで観光客を襲撃し、日本人一一人を含む六二人の犠牲者をだした観光客襲撃で、過激派の厳しい取り締まりと治安強化にもかかわらず観光客は依然大幅に減少しています。これはどういうこっちゃ」

と悟空が嘆きながらアフリカを南下して行った。

サハラ砂漠は今も広がり続けてなんとか食い止めようとしているが、アンゴラ内戦、ウガンダ、タンザニア紛争などなど複雑化して、アフリカの深刻な経済危機打開の国連特別総会、大陸の将来のため国連全体が取り組んでいるが。

ケニア、タンザニアのアフリカの米大使館を狙った連続爆破テロ。犯罪の背景は憎悪の連鎖反応か。どうすれば防げるだろうか。

「おやおや北アイルランドでは宗教を巡るカトリックとプロテスタントの争いから爆弾テロ。三〇年以上も流血を繰り返している。宗教の争いは、とりわけ凄い。妥協や和解は悪と考えられているからね」

と三蔵が下界を見詰めながら言った。

「あの有名なエルサレムの岩のドームが見えてきました」

と悟浄が指差していた。

南アフリカ、イラン、トルコのモスクを飛び越えていたのであった。

ワシントン郊外で開かれた中東和平首脳会談でイスラエルとパレスチナ双方が最終合意に達した、途端に過激派組織ハマスの爆弾テロで和平が何処へ飛んでいったろう。

「イスラエルよ真の神のもとへ帰れ」

と三蔵が呟いた。

ユダヤ人とイスラエルといえば、神話ではなく歴史に根ざしたユダヤ教。ユダヤ人の宗教には歴史を四〇〇〇年ほど遡るルーツがある。他の主要な宗教、一世紀のユダヤ人のイエスにより創設されたキリスト教、コーランのイスラム教、マリア崇拝のカトリック、プロテスタントと多かれ少なかれユダヤ教の聖典に負うところがあった。

ユダヤ人の父祖アブラハムは、およそ四〇〇〇年前に既に真の神を崇拝していたのである。神はアブラハムの子孫と特別な契約を、イスラエルとの仲介者であったモーセを通して制定された。モーセはエジプトで生れイスラエルの人々と捕らわれの奴隷であったが、主の民を導いて自由を得させるため主が選び出された人物で、イスラエルの予言者、裁き人、指導者、歴史家で、神がイスラエルに与えたあの有名な十戒の律法契約の仲介者としての大変重要な役割を果たしたのであった。

イスラエル国民は約束の地カナンに到着し神が命じたとおり、その地を征服した。そして王権が確立されユダ部族のダビデが王となり、新しい国家的中心のエルサレムで確立されたのであった。

ダビデの後、その子ソロモンが壮大な神殿を建立したが、カナン人や周囲の偽りの宗教の影響を受けるにまかせ、イザヤ、エレミヤ、エゼキエルが偶像崇拝のゆえに神からの処罰があると警告したが、「もしわたしに忠実に従い、わたしの契約を守るなら……」という神との契約関係を破ってしまったのである。

その処罰は、西暦前六〇七年、世界強国であったバビロンがエルサレムとその神殿を破壊し、その国民を連れ去って七〇年間流刑に処せられたことは歴史に残る事柄であった。

ペルシャがバビロンを破りユダヤ人が祖国にもどり神殿の再建をしようとしたが、ギリシャ文化の影響を受け、またローマに対する反逆が引き起こされ、西暦七〇年にローマ軍はエルサレムを攻略、その都を荒廃させ神殿は灰塵となり、国土もなく民はローマ帝国の至る所に追い散らされたのであった。

「ギリシャ神話とローマの神々のアポロとかエロス、キューピッド、バッカスとか昔一緒に飲みあかしたことがあったな」

と冗談を交えながら悟空が笑っていた。

すると八戒が言い出した。

「俺はエジプトの雄牛のアピス、雌牛ハナデト、かえるのヘクトとよく遊んだ記憶が蘇ってきたよ」

「道理でお前さん昔、酒に酔って悪さをし投げ飛ばされた豚の神だったんだろう」

と悟空が冷やかした。

「なに、お前だって謀反を起こしたくせに」

と八戒が目を剥いた。

そんな冗談のやり取りを黙って三蔵が聞いていた。

更にイスラエルは十二世紀にはカトリックの支配を受けるようになり様々な国でユダヤ人の拷問、殺りく、追放が起こったのであった。また一九三五～一九四五年にはナチの引き起こしたホロコーストの際、六〇〇万人もユダヤ人が殺害され、世界的規模で多大の同情がよせられた。なんと困難な試練の多いことであろう。

更に十二世紀には、カトリックの十字軍はエルサレムをイスラム教から解放するため異端者を虐殺するため組織され、また異端審問所で異端者を裁判にかけ拷問、殺害という迫害が起こったのであった。

「おい、豪勢なバチカン宮殿だ」

突然、悟浄が叫んだ。

ローマ司教が教皇と呼ばれたのは三世紀頃からのようだ。更に権力を増大させローマ帝国の共同統治者となって、その政治的重要性は大いに高まったのである。しかし金庫に多額の金が流れ込むと、やはり職権乱用や腐敗や道徳的堕落が起こった。金が無ければ葬儀も鐘も鳴らしてもらえない。

「息子を駄目にしたければ司祭にしなさいとさ」

と悟空が言い出した。

「そうか、赤と黒のスタンダールよ。ナポレオン失脚により、僧侶が軍人に代わって権力を握った。軍人と僧侶、二つの立身の道であった。赤い軍服を着て新しい生活を、しかし怒りに燃えたジュリアンは教会で祈りの席についていたルイーズめがけてピストルを放った、一発……二発……」

と空を見上げながら八戒が言い出したのだ。

「それは映画の話じゃないか」

悟空の大笑い。

「どこでも煉獄の責め苦の許しが売られている。拒むものには強制されている、という教皇の免罪符というのは、実に旨いこと考えたものだ。世界にその手口が広がっている」

と三蔵が口を開いたのであった。

ドイツ、スイス、イギリスなど様々な宗教改革の嵐が吹き荒れてキリスト教、カトリック教も細胞分裂を起こし数え切れないほどの宗教が増えた。宗教改革は教皇権からだけでなく、何世紀に渡って人間が従わされてきた誤った教理や教儀からも人々は自由にされてきたのである。

3

交代して操縦席についたのは八戒であった。

「お前の操縦はどうもあぶなっかしい。今どこ飛んでる」

　悟空が八戒に聞いた。

「そんなことおれに聞いても分かるわけないよ。UFOまかせよ」

　三蔵があるスイッチを押すと液晶画面に地図が現れたのだ。

「パキスタンとインドの中間らしい。ここに大きな穴が開いているだろう。インドでドンドン、パキスタンでパンパンと核花火大会を開いた跡だよ」

「インドもパキスタンも核開発を進めていたのですか。すげえな」

　悟浄が感心して言った。

　更に大空を駆け巡って中国に入ると広大な湖が見えるようになった。

「昔こんなところにこんなでかい湖か海があったかな」

　と八戒が三蔵に聞いている。

「これは長引く大雨で長江が氾濫、大洪水で家は流され二億人が被害を被ったのだ」

　中国軍が盛んに被害回復に向けて泥だらけになって奮戦している様子が見受けられた。

　中国人には何事でもそれをすべき自然で正しい道があるという道教。道に従って進み、その流れを妨げないことが中国人の哲学的な宗教思想の要素である。老子が開祖である。またもう一つ孔子の儒教や仏教を飛び越えて朝鮮半島の上空へやってきたのだ。

「おいおい北側には悟空に似た滅法国のにせ悟空が、わがままいっぱいふるまって威張りちらしているではないか。食料不足で餓死しているというのに軍国独裁主義で国民のことはどうでもいいのだ。ほったらかしだ」

　と八戒が悟空の顔を驚きのまなざしで見るではないか。

「あれはね、戦前の日本帝国の真似をしてるのと違うかな」

　悟空が笑い飛ばしていた。

「南の方には合同結婚式や霊感商法で、盛んに日本をターゲットにして金集めに奔走している霊感大王や白骨夫人がいるぜ。そんなに金集めてどうするねん」

　と悟浄が感心していた。

ところが日本海にくると北から変なロケットがUFOの遥か横を飛び抜け日本上空に向かって飛んでいた。北朝鮮のミサイルらしい。

「あれはテポドン発射だそうだ。人工衛星だそうだが失敗らしい」

悟空がテレビのニュースを見ていたのであった。そのうち日本海を飛び越えて日本列島の上空を飛翔していた。

4

直ぐ目に入ったのは富士山であった。

「おお、日本列島は太陽がいっぱい」

と悟浄が叫んだ。

「あれっ、富士山の頭しか見えない。雲海の下に隠れている。空のほうが太陽がいっぱいだ。日本列島は雲で一杯、地上は雨で一杯だ」

と八戒が嘆いた。

そう言うには訳があった。恐らくフランスで随一の人気俳優アラン・ドロンの超ドライな悪徳美青年を思い出したのであろう。ナポリに近い漁村、真夏の太陽が燦々と輝く海上のヨットの中で親友を一突き、悪徳の命ずるまま更に恐ろしい罪に突進してゆく美青年の姿であった。

ところが日本列島は八月二十六日夕刻から栃木県北部地方を中心に一〇〇年に一度といえる記録的豪雨に見舞われ、各地で河川の氾濫や土砂崩れで那須町、黒磯市、県内全域におよび人的被害、全壊、半壊家屋、農地の冠水、山林の崩壊、冠水道路、橋梁、牛まで余笹川や那珂川の氾濫で甚大な被害がもたらされた。

「別荘が次から次と流れていくぜ。牛の大群が流されて橋の上で右往左往している」

悟空が水戸まで流されて行く牛の姿を見ていた。

「これは橋龍だ。何時の間にか流されて見えないぞ。いや橋流や家流、車流、それに牛流だ。それに産廃の崖っ淵は日本の政治体制を表しているみたいだ」

八戒がチャカしていた。

それもその筈、参議院選挙で辞民党が惨敗。衆院も解散に持ち込めない崖っ淵に立たされた那須産廃銀座の崖っ淵のようなお偉いさんが現地を視察しているではないか。一体何ができるのだろう。

三蔵が盛んにパソコンをいじくりまわしている。インターネットを通して日本の歴史を探索しているようであった。

「日本の歴史が開幕した。それ見てごらん」

と三蔵が皆をパソコンの前に集めた。UFOは自動操縦で緩やかに北へ向かって飛翔していたのであった。物語が始まった。

雲に乗ったり飛んだり、意のままに姿を消したり現したり、魔法の果物を食べて、聖なる山や遠い孤島で不死の人間が住んでいるという伝説が広まり、西暦前二一九年に、秦の始皇帝は、不死の人間が住むという伝説の蓬莱の島を探して、不死の薬草を探させ少年少女三千人を乗せた船団を送り出したが、彼らはその薬草を持って帰っては来なかった。伝承によれば、その島に住みつき、後にそこが日本として知られるようになった。

日本人の宗教は神道であった。水稲農業には安定した地域共同体が必要で、後に神道で重要な役割の農業儀礼が発達したという。

初期の日本人は数多く自然の神々を崇拝していた。遺族が故人を祭ると霊が穏やかになり、祖霊は祖神となり氏神に高められ、霊魂不滅の信仰が宗教の基本原理となった。やがて祭りのため慈悲深い神々のために神社を建て始めて、祈とう師や巫女が神々の降臨を呼び求める儀式を執り行なうようになった。やがて神道の神々が絶えず増えていったので日本人は八百万の神という表現をつくりだしたのであった。

ところが西暦七世紀に国家を統一した天皇の一族は、自分たちの太陽神、天照大神を神道の神々の中心とした国家神とした。やがて天皇は太陽神直系の子孫であるという神話が出来上がったのであった。なお古事記と日本書紀が八世紀に編纂され、天皇一家を神々の子孫として神話を利用して天皇の支配権を確立するのに寄与したのであった。

ところで神道の信者は、神々と結ばれるには道徳的な汚れや罪を払い清めなければならないと考え、お祓いでは神主が榊の枝を振り動かし、みそぎでは水が使われ、この儀式は非常に重要であって、この儀式無しでは神道として成り立たないのである。しかし永い間に変貌を遂げ仏教や儒教と融合していったのであった。

「おいおい、車とか人物とか物まではらい清めれば安全が保証されるというが、事故にあった車はお守りだけが安全で車も人間もおだぶつ、というのが殆どだ。一体どういうこっちゃ。それに関東大震災、阪神大震災で、建物や高速道路などでおはらいや、清めの儀式をしているが、パーでっせ」

と悟空が不思議そうに言った。

「あそこに蓬莱の国がありました。広いな」

と八戒が見下ろしていた。

三蔵が笑いながら、

「あそこはホーライの国じゃなく、ホウライ牧場だよ。牛が一杯いるだろう。それから、いかにおはらいや清めでも安全が保証される訳ではない。日本は地震国だから活断層の上に造ればパーになるのは、むしろ当たり前のことだ。実際的な知恵と知識が必要なのだ」

5

十三世紀に蒙古軍が圧倒的な艦隊を引き連れて九州を二回襲ったが、嵐に妨害され海の藻屑と消えたのであった。日本人はその時の嵐を神道の神からのものとみなし、彼らの神々は大いに名を挙げ、神道の神々に対する確信が強まるにつれて、神が仮の姿で現れたとみなすようになったのであった。

「エジプト人に十の災いを下された後、イスラエルの大勢の男や女たちそれに羊や山羊、家畜がエジプトを出て行きました。紅海を渡ったときモーセが杖を紅海上に差し出すと、イスラエル人を去らせた悔しさから後を追い掛けたエジプトの大軍の戦車と兵士を紅海の底へ沈めてしまったのと似ていますね。日本の多様な文化が蒙古軍によって踏み躙られないようにとの配慮からだろう。多様な文化を残し世界文化遺産保護のための真の神技でしょう」

と悟空が昔を懐かしむように言ったのであった。

インターネットは次のページを表していた。

十八世紀に本居宣長が古事記によって復古神道を唱え、太陽の女神、天照大神の優越性を説き、何も尋ねずに、神慮に服従せよ、という考え方でした。更に一八六八年封建的軍事独裁者将軍が倒され王政復古が行われ王政が確立されると、神道を国教にする運動が進められ、そして太陽の女神である天照大神の直系の子孫とみなされた天皇は「神聖で侵すべからざる方」であると考えられ、国家神道の最高神となったのであった。

「ところで太陽の女神とはなんでしょう。ギリシャにもローマにも女神が現れる。ジャポニカではどういうのでしょう」

と八戒が謎めいて三蔵にきいたのであった。

「日テレによく現れる。イザナギノミコトだな。そのイザナギが左の目を洗ったところ太陽の女神、天照大神を生みました。後にスサノオノミコトが天照大神をびっくりさせたので、彼女は天の岩屋戸に隠れ丸石で入り口を塞いだので世界が闇になった、という物語よ」

「なんだエジプトの万神殿の多数の男神や女神が現れ、やはり太陽を崇拝していたのであるが、どこか似通っているみたいだがギリシャ神話の方が面白い」

それを聞いた悟空が、

「古代アッシリアやバビロンの神話も面白いぜ。我輩も随分騙されたよ」

いかにも自分もその時代にいたかのように言うではないか。

「おやおや何かあらわれたぞ」

三蔵が画面を見詰めていた。

一八八二年、明治大帝が軍人勅諭を発布し、日本人は聖典とみなし、一つ軍人は忠節を尽くすを本分とすべし、と神たる天皇に対する恩義に報い。一八九〇年には教育勅語を発布し、神道の聖典が更に加えられたのであった。恭しくその勅語が読まれ、御名御璽という結びの言葉が聞こえるまで頭を低く垂れていなければならなかった。神話に基づく教育制度により、国民全体が天皇に献身するよう慣らされたのであった。毎朝、太陽に向かって拍手を打ち、次に宮城に向かって天皇を拝みます。『天皇は現人神で、この世に現れた神です』と述べられていた。更に、この現象界の中心地は帝の国である。我々は、この中心地からこの偉大な精神を世界中に拡張し、全世界を神々の国に高めることは現代の急務であり、また永遠不変の目標である。ということで日本軍は機を逸することなく征服することが日本の聖なる使命であるという考えを高め、戦意高揚を図ったのである。その神道と国家主義が結び付いて当然の結果として、何と不幸な悲劇の種が世界に撒かれたのであった。

現人神に一命を捧げ神道の旗印のもと戦争努力を押し進めるよう、神国だから危急の際に神風が吹くのだと総動員されたのであった。

6

一九三一年の満州事件、一九三六年の二・二六事件、一九三七年は日中戦争と戦争を拡大、そして国家総動員法という「戦争になれば政府は何でも勝手放題にやれる」という法律である。一九三九年には第二次世界大戦が勃発、ドイツがポーランド進撃、世界に暗雲が広がり始めたのであった。

一九三七年十二月十二日大本営陸軍部発表。わが軍の南京城内進撃によって約五万の敵は雪崩を打って敗走せり。

なんと南京入りまでに百人斬り競争という珍競争を始め、南京大虐殺を象徴するものとして非難されるのであった。後でその事実を証言されるようになったのである。

やがて日独伊三国同盟条約が可決、戦火は次第に世界へと燃え上がった。

更に御前会議で帝国国策遂行要領が決定。帝国は自存自衛を全うするため対米、英、蘭戦争を辞せざる決意のもと戦争準備を完成したのであった。

そのため日米首脳会談により仏印、中国から撤兵を強いられた日本は反対を主張し、近衛内閣が辞職し東条英機が首相になったのであった。

「なんだか変な歌が聞こえないか」

八戒の聞き耳が左右に揺れている。

『すべて内密で取り引きするのが闇取引でございます。帝国議会の闇取引は秘密会議ともうします。へへのんきだね』

　のんき節に八戒は耳を立てていた。そんなのんきな歌から新たに軍艦マーチが聞こえてきた。

　一九四一年十二月一日御前会議、対米英蘭開戦決定。大本営、南方軍、支那派遣軍に作戦開始命令。連合艦隊ニイタカヤマノボレを電令。

　そして十二月八日マレー作戦を展開、日本海軍がハワイ島の真珠湾のアメリカ太平洋艦隊を攻撃、トラトラトラと奇襲成功電を打ったのであった。

　遂に大東亜戦争に突入。帝国陸海軍はルソン島に上陸、燦たり戦果と大本営。しかしながらミッドウエー海戦、ガダルカナル島の攻防で撤退、アッツ島玉砕、タラワ玉砕、サイパン玉砕、硫黄島玉砕、次から次と戦局は次第に負け戦となって神風特別攻撃隊まで出撃しても間に合わない。B29による東京大空襲で、東京は関東大震災で江戸と明治が消え、本土空襲で日本列島は廃墟となった。沖縄ではアメリカの上陸で軍も一般人も巻き込まれ断崖から飛び下りたり、ひめゆり・おとひめ部隊は多数自決したのであった。

　その神国に一九四五年八月六日広島、八月九日長崎に新型爆弾が落とされ、街を木っ端微塵に吹き飛ばしてしまったのであった。おまけにソ連が参戦したのであった。

　八月十五日、日本政府はポツダム宣言を受諾、天皇は正午ラジオを通じて終戦の詔書を放送したのであった。

　原爆という新型爆弾の打撃を被って破れた時、神道は重大な危機に直面した。無敵の神聖な支配者とみなされた天皇は一夜にして人間天皇と化し、日本人の信仰は打ち砕かれてしまった。国民の期待に背いて神風は吹かなかったのである。しかも戦いに破れた事実からして宗教的に高度で適切な説明もなかった。そこから無責任日本列島が生れ神も仏もあるものか、という風潮が広まったのであった。

　国家神道は軍国主義を信奉し、近隣諸国とも自国内でも一家の稼ぎ手や若者が戦場で殺されたので和合を図ることもできなかった。

　更に東京裁判では東条英機首相らが処刑された。指導者が責任をとるのは当然のことである。天皇の責任を問う声があったという。せめて退位を求める声が多かったといわれているが、日本人の不用意な腹切りという昔からの伝統があった。また悲劇が生み出されないよう占領政策が平和裏に治まるようにとの計らいであろう。日本では米英鬼畜と叫んで相手の心理を考えなかったが米国では盛んに日本人の精神や心理を研究していたのであった。そして戦犯とされた人々が政治の中枢に残され、戦争犯罪を追及しない雰囲気がそこから生れたという。だから南京大虐殺や従軍慰安婦などが消されてしまった。戦犯追及の甘さが日本政治の甘さや政治不信を生み出す原動力となったのである。

7

いよいよ日本は廃墟のなかから復興の足音が聞こえ始めたのであるが、案の定、皇国に殉ずると愛宕山で一二人が割腹自殺や皇居の一部炎上の責任を痛感して拳銃で自決。降伏反対行動まで現れる始末であった。

厚木飛行場に到着した連合軍最高指揮官ダグラス・マッカーサーの第一声が発した。

「……日本軍は続々降伏している。……日本兵多数が武装解除され……降伏は不必要な流血の惨を見ることがなく無事完了するであろうことを期待する」

そして東京湾のミズーリ号艦上でポツダム宣言受諾、八項目の降伏文書に調印し、新生への第一歩を踏み出すことになったのであった。ところがGHQが東条ほか三九人の戦争犯罪人逮捕命令を出すと、東条が自決を計り杉山元帥自決、厚相が割腹、文相が服毒と続いた。

そうこうしているうちに、日本管理政策を指令して教育の民主化、軍国主義的、超国家主義的教育を禁止。しかしながら今はどう……?

何故、京都、奈良、熱海、その他の観光地が、あの猛烈な爆撃にも関わらず無事であったのか? それは人類の宝として美術、歴史遺跡、世界のため世界文化遺産の保護にあったが国民の避難場所でもあったのだ。しかし爆撃するところを事前に通知してあったが、それを軍部が隠したからであった。秘密主義は現代でもあるのだ。自己保身のため情報公開が不問のように。

天皇は詔書を発し、自らの神格を否定した。ところが天皇の正統なる血統であると熊沢天皇なるものが現れ、天皇不適格確認訴訟を起こしたが、天皇は裁判権に服しない、と却下となる。

朕はタラフク食ってるぞ、ナンジ人民飢えて死ぬ、と食料メーデーが坂下門前で起こる。

敗退した軍の将校たちはあらゆる物資をトラックに積んで持ち逃げして横流し、日本人の本性を発揮していたのであった。

やがて天皇制に関する世界の声が、日本国民は君主制に関するあの神秘主義を払拭せねばならぬ。……天皇は中国、米国等に対してこの悲惨な戦争を開始したことについて責任を有する。日本国民としてむしろ天皇が神であらせられたのではなく欺かれたと、いうほうがよいであろう。日本の憲法改正について、天皇の大権の広大な点を指摘して政治大権を天皇から国民に移すことが憲法改正の最大問題である、という様々な点が指摘され、天皇制廃止を強く主張していた。また、日本の首相は立憲君主制はどうしても維持しなければならぬ、国民多数の意思である、と言った。ということは事実を無視した日本政治家の多数の態度であった。

遂に主権在民、象徴天皇、戦争放棄と政教分離を規定、明治以来の官尊民卑の考え方を構造から変えてからねばならぬ、という演説やら、一九四六年十一月三日、日本国憲法公布となったのであった。

天皇は「本日、日本国憲法を公布せしめた。この憲法は帝国憲法を全面的に改正したものであって、国家再建の基礎を人類普遍の原理に求め、自由に表明された国民の総意によって確定されたものである。……」

やがて朝鮮戦争、岩戸景気、神武景気、経済は一流、政治は三流と経済大国へとかけ上がり、土地投機を狙う不動産屋が暗躍、狂乱地価をつくり上げていった。またリゾート開発、地価は急上昇、地上げ屋旋風と札束が乱れ飛び、ふるさと創世となりふり構わず金のバラマキである。しかし、バブルが弾け平成の大不況風が日本列島を襲ったのであった。

その背景には昭電疑獄、田中の炭鉱汚職、造船疑獄で運輸省が汚職で逮捕、田中金脈をあばく、ロッキード事件で田中角栄逮捕、金丸脱税金脈と続々と政界の腐敗が明るみに出され、懲りない面々は、更に増え続けて止まることを知らない。おまけに地方自治体の食料費問題で弁護士、大学教授、医師からなる仙台市民オンブズマンが官官接待、空出張、空懇談会と裏金作りに、北海道から日本列島一体の自治体の税金の無駄使いが、福岡県庁では六一億円というから凄い。県庁OBばかりの監査委員ではおなじ仲間のムジナで隠匿作戦に荷担してカラ懇談はなかった、といって逃げる始末。バレて元々。

8

突然UFOは下降し始めた。八戒がうろたえている。

「変な霞に囲まれた。ここどこだんべ」

下界に微かにビルが立ち並んでいるのが見える。どうやら霞ケ関らしい。少し霞が晴れてきた。

悟空が映し出された地図を眺めていた。

「ここは千代田区だ。皇居がある。その周りの桜田門前に今評判の高い検察庁、警視庁、法務省、裁判所合同庁舎、自治、運輸、建設、外務、大蔵、文部、厚生、労働が並んでいやがる。なんだ、あの有名な官僚の住家だ」

「官僚とはなにかいな」

不思議そうな面で悟浄が聞いた。

「お前、そうか日本という国初めてだな、むりもない。俺も初めてだ」

悟空が笑った。

「酷会議員どもを長い竿に糸を付けて永田蝶を旨く踊らせる黒子だよ。うまく踊らせられないと首になるかも知れないからな。永田蝶にはエライ奴が一杯おるからよ」

「いや、どんな踊り踊るのかな、エライ奴といえばエライヤッチャ〜ヨイヨイ〜の阿波踊りだ。それともシマネのエライ奴ドジョウすくいか」

八戒が興味深そうに聞いている。

「大蔵官僚、通産、警察、運輸、厚生、防衛、日銀でもノーパンシャブシャブ音頭が一番得意だそうです」

「どこのホームページだ」

と悟空が見ていると、

大暗症のホームページであった。

「あそこに霞の消えたところがある。腐敗のガスが立ち上ぼったところが霞が消えるのだ。大蔵のみならず、全ての官僚が腐敗の溜め池で泳いでいる。こりゃ大変だ、どうなる」

悟空が溜め池を掻き回している。

八戒が興味を覚えたのか、インターネットを通じて酷会踊りを検索しているではないか。

日本は高度経済成長の終焉で景気低迷にあえいでいる。大手金融機関が連続して倒産する一方、金融界と官僚の癒着が発覚し、日本政府の遅々として進まぬ金融対策が景気低迷に拍車をかけている。東大法学卒大蔵官僚はかくも無能なり、ノーパンシャブシャブ過剰接待、構造汚職の大繁盛でかくも秀才中の秀才が住専破綻処理で六八五〇万円も税金投入と大蔵ＯＢの天下り先が倒産、消費税増税、拓銀、山一、長銀、債銀の破綻処理で失策に失策を重ねてきたのであった。

「おい凄いぞ。野村証券と第一勧銀から総会屋への不正な利益供与、不正融資三〇〇億、総会屋になれば幾らでも借りられる。後は不良債権、ハイサイナラ」

「日本列島は不正融資金融腐敗。政治、金融、証券、宗教、社会の妖怪で一杯だ」

と悟空が笑っていた。

おまけに次から次とゼネコンが破綻している。また環境庁の特殊法人が国立公園に建てた野晒しの幽霊ホテル。厚生省の特殊法人やら簡保や厚生年金、国民年金などの資金を使って建設運営している箱物が年金加入者への還元を目的に。ところが殆ど赤字で還元どころじゃない。天下り公営宿泊施設だ。なにしろ税金一〇〇〇億とか二〇〇〇億たれ流されているという。足りなくなったら簡単、保険料や税金を上げればいいのだ。

元大蔵省造幣局長が天下り先の日本道路公団で収賄容疑で逮捕。また敏腕刑事が収賄と大蔵官僚も次々と逮捕者が現れる始末で、さらに銀行の不良債権一〇〇兆円と誰が責任とるのだろう。公的資金の一〇〇兆円も投入すればいいじゃない。俺は知らない、俺の責任じゃない、へへ呑気だねえ。

9

リストラやら企業倒産やらで今や大量失業時代の到来、失業率は五%とか鰻登りで新宿辺りに失業者が街に溢れている。それを青島さんが追い払う。

怒る、威張る、拗ねる、総理大臣橋龍が参院で惨敗、火達磨になってやる行革も永田町から霞のように消えてしまった。こりゃまた気楽な稼業ときたもんだ。

日本国憲法には第九条があるが、自衛隊という軍隊がある。四一条は国会は国権の最高機関であって国の唯一の立法機関であるが、官僚が国民の声を聞かない法律を作っている、民主主義ではない官僚独裁国家といわれているのだ。これでは政治家も官僚も役人も、すべてが腐敗の道を進むしかない。何故なら遠い昔から役人になるための格言があった。それは、要領、駆け引き、ハッタリ、カラクリ、人のふんどしで相撲をとる、という五箇条の誤声文であった。

金融再生のための法案が成立し、銀行に投入できる六十兆円の公的資金も決まった。銀行のモラルもなにもないところに投入して果たして効果があるや。住専で見せたカラクリを見破ることができるか。危ない企業は全部住専に任せ、資金を釣り上げていたのであった。モラルのない銀行なら公金注入も無駄になるだろう。今までも同じ事を繰り返して回収不能にしてドブに捨てたのである。中坊公平住管機構社長にドブさらいさせるつもりらしい。ドブさらいは楽しからずや。

厚生省のエイズ薬害裁判も毎日毒を注射しているみたいだといって、そんな事知らねえ、よ、と証拠湮滅作戦。厚生省の岡の上は金の延べ棒で光っているではないか。特養老人ホームの資金を巡り七〇〇〇万円ものマンションを自らのゴールドプラン計画に実行しているのだ。岡光前次官に懲役二年の初の実刑。福祉の現場はもうめちゃめちゃ。

防衛庁も水増し請求大歓迎と二三〇〇億円もの水増しOK。後は天下り先確保として保証されるのであった。ここも証拠湮滅で逮捕逮捕の水増しだ。

こうなると忘影鳥と更生省になってしまった。

ナホトカの浸水で船体が二つに折れ重油が流失、石川県、福井県三国町一体に押し寄せたコールタールを漁師や住民、ボランティアがひしゃくやバケツやバキュームカーで回収を始めた。しかし政府は越前ガニをたらふく食ってうめえー。サザエ、アワビ、モズク、ノリも重油だらけ。ペルー事件で頭が一杯、こりゃまたうめえーなー。ある市長は青い海が好きだったと太平洋へ。

日本を駄目にした理念無き政治家がまた捕まった。公職選挙法違反、政党助成法違反、政党交付金の流用、政治資金規制法、買収、収賄、富士重工との癒着など秘書と喧嘩しなければバレなかっただろう。おまけに幽霊秘書までデッチ上げ、金を着服。政治家は皆、抜け道を歩いているのだ。抜け道を作らない政治家はいない。たまたま運が悪かったのかケチだったのか、中島代議士。

「日本の海岸は綺麗だと思っていたが意外や意外、テトラポットだらけだ。必要のないダムを造り山を壊し、川を壊し、長良川の河口堰でシジミが、諫早湾の干潟ではムツゴロウが泣いているぜ。もしもしカメよカメさんよ、世界のうちでお前ほど頭ののろいものはない。ムツゴロウも大事だが人間も大事だとさ。馬鹿な、江戸時代の発想ではないか。ひょっとするとアルツハイマーかも知れない。魚類、海草、貝、何十種類の小魚もいない。海鳥も飛んでこない。自然の浄化装置を無くし生物皆殺しだ。どうしてこんなものを造ったのか農地を造るため、水道水の確保、洪水を防ぐためだとかくるくると目的を変え、金を使うことだけが目的であった。市議会が死儀貝に様替り。ところで名古屋でも藤前干潟にゴミ埋め立て処分場つくりが回避になったようだ。干潟を別に造るってどうやって造るのか、馬鹿の脳味噌を造るようなものだ、呆れたね。尾張名古屋はシギ、チドリで持つって知らない。もう少しで、終り末広名古屋は死儀で持つと言われるところだ。おやっ、千葉嫌疑貝、死儀貝かしらないが東京湾三番瀬埋め立て計画、水鳥の楽園に壊滅的打撃、役人は暇だから税金の無駄使いをする事しか考えない無責任列島、日本近海から魚が逃げちゃうぜ。建設省は破壊症に変えねばなるまい」

悟空が演説を始めたのであった。

10

日本列島は、防衛庁だけでなく水増し請求事件は老人保険施設。死んだ人からも請求する悪徳病院の内科、外科、皮膚科とたらい回し。大学病院では患者は、若い医師の死のうが生きようが実験台で検査漬け、薬漬けで悪化させ、しかも治らない。看護職員の水増し多額の医療費不正請求事件で大阪安田病院が詐欺罪で起訴されボッタクリの手口。また愛人とともに雲隠れした日美クリニックの医師中田は麻酔で強姦し、横浜では患者を取り違えて手術する。患者を脅かして金になる手術をし、患者は神様です。金のなる木と言われ医療過誤が増大、日本には赤髭がいない。アベタケシ流治療で腹黒い金目当ての黒髭が全国に蔓延している状態で、医者の免停が増加の一途だ。

税金の無駄使いはそれだけではない。借金漬けになった巨大開発、北海道苫小牧東部と青森県むつ小川原が、自治体、民間による第三セクターが債権放棄を叫んでいる。後はどうにでもなれ。返さない。うまい話だ。自治体の自己破産が増えそうだ。それに秋田県木造住宅の欠陥住宅や県畜産開発公社のでたらめ経営で破産、財産隠しも巧妙だ。コリャマタおったまげた。

「秋田住宅の建築は土台が空中に浮かぶ新工法だそうで、後は家が傾きとても住めるに値しなくなるそうです。天下り先の三セクほどごまかしがうまくやれるところはないらしいですね」

八戒が感心してみていた。

「オウム林医師に被告人に無期懲役に処するを相当と思料する」また「オウム法廷自己保身の果て岡崎被告に『主文、被告人を死刑に処する』」教団の犯罪に東京地裁一〇四号法廷で死刑の判決が言い渡された。

「まあ当然の結果だろう」

悟空が裁判を覗いていたのだ。

田口さん殺害、坂本弁護士一家殺害、松本サリン、地下鉄サリンと数々のオウム真理教松本被告グルの意思で犯罪が行われたのであった。

更に法の華教団福永代表役員の民事裁判で「自分は天の声のパイプ役である」というからには、正しく世の支配者の声であろう。全国で一〇〇〇人以上が各地で同様の訴訟が起こっている。

三蔵が言い出した。

「世の支配者とは何か、お前たちは知っている。世界の宗教で今、健全な宗教はない。テロ、カルト、ビジネス、ペテン、詐欺宗教ばかりで、金をねだる宗教には手を出すべきじゃない。オウムテロカルト、天国への門事件でカルトメンバー三九人、人民寺院の集団自殺したように世界の様々な新興悪徳宗教の崩壊が近い。その見分け方を追々説明することにしよう」

来日中の金大中韓国大統領が国会で演説、崖っ淵首相は過去の一時期韓国国民に対し、植民地支配により多大な損害と苦痛を与えた歴史的事実に対し痛切な反省と心からのお詫びを述べた。国民の血と汗によって実現した民主主義を守り抜く。

「日本の首相より貫禄があるぜ。北朝鮮とは違う。北は脅かしたり拉致したりで食料や燃料をごねることや、だだをこねるのに夢中だ。民主主義を確立しようともしない。国民のことはどうでもいい。勝手に難民になりやがれ、知ったことか。自分の地位の確保と軍部だけを優遇し、これも崩壊の瀬戸際にきてる」

と悟空が、にせ悟空を睨んでいた。

「にせ悟空の奴、三蔵を食べにくるかもしれませんよ」

と悟浄が脅かしていた。

又々、中国の江沢民主席が来日、日本政府が歴史に対して明確な態度を取ることが周辺国の信頼を得るためにも有意義だ。

「日本が段々小さくなっていくみたいだ。謝罪文の展覧会よ」

ふふっと、悟浄が笑い出した。

巨額の不動産融資に走った多くの銀行が軒を並べている。株は暴落、土地は下がり、デフレが不良債権となり、相続税対策とかフリーローンなどと煽り立て貸して貸して貸し捲った。不動産を持つ資産家が狙われ、挙げ句の果て、不良債権回収に競売に掛けられ追い出され路頭に迷っている。これなどは銀行ギャングだ。

金融機関の低金利と公共事業型救済も限界にきた。

さあどうする。この国の政治家、官僚がどこまで落ちて行くのか痛感させられる。そればかりではない。いじめによる自殺や殺人が、松山ホステス殺人事件で一五年も整形しながら逃亡そして遂に逮捕。奈良県の中学二年生が連れ去られ殺害。神戸須磨区のニュータウンで殺害され頭部と胴体が切り離されるという恐るべき惨劇が起こった。さあゲームの始まりと中学三年が凶行に走って次から次と少女を刺してゆく余りにも凄い悪魔のゲームだ。また、高校生が祖母をメッタ刺し、黒磯北中ナイフで女性教諭をメッタ刺し事件と、荒れる、むかつく、切れる。日本全国にストーカーや援助交際、毒物、麻薬あらゆる腐敗の増加、モラルの低下は一段と激しさを増し、和歌山ヒ素カレー事件。殺人事件、医者にも死因の原因が分からないヒ素を使い、それに味をしめて多数のカモにヒ素を盛り、保険金詐欺で逮捕された林真須美、健治容疑者。自分の母をヒ素中毒で殺し一億数千万円の保険金を騙し取る。多額の保険金詐欺を裏付ける掛け金調達の手口とい い、夫まで全身麻痺で多額の保険金を受け取ったという。一種一級の障害者が自転車に乗って走っている。金目当てのこの貪欲さには開いた口が塞がらない。職業は保険機詐欺業だ。更に長野、新潟へと毒物混入事件と連鎖反応へ発展していった。それだけではない。せっかく集まった義援金の五〇〇〇万円が、義援金が不正に使われていることはありません、と住民に配られること無く消えてしまった、ばかりでなく市長が不正採用収賄事件で逮捕。ヒ素中毒からなんでも金、金、金中毒の腐敗で金銭感覚が麻痺してしまった、和歌山市らしい事件だ。更に密入国者が日本列島を餌食に銀行強盗、車を失敬して外国へ売り飛ばす巧妙さ、毎日が犯罪の続出で犯罪列島に変貌してしまった。おまけにサラリーマンの自殺が増え、特に管理職の自殺が多い。年間二万三〇〇〇人もいるらしい。また地球規模的に民族紛争やテロが増加の一途であった。

「日本無責任列島は、誰かが不沈空母と言っていたが、無責任に産廃と腐敗毒物物資を満載して沈没しそうなドロ船、今やタイタニックだ」

と八戒が笑って言った。

11

三蔵がテレビのスイッチを入れた。すると、

「どこからか念仏が聞こえだした。はて、なんだろう、長唄か」

人が口を動かしているが何のことか分からない。悟浄は日本語を知らないのであった。そこで三蔵が説明に入ったのであった。

「第百四十五回酷会の開催にあたり、私は国政を預かる責任ある立場にいる者として……日本は経済的な苦難に直面しています。この苦難を克服し次の世代に力強い品格あふれる、そして美しき日本を引き継ぐため、私は身命を賭して国政運営にあたる覚悟であることを、まず冒頭に申し上げるものであります。……世界への架け橋、繁栄への架け橋、安心への架け橋、安全への架け橋、未来への架け橋……国民の皆様また議員の各位の御理解とご支援を心よりお願い申し上げます」

美辞麗句の羅列と屋上屋を架すで八戒、悟空、悟浄がコックリコックリ船を漕ぎ始めてしまった。

「我が国の経済は資産市場の低迷や不良債権問題の深刻化などバブルの後遺症を抱えるなか、金融機関に対する信頼の低下、雇用不安などが重なり、きわめて厳しい低迷状況にある。……」

悟空が片目を開けてなにやら呟いた。

「宮さん宮さん、お主の前にヒラヒラするのはなんじゃいな」

「札束をバラまいて景気を良くするのじゃ」

「そんなに公的資金を銀行や公共事業にバラまいて、うまくゆきますか。少子高齢化で真ん中はリストラやら倒産で破綻して金の道が閉ざされている。そりゃ無理だ。だれもそんな事、信用しない。財投なんですか。財を投げ捨てるとよくいったものだ。なんとかしなきゃならないのは雇用不安、将来不安だ。なるほどまたバブルにすれば構造的インフレにして金が溢れるって、貸渋り防止とかなんとか言い訳を作るのが政治家の顔だ。自分の懐さえ暖めれば関係ないよ。バブル大暗大臣のできることはそれしかないのかも知れない。住専破綻処理の失敗の責任はどうです。自己責任なんとかいっても責任をとらない。景気丁長官、不況になれば人間が困る。しかし環境に優しい。景気は陸のルートを止めて海のルートですか、溺れますよ。中身の無い貝殻拾い。なんだ外装を整えただけだ。金を借りたら返さなくていい債権放棄と倒産が日本経済の理念になっている。大蔵省が今後の経営に問題ないと奉加方式で増資資金を民間金融機関から掻き集めてハイサイナラ、信用出来ない真っ暗症になり、こりゃだめだ。マンションもペンションもあちこちで投げ売り、住宅公団は幽霊マンションを造って高くて売れない、値下げして住民とケンカとなる。ここらで不良債権なんぞ深刻に考えないで梅漬け焼酎漬け、古漬け糠漬けにし、意思の改革と価値観の転換を図ったほうがよいのではないか。大暗症とその他の官僚や金融機関の怠慢と放漫の責任だ。折角のデフレを有効利用しましょう。また産廃が増えぬよう京都会議があったように環境改善にも効果がある。国民は皆質素倹約で内需拡大に反対。欲しがりません、勝つまでは。もう買うものは何にもありません。湯水の如き国債発行で政府は借金天国となり後は国民に債権放棄を提起すればなんでもない。バイバイ」

私離滅裂な寝言になってしまったのだ。

日本の官僚組織は、我々が国を統治している。我々がいなければ国が滅びる。現在の経済の混乱の原因は我々の仕事が正当に評価されない。大蔵省に検察の手が伸びると「君達は国を滅ぼす気か」とか身勝手を正当化し、理屈を捏ね回すのに長けていた。

「天下り頭取が、銀行が潰れたって知ったことか退職金貰ってバイバイ。後は別荘で悠々自適の生活。国債乱発、大増税で徹底的に国民生活を圧迫しなければ社会が変わりようがなさそうだ。なにかいい方法がないものか」

と悟空が嘆いていた。

日本の政治を考察するには、カネと倫理問題とスキャンダルが行く手に横たわっている。これを考慮しなければ理解できぬ特徴がある。友部オレンジ共済議員がいるように国会議員自体の自己改革能力は完全に喪失してしまって、国民の常識とかけ離れた永田町の論理で進行するに違いない。日本人はなぜ何処まで落ちてゆくのか、なんと浅ましき人々になりにけりか。

数年の政治改革、六大改革騒動は指導力ゼロで、あっというまに見事に粉砕。なにしろ辞民党の言うことをきかないと補助金もやらないと干して税金の配分を私物化してしまう利権集団である。歴代の世襲天皇が国を廃墟にしたように二世三世の世襲政治家は我儘と傲慢と利己的で話にならない国を滅ぼす。もうこんな談合政治家はいらない。

教育と言えば教育基本法の性格は、かつての教育勅語に代わって民主主義教育の目的、方針を明示する教育宣言。人格の完成をめざし……真理と正義を愛し……心身ともに健康な国民の育成を……とかなんとか言っているが、少年犯罪の増加と、荒れる。むかつく、切れるといじめ、登校拒否、校内暴力、学級崩壊と教師の質の低下が叫ばれている。

「文部省とは何ですか」

悟浄が悟空に聞いている。

「校則作りや教科書検定で国民思想の国家主義的統制に対する反省から、文部省の検定を経て採択されるのだ。そして家永裁判のように、官僚の意に反する時はごたごた文句を言って、苛め尽くすところだ」

「それでは日の丸は良いとして、主権在民と君が代は矛盾している。民の世なら理解できるけどね。文部省でなく、それでは文句症だ」

「日の丸、君が代を明確化と題して教育課程審議会の新方針となったのだ。愛国心の教育が出来ないとさ。戦後の大本営だよ」

「それで入学式を巡って所沢高校の校長と生徒たちが対立した気持ちわかるね。教育もめちゃめちゃだ。世紀末のあがきだね。小石を富士山の火口に詰めて噴火を待てばでかい石になるぜ」

君が代は昭和十二年四月から国体観念の昂揚に力を注いで同胞の魂を歌った深遠な意義を国民に吹き込んだのであった。そして忠君愛国精神を高揚させ太平洋戦争に突入、日本全土を廃墟にせしめたのである。

昭和二十一年十月、文部省、教育勅語の棒読の廃止、勅語、詔書の神格化廃止を通達。

「おいおい教育勅語が廃止になって、なぜ君が代を廃止にして新しい主権在民の国歌を作らないのか不思議だ。文部省のいや文句症の職務怠慢だ」

と八戒が眉を潜めた。

「文句症は古い鋳型にはめようとする思想体質の持ち主だから、社会を見れば教育も古い腐敗菌で一杯だろう」

と悟空が笑っていた。

学級崩壊の原因は家庭教育の崩壊でもある。親の幼児に対する基本的人格の躾が出来ない。子供達がやりたい放題わがまま放題、甘やかし放題で善悪の区別が分からないのだ。判断力も育たぬうちに無責任な大人となり親となる、その延長線が荒れる社会となるのであった。

悟空が言った。

「人は生まれた時から悪いと言う事を知らない。だから教え戒め物事を正し、義にそって訓育しなければならないのに、もう不可能に近い状態だ。しかしまだまだ誠実な人も多いのも事実だ」

悟浄が三蔵に顔をむけて言い出した。

「天皇とは何者ですか」

日本国憲法は君主制のように国家の権力的な頭とせず儀礼的な存在で、統治の実権をもたないから元首ではない。首相が政治決定権を持つ。しかし英国や外国では憲法を知らないから天皇を元首として間違えられている。

「象徴天皇は自主退位する方向へ進むであろう」

と三蔵が言った。

「これを見てください」

八戒の指差す朝日画面を見ると、

『戦争責任と絡んで退位問題が度々論じられた昭和天皇が敗戦から二三年後の一九六八年、なぜ退位しなかったかを側近に語った記録が見付かった。退位なら混乱が起こるであろう。天皇は記紀に書かれている神勅を履行しなければならないから退位できない。東京裁判での訴追など天皇の責任追及につながるとの懸念を示唆し、マッカーサー元帥に退位しないと伝えた。神権主義的な責任感覚に注目すべきではないか』

と言われている。

12

皇室行事の新嘗祭に献上する新穀献納行事に県や市が補助金を支出したのは政教分離を定めた憲法に違反するとして、住民が当時の県知事や市長らを相手に総額五百四十万円を返還するよう求めた滋賀献穀祭訴訟の控訴審判決で、大阪高裁は憲法が禁止した宗教的活動に当たるとする違憲判断を示した。献納される穀物に神聖さを与えることを目的とした一貫して神道の方式で儀式、行事が行われ全体として宗教的意義を色濃く帯びている、と認定した。

このように靖国神社や、あるいは忠魂碑等、軍人兵士を慰霊する宗教施設に政府や自治体が関与を巡って、いくつもの訴訟が行われている。

政府等が介入せず神嘗祭、天皇が十月に新米を捧げる儀式。新嘗祭、皇室により十一月に祝い皇室神道の大神官としての天皇による新米の味見が行われる行事。最早国家的行事でなく皇室だけで伝統文化として行われればいいのである。

かって国家宗教として精神的価値を独占した宗教が今では権威を失うという事態が世界各地で進行しているのである。

「イヤー下界に星の数ほど新興宗教がある、民衆のアヘンと言われながらも驚きだ。宗教が文化や人格の向上に役にたつであろうか。宗教法人の優遇措置を利用して統一教会のように高額な物を売り付ける霊感商法となっているではないか」

悟空が感心して見下ろしていた。

「オウム心裏凶を見ればあれが答だ。どの宗教も人類の救済は出来ないポアあるのみだ。人間の弱みに付け込んで多額の寄付の強要とカルトによるマインドコントロールし人権侵害に対する対策もないのが情けない。信教の自由を守りながら、どう対処するか。しかし人々をあれほどうまく騙し、多額の金品を巻き上げる昔からの風習だろうな」

と八戒も驚きの目を見開いていた。

「靖国神社とは何者ですか」

と悟淨が聞いていると、三蔵が答えた。

「明治維新それ以降の国家に殉じた人々や戦没者の霊を合祀する神社。戦後は一宗教法人として今日に至っている」

「そこに霊があるんですか。遺族の心にあるのと違いますかね。神霊による病気治療や水子供養まである」

と悟空も感心していた。

そこで二十一世紀に向けて栃木県では県政の最大のテーマといわれる首都機能移転により栃木に花を咲かそうと誘致大作戦を展開していた。

那須連山の麓に広がる那須野が原の東北自動車道、西那須野塩原インターチェンジの付近一帯を新しい首都機能の中心地に推している。そして国会議事堂や中央省庁、公務員住宅等が造られるということだ。

悟空が不満そうに言い出した。

「永田蝶や霞ケ関の腐敗菌や毒気が天まで届くであろう。これら腐敗菌やあらゆるバイキンが移転してくるのだ。豊かな自然が破壊されオオタカやオナガ、トビ、オオルリ、セキレイ、ホオジロ、牛、馬、ライオン、キリン、ムササビ、イヌ、ネコ、鹿などあらゆる動物が全滅するであろう。人間までも大変な金気狂いになってしまう。速やかにプランを実行に移さなくてはならない。これではまずい」

ニューバーチャル、ジャポニカ、リコンストラクトプランは次のようであった。

政党交付金の支給されている辞民、辞由、斜民、眠衆、巧妙、先崖など一〇党に三一四億円だそうだ。こ

13

「さてと、俺は面白い事を考えた。荒れたジャポニカにバーチャル、リコンストラクト、ガイドライン、プランを考えた」

と悟空が得意そうに笑っていた。

三蔵、悟浄、八戒は悟空の訳の分からないイングリッシュに戸惑っている。

八八年二月に発足した国の機関等移転推進会議であった。遷都よりも実現の可能性があり各自治体からは政府機関の呼び込み合戦が激化していた。そこに目を付けたのが悟空であった。

国際オリンピック委員会ＩＯＣを巡り、長野冬季五輪招致で希望と平和を地球民から託された祭典を商業主義にたっぷり漬かったＩＯＣの買収疑惑で多額の金が流れ、その帳簿を焼き捨て証拠を湮滅した。ジャポニカ人は、臭い物に蓋をする、嘘をつく、騙すのに非常に熱心である。

れら酷会儀因を那須野が原に全員おびき寄せる。但し政党交付金を貰ってない協賛党などは除かれた。

「どうやっておびき寄せるのですか。旨く行くかな」

八戒、悟浄が悟空に聞いている。悟空が笑いながら、

「特性のウイルスを儀因たちの鼻に撒き散らしてくれれば簡単。俺が引き受けた。小型のＵＦＯでやっておくから心配ない。それから松の枝を切ってきてくれ、金の延べ棒に変えておく。それからだ、そこらの石ころや雑草、牛糞、馬糞と牧場の香水を集めてきてくれ。政治家は金に目がないからな。後はマインドコントロールで誘導すればいい」

「政府をやっつけるのですか。政府とは何者ですか」

悟浄が首を傾げた。

「政府とは一口で言えば野獣だ。我々はこれらの妖怪を退治にきたことを忘れてはならない。国民の人権を侵害し圧迫、弾圧で苛めつくし犠牲にする機関だ。日本の君主制軍国主義で国民の多数を犠牲にし、世界のあちこちで民族紛争が起こっている。政府と反政府軍の争い。イラク湾岸戦争、北朝鮮、ユーゴやコソボ、アンゴラ、エチオピア、ソマリア、インドネシアなどなどを見ればわかるだろう。まさに野獣そのものだ」

「さすが悟空は天空大学院を卒業しているから知識がある」

と八戒、悟浄が感心していたが、三蔵は笑って聞いていた。

何千年もの間、政治上の支配者たちは、社会の改善を国民に約束してきたが物質的に豊かになっても人々の抱える問題が利己的に複雑に絡み合って解決はできない。

悟空は密かに江戸へ向かって特性ウイルスを特定の儀因にばらまいたのであった。

早速バーチャル県議員や知事、市義を配置して観光バスの大群を悟空の誘導で簡単に那須野が原におびき寄せたのであった。そして国政都市の図面を開いた。

「ハイあちらに見えるのは国会議事堂と迎賓館、最高裁判所、中央省庁の予定地です。あちらが国際交流文化学術研究区です。イベント広場と大学研究所となります。素晴らしい眺めでしょう」

有名な議員に化けて随員を引き連れた悟空は得意に説明をしていたのであった。

「これからイベント会場に案内しますから観光バスに乗ってください」

蛇尾川の河原にテントを張った会場には長胴太鼓大、中、小に法螺貝など大勢の武将、勢子が集まって、大将鍋がずらりと湯気を上げて並んでいた。

昔々、源頼朝が鎌倉幕府を開いた翌年一一九三年四月、その勢力を天下に知らしめるため那須野が原一帯で大きな巻狩りを実施し、那須野巻狩りと呼ばれたのであった。

法螺貝が大空に向かって鳴り響く。笛や太鼓が鳴り響くと踊り子が、アラエッサッサと両手を上げて踊り出す。

「おい、見慣れない変な動物が土手に集まってきた。あれは何だろう」

と八戒と悟浄が目を見張りながら言った。

「あれは白面金毛九尾狐太鼓の連中だ。応援に駆けつけてきたのであろう」

と悟空が笑っていた。

九尾の狐伝説をもとに白装束にキツネの面をかぶり三種類の太鼓と笛が唸りを上げ、巻狩り太鼓が一段と力強く酷会儀因の腹に響き渡った。

「奴等巻狩り鍋の中身知っているのかな。うまそうに食ってやがる。コントロールされているから知るめえ」

悟空の大笑いが鳴り響いた。

「どいつもこいつも非常に人相が悪い。百眼大王、地湧夫人、虎将軍、牛魔王に似てる。やっぱり妖怪の孫に違いない」

と三蔵が言うではないか。片手を上げると、

「リーチ………一発、国士無双」

と大声をあげた。すると中央からと周りから一斉に炎が吹き出した。巻狩りの武将や九尾の狐の連中が一斉に姿を消してしまった。しかし酷怪偽因はただうろうろするばかりで動けない。突然の凄い炎に驚いたのか、あっというまに千尾が飛び出してきた。それに火が点ると、全身がソドムとゴモラのように火達磨となって燃え上がる。金の延べ棒まで燃え上がったところ、途端に黒い千尾の狼に変身していたのであった。

やがて火が治まりかけてきたので、那須疎水より高級品の牧場の香水をぶちまかした。

「イタリアでは堆肥を撒いたそうだが、こちらは高級

香水だ。なかなかいい香りだろう」

と八戒が鼻の穴を大きく開けていた。

千尾の狼が逃げ惑ったのであろう、そこには三つの塚が出来ていた。

一つ目の塚は政治献金と名付けられ、政官財の癒着の要因となったのであった。二番目の塚は政党交付金の水増し請求の原因となり、インチキドンヨク金であった。三番目の塚は天下り特殊法人と名付けられ、税金をトラックに満載しての産廃銀座であった。

「どうやら妖怪退治が終わった。これからの国会は協賛党が中心となり、学識経験者や弁護士、ＮＧＯ・ＮＰＯ・全国市民オンブズマンなどの代表で集まりボランティア国会にしよう。すぐ大臣なんかいらない。国民の代表を国民投票で決めればいい。全国の海外旅行団のような県議や市議も必要がない。国民参加の議会にするのだ。ネクタイが無いと議場に入れないなんて大騒ぎする馬鹿な議員なんぞ、もういらない。百姓でも畑の帰りにちょいと意見でも言うか、市民参加のボランティア県議、市議、町議すれば益々国内が活性化することになる。これが本当の火達磨式行政財政改革だ。政治体制の変革だ。本物の日本版ビッグバンだ面白いね」

と三蔵が面白そうに言うではないか。

「日テレの方からイザナギ、イザナミが見学にきました」

と悟空が空を見上げていた。

「地方分権で共和国に改革だ。大きな政府はいらない。北海道はタラバ共和国かな。青森はリンゴ共和国だ」

と悟浄が嬉しそうに言うのであった。

「ＴＢＳの方からクジラ共和国がきましたが、どこへ行くのでしょう。しかし陸ではまずかろう。やっぱり海の方がいいらしい。思い直したのかクジラ共和国が海の方へ向かってます。バイバイ」

と八戒が見送っていた。

「今の政治家では荒れる日本列島にするだけで生活の安定は望むべくもない。野党もつぎはぎだらけのガラクタ党でカンカンと警鐘鳴らしながら解散総選挙を叫んでいるが、モラルもなくマネーゲームや政治ゲーム、セクハラやら裏舞台の取り引きに明け暮れている。政界は日本の縮図だ。これで火達磨解散だ」

と悟空が飛び跳ねて喜んでいたが、

「ところで天皇はどうする。これは大政奉還以外にないと大声が上がっている。江戸幕府から明治にかけての大政奉還は権力を天皇に返した。今度は主権在民による国民への大政奉還をと言われている。神話の天皇はこの際、戦前、戦後の責任をとって自主退位というのが世界から見ても一番望ましい。皇居は江戸城跡国民公園として、戦前戦後の日本の真実の歴史の認識を世界へ表明し、伝統的文化の宮中の舞いや歌舞伎でもやったら面白いと思う。これは名案か迷案かどちらと思う」

三蔵、八戒、悟浄も大賛成であった。

協賛党が日の丸、君が代を国旗、国歌として扱うことに絶対反対してきた。明治の初めに天皇に対する礼式典として定められ、主権在君の天皇制永続を願望する内容である。国旗、国歌を国民に社会的習慣として一方的に押し付けるのではなく国民的な議論の結果、国民が納得して法制化することが世界の趨勢だ、と言っていた。

「教育勅語を廃止にして何故今頃まで永続しているのか実に不思議な現象だ」

と悟空が感心していた。

戦時中の指導者が政界にいて古い考え方を押し進めての怠慢である。

「日本にはこんな美しい歌があることを世界に誇りたい。春が来た、春の小川、青い山脈、リンゴの唄、荒城の月、故郷なんていいメロディーですね。君が代のメロディーは地底に引き込められそうに暗い。もうやめるいいチャンスだ」

八戒が荒城の月やリンゴの唄を歌い出した。

「荒城の奢りの政治屋よ、クタバリナサイ」

「リンゴの気持ちはヨークわかる。政治屋の気持ちは全くわからねえ。しかし俺は知ってるぞ、驚くなかれ」

14

地域のことは地域で決めようと、地方分権社会で真の豊かさを実感できるようにするため個性豊かで活力に満ちた地域社会を創造する必要があると叫んでいる。しかし地方分権には最小の経費による国政運営という低負担の小さな政府に改革する必要がある。そのために政治システムの遺伝子を組み替え作業として悪しき遺伝子を排除し良き遺伝子に組み替えが必要で、そのための火達磨解散である。

「世界の分権とは分裂した国家だ。君主制と大統領を元首とする共和国がある。ところがローマ帝国、ドイツ帝国、ロシア帝国、中国の王朝は崩壊している。イギリス、ベルギー、オランダ、スウェーデン、ノルウエー、カンボジアという世襲制によるものがあるが、崩壊の原因は世襲制にある。何故ならば世襲は世間知らずの国民への圧制や横暴が原因でリヤ王とハムレットになるのだ。北朝鮮の国民の不幸は、やはり世襲の弊害である」

と三蔵が言うのであった。

「次の目標は何ですか」

悟空が聞いていた。三蔵が言った。

「経済の妖怪と宗教の妖怪を退治しよう」

日本列島はマルチ商法、原野商法、豊田商法、投資ジャーナル、天下一、経済革命、オレンヂ共済と、そこらじゅうに詐欺商法、オーム心理凶のような悪徳宗教、その他インチキ宗教が氾濫して、それを当たり前のように思っている。

三蔵が言った。

「これら経済の妖怪と宗教の妖怪を退治しなければならないだろ」

下界を見ていた悟淨が、

「あれは何だろう。崩壊しています」

「あれは布施の三五〇億円集めて造った世界最大の魂であり、命だ、という宗教建築物。それが目茶目茶に崩壊している。世界宗教の崩壊のシンボルだよ」

と悟空が得意満面で言うではないか。

ところが学校教育の現場では不思議な事件が起こっていた。入学式、卒業式での日の丸、君が代は一九八九年の学習指導要領の改定で事実上義務化された。背景には辞民党の後押しがあったとされる。やはり地底に引き摺り込まれた。

卒業式での日の丸、君が代斉唱をめぐり意見対立が続いていた広島県で県立高校長が自殺した。

文部省の指導のもと、広島教育委員会は職務命令を県立学校長に出し、脅迫的に完全実施を強く求めたのであった。

「なんと不思議な文部省だろう。やはり文句症だ。日本の教育が学級崩壊するのも無理もない。国家による君が代強制殺人事件だ。愛国心とは……」

悟空が言いかけた。

国民が自分の国を故郷のように愛し、祖国は自分自身のことである。国家の政治のやり方が国民の利益に反し、自分たちの自由な生活を犯した場合、祖国を正しい姿に改めなければならないとする態度である。悪政で乱されている祖国を正しい姿にしなくてはならないと、フランス国民の愛国心がベルサイユ宮殿に向かった婦人たちがフランス革命を成し遂げたのであった。

日本国の戦時中は「お国のために」ということで国民の生活と平和を犠牲にし言論の自由も奪われ、それが愛国心であると宣伝され強制された愛国心であった。正しい愛国心は国民の心の中に自然とわきでる建設的な情熱である。

明治憲法では主権が天皇にあり君主国体であったが、終戦後は天皇は単なる飾り物になった。それを嘆いた酷会議員の戦前の天皇制に復活させようとする思想の反動である。古い不勉強思想のアルツハイマー的議員の多いのには驚きさえ覚える。天皇、政治家、官僚のための政治で、主権が国民にあるとともに基本的人権を尊重し国民の意思を代表する民主主義の政治から段々遠のいて行き、時代の流れに逆流する危険な勇気のない政治気配が読み取れる。世論を背景にしての日本革命しか無い。

愛国主義的な象徴や儀式は宗教的行事であることはアメリカ最高裁判所で確認されている。宗教上の礼拝の一部であるのだ。政教分離に反する。

第二次世界大戦の侵略行為に対する謝罪と補償も反省と遺憾を表明を繰り返すばかりでドイツの対応とは全く対照的で反感を招くものだ、と日本軍国主義復活に対する警戒が世界から飛んできた。

オーストラリアが英女王を国家元首に頂く立憲君主制からオーストラリア人を元首とする共和制への移行を目指し動き出した。外国の女王に忠誠を誓いたくない。英国自身が王室を先に廃止する可能性もあるという。すでに国歌が英国歌からアドバンス・オーストラリア・フェアに変更された。

ところが日本政府は政治家全体が民主主義社会から奴隷社会へ封建社会へと後戻りし始めた。社会全体が厳しい身分制度のもと主君の命令には絶対服従という封建社会だ。

政治家の言動の威圧的な態度。法務大臣は偉いんだ。その下で命令に絶対服従と、ど偉い剣幕。従軍慰安婦問題は無かったなど全てがゴマカシの政治となり、銀行への公的資金のバラマキは帝国主義と資本主義が結び付いて国家利益を第一に、更に外国まで広げようとする政策である。

15

「面白いものが引き出しから出てきた。何だろう」

と三蔵が広げたのは、日本地図に歴史の流れが描かれた日本版歴史の双六であった。そこで彼らは双六ゲームを始め各人がサイコロを振った。

「八戒、随分進んだが変なところに止まったな。そこは真理と正義を愛する教育制度ではなく、嘘とハッタリ、職権乱用強制君が代文部省。そこで止まった場合は歴史認識不全症候群のため振出しに戻ると書いてある」

と悟空が八戒の独楽を振出しに戻したのだ。

そうなると明治憲法から始まる。御前会議で帝国国策遂行要領決定。軍事内閣が成立。一九四一年、十二月八日アメリカ、英国に対する宣戦の大詔が発せられ、また同時に臨時議会詔書が交付された。という具合に危険な思想で一杯のところから始まり大東亜戦争に突入するのだ。南京大虐殺、ラバウル攻略、バターン死の行進、ガダルカナルで日本軍はガタガタになる。アッツ島玉砕、レイテ沖海戦で大敗、硫黄島玉砕、日本本土は空襲と広島、長崎の原爆で廃墟と続いていた。

「振出しから始めると上がりの世界の故郷ユートピアまで一〇〇年かかるな」

と悟空が冷やかしていた。八戒は残念無念。

「お前の所はどこだ。これはなんだ。皇太子夫妻沖縄訪問で火炎瓶が投げられる」

悟浄の独楽の場所であった。これも振出しに戻ることになっている。

悟空の独楽の場所を見ると、ロッキード事件、田中角栄逮捕である。欄外に「極東国際軍事裁判まで戻れ」

「やれやれ折角ここまできたのに参った」

と悟空が嘆いていた。

三蔵の独楽は、歴史教科書問題。文部省教科書検定によって侵略の事実を歪曲し進出に変えたと世界から中国、韓国、タイ、マレーシアなどから一斉に批判や抗議が吹き出した。ここでも歴史認識卑劣症候群となり振出しに戻る。

それぞれ振出しに戻されてしまった。それにしても敗戦を終戦、侵略を進出とよく言ったものである。なぜ歴史認識のズレが起こるかは天皇への配慮の結果が大であった。

その次は日航ジャンボ機墜落、狂乱地価、リクルート疑惑、激動の昭和天皇崩御、激変の平成からバブル崩壊と果てしなく歴史物語は続いて真理と正義のない悪足掻きの日本政府や官僚は火達磨崩壊の前兆でもあるのだ。

「おーい皆ひとまず休憩だ」

と三蔵が言った。

すると悟浄が変な事を言い出した。

「おーい中村君、ど偉い大きな減らず口を叩いて、どないしたんかい。首になる前に止めたんかい。へへ、呆れて欠伸もでない」

街には地域新興券の巻狩りくんポン券が出回っていた。

「九尾の女狐の振興券や、ボキャ貧新興券がありませんね」

と八戒が日本列島を見回していた。

「政治とは何者ですか」

と悟浄が聞いている。

「水捌けの良いザル製造業と銀行や公共事業に公金のバラマキ撒き。日本の政治はバラマキ政治。この国に救いはあるのか、これでお終いだ」

悟空が目を丸くした。

16

日本列島に春を告げる梅が咲き、福寿草が黄色い顔を上げた。やがて桜も目覚めるであろう。

その頃、雪で覆われた男体山の頂上を飛び立つ四匹を乗せたＵＦＯが中禅寺湖や華厳滝を望みながら飛翔していた。結構な日光は国内十番目の東照宮、二荒山神社、輪王寺からなる日光の社寺を世界文化遺産に推薦する手続きが採られたという。

やがて芦ノ湖、伊豆半島、富士山を眼下に、絶景かな絶景かなと四匹は感嘆していたが、屋久島を周り沖縄を経て古都京都の文化財、古都奈良の文化財と続いた世界文化遺産巡りであった。

「奈良の大仏さんは、なんじゃらほい」

と悟浄が言い出すと、悟空が言い出した。

「彼らの偶像は、人の手によって造られ、口があっても話せず、目があっても見えず、耳があっても聞こえず、鼻があっても嗅げず、手があっても触れず、足があっても歩けず、そののどからは声がでない、それをつくった者、それに信頼をかける者も、それと等しくなろう」

像が表す霊的存在に対する礼拝と唱えていたが、信心の助けとして像に頼る人は、霊において神を崇拝しているのではなく肉眼で見えるものに頼りにしているのである。神社、寺院などは現在では宗教としての役割を終え伝統芸術品であって、世界文化遺産と呼ばれるようになった。

「可愛いしぐさのラッコ君とジャンプするイルカとシャチ。あそこにはアカンベイの愛嬌のあるゾウアザラシ君、絵描きのアシカ君、可愛いねえ」

どこの水族館かと悟空が眺めていた。

すると猫が犬の背中に、兎とワンチャンが並んで日向ボッコ。馬が走る。牛がモー、ライオン、しま馬が餌をねだる。様々な動物を見ていると実に可愛いく楽しい。どうやら那須高原にきていた。妙なワンニャンバスが並んでいる那須動物王国が真下に見える。

更に蔵王を飛び越えて月山、鳥海山、八幡平、自然遺産の白神山地を見渡し、渡りのマガンの編隊や白鳥を追い掛けて北海道へ飛んできた。

「北海道でっかい道。しかし中国大陸より小さい道」

と悟空がはしゃぎだした。

そこには大雪山が聳え礼文岳、利尻山、阿寒湖があった。

北海道の動物王国にも犬、猫、馬、羊、牛や熊が広い大陸を走り回り、流氷の上で遊んでいる愛らしいアザラシ君、愛嬌のあるナキウサギ、そして北狐、鹿、熊が知床半島で暴れていた。

「こちらにもアザラシの子供が女の子と転がっています」

八戒が指差していた。

「それはテレビのＣＭだ」

と悟空が笑っていた。

17

北方四島を飛び越え太平洋上を飛翔していた。でかい船が悠々と泳いでいると鯨が噴水を上げ、イルカが飛び跳ね、マグロの大群が泳ぐ。

「太平洋は広大だな。これから何処の妖怪を退治しますか」

悟浄が三蔵に顔を向けた。

「取り敢えずアメリカに上陸する。どんな妖怪がいるか楽しみだ」

「ハワイからウクレレが聞こえたと思ったらロッキーが見えます。あれがアメリカ大陸ですか。でかいなあ」

悟空が感嘆して見ていたのだ。

イエローストンが広がる。未開の西部に新しい世界を造ろうとインディアンとの壮絶な戦い。カウボーイソングが聞えてくる。走る駅馬車のジョン・ウエイン、流れる雲、砂塵を上げてつっ走る駅馬車、護衛する騎兵隊、馬を進めるインディアン。荒野の決闘のヘンリー・フォンダ、アパッチ砦、黄色いリボン、風と共に去りぬ、スカーレット・オハラのビビアン・リー、レット・バトラーのクラーク・ゲーブルなどアメリカの歴史が見えてきた。しかし銃社会なのでギャングも多い。

一七七六年に独立した若い国で広く、あらゆる資源に恵まれ、今や政治的にも経済的にも世界に君臨し、自由民主主義を背負っている。連邦憲法は人権宣言、個人の信仰、言論、集会の自由、公正な裁判が保証される。三権分立主義が確立された。

南北戦争では北軍が有利となりリンカーン大統領の奴隷廃止。『人民の、人民による、人民のための政治は永久に消えないであろう』は不滅の言葉として有名である。

首都はワシントンである。欧州からもアジアからも白人、黒人やら世界から集まった民族、アメリカ合衆国の民主主義の殿堂、国会議事堂が現れた。

「妖怪がいます。危険な関係、不適切な関係セクハラ無罪大統領。それにしてもさらけだされるから面白い。日本では静止画像、頭隠して尻隠さず、政界や官僚の悪あがきと質の悪さ不勉強さは天下一品、いや北朝鮮より少しはましかな。リンカーンは神と人を愛し危機に対し果敢に向かうアメリカフロンティアの典型だ。ヨーロッパの封建制から全く解放され、独立と平等の立場で協力するという、このような環境の中からアメリカ自由主義の精神が培われてきたのであろう」

と悟空が言ったのであった。

摩天楼を過ぎ、下を見ていた八戒が言い出した。

「へんな形の人形が建ってます」

「あれは国連の平和像だ」

と悟空が言うのであった。

三蔵がすかさず言った。

「神は諸国民の中で必ず裁きを行い、多くの民に関して事を正される。そして彼らはその剣をすきの刃に、その槍を刈り込みばさみに打ち変えなければならなくなる。国民は国民に向かって剣を上げず、彼らはもはや戦いを学ばない、というイザヤの壁である」

国際連合憲章は平和の脅威を防止し、侵略その他平和を破ろうとする行為を抑圧するために、集団的な行動をとり正義と国際法の原則によって国際紛争の平和的調整を行い、国際平和を維持する。

「世界に住む妖怪を退治する機関だ。我々の仲間と同じだ。しかし未だ力不足。俺に任せろ」

悟空が胸を張った。

アメリカ、カナダ、ラテンアメリカには多様な鳥や動物がいる。ピューマが飛ぶ、狼が吠える、白熊が踊る、ペンギン、オットセイが一斉に海に飛び込む。トナカイが走る。牛も馬もワンサカいる。ナイヤガラが落ちる、コンドルが舞う自然豊かな国であった。しかしアマゾンでは人間の欲望の煙が立ち上がって、環境破壊が果てしなく続いている。

「さてどちらに向かうのでしょう」

悟空が言い出した。

「あそこにもへんてこな像がありますな」

と八戒が言った。

それはギリシャ神話の神なのか、自由の女神を横目で睨み、大西洋を渡って中近東での果てしない欲望という名のミサイルが、独裁という野望を打ち砕かんと飛び交っている火薬庫へ向かって飛び立って行った。

「あれは何処へも行けない、旨いものも食えない飲めない不自由な女神よ」

と八戒が嘆いていた。

「サイナラ、サイナラ、サイナラ」

18

ロシア、インドネシア、タイ、カンボジア、韓国、北朝鮮などの金融経済危機で世界は戦争と平和の背中合わせのどん底に漂っている。

八戒が言い出した。

「人間とは何者ですかね」

「黄金を貪り食う虫だよ」

悟空が面白そうに笑いながら言うのであった。

「黄金を食らうと、あんな人相の悪い心の腐敗した人間になるのか。動物たちは黄金を食わないから立派だ。ライオン相トラ相ゾウ相ワン相ニャン相フクロウ相など可愛いもんだ。人相はどうやら悪魔の相だ。人間と植物、動物の違いは食い物にあったんですね。なるほど。そうすると俺たちは黄金を食ったことがないから人間じゃないことは確かだ」

悟浄が向き直って言うのであった。

「一番黄金を貪り食うのは誰だと思う。政治家だ。政治家は民を辞めた人だから民意を反映させることが出来ない。ただ凶暴と横柄と傲慢だらけ。次は新興宗教。これはもの凄い貪り方をする人間だ」

と悟空が言うのであった。

金がないと餓死するか自殺、かっぱらい、殺人強盗、保険金詐欺と犯罪だらけだ。

「宗教とは何者ですか」

と悟浄が三蔵に聞いているが、割り込んだ悟空が、

「失楽園だ」

神に反抗したサタンが人間を最初の罪に陥れることによって、アダムとエバを楽園から追放したのであった。そして原始時代から人生は不安に満ちていた。生きていくうえに安心のできるものを求めている。それに答えて誰にでもある宗教心を狙って、困った時の神頼みで途方もない金額を強要する新興宗教の祈祷師、占い師が世界中に広まっているのである。

宗教法人は民衆の阿片と言われながら宗教が果たして文化や人格の向上に役立つか疑問である。オウム真理教のような非道徳的で破壊的影響を及ぼす殺人カルト集団を見れば分かるように金集めのための宗教である。

そこで三蔵が言った。

「神は最高の存在で、力、威光、尊厳および卓越である。まことの神と偽りの神々もいます。九九パーセントは偽りの神を崇拝して人々を惑わしていることになるのだ」

「それではまことの宗教の見分け方はどうすればいいでしょうか」

と八戒が三蔵に伺っていた。悟空がそれに答えて、

「簡単だ」

「いとも簡単に言うではないか、本当か」

悟浄が感心していた。

「あなた方が互いに愛し合うこと、仕えてもらうためでなく仕えるために、受けるよりも与える方が幸いである。立派な木は価値のある実を生み出すが、悪い木は立派な実を生み出すことができず無価値な実しか生み出さない、その実によって見分ける。悪い木は切り倒されて火の中にくべられるのだ」

と悟空が言うのである。

三蔵が、感心して、

「おぬし、なかなか知っているではないか」

唯一まことの神を崇拝したイエス、キリストは、病人をいやしたり、数々の奇跡を行い、報酬を受けたり富や権力の拡大を求めたりしなかった。現在の宗教は地獄の火、霊視、霊感商法などの脅迫手段で一般大衆を操って布施や折伏で信心という多額の黄金を巻き上げている。仏陀のように人は知識や、修行や悟りの道によって自己の救いが達成できるのではなく、神を救いの源としている。諸々の世界の宗教は羊の覆いをつけた偽予言者で警戒しなければならない。むさぼり食う狼であるから、滅びの道をひたすら進んでいるのであった。

宇宙の自然法則は極めて正確であるため、ロケットを月に飛行させ帰ってくることは宇宙の法則に従わねばならない。

一宇宙飛行士が言った。

「初めに神は天と地を創造された。地球は青かった」

惑星である地球は、青い空と白い雲は、美しい宝石のような存在、きわだって魅惑的な物体であった。太陽系は銀河系のほんの一部で非常に小さい。原子は太陽系を小形化したようなものである。

畏怖すべき宇宙が見事に組織され整然と調和のとれた体系的な宇宙全体を驚異と呼ばざるを得ない。しかも地球には微生物、昆虫、植物、魚類、動物、鳥類、人間など驚くほど変化に富んだ生物がそこに存在しているではないか。

『地は生きた魂を種類に従い、家畜と動く生き物と地の野獣をその種類に従って出すように』『わたしたちと似たように人を造り、彼らに海の魚と天の飛ぶ生き物と家畜と全地と地の上を動くあらゆる動く生き物を服従させせよ』

そして神は人を自分の像に創造してゆき、神の像にこれを創造された。『男性と女性にこれを創造された』

そして神はその知恵によって産出的な地を堅く立て、植物は光合成の過程で酸素と食物を作り出す。果物バナナ、リンゴ、西瓜、パイナップル、イチゴ、野菜類、本能で飛ぶ鳥類、牛、馬、魚類、これを並べたら何時終わるか永遠に続いてしまう。人間の脳は全宇宙で最も素晴らしく最も神秘的な物体。価値観、知識、知性を計画的に発展させる自由意思も付与されている、これは偶然であろうか、進化であろうか。思慮と理知と意図に基づく設計の紛れもないしるしに至るのであった。

人間はどのように存在するようになったか、何処へ進むのか、物事の理由と目的を知ろうとする働きがあった。

三蔵の講義が繰り広げられていたのであった。

19

「これは何だ。空も下界も騒々しくなってきたぞ」

八戒がテレビを見ていると、NATO、ユーゴを空爆。コソボ和平拒否で外交的解決が失敗。全域の軍事施設対象にNATO軍のミサイル攻撃で炎が舞い上がっていた。

「いよいよまた妖怪のおでましだ。ミロシェビッチ・ユーゴ大統領の発案の民族浄化抗争で平和を脅かし、意地でも戦争をと住民を巻き込んで暴れ出した。日本近海でも海上自衛隊が北の海賊船を追い回しているぜ」

と悟浄が覗き込んだ。

ところでNATO軍やアメリカの巡航ミサイルが飛び交う空は危険だアブナイ、アブナイ。彼らに任せて日本へ向かって飛び去ったのであった。

直ぐに妖怪を退治するのはたやすいが、事実、真実、真相を究明して残虐の闇の原因を探り疑問の余地のない判例を作らねばならなかった。

「これからの日本の政治の動きが段々変になりはじめた。即位の礼、大嘗祭といえば国家神道だ。公金支出合憲判断、これはなんじゃいな」

悟空が言い出した。

政教分離規定をめぐる最近の司法判断に国や自治体と宗教のかかわりを厳格に判断しても社会的事情を考慮してと逃げ道を作り始めたからである。

「それだけではない。政治家らや官僚、文部省が率先して封建社会、帝国主義、忠君愛国の道を開こうと躍起になっている。高等学校長協会長まで職務命令を出して教職員を説得する材料にするのだという。認識不足の人間が明治憲法の振出しに戻ろうとする姿だ」

八戒が不思議そうに言うではないか。

「我々も振出しに戻されたが、あれは双六だったな。また軍国主義の軍艦マーチが聞こえるのか」

悟浄が笑っている。

「同じ司法でも圧制を問われたチリのピノチェト元大統領は訴追への司法判断ではないか。集団殺害、拷問という人道に反する罪はいかなる立場であっても免責されない。国家中心の時代の終り。現実の政治を超えて人権、人道が尊重される新しい時代の世紀の裁判となるのか」

悟空が腕を組んだ。

「おいおい、そうすると日本の天皇も国際裁判にて裁かれることになるのではないか。チリの元大統領よりも大東亜戦争の統帥権による侵略での大虐殺は凄いぜ。当然だと思う」

八戒が笑顔で言うではないか。

一九四五年、八月十四日、御前会議で、朕は祖宗また一般国民に対し忍び難きを忍んで予ての方針を進みたい。……朕の一身はいかにあろうとも、これ以上国が焦土と化し国民が戦火に倒れるのを見るに忍びない。ここに重大な決意と責任があったのだ。

「日本の天皇は戦前、戦後の責任を忘れ、ノホホンノホホンがぴったり。大戦中の強制労働の損害賠償は、賠償を求める権利はもはや消滅している。政府間で決着済み。ドイツと正反対だ。日本の象徴といえば、やはり無責任と非常識だ。それに悪賢さ」

と悟浄が、空しい日本だと呟いた。

しかし戦後補償に区切りが付いたかのような空気が政界に広がっていたが、日本の闇は、今ほのかに開く兆しを見せている。その狭い隙間に手を差し入れて、闇を開くため戦います。金さんの日本鋼管を相手に起こした訴訟が和解によって決着した。

「両陛下の英国、デンマークへの欧州外遊で、英国のマスコミの反応は、明仁天皇は戦争犯罪人の息子。殺人犯と陛下の写真を並べて掲載される有様だ」

悟空がインターネットを開いていたのだ。

昭和天皇の容体悪化の時はヒロヒトが死ねば地獄に特別席が用意されている。ヒロヒトは彼の名によって始められた侵略戦争によってのみ記憶されている。記念植樹もその日のうちに倒された。

天皇と国家神道が結び付いた影響のある皇軍が、アジアを踏みにじり、アメリカ人捕虜三万五〇〇〇人を長距離を歩かせ、八〇〇〇人が殺されたバターンの死の行進や南京大虐殺、インパール作戦、コレヒドールからオーストラリアへ脱出、マッカーサー司令官の「アイ、シャル、リターン」は有名であった。

一九四四年五月にはアメリカ政府各省連絡委が混乱があっても天皇に戦争責任をとらせ財閥と軍部を解体することを主張したが、天皇を利用することで安定的日本再建とすることになったのであった。その役割はもう終わった。

「東南アジア、いや世界から見れば、天皇と国家神道は、どうみても極悪非道の残虐な悪魔となるのだ。原因と結果の法則がある」

と悟空が言った。

「そうすると神社や寺院は最早、悪魔か妖怪の住家となるから崇拝するのはおかしい。文化遺産にすればいい。戦争中に引き起こした多大の損害と苦痛に対する痛切な反省と心からのお詫びも、絵空事ですな。謝ればいいという問題ではない。責任の取り方が大事だ」

と八戒が言うと、悟空が、

「お前もなかなかいいことを言うね」

戦争責任決議案での共産党の天皇制廃止の主張は不敬罪になりうると、岩田法相の弁で脅迫した。なんと頭の古い法相であろう、テンネントウかもしれない。

共産党は、もし米国側が天皇を戦争犯罪人の元凶として公判に付さねば、結局日本国民が天皇を法廷に引き出すであろう。最善の方法は日本の民主主義を培養し自らの力によって決定させることである、という。

「日本軍と業者と一体となって慰安婦を強制的に集めていた公文書が現れた。慰安婦は民間業者の公娼だ。裏付ける公文書がないと軍や政府の関与責任を否定していたが、やはり日本人は一口に言えば真実を隠そうとする嘘つきだ。悪賢さで一杯」

と八戒が言うのであった。

「この際、天皇家の自主退位は生温い。離れ島に追放しウイルスの出ないように密封してしまうのが一番だ。そうすれば連合軍指令官が天皇の財産を公表した現金、有価証券、土地、建物を没収して慰安婦などの補償金に当てるのはいい考えだろう」

と八戒が提案したのであった。

「しかし、こんなチョロイ政府では不可能に近い。火達磨が一番」

と悟浄が言うのだ。

「あの姿を見たまえ、昭和館。戦中戦後の国民生活上の苦労を伝えるという展示だが、この国は戦争の全体像を直視しない。ドイツでもきちんと戦争を総括している。戦争を生きた世代の後世に対する義務だという。激動の昭和の歴史を最初から、戦争の原因や経緯の全貌をくまなくインターネットで世界へと発信しよう。日本の政府は戦前の大本営の続きの野獣だから直ぐ牙を剥く。タテマエだけでホンネを直ぐ隠すのがうまい」

と悟空はホームページを開き始めたのであった。

20

二十世紀の終わりの日が迫ってきた。第一次世界大戦は最初の全面戦争であった。第二次世界大戦はさらに戦車、潜水艦、戦闘機、毒ガスでいっそう破壊的なものとなり原子爆弾が炸裂、将兵、一般市民あわせ五千五百万人が犠牲となった。さらに飢饉、餓死、それに追い討ちをかけるように噴火や地震があちこちで起こり、スペイン風邪が猛威を振い、エイズや難病が幾億とも知れぬ人々の命を奪った。世界中にテロ、殺人、強盗、強姦、不正が蔓延、恐怖の世紀となり苦難の時代となったのであった。

ユーゴのミロシェビッチ大統領という野獣が自分にとって都合の悪い民主化を強権で除こうと牙を剥いた。コソボ自治州はユーゴの国だと民族浄化殺人強盗を頻繁に繰り返し、何十万という難民が山越えや車の列が連なってアルバニアへ逃避行だ。人間の盾まで作るのであるから極悪非道で悪辣極まりない。

「戦争犯罪人が、また増えました。裁く方も裁かれる方も大変だ」

八戒がにこにこしているではないか。

「どうやら日本の民族浄化天皇型ウイルスＡＢＣの汚染度は北朝鮮が一番酷い。後は中国、アジア地方。一方ドイツのナチス型ウイルスＡＢＣが中近東を汚染し始めたのだ」

と悟浄が言うのであった。

「お前が特殊ウイルスミサイルを用意していた。発射時期の到来かもしれない。このウイルスは人間の精神状態を完全に狂わす。しかも治らない、厄介者だ」

と悟空が笑っていたが、

「野獣の頭を打ち砕いて終わらない限り真の平和はこない。日本と北朝鮮を参考にすれば分かるように、北の野獣が野獣でなかったら朝鮮半島は平和に南北統一しているはずだ。だが三十八度線で分断されて飢餓、餓死と難民の国となり、南へ潜水艦や工作員を送り込んで脅かしている、第二の日本、天皇型ウイルスAにすっかり犯されている。野獣の卵から汚染された野獣だ。だから分かるだろう。イラクの野獣の頭を砕かなかったので、未だ安定しない政治状態となって、人民は苦難の道を歩く結果となる。日本も頭を砕き損なって不安定な政治体制で崖っ淵に立たされノーパンシャブシャブ腐敗菌と不法菌が横行して失業者が溢れる結果となる。同じ敗戦国でも日本とドイツの違いはそこに理由がある。頭の違いだよ。分かるかな、分かんないだろうな」

「分かる。中国が、独裁共産党でなく、もし自由と平等の人権を尊重しているなら台湾を統一していたはずだ。独裁のおごりから生まれた文化大革命や民主化運動では弾圧され天安門事件となり、民主化が進まず世界から人権、人権と叫ばれているではないか。まだ年数が掛かりそうだ」

と悟浄が言うのである。

「太平洋戦争では日本のウイルスの影響がフィリピン、インドネシアやその他の国に非常な悪影響を与えている。独裁とは必ず貪欲と絡んでいるから独裁の結果の腐敗が民主化を遅らせている。スハルト一族の縁故者の膨れ上がった財産は余りにも有名だ。だが倒され国民の声が次第に反映されるようになりつつある。イランもイスラム革命以来、次第に解放路線へと歩み始めているようだ」

と八戒がインターネットで導き出していた。

「日本はダイオキシンと環境ホルモンで一杯。ドイツは、殆ど無くなった。しかもリサイクルに熱心で生ごみまで肥料にする。この違いは日本政府のノホホンノホホンと怠慢、横柄、傲慢の結果だ。君主体制と連邦共和国との違いとも言えるだろう。埼玉所沢のホウレンソウ事件の慌て方には呆れる。なんでも都合の悪いことは何時までも隠し、大本営のごとく昔から嘘の発表が得意だからね」

と悟浄が言うのである。

「これらのことは何が影響しているのであろうか。国家神道の形式的宗教が偽善や抑圧を生み、残虐な独裁者を支持し、また琵琶湖空港、神戸空港など住民投票を否決、国民の声をあくまでも拒否する、という金に飢えた狼になり下がってゆく姿だ。そこに残虐な戦争に走り出す利己的な要素が潜んでいる」

と三蔵が言っていた。

「宗教はいわゆる虚飾の失楽園と言えるだろう。人を惑わすのに実に長けているからね。キリスト教世界、カトリック、イスラム、ヒンズー、チベット仏教、仏教その他の宗教は二十一世紀に向けて崩壊するであろう。古い伝統、間違った伝説、迷信や狂った思想、因習から抜け出せない。人間はハメルのもうまいし、いとも簡単にハメラレルのもうまいのかもしれない」

悟空が得意そうに言うのである。

「なるほどインドのヒンズー教とチベット仏教の混合したオウム真理凶の教祖、麻原彰晃こと松本智津夫が日本で逮捕された。金を貪り取るために手段を選ばず、拉致、監禁、殺人、サリン、ＶＸガスを使い、むしりとる凶悪な実態が明らかになった。そしてハルマゲドンという名の刑務所に繋がれ、何時終えるとも分からぬ裁判が行われている。しかもその残党が金に飽かしてペンションや別荘など買い漁り地域に多大の迷惑を掛けっ放しで無責任極まりない。政府は何もできず、手をこまねいている。宗教というものは皆似たり寄ったりのカルト集団。やはり教祖の頭を打ち砕かない限り終りはない」

と八戒が言うのであった。

三蔵が言うところによると、

「世界の政府、官僚、経済、社会の頭は確かに外面では義に適った者と人に写るが、内面は偽善と不法でいっぱい。世の宗教家は盲目の案内人となり、神を知っていると公言しながらその業で神を否認しているのであった。あなた方が神を捨てるなら神もあなた方を捨てられる。永遠の力と神性とは、理性の目には、世界の始まり以来、造られた物の中に見えている。明らかに理知ある原因から出た結果で、それが神であった。最高法廷は疑問の余地なく証明するであろう」と。

21

八戒が歌い出した。

「はーるがきた。はーるがきたどこにーきた」

「なんだそれは、寝言か」

悟空が八戒を見詰めていた。

「日本の歌でっせ。警笛なる丘チンカンコンめいめい小山羊が泣いている。それ、北朝鮮の国境付近の難民やブラジルでもストリートチルドレン、日本でも邪魔者扱いされ虐待され殺されているぜ。朕は税金をたらふく食ってるぜ。ホームレスは飢えて死んでまうぜ。その声が聞こえてきた」

「お前さんの耳はでかいからな」

と悟浄がからかって言った。

暴力の犠牲になった子供は地雷に飛ばされ手足を失ったり失明したり、児童ポルノなどで破壊的影響を被っているのである。

「サイタサイタ、サクラガサイタ。おやっ、歌の名手ウグイスの声がする。シジュウカラ、ホオジロの歌声チチッピッーピー一杯ヤロウと冴えてきた。サクラの芽がピンクに膨らんでいる。桜並木のトンネルをのんびり散歩している。綺麗だ」

八戒がこんな綺麗なサクラを見たのは初めてであったという。

鳥たちの愛の姿のオシドリ、カワセミ、カラスの大群、メジロ、ヤマガラ、ツグミこれを追い掛けたらきりがない。

日本列島の北から南まで至る所に温泉が広がっていた。

「露天風呂で一杯やってるぜ。旨そうにタラバガニに食らい付いて。ホタテ、ウニ、サケ、タラまたあらゆる食材が世界から運ばれ飽食の時代から、しかし長引く不況でリストラ競争時代、弱肉強食の時代に姿を変え始めた。隅田川のほとりの現代ハウスは今の政治を象徴している。やはり政治屋、官僚の遺伝子を組み変えせねばなるまい。自分で撒いたものを刈り取る時代だ」

「八戒がそういうからには間違いなかろう」

と悟空が八戒の肩を叩いた。

「あんずの花も綺麗だ。ミツバチが蜜集めに働いていた。バラも咲いた。蝶が舞う。馬が走る。アジサシの渡り、ハチドリ、ワシ、アホウ鳥が舞う。アホーではない利口だ。オウムやインコが日本語をしゃべる。春になるとあらゆるものが活気づく。これはどうしてであろうか」

あらゆる見えるものに興味を覚え始めた八戒であった。

悟浄が春の陽気で居眠りしていたが八戒に起こされた。

惑星である地球は軌道上をちょうど良い速度で進み太陽との距離を適性に保って、しかも地球の自転軸が太陽に対して二三・五度傾き地軸を中心に二四時間に一度完全に自転していて、それぞれの花の咲く春、水泳、ヨットの夏、紅葉の秋、スキーの冬景色の季節と多彩な変化を楽しませてくれる。地球を包む大気、大量の水の海、上空にはオゾン層。地下には天然ガス、石油、石炭、金属が埋蔵されている。金の量と鉄の量が、もしこれが逆ならばどうなるだろう。植物と動物、人間の生存のため驚くほど精巧なサイクルが整えられていたのであった。壮大な理知を持つ設計者である神の存在を認めないわけにはいかないのだ。ところが人間ときたら金のためなら環境破壊優先、産廃業者も後始末の金が無いとアッサリと逃げる始末。建設省の自然破壊は当たり前になってしまった。

三蔵が言い出した。

「リンカーンの人民のための政治、言論の自由、民主主義、人権など、それに太平洋戦争の日本軍の侵略、南京大虐殺とヒロシマ、ナガサキの原爆、ドイツ軍ナチスによるアウシュヴィッツ大虐殺は長い歴史のなかに永遠に消え去る事はないであろう。だが不滅の歴史に今後何が加わるであろう」

「世紀末の歴史が加わるでしょう。それは誰にも分からない」

と悟空が簡単に言った。

「おいおい騒々しいな。統一選挙の強弁、詭弁、罵声が唸りを上げていたが、知事選挙の開票結果が出た。都知事の乱戦、混戦、政党不信が日本列島を駆け巡っていたのだ。首都の顔の座を射止めたタカの目の勝利の弁『国政のへまを東京から立て直す』しかし事務所の奥の神棚の下に日の丸が掲げられている。へんてこだな」

と八戒が言うのであった。

「神棚、日の丸は国家神道の象徴だ。案外古いんだね。新しい日本と新しい都政の顔に相応しくないですよ。そんな習慣お止めなさい。現実に対応出来なくなります。財政赤字の破産状態で青くなって、青信号でバックして破損した都政は、これからは北風の季節となり、へんてこな酷会議員、研義会、嫌疑会、苦義会、死議会、損議会という嵐を打ち破れますかな。先ず、どうしようもない研議会を蹴散らし、古いしきたりを打破、壊滅出来るかな。さあどうする」

と悟空が言うのであった。

ところが早速、北風の季節風が北京から吹いてきた。侵略を美化し、歴史の潮流に逆らっている。北京との友好関係は前の知事が結んだもので、私は無関係。就職氷河期が日本列島を覆い、市議会か死義会か選挙カーのマイクが唸りを上げ、変革か変化球か、当選した暁には住民なんかシクラメンというのが今までの経緯で、シラケムード、春なのに政治不信の北風の季節風が吹き荒れて太陽の季節は飛んでいった。

すると八戒が歌い出したのだ。

「政治とは談合団子、談合団子、自、自、公、相乗り三兄弟。統一選挙戦勝祈願で神社に参拝、手を合わせ、困った時の神頼み、効果なんかなかんべーさ。検事長もアメリカの真似をして活力増進剤の不倫不倫不倫のスキャンダル。最高裁のおから産廃判決。霞ケ関は談合だんご、談合だんご、へんてこ官僚十兄弟」

「お前はへんてこな歌を作るのがうまいな」

と三蔵が言うと、

「日本列島がへんてこなんだ。どうもウイルスに犯されたらしい」

と八戒の大笑いが日本列島に響いて行った。

そこで悟浄が言い出した。

「世界とその中のすべてのものを造られた神、この方は実に天地の主であり、手で造った神殿などに住まず、また何かが必要でもあるかのように人間の手によって世話を受けるわけでもありません。ご自身がすべての人に命と息とすべての物を与えておられる、とアテネを訪れたパウロがそう言うてました」

「それは西暦五〇年のころだろう。そのころお前さんいたんか」

と悟空が感心していた。

悟空は花果山に住む石から生まれた猿。天宮で謀反を起こした。

八戒は酒に酔って下界に流された豚であった。

悟浄は手を滑らせて大切な水玉の皿を割って河に流された霊斎殿のガキ大将であった。

三蔵は釈迦如来の弟子であったが経典に疑問を抱いて彼から去ったのであった。

彼らは昔は皆ワルであったが、再創造された四匹は天竺の隣の天軸の地に、最初は形がなく荒漠としていたが神の活動する力が行き巡って豊かな地となった。

しかし世界の妖怪を退治せよという使命を帯びた彼らは、高山植物の女王と呼ばれるコマクサ、ピンク色のミネザクラ、尾瀬のミズバショウ、乙女のようなオトメシャジン、シャクナゲの花などの花の百名山を眼下に収め、西の空の炎のような夕日に、星が一杯詰まった夜空、怒濤の海岸を越え、切り立った山々の連なり、陽光に映える氷雪の山脈を飛び越え、下界から見ればキッと星に見えるであろうＵＦＯを駆って妖怪退治へと二十一世紀に向け満月を望み、悠然と責任を果たすため、広大な宇宙へ飛び立って行ったのであった。

22

あの宇宙に何があるだろ、どんな構成になっているか。美しい星が宇宙空間の闇を背景にまばゆい宝石のようにきらめいている中を修行のために飛び出したＵＦＯは、アンドロメダ星雲やあまりにも広い宇宙に驚がくして銀河系星雲団にある衛星のもつ地球と他の惑星のある太陽系に戻った。目を高く上げて見よ。だれがこれらのものを創造したのか。人工衛星のように二十一世紀に向けて青い宝石のような地球を見下ろしていた。

三蔵が言い出した。

「人間とその他の生物の生きるこの地球では、権力を握る人々の多くが利己的で自分本位の利益で争っている。これでは将来はどうなるか、分かるかな」

最初に悟空が言い出したのであった。

「二十一世紀に向けて、いよいよ妖怪退治をしなければならなくなった。地球は至る所妖怪だらけです」

すると八戒が、悟浄に、

「おまえさんならどうする」

悟浄が言い出した。

「そうだな。世界で一番凄い妖怪から退治するな」

「世界一の妖怪はどこにいると思う」

と悟空が言うのであった。

八戒が少し考えて、

「妖怪の種類は多種多様だからな。ヨーロッパでもインドネシアでもイスラム教とキリスト教、カトリックとプロテスタントも殺し合ってるぜ。あれはどうみても全部宗教の妖怪だ」

すると悟空が日本列島を指差して、

「あそこに世界最大超一級の妖怪がいるのを知っているか」

「そうだ、いるいるあいつだ。太陽の女神天照大神の直系とみなされ国民から神として崇拝された天皇だ。先にも言ってあるように人間宣言したにもかかわらず、まだのさばっている最大級の狼よ。これを退治しなければ日本も世界も変わらないぜ。あいつを最初にやっつけよう」

と悟浄が言うではないか。すると八戒が言い出した。

「太陽の女神天照大神なんかは存在しない。人間の造った偶像だ。ギリシャ神話、ローマ神話、インド神話、中国神話などなどの女神から輸入して歪曲し、中国文化の影響を受け秦の始皇帝を真似て作り上げた古事記、日本書紀から天皇を国家神道の最高神に祭り上げたゲテモノであるのだ。そして徳川から江戸城を横取りした天皇は現人神として世界に類をみない欺きをした。世界最高のペテン、サギ、イカサマ師、大カタリヤなのである。それは第二次世界大戦で世界を欺き、何億という犠牲者の鼓動する心臓を太陽に向かって差し出し、アジア地方や日本国土も廃墟にした大魔神だ。しかし又国民を欺こうと国会が策謀しているのが見え出しましてね。世紀末の悪足掻きで戦前の天皇制の日本に戻ろうと焦り出した。しかしそれはインカ帝国のように崩壊するであろう。それは原因と結果の法則が証明しているからだ」

「おいおい宇宙で何処の大学で学んだのか。随分研究したもんだ。これは面白くなりそうだ」

と悟空が言った。

「イザヤ大学よ」

と得意そうに八戒が胸を張った。

日の丸、君が代を国旗、国歌とする法律が一九九九年八月九日午後参院本会議で賛成一六六票、反対七一票で可決した。政教一致の自、自、公三党など多数の賛成である。来春の卒業、入学式などに向けて強制しないと言いながら指導を徹底すると言い出した。有馬文相が教職員に法順守を求め、職務命令や処分を強める考えだ。それに対して日教組は日の丸、君が代の強制に反対する方針を打ち出した。明らかに政府は国威発揚主義だ。更に西村次官が核武装論を展開、要注意人物として更迭。君が代の君は日本国および日本国民の統合の象徴であり、その地位が主権の存する国民の総意に基づく天皇のことを指す。国旗、国歌を尊敬できない人は日本国籍を返上してほしい。日本国民にあるまじきものである。と様々な意見が飛び交った。歴史的背景や戦前の国旗、国歌がどんな結果を生み出したか何の疑念もなく国民的議論もなく反対論も聞く耳を持たず国会が一方的に決めてしまった。世界とアジアの人々がどう見ようが構わないのだ。傲慢が蔓延して吹き出した。

「日本国内で益々混乱が起こりそうですね。広島の日の丸、君が代強制殺人事件。日本政府は国民を戦前のように軍国主義、国家神道天皇の奴隷にしようとしている姿だ。歴史の重要性をどう説明するつもりだろうか。南京の虐殺は無かったというように都合の悪い事は全て隠そうとするのが日本の国民性なのだ」

と八戒が難しそうに頭を傾げた。

「神たる天皇に一命を捧げよという元凶の亡霊につかれている国民性だ。天皇は京都に帰ったほうがいい。江戸城明け渡しだ。戦後の精算も益々出来なくなった。これでは民主主義が崩壊した日本になってしまった。世界から懸念が吹き出している。また戦争を引き起こし世界を廃墟にしようとするガイドラインかな」

と悟浄がなんとも嘆かわしいと呟いた。

ところで日本の警察は検挙率ががた落ちで、神奈川県警の仲間内の隠し合い、隠蔽工作、また柏崎市の女性長期監禁事件を巡って不手際を隠すためか嘘を発表し、一連の不祥事の再発防止の各都道府県警に実施している特別監察が温泉ホテルでのマージャン宴会となり、新潟県警本部長が辞任、更に京都府警の小学生殺害事件の犯人を取り逃がし自殺させてしまった。轢き逃げやカッパライやストーカーまで現れる次第で警察の信頼は完全に失ってしまった。果たして回復できるであろうか疑問だ。毎日のように高級車が盗まれ、殺人事件が多発、放火や少年の親父殺しなど警察はそれを見逃しているのではないか。出動を要請しても断るのだそうだ。職務怠慢、ズサン捜査、警察を管理する公安委員会ともども自衛隊、警察の不祥事は身内保全組織に変わってしまった。謝罪すれば懲戒免職も無し。警察不在の日本に様変わりした。

日本列島は霞ケ関のノーパン大蔵、エイズ厚生、民主主義誤作動破壊建設、BIEにたたかれた環境破壊の通産、ガラクタ各省庁、霞ケ関並びに永田町の国会議員、アメリカの大統領を真似たセクハラでノックアウトされた知事もノホホンノホホンウイルスに犯されて日本全国に広まり出したのである。

「どうしてこんなに不正や犯罪が殖えたのか分かるような気がする。金に惑わされてか」

と悟浄が言うのだ。

「お前さんが分かるくらいなら俺にも分かるぜ」

と悟空が笑っている。それから続けた。

「国会では日の丸掲揚、君が代斉唱しない。盲目の案内人文部省は学校だけに国歌神道の宗教行事を強制して人間の自由と尊厳を蹴飛ばし、個性の発揮も許されない。間違った伝説と伝統にひかれた教育は混乱と荒廃を引き起こす。家庭崩壊、学級崩壊、殺人などの荒廃まで引き起こしている。それが分からない妖怪人間の集まりか、軍国主義の再燃だ。国会でやったら混乱、荒廃が巻き起こることを承知しているからやらないのを学校だけに押し付ける。日の丸は世界を血に染めた悪魔の旗と妖怪の哀歌なのである。それに借金王と自称している機嫌鳥、先送り丸投げ政治、自、自、公、政教一致の憲法違反の産廃汚物内閣だから憲法を改正して主権国民から天皇主権に変えて正統化しようと権謀術数が働き出した。それが国旗、国歌法制化だ。官僚も役人も皆妖怪となって多数現れ出したのである。すげーなー、妖怪で日本列島が溢れそうだ。天声、それとも定説か」

「定説は逮捕されてるぜ。あそこの天声の詐欺師も逮捕だな」

と悟淨が言うのであった。

「良心の自由、および良心上の理由で法律や義務の適用を拒む権利は、すでに国際的に認められている。それを処分で脅かし強制しようとしている政府の考えは人権侵害も甚だしい。どうも精神も狂っておかしくなったらしい」

と三蔵が言うのである。

「いよいよ妖怪退治のミサイルを日本列島に向けて発射しましょうか。義と公正を愛する人は生き残るが、妖怪は全部引き裂かれて砕かれるミサイルだからな」

と八戒が言うと、

「まだ全部の妖怪が出てくるまで待てよ」

と三蔵が制した。

「カンボジアでもポル・ポト派政権による虐殺を裁判に掛けるようだ。イランの民主化でイスラムも崩壊しそうです。世界は急速に変化して行くらしい」

と悟淨が世界を見回していた。

「これはね、いよいよ日の丸、君が代、天皇も裁きの復活に」

と悟空が力強く言うのであった。

「そうだ。世界凶悪、残虐、腐敗の元祖は国家神道と天皇制に有る事を日本人は知らないのか、知ろうともしない。神道は細胞分裂して神社として広まり人々を惑わしている。これを封印してしまおう。そして天皇一家を菊の門のある戦艦大和に沈めようではないか。それとも第二の日本、そっくりさんの北朝鮮にラチして植民地支配と太平洋戦争の残虐の結果、引き裂かれて食料不足や悲劇の結果を目の当りにするよう難民の中へ放り出すのはどうか」

と悟淨が相談を持ち掛けてきた。

「それはいい考えだ。早速やろうか。そうすれば自立できない子供じみた日本を立ち上げることが出来るかもしれない。次いでに腐り切った政府、崖っ淵内閣を崖から放り投げて粉々に砕いてしまおう。産廃銀座汚物内閣だから日本全土が腐敗と汚物で満杯、汚物まで輸出するモラル発展途上国に成り下がった。この国は、もうどう司法もない。いよいよ新型ミサイルを発射する時期にきたらしい」

と八戒が言うのである。

「韓国でもやっている落選運動を日本でもやるほうがいいいぜ。日の丸、君が代賛成議員には一票も入れない運動だ。これなら簡単だろう。自、自、公壊滅作戦だ」

と悟浄が笑いながら言うのであった。

日の丸、君が代が聞こえると東京や日本中の大都会を廃墟にし、沖縄では皇軍が国民を虐殺、広島、長崎に白熱の光、引き裂かれた肉体、苦悩の叫び、あの悲惨な悪夢の歴史が蘇って、戦後は未だ終わってはいない。残虐な精神が後遺症となり日本全国に悪徳元祖の野中という丘のように荒廃した列島に成りつつある。

すると日本国内からも沖縄からも世界中からも、

「こんな日本に誰がした」

「天皇を裁こう。日本を裁こう」

という大合唱が巻き起こったのであった。

義と公正を愛し、不法を憎む。そして真理を知り、真理は人を自由にするでしょう。

終わり

（この物語はフィクションであり登場人物は実在のものとは関係ありません）

著者
茶臼岳ホオジロ（ちゃうすだけ　ほおじろ）

JASRAC　出0010171-001

虚飾の金蘭（きょしょく　きんらん）

2000年10月1日　初版第1刷発行

著　者　茶臼岳ホオジロ
発行者　瓜谷綱延
発行所　株式会社文芸社
〒112-0004 東京都文京区後楽2－23－12
電話03-3814-1177（代表）
03-3814-2455（営業）
振替00190-8-728265

印刷所　株式会社平河工業社

ISBN4-8355-0776-2 C0093